Né à Canberra (Australie), Daniel O'Malley est diplômé d'histoire médiévale de l'université de l'Ohio. *The Rook : Au service surnaturel de Sa Majesté*, son premier roman, a été publié en 2014 chez Super 8 Éditions. Il en écrit actuellement la suite.

Retrouvez toute l'actualité de l'auteur sur :
http://www.rookfiles.com/

THE ROOK

Au service surnaturel de Sa Majesté

DANIEL O'MALLEY

THE ROOK

Au service surnaturel de Sa Majesté

Traduit de l'anglais (Australie)
par Charles Bonnot

SUPER 8 ÉDITIONS

Titre original :
THE ROOK
Éditeur original :
Little, Brown and Company

FSC
www.fsc.org
MIXTE
Papier issu de
sources responsables
FSC® C003309

Pocket, une marque d'Univers Poche,
est un éditeur qui s'engage pour la préservation
de son environnement et qui utilise du papier fabriqué
à partir de bois provenant de forêts gérées
de manière responsable.

ISBN : 978-2-266-25056-6

Chapitre 1

Chère Toi,

Le corps que tu habites actuellement m'appartenait. La cicatrice à l'intérieur de la cuisse gauche provient d'une chute que j'ai faite à l'âge de 9 ans quand je suis tombée d'un arbre et que me suis transpercé la jambe. Le plombage de la molaire supérieure gauche est dû au fait que j'ai repoussé une visite chez le dentiste pendant quatre ans. Mais tu n'as sans doute pas grand-chose à faire du passé de ce corps. Après tout, je t'écris cette lettre pour que tu la lises dans le futur. Tu te demandes peut-être pourquoi quiconque ferait une chose pareille. La réponse est à la fois simple et compliquée. La version simple est que je savais que ce serait nécessaire.

La version compliquée risquerait de prendre un peu plus de temps.

Connais-tu le nom du corps dans lequel tu te trouves ? Son nom est Myfanwy. Myfanwy Alice Thomas. Je pourrais te dire que c'est mon nom, mais comme désormais ce corps t'appartient, j'imagine que tu vas l'utiliser. Les gens ont tendance à l'esquinter, mais j'aimerais bien que toi, au moins, tu saches le prononcer correctement. Je ne respecte pas la prononciation galloise traditionnelle, le w *est donc muet et le* f *dur. Ça donne :* Miff-*un*-ee. *Facile. D'ailleurs, maintenant que j'y pense, ça rime avec* Tiffany.

Avant de te raconter toute l'histoire, il y a plusieurs choses que tu dois savoir. D'abord, tu es mortellement allergique aux piqûres d'abeille. Si tu te fais piquer et que tu n'agis pas rapidement, tu mourras. J'ai toujours des injecteurs d'éphédrine sur moi, donc vérifie bien que tu les as toujours avec toi avant d'en avoir besoin. Il y en a normalement un dans mon sac à main, un dans la boîte à gants de la voiture, et dans quasiment toutes les vestes désormais en ta possession. Si tu te fais piquer, retire le capuchon, plante l'embout dans ta cuisse et injecte-toi le liquide. Ça devrait aller. Enfin, tu vas en chier, mais au moins tu ne mourras pas.

À part ça, tu n'as aucune restriction alimentaire, pas d'autre allergie, et tu es en assez bonne forme. Il y a des antécédents de cancer du colon dans ma famille, je te conseille donc de consulter régulièrement, mais rien ne s'est déclaré jusqu'à présent. Ah, et tu tiens très mal l'alcool. Mais tu n'as sans doute pas besoin de savoir ça pour le moment. Tu as d'autres sujets de préoccupation bien plus importants.

J'espère que tu trouveras sur toi mon portefeuille avec toutes les petites cartes magnétiques absolument nécessaires pour survivre dans notre monde électronique : permis de conduire, cartes de crédit, carte de sécurité sociale, carte de bibliothèque. Toutes sont au nom de Myfanwy Thomas à l'exception de trois d'entre elles. Ces trois cartes sont, à l'heure actuelle, les plus importantes. Tu les trouveras glissées au milieu des autres : une carte de retrait, une carte de crédit et un permis de conduire au nom d'Anne Ryan, nom qui ne sera pas relié à toi. Le code pour chacune d'elles est

230500. C'est la date de mon anniversaire, suivie de ton âge. Car tu es une nouveau-née ! Je te conseille de retirer immédiatement de l'argent sur le compte d'Anne Ryan, de te rendre dans un hôtel et de prendre une chambre à son nom.

Si tu lis ces lignes, c'est que tu as survécu à plusieurs menaces immédiates. Pourtant tu es en danger. Le simple fait d'être moi ne signifie pas que tu es en sécurité. En plus de ce corps, tu as hérité d'un certain nombre de problèmes et de responsabilités. Va te mettre en lieu sûr et ouvre la deuxième enveloppe.

Bien à toi,

Moi

Debout sous la pluie, elle grelottait en regardant les mots s'effacer sur la page. Ses cheveux gouttaient, ses lèvres étaient salées et tout son corps douloureux. Sous la faible lumière d'un lampadaire, elle avait fouillé ses poches à la recherche d'un indice lui indiquant qui elle était, où elle était et ce qui se passait. Elle avait trouvé deux enveloppes dans la poche intérieure de sa veste. La première était adressée à *Toi* ; seul le chiffre 2 était inscrit sur la deuxième.

Elle secoua la tête avec colère et contempla les éclairs qui zébraient le ciel. Dans une autre de ses poches, ses doigts se refermèrent sur un objet indistinct. Il s'agissait d'une longue boîte en carton trempée qui commençait à se déformer. Sur l'étiquette étaient inscrits un terme chimique barbare et le nom de Myfanwy Thomas. En appuyant sur le couvercle mou, elle sentit le plastique dur de la seringue, puis remit la boîte dans sa poche.

Voilà qui je suis, se dit-elle amèrement. *Je n'ai même pas la chance de ne pas connaître mon nom.*

Impossible de commencer une nouvelle vie. Peu importe qui était cette Myfanwy Thomas, elle a réussi à m'attirer dans une situation vraiment compliquée. Elle renifla, s'essuya le nez avec sa manche et jeta un œil aux alentours. Elle se trouvait dans une sorte de parc entouré de saules pleureurs qui laissaient pendre leurs longues branches ; elle se tenait au milieu de ce qui avait été autrefois une pelouse mais se transformait vite en marécage. Se décidant, elle extirpa ses pieds du bourbier et enjamba avec soin les corps éparpillés autour d'elle. Inanimés, ils portaient tous des gants en latex.

Les bras serrés contre sa poitrine, trempée, elle se dirigea vers la sortie du parc. Se souvenant des avertissements qu'elle venait de lire, elle restait sur ses gardes et scrutait les alentours à la recherche d'éventuels agresseurs cachés derrière les arbres. Le tonnerre résonna et la fit sursauter. Le sentier la mena hors du parc et elle contempla le paysage qui s'étendait devant elle. À en juger par la rangée de maisons victoriennes qui lui faisait face, elle devait être au milieu d'une zone résidentielle. Ces habitations étaient tout à fait ravissantes, mais elle n'était pas d'humeur à en apprécier le charme. Aucune fenêtre n'était éclairée, et un vent froid s'était levé. Elle plissa les yeux et vit au bout de la route une enseigne lumineuse qui laissait présager de la présence d'un éventuel magasin. Elle soupira et prit cette direction, glissant ses mains sous ses aisselles pour arrêter de trembler.

Après un arrêt à un distributeur et un appel passé depuis une cabine téléphonique délabrée, elle se retrouva à l'arrière d'un taxi roulant en direction d'un hôtel cinq étoiles. Elle se retourna plusieurs fois pour voir si une voiture ne la suivait pas et demanda au chauffeur de changer deux fois de direction. Rien de suspect visiblement, quoique le chauffeur la regarda bizarrement dans le rétroviseur. Une fois arrivés à l'hôtel, elle grommela une vague explication au sujet d'un petit ami qui la harcelait. Le taxi hocha la tête d'un air entendu tout en la dévisageant. Les étudiants en hôtellerie contraints au service de nuit firent honneur à leur formation et ne cillèrent pas en tenant la porte à cette femme trempée jusqu'aux os. Elle traversa le magnifique hall d'entrée, laissant derrière elle une traînée dégoulinante.

La réceptionniste, impeccablement habillée et coiffée (à 3 heures du matin ! Cette femme était sûrement un robot !), réprima poliment un bâillement et écarquilla à peine les yeux quand la personne qui se présenta comme Anne Ryan vint faire son check-in sans réservation ni bagage. Un groom, tentant péniblement de rester réveillé, parvint à la conduire jusqu'à sa chambre et à faire marcher le système de la carte magnétique pour lui ouvrir la porte. Elle oublia de lui donner un pourboire, mais elle supposa que son piteux état lui assurerait une certaine indulgence.

Elle se déshabilla et renonça à prendre un bain, partant du principe qu'elle risquait de s'endormir et de mourir noyée dans une extase parfumée. Elle prit une douche et constata que son corps était couvert d'énormes ecchymoses. La douleur lui coupa le souffle quand elle s'accroupit pour ramasser le savon. Elle parvint finalement à finir sa toilette, s'enveloppa dans un épais peignoir et retourna dans la chambre en titubant. Du coin de l'œil, elle perçut un mouvement : dans le miroir fixé au mur, elle contempla l'étrangère.

Son regard se porta d'abord sur le visage, qui

arborait deux gros coquards. *Merde alors*, pensa-t-elle, *pas étonnant que le taxi ait gobé mon histoire de fiancé violent*. Elle avait l'air d'avoir pris deux grands coups de poing au visage. Ses yeux étaient rougis par les larmes et ses lèvres, à vif, la brûlèrent quand elle passa sa langue dessus. « Quelqu'un a essayé de te défoncer la gueule », dit-elle à la fille dans le miroir. Le visage qui la regardait était fin, et si celui-ci n'était pas beau, il n'était pas laid non plus. *Je suis quelconque*, pensa-t-elle. *Quelconque avec des cheveux sombres jusqu'aux épaules. Hmm.* Elle ouvrit le peignoir et examina son corps.

Quelques adjectifs commençant par M. conviennent bien, se dit-elle tristement. *Minuscule. Maigrichonne. Mini seins. Meurtrie* (même si ce dernier qualificatif était sans doute temporaire). Elle se souvint de la lettre et passa la main sur l'intérieur de sa cuisse gauche. Une petite cicatrice dure. *La chute que j'ai faite à l'âge de 9 ans quand je suis tombée d'un arbre et que me suis transpercé la jambe*, se dit-elle. Son corps ne semblait pas particulièrement sec, mais il avait visiblement été épargné par la cellulite. Jambes rasées. Une épilation du maillot classique et relativement récente. De nouveaux bleus étaient apparus sur sa peau, mais ils ne parvenaient pas pour autant à dissimuler un corps finalement assez peu attirant. *Je pense que je peux faire mieux. Je n'arriverai probablement pas à atteindre « Sexy », mais « Mignonne », ça doit être dans mes cordes. Avec un budget suffisant. Ou au moins un peu de maquillage.*

Son regard se porta sur le reflet de la chambre derrière elle. Là, un lit immense avec de gros oreillers moelleux, une couverture visiblement très douce et des draps si impeccables qu'on aurait pu y peindre un tableau. Si seulement il y avait un… oui, il y était ! Un chocolat de bienvenue était posé sur l'oreiller ! Bon, ça valait le coup de traverser cet immense tapis. Il était doux et elle aurait très bien pu s'écrouler dessus, mais la perspective du chocolat suffisait à la faire avancer. Traînant des pieds, elle s'effondra sur le lit et parvint à s'endormir sans s'étouffer avec sa friandise.

Elle fit des rêves inquiétants. Une fois réveillée, elle se demanda si son trouble tenait au fait qu'elle ait rêvé de personnes qu'elle connaissait avant son amnésie. Mais même pendant son sommeil, elle s'était sentie perturbée. Elle embrassait un homme dont elle ne voyait pas le visage. Tout ce qu'elle pouvait faire, c'était le sentir, et frissonner. Et quand sa langue s'enfonça dans sa gorge, elle ne paniqua pas.

Ensuite, elle se retrouva à prendre le thé dans une salle aux carreaux noirs et blancs remplie de fougères. L'air était chaud et humide, et une dame âgée, vêtue d'un costume victorien, lui faisait face. La femme but pensivement une gorgée et posa froidement ses yeux chocolat sur elle.

« Bonsoir, Myfanwy. Je suis navrée de troubler votre sommeil, mais je me sentais obligée de vous remercier.

— Me remercier ?

— Myfanwy, ne croyez pas que j'ignore ce que vous avez fait pour moi, répondit-elle fraîchement. Je n'apprécie pas de vous être redevable, mais grâce à vous, une menace qui pesait sur ma famille et sur moi a été écartée. S'il devait se présenter une occasion où je pourrais vous rendre la pareille, je suppose que je serai forcée de le faire, cela fût-il pénible pour moi. Une tasse de thé ? »

Elle la servit et but une autre gorgée. Myfanwy hésita, mais goûta son thé avec satisfaction.

« C'est délicieux, dit-elle poliment.

— Merci. » La vieille dame regardait autour d'elle avec curiosité. « Vous allez bien ? Il y a quelque chose d'étrange... » Elle s'interrompit et observa Myfanwy. « Votre esprit est différent. Il vous est arrivé quelque chose ; c'est presque comme si... »

Elle se leva brusquement, renversant sa chaise, qui s'évapora, et s'écarta de la table. Les plantes se penchèrent et se rapprochèrent d'elle.

« Qui êtes-vous ? Je ne comprends pas. Vous n'êtes pas la Tour Thomas, et pourtant c'est vous !

— Myfanwy Thomas a perdu la mémoire, répondit la jeune femme avec cet étrange détachement propre aux rêves. C'est moi qui me suis réveillée à sa place.

— Vous êtes dans son corps, dit-elle lentement.

— Oui, admit-elle.

— Cela est fâcheux. » Elle soupira. « Une Tour qui ne sait plus qui elle est. » Une pause. « Merde.

— Pardon, dit Myfanwy avant de sentir qu'il était ridicule de s'excuser.

— Oui, bon. Laissez-moi un instant, j'ai besoin de réfléchir. » Elle fit les cent pas pendant quelques minutes, s'arrêtant régulièrement pour sentir les fleurs. « Hélas, jeune fille, je n'ai pas le temps d'évaluer tous les facteurs actuellement en jeu. J'ai mes propres problèmes et je ne peux pas vous apporter mon soutien actif, que ce soit ici ou dans le monde éveillé. Le moindre geste inhabituel de ma part nous mettrait toutes les deux en danger.

— Mais vous avez une dette envers moi, non ? Thomas vous a aidée.

— Vous n'êtes pas Thomas ! s'exclama la vieille dame, irritée.

— Je ne pense pas qu'elle va revenir vous demander son dû », répliqua froidement Myfanwy. Elle se calma.

« Très juste. Le mieux que je puisse faire, c'est garder votre secret. Je ne ferai rien contre vous et ne dirai à personne ce qui vous est arrivé. Tout le reste vous appartient.

— C'est tout ? demanda Myfanwy, incrédule.

— C'est plus que vous ne l'imaginez, et cela peut faire toute la différence. Je dois partir. Vous feriez mieux de vous réveiller maintenant. »

Les plantes se tortillèrent de nouveau et commencèrent à s'effacer. Les ténèbres descendirent du plafond de verre au-dessus d'elles.

« Attendez une seconde », dit Myfanwy à l'attention de la vieille dame qui la regarda d'un air étonné. Elle haussa les sourcils et l'obscurité s'arrêta un instant. « Vous n'allez rien faire de plus ?

— Non. » Elle était de nouveau assise à la table et semblait surprise. « Vous n'êtes certainement pas Myfanwy Thomas, remarqua-t-elle en se servant une autre tasse de thé. Bonsoir.

— Bonsoir. »

La dame haussa de nouveau les sourcils et Myfanwy se sentit rougir. Elle était visiblement censée ajouter quelque chose, et un vague souvenir affleura, une toute petite particule de mémoire agonisante.

« Bonsoir, milady ? »

Elle hocha la tête avec satisfaction.

« Bien. Apparemment vous n'avez pas *tout* oublié. »

Elle se réveilla et chercha l'interrupteur à tâtons. Le réveil lui indiqua qu'il était 7 heures du matin. Elle avait beau être épuisée, il n'y avait aucune chance qu'elle arrive à se rendormir. Bien trop de questions se bousculaient dans son esprit. Qu'est-ce que c'était que ces rêves ? Fallait-il les prendre au sérieux ?

Il semblait légèrement injuste d'accorder plus d'importance à la conversation qu'elle venait d'avoir qu'au baiser qu'elle avait échangé. Cependant, le rêve avec la vieille dame avait été incroyablement pénétrant. Croyait-elle que les rêves étaient des messages subconscients ? Elle était légèrement tentée de n'y voir que le tri effectué par son cerveau dans le marasme de ses pensées, mais elle n'était pas tout à fait sûre de cette interprétation.

Et puis, qui était cette Myfanwy Thomas ? Une Tour ? Y avait-il un rapport avec son physique ? Il ne fallait clairement pas tenir compte de ce rêve, ça ne collait pas. Elle n'était ni grande ni grosse, après tout. À l'heure actuelle, elle ne savait rien sur rien. Quel âge avait-elle ? Était-elle mariée ? Pas de bague au doigt, pas de marque de bronzage révélatrice. Avait-elle un métier ? Elle n'avait pas pensé à regarder le solde de ses comptes la veille. Elle était bien trop occupée à essayer de ne pas mourir de froid. Avait-elle une famille ? Des amis ? Dans un soupir, elle roula hors de son lit si confortable et grogna de douleur en se traînant jusqu'à la table où elle avait balancé sa veste. Ses genoux râpés lui firent mal quand elle se pencha et elle ressentait une douleur dans la poitrine lorsqu'elle respirait trop profondément. Elle était sur le point de vider ses poches quand son regard tomba sur le téléphone posé près d'un menu.

« Allô, ici la chambre 553.

— Oui, bonjour madame Ryan, répondit une voix polie et contenue. Que puis-je pour vous ?

— Euh, je voudrais commander un petit déjeuner. Est-ce que je pourrais avoir du café, des pancakes à la myrtille, du jus d'orange, des toasts, de la confiture et deux steaks crus ? »

À sa grande surprise, il n'y eut aucun silence circonspect, la voix au bout du fil accepta gaiement la commande.

« J'ai besoin des steaks pour mes yeux, se sentit-elle obligée d'expliquer. J'ai eu un accident.

— Bien entendu, madame Ryan, tout de suite. »

Elle demanda si l'hôtel pouvait également lui nettoyer rapidement sa seule tenue, et l'employé lui promit de lui envoyer quelqu'un immédiatement.

« Merci. » Elle contempla la vue : l'orage était passé et le ciel était désormais totalement dégagé. Au bout de quelques minutes, elle se dirigea vers la porte-fenêtre qui ouvrait sur le balcon. Elle était sur le point de l'ouvrir quand on frappa doucement à la porte. *Souviens-toi,* se dit-elle, *on t'a pété la gueule, et tu es toujours recherchée.* Elle regarda par l'œilleton et vit un jeune homme timide vêtu de l'uniforme de l'hôtel, un sac à linge sale vide à la main. Elle jeta un œil au tas de vêtements froissés et humides éparpillés au sol et se raisonna. *Je suis prête à prendre ce risque pour avoir des vêtements propres.* Elle ouvrit la porte, remercia le jeune homme, et, rougissant, ramassa rapidement ses affaires trempées qu'elle jeta dans le sac ouvert. Puis, toujours gênée de n'avoir rien donné au groom la veille, elle laissa un pourboire excessivement généreux.

La télévision diffusait le journal du matin et elle s'étonnait qu'il ne soit pas fait mention des corps dans le parc, quand on lui apporta son petit déjeuner – qui donna lieu à un autre pourboire disproportionné. Elle s'assit, fouilla les poches de sa veste et sortit l'enveloppe sur laquelle était soigneusement inscrit le chiffre 2. Rien qu'en la regardant, elle sentit une certaine irritation contre la femme qui avait écrit ces lettres, celle qui l'avait mise dans cette situation. *Je regarderai ça après*, décida-t-elle, *quand j'aurai bu mon café.* Elle la mit de côté, attrapa le portefeuille et examina les cartes en mâchonnant son toast. Il y avait deux permis de conduire, dont l'un confirmait qu'elle était effectivement Myfanwy Alice Thomas. L'adresse ne lui disait absolument rien, mais elle fut intriguée de relever qu'il s'agissait sans doute d'une maison et non d'un appartement. Il était dit qu'elle avait les cheveux bruns, les yeux bleus et qu'elle était âgée de 31 ans. Elle jeta un regard sévère sur sa photo. Des traits ordinaires, un visage pâle et des sourcils qui n'en faisaient qu'à leur tête.

Le portefeuille contenait également plusieurs cartes de crédit et de retrait, et un petit mot qui disait : « Je comprends ce que tu fais, mais tu n'es pas vraiment le genre de personne qui garde son cœur dans son porte-monnaie. »

Très drôle, pensa-t-elle. *On dirait que j'avais pas mal d'humour avant de perdre la mémoire.* Le butin contenu dans ses autres poches était composé d'un paquet de mouchoirs, d'un téléphone portable déchargé et d'un badge à clip. Épais comme quatre cartes bleues, ce dernier arborait une photo passée et un code-barres. Elle finit par poser sa veste et prit une grande gorgée de l'excellent café qu'on lui avait apporté. C'était le moment idéal pour lire la lettre. Elle pouvait seulement espérer qu'elle serait plus éclairante que la précédente. Bon, au moins celle-ci était tapée à l'ordinateur.

Chère Toi,

Tu as remarqué que je ne t'appelle pas Myfanwy ? Il y a deux raisons à cela. Premièrement, j'ai l'impression que ce serait impoli de t'imposer mon prénom, et deuxièmement, je trouve ça bien trop bizarre. En parlant de bizarre, j'imagine que tu te demandes comment j'en suis arrivée à écrire ces lettres, comment j'ai su que ce serait nécessaire.

Tu dois te demander comment je connais l'avenir.

J'ai une mauvaise nouvelle pour toi : je ne suis pas voyante. Je ne sais pas ce qui va arriver. Je ne peux pas prédire le tirage du loto, ce qui est bien dommage car ça pourrait se révéler extrêmement utile. Mais au cours des derniers mois, j'ai été approchée par plusieurs personnes qui affirmaient qu'elles pouvaient voir mon avenir. Des étrangers. Si certains savaient qu'il leur arrivait d'avoir des flashs de préconnaissance, d'autres ne parvenaient pas à expliquer pourquoi ils m'abordaient. Ils avaient eu des rêves, des visions, des intuitions. Au début, je les ai pris pour des fous, mais progressivement, c'est devenu difficile de ne pas en tenir compte.

Je savais donc que tu allais te retrouver sous la pluie, sans aucun souvenir de ton identité. Je savais que tu allais te réveiller entourée de cadavres gantés. Je savais qu'ils seraient étendus sur le sol, « sévèrement déboîtés » pour reprendre les termes d'une vieille dame particulièrement toquée qui m'a accostée dans une rue de Liverpool.

Je me demande si tu es constituée de parties de moi ou si tu es une toute nouvelle personne. Tu ne sais pas qui tu es, je suis au moins sûre de ça, mais le reste a-t-il disparu ? J'imagine que tu ne peux pas savoir que Jane Eyre *est le livre que j'aime le moins au monde. Ou que tous les livres de Georgette Heyer sont mes préférés. J'aime les oranges. J'aime les pâtisseries.*

« Est-ce que tu aimes les pancakes ? se demanda la fille dans la chambre d'hôtel en avalant une bouchée à la myrtille. Moi oui, en tout cas. Tu aurais dû me le dire. »

À vrai dire, je trouve toute cette histoire très inquiétante. J'ai une vie rangée et confortable. Si celle-ci n'est pas tout à fait conventionnelle, j'ai réussi à la rendre agréable. Aujourd'hui, la seule chose qu'il me reste à faire, c'est assembler ce que l'on m'a dit.

1. Je sais que je vais perdre la mémoire. Je ne sais absolument pas pourquoi mais je vais essayer de m'y préparer et de te faciliter les choses.

2. Je sais que l'on va m'attaquer, ou t'attaquer, et qu'à l'issue du combat, les assaillants seront vaincus. Je suppose que tu seras en charge de la dernière partie. Je suis une personne très organisée, mais je ne me bats pas. Les coquards seront sans doute pour moi, cela dit. Ce sont apparemment des choses qui vont m'arriver.

3. Je sais que ces hommes qui m'attaquent portent tous des gants en latex, ce qui est capital. Ça n'a l'air de rien, ou peut-être d'une simple perversion, et tu ne dois pas comprendre ce que cela signifie, mais je te l'expliquerai si tu le souhaites. Tout ce que tu dois savoir pour le moment, c'est qu'une personne en qui je devrais avoir confiance a décidé de m'éliminer. Je ne sais pas qui c'est. J'ignore pourquoi. C'est peut-être à cause de quelque chose que je n'ai même pas encore fait.

Je ne suis pas certaine que tu liras cette lettre, je ne suis même pas sûre que tu lises la première. J'en ai mis des exemplaires dans tous les manteaux et vestes que je possède pour m'assurer qu'elles seront à ta portée quand tu en auras besoin. J'espère vivement que ma connaissance limitée du futur te servira, et que tu obtiendras d'autres indices de ton côté.

Et que je porterai un manteau quand cela arrivera.

Dans tous les cas, les faits sont là. Tu as un choix à faire, et je ne peux pas le faire à ta place. Tu peux fuir ma vie et t'en créer une nouvelle. Si telle est ta décision, alors tu devras quitter le pays. Ce corps est accompagné d'une grosse somme d'argent, plus qu'il n'en faut pour t'assurer une existence confortable. Je t'ai laissé des instructions pour te forger une nouvelle identité, ainsi qu'une liste de noms et d'informations dont tu pourras te servir pour te protéger. Tu ne seras jamais complètement en sécurité, mais tu le seras autant que l'on peut l'être grâce à une personne aussi prévoyante que moi.

Ou tu peux décider d'adopter ma vie. Tu peux découvrir pourquoi tu as été trahie. J'ai dit plus haut que j'avais une belle vie, et c'est vrai. Le corps dans lequel tu te trouves a la chance d'avoir des richesses, du pouvoir et des connaissances qui surpassent les rêves du commun des mortels. Tu peux obtenir tout cela, mais ce choix est dangereux. Pour une raison ou pour une autre, nous avons toutes les deux subi une injustice. Toi, parce que tu n'as rien fait, moi, parce que je ne peux pas croire que je ferai quoi que ce soit pour mériter ça.

Voilà, le choix t'appartient. Tu trouves cela injuste ? C'est vrai. Mais tu dois quand même choisir. Cette enveloppe contient deux clés : elles ouvrent toutes deux des coffres à la Mansel Bank sur Bassingthwaighte Street, dans la City. Le coffre 1011-A contient tout ce dont tu auras besoin pour partir, et le coffre 1011-B te réintègre à ma vie. Quelle que soit ta décision, je ne t'en voudrai pas.

Je te souhaite le meilleur. Quoi que tu fasses, reste sur tes gardes tant que tu n'as pas ouvert le coffre. Souviens-toi, ils veulent ta peau.

Bien à toi,

Myfanwy Thomas

Elle posa la lettre sur la table, attrapa son café et se dirigea vers le balcon. Elle hésita, puis se ressaisit. *Personne ne m'a suivie,* se dit-elle, *il ne va pas y avoir de snipers qui m'attendent dehors. Reprends-toi.* Elle ouvrit la porte-fenêtre et sortit dans la lumière du matin. C'était une belle journée. Tout autour d'elle, des chambres d'hôtel étaient occupées par des personnes qui, installées sur des balcons où ils profitaient du même soleil hivernal, mangeaient la même chose qu'elle en regardant la même vapeur que dégageait la piscine chauffée (et déserte). Mais elle était probablement la seule à être sur le point de choisir son identité.

Eh bien, madame Thomas, votre histoire est tout à fait fascinante, songea-t-elle. *Vous avez délibérément essayé de me tenter pour que j'accepte de me lancer dans une sorte de croisade personnelle. Vous ne donnez aucun détail de la vie dont j'hériterais car vous* voulez *aiguiser ma curiosité. Et même si je n'ai encore aucune idée de qui je suis, il semblerait que j'aie un penchant pour les mystères.*

Je ne sais pas si ça me vient de vous, mais je suis assez maligne pour me rendre compte que votre petite mission serait suicidaire. Et je ne suis pas le moins du monde intriguée par votre promesse de « richesse, pouvoir et connaissance qui surpassent les rêves du commun des mortels ». Tu m'entends, quelque part au fond de ce cerveau ? Si oui, écoute ça : Arrête ton char, chérie. Ta vie ne m'attire absolument pas.

Elle contempla les nuages ; elle n'avait aucun souvenir de l'avoir jamais fait. Elle but son café, et même si elle savait qu'elle l'aimait avec du lait et du sucre, elle ne se souvenait pas d'en avoir déjà bu. Elle se souvenait des mouvements pour nager le papillon, bien qu'elle ne se rappelât pas s'être déjà baignée. Elle avait tant de souvenirs à construire et tant d'expériences dont elle savait qu'elles seraient plaisantes à vivre.

Si des gens essayent de me tuer, alors je préfère être loin et dépenser tout l'argent que tu m'as légué. Ce qui te manquait en courage, je vais le compenser en bon sens. Elle retourna dans la chambre, attrapa un stylo, et entoura le 1011-A d'un trait décidé.

Allongée sur le lit, un steak posé sur chaque œil, elle réfléchit à la prochaine étape. Il y avait plusieurs problèmes à régler. D'abord, comment atteindre la banque sans attirer l'attention (et, de ce fait, les coups) d'un taré fétichiste des gants en latex ? Ensuite, où aller quand elle aurait ouvert la porte de sa nouvelle vie ? La première question semblait relativement simple à résoudre. La veille, prise de panique, elle avait retiré une assez grosse somme en espèces, sans doute suffisante pour louer une voiture avec chauffeur afin de se rendre à la banque. Quant au deuxième problème, eh bien, malgré tous ses défauts, l'ancienne Myfanwy Thomas ne lui semblait pas avoir l'air d'une menteuse. Elle s'attendait donc à trouver tout ce qu'il lui faudrait dans le coffre 1011-A. Thomas avait dit qu'il contiendrait des instructions et des conseils pour construire sa nouvelle vie. Bien sûr, il restait à comprendre pourquoi Myfanwy Thomas n'avait pas choisi d'utiliser cette fortune qu'elle disait posséder afin de quitter le pays avant de perdre la mémoire. Elle aurait pu éviter l'amnésie et partir bronzer sur une terrasse à Bornéo, si elle en avait eu le courage. Qu'est-ce qui l'en avait empêchée ?

Peut-être le nombre de prédictions qu'elle avait reçues ? Mais quelle personne irait croire des « voyants » l'accostant dans la rue ? Et si Thomas était certaine que l'attaque aurait lieu, elle était tout aussi sûre que je pourrais fuir sa vie. Elle était peut-être trop peureuse pour changer son destin, mais moi je ne le serai pas !

Subitement assurée, elle décolla délicatement les steaks de son visage et examina le résultat dans le miroir. Ses yeux étaient certes moins gonflés, mais les marques étaient sombres et profondes. Ça prendrait des jours pour disparaître, et la douleur était toujours bien présente. Elle se dirigea vers la salle de bains pour nettoyer le jus de viande ayant coulé sur son visage et ses cheveux, attrapant au passage un Toblerone dans le minibar.

Trois quarts d'heure plus tard, elle grimpa dans la voiture qui l'attendait pour l'emmener dans la City. Ses vêtements étaient propres, ses cheveux sentaient la fleur – et non plus le steak tartare –, et elle était totalement déterminée quant au futur cours de sa vie.

À l'évidence, Thomas et elle étaient très différentes. Elle serait évidemment reconnaissante pour ce qu'elle lui avait laissé, et la fille qui avait vécu dans son corps pourrait reposer en paix.

Sur un coup de tête, elle demanda au chauffeur de passer devant les principaux monuments londoniens. Elle plissa les yeux quand ils traversèrent Trafalgar Square et longèrent St. Paul's Cathedral. Elle avait le sentiment de connaître ces endroits, mais comme des lieux qu'elle aurait vus en photo ou dont on lui aurait parlé.

La longue voiture noire s'arrêta sans bruit devant la banque, le chauffeur hocha la tête chaleureusement quand elle lui demanda de l'attendre. *Je me demande si Thomas partageait ce goût du luxe. J'espère, car apparemment, elle en avait les moyens.* Après le petit déjeuner, elle avait consulté le solde de toutes ses cartes au distributeur de l'hôtel, et avait été excitée par le nombre de zéros. Si c'était ça la richesse dont Thomas avait parlé dans sa lettre, elle allait effectivement pouvoir vivre confortablement. S'il y en avait encore plus, alors ce serait une vie extrêmement agréable. Elle descendit de la voiture et gravit les marches, jetant un coup d'œil discret autour d'elle, guettant la moindre présence suspecte. Ne voyant ni gants, ni regards jetés dans sa direction, elle se détendit et pénétra dans la banque.

J'imagine que je vais devoir me trouver un autre nom. Je ne peux certainement pas continuer à m'appeler Myfanwy Thomas, surtout si j'essaie de fuir mon passé. Et je ne suis pas dingue d'Anne Ryan. Mais il est peut-être dangereux de prendre la moindre décision avant de savoir ce que Thomas avait prévu. Il y aura peut-être un passeport ou autre chose. J'ai toujours aimé le prénom Jeanne.

Du moins, je crois *que j'ai toujours aimé ce prénom.*

Plongée dans ses pensées, elle prit la direction de l'ascenseur qui menait à la salle des coffres, poussa les lourdes portes en bois et se dirigea vers la réceptionniste.

« Bonjour, je suis Anne Ryan », dit-elle en montrant son permis de conduire.

La réceptionniste se leva en hochant la tête. Elle portait des gants en latex. Avant que la femme autrefois connue sous le nom de Myfanwy Thomas puisse dire un mot, l'hôtesse prit son élan et lui assena un coup de poing au visage.

Elle tituba, la douleur lui brûlant les yeux, et se mit à hurler comme une sirène de paquebot. La vue troublée par le choc, elle parvint néanmoins à distinguer trois hommes entrer dans la pièce et fermer les portes derrière eux. Ils l'encerclèrent, et l'un deux se pencha sur elle, une aiguille hypodermique à la main. Prise d'une rage soudaine, elle lui mit un grand coup de pied dans l'entrejambe, lui arrachant un cri aigu, et enchaîna avec un crochet qui le toucha au menton. L'homme tomba dans les bras d'un de ses complices, tandis qu'elle se redressait d'un bond en montrant les dents. Elle sentit la panique la submerger en réalisant qu'elle ne savait pas se battre. Bien sûr, il y avait quand même quelques mouvements évidents. Elle repoussa violemment l'homme qu'elle avait frappé, les envoyant lui et son copain contre le mur. Le troisième homme et la femme reculèrent, comme hésitant à la toucher. Elle remarqua que les hommes aussi portaient des gants en plastique. La femme jeta un regard interrogateur à son acolyte.

Profitant de sa distraction, elle se jeta sur elle, pensant qu'elle serait une cible plus facile. Ils ne semblaient pas être armés, et jusqu'à présent, seule la femme avait cherché à la frapper. Cependant, au lieu de la faire tomber, elle se trouva rapidement elle-même retournée et bloquée par une douloureuse clé de bras. Elle allait se faire descendre par des experts. *Désolée, Thomas. On dirait bien que tu m'as surestimée.* L'un des hommes s'approcha et la gifla violemment avant de lui assener un coup de poing. La douleur la secoua, lui tordant encore un peu plus le bras. La salope la poussa légèrement dans le dos, et elle eut l'impression que plusieurs de ses os étaient sur le point de se briser.

« Enfoirés ! » cria-t-elle. Le premier homme boita jusqu'à elle, la seringue à la main. La douleur montait en elle, et quand la femme lui tira de nouveau le bras, elle explosa. Fermant les yeux, elle se mit à hurler. Il n'existait plus rien d'autre que ce cri, il noyait tout, même la douleur. Tout l'air était expulsé hors de ses poumons, elle ne sentait et n'entendait que sa voix. Quand elle ouvrit les yeux et reprit son souffle, elle se rendit compte que plus personne ne la tenait. Les quatre assaillants étaient allongés par terre, saisis de convulsions incontrôlables.

Mais qu'est-ce qui s'est passé putain ? Qu'est-ce que j'ai fait ?

Elle chancela, se concentra pour ne pas tourner de l'œil et jeta un regard circulaire dans la pièce, s'attendant à ce que quelqu'un arrive. Mais personne ne vint. *Pas même les employés de la banque,* remarqua-t-elle. Les portes devaient être assez épaisses pour avoir étouffé les bruits de la bagarre. Son premier réflexe fut de prendre la fuite, mais une résolution terrible l'en empêcha. Jusqu'à présent son existence avait certes été bizarre, mais elle avait toujours pris ses décisions en se basant sur des faits concrets. Désormais, plus rien de ce qu'elle croyait comprendre n'était fiable. Toutes les vagues hypothèses qu'elle avait élaborées au sujet de Myfanwy Thomas et de ce qui lui était arrivé étaient, à l'évidence, complètement erronées. Le monde était bien plus complexe qu'elle ne l'avait cru, et elle voulait avoir le fin mot de l'histoire.

Elle fouilla consciencieusement les poches de la réceptionniste, en faisant de son mieux pour ignorer les convulsions, de plus en plus espacées, qui continuaient à l'agiter. Rien. Un examen rapide du bureau lui permit de découvrir un tiroir rempli de clés numérotées et rangées dans de petits compartiments. Elle trouva les clés correspondant à celles qu'elle avait déjà, et, enjambant les corps étendus, elle entra dans la salle des coffres. Elle tomba, bouche bée, sur une femme inanimée qui portait un badge de réceptionniste. *J'imagine qu'ils l'ont assommée,* pensa faiblement Myfanwy. *Comment ont-ils réussi à me retrouver ? Et à arriver ici aussi rapidement ?*

Elle contourna l'employée de banque, parcourut les rangées d'énormes tiroirs jusqu'à trouver les bons numéros et inséra les clés dans les deux serrures. Elle fut un instant tentée de changer d'avis, mais après avoir jeté un regard par-dessus son épaule en direction des corps, elle se décida. Elle serra les dents et ouvrit le coffre 1011-B.

Il contenait deux valises. La première était remplie d'objets enveloppés dans du papier-bulle. Elle attrapa la seconde valise, l'ouvrit et contempla, surprise, son contenu. Elle était pleine d'enveloppes numérotées par Myfanwy Thomas.

Chapitre 2

Sa première déception de ne trouver qu'une valise remplie de papiers plutôt qu'un sac bourré de gadgets high-tech ou de pièces d'or fit vite place à la curiosité. Finalement, les lettres avaient autant de sens qu'autre chose. Elle espérait d'ailleurs que Myfanwy Thomas avait laissé des instructions pour une situation comme celle-ci. Mais avait-elle le temps de les consulter ? Elle risqua un coup d'œil derrière elle et vit que les quatre corps ne s'étaient pas relevés et avaient complètement cessé de se convulser. La réceptionniste ne semblait pas être sur le point de se réveiller non plus. Elle hésita un moment, pesant le pour et le contre, puis la raison l'emporta. *Et merde, je regarderai ça dans la voiture.*

Elle enfouit une des enveloppes, la numéro 3, dans sa poche arrière, attrapa les deux valises – plus lourdes qu'elle ne l'aurait cru – et sortit de la chambre forte en les tirant péniblement. Elle contourna prudemment les corps et monta dans l'ascenseur qui la ramena au hall d'entrée.

Du calme, se dit-elle. *Du calme. Tout le monde ne portera pas des gants en latex.* De fait, personne ne portait de gants, et personne ne sembla lui accorder la moindre attention. *Bon, ça durera au moins jusqu'à ce que quelqu'un se rende dans la salle des coffres*, pensa-t-elle en sortant à grands pas. Elle peina dans les escaliers, mais le chauffeur l'apercevant vint pour la débarrasser de ses bagages qu'il déposa dans la voiture. Myfanwy le remercia et se glissa sur la banquette arrière.

« Roulez, demanda-t-elle. Vite, s'il vous plaît. » Elle se laissa tomber en arrière et se concentra pour contrôler sa respiration et éviter une crise cardiaque.

OK, tu es en sécurité. Et maintenant ? Elle attrapa l'enveloppe dans sa poche et l'ouvrit.

Chère Toi,

La probabilité que tu lises ceci est quasiment nulle. Qui préférerait opter pour l'incertitude et de vagues avertissements contre une nouvelle vie de luxe et d'opulence ? Je suppose que tu as subi un stress énorme, que tu as touché la peau de quelqu'un et que cette personne s'est retrouvée paralysée. Ou aveugle. Ou muette. Ou qu'elle s'est souillée. Ou l'un des nombreux autres effets que je ne te détaillerais pas pour l'instant. Dans tous les cas, sache que je sais ce que ça fait la première fois. C'est comme ouvrir une porte à l'intérieur de toi-même, n'est-ce pas ? Comme si tu avais été percutée par un camion. C'est un sentiment qu'on ne peut pas ignorer. Donc même si tu aurais sans doute préféré ouvrir l'autre coffre (ce qui t'aurait d'ailleurs valu le nom de Jeanne Citeaux jusqu'à la fin de tes jours), je suis contente que tu aies pris cette décision.

Prends les deux valises et rends-toi à l'adresse ci-dessous. La clé est dans l'enveloppe, et tu devrais y être en sécurité. Je n'ai officiellement aucun lien avec cet endroit. Ouvre la prochaine lettre quand tu seras installée. Essaie de ne pas être suivie.

Ce mot n'était pas signé, et la clé ne comportait aucun signe distinctif. L'adresse indiquée n'apparaissait sur aucun de ses permis de conduire, et semblait correspondre à un appartement. Elle rangea la lettre et la clé dans sa poche, donna l'adresse au chauffeur et ajouta qu'elle ne voulait pas être suivie. Il hocha la tête et se lança dans un parcours qui comportait tant de demi-tours et de changements de directions qu'elle fut certaine que personne ne pouvait les prendre en filature sans se faire remarquer. Il sourit quand elle lui en fit la remarque.

« J'ai l'habitude, mademoiselle. Beaucoup de nos clients essaient d'éviter les paparazzis. » Elle acquiesça pensivement, sortit la clé et joua avec en regardant le paysage défiler. Ils avaient quitté la City et longeaient maintenant la Tamise sur laquelle voguaient des bateaux pour touristes. Puis la voiture prit des virages abrupts avant de s'enfoncer dans les quartiers résidentiels. Tandis qu'ils filaient vers l'est, vers l'ancien quartier des Docks, elle commença à digérer les événements de la banque.

Ils s'arrêtèrent finalement devant un immeuble. Elle remercia le chauffeur pour sa conduite professionnelle en lui tendant un généreux pourboire, et traîna les valises déposées à l'entrée dans l'ascenseur. Elle trouva l'appartement au neuvième étage et ouvrit la porte.

Il était visiblement vide depuis des semaines, voire des mois. Malgré les rideaux tirés, un rai de lumière parvenait à entrer dans la pièce étrangement calme. Il y flottait une odeur d'abandon. Elle appuya sur l'interrupteur et fit quelques pas hésitants, ayant la sensation de s'immiscer ou d'entrer par effraction chez quelqu'un.

Dans le salon qui s'ouvrait devant elle, les meubles étaient recouverts par des housses de protection. Aucune photo ne décorait les murs. Sur sa droite se trouvait la cuisine. Elle trouva des packs d'eau et des canettes de soda dans le réfrigérateur et le congélateur contenait des barquettes de viande et une variété de plats surgelés. Il y avait des couverts dans les tiroirs et de la vaisselle dans les placards. Elle retourna dans le salon, retira les draps qui dissimulaient le mobilier et découvrit de gros canapés et fauteuils bordeaux foncé, visiblement moelleux, installés face à une grande télévision fixée au mur.

« C'est minimaliste », se dit-elle. La chambre était tout autant dépourvue de caractère, et le grand lit était lui aussi protégé de la poussière par un drap. Lorsqu'elle le retira, elle vit que le lit était fait et que les couvertures semblaient douces. Un parfum inattendu s'éleva et elle trouva un sachet de lavande sous les oreillers. Il y avait du savon, du shampooing et des serviettes dans la salle de bains ainsi que quelques brosses à dents neuves encore emballées, du dentifrice et du bain de bouche dans le placard au-dessus du lavabo. Pas de maquillage, mais une brosse à cheveux et, plus étonnant, quelques bouteilles de teinture pour cheveux.

Ne me dis pas que j'ai des cheveux blancs à 31 ans ! pensa-t-elle, horrifiée, mais elle remarqua qu'aucun flacon ne semblait correspondre à sa couleur. *Probablement au cas où j'aurais besoin de me déguiser,* conclut-elle. Il y avait également une grosse trousse à pharmacie sur l'étagère.

L'autre chambre avait été transformée en une sorte

de bureau équipé d'un gros ordinateur et d'une imprimante visiblement complexe, elle aussi sous plastique. Sur une étagère basse, des dossiers semblaient contenir les papiers pour la location de cet appartement. Une pensée lui vint, elle retourna dans la grande chambre et ouvrit la penderie.

Elle y trouva plusieurs tenues incroyablement passe-partout, principalement noires ou grises : quelques chemisiers blancs, un ou deux tailleurs, une jupe et deux jeans. Tout était soigneusement rangé et semblait avoir été choisi pour permettre à la personne ainsi vêtue de ne pas être remarquée.

Bon, apparemment je n'ai absolument aucun goût vestimentaire, remarqua-t-elle, fascinée par la banalité de ses choix. Cette remarque la fit frémir, car il était très troublant de penser qu'elle avait porté ces vêtements sans que son esprit soit présent. Elle remarqua cependant que les étiquettes n'avaient pas encore été retirées. Elle ferma doucement la porte et passa au salon, où elle tira les rideaux pour faire entrer la lumière du jour.

Les fenêtres immenses donnaient sur le fleuve et sa circulation dense. Le mobilier sembla soudain plus agréable, et elle constata que tout avait été disposé avec soin. *Thomas a dû se donner du mal. Ce n'était pas seulement une planque mais elle en avait fait un endroit confortable.* Elle ressentit une certaine affection pour la femme qui avait habité son corps. On ne pouvait qu'apprécier quelqu'un qui faisait tant d'effort pour vous mettre à l'aise.

En plus, c'est la seule personne que je connaisse, se dit-elle, même si cette pensée lui parut un peu ridicule. Elle déposa les valises dans le salon et, plutôt que de commencer par les lettres, ouvrit celle remplie d'objets enveloppés dans du papier bulle. Elle en sortit un qu'elle soupesa. L'objet pesait lourd et arborait une étiquette avec écrit « AU CAS OÙ ». Elle retira délicatement le scotch, défit les emballages et eut un mouvement de surprise. C'était une mitraillette, petite mais effrayante. Elle regarda la valise avec inquiétude, craignant soudain d'y trouver d'autres armes, puis elle remballa la mitraillette avec précaution et la remit dans la mallette qu'elle referma.

Elle passa à la deuxième valise et sortit la lettre suivante. Écrite à l'encre violette, son contenu était beaucoup plus épais que les autres. Retirant ses chaussures, elle s'allongea sur le canapé extrêmement confortable et propice à la sieste.

Chère Toi,

Je vais partir du principe que tu te trouves là où tu es censée être et arrêter de faire des conjectures sur l'endroit où tu aurais pu atterrir. Cela dit, j'espère bien que tu es dans l'appartement que j'ai aménagé pour toi, car ça m'a pris une éternité de tout mettre en place. Il y avait beaucoup de choses que je voulais que tu aies en arrivant, et c'est devenu de plus en plus difficile de tout apporter sans être remarquée. Je (et maintenant toi aussi j'imagine) suis sous surveillance permanente. Ainsi l'aménagement de cette cachette secrète, d'où je t'écris, assise sur la partie droite du canapé, n'a pas été une mince affaire.

Elle jeta un coup d'œil de l'autre côté du canapé, où son ancien elle s'était un jour assise. Ça lui faisait comme une présence, malgré l'absence de toute personne.

Il y a toutes sortes de choses que je dois t'expliquer, mais je dois d'abord choisir dans quel ordre je dois procéder. Avant de te dire qui je suis, ce que je fais, et le reste, il y a certaines informations que tu dois connaître immédiatement. J'ai supposé dans ma dernière lettre que tu avais touché quelqu'un et que tu lui avais fait perdre le contrôle de son corps. Je vais partir de cette hypothèse, car c'est la seule raison qui pourrait expliquer que tu aies choisi ce coffre. Soit dit en passant, je suis vraiment désolée pour toi car seule une immense douleur peut déclencher ton don inconsciemment. J'espère que tu n'as rien de rompu ou brisé, car ce serait vraiment malvenu. Mais je préfère ne pas explorer les « si ». Tu es dans l'appartement, saine et sauve.

J'avais 9 ans quand ça m'est arrivé pour la première fois. J'avais grimpé à un arbre et en tombant, une branche pointue m'a transpercé la jambe. Mes parents m'ont conduite à l'hôpital, hurlant de douleur. Je portais un survêtement ce jour-là, j'imagine que c'est comme ça qu'ils ont réussi à me porter sans toucher ma peau. Bref, le trajet fut épouvantable pour tout le monde, pour moi parce que je saignais et que je suis une vraie chochotte face à la douleur, et pour mes parents parce que je n'arrêtais pas de brailler.

Il n'y avait pas grand monde à l'hôpital, ou alors mes cris m'avaient permis d'éviter de passer par la salle d'attente, et je fus vite prise en charge par un médecin qui découpa avec précaution mon bas de survêtement (qui s'était collé à ma jambe). Quand il frôla ma peau, il s'écroula en hurlant. Il avait perdu le contrôle de ses jambes. Une autre personne arriva en courant pour essayer de s'occuper du médecin et de moi. Quand elle m'effleura, elle perdit la vue.

Ça faisait donc trois personnes en train de crier et de battre l'air, même si, de mon côté, toute l'affaire m'avait tellement surprise que je m'étais calmée et que mes hurlements avaient laissé place à de faibles gémissements. Le troisième docteur eut le bon sens (ou peut-être simplement la chance) de s'occuper d'abord des deux autres. La personne qui me toucha ensuite eut encore plus de bon sens, puisqu'elle portait des gants. On me fit des points de suture et un bandage à la jambe, et quand je me réveillai, les gens pouvaient à nouveau me toucher sans danger.

Néanmoins je savais que j'avais provoqué ce chaos, et je savais que je pouvais recommencer si je le désirais. Fouille dans ton esprit, souviens-toi, et tu verras que toi aussi tu sais comment faire. Si tu ne l'as pas encore fait (je ne peux pas exclure cette hypothèse), alors il va falloir que tu mettes en route tes pouvoirs. Il y a un dossier rouge dans l'une des valises, tu y trouveras des suggestions.

C'est pas possible, elle plaisante, pensa la femme assise sur le canapé, tout en tendant la main vers le dossier rouge. Elle y trouva des descriptions détaillées sur les meilleurs moyens d'amener son bras ou sa jambe à la limite du point de rupture (sans les casser) et d'autres méthodes pour s'infliger un certain nombre de blessures horrifiantes mais temporaires. « Incroyable », murmura-t-elle. L'incident à la banque n'avait pas été très agréable, mais au moins elle n'avait pas eu besoin d'en passer par ce genre de choses.

Au début, cet après-midi bizarre ne sembla avoir aucune conséquence. Il n'y eut aucune poursuite, et mes parents ne m'en reparlèrent jamais. Mais quelqu'un avait dû en parler, et la rumeur dut atteindre des individus particulièrement intéressés. J'ai appris par la suite que trois mois après ma visite à l'hôpital, mon père a reçu une lettre d'une obscure agence gouvernementale. J'aime à penser qu'il en a discuté avec ma mère, mais quoi qu'il en soit, je fus finalement conduite avec mon père dans un vieil immeuble en pierre de la City où je fus présentée à Lady Linda Farrier et Sir Henry Wattleman, membres de la Checquy.

On nous introduisit, mon père et moi, dans une sorte de salon aux murs couverts de livres et d'imprimés et on nous installa dans des fauteuils, avec du thé et des biscuits. Sir Wattleman et Lady Farrier commencèrent à expliquer à mon père pourquoi il était à la fois nécessaire et légal que l'on me retire à ma famille pour me placer sous la tutelle de la Checquy. Je ne prêtais pas vraiment attention à tout ça car je n'avais que 9 ans et demi et parce que je ne pouvais m'empêcher de dévisager Lady Farrier, qui m'était étrangement familière.

Elle n'était pas jeune, mais elle était très mince et avait les cheveux tirés en arrière. Ses yeux sombres étaient marron foncé et elle parlait très calmement. Rien ne semblait pouvoir la troubler ou la surprendre, même quand je fis tomber ma tasse de thé, qui se brisa sur le sol en mille morceaux. Elle ne cilla pas, mais Sir Wattleman tourna brusquement la tête et sembla sur le point de frapper quelqu'un.

Je me souviens que mon père refusa que l'on m'emmène, mais sans grande conviction, comme s'il avait su que c'était perdu d'avance. Lady Farrier énonça très patiemment des articles de loi qu'elle avait déjà cités, sans la moindre once de pitié dans sa voix. De son côté, Sir Wattleman semblait un peu plus compatissant, ce qui est ironique, car j'appris plus tard que c'était l'un des hommes les plus dangereux du pays et qu'il était responsable d'un grand nombre d'assassinats qu'il avait commis lui-même pour la plupart. Néanmoins, il fut de loin le plus humain des deux ce jour-là et il faisait de son mieux pour consoler mon père. Il lui tapota même l'épaule.

J'avais de plus en plus de mal à prêter attention à la conversation, totalement fascinée par Lady Farrier qui m'ignorait complètement. Au moment précis où mon père s'inclina et accepta de repartir sans moi, je me souvins d'où je la connaissais. Mon esprit tournoyait tandis que mon père m'embrassait et me prenait dans ses bras pour la dernière fois, et je ne me rappelle pas ses dernières paroles. Il sortit avec Sir Wattleman, je restai debout, essuyant les larmes que mon père avait laissées sur mes joues, dévisageant la femme que je reconnaissais, bien que ce fût impossible.

Suis-je une enfant indigne d'avoir ignoré mon père au moment où il sortait de ma vie ? En y repensant, je suis totalement abattue et honteuse. Je n'étais pas d'un naturel égoïste. J'adorais ma famille, ma petite sœur et mon grand frère étaient les personnes que j'aimais le plus au monde. Les jours suivants, je fondis en larmes chaque fois que je pensais à eux. Mais sur le moment, il n'y avait qu'elle.

J'avais rêvé d'elle chaque nuit au cours des deux mois précédents. Nous étions assises dans une pièce au carrelage noir et blanc, et je lui racontais tout. Elle était stricte et solennelle, mais je l'adorais. De la nourriture apparaissait sur la table, et elle extrayait patiemment le moindre détail de ma vie. Elle s'intéressait particulièrement à ma visite à l'hôpital, mais elle supportait la description de tous mes objets et les menues broutilles de ma journée. Je pense que c'est sa patience qui me plaisait. Les enfants de 9 ans ont-ils jamais un public aussi fasciné ? De toute façon, elle m'avait écoutée, et désormais je me trouvais face à elle.

Elle posa la lettre un instant et regarda pensivement le plafond. Cette femme, Farrier, ressemblait étrangement à celle qu'elle avait vue dans son rêve. Et la pièce qu'elle décrivait était strictement identique. Même le nom de la Checquy lui faisait dresser les cheveux sur la tête. Est-ce que sa mémoire revenait ? Même un tout petit peu ? Elle reprit sa lecture.

« Eh bien, Miss Myfanwy, dit-elle distraitement, nous nous retrouvons. » J'acquiesçai silencieusement, trop effarée pour pouvoir parler. « Et il semble que vous allez venir vivre avec nous », ajouta-t-elle en me lançant un regard lourd de sens. Ce fut à ce moment-là que je pris conscience de ce qui se passait et je commençai à sangloter. Peut-être espérais-je qu'elle se précipiterait pour me réconforter, comme une gentille tante, mais elle se contenta de boire une gorgée de thé. Alors que j'éclatais en sanglots, elle mangea un autre biscuit et attendit que j'arrête de pleurer. Quand Sir Henry revint, il s'assit dans son fauteuil et ne fit rien non plus. S'il avait été ému par la détresse d'un adulte, il ne réagit pas aux pleurs d'une petite fille. Je finis par me reprendre et, m'essuyant le nez avec ma manche, je commençai à regarder envieusement le plat de biscuits. Lady Farrier fit un léger signe de tête, et j'en attrapai un particulièrement appétissant au chocolat.

Ainsi commença mon association avec la Checquy,

qui s'est poursuivie jusqu'à aujourd'hui. Ils me voulaient pour ce que j'étais capable de faire – pour ce que tu es capable de faire. J'espère qu'une partie de mon entraînement a subsisté en toi, car il m'a fallu des années pour atteindre ce niveau de maîtrise. Maintenant, d'un simple contact, je peux contrôler le système physique d'un homme. Je peux lui ôter ses sens, le paralyser, lui faire ressentir ce que je veux.

La Checquy pensait que je pourrais devenir une sorte de super agent secret, parcourant le monde pour, par exemple, faire en sorte que des gens se jettent sous des voitures. Malheureusement – pour eux en tout cas –, je n'ai pas toutes les qualités requises pour faire une bonne espionne. Je ne suis pas suffisamment agressive, je suis horriblement malade en avion, et je suis très timide. La Cour a été très déçue, mais j'étais un atout trop important pour qu'on me laisse totalement tomber. Je travaille donc en interne. Il s'avère que je suis une administratrice extrêmement compétente et que je suis très douée pour les maths. Je n'utilise mes pouvoirs que très rarement. Si les autres membres de l'organisation parviennent à gravir les échelons grâce à leurs exploits sur le terrain, je suis pour ma part devenue membre de la Cour par mon seul travail administratif.

Cela peut paraître assez médiocre mais je suis très, très forte. Il n'y a pas de plan de carrière tout tracé pour accéder à la Cour. D'ailleurs, la majorité des membres de la Checquy n'y entre jamais. Je suis actuellement le plus jeune membre de la Cour. Il m'a fallu dix ans de travail dans les bureaux alors que le deuxième plus jeune y est entré après seize ans d'opérations extrêmement dangereuses sur le terrain. C'est te dire si je suis une bonne administratrice.

« Ce qu'elle a l'air chiante… », soupira-t-elle en secouant la tête. Elle se leva pour aller chercher une bouteille d'eau dans la cuisine, la but d'un trait et en attrapa une deuxième. Des milliers de questions tourbillonnaient dans sa tête. Quel était ce pouvoir dont elle avait hérité ? Thomas affirmait qu'il nécessitait un contact peau à peau, mais elle avait pourtant réussi à descendre quatre personnes gantées à la banque, et trois d'entre elles ne l'avaient même pas touchée. Et qu'est-ce que c'était que cette Checquy qui recherchait des personnes dotées de pouvoirs. Leur chef était une femme capable d'entrer dans les rêves, ils étaient habilités par la loi à retirer un enfant à sa famille et Thomas en faisait partie. Elle revint lentement au canapé.

J'imagine que tu te poses plein de questions sur la Checquy. Oh, d'ailleurs ça se prononce un peu comme « shaker » : Sheck-Ih. Ça vient du français, je crois. Ou peut-être que le nom a été déformé par des générations d'employés. Ne t'inquiète pas si ça ne t'évoque rien. La majorité des gens n'en a jamais entendu parler, mais l'organisation existe depuis des siècles. Elle a travaillé en étroite collaboration avec les York, a ignoré les Tudor, et a supporté les Stuart. Cela dit, peu importe le souverain… Depuis ses débuts, l'organisation a toujours été dévouée à la Grande-Bretagne plutôt qu'à un dirigeant en particulier. Quand Oliver Cromwell est devenu Lord-protecteur, les quatre chefs de la Confrérie de la Checquy (le premier nom, pompeux et inexact, de l'organisation) lui ont proposé leurs services. On pourrait croire que Cromwell, un fervent puritain (et même Le *fervent puritain par excellence), n'aurait pas supporté l'existence d'un tel groupe et encore moins d'employer celui-ci. Les archives que j'ai consultées décrivent la démonstration qu'ils lui ont faite, à la suite de quoi, la Confrérie a poursuivi ses activités. Nous endurons les aléas de l'histoire, accueillant les nouveaux dirigeants et nous inclinant devant le pouvoir, quel qu'il soit. Nous servons la nation, nous sommes un instrument des îles Britanniques. Les employés de la Checquy peuvent réaliser des choses exceptionnelles ; ils sont donc pour cette raison l'arme secrète du royaume.*

J'ai l'air fière d'en faire partie car c'est le cas. Chaque jour des menaces apparaissent dont les gens ne peuvent avoir conscience. La Checquy les protège, bien qu'elle ne soit pas reconnue. Je ne vais jamais sur le terrain, mais je sais que je fais partie intégrante de la défense de la population. J'adore mon métier, et c'est pour cette raison que ces prédictions intempestives m'ont tant blessée. Je ne sais pas quel membre de la Cour va me trahir, mais si c'est le cas, alors cela signifie qu'il y a en son sein quelque chose de corrompu, et que tout le monde est en danger.

La Checquy est composée de centaines d'individus. Certains possèdent, comme moi, des pouvoirs surnaturels. Les membres qui n'en sont pas dotés sont simplement les meilleurs de leurs branches respectives. Ne va pas croire que je n'ai pas d'admiration pour eux. Contrairement à la majorité de la Cour, je ne les considère pas comme inférieurs. Peut-être parce que je n'ai pas le courage d'aller affronter les mêmes menaces qu'eux ; dans tous les cas je sais que je ne vaux pas mieux qu'eux. Néanmoins, la tradition ancestrale et les règles établies ne permettent pas à un individu non doté d'accéder à la Cour, l'assemblée dirigeante. La Cour n'a de comptes à rendre qu'aux personnages les plus importants du pays, ce qu'elle ne fait pas toujours.

Ceux qui parmi nous sont munis de pouvoirs sont recherchés par la Checquy par des moyens divers, et le groupe est depuis longtemps habilité à préempter n'importe quel citoyen. On obtient des parents, par la force ou par la ruse, qu'ils abandonnent leur enfant, parfois en échange de sommes astronomiques. Les adultes sont attirés par les promesses de pouvoir, de richesse et la possibilité de servir leur pays. L'initiation est un mélange de serments anciens et de contrats modernes relevant du secret défense officiel et officieux du gouvernement. Toute personne devenue membre à part entière est liée par un million d'engagements différents. Tu comprends maintenant ce qu'aurait représenté ton départ ?

J'ai entendu dire que seules trois personnes avaient un jour tenté de quitter la Checquy, et je connais leur histoire sur le bout des doigts. Le premier fut un membre dénommé Brennan L'Intransigeant qui tenta sa chance en 1679. Il était sur le point de traverser la Manche, attiré par les promesses du gouvernement français, quand il fut arrêté. Il fut crucifié sur les falaises de Douvres.

Le deuxième était un soldat, rendu fou par une vision qu'il avait eue dans une grotte de John o'Groats en 1802, et qui alla se cacher chez ses parents. Il fut ramené à la forteresse de la Checquy et enterré vivant dans le cimetière de son village.

La troisième fut une femme qui était capable de faire pousser des tentacules dans son dos et d'exsuder une sorte de toxine par le bout de ses doigts. En 1875, elle s'enfuit pour Buenos Aires où elle réussit à vivre trois mois avant que la main de la Checquy ne la rattrape. Son corps empaillé est exposé sur une cheminée dans l'un des bureaux londoniens. La petite plaque en bronze indique qu'elle a vécu six mois après son arrestation.

Tu vois comme la Checquy traite les fuyards ? Elle aime les donner en modèle et ne manque généralement pas d'imagination. Est-ce que j'ai précisé qu'aucun de ces trois membres ne faisait partie de la Cour ? Tu imagines ce qu'ils auraient pu inventer si tu avais fui et qu'ils t'avaient rattrapée ? Ne t'inquiète pas, tu serais partie sans souci. À partir du moment où j'ai accepté ce qui allait m'arriver, j'ai commencé à réunir toutes mes ressources et mes connaissances pour trouver les moyens de te protéger.

Sans entrer dans les détails, disons que j'ai créé une série d'imprévus qui, une fois activée, aurait à la fois paralysé les possibilités de poursuite de la Checquy et perturbé le fonctionnement quotidien de l'organisation. Ils n'auraient dès lors pas eu les moyens matériels et humains de poursuivre Myfanwy Thomas, surtout une Myfanwy Thomas qui aurait subi une opération de chirurgie plastique et aurait profondément altéré les dossiers contenant ses données personnelles.

Comment ? *t'entends-je presque demander. Disons qu'il y avait plusieurs éléments.*

1. Beaucoup, beaucoup de recherches : d'abord pour trouver qui aurait des raisons de s'en prendre à moi, mais qui me permirent ensuite de me faire une idée bien plus précise de l'organisation et des moyens de s'en soustraire. Cela m'a aussi permis de monter des dossiers assez précis sur les différents membres de la Cour. Certains contiennent ce que j'appellerais des indiscrétions. Ce ne sont pas des scandales susceptibles de faire tomber le gouvernement, mais ils sont assez graves pour lancer des enquêtes embarrassantes si certains personnages haut placés en entendaient parler, ce qui prendrait énormément de temps à la Cour.

2. L'altération systématique de la plupart des dossiers me concernant, dont mes empreintes digitales et mon ADN. Les versions papiers, en tout cas. J'ai profité de ma position et de mes quelques talents en informatique pour écrire un programme qui corrompra les copies électroniques.

3. L'introduction d'un virus dans le système informatique qui, s'il était activé, entraverait jusqu'aux tâches les plus banales. La Checquy pourrait toujours gérer le quotidien, mais beaucoup moins efficacement que d'habitude. La confusion ainsi provoquée te laisserait largement le temps de quitter le pays, changer de visage et de régler d'autres détails.

Si tu avais décidé de partir, je t'aurais envoyé à une antenne de la Checquy à Waterloo Station pour que tu te connectes au terminal et que tu envoies par e-mail des mots de passe au processeur central de l'organisation. Une fois ces plans mis en œuvre, tu te serais techniquement rendue coupable de trahison contre la nation par l'affaiblissement (temporaire) de ses défenses. Donc d'une certaine manière, c'est plus sûr d'être restée et de vivre ma vie. C'est une tâche très difficile, je le reconnais.

Si ça peut te consoler, je suis vraiment contente que tu aies fait ce choix.

Ainsi, je ne sais pas exactement qui essaie de te tuer, mais il y a sept candidats : les autres membres de la Cour. L'un des voyants me l'a confirmé.

Oh, et avant que je ne te donne plus de détails, regarde ta montre et vérifie quel jour on est. Si c'est un jour de semaine, eh bien il est évident que tu as raté le travail. Est-il trop tard pour les prévenir que tu es malade ?

Elle regarda machinalement sa montre et vit qu'on était samedi. Puis elle relut le paragraphe.

Oui, tu vas devoir travailler. Oui, tu vas te rendre dans un bureau où quelqu'un essaie de te tuer. Tu as choisi de ne pas fuir, et c'est ton seul moyen de rester. Dans la valise, tu trouveras un classeur violet. Il est épais. C'est parce qu'il décrit la Checquy et ce que tu y fais. Tu vas sans doute avoir besoin de le consulter souvent. Si c'est un jour de semaine, tu devrais téléphoner. Les instructions sont en haut de la page 1. Autrement, tu devras choisir une tenue sérieuse pour ton premier jour de travail. Si c'est le week-end, continue à lire.

Quand nous avons quitté notre héroïne (nous), elle avait 9 ans et était sur le point d'engloutir un sablé au chocolat. Dans mon souvenir, nous avions tous fini notre thé, mais ni Lady Farrier, ni Sir Wattleman ne m'adressaient la parole. Je me souviens que cela m'irritait, mais pas au point de renoncer à dévorer tout le plat de pâtisseries. Puis Lady Farrier m'envoya au Domaine.

La lettre n'était pas finie, mais elle était trop fatiguée pour continuer à lire. Les pages lui tombèrent des mains et elle s'endormit sur le canapé, canapé qui avait été choisi pour son confort incroyable.

Si elle rêva cette nuit-là, elle ne s'en souvint pas.

Chapitre 3

« Je m'appelle Myfanwy », dit-elle, inquiète de l'incertitude qui perçait dans sa voix. Le visage qu'elle voyait dans le miroir appartenait peut-être à une femme nommée Myfanwy, mais il lui faudrait un peu de temps afin de pouvoir s'identifier à elle. Elle commençait cependant à appeler Thomas celle qui l'avait précédée dans ce corps.

« Je suis Myfanwy », reprit-elle, un peu plus convaincue.

« Tu étais du matin, Thomas ? » s'était-elle demandé tout haut en quittant son lit à contrecœur. Elle avait passé la journée de la veille à dormir et à consulter les dossiers que Thomas lui avait laissés, puis s'était endormie vers minuit, le visage recouvert par un rapport sur les relations diplomatiques entre la Checquy et la Grande Barrière de corail. À 5 heures le lundi matin, elle s'était réveillée en sursaut, terrifiée à l'idée d'être en retard.

Elle avait envisagé un temps de se faire porter pâle, mais plusieurs facteurs l'en avaient dissuadée. D'abord, la lettre n'avait pas laissé entendre qu'il était envisageable de rater le travail. De plus, la perspective de rester un jour de plus toute seule dans cet appartement meublé par une autre était, pour ainsi dire, un peu flippante. Non, il était bel et bien temps d'aller travailler et d'essayer de comprendre tout ce bazar. Elle alla péniblement jusqu'à la douche et envisagea un certain nombre de tenues avant d'opter pour un tailleur. C'était Myfanwy Thomas qui avait choisi ces vêtements, la ressemblance ne serait donc pas un problème.

La veille, elle avait remarqué que les placards ne contenaient absolument rien qui permette de préparer un petit déjeuner. *Une étourderie, Thomas ? Est-ce digne d'une « administratrice extrêmement compétente » de ne pas laisser un petit déj à la femme qui doit habiter son futur corps amnésique ? Pas même une biscotte ? Ou un croissant surgelé ? Franchement...* Il y avait quand même du café en grain et un moulin, elle put donc boire une tasse devant le monstrueux classeur violet.

Thomas a l'air honnête, mais ce n'est qu'une gratte-papier, pensa-t-elle avec regret. *Même si elle bosse pour une version paranormale du MI5, elle s'occupe sûrement des affaires les plus ennuyeuses. « Ciel ! Une espèce de loup-garou est en train de dévorer la Reine ! Allez chercher des formulaires, dites-lui de les remplir et de nous renvoyer les duplicatas, et nous pourrons peut-être revenir vers elle au cours du prochain trimestre. »* Myfanwy ouvrit le classeur en pouffant et lut les instructions que Thomas lui avait laissées pour se préparer pour le bureau.

Une demi-heure plus tard, vêtue de l'un des tailleurs moches de sa garde-robe, un attaché-case à la main, elle expliquait, anxieuse, à l'homme au bout du fil, qu'il lui fallait un taxi aussi vite que possible et reconnaissait que oui, elle était pressée, et qu'elle aurait donc dû prendre ses précautions. Elle passa le quart d'heure suivant dans le hall à guetter le taxi. Quand il arriva enfin, elle donna l'adresse au chauffeur extrêmement débraillé et fut forcée d'admettre qu'elle ne savait pas où c'était.

Tandis qu'il consultait une carte, elle feuilleta le classeur. Elle avait seulement réussi à lire le sommaire, qui était d'une complexité déconcertante, mais ayant trouvé des Post-it dans son bureau, elle avait identifié les passages qui semblaient importants. Ainsi, toutes les pages étaient marquées et certaines comportaient trois Post-it. Apparemment Thomas n'avait pas jugé qu'un index serait nécessaire, même s'il y avait une vague table des matières.

« Bon, vous n'avez pas la moindre idée d'où peut se trouver cette maison ? » demanda le chauffeur. Il était vieux et portait un béret plat d'un goût douteux.

« Non, avoua-t-elle en tournant une page, découvrant alors un tout nouveau thème extrêmement inquiétant.

— C'est chez qui alors ?

— Oh, chez moi », répondit-elle distraitement. Elle était suffisamment absorbée par sa lecture pour ne pas remarquer le regard qu'il lui lança. Elle garda d'ailleurs la tête baissée pendant tout le voyage et n'avait donc toujours pas la moindre idée d'où se trouvait la maison quand ils furent arrivés. Elle remercia le chauffeur et contempla, totalement éberluée, le bâtiment devant lequel elle se trouvait. *Bordel ! Je dois être blindée.*

« Vous avez une grande maison, remarqua le taxi.

— Oui, on dirait bien.

— Et jolie avec ça. Milieu du XIXe, à mon avis.

— Ah oui ?

— Oui. Les décorations autour des fenêtres et les pignons, ce sont des signes qui ne trompent pas.

— Ça et le *1841* gravé au-dessus de la porte.

— Il y a une Rolls-Royce au bout de l'allée, et le chauffeur est habillé en violet, lui fit-il remarquer.

— Oui, je pense que c'est mon chauffeur. » Elle referma le classeur, paya et descendit du taxi.

« Si jamais vous avez besoin d'un taxi et d'un chauffeur à qui donner un gros pourboire, demandez Hourigan, lui lança-t-il. Je mettrai même une chemise violette si vous le souhaitez.

— Merci », cria-t-elle par-dessus son épaule. Le conducteur de la Rolls sortit et elle l'observa attentivement. Il y avait une note à ce sujet dans le classeur.

Les Serviteurs

Les différents grades de la Checquy sont complexes, du fait de siècles de tradition et de dirigeants qui considèrent que l'absence de changement est une preuve de vigueur culturelle.

Mais pour faire très, très simple : si tu as des pouvoirs et que tu n'es pas à la Cour, tu es un Pion. Si tu n'as pas de pouvoirs, tu ne seras jamais à la Cour, et tu es un Serviteur.

Bien sûr, il existe plein de niveaux hiérarchiques à l'intérieur de ce cadre. Les Pions ne sont pas systématiquement supérieurs aux Serviteurs, du moins plus maintenant. Un Pion et un Serviteur peuvent être au même niveau d'autorité, ils peuvent tous deux être superviseurs ou chefs de section. Un Serviteur peut diriger des Pions et vice versa. Certes, les préjugés perdurent, et en général, quand il faut choisir entre un Pion et un Serviteur, le Pion obtient le poste. Mais il y a plus de Serviteurs que de Pions.

Les Serviteurs viennent de divers milieux. Bien sûr, on recrute dans la fonction publique, l'armée et le clergé. Nous avons des chasseurs de têtes dans les universités qui recherchent des jeunes gens doués et discrets. Il y a toujours une féroce compétition pour recruter les meilleurs et les plus malins, mais nous avons des moyens uniques, et nos recruteurs savent reconnaître les éléments exceptionnels dès leur plus jeune âge. Nous recherchons également dans le privé.

Les Serviteurs ont un rôle crucial au sein de la Checquy. Ils travaillent dans l'administration, le renseignement, la sécurité, la recherche : partout. Il n'y a que quelques postes qu'un Serviteur ne peut pas occuper, ceux où il est vital de posséder des pouvoirs.

Il y a une sous-catégorie de Serviteurs très importante qui est composée des équipes personnelles des membres de la Cour : secrétaires, chauffeurs, gardes du corps, etc. Les gardes du corps ne sont présents que lors des cérémonies officielles et en cas de danger imminent. Donc oui, il y aura des gens qui régulièrement te protégeront, mais j'imagine qu'ils n'étaient pas dans le coin quand j'ai perdu la mémoire. De toute façon, tu pourras les reconnaître car ils sont habillés en violet, leur couleur depuis des siècles. J'ai joint une liste de ton équipe, avec leur photo, à la fin de ce classeur.

Les Serviteurs sont liés à la Checquy par divers moyens : Contrats, serments religieux, serments d'allégeance, peines relevant du secret défense officiel, peines relevant de divers secrets défense officieux, menaces évasives d'horrible et obscure vengeance. On ne découvre les vrais secrets de la Checquy que lorsque l'on fait partie de l'organisation, et il est alors trop tard pour s'en aller. Bien sûr, il n'y a aucune raison de le faire. Notre mission est noble, le salaire généreux et nous avons à notre disposition une équipe de médecins compétents et compréhensifs.

« Bonjour, Tour Thomas, dit l'homme en violet en lui ouvrant la portière de la voiture.

— Bonjour, répondit-elle, gênée.

— Au Beffroi ?

— Euh, oui, bien sûr. Si nous sommes bien lundi matin, alors je dois aller au Beffroi, n'est-ce pas ? ajouta-t-elle en essayant de faire passer sa confusion pour une plaisanterie.

— Du lundi au vendredi, dit-il en soupirant.

— C'est ce qui arrive quand on travaille ! »

Il sourit mais semblait un peu surpris. *Génial, je ne suis déjà plus crédible,* se désola-t-elle. « Eh bien, allons-y. »

Elle avait déjà survolé quelques paragraphes au sujet du Beffroi mais elle décida de mieux se renseigner et parcourut la table des matières avec attention pour atteindre le chapitre recherché :

Le Beffroi

De tous les bastions de la Checquy, le Beffroi est à la fois le plus évident et le mieux dissimulé. Situé dans la City, le Hammerstrom Building a été acquis il y a quelques années sous les auspices de la Tour de l'époque, Conrad Grantchester. Il sert de QG pour les opérations domestiques et de caserne pour les Barghests, et contient des cellules et des salles d'interrogatoire. Il renferme également certaines pièces essentielles dans l'arsenal de la Checquy et des appartements pour les Tours en cas d'urgence, ou lorsque nous finissons de travailler trop tard pour rentrer chez nous. Ces deux situations se produisent malheureusement très régulièrement. Pour le monde extérieur, le bâtiment est censé n'être occupé que par des cabinets d'avocats et de comptables, ceux-ci ne comptant aucun client extérieur à la Checquy dans leurs registres. Dans les parties ouvertes au public, on trouve une banque, un restaurant et un pub. Un conseil : évite le restaurant, il est nul.

Il a fallu des années pour refaire le bâtiment selon les souhaits de Grantchester, afin d'y inclure de multiples passages secrets, un circuit électrique spécial et des fortifications cachées. C'est également à lui que l'on doit la décoration d'un mauvais goût ahurissant de ton appartement sécurisé. De mauvais goût, d'accord, mais à quel point ? *Puisque tu vas bientôt le découvrir, je ne devrais pas te gâcher la surprise. Mais à quoi bon me retenir : je suis exposée à une trahison, à une agression et à l'effacement annoncé de mon identité ; je pense que j'ai le droit de me faire plaisir tant que je peux. C'est complètement hideux. Il s'agit vraiment de la parfaite garçonnière : une sono pensée avec soin, une moquette si épaisse et verdoyante qu'il faut une machette pour atteindre la salle de bains. Tout a été conçu pour attirer des femmes dans le lit de son occupant.*

À bien des égards, cet appartement est le pire élément de ta nouvelle vie. À côté de la déco, le fait que quelqu'un essaie de te tuer est presque tolérable. Il existe deux appartements de ce type ; avec ma chance habituelle, je n'ai pas récupéré celui dont le précédent propriétaire est mort mais l'appartement de celui qui est devenu le deuxième homme le plus haut placé de l'organisation et mon supérieur immédiat. Il s'obstine à m'en parler à chaque fois qu'on se voit, c'est-à-dire environ trois fois par semaine, et je n'ai donc jamais pu le redécorer.

En tant que Tour, tu es l'une des chefs du Beffroi. Tu as donc accès à tous les espaces, tu connais les passages secrets et tout le monde doit obéir à tes ordres. Les passages secrets sont indiqués dans un agenda électronique placé dans le tiroir de ton bureau et sont repris sous forme de schémas dans le classeur. Les verrous s'ouvrent grâce à tes empreintes digitales, tes empreintes palmaires et le code que je t'ai donné dans la première lettre. Officiellement, ces passages doivent assurer l'intimité et la sécurité des Tours, mais je suis sûre qu'ils ont été installés parce que les années que Grantchester a passées sur le terrain l'ont rendu complètement parano. Et aussi parce qu'il aimait faire entrer des gonzesses en secret.

Voilà pour le Beffroi. Invisible aux yeux de la populace, cette forteresse secrète protège le commun des mortels qui en ignore tout. Il témoigne de la propension de l'humanité à nier l'évidence.

« Par la porte principale ou le garage, Tour Thomas ? demanda le chauffeur.

— Oh, il fait beau, je vais passer par l'entrée principale. »

La voiture ralentit et finit par s'arrêter. Elle avait hâte de découvrir le bastion de cette puissance occulte. S'apprêtant à sortir, elle vit qu'une sorte de camp avait été monté devant le bâtiment. Plusieurs petites tentes avaient été installées sur le trottoir et un groupe de gens mal habillés formait un cordon devant la porte, agitant des pancartes couvertes de points d'exclamation rouge.

STOP AUX COMPLOTS ! clamait un panneau que portait un barbu. LA VÉRITÉ EST À L'INTÉRIEUR !

NOUS SAVONS TOUT ! affirmaient plusieurs affiches portées par de jeunes enfants. Les manifestants chantaient des slogans qui ne parvenaient pas à rimer mais qui permettaient de comprendre que le Hammerstrom Building était le siège secret du ministère du surnaturel.

« C'est pas vrai... », murmura-t-elle en remarquant, interloquée, les habitants du quartier des affaires passer à côté des manifestants en détournant le regard. En observant le bâtiment, elle comprit l'attitude des deux camps. C'était le dernier immeuble sur terre où on aurait pu s'attendre à trouver quoi que ce soit d'intéressant. Environ neuf étages de pierre grise peu attrayante : le Hammerstrom Building ressemblait au genre d'endroit où des entreprises ennuyeuses faisaient des affaires ennuyeuses. Pas de sculpture ni d'ornement, aucun indice quant à ce qui se trouvait à l'intérieur. Jamais personne ne serait entré pour voir ce qu'il cachait. N'importe qui aurait eu mieux à faire.

Lorsque le chauffeur ouvrit la porte, elle comprit soudain qu'elle était sans doute censée sortir de la voiture. Tout en le remerciant, elle accepta son aide et fit quelques pas hésitants en direction de l'entrée. Les manifestants, apercevant une petite femme qui regardait autour d'elle avec des yeux ronds, considérèrent qu'ils pourraient la convertir à leur cause et l'entourèrent.

« Mademoiselle ! Mademoiselle ! »

Ils parlaient tous en même temps, mais le barbu se désigna comme porte-parole.

« Mademoiselle, ça va peut-être vous choquer, mais ce bâtiment renferme l'un des plus grands complots de l'histoire !

— Ah oui ? dit-elle faiblement.

— Le gouvernement y dissimule les secrets sur la vérité ! expliqua-t-il.

— La vérité ?

— Oui ! s'exclama-t-il avant de marquer une pause dramatique.

— À propos de quoi ? finit-elle par demander.

— Pardon ?

— La vérité à propos de quoi ? précisa-t-elle patiemment.

— Tout ce qu'ils cachent ! Vous saviez que le gouvernement britannique dissimulait des preuves d'atterrissages extraterrestres depuis vingt ans ?

— Ils ont fait ça ? » *On a fait ça ?* Elle nota qu'il lui faudrait jeter un œil aux aliens dans les dossiers que Thomas lui avait laissés.

« Oui, et ce n'est pas tout ! Ils ont des équipes qui mènent des opérations à la campagne. Nous ne savons pas ce qu'ils font exactement mais nous réclamons la vérité ! Vous voulez signer la pétition et vous inscrire sur la liste d'envoi ? » D'une main il lui brandit un bloc-notes sous le nez, de l'autre une poignée de tracts.

Finalement, elle accepta de signer la pétition. Elle refusa l'invitation sur la mailing-list mais accepta leurs tracts mal imprimés, qu'elle glissa dans sa mallette avant de pénétrer dans le bâtiment par la porte tambour miteuse, à la grande horreur des manifestants.

Elle arriva dans un petit hall d'entrée sinistre où un grand gardien sinistre était assis derrière un bureau. Trois ascenseurs et une liste d'entreprises qu'elle savait fictives. Elle regarda autour d'elle et vit le gardien se lever précipitamment et ajuster sa cravate.

« Bonjour, Tour Thomas, dit-il en détachant difficilement son regard de ses contusions pour lui parler en fixant ses chaussures. Vous avez passé un bon week-end ?

— Sympa », répondit-elle, un peu désarçonnée. « Oui, très, très… sympa », ajouta-t-elle, incapable d'inventer le moindre détail. Il y eut un silence gêné, mais, à sa grande joie, l'agent de sécurité semblait encore plus mal à l'aise qu'elle.

« D'accord, si vous voulez bien avancer », dit-il en appuyant sur un bouton dissimulé sous son bureau, déclenchant ainsi l'ouverture d'une discrète porte en verre dépoli. Elle avança, le remercia, et se retrouva dans un couloir à la couleur vive qui la conduisit (sauf erreur de sa part) derrière les ascenseurs. Passant sous un détecteur de métaux, elle déboucha dans un hall légèrement plus grand et plus élégant que le premier. Un agent de sécurité légèrement plus grand et plus élégant se leva derrière son bureau.

« Bonjour, Tour Thomas.

— Bonjour. J'ai passé un week-end de merde, le plus long de ma vie, répondit-elle en toute honnêteté.

— Euh, oui, elles ont l'air vilaines, bafouilla-t-il en faisant sans doute allusion à ses blessures. Si vous voulez bien passer votre badge et avancer », ajouta-t-il en indiquant quatre portes tambour. Les cloisons étaient composées de lourdes barres d'acier et de plaques métalliques finement gravées. Elle passa son badge devant un petit panneau noir et entendit une série de bips et de lourds bruits de verrou. Les portes métalliques commencèrent à pivoter et elle avança rapidement.

Il s'agissait visiblement du vrai hall d'entrée. Le haut plafond formait une arche gracieuse sous laquelle plusieurs portes d'ascenseur étaient alignées. Elle se souvint avoir lu que certains menaient au parking souterrain et d'autres aux étages. Quiconque pénétrait dans ce bâtiment devait passer une série de contrôles de sécurité et se présenter devant les gardiens, exceptionnellement costauds et lourdement armés, assis derrière un bureau circulaire au centre de la pièce. C'était un très bel endroit où beaucoup de monde s'affairait.

Ses talons claquaient sur le sol de marbre. Elle retint son souffle tandis que les gens se taisaient et s'effaçaient devant elle, lui ouvrant la voie vers l'un des ascenseurs. Tous les regards étaient braqués sur elle, ne manquant pas de lui rappeler ses yeux au beurre noir et ses chaussures couvertes de boue. Elle se redressa et marcha prudemment jusqu'aux portes. Avait-elle rêvé, ou est-ce qu'une femme venait de lui faire la révérence ? Elle fit un signe de tête discret et continua son chemin. Un peu plus loin, un homme s'inclina légèrement et un vieux monsieur en costume de tweed lui fit un bref salut hésitant. Qu'était-elle supposée faire ? Prise d'une impulsion soudaine, elle s'arrêta devant l'homme qui l'avait saluée et lui sourit. Il regardait droit devant lui.

« Oui, Tour Thomas ? » Elle fut surprise par la déférence que cet homme, d'au moins vingt ans son aîné, lui témoignait.

« Euh, oui. Vous êtes occupé ? demanda-t-elle embarrassée, ne sachant pas ce qu'elle pouvait lui dire.

— Pas si vous avez besoin de moi, madame, répondit-il sans cesser de regarder devant lui.

— Venez dans mon bureau, s'il vous plaît. J'aimerais connaître votre opinion à propos du projet sur lequel vous travaillez actuellement. »

Se retournant, elle se dirigea d'un pas assuré vers l'ascenseur. Le seul moyen de s'en sortir était d'avoir l'air sûre d'elle. Elle n'avait pas vraiment pris la mesure du pouvoir qu'avait Myfanwy Thomas avant d'entendre la réponse teintée de peur et de respect de cet homme. Il ne s'agissait pas seulement de la crainte de ce qu'elle pouvait lui faire en le touchant, mais de l'autorité de son rang.

Quand les portes se refermèrent, elle put sentir à quel point son compagnon était mal à l'aise. Ayant oublié à quel étage se trouvait son bureau, elle avait pris soin de se mettre au fond de l'ascenseur pour que ce soit lui qui appuie sur le bouton. L'homme se tenait droit comme un piquet, et évitait soigneusement tout contact visuel.

« Donc… commença-t-elle, mais il l'interrompit immédiatement.

— Oui, Tour Thomas ?

— Oui, bon… reprit-elle lentement. Rappelez-moi sur quoi vous travaillez actuellement.

— Mon service s'occupe de rétablir l'ordre suite à la peste qui s'est déclarée à Elephant and Castle. Nous procédons à une dissection systématique des corps et les témoins sont briefés.

— Ah, très bien, souffla-t-elle. Et tout se passe bien ?

— Oui, très bien.

— Excellent, tout cela est satisfaisant. » Un long silence. « Avez-vous des remarques à me faire ? Ou des… suggestions ? » Ce qui devait être un rapide test de son autorité se transformait en un entretien humiliant où aucun des participants ne savait quoi dire.

« Non, non, nous suivons la procédure standard, dit-il précipitamment.

— Hmm », fit-elle, un moyen ingénieux de ne rien dire. Un autre silence cauchemardesque.

« Cependant… reprit-il.

— Oui ? » Elle se jeta sur son amorce de phrase comme sur un chocolat de bienvenue.

« Je dois reconnaître, et je vous prie de ne pas

prendre cela pour une critique de l'organisation, que la procédure pourrait sans doute être plus efficace.

— Vraiment ? demanda-t-elle, le souffle coupé comme s'il venait de redescendre du Mont Sinaï avec un post-scriptum. Prenons rendez-vous pour parler plus longuement de vos idées. Venez dans mon bureau pour fixer une date avec mon assistante. » Les portes s'ouvrirent et elle prit soin de le laisser sortir le premier, n'ayant aucune idée d'où se trouvait son bureau.

Son assistante, Ingrid Woodhouse d'après ce que lui avait indiqué le classeur, était identique à sa photo : distinguée et vêtue de violet. Elle se leva et la salua poliment.

« Bonjour, Tour Thomas. Comment allez-vous ?

— Très bien, merci. Ce monsieur a des idées que j'aimerais entendre. Pourriez-vous trouver un créneau dans nos emplois du temps respectifs ? » Elle regarda avec curiosité Ingrid et cet homme, dont elle n'avait pas retenu le nom, fixer un rendez-vous pour qu'il lui parle de quelque chose en rapport avec la peste. *Bah, ça valait sans doute le coup. Je n'aurais jamais retrouvé mon bureau autrement. En plus le pauvre homme avait vraiment l'air de penser qu'il avait des idées intéressantes.* Elle adressa un sourire d'au revoir discret à l'homme en nage (qu'Ingrid appelait Colonel). Il partit, visiblement soulagé, et Myfanwy porta son attention sur sa secrétaire.

« Vous avez passé un bon week-end ? demanda-t-elle, devançant ainsi toute question sur le sien.

— Oh, oui, très bon. Vous vous souvenez, je vous avais dit que ma fille Amy rentrait de York pour venir me voir ?

— Ah oui, c'est vrai. C'était bien ?

— Oui, très agréable. Voici un point sur la situation

actuelle, dit-elle en tendant une chemise en cuir à Myfanwy. Vous voulez un café ?

— Oui, un café, ce serait formidable. Merci. »

Myfanwy entra dans son bureau d'un pas incertain. Elle s'arrêta un instant pour jeter un regard circulaire et essayer d'absorber les traces laissées par sa prédécesseur. C'était une grande pièce, élégamment meublée. Deux larges fenêtres donnaient sur la ville. Une série de portraits était accrochée sur les deux autres murs. Dans un coin, un vase rempli de roses était posé sur une lourde table. Face à elle, un large bureau ancien, et de l'autre côté une table basse et deux canapés. Elle s'assit derrière le bureau et regarda les dossiers empilés avec une certaine excitation. Ils semblaient tous officiels et importants. Elle fit de la place et ouvrit le dossier qu'Ingrid lui avait donné.

Il y était question de la peste à Elephant and Castle et des conclusions sur le sujet. Trois incidents avaient eu lieu au cours du week-end mais aucun n'avait nécessité l'intervention de commandos de Barghest ; un assaut sur un culte dédié à la famille des cervidés était prévu ce matin-là, en présence de E. Gestalt ; sept personnes étaient sous surveillance à Londres, trente-quatre sur l'ensemble des îles Britanniques et les préparatifs pour la revue annuelle avaient commencé.

Bon, c'est bien joli tout ça, se dit-elle. *Si je savais ce que tout ça signifie, je suis sûre que je serais emballée. En tout cas, tout semble sous contrôle, donc revenons à mon emploi du temps.*

Myfanwy inspectait les tiroirs de son bureau quand Ingrid entra avec une tasse de café et un agenda suffisamment épais pour assommer une vache. Myfanwy but une longue gorgée tandis que sa secrétaire commençait à lui décrire le programme de sa journée.

« Ingrid ?

— Oui, Tour Thomas ?

— Hum, je suis désolée de vous interrompre, mais serait-il possible d'avoir de la crème et du sucre dans ce café, s'il vous plaît ? » Sa secrétaire la regarda d'un air ébahi. « J'ai décidé de changer mes habitudes », continua-t-elle, se sentant obligée de justifier ce changement abrupt d'une habitude qui durait (pour autant qu'elle le sache) depuis des années. « J'ai décidé ça parce que… » *Pourquoi ? Parce que je veux prendre du poids ? Parce qu'il me faut plus de sucre dans mon alimentation ?* « … parce que je dors très mal ces derniers temps et j'aimerais ralentir un peu sur la caféine. Mais sans arrêter complètement, à cause des migraines. » Ingrid la regarda un peu bizarrement, ce que Myfanwy ne pouvait certainement pas lui reprocher, mais reprit la tasse de café et sortit. *Mon Dieu, qui aurait cru que ce serait aussi affreusement compliqué de se faire passer pour soi ?* songea-t-elle en ouvrant le dossier de Myfanwy.

Assassinats de membres de la Cour

L'une des raisons pour lesquelles ce complot m'a été si difficile à cerner, c'est qu'il y a eu relativement peu d'assassinats au sein de la Cour dans l'histoire de la Checquy. Sachant que c'est une organisation militante vieille de plusieurs siècles enveloppée de secrets, que celle-ci est pourvue d'une bureaucratie lourde et d'une pléthore de traditions baroques (et parfois même rococos), que la plupart de ses membres sont entraînés à tuer et dotés de pouvoirs surnaturels, que les membres de la Cour usent de leur autorité avec une liberté d'action terrifiante, on pourrait penser qu'il y aurait davantage de violences internes.

En fait, non.

Effectivement, il y a eu quelques assassinats orchestrés par des organismes extérieurs (surnaturels ou autres, Lord Palmerston a par exemple fait exécuter un Fou), et de nombreuses morts en opération. On a également compté quelques exécutions officielles, dont un massacre gigantesque en 1788 qui fut déclaré légal a posteriori. *Mais à ma connaissance, seules quatre morts illégales de membres de la Cour ont été l'œuvre de leurs pairs, et ces quatre crimes sont connus :*

1. En 1678, Lord Charles Huxley fut jeté dans un puits sur les ordres de son épouse, Lady Adelia Huxley.

2. En 1679, Lady Adelia Huxley fut battue à mort avec une bouilloire par l'amant de son époux, le Fou Roger Torville.

3. En 1845, la Tour Angelina Corfax fut renversée par une calèche. On a découvert par la suite que cela avait été commandité par son homologue, la Tour Cassandra Bartlett.

4. En 1951, le Fou Donald Montgomery fut étranglé avec sa cravate par la Tour Juniper Constable.

Il est naturellement interdit aux membres de la Cour d'assassiner leurs collègues, pas seulement parce qu'il s'agit de meurtre, mais aussi parce que cela affaiblit les défenses des îles Britanniques. Dans les cas que j'ai cités, à une exception près, tous les meurtriers furent arrêtés hâtivement, jugés hâtivement et exécutés sans la moindre hâte. Seule la Tour Cassandra Bartlett, qui réussit à cacher son implication dans la mort de Corfax, ne fut pas jugée. Elle ne fut découverte qu'après son décès, grâce à ses journaux. Ce devait être une putain de génie pour réussir à déjouer les enquêtes de la Checquy.

Tout ça pour dire que ça ne se fait pas.

Et certainement pas à moi.

Celui qui essaie de me tuer, et qui arrivera à détruire ma mémoire, court un grand danger pour parvenir à ses fins. Je ne crois pas qu'il prendra le risque de faire ça au Beffroi.

J'avais d'abord pensé que tu pourrais demander un garde du corps à plein temps, mais il aurait fallu expliquer pourquoi, et cela aurait donné lieu à toutes sortes de spéculations à ton sujet. Tu aurais finalement eu quelqu'un avec toi en permanence, et, franchement, on ne souhaite pas attirer autant d'attention sur toi. La raison pour laquelle je n'en ai pas demandé pour moi, c'est que je savais que ça ne servirait à rien.

« Tour Thomas, l'assistante de votre homologue vient d'appeler : les quatre corps étaient sur des missions différentes pendant le week-end, et aucun ne sera rentré dans les prochaines heures ; votre réunion du lundi matin va donc être repoussée, dit Ingrid en apportant le café arrangé.

— Mon homologue ? Oui… » répondit Myfanwy, commençant par une question mais embrayant brusquement sur une phrase déclarative qu'elle laisse en suspens. Elle cherchait un commentaire à faire et choisit d'enfoncer une porte ouverte. « Donc la réunion est repoussée.

— Oui. L'intégralité de la Tour Gestalt devrait être revenue après votre rendez-vous avec la directrice du Domaine, sauf peut-être Eliza, selon le déroulement de l'assaut sur le culte cervidé.

— Ah, d'accord », répondit Myfanwy en essayant de déchiffrer ce qu'elle venait d'entendre.

Je crois que j'ai compris comment ça marche, se

dit-elle. *Je suis l'une des deux Tours. Il y a deux Tours, comme aux échecs. Je suis l'une des deux, et l'autre est mon homologue. La Tour Gestalt.* Ça faisait au moins un peu sens. Elle avait une vague idée de ce qu'il fallait faire, mais quelque chose d'autre la dérangeait. *Qu'est-ce qu'elle voulait dire en parlant de* l'intégralité *de la Tour Gestalt ?*

« À 9 heures et demie, vous recevez les comptables d'Apex House pour vérifier les budgets de l'opération d'Elephant and Castle, poursuivit Ingrid, qui ne semblait pas se soucier des difficultés de compréhension de sa supérieure.

— Celle de la peste ? demanda gaiement Myfanwy, ravie de s'en être souvenue.

— Oui. À 10 heures et quart, vous avez un entretien d'une demi-heure avec la directrice du Domaine, et à 11 heures, votre entrevue avec La Tour Gestalt. J'annule votre rendez-vous avec le ministre de la Défense.

— Cela ne pose pas de problème ? demanda-t-elle, étonnée de l'aisance avec laquelle sa secrétaire décommandait le ministre.

— Non, pas du tout.

— Bon, très bien, dit-elle d'un ton dubitatif. J'espérais avoir un moment pour examiner quelques dossiers. » *Et me familiariser avec l'organisation que je semble diriger.*

« Si vous avez un créneau de libre, je m'arrangerai pour ne pas le remplir, dit Ingrid.

— Oui, je vous remercie.

— Très bien. Vous n'avez rien de prévu pour le déjeuner : souhaitez-vous que je vous commande quelque chose à manger ici ?

— Non, j'aimerais déjeuner dans un endroit agréable. Essayez de me réserver une table dans un bon restaurant.

— D'accord, dit Ingrid, visiblement un peu surprise. Chez Christifaro ? » Myfanwy acquiesça. « Je vais faire en sorte que votre voiture soit disponible. Après le déjeuner, vous rencontrerez Clovis, le chef de la sécurité d'Apex House, puis vous dînez avec Lady Farrier.

— OK. Quel est l'objet de ces entretiens ? demanda-t-elle en sortant un stylo.

— La directrice du Domaine souhaite vous soumettre une liste d'acquisitions possibles, et vous avez pris rendez-vous avec le chef de la sécurité, mais j'ignore pourquoi.

— Ah, je suis sûre que ça va me revenir, dit Myfanwy.

— Votre réservation pour le dîner est chez Simpson. Je vous ferai savoir quand votre voiture est prête. » Myfanwy hocha la tête et Ingrid quitta le bureau comme un clipper aux voiles gonflées par le vent.

J'imagine qu'il va falloir que je révise un peu le fonctionnement concret de cette organisation.

Le fonctionnement concret de cette organisation

Nous recevons un flot d'informations constant de la part des administrations. Les manifestations paranormales ne se limitent pas aux cimetières, aux morgues et aux lieux de culte puants. Attention, beaucoup ont lieu dans ce genre d'endroits, mais la majorité des cas apparaît dans des situations beaucoup plus banales, ce qui les rend bien plus perturbantes. Les gens sont plus susceptibles de se remettre après l'apparition d'un mort-vivant dans un cimetière que chez un glacier ou dans une cabine d'essayage. Ils ne seront pas forcément enchantés de tomber dessus dans un cimetière, mais ils seront généralement moins énervés.

Afin de détecter tout ce qui nous concerne, nous recevons un torrent d'informations, généralement sans importance. Des piles de rapports, des pages de chiffres, des tonnes de dossiers. Nous avons des équipes d'analystes qui passent au crible toutes ces informations, et qui, à partir de menus détails, découvrent une tendance qui révèle que les cours du blé sont par exemple manipulés par un vampire.

Nous sommes aussi reliés aux bureaucrates par les Lignes de Panique. Des hauts fonctionnaires de toutes les branches du gouvernement, à l'échelon local et national, sont discrètement briefés en des termes à la fois vagues et précis. On ne leur dit pas de faire attention aux gremlins et aux tempêtes de bile, mais quelques powerpoints judicieux et un usage abondant de l'adjectif paranormal *leur permettent de comprendre l'idée générale. Par conséquent, nous recevons des appels paniqués de chefs de la police, ministres du gouvernement, aristocrates, militaires, conseillers municipaux, agents du renseignement, ecclésiastiques, chirurgiens, diplomates, administrateurs hospitaliers, etc. Nous avons aussi des agents dans des organisations clés qui nous tiennent au courant des évolutions significatives.*

Pourtant, malgré tous ces liens, nous restons secrets. Notre nom n'apparaît sur aucun document externe à l'organisation. En fait, très peu de personnes extérieures sont au courant de notre existence. On leur donne un numéro de téléphone, et l'information nous parvient par des voies sinueuses. Notre réseau informatique n'est connecté à aucun système extérieur. Si tu nous cherches, tu ne nous trouveras pas, mais toi, par contre, on te retrouvera.

La réunion avec les comptables s'avéra spectaculairement ennuyeuse, puisque la seule information que Myfanwy y apprit fut qu'il était bon marché de déplacer furtivement des pestiférés pour les disséquer. Le mérite de cette réduction des coûts revint à l'homme fort poli qu'elle avait forcé à prendre l'ascenseur avec elle (le Colonel Hall). Elle se dit qu'il faudrait penser à le recommander d'une manière ou d'une autre. Malgré l'ennui, Myfanwy prit soin d'être agréable avec les comptables, qui se tortillaient sur leurs fauteuils et paraissaient terrifiés. *J'imagine que Thomas exerçait une certaine autorité,* songea Myfanwy. *Dommage que ce soit sur les gratte-papier.*

« Tour Thomas ? appela Ingrid qui s'était glissée silencieusement derrière les pauvres petits comptables qui faillirent mourir de peur.

— Oui, Ingrid ? » répondit-elle en levant les yeux d'une colonne de chiffres dont le sens lui était étonnamment familier. Thomas avait affirmé qu'elle était une administratrice compétente, et elle avait apparemment hérité d'une part de son talent.

« La directrice du Domaine est arrivée. » À en juger par la réaction des comptables, Myfanwy conclut que cette personne était tout aussi impressionnante et terrifiante à leurs yeux. Elle les congédia donc poliment et accueillit la directrice. Ou du moins elle essaya, car Ingrid tint à rester dans le passage pour l'annoncer d'une voix forte.

« Frau Blümen, instructrice en Chef du Domaine, hurla la secrétaire.

— Oui, merci, Ingrid », dit Myfanwy en se levant pour accueillir la femme sphérique qui entrait en se dandinant. Frau Blümen était d'une rotondité presque parfaite et dut se mettre de profil pour passer la porte.

Ses cheveux blonds formaient une construction complexe, faite de chignons et de tresses. Elle fondit sur Myfanwy les bras ouverts.

« Ma petite Miffy ! Ma *Liebchen* ! Qu'est-il arrivé à tes yeux ? » cria-t-elle avec un fort accent allemand. C'était la première personne à oser faire une remarque sur les coquards de Myfanwy. Avant que celle-ci n'ait le temps de répondre, elle prit la malheureuse Tour dans ses bras dodus et la serra contre elle.

« Ravie de vous voir Frau Blümen », souffla Myfanwy. Elle sentit les bras l'étreindre un peu plus fort et la relâcher.

« Frau Blümen ? Pourquoi es-tu aussi formelle, Myfanwy ? Nous étions d'accord pour dire que tu m'appellerais Steffi quand tu accéderais à la Cour. Tu ne t'es pas battue, si ? Bien sûr que non ! Depuis que tu es toute petite, tu as toujours détesté te battre, et maintenant tu vois ce qui t'est arrivé ? » L'affection de cette femme était agréable, bien que sa tendance à poser des questions pour y répondre immédiatement fût légèrement perturbante.

« C'était, euh, j'ai été agressée.

— Les idiots ! » pouffa la grosse dame.

Myfanwy hésita. À l'évidence cette personne avait beaucoup de tendresse pour elle, mais tant que Myfanwy ne savait pas exactement qui elle était, elle ne voulait pas trop en dire.

« Tu es très calme ! J'aurais pensé te trouver toute tremblante et en larmes. Laisse-moi te regarder. » Elle attrapa délicatement Myfanwy par les épaules et l'approcha de son visage. « Hmm, on t'a frappée il y a quoi ?… Deux jours ? Peut-être un peu plus ? Oh, ma pauvre petite Miffy ! Évidemment, c'étaient des agresseurs lambda ? Rien de surnaturel ? Après tout, tes pouvoirs sont loin d'être secrets mais personne dans la communauté ne serait assez idiot pour s'en prendre à toi. J'aimerais bien un chocolat chaud. Pourrais-tu demander à ta secrétaire d'en apporter… ah ! Formidable. Merci beaucoup. Viens Miffy, prends ton café et allons nous asseoir dans tes canapés si confortables pour une longue conversation. » Elle mena Myfanwy jusqu'aux canapés et déposa sa lourde masse sur les coussins.

« Steffi… hasarda Myfanwy. Qu'est-ce que tu voulais dire en parlant de mes pouvoirs qui n'étaient pas un secret ? Je veux dire, en tant que membre de la Cour, bien sûr… » Elle la coupa immédiatement.

« *Liebchen*, même si tu n'avais pas rejoint la Cour, tout le monde aurait été au courant. Mon Dieu, tu étais la découverte la plus excitante que nous avons faite depuis des décennies ! Nous étions tous conscients de ton potentiel. Les tuteurs du Domaine parlaient de toi à tort et à travers ! » Elle but pensivement une grande gorgée de chocolat et se frotta les joues. « Et bien sûr, j'ai toujours été consciente de tes dons intellectuels. Tu aurais intégré la Cour même sans de tels pouvoirs. » Cela piqua la curiosité de Myfanwy. La lettre avait rapidement abordé la timidité de sa prédécesseur, mais elle tenait là une occasion d'entendre l'opinion de quelqu'un d'autre à son sujet.

« J'ai beaucoup repensé à tout ça dernièrement Steffi. J'aimerais savoir ce que tu pensais de mon potentiel. »

Frau Blümen haussa un sourcil.

« Eh bien, je suis contente d'entendre que tu prends ta carrière plus au sérieux en ce moment. » Myfanwy baissa les yeux, essayant de donner l'image d'une administratrice timide mais compétente. D'une administratrice qui n'aurait pas perdu la mémoire et n'essaierait pas de glaner autant d'informations que possible. « Quand je t'ai vu arriver au Domaine, tu t'accrochais à la main du chauffeur, le visage couvert de chocolat et les yeux pleins de larmes. Ma pauvre petite *Liebchen*… Tu te cramponnais à cet homme comme à un matelas pneumatique au milieu de la mer Noire. Farrier était tout ce qui te restait à ce moment-là, et quand tu as compris qu'elle ne t'était pas loyale, j'ai vu la dernière lueur de confiance s'éteindre dans tes yeux. Quelle idiote ! Tu l'adorais, mais elle était trop imbue d'elle-même pour le voir.

« Dans tous les cas, nous avions tous entendu parler de tes pouvoirs avant que tu nous arrives, et nous avons fait très attention. J'ai épluché tous les dossiers et les archives, et ma recherche m'a permis de conclure avec certitude que ton pouvoir était entièrement inédit, que rien de tel n'avait jamais existé sur les îles Britanniques.

« Nous étions évidemment impatients de connaître l'étendue de tes capacités, mais nous hésitions à te brusquer. La plupart des enfants qui nous arrivent sont retirés de leur famille avec beaucoup plus de délicatesse que tu ne l'as été. Voilà ce qui se passe quand on laisse les chefs s'occuper de tâches pour lesquelles ils ne sont pas qualifiés. Elle a beau avoir la capacité de se promener dans tes rêves et lui d'être parvenu à tuer tous ces Nazis en étant totalement nu, ce ne sont pourtant pas, permets-moi de te le dire, les gens les plus délicats qui soient. »

Steffi secoua la tête en pensant à la stupidité de ses supérieurs puis s'enquit de la possibilité d'avoir quelques biscuits. Myfanwy se renseigna, les ordres furent transmis à Ingrid et cette dernière entra, avec un calme imperturbable, portant une assiette de petits gâteaux.

« Parfait ! Merci, Ingrid. Bref, dès que nous avons entendu parler de tes pouvoirs, nous avons averti Farrier et Wattleman. Il est normal de tenir la Cour informée de tous les talents prometteurs. Après tout, c'est pour ça que je suis venue aujourd'hui ! Mais ils ont eu vent de notre excitation, et ils ont demandé à te voir en premier afin d'établir une connexion avec toi, pour que tu leur sois loyale. Si leur pouvoir et leur autorité ont perturbé ton père, ils ont suffi à submerger un enfant comme toi. Tu nous es donc arrivée traumatisée et, à mon grand regret, tu ne t'en es jamais vraiment remise. »

Myfanwy était agrippée à sa tasse de café. Tout s'éclaircissait dans son esprit, même si elle savait qu'il ne s'agissait pas d'un souvenir qui lui revenait. C'était seulement que les choses commençaient à faire sens. Les lettres qu'elle avait lues lui avaient donné l'impression que Myfanwy Thomas avait été marquée par quelque chose.

« Continue, dit-elle doucement.

— Miffy, ne va pas croire que je ne suis pas fière de toi, mais ton potentiel était bien plus grand que ce que tu as pu accomplir. Tu dois le savoir. Après tout, tu n'as jamais semblé aimer tes pouvoirs. Tu as réussi à obtenir le contrôle minimum (rien de plus) et il était évident que tu ne serais jamais un agent efficace sur le terrain. Mon Dieu ! Tu fais tomber tes clés si quelqu'un te crie dessus. Tu imagines si on te donnait une arme ? » Steffi sourit et laissa échapper un petit rire triste.

« Non, il était clair qu'on ne pouvait pas t'envoyer dans l'égout, la forêt ou la maison abandonnée où je ne sais quel monstre aurait élu domicile. Tu avais une bonne mémoire, un esprit agile, et tu étais tellement intégrée dans la Checquy qu'il était hors de question de te renvoyer dans le monde réel. Alors nous t'avons laissé entrer dans l'administration. Non sans regret.

— Hmm », acquiesça Myfanwy, qui était sur le point de demander à quel degré de puissance s'élevait le potentiel de Thomas lorsque sa secrétaire entra.

« Excusez-moi de vous interrompre, Tour Thomas, mais la Tour Gestalt arrive dans quinze minutes pour votre rendez-vous.

— Ici ? s'étonna Steffi. Dites-moi, Ingrid, quel corps Gestalt porte-t-il aujourd'hui ? »

Quel corps ? pensa Myfanwy, éberluée.

« Ce sont les jumeaux qui viennent aujourd'hui, Frau Blümen, dit Ingrid.

— Pouah, dans ce cas je vais y aller, dit-elle en frémissant. Si jamais tu t'inquiètes de ne pas t'être épanouie avec tes pouvoirs, Miffy, jette un œil à celui-là. C'est un guerrier ahurissant, qui maîtrise incroyablement ses dons surnaturels, mais à mon avis, il ne vaut rien en tant que personne. » Elle secoua la tête. « Enfin… Fixons un autre rendez-vous bientôt. Nous avons tellement été prises par les souvenirs que nous n'avons même pas eu le temps de regarder la liste des candidats pour le Domaine. » Blümen déposa un dossier sur la table basse, caressa la joue de son ancienne élève, et sortit. Quand elle fut partie, Myfanwy retourna à son bureau pour ajouter quelques éléments à la liste de termes et noms qu'elle devait consulter. La Cour. Le Domaine. Steffi Blümen. Wattleman (tuer des Nazis *nu* ?). Farrier. Mais afin de pouvoir gérer la suite immédiate, elle se rassit sur le canapé et chercha précipitamment le chapitre sur Gestalt.

La Tour Gestalt

Neuf ans avant ma naissance, une pauvre femme dut mettre au monde quatre enfants d'un coup. Trois garçons et une fille. Deux des garçons étaient identiques. Mais ce n'était pas là le plus bizarre. Le plus bizarre fut lorsque les quatre paires d'yeux s'ouvrirent en même temps : un seul esprit les animait. C'était Gestalt.

Gestalt est déconcertant car ça/il/elle/ils est/sont réparti/es/s sur quatre corps. Les gens évitent d'appeler Gestalt autrement que Gestalt afin de ne pas avoir de problème de syntaxe. Cela dit, c'est assez pénible de devoir systématiquement écrire Gestalt *au lieu d'un pronom, donc si je ne le fais pas à l'oral par politesse, je vais ici utiliser le terme « ça ».*

Les parents étaient terriblement affligés par leur étrange progéniture, ce qui est compréhensible. J'imagine que lorsqu'on a quatre enfants qui font exactement la même chose en même temps ou que l'un fait quelque chose pendant que les trois autres restent étendus par terre dans un état comateux, on finit forcément par paniquer. Sans compter les difficultés à récupérer après un tel accouchement. Donc quand la Checquy est apparue pour le premier anniversaire des bébés et a proposé de s'en occuper, les parents furent soulagés, comme on peut l'imaginer. Malheureusement, c'est souvent le cas avec les enfants dont la Checquy fait l'acquisition : ils sont bizarres et leurs besoins le sont tout autant.

Ça se retrouva à la Checquy comme quatre étranges poissons dotés d'un esprit de ruche. Ou plutôt comme un esprit habitant quatre poissons. Merde, c'est pour cette raison que c'est si irritant de travailler avec ça.

Bref, la Checquy fit venir ça au Domaine. Ils l'éduquèrent, l'entraînèrent et l'élevèrent dans un environnement aussi aimant que possible, dans la mesure où un tel endroit le permettait. Ça s'est retrouvé avec d'autres enfants, étranges eux aussi : des petits garçons munis de défenses d'éléphant ; des adolescentes capables de parler aux nuages et de recevoir des réponses intelligibles ; un pauvre petit qui contrôlait l'esprit des flamants roses. Ayant vécu au Domaine, je peux t'assurer que ce n'est pas un mauvais endroit pour grandir, surtout quand tu es différent et que tu as des pouvoirs surnaturels. Mais ça n'y mettait pas du sien.

Pour commencer, ça se fit très peu d'amis. Tu vas peut-être te dire, ils étaient trois frères et une sœur, ils n'avaient pas besoin, *mais tu aurais tort. Tu dois toujours garder à l'esprit que ça est une personne avec huit yeux. C'est une erreur commune de le prendre pour quatre personnes différentes. Ça en profite. Les corps ont chacun une voix, et ça a réussi à développer des attitudes propres à chacun. Ils ne bougent pas à l'unisson ni ne restent immobiles, sauf si ça en a décidé ainsi. C'est un excellent acteur, à tel point que ses corps peuvent tenir une conversation ou se disputer entre eux, et on oublie alors qu'un seul esprit contrôle ces marionnettes.*

Les autres enfants du domaine oubliaient que ça n'était qu'un seul esprit. Ils pensaient que les Gestalt étaient des enfants distants. Je le sais parce que j'y étais. Nous n'avons passé qu'un an au Domaine ensemble, puis ça a eu 19 ans et a passé son diplôme. Souviens-toi, j'avais 9 ans et j'étais d'une timidité maladive, eux étaient quatre blonds d'une beauté éblouissante destinés à devenir la nouvelle gloire de la Checquy. J'étais follement amoureuse de l'un des garçons, celui qui n'était pas un des jumeaux. En les observant, je pus me rendre compte que Gestalt n'était pas une personne normale. Ni même quatre personnes un peu étranges. Mais c'était quelqu'un d'incroyablement puissant, et tout le monde le savait.

J'ai lu ses dossiers, c'était un élève brillant. Ça avait une excellente mémoire, un esprit vif (quatre cerveaux qui tournaient en même temps, souviens-toi), et comprenait rapidement les instructions. L'éducation normale fut immédiatement absorbée par ces quatre têtes, et grâce à un entraînement minutieux, ça gagna une maîtrise parfaite de ses pouvoirs.

À 9 ans, ça contrôlait différentes combinaisons de corps, menait plusieurs conversations en même temps, et montait des tournois bizarres au cours desquels ses corps s'affrontaient.

À 12 ans, il fut démontré que ça pouvait rester éveillé en permanence en faisant dormir un de ses corps pendant que les autres restaient debout. Ça le fit pendant cinq mois.

À 15 ans, ses quatre corps avaient été séparés pour étudier la distance qui pouvait exister entre eux. On conclut qu'ils pouvaient être à des coins opposés du globe sans effet nocif.

Gestalt eut son diplôme et partit immédiatement sur le terrain. Ça accéda au statut de Tour grâce à des missions impressionnantes. Avec quatre corps, ça constitua sa propre équipe. Durant ses seize années sur le terrain, ça accomplit un tas de tâches jusque-là jugées impossibles, comme la destruction d'un vampire de 448 ans qui contrôlait l'industrie du blé depuis deux cent cinquante-deux ans.

Sache qu'en 1980, une opération avait mobilisé

quarante-cinq soldats pour abattre un vampire de 64 ans.

Gestalt est un dur.

Ça a obtenu le statut de Tour il y a cinq ans, et j'ai dû travailler avec eux sur beaucoup, beaucoup d'opérations. Je le vois tous les jours, et nous avons une réunion à 9 heures tous les lundis, mercredis et vendredis. Généralement, du fait de ses multiples corps, Gestalt a toujours deux d'entre eux sur le terrain pour superviser les opérations. Normalement une Tour n'intervient qu'en cas de problème majeur, mais ça aime la bagarre, et je dois dire que c'est un excellent coordinateur sur site. L'inconvénient, c'est qu'il y a souvent au moins un de ses corps qui traîne au bureau. C'est toujours mieux que d'avoir les quatre, d'autant qu'aucun d'entre eux ne semble comprendre notre système de classement.

S'il s'avère que c'est Gestalt qui veut t'effacer, alors il faudra que tu fasses très attention.

« Tour Thomas ? » demanda doucement Ingrid. Myfanwy sursauta. « La Tour Gestalt est arrivée. »

Chapitre 4

« Ah oui, la Tour Gestalt ? C'est… super, bafouilla Myfanwy. Laissez-moi une seconde, le temps d'arrêter ma chair de poule. » C'était elle, ou est-ce que sa secrétaire la regardait avec un soupçon de compassion ? « Bon, très bien, Ingrid. Faites entrer la Tour Gestalt. » Elle se leva, se précipita derrière son bureau et prit un air grave de circonstance.

Elle se demanda un instant si elle avait le temps de relever ses cheveux, seulement tenus par une barrette, pour avoir l'air plus sérieuse. Mais il était trop tard. *En plus,* réfléchit-elle, *les deux yeux au beurre noir vont certainement casser mon image de professionnelle. Et qui sait comment Thomas se tient d'habitude ?* Ingrid entra et annonça l'arrivée de la Tour Gestalt d'un ton solennel. Myfanwy haussa intérieurement les épaules et oublia ses craintes. *Personne ne connaît personne de toute façon.*

« Les Tours Gestalt, ça par exemple ! » s'exclama-t-elle, comme si cela la ravissait. Les deux blonds, identiques, la regardèrent avec des yeux ronds. « Messieurs, asseyez-vous, je vous en prie. Vous avez l'air très en forme tous les deux.

— Merci », répondit l'un d'eux.

C'était vrai, il fallait le reconnaître, elle ne savait pas comment étaient les autres corps, mais ces deux-là étaient magnifiques. D'épais cheveux blonds, les yeux bleus, et un hâle parfait. *Dans* ce *pays ? Bon Dieu, mais comment ils parviennent à faire ça ? Est-ce que leurs pouvoirs génétiques bizarres leur permettent de bronzer sans soleil ?* On voyait qu'ils étaient jumeaux mais qu'ils avaient fait des efforts pour se différencier. Celui de droite avait les cheveux plus courts et savamment ébouriffés avec du gel, et celui de gauche arborait une coupe plus classique, soigneusement peignée. Ils portaient également des costumes différents. L'un était affalé sur sa chaise, l'autre était attentif, bien qu'aucun ne parût particulièrement bien installé. L'un la regardait pensivement pendant que l'autre était occupé à lisser son pantalon. Elle les baptisa mentalement le Cool et le Propret.

Cela lui fit bizarre quand elle se souvint qu'il n'y avait qu'un esprit dans ces deux têtes. Et ça lui fit encore plus bizarre de se souvenir que deux autres corps se promenaient dans la nature, contrôlés par ce même esprit. *Du calme,* pensa-t-elle, *et essaie de ne pas paniquer parce que tu parles à un esprit de ruche qui fait flipper les autres phénomènes de la Checquy. Et ne pars pas du principe que c'est lui qui a commandité l'attaque de Thomas. Et même si c'est le cas, il ne te fera probablement rien dans ton bureau.*

« Nous rentrons tout juste de notre mission dans l'Essex, dit le Cool. Vous paraissez changée Myfanwy.

— C'est sans doute les coquards, suggéra l'autre.

— Non, il s'agit d'autre chose », le contredit son frère. Myfanwy essaya en vain d'adopter un air mystérieux et les regarda remuer sur leur chaise.

« Qu'est-ce qui vous est arrivé ? demanda le Propret.

— Ah, euh, j'ai été agressée.

— Mais vous allez bien ?

— Oui, très bien. C'est un peu douloureux, mais ça va.

— Intéressant… » dit le Cool, songeur.

Merde, ça ne colle pas au personnage de la Myfanwy Thomas douce et docile, comprit-elle. Elle envisagea de prendre un air traumatisé, mais opta pour une diversion.

« Alors, où traînent vos frères et sœurs en ce moment ? » demanda-t-elle. Elle n'avait pas leurs photos, et mourait d'envie de voir le frère dont sa prédécesseur avait été amoureuse.

« Eliza mène une équipe à Aberdeen, pour l'attaque du culte cervidé, répondit l'un des deux distraitement. Robert est dans notre bureau.

— Bon, j'espère qu'ils se portent bien », dit-elle poliment. *Il est fort ce Gestalt. On dirait vraiment qu'il y a trois frères et une sœur.* Elle se rendit compte qu'ils avaient continué de parler et qu'elle n'avait pas écouté. « Pardon, qu'est-ce que vous disiez ?

— Alex était en train d'expliquer que nous savons qu'ils vont très bien, dit le Propret.

— Ah oui, bien sûr, bien sûr », acquiesça rapidement Myfanwy, irritée par son ton méprisant. « Ils vont bien. Vous allez bien. Je vais bien. Tout le monde va bien. Vous voulez boire quelque chose ? » L'un demanda un café, l'autre un jus d'orange. « Certainement. Ingrid ? » La secrétaire, qui avait dû écouter par la porte ouverte, entra, miraculeusement munie d'un plateau. « Merci.

— J'ai cru comprendre que vous étiez arrivée en retard ce matin, dit le Cool.

— Comment ? répondit Myfanwy avec un sens de la repartie fulgurant.

— Normalement, vous êtes toujours la deuxième à arriver au Beffroi, après votre assistante, dit le Propret.

— Ah oui ? » *Quoi, ils notent toutes mes allées et venues ?* « Oui, j'avais… un rendez-vous. » Ils attendaient qu'elle développe, et elle eut soudain une envie irrésistible de faire cesser ces regards insistants. « Chez le gynéco. » Elle leur lança un sourire triomphant. « Pour une auscultation du vagin », ajouta-t-elle. Ils hochèrent la tête à l'unisson et, à sa grande satisfaction, parurent un peu décontenancés. *Bien sûr, ils ont un corps féminin,* se souvint-elle, légèrement déçue. *Ce n'est pas la mention de problèmes de fille qui va les effrayer.* « Et… il est… toujours là. Tout va bien.

— Tant mieux, dit le Propret.

— Oui, bon, au travail. » Heureusement, Thomas avait laissé une liste pour son rendez-vous avec Gestalt, et Myfanwy n'eut qu'à la suivre, ou du moins elle aurait pu le faire si elle n'avait pas déplacé les piles de dossiers méticuleusement rangées. « Alors, voyons voir… » Elle farfouilla dans ses papiers.

« Il me semble que vous avez des documents à me faire signer, dit le Cool.

— Ouais, dit-elle sèchement en retrouvant la pile exactement là où elle l'avait laissée. Donc, il faut que vous signiez ces… trucs… que j'ai déjà signées je crois. » Elle les feuilleta rapidement et vit la signature de Myfanwy Thomas. « Oui, c'est bon, c'est signé, et maintenant c'est à vous. Voilà une lettre au… Premier ministre… de Grande-Bretagne établissant que nous ne sommes au courant de rien qui le concerne. » Elle passa les documents aux jumeaux qui commencèrent à les signer. Elle les regarda, fascinée, faire simultanément des signatures identiques, l'un avec la main gauche, l'autre de la droite.

« Vous en avez oublié un », dit le Propret en lui tendant un contrat.

Elle l'attrapa, paniquée, prenant conscience de la situation. *Merde. La signature. À quoi ressemblait sa signature ?* Elle l'avait vue une minute auparavant, et Thomas avait signé au moins une des lettres qu'elle lui avait écrites, mais elle n'avait pas vraiment pris le temps d'observer précisément sa forme. C'était une erreur. *Oh Mon Dieu.* Elle prit une profonde inspiration et voyant que le Propret la dévisageait, elle lui adressa un sourire crispé avant de signer. *C'est à peu près ça ? Ça me dit quelque chose.* Cependant, aucun des jumeaux ne semblait vraiment s'intéresser à sa signature et ils ne comparèrent pas la nouvelle avec les autres. « Bon, bon, merci. Je vais m'en occuper et m'assurer qu'ils partent… là où ils doivent partir. »

« Alors, reprit Myfanwy, voyons le programme de cette semaine. Donc, apparemment, j'ai plusieurs rendez-vous avec des comptables à propos de… Est-ce que vous vous sentez bien ? » Les deux jumeaux Gestalt avaient les yeux perdus dans le vide. *Ça, c'est flippant.*

« Je suis sur le point de pénétrer dans le repaire de la secte, dirent-ils d'une seule voix. Vous voulez les commentaires ?

— Euh, oui, bien sûr. Je prends des notes ?

— Pas la peine, répondit Gestalt de ses deux bouches. Les commandos sont équipés de matériel enregistreur. Nous sommes devant la porte et le Pion Kirkman regarde à travers celle-ci. Il me signale qu'il y a trois personnes de l'autre côté, elles sont armées. *Cooper, quand Meaney aura enfoncé la porte, lancez la grenade paralysante.* » Myfanwy leva les yeux, surprise : les voix des jumeaux avaient changé, elles étaient plus aiguës, plus intenses. Elle comprit qu'elle entendait désormais leur sœur donner des ordres. « Je lance le compte à rebours : Trois ! Deux ! Un ! » Le bras gauche des jumeaux s'agita légèrement, suivant sans doute les mouvements de leur sœur à près de trois cents kilomètres de là.

« Meany a enfoncé la porte, et nous nous sommes reculés pour nous protéger de la secousse. Nous sommes entrés, il y a cinq hommes devant moi. Ils ont couvert le vestibule et… *attrapez-le ! attrapez-le !* OK, un homme portant une ramure est à terre. *Équipe 1, tenez le vestibule. Équipes 2 et 3, entrez. N'oubliez pas, le moins de victimes possible. Immobilisez-les.* Kirkman fouille les autres pièces. *Vous quatre, sécurisez cette pièce. En avant.* »

Myfanwy écouta attentivement Gestalt mener l'assaut durant les quarante-cinq minutes qui suivirent. Des soldats furent dirigés, des ordres donnés, des adeptes arrêtés ou abattus (selon leur degré d'attachement à la cause). Elle eut droit à un rapport très détaillé du corps féminin de Gestalt quand celle-ci fut surprise par une attaque et que ses gardes furent empalés sur les bois d'un grand prêtre cornu. Elle vit les muscles des jumeaux se tendre tandis que leur sœur frappait, se retournait et cognait, des exclamations aiguës s'échappant simplement de leurs lèvres. Finalement, après un grand *kiYAA !* ils se relâchèrent en haletant, et expliquèrent qu'Eliza venait de rompre le cou du leader du culte cervidé et que la zone était désormais sécurisée.

« Ouah. Super. Bien joué, dit Myfanwy.

— Hmm, répondit distraitement le Propret. Eliza a du sang sur ses bottes.

— C'est merveilleux, Gestalt, dit Myfanwy en essayant de garder son calme. Un peu plus de café ? Ou de jus d'orange ? Non ? Je peux peut-être demander à Ingrid d'aller vous chercher des lingettes. »

Une fois que les jumeaux furent repartis (encore un peu chancelants), Myfanwy resta longuement assise pour faire le point. Après leurs commentaires sur l'attaque, ils avaient eu du mal à se concentrer sur le reste du programme, et ils se mirent d'accord pour remettre les questions administratives à plus tard. En voyant la satisfaction avec laquelle les jumeaux racontaient l'assaut, et en entendant le rapport circonstancié des talents de leur sœur, elle avait senti ses muscles se tendre. Ses contusions la faisaient souffrir, et elle n'avait aucun mal à imaginer les jumeaux en train de la molester, les yeux brillants.

Je ne peux pas *partir du principe que chaque membre de la Cour que je rencontre est le traître,* décida-t-elle. *Il est tout à fait possible que Gestalt n'ait pas agressé Thomas et que j'aie passé tout l'entretien à suer pour rien. Mais qui a donné l'ordre ?* Myfanwy se pencha en arrière et joignit ses mains derrière la tête.

Trop de questions. Et je ne sais même pas tout ce que savait Thomas. Pas encore. Mais bientôt.

Elle attrapa le classeur violet.

Les Tours

Les Tours furent les chefs de l'état-major de la Checquy pendant ses premiers siècles d'existence. C'est-à-dire qu'ils supervisaient toutes les opérations militaires. Généralement réservé aux nobles, le poste nécessitait une connaissance encyclopédique de l'art de la guerre et de la stratégie, mais c'était à peu près tout. Si les Pions étaient la lame que la Checquy dégainait, alors les Tours en étaient le manche.

Les premiers chefs les considéraient d'ailleurs comme des armes et rien d'autre. C'étaient les chiens qu'il fallait lâcher ; les chefs de la meute, certes, mais des chiens néanmoins. Ce furent les Tours qui, en 1702, menèrent le quadruple assaut sur Brigadoon et brûlèrent tous les bâtiments. Certains citoyens furent exécutés et d'autres envoyés au Pays de Galles pour travailler dans les mines. Les caractéristiques des mines empêchaient ces gens extraordinaires de s'échapper, et ils périrent tous en captivité. (À la fin des années 1960, cependant, un individu affirmant qu'il était « le dernier fils de Brigadoon » refit surface et provoqua quelques dégâts avant d'être arrêté et disséqué.)

Une Tour célèbre, Rupert Chamberlain, vivait enchaînée dans un caveau sous la Tour de Londres, et quand l'occasion se présentait, on le transportait dans une cage jusqu'à l'emplacement approprié pour le lâcher sur la malheureuse cible qui avait été choisie. Durant son mandat, il dévora le duc de Northumberland, les ambassadeurs de France et d'Italie, un archidiacre et l'un de ses homologues.

Puis, en 1788, la situation changea du tout au tout. Une vaste redistribution des pouvoirs permit aux Tours d'acquérir un nouveau statut, passant de généraux de la Checquy à responsables des affaires intérieures. Elles devinrent ainsi les protecteurs administratifs du Royaume-Uni. Maintenant, si quelque chose d'étrange se produit dans les îles Britanniques, les Tours s'en occupent. Nous sommes des cadres, et si nous recourons parfois à la violence, ce n'est que par procuration. Pas besoin de se salir les mains si on ne le souhaite pas. Moi, par exemple, je préfère rester au bureau, mais la Tour Gestalt semble apprécier les opérations sur le terrain.

Ta tâche la plus importante consiste à gérer le fonctionnement et la dimension politique des forces domestiques de la Checquy. Tu rencontreras et coordonneras les différentes équipes de Pions qui travaillent dans le pays et tu leur confieras des missions diverses. Tu gères également le management du Beffroi, en étroite collaboration avec Gestalt.

Eh bien, ça va être sympa, se dit Myfanwy.

Et tu as des réunions régulières avec les autres membres de la Cour pour coordonner les opérations de la Checquy.

C'est assez simple, en fait.

Bien sûr, merci beaucoup, Thomas, pensa Myfanwy. *Il semble que je sois le ministre de la Défense des Fantômes et Gobelins, mais comme le boulot est « assez simple », je suis sûre que ça va bien se passer. Le pays va être envahi par des brownies et des arbres qui parlent, mais on s'en fout, il reste toujours l'Australie !* Bouillante de colère, elle balança le classeur violet et se rendit compte qu'elle était en train de se ronger les ongles. *Super, c'est sûrement une nouvelle manie. J'imagine mal la Tour Thomas, grande administratrice, se rongeant les ongles. Ça doit vouloir dire que je développe enfin ma propre personnalité.* Myfanwy contemplait avec irritation les portraits des anciennes Tours en se demandant laquelle avait été enchaînée dans la Tour de Londres, quand Ingrid entra précipitamment.

« Tour Thomas, j'ai annulé votre déjeuner chez Christifaro.

— Pourquoi ? demanda-t-elle, consternée. C'était la seule chose que j'avais hâte de faire.

— Il y a une urgence, vous êtes convoquée pour un interrogatoire, ainsi que la Tour Gestalt répondit la secrétaire, imperturbable.

— Oh, d'accord. » Myfanwy baissa les yeux sur son bureau et réfléchit un moment avant de relever la tête. « Allons-nous être interrogés ou menons-nous l'interrogatoire ? » Ingrid sembla un peu surprise, mais expliqua qu'un pauvre bougre que la Checquy avait capturé allait être interrogé. Apparemment, un spécialiste se chargerait de poser les questions, tandis que Myfanwy et Gestalt feraient office de public.

« Donc je n'ai rien à faire ?

— Non, madame.

— Vous pensez que je devrais apporter quelque chose ?

— Un snack, vous voulez dire ?

— Je vais prendre mon carnet, décida Myfanwy. Et mon stylo.

— Vous savez, ils sont équipés de sténographes et de caméras.

— Oui, je sais, rétorqua Myfanwy. Mais j'ai envie de prendre des notes.

— Très bien, madame.

— Oui. Et pourriez-vous m'accompagner à l'interrogation… l'interrararium… la salle d'interrogatoire ? J'aimerais connaître vos observations. » Après tout, elle ne pouvait quand même pas lui demander le chemin, si ?

« Certainement, madame. Après vous. » Ingrid s'écarta pour permettre à Myfanwy de marcher devant.

« Non, non, après vous.

— C'est parfaitement irrégulier, Tour Thomas, fit observer Ingrid.

— Pour me faire plaisir.

— Comme vous voulez. »

Les deux femmes marchèrent d'un bon pas, croisant des employés qui se collaient aux murs pour laisser passer la Tour Thomas et sa secrétaire. De lourdes portes en bois étaient alignées le long du couloir. Quand elle passait devant une porte ouverte, Myfanwy ralentissait pour jeter un coup d'œil à l'intérieur. Dans un bureau, trois hommes étaient penchés au-dessus d'une carte et se criaient dessus à voix basse, comme des bibliothécaires en colère. Dans une autre pièce, un vieux Pakistanais qui portait un monocle brandissait une canne sous le nez d'un petit gros en caftan. Par une autre porte, elle vit une pièce remplie d'étagères. Assis derrière un bureau en bois massif, un homme aux cheveux bouclés lisait avec attention un grand livre de compte en caressant la tête d'un condor posé fièrement sur son poignet. Il leva la tête quand elles passèrent et écarquilla les yeux.

Elles atteignirent finalement une grande porte en acier sur laquelle était fixée une plaque métallique. Ingrid s'écarta et semblait attendre quelque chose de Myfanwy, qui avait heureusement un vague souvenir de ce qu'elle avait lu à ce sujet. Elle s'avança et posa les mains à plat sur la plaque. Elle sentit le métal se réchauffer et les portes s'ouvrirent lentement en grinçant. Derrière celles-ci se trouvait une autre porte (franchement décevante) qui s'ouvrit automatiquement : l'ascenseur.

Elles descendirent pendant un long moment et semblaient, à l'évidence, se diriger vers un sous-sol très profond. Elles restèrent silencieuses, mais Myfanwy saisit l'occasion d'observer sa secrétaire dans les miroirs. Ingrid était grande, approchait la cinquantaine et ses cheveux auburn étaient impeccablement coiffés. Mince, elle semblait en forme, comme si elle jouait au tennis tous les après-midi. Elle portait plusieurs bijoux en or discrets, dont une alliance. Myfanwy inspira doucement par le nez et sentit son parfum. Elle portait un tailleur violet clair, parfaitement coupé.

Myfanwy se regarda dans le miroir. Ses cheveux commençaient à se détacher de la barrette et son costume (quoique beaucoup plus cher que celui d'Ingrid) était froissé. Elle avait complètement négligé de se maquiller, et ses foutus coquards lui faisaient une tête de raton laveur. Un raton laveur qui aurait pris un coup de poing dans le museau, après des années de disette.

Le silence, rompu par le bruit de l'ascenseur, devenait pesant.

« Alors, Ingrid, lança Myfanwy pour faire la conversation, vous n'en avez jamais marre du violet ? » La secrétaire posa un regard surpris sur sa supérieure, mais avant qu'elle ait le temps de répondre, les portes s'ouvrirent.

Chapitre 5

Chère Toi,

Je ne suis pas bipolaire, on m'a simplement imposé une vie qui l'était.

Ma vie privée consiste à rentrer chez moi et m'installer dans mon canapé avec un bol de pop-corn pour examiner de lourds dossiers ennuyeux.

Ma vie professionnelle consiste en de longues heures de responsabilités directoriales interrompues par… bon, par exemple, cet après-midi, j'ai dû prendre des mesures concernant une fonctionnaire argentine en visite officielle, qui s'est soudainement montrée capable de créer des animaux à partir d'ectoplasme. Le seul problème est qu'elle ne pouvait pas les contrôler et que ça s'est produit dans le centre-ville de Liverpool.

J'ai d'abord été prévenue en voyant les lumières de mon bureau clignoter. Je ne sais vraiment pas qui a eu l'idée de relier les systèmes d'éclairage des bureaux et des appartements des Tours aux Lignes de Panique, mais maintenant, je sursaute dès qu'une ampoule cesse de fonctionner. Cette installation n'est d'ailleurs pas vraiment nécessaire, car en cas d'urgence, une lumière rouge clignote sur le téléphone de mon bureau pendant qu'une sonnerie particulièrement stridente retentit, puis une autre sonnerie, tout aussi stridente, se fait entendre sur mon portable et des messages d'alerte apparaissent sur mes deux écrans d'ordinateur.

Tout cela s'est produit ce soir.

Puis on m'a balancé les détails. Quatre civils tués. Des milliers de livres de dégâts. La femme argentine semblait faire une sorte de crise de nerfs, et on ne pouvait l'approcher car elle était entourée d'un troupeau de tarucas, jaguars et lamas d'un vert spectral.

J'ai commencé à sentir que mes mains devenaient moites, mais j'ai gardé la tête froide. Je suis fiable dans les situations de crise, mais ça ne signifie pas que je n'ai pas peur. J'ai toujours peur. Le stress me donne envie de vomir. Mais je suis fiable car je suis très, très forte pour l'organisation. J'essaie de prendre en compte tous les angles, de parer à toutes éventualités.

Tu t'en es sûrement rendu compte.

Mais revenons à la faune lumineuse tout juste éclose. L'homme au bout du fil était le commandant de garde de la Cellule de Crise, située à Londres.

« Nos troupes ont été mobilisées ? demandai-je.

— Les équipes de Liverpool sont sur place ou en chemin, mais la situation semble sérieuse. » L'anxiété perçait dans sa voix. C'était très inquiétant. Les officiers de Crise sont normalement les membres les plus calmes de l'organisation, donc sans doute les personnes les plus calmes du monde. Si cet homme avait l'air inquiet, alors j'étais prête à croire que Liverpool serait rasée d'ici demain matin. « Je ne suis pas certain qu'ils vont réussir à maîtriser la situation », poursuivit-il.

J'ouvris un tableur et le parcourus jusqu'à trouver ce que je cherchais.

« Une équipe de dernière année du Domaine effectue des manœuvres secrètes à une demi-heure de là. Nous allons les envoyer comme premiers renforts.

— C'est légal ?

— Oui. D'après la charte de l'école. Attendez une seconde. » Je m'écartai du téléphone et demandai à Ingrid d'informer Frau Blümen. Puis je repris : « Où en est-on avec la presse ?

— Rien pour le moment », dit-il, tendu. J'entendais une grande agitation derrière lui. « Il y a eu quelques fuites mais nous les avons étouffées rapidement. »

J'évaluai la situation et pris une profonde inspiration.

« Coupez les communications de la ville, dis-je.

— Je vous demande pardon ?

— Allez-y, et rappelez-moi quand c'est fait... attendez, Lewis ! Vous êtes toujours là ?

— Oui, Tour Thomas.

— Est-ce qu'il fait nuit là-bas ?

— Quoi ?

— Est-ce qu'il fait nuit là-bas ? Il est 6 heures moins dix et ici il fait nuit. Liverpool est plus à l'ouest, donc le soleil doit se coucher plus tard là-bas. Est-ce qu'il y fait nuit ? » J'entendis un bruit indistinct derrière Lewis. « Qu'est-ce qu'il a dit ?

— Il dit qu'il fait nuit. Comme ici.

— D'accord, dans ce cas... on va devoir couper toute l'alimentation électrique. Il nous faut un black-out », dis-je, catastrophée par les problèmes que ça allait causer. « Maintenant.

— On peut faire ça ?

— Les techniciens du Beffroi ont placé des portes

dérobées qui permettent d'accéder aux systèmes informatiques des installations électriques des seize plus grandes villes du Royaume-Uni, répondis-je, révélant ainsi l'existence d'un projet que j'avais lancé neuf mois auparavant.

— Je n'en ai jamais entendu parler.

— C'est... confidentiel. » En fait, seuls la Cour et les techniciens qui avaient opéré étaient au courant. « Je vais donner l'ordre et nous allons tout couper.

— Toute la ville ? demanda-t-il faiblement.

— Uniquement la zone concernée si c'est possible, toute la ville si nécessaire. Mais les communications doivent être suspendues. Je veux que la presse ait du mal à connaître les détails et que ce soit impossible de filmer.

— D'accord, je vais prévenir les équipes. » Nous avons raccroché en même temps. J'appelai le service informatique et plongeai Liverpool dans l'obscurité.

« Ingrid, le sujet vient d'Argentine ? criai-je par la porte.

— Oui.

— Alors il faut impérativement que je parle à un des Cavs. Mettez-moi en ligne avec le premier qui sera disponible. Et pourquoi est-ce que Gestalt ne m'a toujours pas appelée ?

— Eckhart est à Paris, Gubbins est sur la une et Gestalt sur la deux », répondit-elle, imperturbable. J'attrapai le téléphone et enfonçai le bouton de la ligne une.

« Harry ?

— Une seconde Myfanwy. » Je l'entendis poser le téléphone et parler à quelqu'un d'autre. « Oui, monsieur le Ministre, il s'avère qu'une force mystérieuse a provoqué le crash de cet avion. Oui. Oui. Ce que

c'était ? On appelle ça la gravité. » Il soupira et reprit le téléphone. « Vous savez, Tour Thomas, c'est pour ça que nous restons secrets. Les gens vont chercher les excuses les plus ridicules. Pas étonnant que l'on ait créé l'âge de raison. Ça a enfin permis au surnaturel de se reposer un peu.

— Oui, oui, c'est fascinant, dis-je en consultant les détails qui m'avaient été envoyés par e-mail. Écoutez, une officielle argentine a fait une crise soudaine à Liverpool. Nous allons peut-être devoir l'abattre : lisez l'e-mail que je vous fais suivre, évaluez les conséquences éventuelles de sa mort, et tenez-vous prêt.

— Mon Dieu ! » s'exclama-t-il avant de raccrocher. Je pressai le bouton pour la ligne deux.

« Gestalt ? Où sont vos corps ?

— L'un est à Wolverhampton, l'autre à Nottingham, mais les deux sont en chemin pour Liverpool. Je suis aussi dans mon bureau au Beffroi.

— Très bien. Nous avons coupé le courant dans toute la ville. Vous pourrez vous charger du contrôle des civils et de la stratégie ?

— Ouais.

— Il faut terminer ça le plus vite possible. » Puis je raccrochai.

« Lewis sur la ligne une, cria Ingrid.

— Allô, Lewis ? Vous avez coupé le courant ?

— Oui, mais... » Il captait mal.

« Mais quoi ?

— Mais il y a une équipe de télé là-bas et on ne parvient pas à les retrouver.

— Ah merde. » Je raccrochai et appelai le poste des Couvertures médiatiques. « Tour Thomas à l'appareil. On m'a dit qu'une équipe de télé se promenait dans le centre-ville de Liverpool, comment ça se fait ?

— Ils ont une station en centre-ville, me répondit froidement Caspar Dragoslevic, le chef du département.

— On a laissé faire ça ?

— Croyez-le ou non, mais je n'ai pas le pouvoir surnaturel d'influencer l'emplacement des centres de diffusion audiovisuelle. Nous avons quelqu'un au sein de la chaîne qui nous dira quel genre d'images ils ont quand ils les auront, et nous pourrons peut-être agir à ce moment-là.

— Bonne chance. » Je grognai. « Si c'est le genre d'images qu'on peut imaginer, je crains qu'il faille leur passer sur le corps pour les interdire. Où en sont les Bluffeurs ?

— Il faudrait arrêter de les appeler comme ça, soupira Dragoslevic. Il s'agit du Service de tromperie médiatique stratégique.

— Caspar, il va falloir trouver quelque chose à dire au public et pendant ce temps une Argentine est en train de cracher des ectoplasmes qui se transforment en animaux et poursuivent des civils : ça rentre dans la catégorie des événements que nous sommes précisément censés dissimuler.

— Vous savez, Tour Thomas, avec votre verve, c'est étonnant que vous ne fassiez pas partie de mon service.

— Trouvez-moi quelque chose, s'il vous plaît », dis-je avant de raccrocher. Le téléphone sonna presque immédiatement. « Oui ?

— C'est Lewis. Nous avons trois morts de plus et deux autres équipes de tournage sont sur site.

— Quelle est la situation des troupes ? Faut-il envoyer les Barghests ?

— Je ne pense pas, ils s'approchent de la cible. Attendez... ils l'ont eue.

— Morte ? demandai-je aussitôt.

— Oui, c'est confirmé.

— Et ses productions animales ?

— Elles s'évaporent, dit-il, aussi soulagé que moi.

— D'accord, évacuez-la et essayez de balayer tout ce qui paraîtrait suspect. On rallume les lumières et les téléphones dans dix minutes.

— Oui, madame. »

Je transmis les ordres pour rétablir les communications et l'électricité à Liverpool, regardai l'heure et fus ébahie de voir que tout l'épisode n'avait duré que trente et une minutes. Je souris. Nous sommes vraiment très forts. Mais Ingrid me dit que nous recevions des appels paniqués de personnes haut placées au Home Office, au ministère de l'Environnement, de l'Alimentation et de la Ruralité, à la mairie de Liverpool, au département de police de Liverpool, dans l'entreprise d'électricité, et à la Société royale pour la protection des animaux.

« D'accord, passez-les-moi un par un. » Je dus ensuite endurer la colère de divers ministres (Premier et autres) et de membres de ma propre organisation. Bien que l'incident n'ait duré qu'une demi-heure et que le courant n'ait été coupé que quinze minutes, il fallut plus d'une heure et demie pour que tout rentre dans l'ordre. Tout en énonçant des platitudes, j'avais l'œil rivé sur trois écrans de télé, attendant nerveusement les images.

« Ingrid, dis-je après avoir raccroché avec le Fou Grantchester, l'un de mes supérieurs immédiats, appelez Caspar Dragoslevic et demandez-lui ce qu'il compte servir aux médias. » Je pris une aspirine dans le tiroir de mon bureau. Le téléphone sonna, ce qui me fit tressaillir.

« Tour Thomas.

— C'est Caspar.

— Où en est-on ? demandai-je avec lassitude.

— J'ai d'excellentes nouvelles, Tour Thomas. Grâce à la coupure d'électricité et au nombre de personnes qui essayaient de quitter la ville, les équipes de télé n'ont pas pu atteindre l'épicentre. Ils sont restés en périphérie, et les caméras n'ont pas réussi à filmer les animaux, les ectoplasmes ne marquaient pas la pellicule et n'apparaissaient pas non plus sur les caméras numériques.

— Dieu merci, soupirai-je. Vous avez trouvé une histoire plausible ?

— Nous avons réuni plein d'éléments suffisamment imprécis sur des animaux échappés d'un cargo, la coupure de courant et la pagaille qui ont suivi.

— Ça paraît alambiqué. Est-ce que je dois craindre des appels signalant des hordes d'animaux fantômes ?

— La scène s'est déroulée dans le quartier des bureaux à 18 heures, un soir de semaine, donc c'est loin d'être aussi grave que ce que l'on aurait pu redouter. Mais il y avait tout de même un certain nombre de personnes présentes. Ils accepteront la version des médias, surtout quand on aura lâché quelques animaux pour les capturer en direct à la télé. » Caspar travaillait à la télévision depuis vingt-trois ans quand je l'ai recruté, et je me fiais à son jugement concernant ce que l'humanité pouvait accepter. J'étais sur le point de lui demander quels genres d'animaux ce serait et où il comptait les trouver, mais je me dis que ma vie serait plus simple sans ces informations.

« Génial, mais n'en faites pas trop non plus. Cela ne passera pas bien auprès de mes supérieurs si on

cause d'autres victimes en lâchant des buffles d'eau. » Puis je raccrochai et en restai là pour la soirée.

Je suis maintenant épuisée, mais la nécessité de me préparer pour toi et les habitudes de travail que j'ai acquises à l'école font que je suis toujours au bureau à 23 heures. La version des Bluffeurs est sortie il y a plusieurs heures et a été largement diffusée. Même s'il y aura forcément des questions et un nettoyage compliqué à mener, le désastre a encore été en grande partie évité. De mon côté, je suis toujours au bureau, menant des recherches sur le passé pour préparer ton futur.

J'épluche de vieux dossiers pour y trouver quelque chose, la moindre petite trace d'irrégularité, qui m'aidera à découvrir qui essaie de me détruire, mais jusqu'à présent je n'ai pas été très chanceuse. Le seul point positif, c'est que quand les gens sont élevés au sein de la Checquy, à peu près tout ce qu'ils ont fait depuis leur naissance est inscrit dans leurs dossiers. Ça va demander un travail de détective à l'ancienne, pour lequel je n'ai ni le loisir, ni l'envie. Ce n'est pas comme si je pouvais tout laisser tomber pour les prendre en filature, et je crains de manquer de temps.

Je n'arrête pas de traverser des moments un peu embarrassants où je fonds en larmes. C'est déjà assez exigeant d'être une Tour, et cette menace est loin de me faciliter la vie. Heureusement, ces crises de larmes me prennent généralement au bureau, et je n'ai qu'à aller dans mon appartement pour pleurer un bon coup. Puis je me passe de l'eau sur le visage et je retourne à mon poste. Ma secrétaire entre avec un nouveau rendez-vous ou une pile de dossiers, et je me demande si elle a remarqué.

Je suis contente de pouvoir t'écrire ces lettres. Au moins, je peux confier mes peurs à quelqu'un, même si nous n'allons jamais nous rencontrer et même si tu ne découvriras qu'après coup ce que j'ai enduré.

Bien à toi (et épuisée),

Moi

Chapitre 6

La salle qui s'ouvrit devant Myfanwy et Ingrid était spacieuse et étonnamment luxueuse. Il y avait un épais tapis au sol et des tableaux sur les murs. À gauche, se dressait un buffet sur lequel étaient posés un plateau de fromages et des fruits, et sur la droite un bar richement orné contenait une multitude de carafes et de bouteilles. Un lustre descendait du plafond, que parcouraient des moulures sophistiquées. Au fond de la pièce, plusieurs fauteuils faisaient face à un mur de lourds rideaux rouges. Des hommes en costume étaient regroupés autour du buffet.

« Tour Thomas ? » Un homme en livrée se tenait derrière Myfanwy qui sursauta en se retournant.

« Oui ?

— Désirez-vous boire quelque chose ?

— Oui, c'est gentil. Puis-je avoir un café ? Ingrid vous voulez quelque chose ? » Sa secrétaire et le majordome parurent déconcertés par la proposition, mais Ingrid finit par accepter une tasse de café. À en juger par leurs expressions figées, Myfanwy comprit qu'à la Checquy les personnes en violet étaient là pour le service et non pour être servies. Elle haussa les épaules et se dirigea vers le buffet pour se servir une assiette de fromages et de fraises.

« Ah, Tour Thomas ! » s'exclama l'un des hommes en train de se servir. Il était costaud, bruyant, avec de très grandes dents et un visage rougeaud, et il fonçait sur elle comme un camion lancé à pleine vitesse. Myfanwy le dévisagea en souriant poliment, et, sans bouger d'un centimètre, croqua dans une fraise. Il s'arrêta, visiblement étonné, comme s'il s'était attendu à ce qu'elle recule ou se recroqueville, mais il continua hardiment jusqu'à se trouver à une distance inconfortablement réduite, à tel point qu'elle dut basculer la tête en arrière pour le regarder.

« Bonsoir », dit-il froidement. *C'est qui ce mec ? Est-ce que je suis censée faire la révérence ou est-ce que c'est lui qui doit s'incliner ?* Il avait eu l'air d'espérer qu'elle marquerait une hésitation ou une certaine déférence, mais quand il n'en reçut pas, il ne donna pas l'impression d'avoir été insulté, simplement surpris. *Peut-être qu'il est habitué à la Thomas maladivement timide. La Tour qui n'ose pas l'ouvrir.*

« Pas pratique de devoir chambouler notre emploi du temps pour cette procédure, pas vrai ? » dit-il, avec moins d'enthousiasme dans sa voix qu'auparavant. Il semblait même se dégonfler sous son regard dur. Il essayait de compenser par le volume de sa voix, et, apparemment, par son débit.

« Vous me postillonnez dessus », dit durement Myfanwy. Il bafouilla pendant qu'elle s'essuyait le visage avec une serviette en papier. Elle continua de le regarder, et vit son regard se porter nerveusement derrière elle. Il se recula et fit un signe de tête poli en direction du dernier arrivant.

« Tour Gestalt », dit-il d'une voix respectueuse.

« Bonsoir. » *Alors c'est comme ça*, pensa Myfanwy, *Gestalt a droit au respect et Thomas à la paperasse.* Elle se retourna et eut un mouvement de surprise. Ce n'étaient pas les jumeaux qui sortaient de l'ascenseur, mais un homme beaucoup plus grand et mieux bâti. Elle comprit que ça devait être le troisième des corps Gestalt, et elle l'observa avec intérêt. *Haha, Thomas, tu avais bon goût.* Robert Gestalt était beau et fort. Décontracté, vêtu d'un chino et d'une chemisette, il se déplaçait avec une confiance palpable.

« Bonsoir, Perry », dit Gestalt, d'une voix suave, avant de porter son attention sur elle. « Myfanwy, vous avez l'air en forme », ajouta-t-il, encore plus charmeur. Seuls ses yeux le trahissaient. *N'oublie pas, tu viens d'avoir un entretien avec cet homme au cours duquel il a massacré un tas de gens. Il avait peut-être un autre corps, mais c'était bel et bien lui.* « Je suis réellement navré, lui dit-il. Je sais à quel point ces interrogatoires vous perturbent. Il faut nous efforcer de les supporter. » Il lui offrit son bras pour l'accompagner jusqu'aux fauteuils, qu'elle prit avec hésitation.

Quand leurs peaux se touchèrent, elle ressentit un choc profond.

C'était comme si on l'avait plongée dans un bassin dont les forts courants l'entouraient. Chaque flux était différent, distinct des autres. Elle avait l'impression qu'elle pouvait tendre la main et interrompre ce mouvement : le rediriger, le détourner, ou l'arrêter complètement. Les remous étaient compliqués, terriblement complexes, mais elle voyait bien que le système englobait l'être physique de Gestalt.

Oh Mon Dieu ! pensa Myfanwy. Elle pouvait soudain contrôler cet homme, non par la violence, mais par la force et la puissance de son esprit. Elle n'était plus vulnérable, elle était dangereuse. *Thomas, je vois pourquoi tu étais réticente, mais il ne fallait pas en avoir peur !*

Perplexe, elle se laissa conduire à l'un des fauteuils centraux où on lui apporta son café. Elle regarda Gestalt intriguée et vit un éclair de satisfaction suffisante passer sur son beau visage. *Tu crois que je suis étourdie par ta beauté ? Je suis étourdie parce que j'ai le pouvoir de te détruire.* Elle regarda autour d'elle et vit les autres s'installer dans leurs fauteuils. Ils étaient confortables et formaient un arc de cercle sur deux rangées, la rangée de devant étant légèrement plus basse pour ne pas boucher la vue de ceux de derrière. C'était comme se trouver dans une loge très chère pour assister à un tout petit match de foot underground. Un homme distingué en costume se tenait devant le rideau. Il se racla la gorge, gêné.

« Mes Tours, mesdames et messieurs, commença-t-il, nous avons mis cet individu sous surveillance depuis qu'il est entré sur le territoire, il y a trois jours. Il a un passeport hollandais au nom de Peter Van Syoc, et sa couverture était un déplacement professionnel pour la Zeekoning Fishing Company. Lors de son arrivée à Heathrow en provenance d'Amsterdam, certains facteurs ont attiré l'attention de nos agents et, conformément aux procédures codifiées par la Tour Thomas, nous l'avons placé sous observation discrète. Nous avons pénétré dans sa chambre de bed and breakfast pour y placer des caméras et des micros.

« Les agents de la Checquy chargés de suivre M. Van Syoc lors de ses déplacements en ville ont remarqué qu'il était passé plusieurs fois devant le Beffroi et qu'il avait observé le bâtiment avec attention. Hier soir, il s'est attaché les services d'une prostituée et l'a payée pour demeurer dans son logement toute la nuit. Ce matin, le sujet a activé des pouvoirs inhumains et a commencé à assassiner et, semble-t-il, à consommer cette prostituée.

« C'est à ce moment-là que les Pions sont intervenus. Quand ils sont apparus, le sujet a employé d'autres pouvoirs, démolissant une partie du bâtiment avant d'être appréhendé. » Sa voix était d'une neutralité étudiée, dépourvue d'émotion. Son ton prudent rendait tout son laïus ridicule. « Il a alors été immédiatement transporté au Beffroi. »

Putain de merde, c'est hardcore, pensa Myfanwy. Elle se retourna pour chercher Ingrid et vit que sa secrétaire était assise derrière elle. Elle était visiblement mal à l'aise mais faisait bonne figure. Myfanwy lui sourit et Ingrid, prise au dépourvu, lui rendit son sourire. En se retournant vers le rideau, elle entendit un froissement sous ses fesses, comme si elle était assise sur une feuille de papier. Elle tâtonna et mit la main sur un sac en papier paraffiné soigneusement plié.

« Gestalt ? dit-elle en se tournant vers le corps assis à côté d'elle. Qu'est-ce que c'est que ça ?

— Mais enfin, Myfanwy ! s'exclama-t-il. Vous avez toujours un sac en papier. Vous savez bien que ces interrogatoires vous rendent souvent malade, dit-il d'un ton qui se voulait peut-être réconfortant mais qu'elle trouva condescendant.

— Ah oui, bien sûr. Je ne m'attendais pas à m'asseoir dessus, c'est tout », répondit-elle en posant le sac sur ses genoux. *Ce truc-là rendait Thomas malade ?* Elle imaginait cette petite personne timide en train de vomir devant tous ces hommes. À part Ingrid, que Myfanwy avait invitée sur un coup de tête, elle était la seule femme de la pièce. *Pauvre Thomas,* pensa-t-elle.

Ça devait être horriblement humiliant. Puis, portant son regard sur le rideau, elle se demanda : *Qu'est-ce qui va se passer exactement ?*

Les rideaux s'ouvrirent. Tandis que le tissu rouge s'écartait, la lumière baissa. *C'est exactement comme au théâtre, nous sommes dans une loge privée.* Elle était mal à l'aise. Une épaisse paroi de verre les séparait d'une pièce aux carreaux bleu clair éclairée par une lumière douce qui tombait du plafond. Myfanwy s'était imaginé un bloc de pierre sur lequel serait attaché un pauvre hère avec des chaînes et des sangles, mais ce qu'elle vit ressemblait plutôt à une version plus moelleuse du fauteuil de dentiste. Un homme était assis dessus, les yeux fermés. Les manches de sa chemise avaient été découpées, et son pantalon retroussé. Il était immobile, attaché au fauteuil par des liens en tissu au niveau de ses poignets, de sa taille et de ses chevilles. L'aspect clinique de tout ceci était encore plus inquiétant que l'image médiévale qui lui était venue.

« Mon Dieu », murmura-t-elle, s'attirant un regard méprisant de Gestalt. Elle se crispa quand un homme pénétra dans la pièce. Il portait des lunettes, une blouse et un masque de chirurgien. Elle chercha des yeux ses outils, un plateau ou un chariot couvert d'instruments métalliques brillants, mais ne vit rien de tel. La tension montait. Sans équipement, comment les membres de la Checquy obtenaient-ils leurs informations ? Est-ce que ce serait une sorte de torture surréaliste où les os et la chair de cet homme se briseraient d'eux-mêmes ? Est-ce qu'un voyant lui arracherait ses pensées ? Qu'est-ce qui avait pu horrifier Thomas au point qu'elle vomisse régulièrement lors de ces séances ? Elle enfonça ses doigts dans le tissu épais de son accoudoir et gigota contre le coussin tandis que l'interrogateur levait ses mains gantées en direction de l'homme attaché à la chaise. À côté d'elle, Gestalt se pencha, concentré, et le silence se fit dans la salle.

L'interrogateur plaça ses mains sur la tête de l'homme et commença à sonder avec ses doigts, suivant le contour de son cuir chevelu. Il se pencha légèrement en arrière et se mit à parler rapidement dans un micro suspendu au plafond.

« Ses ancêtres viennent presque tous d'Europe de l'Ouest, sauf un arrière-grand-père polonais », dit-il. L'homme bruyant qui avait tenté d'intimider Myfanwy pouffa et l'interrogateur se figea. Il tapota nerveusement la tête du sujet avec ses doigts et reprit. « Il a des prédispositions pour la musique et les mathématiques, mais il est aussi sujet au doute. Il a un courage physique extraordinaire et peu ou pas de sens de l'humour. Il n'a aucun scrupule à tuer. »

L'interrogateur fit courir ses doigts sur le bras de l'homme et s'arrêta sur son poignet. En regardant attentivement, Myfanwy put voir qu'il le pressait légèrement et qu'il avait fermé les yeux.

« Il est né en juin, il a 32 ans et c'est le cadet de sa fratrie. Il a subi plusieurs opérations chirurgicales lourdes et a reçu des greffes. Ses reins et ses poumons ont, entre autres, été remplacés. » Il y eut une longue pause puis l'interrogateur pencha la tête en arrière, comme s'il écoutait quelque chose. « Ces opérations ont eu lieu il y a quatre ans. Il est droitier. Il est allergique aux produits laitiers. » Il retourna la main de l'homme. Il mit un genou à terre, et s'approcha de l'accoudoir, observant avec attention les lignes de sa paume.

« Il est né à Bruxelles, son père est mort quand il avait quatre ans. À l'université, il a rencontré une belle et sombre inconnue. Ça n'a pas marché. Il a appris à taper à la machine. Pendant quatre ans, il a été employé de manière sporadique. Surtout du travail manuel. Il a beaucoup voyagé. Puis, à 25 ans, il a rejoint l'armée. Il a appris les arts martiaux. Il a encore plus voyagé. De la violence. Il en était l'auteur la plupart du temps. » Il se leva et se dirigea vers un évier placé dans un coin de la pièce. Il humidifia une serviette en papier et la passa sur la main du sujet. Puis il attrapa une loupe qu'il polit. Il observa de nouveau la main.

« Après deux ans dans l'armée, sa vie prit un virage radical.

— Dr Crisp, quel était ce virage ? » l'interrompit l'homme bruyant. L'interrogateur se redressa, irrité.

« Je ne suis pas sûr. Un changement professionnel radical.

— Comment vous le savez ? » demanda l'autre. Son voisin essaya de le faire taire. « Perry, s'il vous plaît, ne commencez pas », lui chuchota-t-il.

« Parce que ses empreintes digitales ont été effacées. »

Myfanwy prit une note sur son carnet ; Gestalt essaya de la lire discrètement, mais elle la cacha.

« Que voyez-vous d'autre, Dr Crisp ? » demanda-t-elle. Il retira ses lunettes et regarda la main d'encore plus près.

« Toujours plus de voyages, puis il a rencontré une petite personne blonde qu'il connaissait déjà très bien. Il semble avoir trouvé l'amour. Il a eu trois enfants. L'un est mort. Deux fois.

— Deux fois ? s'exclama Perry. Comment vous avez deviné ça ? » L'interrogateur, exaspéré, jeta sa loupe.

« OK, qui parle ? demanda Crisp.

— Comment ça, vous ne reconnaissez pas ma voix ? ricana Perry.

— Les voix sont masquées électroniquement, pauvre imbécile ! Mais laissez-moi deviner… est-ce que c'est quelqu'un dont l'aînée n'est pas encore mariée et ne le sera jamais ?

— Évidemment qu'elle n'est pas encore mariée, espèce d'escroc ! Qui va dire à une fille de 18 ans qu'elle ne se mariera jamais ? » Perry se leva et tambourina sur la vitre.

« Quelqu'un de fiable ! » cria Crisp en s'approchant de la vitre à grands pas. Il retira son masque, révélant une moustache et un bouc.

« De quel droit ? Charlatan ! Imposteur !

— Mes talents sont incontestables », glapit Crisp, postillonnant de rage sur la vitre. Ne pouvant rien voir à travers celle-ci, il avait choisi de se placer juste devant Myfanwy, ses yeux fixés sur un point imaginaire.

« Je les conteste ! hurla Perry. Tu as traumatisé ma fille avec des histoires calomnieuses. Quel genre de porc bave sur la main d'une jeune fille pendant une fête de Noël et lui ment sur son avenir ?

— C'est *toi* qui lui as conseillé de me consulter. Et je n'ai rien dit qui n'aurait pas sauté aux yeux de la première andouille à qui elle aurait parlé. Elle a le charisme d'un dessous-de-verre ! » Ils tambourinaient tous les deux sur la paroi, et leurs cris étaient maintenant des rugissements d'insultes incompréhensibles. Tout le monde les regardait, fasciné au plus haut point, c'était donc visiblement à elle d'intervenir. *Je suis la Tour, après tout. Et Gestalt ne semble pas vraiment sur le point d'agir.* Elle jeta un coup d'œil à son homologue que la scène semblait amuser.

« Messieurs », intervint calmement Myfanwy, mais sans résultat car les autres s'étaient levés, ajoutant à la confusion. « Messieurs », répéta-t-elle en haussant légèrement le ton. Toujours pas de réponse. *Bon, ça va bien maintenant,* pensa-t-elle, exaspérée. Sa patience avait des limites.

« Messieurs ! » finit-elle par crier, sa voix coupant le brouhaha aussi nettement qu'un coup de faux sectionnant un caniche nain. Il y eut un silence de mort, tout le monde la dévisageait, stupéfait. « Vous devriez vous taire et vous concentrer sur l'opération en cours. Dr Crisp, si vous pouviez reprendre l'interrogatoire, je me demande s'il serait possible de réveiller le sujet et de lui poser des questions. » Les regards se portèrent sur l'homme dans le fauteuil, et il y eut quelques raclements de gorge gênés. Tout le monde se rassit, sauf le Dr Crisp qui réajusta son masque et regagna le fauteuil rapidement.

Une infirmière était entrée, portant une seringue remplie d'un liquide indigo sur un plateau en métal brillant. Crisp l'attrapa délicatement, fit un geste de remerciement en direction de l'infirmière, et injecta le liquide dans le bras du sujet. Il commença à ouvrir les paupières, et le docteur en profita pour changer de gants. Le détenu se réveilla et regarda autour de lui, visiblement perturbé.

« Bonjour, dit le Dr Crisp en adoptant un ton calme et serein.

— Vous n'avez qu'à lui demander de ses nouvelles tant que vous y êtes, interrompit Perry.

— Taisez-vous ! s'exclama Crisp en jetant un regard mauvais en direction de la vitre. Bien, dit-il en se tournant vers le sujet, je vais vous poser des questions, et vous allez me répondre sincèrement. Si vous mentez, je le saurai, et ça ne sera pas bon pour vous. » L'homme le dévisageait sans ciller. « Je suis certain que vous comprenez. » Il posa doucement la main sur le poignet du sujet, plaçant ses doigts sur son pouls. « Commençons. »

Myfanwy se sentait mal à l'aise. Elle s'était un peu détendue quand Crisp s'était intéressé aux lignes de la main car l'auscultation avait été passive et non invasive. Mais elle sentait que ça allait devenir violent et douloureux. Elle restait immobile, sentant le regard de Gestalt posé sur elle. Son cœur tambourinait dans sa poitrine.

« Comment vous appelez-vous ? demanda Crisp.

— Peter Van Syoc. » Il avait un fort accent hollandais, et malgré son ton calme, ses yeux étaient écarquillés et rivés sur la vitre. Myfanwy savait qu'il ne pouvait voir à travers, mais cela était tout de même inconfortable.

« Vrai, dit Crisp. Pour qui travaillez-vous ?

— Zeekoning Fishing Company », répondit Van Syoc. Il y eut un silence.

« Ceci est, au mieux, partiellement vrai. Maintenant que vous voyez que je sais distinguer la vérité du mensonge, je vous repose la question, pour qui travaillez-vous ?

— Je vous l'ai dit, Zeekoning Fishing Company ! » s'exclama Van Syoc. Crisp laissa échapper un petit bruit de dépit. Sans relâcher le poignet de Van Syoc, il posa l'autre main sur le bout de ses doigts. Il positionna lentement chaque doigt à un endroit précis, et Myfanwy put voir ses bras se contracter un instant. Van Syoc tressaillit et laissa échapper un souffle bref.

« Pour qui travaillez-vous ? » Il reçut pour toute réponse un regard terrifié. Crisp soupira et exerça une nouvelle pression. Van Syoc cria, des mots cette fois-ci. Myfanwy écouta attentivement, elle eut l'impression qu'il ne s'agissait que d'un assemblement de syllabes dépourvues de sens, mais tous les hommes de la pièce eurent le souffle coupé. Elle se retourna, alarmée. Les chefs de sections étaient pâles, et Gestalt semblait complètement désemparé. On aurait dit qu'ils venaient de recevoir la confirmation que Satan était arrivé sur terre et qu'il était en train d'avaler la ville de Glasgow.

« Hmm », fit-elle, comme si elle comprenait la signification de ce que disait Van Syoc. Elle demanderait à Ingrid. Pendant ce temps, Crisp se préparait pour une nouvelle question, et, au vu de la concentration du public, Myfanwy comprit que c'était celle-là qui comptait réellement.

« Que faites-vous ici ? » demanda Crisp avec une intensité inquiétante. Ses doigts s'étaient raidis sur les points de pression sensibles de la main de Van Syoc, et il était évident que la douleur grandissait. « Que préparent-ils ? » Les muscles du Hollandais étaient tendus. Il avait les mâchoires scellées et les yeux révulsés. Cependant, il ne parlait pas. Gestalt émit un raclement de gorge, et le docteur relâcha sa prise sur le poignet du prisonnier. Crisp se rapprocha de la vitre et regarda droit devant lui, les mains sur les hanches.

« Oui, monsieur ? » demanda-t-il. Gestalt joignit ses doigts, apparemment perdu dans ses pensées, fixant l'homme affaissé sur le fauteuil. Perry trouva le courage de rompre le silence.

« Tour Gestalt, nous avons impérativement besoin de savoir de quoi il retourne. »

Gestalt opina sans enthousiasme. « Extrayez l'information, Dr Crisp. Vous êtes habilité par les Tours, dit-il.

— Pardon ? laissa échapper Myfanwy, étonnée de ne pas avoir été consultée, ce qui lui valut un regard surpris de son homologue.

— Enfin, si vous n'avez pas d'objection, Tour Thomas ? » demanda Gestalt, un peu décontenancé. Toute la salle la dévisageait.

« Euh, non. Pas d'objection. Je vous en prie, Dr Crisp, poursuivez. » L'interrogateur s'inclina légèrement et se retourna vers le sujet. Il se plaça derrière Van Syoc et écarta les doigts puis les posa sur le crâne de sa victime. Il commença à presser et caresser sa peau.

« Que faites-vous ici ? »

Van Syoc *se tordit* sur son fauteuil, luttant contre les convulsions de ses membres. D'étranges frémissements se devinaient sous sa chemise, comme si ses organes essayaient de s'arracher de son torse. Un curieux bruit se fit entendre dans la pièce, et se répercuta dans les micros. Dans un premier temps, Myfanwy ne put en identifier la source, puis elle comprit qu'il s'agissait des dents de Van Syoc qui bougeaient en s'entrechoquant. Un frisson d'horreur la parcourut et ses poils se dressèrent.

« Que veulent-ils ? »

Son supplice était palpable. Elle avait presque l'impression de pouvoir voir ce qu'il ressentait. Les sensations de cet homme palpitaient devant ses yeux comme des rubans enflammés qui montaient et descendaient à mesure qu'elles parcouraient les canaux de son corps.

« Que faites-vous ici ? »

Myfanwy secoua la tête, essayant de se concentrer sur Van Syoc et non sur les tourments qui émanaient de lui. En désespoir de cause, elle se tourna vers ses voisins et cligna des yeux, effarée. Autour de chacun flottait une aura de sensations, des cercles concentriques qui se superposaient. Elle sentit que d'un simple mouvement de son esprit, elle aurait pu les plonger dans le coma. Son attention se reporta malgré elle sur Van Syoc et la souffrance qu'il endurait. Les sens de cet homme oscillaient contre les siens, et elle chancela intérieurement. Elle eut un haut-le-cœur et ravala sa bile. *C'est pour ça que Thomas vomissait à chaque fois,* pensa-t-elle. Elle regarda le sujet et eut pitié de lui.

Myfanwy l'atteignit avec son esprit. Sans vraiment comprendre ce qu'elle était sur le point de faire, elle toucha le flux le plus incandescent et éteignit sa douleur.

« Que faites-vous ici ? »

Le corps de Van Syoc continuait de se tourmenter sous les doigts de Crisp, mais Myfanwy voyait que son esprit ne le sentait plus. Si les veines de son cou étaient toujours saillantes, il jetait des regards nerveux autour de lui, cherchant une explication.

Assise de l'autre côté de la vitre, Myfanwy maintenait son contact avec le système de Van Syoc. *Incroyable,* se dit-elle, parcourant le tracé de ses nerfs. *Alors ça, ça contrôle la douleur.* Elle se concentra sur une autre partie. *Et ce réseau est relié aux yeux. Mais qu'est-ce que c'est que* ça *? C'est très bizarre.* Elle examina l'anomalie et fronça les sourcils. La plupart du système lui paraissait évident, presque enfantin, mais certaines parties n'avaient aucun sens. Soudain une pulsation le parcourut, l'œuvre du Dr Crisp. Elle reporta péniblement son attention sur le reste du monde et constata que tout n'allait pas forcément pour le mieux. L'interrogateur avait visiblement remarqué que quelque chose clochait et suait abondamment.

« Que veulent-ils ? »

Crisp appuya plus profondément, et sentit au niveau des points de jonction des nerfs et de l'énergie, de violents mouvements saccadés. De l'autre côté de la vitre, Myfanwy remarqua ses efforts et les sentit fissurer les barrières qu'elle avait élevées. Elle comprit qu'elle était limitée face aux pouvoirs de Crisp. L'influence de celui-ci engloutit progressivement les murs qu'elle avait créés, et finit par s'abattre sur le sujet avec une force inimaginable.

« Que faites-vous ici ? »

Van Syoc cria, un long hurlement glaçant. Il ouvrait et fermait la bouche, ses lèvres battant en un mouvement obscène. Il luttait contre lui-même. *S'agit-il de mots ?* se demanda-t-elle. *Est-ce que c'est une réponse ?*

Un bourdonnement rageur leur parvenait de quelque part, et s'amplifiait. Tout le monde chercha sa provenance, sauf Crisp qui était absorbé par sa tâche. Il y eut un bruit de bouchon et le docteur retira brusquement ses mains en laissant échapper un cri. Perry gloussa doucement en voyant le docteur agiter les doigts et jurer.

« Ne soyez pas idiot, Perry, dit sèchement Myfanwy. Regardez le corps !

— Le corps », répéta Gestalt. Ils observèrent Van Syoc, avachi sur le fauteuil. Toujours solidement attaché, mais d'une immobilité inquiétante, des petites volutes de fumée s'échappaient de sa dépouille.

« Qu'est-ce que c'est que ce bordel, Crisp ? » hurla Gestalt. Le docteur avait été amené dans la salle d'observation et faisait désormais face à un groupe de cadres accusateurs et une Tour furieuse. Myfanwy et Ingrid étaient toujours assises, mais les hommes s'étaient levés et formaient un front uni. « Vous disiez que vous pouviez briser n'importe qui et nous obtenir n'importe quelle information !

— Tour Gestalt, vous savez que mes états de service sont parfaits », répondit Dr Crisp les yeux baissés. Il avait les poings serrés mais, pour autant que Myfanwy puisse en juger, cette tension était causée par la peur plutôt que la colère. Bien sûr, avec Gestalt qui fulminait en face de lui, cette peur était compréhensible, mais elle sentait qu'il était également perplexe.

« Si vos états de service sont si foutrement parfaits, comment se fait-il que celui-ci soit mort ? » demanda Gestalt. Les portes de l'ascenseur s'ouvrirent sur les jumeaux, tout aussi enragés. Ils s'approchèrent à grands pas et tout le monde recula.

« Je ne sais pas, répondit Crisp nerveusement. Il avait une tolérance incroyable. Je n'en attendais pas moins de quelqu'un d'aussi entraîné et je l'ai poussé bien au-delà des limites normales, mais franchement, il aurait dû craquer bien avant.

— Et mourir ? tonna le Propret.

— Est-ce que c'était *ça* qui aurait dû arriver bien avant, Crisp ? demanda le Cool en serrant les poings.

— Il nous faut des réponses, Crisp ! cria le beau Gestalt. Il *me* faut des réponses, et à cause de vous, elles n'arriveront jamais !

— Je suis vraiment désolé, je ne comprends vraiment pas, répondit Crisp, la sueur perlant sur son front.

— Ah non ? demandèrent les frères Gestalt à l'unisson. Peut-être que je peux vous aider à comprendre. » Ils tendirent les mains et enserrèrent le cou de Crisp. Ensemble, ils soulevèrent le docteur. « Et ça, vous le comprenez ?

— Gestalt », dit nerveusement Myfanwy. *Est-ce qu'il va vraiment le tuer sous nos yeux ? C'est normal ? Mais c'est quoi cette organisation ?* « Arrêtez. » Toute l'attention se porta sur elle. Elle sentit les trois paires d'yeux bleus la scruter, fous furieux. « Même si je n'ai aucun doute quant aux talents du Dr Crisp, je pense qu'il est incapable de provoquer la combustion spontanée d'un corps. N'est-ce pas, docteur ? » Il hocha la tête frénétiquement en essayant de se libérer un peu de l'emprise de Gestalt. « Il y a quelque chose là-dedans qui nous échappe. Alors soyons raisonnable et reposons le bon docteur. » *Espèce de barge.* Elle vit les trois visages revenir à la raison. Crisp fut reposé au sol.

« Est-ce que quelqu'un a une suggestion ingénieuse ? » demanda Robert, soudain calmé. Les jumeaux s'en étaient déjà retournés vers l'ascenseur. Le Dr Crisp était toujours par terre, haletant, et les autres semblaient attendre quelque chose de Myfanwy. Ils jugeaient sans doute que Gestalt était moins susceptible d'étrangler sa consœur. « Eh bien, Tour Thomas, quelles sont *vos* suggestions ?

— Plusieurs choses », dit-elle lentement afin de se donner du temps pour réfléchir. Elle parcourut son carnet, le front plissé, comme si elle recherchait une information obscure. Puis un souvenir lui revint. « Je suis curieuse de savoir ce que Van Syoc a crié à la fin. Dr Crisp, vous confirmez que notre sujet était contraint de vous répondre ? » Le docteur était au sol, le souffle court, mais parvint à hocher la tête.

« Oui, Tour Thomas, croassa-t-il. Quoi qu'il ait essayé de dire, il ne mentait pas. Je l'aurais su.

— Dans ce cas… commença-t-elle avant d'être interrompue par Perry, qui lui semblait bien trop sceptique à son goût.

— Hum, hum. Même si je suis certain que tout le monde apprécie la petite suggestion de Myfanwy, il est risqué de trop s'attarder sur cette idée. Après tout il est évident pour *quiconque* possède de l'expérience sur le terrain que cet homme », dit-il en faisant un geste vers la vitre et le corps sans vie de Van Syoc, « n'a fait que réagir à la douleur brute qu'il subissait. Je comprends que ça vous ait effrayée », ajouta-t-il à l'intention de Myfanwy en lui tapotant l'épaule, « mais croyez-moi, c'est tout à fait normal compte tenu des circonstances. » Le ton condescendant de Perry lui mit les nerfs à vif.

« Fort bien, lui répondit-elle en le regardant droit dans les yeux. Dieu merci vous êtes là pour nous expliquer quand écouter ou ignorer vos supérieurs. » Elle voyait les lignes de son esprit qui parcouraient son corps ; elle résista à l'envie de lui faire perdre l'usage de ses jambes et se contenta de le regarder rougir et écarquiller les yeux. « Cependant, Perry, je ne me souviens pas que cette responsabilité fasse partie de vos prérogatives, mais c'est peut-être un service que vous rendez gracieusement à la communauté. » Tous les regards étaient désormais braqués sur lui, et il était tellement rouge qu'il aurait pu arrêter des voitures.

« Bref, dit-elle en agitant distraitement la main, trouvez quelqu'un pour déchiffrer ce que ce Van Syoc a essayé de dire. » Du coin de l'œil, elle vit le majordome s'adresser à un Pion qui sortit prestement, sans doute pour prévenir un expert. *Voilà qui est plus satisfaisant*, se dit-elle en prenant une longue gorgée de café.

« J'aimerais aussi savoir pourquoi de la fumée s'échappe de son corps. Dr Crisp, pourquoi avez-vous brusquement retiré vos doigts ? » demanda-t-elle en s'efforçant d'ignorer les bouches ouvertes des hommes qui l'entouraient. Entre-temps, Crisp avait réussi à se relever et s'écartait doucement de Gestalt.

« Eh bien, madame, on aurait dit une morsure, comme si quelque chose m'avait attrapé les doigts, répondit-il penaud.

— Montrez-moi vos mains, s'il vous plaît. » Il les tendit. Il portait toujours ses gants en latex, et elle retourna ses mains pour les examiner. Il avait des doigts particulièrement longs et de grosses articulations. « Dr Crisp, il y a de petites marques de brûlure sur le bout de vos gants. Retirez-les, s'il vous plaît. » Il s'exécuta et présenta ses doigts pour l'inspection. On aurait dit des bambous roses. Quand Myfanwy tendit les mains, il eut un mouvement de recul.

« Ne soyez pas idiot, je ne vais pas vous faire mal », le rassura-t-elle en saisissant délicatement ses mains. Elles étaient douces et légèrement poudrées à cause des gants. Elle put néanmoins voir des traces de suie. « Fascinant. Il nous faut une analyse de vos mains et de vos gants. Et aussi de feu M. Van Syoc bien entendu. Un examen approfondi. » Elle regarda autour d'elle et vit que personne ne faisait rien. Ils étaient trop occupés à la regarder d'un air incrédule. Elle claqua des doigts plusieurs fois, ce qui les fit sursauter. « Allez, maintenant ! Commencez à réfléchir et prévenez les Tours quand vous avez trouvé quelque chose. Ingrid, nous pouvons suspendre la séance ? » Sa secrétaire se leva et elles se dirigèrent vers l'ascenseur.

Dès que les portes de l'ascenseur se furent refermées, Myfanwy laissa exploser sa frustration : « Non mais c'était quoi ces conneries ?

— Peut-être..., hasarda Ingrid avant d'être interrompue par la diatribe de Myfanwy.

— C'est vrai, d'abord ce con de Perry qui me fonce dessus comme si je me baladais dans une zone interdite et me couvre de postillons ! dit-elle en s'essuyant de nouveau la joue, avec sa manche cette fois-ci. Et le foutu ton condescendant de Gestalt ! "Oh voilà votre petit sac à vomi de fille, si jamais vous avez besoin de faire un joli petit vomi de fille", et pendant ce temps-là il me regarde en espérant que je vais craquer.

— Oui, mais il faut dire…, tenta d'intervenir Ingrid, mais Myfanwy était lancée et à moins de lui trancher la gorge, ses chances de l'arrêter étaient faibles voire nulles.

— Peut-être que j'aurais dû les laisser ne rien faire, *ça*, ils ont montré qu'ils en étaient capables quand Gestalt étranglait le personnel. » Myfanwy agita les bras et secoua la tête si violemment que ses cheveux s'échappèrent de sa barrette. Ingrid tendit la main pour l'attraper alors qu'elle menaçait de se décrocher complètement.

« Ces crétins prétentieux ! Merci, Ingrid. Pour qui se prennent-ils ? conclut-elle.

— Eh bien, ils *pensaient* qu'ils étaient les chefs de section du Beffroi, l'élite, les cadres les plus puissants et les plus reconnus, fit remarquer Ingrid sans se départir de son flegme. Mais vous les avez sans doute fait revenir sur cette idée.

— Peu importe. » Sa mauvaise humeur était retombée, elle s'appuya sur le mur et se pencha en avant, le souffle court, et la tête baissée. Il y eut un moment de réflexion silencieuse.

« Bien sûr, ce n'est pas complètement surprenant », dit doucement Ingrid. Myfanwy releva la tête.

« Je vous demande pardon ? » La secrétaire regardait droit devant elle, évitant soigneusement de croiser son regard.

« Tour Thomas, vous savez que je n'ai jamais fait le moindre commentaire sur votre façon de vous comporter, commença-t-elle.

— Ah… euh, oui. J'ai toujours apprécié votre discrétion, dit-elle en essayant de cacher le fait qu'elle ne savait absolument pas si c'était vrai.

— Et vous savez bien sûr que j'ai la plus haute estime pour votre professionnalisme. Donc ne le prenez pas mal… » Ingrid marqua un temps, Myfanwy attendit. « Ne le prenez pas mal, mais vous n'avez jamais joué un rôle dominant dans le commandement de la Checquy.

— Quoi, c'est tout ? Mais, je ne le prends pas mal du tout », dit Myfanwy d'un ton détaché alors que les portes de l'ascenseur s'ouvraient.

« Vous êtes sûre ? » *Qu'est-ce qu'elle croit, que je vais me rouler en boule sur la moquette ?* se demanda Myfanwy.

« Mais oui, pas de souci. Bon, à quoi ressemble le reste de la journée ? » Elle était maintenant impatiente de commencer, comme si elle avait bu une demi-douzaine de cafés. Ingrid la regarda bizarrement. « Quoi ? Allez ! Les rendez-vous, tout ça… Je n'avais pas un rendez-vous avec le… type… le chef de la sécurité ?

— Pas avant 15 heures. Vous voulez toujours déjeuner dehors ? J'ai dû annuler votre réservation, mais je peux voir s'il leur reste une place.

— Non, j'ai fait le plein avec les fraises et le fromage pendant l'interrogatoire. Qu'est-ce que vous faites, là tout de suite ?

— Moi ? demanda Ingrid stupéfaite.

— Oui, je veux savoir ce que vous avez pensé de ce que nous venons de voir, dit Myfanwy avec enthousiasme. Vous pensiez que je vous avais fait venir juste pour rigoler ? C'était un rencard classique, avec un repas et un spectacle, mais maintenant vous allez passer à la casserole. On va commander un thé et vous allez me donner votre avis. » *Et avec un peu de chance je découvrirai ce que ce pauvre gars a bien pu cracher et qui a fait sursauter tout le monde, comme s'il avait révélé qu'il était l'héritier du trône.*

« Avec plaisir, dit Ingrid, laissez-moi un instant pour tout préparer.

— Très bien, dit Myfanwy au moment où elles entraient dans le bureau. J'ai quelques détails à régler moi aussi. » Elle devait revoir plusieurs choses qu'elle avait lues et elle se souvint avoir aperçu, dans le placard de son bureau, un mini-frigo. *J'espère que Thomas a eu la présence d'esprit de remplir le minibar.*

Vingt minutes plus tard, Myfanwy fit une pause dans sa lecture, contemplant un Toblerone avec satisfaction, quand Ingrid entra, l'air désolée.

« La Tour Gestalt souhaite vous voir, madame, dit-elle.

— Oh. Super. Attendez une seconde », dit Myfanwy, un peu abattue. Elle se redressa, écarta les cheveux qui lui tombaient devant les yeux et ajusta sa veste. « De quoi j'ai l'air ? Professionnelle ? » Ingrid acquiesça d'un air dubitatif et se retourna pour accueillir Gestalt. Myfanwy prit un air calme et retira vite le chocolat de son bureau. Les jumeaux entrèrent et s'assirent sur ce qui devait forcément être, au vu de leurs gigotements incessants, des fauteuils délibérément inconfortables.

« Gestalt. Bonjour. » Il y eut encore un de ces longs silences pleins d'attente. « Toblerone ? » proposa-t-elle finalement.

Chapitre 7

Chère Toi,

Je t'ai donc déjà expliqué comment Farrier et Wattleman m'avait prise à mes parents. Après avoir fait sortir un M. Thomas bouleversé, ils s'étaient retrouvés face à une petite fille abondamment couverte de larmes et de chocolat. Le goûter s'acheva, et ils m'expliquèrent comme ils étaient importants, pourquoi je devais faire de mon mieux pour les rendre fiers et leur faire plaisir, et que j'allais partir dans une sorte de pensionnat. Perturbée par ce qui venait de se passer, je hochai la tête silencieusement et me laissai mener à une voiture qui roula pendant des heures, m'emmenant loin de Londres.

Le trajet paraissait ne jamais devoir finir. Je me souviens que je jetais des regards désespérés autour de moi. Tout ce que je connaissais avait disparu, et on semblait me conduire vers le désert. J'étais seule à l'arrière d'une limousine à pleurnicher et à me lamenter, avant que le chauffeur prenne pitié de moi et me fasse passer à l'avant avec lui. Je finis par m'endormir, étendue dans une position inconfortable par-dessus le levier de vitesses, la tête sur ses genoux, le visage collé à son uniforme par un mélange épouvantable de chocolat, de bave et de mucosité nasale.

Quand la voiture arriva enfin au Domaine, je fus réveillée et accueillie par une femme à l'accent bizarre qui se disait horrifiée par mes conditions de voyage. Quand elle eut fini de dénoncer la négligence de ses supérieurs, elle se présenta comme Frau Blümen, directrice de ma nouvelle école.

Frau Blümen était joviale et douce, adorable avec les enfants et il aurait sans doute été incroyablement confortable de s'endormir sur elle. Mais j'étais désormais terriblement méfiante envers tout le monde. Dès que je fus sortie de la voiture, le chauffeur sur qui j'avais fait la sieste repartit sans même un au revoir. J'avais l'impression de ne plus pouvoir compter sur personne.

J'ai continué de le penser pendant très longtemps.

Frau Blümen m'envoya au lit et je m'endormis immédiatement, épuisée par les événements de la journée.

Le lendemain matin, je me réveillai dans une nouvelle vie, j'étais une personne différente de la veille. C'est un peu étrange de se dire que tu as vécu la même expérience : à combien de personnes ce genre de choses arrive-t-il, qui plus est dans le même corps ? Je me demande si tu te souviendras de chaque moment de ton premier jour. Moi je me souviens parfaitement du mien.

Ce fut la journée la plus perturbante et exténuante de ma vie.

Je fus réveillée par le chant d'un coq. Il faisait nuit, mais tout le dortoir s'activait, et les lumières s'allumèrent doucement. Il était évident que je n'avais d'autre option que de me lever, d'autant que je sentis quelqu'un me donner des petits coups hésitants sur le tibia. Je réussis enfin à ouvrir les paupières et je vis une Chinoise de mon âge qui me regardait avec curiosité.

« Bonjour ! gazouilla-t-elle. Je suis Mary, et aujourd'hui, c'est moi qui vais te guider ! C'est l'heure de se lever ! » Tout ce qu'elle disait sonnait comme une exclamation joyeuse, et elle s'avéra par la suite être de ces gens qui sont tout le temps de bonne humeur.

Pourtant, il me semblait contre-nature, même à mon âge, d'être aussi vif dès le saut du lit. Ce que j'ignorais, c'est que tous les étudiants du Domaine recevaient un entraînement et un endoctrinement complets visant à les rendre aussi performants que possible. Ce qui impliquait d'être « du matin ». Pour ne rien arranger, tous les élèves de ma classe étaient au Domaine depuis leur petite enfance. Tout le monde ne manifeste pas ses pouvoirs au même âge, mais cela se produit généralement avant l'adolescence, ce qui est pratique pour la Checquy car les enfants sont alors beaucoup plus faciles à endoctriner. J'étais la seule de mon âge à ne pas avoir été détectée in utero *quand tous les autres avaient passé quasiment chaque minute des huit dernières années ensemble. Donc en plus d'être mieux entraînés que des athlètes professionnels et plus disciplinés que des samouraïs, ces enfants formaient déjà un groupe d'amis proches et solidaires.*

C'est là-dedans que fut plongée la petite Myfanwy Thomas, encore en train de se faire à l'idée qu'elle ne rentrerait jamais chez elle et pressée par l'injonction vague mais pesante de devoir rendre Lady Farrier et Sir Wattleman fiers d'elle. Une autre chose me dérangeait et rendait tout ce scénario encore plus pénible. C'était la première fois depuis des mois que Lady Farrier n'avait pas visité mes rêves. Pas de conversation, aucune explication : elle m'avait tout bonnement abandonnée.

Une fois debout, je fus vêtue d'un uniforme bleu marine, on me tartina les mains de crème et on me mit des gants en latex, puis je fus conduite dans la cour où nous nous sommes échauffés avant de nous embarquer dans un cours d'high impact aérobic, enchaîné par une sorte de yoga visant à améliorer notre souplesse.

Les cinq minutes où il fallut s'allonger sur le dos et faire le mort à la fin de la séance furent le meilleur moment de cette journée. Le footing de trois kilomètres qui suivit fut le pire.

Mary m'encouragea durant tout mon calvaire, mais je sentais qu'elle avait hâte de rejoindre le reste du groupe, qui avait terminé la course presque aussitôt après l'avoir commencée. Durant le temps qu'il me fallut pour terminer cette petite expédition (qui nous mena au sommet d'une colline escarpée, nous obligea à traverser une étendue de sable puis un ruisseau), cinq groupes d'étudiants plus âgés, partis à intervalles réguliers, nous dépassèrent. Vint ensuite un temps de récupération, qui impliquait de se faire tirer les membres par des camarades motivés avant d'enfiler un maillot et de passer sous une série de douches dont la variation de température était calculée précisément pour s'assurer que nos muscles n'explosent pas.

Puis un passage par la chapelle pour un sermon, heureusement court, sur le devoir et le patriotisme, avant de nous lâcher pour le petit déjeuner – ou du moins, pour le petit déjeuner de tous les autres. Mary m'annonça à regret (mais néanmoins avec enthousiasme) que les docteurs devaient d'abord me faire subir des examens et que je ne pouvais donc pas manger. Je dus donc regarder tout le monde englou-

tir un repas spécialement préparé pour donner le maximum d'énergie, permettre une croissance saine, apporter des nutriments nécessaires, faire briller les cheveux et assurer une bonne digestion. Toute cette nourriture semblait par ailleurs absolument délicieuse. Je m'assis au milieu d'un groupe de garçons et de filles qui n'arrêtaient pas de discuter, faisant référence à des choses dont je n'avais jamais entendu parler et riant à des blagues que je ne comprenais pas (ce qui n'était pas surprenant, ceux-ci ayant cinq ans d'avance sur moi en classe et parlant couramment deux langues étrangères). Ils essayèrent de m'inclure dans la conversation, mais j'étais épuisée, effarée et affamée.

À la fin du petit déjeuner, le soleil commençait tout juste à se lever. J'appris plus tard que le chant du coq était un enregistrement. Ils avaient sans doute sélectionné un coq dont le cri avait été identifié comme le plus archétypal possible et dont le son toucherait une partie primitive de notre cerveau nous permettant de le faire démarrer comme celui de nos ancêtres.

Ça se passait comme ça au Domaine. Tous les aspects de nos vies avaient été soigneusement préparés et coordonnés pour être aussi efficaces que possible. Nous recevions le même traitement.

Le petit déjeuner fut suivi par les cours : lettres classiques, chimie et démontage de trois sortes de fusils d'assaut. Le déjeuner avait l'air excellent, mais cette fois-ci encore, je n'eus le droit qu'à des cachets dont on m'expliqua qu'ils permettraient de me « purger » en vue de mes tests. Je n'avais aucune idée de ce que ça pouvait signifier, jusqu'à devoir quitter la classe précipitamment, au milieu du cours sur les techniques d'observation. Je dus à nouveau sortir durant le cours de français pour débutant (ce qui me soulagea car j'étais entourée d'enfants de 3 ans). Puis durant le cours de judo. Et d'informatique. Arrivée à la fin du cours de chant, je me sentais épuisée, et totalement vidée.

Finalement, alors que tout le monde fut envoyé dans les champs pour mettre en pratique ses pouvoirs, on me mena au sanatorium, où une batterie de personnel médical habillés de blouses jaunes et portant des gants en latex se lancèrent dans une série de tests et d'examens ne laissant pas une seule partie de mon corps non scannée, raclée, sondée, analysée. Je fus ensuite photographiée, radiographiée, interviewée. Ils prirent un échantillon de tous mes fluides corporels, relevèrent mes empreintes digitales, plantaires, palmaires, ils testèrent ma vue, ma voix et le contenu de mon haleine. J'eus droit à une nouvelle coupe de cheveux (le carré jusqu'aux épaules ne convenait pas à nos « aventures »), au traitement d'une carie, à des nouvelles lunettes, à des rendez-vous pour une opération laser des yeux et la pose de bagues dès que je serai en âge de les porter, ainsi qu'un programme de musculation pour me faire rattraper les standards de ma classe d'âge le plus vite possible.

Ils vérifièrent mes allergies et découvrirent mon intolérance aux piqûres d'abeilles. Puis ils se penchèrent sur mes phobies et en identifièrent quelques-unes : espaces clos, obscurité, grands espaces, serpents, araignées, prise de parole en public. On me prescrivit un psychiatre et une thérapie. Quand je sortis du sanatorium, ils avaient suffisamment de détails sur mon état de santé physique, mental et moral pour remplir une armoire. Et ce n'était que le début.

De là, je fus envoyée de l'autre côté de la pelouse, vers les grands bâtiments où étaient étudiés les dons spéciaux des étudiants, ces dispositions qui leur avaient permis de rejoindre le Domaine. Je passai devant des salles d'entraînement où des enfants tuaient de petits animaux en leur chantant des chansons, portaient des réfrigérateurs au-dessus de leur tête ou menaient des conversations profondes avec des pins. J'atteignis finalement le bureau du directeur du département qui m'interrogea pendant deux bonnes heures sur ce qui s'était exactement passé quand j'étais tombée de l'arbre.

Cet entretien m'a marquée comme étant l'une des expériences les plus pénibles de cette journée déjà particulièrement pénible, ceci incluant notamment les expéditions pressées aux toilettes. Mais nous sommes finalement arrivés à la conclusion que je pensais être capable de reproduire mon petit tour en touchant les gens. À l'époque, il ne m'était pas venu à l'esprit d'essayer de voir ce qui se passerait si j'avais décidé que je n'étais plus capable de le faire. J'appris plus tard que l'approche du Domaine dans ce genre de situation se résume de la façon suivante : « Si un oiseau ne veut pas ou ne peut pas chanter, on le fait chanter. »

Je m'habituai aux cours, à la routine, mais je souffris le martyre pendant les premières semaines ; c'était le prix à payer pour être en forme. Ils savaient exactement jusqu'où ils pouvaient pousser leurs protégés. Ce n'était pas comme ces écoles de ballet fanatiques qui tentent, par tous les moyens, de stopper la croissance de leurs élèves ou une de ces boîtes privées poussant parfois les étudiants à se suicider s'ils ne parviennent pas à entrer dans la bonne université. Le Domaine faisait très attention à ne pas nous pousser à bout. Après tout, c'était dans leur intérêt de produire d'excellents adultes, et imposer une pression excessive sur nos corps et nos esprits fragiles ne risquait pas d'aider.

Cela dit, il s'avère que les enfants peuvent supporter une pression bien plus importante que celle qu'ils reçoivent généralement.

Chaque mois, tous les étudiants devaient repasser la batterie de tests médicaux. Le Domaine cherchait à tout prix à découvrir la source de leurs pouvoirs et ne se décourageait pas malgré l'échec quasi systématique de ses tentatives. Un garçon fut associé à un phénomène atmosphérique en Islande, mais à un niveau si enfoui et si complexe, que personne ne comprenait vraiment ce qui les reliait. Un autre garçon ne parvenait pas vraiment à expliquer pourquoi il pouvait accéder à l'état émotionnel de tous les gauchers de la planète. Cette situation donnait lieu à une propagation de la calvitie chez les chercheurs, ces derniers s'arrachant les cheveux ou souffrant d'alopécie nerveuse. Malgré tout, le personnel faisait ses lectures, ses analyses, compilait des informations, dans le vague espoir que les futurs employés de la Checquy auraient à leur disposition la technologie et les connaissances nécessaires pour comprendre et interpréter ces données.

Je ne me fis pas d'amis. Les premières semaines se résumèrent à un travail de forçat pour essayer de m'adapter à la routine et aux exigences. Le temps d'être assez à l'aise pour faire attention aux gens qui m'entouraient, je trouvai difficile de leur adresser la parole, et parce qu'ils parlaient tout le temps entre eux, personne ne remarquait que je ne disais rien. Je n'arrivais jamais à tenir leur rythme pendant les courses, non pas que je n'étais pas en forme (j'étais extrêmement affûtée), mais parce que leurs années d'entraînement les avaient rendus anormalement athlétiques. J'étais dans les dix meilleurs de ma classe en cours, mais en bas du top 10. Je ne suis jamais vraiment devenue l'une des leurs.

Le travail de mes instructeurs sur mes pouvoirs avançait, mais pas aussi vite qu'ils l'auraient sans doute souhaité. Entraîner une personne dotée de dons surnaturels est particulièrement compliqué. Il existe une immense variété de pouvoirs, et il est très difficile d'entraîner quelqu'un à faire quelque chose que l'on ne sait pas faire soi-même. Au moins, les étudiants du Domaine apprennent dès leur plus jeune âge à être enthousiastes. On les encourage à explorer leurs limites et ils ont soif d'apprendre.

Ce n'était pas mon cas.

J'associais mes pouvoirs au sang, à la douleur et à des docteurs qui s'écroulaient en hurlant. J'avais également très bien compris que c'était à cause d'eux que j'avais été séparée de ma famille. Ajoute à cela une nouvelle méfiance envers autrui, et tu obtiendras un enfant très peu enclin à toucher qui que ce soit, et encore moins à essayer de se connecter à leur système nerveux.

J'avais cependant de la chance, car même s'il m'avait fallu une grosse dose de souffrance et de stress pour activer mes pouvoirs la première fois, je fus ensuite capable de les déclencher plus facilement. Pourtant, si j'étais capable de le faire, je n'en avais pas envie. Je n'avais pas envie de tendre la main pour toucher le bras de l'assistante de recherche de l'autre côté de la table. Je ne voulais pas voir si je pouvais lui faire serrer le poing. Je ne voulais pas prolonger mes sens par cette connexion et explorer son corps. Je ne voulais pas être proche des gens et encore moins faire entrer mon esprit en eux.

Bien sûr je finis par le faire. Les progrès étaient terriblement laborieux, mais au fil des mois et des années, j'acquis le pouvoir de contrôler le corps de n'importe qui par le toucher. Je pouvais leur faire faire ce que je voulais. J'étais capable de lire leur état physique, de détecter une grossesse, un cancer, une vessie pleine. Avec le temps, je développai un contrôle encore plus subtil en étant capable d'introduire de nouvelles sensations dans leur perception, et, dans certains cas, d'activer leurs pouvoirs malgré eux.

C'était horrible, je détestais ça.

De plus, tout le monde au Domaine était au courant de mes capacités et de mes limites. Mes camarades faisaient tout pour éviter le moindre contact physique avec moi. Je ne dirais pas que j'étais rejetée, ils étaient gentils, personne ne m'embêtait, mais ils s'écartaient quand je passais dans les couloirs. J'avais plus d'espace autour de moi que le garçon qui pouvait te rendre albinos ou la fille dont la main droite portait ce qu'elle touchait à ébullition. Mes seuls contacts physiques se déroulaient uniquement dans le cadre clinique, et ça m'allait très bien.

Je finis mes études au Domaine pourvue d'un don jusque-là totalement inédit, et d'une profonde aversion à l'utiliser. J'avais aussi l'impression que mes pouvoirs n'étaient pas aussi évolués que l'aurait espéré la Checquy.

Chapitre 8

« Non, nous ne voulons pas de Toblerone », dit le Propret. Myfanwy envisagea de le manger tout de suite, mais le Cool était en train d'ouvrir un dossier avec application tandis que son frère reprenait.

« Myfanwy, il semblerait que vos suspicions soient correctes. Le service des interrogatoires a entrepris un examen approfondi des enregistrements et des transcriptions, comme vous l'aviez suggéré. Vous leur avez visiblement appris à craindre la Tour Thomas. » Le Propret se cala dans son fauteuil et le Cool, qui avait fini de consulter les documents, intervint.

« Le Dr Crisp leur a demandé de se pencher tout particulièrement sur les derniers instants, les cris d'agonie. Les techniciens se sont vite aperçus qu'il s'agissait bel et bien de mots cohérents. Ils vous ont envoyé un messager dès que les traducteurs ont pu établir ce qu'il avait dit. » Il marqua une pause. « Je suis tombé sur lui dans le couloir et je lui ai dit que je vous ferai part de la dépêche. » Myfanwy fit de son mieux pour garder son calme, mais elle bouillait. *Comment ose-t-il lire mon courrier ?* pensa-t-elle. Quand Gestalt lui tendit le papier, elle le lui arracha pratiquement des mains. Ignorant l'air surpris et renfrogné des jumeaux, elle parcourut rapidement le message. Elle ne fut pas surprise de constater que le Dr Crisp avait une écriture épouvantable. Elle parvint néanmoins à déchiffrer les derniers mots soufflés par Van Syoc.

Je suis en reconnaissance pour l'invasion... nous allons tous vous tuer.

« Une invasion », murmura-t-elle. Elle leva les yeux en direction des jumeaux et s'aperçut que la peur se lisait sur leurs visages. « Gestalt, nous devons en savoir plus.

— Je suis d'accord avec vous, dit le Propret. Mais la Cour doit être mise au courant dans les plus brefs délais, et cette information est bien trop sensible pour être confiée à un messager. Vous êtes d'accord ?

— Oui, répondit gravement Myfanwy.

— Ingrid », appela le Cool. La femme en violet entra dans la seconde. « Combien de temps avant le coucher du soleil ?

— Environ trois heures et demie, Tour Gestalt, répondit-elle sans hésiter.

— Les journées devraient commencer à s'allonger, pesta le Propret. Contactez Apex House et dites-leur que la Cour doit se réunir le plus vite possible, il faut avancer la réunion à ce soir, dès le coucher du soleil. » Ingrid acquiesça et quitta la pièce. « Tour Thomas, nous allons être forcés de veiller. Je vous conseille de faire une sieste et de dîner de bonne heure. » Myfanwy le dévisagea, effarée qu'il se permette de lui donner des ordres. Elle n'était pas non plus enchantée par le ton qu'il avait employé avec Ingrid. Gênés, les jumeaux se raclèrent la gorge.

« Tour Thomas, je souhaite également vous présenter mes excuses pour avoir si violemment perdu mon sang-froid quand le sujet a mentionné les Greffeurs.

Vous connaissez les histoires qu'on nous racontait au Domaine…

— Oui, répondit Myfanwy avec aplomb mais sans la moindre idée de ce dont parlait Gestalt.

— J'ai, euh, parlé avec Crisp, il était d'accord pour dire qu'il n'était pas nécessaire de revenir sur cet incident », poursuivit le Propret en lui jetant un regard lourd de sens. Myfanwy acquiesça après un temps. *Qui sont ces Greffeurs pour faire flipper Gestalt au point qu'il* étrangle *quelqu'un ?* Les jumeaux parurent soulagés et se levèrent. « Merci beaucoup, Tour Thomas, c'est un choc, vous comprenez. Je dois dire que vous le prenez très bien. Beaucoup mieux que je ne l'aurais cru », ajouta le Propret. Puis ils quittèrent la pièce.

Myfanwy nota *Greffeurs* sur son carnet et Ingrid entra.

Lady Linda Farrier s'agitait dans son sommeil. L'anxiété tordit brièvement son visage, ses paupières tressaillirent et elle se mordilla la lèvre inférieure. Étendue sur le ventre sur un divan à la romaine, grande et élancée, elle avait un bras replié sous la tête et l'autre relâché de manière à ce que ses doigts effleurent le sol. Régulièrement, elle laissait échapper un ronflement raffiné.

Elle se trouvait dans une pièce circulaire, faiblement éclairée. Il n'y avait pas de fenêtres mais une galerie d'observation. Plusieurs hommes s'y tenaient, lourdement armés. Ils étaient calmes, comme des gargouilles vêtues de violet.

Lady Linda Farrier se réveilla et se retourna en clignant des yeux. Un bâillement colossal lui fendit le visage, et elle s'assit. Un petit homme en violet, jusque-là assis près de la porte, s'approcha.

« Harrison, informez le Foreign Office que notre ambassadeur en Chine doit être immédiatement remplacé, s'il vous plaît. Il aime bien trop l'argent pour résister aux tentations. Il y a également un jeune homme à Milton Keynes dont les pulsions meurtrières grandissent rapidement. Je n'ai pas obtenu son nom, mais il habite dans une maison blanche, au numéro cinquante-sept, dans une allée. Il y a une boîte aux lettres bleue et un saule pleureur dans le jardin. Il est roux et non circoncis. » Son secrétaire opinait docilement et prenait des notes sur un agenda électronique.

« Milady, les Tours ont convoqué une réunion d'urgence de la Cour. Ils ont demandé d'avancer le comité exécutif de vendredi.

— Les *deux* Tours ? s'étonna-t-elle.

— Oui, madame.

— Intéressant… Quand cette réunion d'urgence est-elle prévue ? demanda-t-elle en ajustant son manteau.

— Quinze minutes après le coucher du soleil, répondit-il embarrassé.

— Ah, bien sûr. Nous devons en tenir compte, n'est-ce pas ? soupira-t-elle.

— En effet, madame.

— D'accord. Faites savoir au secrétariat de la Tour Thomas que je souhaite toujours dîner avec elle et avancez notre réservation.

— Oui, madame, répondit Harrison.

— Je vais me rendormir, dit-elle en se rallongeant. Je vais voir s'il y a un dormeur intéressant aux États-Unis.

— Cela ressemble à un oxymore, madame.

— Dieu que vous êtes snob… »

Le Cavalier Heretic Gubbins (Harry pour les intimes) fixait son ordinateur, exaspéré. Cette foutue machine avait planté alors qu'il avait douze pages de directives non sauvegardées à l'écran, et il cherchait un moyen de le relancer sans perdre tout ce qu'il avait écrit. Il se passa pensivement la langue sur les dents, pesant le pour et le contre, et finit par mettre un grand coup dessus.

Rien.

« Espèce de saloperie ! » s'exclama-t-il. Il prit une grande inspiration pour tenter de se calmer. Inspire profondément. Expire doucement. Puis il remit un grand coup sur la machine.

Rien.

« C'est pas vrai ! » Sa secrétaire entra. « Trouvez-moi quelqu'un à la maintenance ou contactez cette femme qui prétend qu'elle peut négocier avec les ordinateurs. » Il reporta son attention sur sa machine puis releva les yeux. « Quoi ?

— Vous êtes encore en équilibre sur une main, monsieur, répondit-elle. Et vous faites des traces de pieds sur le plafond. Le service d'entretien s'en est plaint.

— Ah. Très bien. » Gubbins se remit à l'endroit d'un bond, et sa secrétaire leva les yeux au ciel.

— Dans tous les cas, monsieur, la réunion de la Cour a été avancée. Elle aura lieu aujourd'hui après le coucher du soleil. Une urgence.

— D'accord, soupira Gubbins en levant une jambe pour se placer sur un orteil. Ordinateur de merde ! »

« Et *ça*, monsieur le ministre, c'est la raison pour laquelle vous ne pouvez pas aller en Australie ! assena Conrad Grantchester. Vous allez mourir, et ce sera public, très sale, et très médiatisé. » Il cliqua sur un bouton et la diapositive suivante s'afficha sur un grand écran. Elle était rouge en très grande partie, mais ce furent les morceaux verts qui attirèrent l'attention du ministre.

« Vous vous êtes fait des ennemis parmi des gens très puissants. Et ces *choses* sont leurs animaux de compagnie. Vous voyez ces parties pointues ? Oui ? Elles sont faites pour entrer dans ces parties molles que vous voyez là et pour les faire sortir ; mais ces parties molles, monsieur le ministre, ne sont pas censées quitter votre ventre. » Ignorant ses gémissements, Grantchester poursuivit. « Le gouvernement, le peuple et la Checquy souhaitent que ces parties molles restent dans votre ventre. C'est pourquoi vous n'irez pas en Australie. » Sur ce, il se leva et sortit d'un pas vif de la salle de conférence plongée dans la pénombre, laissant échapper derrière lui des volutes de fumée.

« Il va lui falloir quelques minutes », dit-il aux assistants ministériels qui patientaient dans le couloir. « Joan ! lança-t-il à sa secrétaire qui se tenait juste derrière lui. Envoyez quelqu'un pour nettoyer tout ce vomi, s'il vous plaît. Quel est mon prochain rendez-vous ? »

Joshua Eckhart marchait dans un long tunnel faiblement éclairé. Les lumières fluorescentes au plafond (ou ce qu'il en restait) vacillaient. De l'eau dégoulinait sur les carreaux couverts d'une épaisse couche de moisissure. Les bottes d'Eckhart faisaient des éclaboussures dans l'eau peu profonde et formaient des tourbillons boueux. Derrière Eckhart, une femme menue vêtue de chaussures de pêche et d'un imperméable violets, avançait péniblement. Elle s'accrochait fermement à un dossier enveloppé dans un sac étanche. À ses côtés suivaient deux hommes portant des fusils enroulés eux aussi dans un sac étanche.

Ils s'arrêtèrent devant une lourde porte scellée composée de plaques de cuivre, de plomb et d'étain. Eckhart posa les mains contre le panneau central et le sentit chauffer sous ses paumes puis de petites bulles apparurent autour de ses doigts. Il y eut un bruit de machinerie hydraulique, la porte s'ouvrit et les battants s'enfoncèrent dans le mur. Il était sur le point d'entrer quand sa secrétaire lui tapota l'épaule.

« Les Tours ont convoqué une réunion d'urgence de la Cour, monsieur, dit-elle, un téléphone étanche à la main. Celle-ci se tiendra quinze minutes après le coucher du soleil.

— D'accord », soupira-t-il. Puis il entra, flanqué de ses assistants. Un hurlement effroyable se fit entendre, suivi par le bruit métallique de lourdes chaînes et celui d'énormes membres caoutchouteux s'entrechoquant en une rage impuissante. Eckhart prit la parole.

« Bonjour, Votre Majesté. Vous n'avez pas changé. Peut-être pourrions-nous commencer par parler de votre pays. Vos sujets sont très vulnérables sans la protection unique que vous pouvez leur apporter. C'est pourquoi vous allez faire ce qu'on vous dit. »

Un rugissement désespéré.

« Non ? Très bien, nous verrons bien. Messieurs, tirez sur Sa Majesté, je vous prie. Dans la tête de gauche cette fois-ci. »

C'était une vieille pièce située dans un vieux bâtiment et décorée dans un style assez particulier qui laissait présager que les architectes d'intérieur avaient manqué à la fois d'imagination et sans doute d'un deuxième chromosome X. La peinture, qui n'avait jamais été particulièrement vive, était devenue d'un beige déprimant. La moquette n'était pas épaisse et ne l'avait probablement jamais été. Même la lumière qui filtrait par les fenêtres était triste et fatiguée.

Les fauteuils en cuir étaient occupés par des vieux, des gros et des hommes. Ce qui ne signifie pas que ces personnes ne possédaient qu'une seule de ces caractéristiques ; il n'y avait en effet que des hommes. Le surpoids et l'âge étaient préférables mais pas obligatoires.

Des cigares étaient mâchonnés, des pipes mordillées, du tabac à priser reniflé. Un massif de fauteuils était partagé par un groupe d'hommes dont les noms ne vous auraient rien dit si vous n'étiez pas un spécialiste de politique assommante ou un expert en obscures officines gouvernementales exceptionnellement passionné. Ces hommes avaient toutefois du pouvoir.

Sir Henry Wattleman était assis parmi ces hommes et il se demandait s'il n'était pas possible de simuler un malaise. Après plusieurs heures de conversation, même les vieux raseurs peuvent se lasser d'être entourés d'autres vieux raseurs. Il hochait pensivement la tête à l'attention d'un homme en charge d'un minerai méconnu qui pontifiait sur l'importance de ses mines (et par extension sur sa propre importance). Un serveur arriva en portant un téléphone sans fil sur un plateau. Le règlement du club interdisait aux membres d'avoir un téléphone portable sur eux, ce qui n'était pas un grand sacrifice puisque peu d'entre eux savaient s'en servir.

« Sir Wattleman, vous avez reçu un appel.

— Merci, répondit-il, applaudissant intérieurement. Allô ?

— Sir Henry, ici Marilyn », dit sa secrétaire qui appelait depuis le vestibule du club, l'endroit le plus avancé auquel elle avait accès puisqu'elle ne remplissait aucun des critères d'adhésion. Elle avait fait remarquer qu'elle aurait très bien pu retourner au bureau pour y remplir ses fonctions, mais c'était un signe de pouvoir au sein du club d'avoir des assistants qui vous attendaient à l'entrée, prêts à vous servir. « Les Tours ont convoqué une réunion d'urgence de la Cour. Celle-ci a lieu à Apex House juste après le coucher du soleil.

— Je comprends, j'arrive tout de suite, dit-il, prenant soin de faire entendre sa conversation.

— Non, non, monsieur, il vous reste plusieurs heures.

— Oui, absolument. Envoyez la voiture, répondit Wattleman. Messieurs, je suis profondément navré, mais ma présence est requise. Le devoir m'appelle. Immédiatement. »

Le Toblerone se montra à la hauteur des attentes de Myfanwy. Ingrid avait timidement accepté un ou deux triangles chocolatés et elles étaient désormais toutes deux assises sur le canapé : l'une, vêtue de violet, dans une posture impeccable, l'autre, les pieds nus posés sur la table basse, affalée sur les coussins.

« Alors, Ingrid, qu'avez-vous pensé de l'interrogatoire ?

— C'était très intéressant.

— Ah oui ? Vous savez, Ingrid, je ne pense pas qu'*intéressant* soit une réponse digne d'une personne intelligente. Ça signifie : "Je n'ai aucune idée mais je crois que je ferais mieux de dire quelque chose." » Elle regarda sa secrétaire rougissante. « Soyons un peu plus précis : qu'avez-vous pensé des réponses du malheureux M. Van Syoc ? »

Ingrid prit une profonde inspiration et baissa les yeux. « Eh bien, Tour Thomas, j'imagine que la partie la plus surprenante est le fait que les Greffeurs renvoient des espions dans les îles Britanniques. La deuxième surprise, c'est l'existence même des Greffeurs. Il me semblait que l'organisation avait été dissoute et leurs chefs exécutés il y a plusieurs siècles.

— Oui, les Greffeurs, dit pensivement Myfanwy. Ça m'a frappée moi aussi. » Elle souligna discrètement la note qu'elle avait prise dans son carnet.

« Cependant..., hasarda-t-elle.

— Oui ? répondit vivement Myfanwy, prête à saisir la perche qui lui était tendue.

— Je ne suis pas entièrement certaine que le reste du public ait été si choqué. » Ingrid s'arrêta mais Myfanwy lui fit signe de continuer. « Enfin, ils avaient l'air atterrés, mais il n'y a que la Tour Gestalt qui a eu le type de réaction à laquelle je me serais attendue.

— Vous vous attendiez à ce qu'il étrangle le Dr Crisp ?

— Eh bien non, dit-elle en frissonnant. Même si ça ne m'a pas vraiment étonnée non plus... Vous savez comme il peut être soupe au lait, et souvenez-vous que le corps féminin Gestalt était en opération ce matin même. Son assistant m'a dit que toute la fratrie était encore assez remontée. » Myfanwy opina en repensant à la démarche hésitante des jumeaux quand ils avaient quitté son bureau après leur récit de l'attaque sur le culte cervidé. « De plus, les Greffeurs sont un peu les croque-mitaines des étudiants du Domaine, comme vous le savez très bien.

— Hmm, fit Myfanwy, complètement perdue. Je suis bien d'accord. » Elle fut presque soulagée quand Ingrid se leva pour répondre au téléphone.

« Bureau de la Tour Thomas, Ingrid à l'appareil. Oui ? Certainement. J'en informe la Tour immédiatement. Au revoir. » Elle nota quelque chose puis se tourna vers Myfanwy. « Lady Farrier demande à ce que vous vous joigniez quand même à elle pour dîner avant la réunion à Apex House. Il serait peut-être préférable de vous changer.

— Pourquoi ? C'est un tailleur griffé.

— Ah oui, il est tout à fait convenable, répondit Ingrid, gênée, mais bon, vous savez que Lady Farrier aime que les femmes s'apprêtent pour dîner.

— Oui, bien sûr. Lady Farrier et ses exigences vestimentaires… Il va sans doute falloir que vous m'appeliez une voiture pour rentrer chez moi.

— Vous n'utilisez pas la résidence ? s'étonna Ingrid en indiquant les immenses portraits sur le mur.

— Ah, euh, oui, bien vu, bafouilla Myfanwy. Je ne pensais pas y trouver une tenue pour le dîner, mais maintenant que vous le dites, c'est bien possible. Je vais aller vérifier. Et peut-être que j'en profiterai pour faire une petite sieste. Merci, Ingrid.

— N'oubliez pas votre rendez-vous avec le chef de la sécurité du bâtiment à 15 heures. Dois-je vous avertir de son arrivée ?

— S'il vous plaît. » Myfanwy regarda Ingrid quitter la pièce, puis attrapa son carnet et son classeur violet et se dirigea vers la galerie de portraits. Elle essaya de regarder derrière le premier. Rien. Elle le décrocha presque du mur dans l'opération, et dut se précipiter pour qu'il ne s'écrase pas. Elle était sur le point d'appeler au secours, mais réussit finalement à le raccrocher. Elle s'approcha des autres tableaux avec beaucoup plus de précaution jusqu'à trouver celui qui dissimulait des gonds.

Il représentait un homme grand et séduisant aux cheveux foncés. Ses yeux noirs brillaient. La peinture sombre du fond, très travaillé, était généreusement répandue en courbes et vaguelettes. Une petite plaque en cuivre indiquait CONRAD GRANTCHESTER, TOUR. Elle fit pivoter le portrait qui révéla une lourde porte pourvue de la plaque de métal désormais familière. Après y avoir posé sa paume, la porte s'ouvrit sur un escalier montant intégralement moquetté.

Spectaculaire, pensa-t-elle. *Je me demande quel portrait cache la porte des toilettes.* Elle attrapa son lourd classeur sous le bras et s'engagea dans l'escalier avec hésitation. Après deux changements de direction, elle déboucha sur une pièce fortement éclairée. De grandes fenêtres avec vue sur Londres illuminaient la déco qu'avait personnellement choisie la Tour Conrad Grantchester.

« Oh, dit-elle tout haut. OK, je vois ce que Thomas voulait dire. » *Ce type devait penser qu'il était le plus gros queutard que la terre ait jamais porté.* L'appartement avait clairement été aménagé deux décennies auparavant dans le but délibéré de séduire de jeunes femmes. Elles devaient être amenées ici discrètement, s'extasiaient devant le cuir noir et les lambris en bois sombre, et faisaient l'amour sur les épais tapis violets devant la cheminée. Elles devaient voir leur reflet dans les nombreuses installations en cuivre tandis que les amplis immenses crachaient les derniers tubes à la mode. Myfanwy résista à l'envie de pouffer et se contenta d'exploser de rire. Elle dut s'asseoir pour reprendre son calme, faisant au passage tomber son classeur.

Elle se releva pour parcourir l'appartement et finit par avoir le sourcil gauche douloureux à force de le lever d'étonnement. Il y avait une grande baignoire dorée en forme de coquillage et un billard orange. Des rampes de spots éclairaient des tableaux et des sculptures abstraites. *Oh, il faut que je voie la chambre. Je me demande s'il y a...* Il y en avait un ! Un lit rond et des miroirs sur le plafond. *Comment Thomas arrivait-elle à regarder ce type dans les yeux ?* Le bureau était, Dieu merci, beaucoup plus sobre et assez moderne, avec une bibliothèque remplie d'ouvrages de référence, dont un grand nombre de livres d'anatomie. Myfanwy se dit qu'ils devaient appartenir à Thomas et décida d'y jeter un œil plus tard pour se renseigner sur le fonctionnement concret du corps humain.

Bon, c'est l'heure des devoirs.

Chapitre 9

Les Greffeurs

Les Greffeurs, ou la Wetenschappeljik Broederschap van Natuurkundigen, remontent au XVe *siècle. D'après ce que je sais, à cette époque, un certain nombre d'alchimistes vagabondaient à travers la Belgique – ou du moins sur les territoires qui allaient plus tard devenir la Belgique. Enfin, je suis sûre que tu peux assez facilement imaginer de quel type de personnes il s'agissait. La plupart étaient de petits hommes au physique d'écureuil qui traînaient dans des caves et menaient des expériences discutables impliquant du mercure et des bouses de vache, dans le but de faire avancer la science. Cependant, certains membres de cette confrérie étaient des nobles : des hommes exceptionnellement riches qui l'avaient intégrée dans l'espoir de faire des bénéfices.*

Personnellement, j'ai du mal à croire que quiconque ait pu penser sérieusement que ces petits hommes-taupes allaient transformer du plomb, du thon, ou Dieu sait quoi d'autre, en or. Mais le Duc de Machin et le Comte de Bidule décidèrent que c'était un investissement digne d'intérêt et dépensèrent des sommes indécentes pour financer la confrérie. Toutes ces richesses accordées à un projet totalement inutile sont, en temps normal, quelque chose qui m'agacerait prodigieusement. À un seul petit détail près.

Ils ont réussi.

Bien sûr, ils ne sont jamais parvenus à changer le plomb en or, mais ces scientifiques illuminés et crasseux ont fait une découverte tout aussi importante. D'une manière ou d'une autre, ils ont réussi à maîtriser l'art de la chair, en découvrant la possibilité d'altérer radicalement les propriétés du corps humain. Cette confrérie de ringards médiévaux était capable de modeler et de reformer la matière première des êtres vivants. Ils pouvaient liquéfier la chair et les os pour les resculpter, attacher d'autres membres sur un corps, créer de nouvelles bestioles.

Je ne demande qu'à croire que ces alchimistes malpropres étaient pleins de bonnes intentions. On peut espérer qu'ils voulaient simplement réparer des paysans estropiés ou allonger telle partie... peu importe. Les nobles investisseurs, cependant, avaient d'autres projets. Avec ce nouveau procédé, les membres de la confrérie étaient en position idéale pour prendre le pouvoir. Dans n'importe quel autre pays, une guerre sanglante et totale aurait éclaté. Ces monstres auraient déferlé sur le territoire, des amas de chair épouvantables se seraient livrés bataille et les nuits auraient donné lieu à de nouvelles atrocités innommables.

Heureusement, on parle ici de la Belgique.

Plutôt que de créer une armée monstrueuse prête à piétiner les soldats sur les verts pâturages, les riches mécènes rencontrèrent le dirigeant en place – sans doute autour d'une sorte de potage crémeux – pour une conversation polie et civilisée. Grâce à cette conversation, la confrérie fut officiellement rattachée au gouvernement, tel qu'il était alors constitué. Enfin, ce n'est pas pour dénigrer la Belgique ou ses prédécesseurs, mais il s'agit là du XVe siècle et personne n'était alors vraiment très organisé.

Pendant un ou deux siècles, les Greffeurs ne firent pas grand-chose pour influer sur les affaires de la Belgique. On leur avait alloué une somme d'argent importante et un mandat les autorisant à poursuivre leurs recherches, ce qu'ils firent avec une constance assez remarquable, attendu que les terres où ils vivaient changèrent de mains et furent divisées plusieurs fois. Heureusement que les nouveaux dirigeants n'étaient pas au courant des activités des Greffeurs, et que ces derniers ne s'intéressaient pas non plus aux affaires politiques, ou alors nous aurions eu des Greffeurs Habsbourgeois, des Greffeurs Espagnols, et peut-être même des Greffeurs de la Principauté Abbatiale de Stavelot-Malmedy lâchés dans la nature.

À la place, ils utilisèrent les fonds qui leur avaient été accordés pour améliorer et raffiner leurs techniques. La Checquy était vaguement au courant mais ne trouvait pas ça particulièrement important. Car il faut bien le dire, il ne s'agissait que de geeks belges qui glandaient dans des immenses caves et infligeaient des sévices à des troupeaux de porcs. Personne n'en avait rien à faire. Au début du XVIIe, les Greffeurs étaient désormais capables de produire des machines meurtrières d'une efficacité si époustouflante que l'espion de la Checquy qui les avait vus en action écrivit un rapport paniqué de trente pages maculé de larmes et de vomi. Celui-ci est également devenu un croyant beaucoup plus fervent à la suite de cet épisode.

La Checquy commença alors à faire bien plus attention aux Greffeurs. La Lady d'Albâtre de l'époque,

Margaret Jones, envoya sept agents en Belgique pour les observer. Cette mission fut rendue difficile par le fait que les Greffeurs travaillaient dans différents domaines étroitement gardés par de grandes créatures chitineuses dotées d'un odorat de limier et d'un sens de l'hospitalité proche de celle d'un requin blanc. Mais la Checquy improvisa et parvint à rapporter certaines informations. Un agent, qui avait mené ses observations sous la forme d'une mouette, confirma qu'ils avaient tout un régiment de soldats augmentés, montés à cheval sur d'énormes créatures décrites comme « la descendance bâtarde d'araignées et de percherons ». Les Greffeurs étaient désormais une source d'inquiétude internationale.

Hélas, au moment où la Checquy comprit que les Greffeurs constituaient une menace d'envergure, ceux-ci eurent la même conviction. Ils furent soudain conscients de leurs muscles avantageux et colossaux et avaient hâte de pouvoir s'en servir. Ils prirent contact avec le chef du gouvernement de l'époque, qui fut très impressionné et y vit de grandes opportunités pour son avancement personnel. Enthousiasmé par de telles perspectives, il ne ressentit pas le besoin de prévenir son supérieur, le Roi d'Espagne, et les encouragea à explorer leur potentiel. Le seul problème est qu'ils vivaient à une époque fort pieuse, et la réaction des populations était à craindre s'ils lâchaient une armée de créatures qui semblaient avoir été directement chiées par l'anus de l'enfer. Tu comprends, malgré leur immense talent à créer des êtres doués d'une grande force et d'une résistance unique, les Greffeurs n'avaient aucun talent esthétique. J'ai vu des études au fusain et des huiles de ce qu'ils avaient produit, et toutes ces créatures étaient d'une apparence terrifiante.

Aussi, l'utilisation de ces phénomènes devait-elle être particulièrement discrète. Les Greffeurs avaient besoin d'un espace relativement petit et isolé pour tester leur bien. Je ne sais pas qui est le génie ayant proposé cet emplacement, mais j'espère vivement qu'il a souffert d'hémorroïdes insoutenables. Ce dernier a suggéré que l'île de Wight constituerait une cible préliminaire idéale ; ce qui fut accepté.

En 1677, les monstres sortirent des flots et une guerre surnaturelle éclata sur le sol britannique. La Checquy répliqua en envoyant des Pions sous le commandement direct des Tours. La bataille fit rage pendant trois semaines et des centaines de civils périrent. Nous avons méthodiquement découpé l'envahisseur en rondelles, chaque créature des Greffeurs coûtant la vie à des douzaines de soldats de la Checquy.

Douze de nos hommes (les derniers anthropophages des îles Britanniques) s'unirent et parvinrent à massacrer dix-sept monstres. Durant cette bataille, un village entier fut rasé et les champs aux alentours contaminés. Le Pion Hamish McNeil, un lépreux, lança une violente et soudaine maladie sur les troupes des Greffeurs, faisant tomber leurs corps en morceaux sous l'effet de leurs propres frissonnements.

Le dernier survivant des envahisseurs fut leur général, un guerrier immense qui s'avéra capable de résister à toutes les attaques que la Checquy pouvait déployer. Finalement, l'un de mes (de nos) prédécesseurs fut contraint à une mesure extrême. La Tour écarlate John Perry, la dernière Tour en vie, connecta son esprit à celui du général Greffeur et se tira une balle dans la tête, les tuant tous les deux sur le coup.

Ainsi s'acheva l'incursion des Greffeurs en Angleterre. D'après ce que j'ai lu, le roi Charles II aurait adoré envahir la Belgique (je sais que ce territoire ne portait pas ce nom-là à l'époque, mais aujourd'hui, il s'agit de la Belgique, c'est donc plus clair de l'appeler ainsi), nos forces ayant (apparemment) prouvé leur supériorité. Les Lords et Ladies de la Checquy ont alors poliment fait remarquer que nos armées avaient été décimées et que nos généraux les plus compétents étaient morts. Étonnamment, le Roi entendit raison, et les discussions avec le souverain belge furent lancées. Tout fut mis en place pour empêcher les Greffeurs de découvrir notre affaiblissement, et le traité fut négocié en notre faveur.

Respectant les termes du traité, le roi belge accepta de dissoudre les Greffeurs. Tous les fonds furent suspendus, toutes les expériences détruites, tous les domaines et troupeaux confisqués. Cela semble, à juste titre, d'énormes concessions, mais les Belges n'ignoraient pas que les forces de la Checquy étaient prêtes à s'abattre sur eux et à déchaîner des horreurs innommables. Ils furent donc contraints d'accepter.

D'après la Checquy, les Greffeurs ne représentaient plus une menace. Le projet entier fut démantelé sous la supervision pointilleuse des Cavaliers. Des archives détaillées racontent comment les chefs ont été exécutés devant des douzaines de témoins haut placés et comment leurs dépouilles ont été détruites. Les scientifiques furent discrètement assassinés par des soldats de la Checquy, leurs corps donnés aux cochons, puis les cochons furent tués et brûlés. Les installations et les casernes furent également incendiées et les terres redistribuées à l'Église. Tous les êtres vivants ayant été modifiés, y compris les humains, furent abattus.

Cette tâche prit des mois, non pas à cause du nombre de créatures (bien qu'elles fussent nombreuses) mais à cause de leur ténacité. Tous les serviteurs et bureaucrates impliqués dans le projet furent vivement encouragés à oublier tout ce qu'ils savaient et à trouver une autre activité.

Il n'y eut aucune disparition mystérieuse (en dehors de celles orchestrées par la Checquy), aucun membre ne manquait à l'appel. Il n'y avait donc aucune raison de penser que les Greffeurs n'étaient pas rayés de la carte. Ils représentaient un chapitre intéressant dans l'histoire du surnaturel, et si certains regrettèrent la perte de leur savoir révolutionnaire, la majorité s'accorda à dire que leur disparition était préférable.

La plupart des membres de la Checquy croient que l'histoire des Greffeurs s'arrête ici : ces derniers ont été exterminés, quel qu'en fût le prix à payer, et toute l'affaire a permis de prouver l'importance de la Checquy et ce qu'elle est capable d'accomplir. Pour les siècles des siècles.

Amen.

Sauf que.

Sauf que l'élite en sait davantage. Pendant la Grande Guerre, nos agents récupéraient des corps dans le no man's land entre les tranchées. C'était une période sombre, le pays était meurtri, et des opérations secrètes étaient menées par les deux camps. Parmi les échelons les plus élevés de la Checquy, un projet était alors en cours : il nécessitait des cadavres, et il était plus facile d'obtenir les corps sur les champs de bataille qu'en Angleterre. Ce fut au bout du compte un échec complet, et le projet fut classé et oublié. C'est seulement en faisant des recherches approfondies que j'ai appris son existence.

Cependant, au cours de l'étude des corps qu'ils avaient récupérés, les scientifiques découvrirent des phénomènes perturbants. Ils savaient que ces anomalies ne pouvaient qu'être l'œuvre des Greffeurs. Non seulement ils existaient toujours, mais leurs techniques semblaient désormais beaucoup plus avancées que lorsque la Belgique était au sommet de sa puissance.

Naturellement, il fallait en informer l'organisation. Les Greffeurs (l'une des plus grandes menaces à laquelle la Checquy, et même la nation, ait dû faire face) étaient actifs. Cependant, les chefs du projet étaient réticents à se présenter devant la Cour avec des assertions uniquement fondées sur des corps en décomposition. Après tout, ils étaient scientifiques ; ils décidèrent donc de collecter plus d'informations.

Deux Pions furent envoyés discrètement au front pour mener l'enquête. L'un, Thomas Ryan, était un soldat expérimenté, doté d'une vision télescopique qui lui permettait de voir à travers la peau. L'autre, Charlotte Taylor, était capable de cuire un être humain de l'intérieur. Ils voyagèrent en secret et atteignirent Ypres, là où les corps suspects avaient été ramassés.

Ryan envoya des rapports réguliers pour tenir les chefs informés. Il relata les histoires que racontaient les soldats dans les tranchées. Ils parlaient de choses galopant sur la terre désolée, parmi les cratères, aspirant le sang et la boue. D'hommes contre-nature, aperçus la nuit, marchant silencieusement entre les corps et passant par-dessus les barbelés avec une grâce inhumaine. D'un visage aspirant du gaz toxique en riant avant de disparaître dans le brouillard. On tirait dessus, mais aucun cadavre n'était retrouvé.

Ryan et Taylor avaient beaucoup de respect pour les soldats qui les entouraient, tous ces jeunes hommes qui allaient très certainement mourir. La peur était toujours présente dans les tranchées, et ils ne souhaitaient pas en rajouter. Ils obtinrent néanmoins autant de détails que possible et résolurent de « monter à l'assaut ».

Une nuit d'orage, les Pions escaladèrent la tranchée et traversèrent le no man's land. Il pleuvait à torrent et le sol inondé n'était plus qu'une étendue de boue dévastée. Des éclairs zébraient le ciel, accompagnés d'explosions et de flammes. Le tonnerre grondait, les mitraillettes hurlaient. Je ne peux pas imaginer comment ils ont traversé le no man's land, mais je sais qu'ils durent enjamber les corps de leurs compatriotes et avancer dans un bourbier qui leur montait jusqu'aux genoux. Les archives ne disent pas jusqu'où ils sont allés, mais quelque part sur cette terre, ils ont trouvé ce qu'ils cherchaient.

Des cauchemars.

L'unique rapport de Taylor est bref et précis :

Ai perdu mes bottes dans la boue – Ryan dans une explosion – et un œil aux griffes d'une bête surnaturelle. La preuve que vous désiriez a été trouvée et envoyée.

Les échantillons rapportés par Taylor suffirent à établir que les Greffeurs poursuivaient leur travail. La Cour paniqua, persuadée que leurs vieux ennemis étaient prêts à fondre sur eux. D'autres Pions furent envoyés au front. Mais même en s'aventurant dans les zones les plus avancées et les plus dangereuses, et après plusieurs mois d'opération, ils ne trouvèrent rien.

La guerre se termina sans qu'il ne se passe rien de nouveau du côté des Greffeurs. Rien non plus pendant la Seconde Guerre mondiale. La Checquy se détendit un peu. Ils n'ignoraient pas que leurs ennemis étaient toujours là, mais aucune manœuvre hostile n'avait eu lieu. Les membres de la Cour se dirent que les Greffeurs n'avaient peut-être pas envie de revenir sur de vieilles histoires. Peut-être qu'ils se consacraient à leurs études obscures et dérangeantes. Peut-être qu'on pouvait se permettre de penser à autre chose.

Peut-être.

Pendant des décennies, il n'y a eu aucune raison de s'inquiéter. En temps de guerre comme en temps de paix, les Greffeurs n'ont pas refait surface. Certes, un doute lancinant subsiste, mais compte tenu de tout ce qui peut détourner son attention, la Checquy s'efforce de rester concentrée sur ses responsabilités. La Cour s'est accordée à dire que le souvenir de l'invasion des Greffeurs terrorise toujours trop les subalternes de la Checquy pour que les preuves de leur existence puissent être partagées. Les étudiants du Domaine se racontent des histoires de Greffeur pour se faire peur.

Pour la Checquy, les Greffeurs demeurent l'un des ennemis les plus effrayants auxquels nous ayons dû faire face. S'ils ressurgirent en force, ce sera un désastre.

Incroyable, pensa Myfanwy en secouant la tête. Thomas avait joint des photocopies d'anciennes esquisses, et les détails qu'elle pouvait discerner, bien que flous et approximatifs, suffisaient à lui retourner l'estomac. Des carapaces brillantes, des piques hérissées. *Quelle taille faisaient ces bestioles ?* Elle lut la description. *Ils élevaient des chevaux gros comme des Hummers en 1677 ? Enfin il s'agissait plutôt de chevaux avec des écailles et des crocs. Nom de Dieu.*

Puis elle se souvint de ce qui avait été révélé au cours de l'interrogatoire.

C'est eux *qui nous envahissent ?* Elle chercha des images plus récentes, et parcourut les notes en se mordillant la lèvre.

Bon, bah, on est complètement niqués.

Et je suis censée dîner avec Lady Linda Farrier.

Nous sommes envahis par des tailleurs de chair belges qui viennent droit de l'enfer et je n'ai rien à me mettre.

Myfanwy inspecta le contenu des placards. *Est-ce que Thomas portait exclusivement du gris et du noir ?* se demanda-t-elle. *Il y a quand même une trentaine de tailleurs de bonne qualité ici, et il n'y en a pas un avec la moindre personnalité. Aucune jupe au-dessus du genou, que des chemisiers blancs.* Elle faisait glisser ses doigts sur les manches des manteaux quand elle glissa la main dans une des poches intérieures. Elle en sortit deux enveloppes : *Toi* et *2*. Les autres manteaux contenaient les mêmes enveloppes, qu'elle posa en tas sur le sol. *Il va falloir que je vérifie toute ma garde-robe et que je détruise ces enveloppes.*

Elle ouvrit un autre placard et y trouva un certain nombre de robes dans la même veine que les tailleurs. *D'autres pièces de chez La Puritaine Barbante.* Elle fit avec ce qu'elle trouva et réussit à composer une tenue qui disait à la fois *élégante* et *je contrôle une organisation gouvernementale secrète.*

Le rendez-vous avec le chef de la sécurité du bâtiment s'avéra plus simple que prévu. Elle l'avait redouté, puisque c'était sa prédécesseur qui l'avait organisé, mais heureusement il parla le premier et Myfanwy apprit rapidement pourquoi un petit groupe d'illuminés campait devant le bâtiment. Ils étaient apparemment convaincus que le Beffroi était une base gouvernementale qui cachait des agents surnaturels.

« Je me rends bien compte que ça va paraître un tantinet naïf, mais n'est-ce pas le cas ? demanda-t-elle, un peu perdue. Enfin, c'est bien ce qu'on fait ici, non ?

— Ah oui, bien sûr », répondit le chef de la sécurité, un grand type d'origine soudanaise prénommé Clovis. Elle se souvint qu'elle l'avait vu dans le public à l'interrogatoire ; il avait silencieusement tout observé du fond de la salle. « Ils ont parfaitement raison. » Il sourit gaiement.

« Et ça ne vous inquiète pas que l'écran de fumée complexe que nous avons élaboré, nos défenses pour tromper les populations et cacher notre existence, aient été piratés par un groupe de nerds et des théoriciens du complot ? Nos meilleurs cerveaux se sont donné beaucoup de mal pour que l'on puisse opérer en secret.

— C'est vrai, acquiesça-t-il.

— Et ils ont échoué.

— Oui. D'ailleurs ce groupe fait tout ce qu'il peut pour informer les passants de la nature de nos opérations.

— Est-ce qu'on essaie d'y remédier ?

— Non », répondit-il calmement. Myfanwy soupira. Clovis lui avait plu d'emblée et elle avait décidé de ne pas le faire asseoir dans un des fauteuils délibérément inconfortables. Elle se passa nerveusement la main dans les cheveux.

« D'accord, Clovis… je peux vous appeler Clovis ?

— Certainement, Tour Thomas.

— Et en privé vous pouvez m'appeler Myfanwy, dit-elle, sous l'impulsion du moment.

— Merci.

— Expliquez-moi pourquoi nous ne prenons pas la peine de disperser ces gens.

— Myfanwy…

— Ces gens qui ont construit ce qui s'apparente à un village de tentes devant notre entrée de service, dit-elle en pianotant sur la table basse.

— Oui, mais…

— Ces gens, continua-t-elle, qui révèlent notre existence à qui veut l'entendre. » Elle reprit son souffle et le dévisagea avec ses deux coquards. « Expliquez-moi, s'il vous plaît, Clovis.

— Personne ne fait attention aux nerds et aux théoriciens du complot, répondit-il d'une voix neutre.

— Pardon ?

— Myfanwy, dit-il doucement, personne ne fait attention aux manifestants. On ignore même les écologistes, et *eux* ont des arguments sensés. Pensez à ce que ces gens proclament, et vous vous rendrez compte qu'aucun passant sain d'esprit se baladant dans le quartier des affaires ne va les écouter. Ils ne leur donneront même pas une pièce.

— Vous êtes sûr ? Ça ressemble quand même à une faille inquiétante dans notre système de sécurité.

— Allons, dit Clovis. Ces fans d'*X-Files* se tirent une balle dans le pied. Vous avez vu comme ils sont habillés ?

— Bon, si vous êtes sûr…

— Tout à fait sûr. Mais il y a encore autre chose.

— Oui ?

— Et je crois que cela peut être extrêmement dangereux pour notre sécurité nationale », ajouta-t-il gravement.

Bordel, ça commence à faire un peu beaucoup pour mon premier jour de boulot.

« On vous a googlisée.

— Je… comment ?

— Quelqu'un a tapé votre nom dans Google, dit Clovis en se penchant en avant, l'air aussi solennel que s'il venait d'annoncer que le Premier ministre avait explosé.

— Ça alors. C'est, euh… On est sûr que c'est bien moi ?

— Quoi ?

— Eh bien, je veux dire, Myfanwy est un prénom gallois, on ne l'a pas inventé spécialement pour moi. Et Thomas est également un nom assez courant. Il doit bien y avoir plusieurs Myfanwy Thomas dans la nature.

— D'après nos informations, il en existe douze, répondit-il avec aplomb. Neuf au Royaume-Uni, une en Australie, une aux États-Unis et une en Nouvelle-Zélande. »

Ils tiennent une liste des Myfanwy Thomas ? Eh bien, voilà ce qu'on fait de l'argent du contribuable.

« Cependant, reprit Clovis, vous êtes la seule Myfanwy Alice Thomas. Et on a tapé votre date de naissance.

— Oh, fit Myfanwy.

— Oui.

— Mais attendez, comment peut-on savoir que quelqu'un m'a googlisée ? » *On ne possède quand même pas Google ?*

« Nous avons mis les noms des membres de la Cour sur une liste de surveillance, expliqua Clovis. Les différents organismes avec lesquels nous avons des accords nous tiennent informés si ces noms apparaissent.

— D'accord. » *Ça ne doit pas être les Greffeurs. Ils savent déjà où est le Beffroi puisque Van Syoc l'avait identifié. Et je tends à penser qu'ils ont de plus grandes ressources à leur disposition que Google.* « Et sait-on où se trouvait cette personne ?

— Ce matin, à Londres, dans un cybercafé. Il a payé en liquide. »

Qui pourrait bien chercher des informations sur moi ? se demanda Myfanwy. *À part moi, bien sûr.*

« Ils n'ont rien trouvé, si ? demanda-t-elle.

— Non, vous n'apparaissez pas sur Internet. Nous faisons évidemment très attention à ce qu'aucun membre ne soit sur le Web. Mais avez-vous une idée d'une personne qui pourrait vous rechercher ? En dehors de la Checquy ? Qui d'autre est au courant de votre existence ? »

Sans déconner ? pensa Myfanwy. *Jusqu'à avant-hier, même moi je ne savais pas que j'existais.*

« Je n'en ai aucune idée.

— Tout ça est très étrange. Mais nous resterons vigilants si jamais il y a d'autres recherches sur vous. »

Myfanwy était prête à demander s'il existait d'autres moyens de la retrouver quand Ingrid apparut à la porte.

« Excusez-moi, Tour Thomas, votre voiture vous attend.

— Ma voiture ? demanda Myfanwy.

— C'est l'heure de votre dîner avec Lady Farrier.

— Ah merde », soupira-t-elle avant de remarquer l'expression choquée de Clovis. « Je veux dire, ah, très bien, ça va être exquis. »

Chapitre 10

Lady Linda Farrier

Est considérée nerveusement par tout le monde à la Checquy. Pas seulement parce que c'est la chef. Ou parce que c'est une authentique aristocrate, issue d'une vieille famille, et une amie personnelle de notre monarque. Ce n'est même pas parce qu'elle peut pénétrer ton esprit endormi.

C'est plutôt qu'elle respire l'autorité. Et elle te regarde comme si elle savait tout ce que tu penses et tout ce que tu as fait de mal dans ta vie. Son regard te donne à la fois envie de te tenir droite et de te faire pipi dessus.

*L'étendue de ses pouvoirs et de son influence est incertaine. Même si tout le monde à la Checquy sait que Lady Farrier peut entrer dans les rêves et les contrôler, certaines rumeurs disent qu'elle a d'autres dons, comme faire rentrer des suggestions hypnotiques dans ton esprit (certains disent qu'elle a fait un remake d'*Un Crime dans la tête *avec certains membres éminents du Parlement), te coincer dans ton rêve éternellement ou te rendre fou.*

Je me demande... si elle est capable d'entrer dans l'esprit de quelqu'un et d'y faire ce qu'elle veut, est-ce que ça pourrait être elle le traître ? Est-ce elle qui se glissera dans ma tête pendant que je dors pour détruire tous mes souvenirs ?

Si c'est le cas, tu es foutue.

Chapitre 11

Pourquoi Thomas avait-elle si peur d'utiliser ses pouvoirs ? se demanda Myfanwy tandis que la voiture l'emmenait loin du Beffroi, vers un quartier gastronomiquement mieux pourvu. Rien qu'en regardant la vitre teintée derrière laquelle se trouvait son chauffeur vêtu de violet, elle savait qu'elle pouvait lui faire perdre la vue. Évidemment, cela aurait probablement précipité la voiture vers la barrière de sécurité. Mais le fait est qu'elle pouvait le faire si elle le souhaitait. Elle n'avait pas besoin de le toucher, contrairement à ce que Thomas avait laissé entendre dans sa lettre. Sa prédécesseur semblait avoir sous-estimé l'étendue de ses talents.

Il était cependant évident que les années d'entraînement au Domaine avaient donné à Thomas un contrôle de ses pouvoirs bien plus précis que celui dont disposait actuellement Myfanwy. Ses lettres faisaient allusion à des prouesses qu'elle ne savait comment accomplir. Pour l'instant, elle ne pouvait affecter que les fonctions corporelles les plus basiques. Mais contrairement à Thomas, elle avait très envie d'explorer ses capacités. *Si je pouvais m'asseoir avec quelqu'un pendant quelques heures pour lire son système, j'en comprendrais ensuite beaucoup mieux le fonctionnement.* Malheureusement, elle ne voyait pas comment elle pourrait s'y prendre autrement qu'en faisant appel aux services d'une prostituée. *Ce qui ne collerait vraiment pas avec son personnage.*

Myfanwy était toujours plongée dans ses pensées quand elle arriva devant chez Simpson's. Toute la jeunesse branchée était habillée aussi élégamment que le permettait leur budget, tandis que les puissants hommes d'âge mur étaient vêtus aussi normalement que d'habitude. Un charmant maître d'hôtel lui fit traverser la foule, ses coquards lui valant quelques regards appuyés, jusqu'à la table où était assise, dans toute son importance, Lady Linda Farrier.

« Bonsoir Milady », dit Myfanwy en se demandant si elle devait lui faire la révérence. C'était la femme de son rêve, ça ne faisait aucun doute. Ces yeux, cette concentration intense, cette assurance imperturbable que procure le pouvoir. La dernière fois qu'elles s'étaient parlé, elles étaient toutes deux endormies et Myfanwy n'était âgée que de quelques heures.

Il y eut un temps durant lequel Farrier la regarda fixement, puis elle lui fit signe de s'asseoir. Sous son regard, Myfanwy s'appliqua à lisser sa jupe et observa ses couverts.

« Savez-vous qui je suis ? demanda la lady, rompant le silence.

— Vous êtes Lady Farrier, l'une des chefs de la Checquy, répondit Myfanwy sans hésiter.

— Savez-vous qui vous êtes ?

— Dans une certaine mesure.

— Vraiment ? dit Farrier. La dernière fois que nous avons discuté, vous n'aviez aucune idée de qui nous étions l'une et l'autre. Voilà au moins un problème de résolu.

— Oui, madame.

— Et vous êtes parvenue à vous présenter lundi au Beffroi pour y travailler. Très impressionnant. Il n'a jamais été question que vous partiez. Après tout, je savais, pour ma part, que vous aviez perdu la mémoire, mais je ne pense pas que les autres l'auraient cru. Et bien entendu, personne ne quitte la Checquy. Myfanwy Thomas connaissait des secrets d'État de la plus haute importance. Même si vous n'avez pas conservé ces souvenirs, le simple fait de venir travailler aujourd'hui vous a permis d'apprendre des choses dont personne en dehors de notre organisation ne peut être mis au courant. Vous représentez un risque effroyable pour notre sécurité. Pourtant, j'avais vaguement envisagé de prendre quelques dispositions pour vous. Peut-être une sorte de retraite isolée.

— C'est tout ? Vous n'aviez pas une dette envers elle ? » *Cela me fait d'ailleurs penser que je dois trouver ce que c'était,* pensa-t-elle.

« Jeune fille, je ne sais pas quel type de relation vous pensez que j'entretenais avec Myfanwy Thomas, mais nous n'étions pas amies. Elle me défiait, à sa manière, sur de nombreuses questions. Nous restions courtoises, ce qui n'était déjà pas simple. Le fait de garder votre secret (un secret aux conséquences immenses, soit dit en passant) et de vous permettre de vivre cette vie a servi à rembourser cette dette.

— Mais si j'avais été tuée ? J'ai, à l'évidence, un certain nombre d'ennemis. Vous ne pouvez pas laisser quelqu'un se balader sans aucun souvenir de qui elle est ! » Myfanwy ne savait pas ce qu'elle aurait voulu que Farrier fasse, mais la laisser tomber n'était clairement pas la meilleure solution.

« Bien sûr que si. Et je suis désolée, mais si vous

aviez été tuée, cela aurait simplement permis de régler un désagrément, dit calmement Farrier en prenant une gorgée de vin.

— Un désagrément, répéta Myfanwy.

— Une Tour qui ne se souvient pas de qui elle est ? Comment désigner cela autrement ? Vous êtes au mieux un handicap, au pire un danger. Heureusement, vous êtes plus résistante que je ne l'aurais cru, dit Farrier avec une certaine satisfaction.

— Ah oui ?

— Bien sûr. Vous ne saviez rien et aujourd'hui, seulement deux jours plus tard, j'apprends que vous êtes fermement installée au Beffroi, que vous avez eu des rendez-vous réussis avec certains des hommes les plus puissants du pays et que vous avez pris des décisions sur des sujets aussi secrets que terrifiants ! Ne trouvez-vous pas cela un tantinet étrange ?

— Lady Farrier, ce n'est pas la chose la plus étrange que j'ai entendue aujourd'hui. Ce n'est même pas dans le top 10, dit Myfanwy posément.

— Non, j'imagine que non, admit Farrier en souriant légèrement. C'est le défaut de notre profession. Plus rien ne nous paraît invraisemblable. » Le serveur arriva et, sentant probablement la tension entre les deux femmes, se montra très nerveux durant la commande. « Néanmoins, nous avons encore la capacité de nous étonner. Et vous, vous êtes la chose la plus surprenante que j'ai vue depuis longtemps. Je me demandais, comment avez-vous appris qui vous êtes et ce que vous faites ? »

Myfanwy la regarda dans les yeux et, pendant un instant, fut tentée de répondre. Pouvait-elle expliquer que Thomas était au courant de ce qui l'attendait et qu'elle s'y était préparée ? Farrier était puissante et constituait une alliée de poids. *En plus,* pensa-t-elle, *c'est dur de traverser ça toute seule. Après une seule journée de boulot, je suis déjà au courant de tant d'horribles choses. Une armée monstrueuse est sur le point d'envahir le pays. Quelqu'un à la Cour veut me supprimer et je ne sais toujours pas pourquoi. Je suis censée arranger tout ça et je n'arrive même pas à me souvenir de mon deuxième prénom ! Il faut que je parle à quelqu'un.*

C'était vraiment tentant, et pourtant Myfanwy savait que c'était impossible. Si elle avait hérité des pouvoirs de Thomas, elle avait aussi hérité de ses ennemis. Farrier n'était pas nécessairement contre elle, mais ce n'était pas son amie pour autant.

« On dirait que j'apprends vite, dit Myfanwy avant de boire une grande gorgée d'eau.

— Puis-je vous poser une question personnelle ?

— Je vous en prie.

— Cela vous paraîtra étrange, mais qui pensez-vous être ? Vous considérez-vous comme Myfanwy Thomas, Tour de la Checquy ? Ou comme une personne habitant son corps ? Vous souvenez-vous d'avoir été elle ?

— Bonne question, dit Myfanwy avec un petit sourire. Je n'ai pas encore tranché ce sujet…

— Mais…

— Mais je ne suis pas elle. Elle a cligné des yeux et quand ces paupières se sont ouvertes, le regard de quelqu'un d'autre s'est allumé. »

Alrich se réveilla.

« Je peux vous poser une question ? demanda Myfanwy à Farrier.

— Allez-y, répondit-elle sans grand enthousiasme.

— Comment était Thomas ? » Sa question fut accueillie par un regard surpris.

« Oh, euh, grand Dieu, bafouilla Farrier, visiblement prise au dépourvu. Elle était… gentille.

— Gentille ? Elle était *gentille* ?

— Vous devez comprendre que c'est un peu déconcertant de vous dire à *vous* ce que je pensais de Myfanwy Thomas, fit-elle remarquer, non sans raison.

— Certainement, mais je ne vous demande pas si vous lui auriez confié votre Bentley. Je veux juste savoir comment elle était.

— Eh bien, laissez-moi réfléchir un instant… » Elle plongea son regard dans le lointain, comme quand elle avait été surprise dans le rêve de Myfanwy, trois nuits auparavant. « Thomas était à la fois une immense déception et un atout étonnamment précieux.

« C'était un coup de maître d'acquérir cette enfant. Un talent totalement inédit, sans faiblesse ou difformité alarmante. Vous savez comme c'est rare sur une île aussi petite ? L'organisation a passé sa vie au crible. Si vous voulez, vous trouverez certainement dans les archives du Domaine le menu de tous ses dîners durant les trois mois qui s'écoulèrent entre la manifestation de ses pouvoirs et son acquisition par la Checquy. J'ai observé les rêves de cette petite fille pendant des semaines, enregistrant le moindre petit détail, traquant le moindre signe d'instabilité. Je l'ai interviewée en m'assurant que chaque rêve ait lieu dans un environnement qui la testerait… » Farrier marqua un temps.

« Et ? l'encouragea Myfanwy.

— Et tout allait bien. Elle était en bonne santé, heureuse, saine d'esprit. Elle était *à nous*. »

Un jeune homme séduisant fut conduit dans la chambre d'Alrich, dont le regard s'alluma.

« Alors, en quoi était-elle une déception ? » Myfanwy connaissait une partie de la réponse, mais elle voulait entendre le point de vue de Farrier sur les événements.

« C'est un de ces développements que l'on ne saurait prévoir. Une petite fille éveillée, apparemment résistante, mais qui n'a pas bien réagi au transfert. Beaucoup d'enfants rencontrent des problèmes quand ils sont séparés de leur famille, mais le Domaine est fait pour minimiser le choc. Il a pour but d'intégrer rapidement les élèves, de les faire se sentir à leur aise et aimés, de les entraîner pour qu'ils acquièrent la maîtrise de leurs pouvoirs. Mais Myfanwy Thomas s'est repliée sur elle-même. Elle était d'une timidité presque maladive. Dans certains cas, j'imagine que ce trait de caractère n'est pas considéré comme problématique. Mais avec un talent qui s'avéra lié exclusivement au contact physique, ce fut désastreux. Et nous avions placé tant d'espoirs en vous… enfin en elle. » Farrier se tut et regarda pensivement la femme assise en face d'elle.

Je sais ce que vous pensez Farrier. Vous vous demandez si les pouvoirs de Thomas étaient liés à ce corps. Vous vous dites, Hmm, quand tous ces neurones ont abandonné le fantôme et que Thomas a vidé les lieux, est-ce que les lobes qui lui permettaient de contrôler le corps des autres ont aussi cessé de fonctionner ? *C'est pour ça que vous ne m'avez pas serré la main.*

« Nous avions donc cette petite fille qui, en plus de pouvoir contrôler les autres, semblait capable d'installer une carapace sociale et émotionnelle autour d'elle.

Et il n'était pas question de la laisser partir, car personne ne quitte la Checquy.

— Même pas les enfants ? demanda doucement Myfanwy.

— Pas même eux. Nous devions la garder, comme la trace indélébile d'un potentiel inexploité. Et n'allez pas croire qu'on vous a abandonnée comme une mauvaise affaire ! Le personnel et les enseignants du Domaine ont travaillé avec vous pendant des années. Quelle déception… » Farrier secoua la tête.

Vous avez oublié pendant un instant que j'étais quelqu'un d'autre, pensa Myfanwy pendant que Lady Farrier observait la salle. *Serait-ce un soupçon de remords ?*

Ça devrait.

Alrich s'assit à son bureau et se mit à lire des rapports en s'essuyant la bouche. Derrière lui, allongé sur un canapé, l'homme ronflait.

« Quand il apparut évident que les pouvoirs de Myfanwy Thomas seraient désespérément limités, la Cour cessa de porter autant d'attention à son éducation, poursuivit Farrier. Elle finit ses études sans faire de vagues, recevant au passage une éducation de premier ordre, puis elle rejoignit la Checquy. »

Elle continua sans se faire remarquer, et vous l'avez expédiée dans un département sans importance, à un petit poste ennuyeux, sous-titra mentalement Myfanwy.

« Puis, Dieu merci, elle s'est rachetée. Elle se montra très compétente – plus que compétente, à vrai dire… elle était brillante. Sous son impulsion, l'administration de la Checquy fut révolutionnée, et elle accéda au rang de Tour. »

Oh, et je suis sûre que vous étiez enchantée. L'échec que vous espériez balayer sous le tapis était maintenant au milieu de la pièce.

« C'était l'une des cadres les plus compétentes de l'histoire de la Checquy, une organisation vieille de plusieurs siècles et qui a toujours eu à sa disposition les plus grands esprits de la nation. Ne vous y trompez pas, Myfanwy Thomas a amplement mérité son statut de Tour. »

Myfanwy et Farrier se rendirent séparément à Apex House pour la réunion. D'après les notes de Thomas, la Checquy possédait des installations dans tout le pays ; les trois bâtiments principaux étaient le Beffroi, l'Annexe, d'où étaient dirigées les opérations à l'étranger, et cette maison, Apex House, qui hébergeait le siège de l'organisation. Comme la voiture approchait, elle observa la grande bâtisse en forme de croissant avec curiosité. Les colonnes et les décorations sobres autour des fenêtres lui conféraient une certaine distinction. Myfanwy parcourut les informations qu'elle avait sur le bâtiment. C'était le bureau du Lord, de la Lady et des Fous, ainsi que le siège des services juridiques et financiers. C'était également là que se tenait la réunion de coordination hebdomadaire de la Cour, chaque vendredi.

Mais qu'est-ce que j'ai fait de ma journée ? se demanda Myfanwy en feuilletant nerveusement son classeur. *Je ne sais pas qui participe à cette réunion, ni qui y fait quoi. Ah merde, merde,* merde. *T'étais une sacrée administratrice Thomas. T'aurais pas pu mettre ça avec les pense-bêtes ?* Elle continua de paniquer jusqu'à tomber sur un chapitre intitulé :

La Cour

La Cour de la Checquy est le comité exécutif chargé de superviser toute l'organisation. Depuis que les échecs ont été introduits dans les îles Britanniques, les pièces de l'échiquier lui servent de modèle.

C'est un système effroyable.

Problèmes :

La Checquy est une organisation gouvernementale dans un pays monarchique. On ne peut pas laisser des gens se proclamer Roi et Reine s'ils ne sont pas membres de la famille royale. D'autant qu'ils possèdent des superpouvoirs et dirigent une armée privée. Inévitablement, le vrai Roi et la vraie Reine ont vent de tout ça et ils s'en trouvent fort marris. Ainsi, après un certain nombre de discussions feutrées, les titres des chefs de la Checquy ont été modifiés en Lord et Lady. Ça ne colle pas avec les échecs et c'est encore un peu pompeux, mais ça pourrait être pire.

Ces titres sont genrés, ce qui donne lieu à des situations gênantes quand l'un des postes est à pourvoir et que le candidat le plus qualifié ne possède pas les organes adéquats. Ainsi, durant les années 1920, l'organisation dut subir l'embarrassant mandat de Lady Richard Constable, un grand barbu qui avait un jour mangé la tête d'un loup-garou irlandais possédé. Il succédait à Lady Claire Goldsworthy, et avait refusé de modifier son titre par pur esprit de contradiction. Même quand le Lord de l'époque mourut, il refusa d'échanger son poste.

Même si, comme nous l'avons vu, la Checquy s'est parfois écartée du thème des échecs, il subsiste l'idée selon laquelle chaque poste doit être doublé. (C'est vrai, techniquement, il faudrait qu'ils soient quadruplés, mais c'est une autre histoire.) Nous partageons les responsabilités inhérentes à notre domaine avec nos homologues, et les prérogatives de chacun ne sont pas bien déterminées. C'est un cauchemar logistique. Par exemple, il est admis que les Tours doivent collaborer et communiquer entre elles pour toutes les opérations domestiques. Dans certains cas, ça fonctionne bien. La Tour Gestalt et moi nous complétons dans la mesure où je m'occupe de l'administratif et lui des opérations sur le terrain. Il y a eu, cependant, des partenariats moins réussis. Lors d'une opération mémorable, en 1967, les Tours ont involontairement mené deux attaques simultanées mais complètement séparées sur le même nid de gorgones, simplement parce qu'ils avaient refusé de se consulter.

Les Fous ne sont pas forcément membres du clergé. Plus maintenant.

Les Cavaliers n'ont pas nécessairement été anoblis[1].

Nous n'avons pas le droit d'utiliser nos titres devant des civils, ce qui donne souvent lieu à des situations gênantes.

Certains trouvent que le titre de Pion a une connotation péjorative. Au cours de notre éducation, on nous apprend que l'on peut être sacrifié à n'importe quel moment pour le bien commun, mais savoir que cela peut arriver aussi facilement et sans le moindre état d'âme est quelque peu démoralisant.

Tout le monde n'a pas une place sur l'échiquier. Si tu n'as pas de pouvoir, tu n'es pas Pion mais Serviteur. Rejeter ainsi une grande partie des employés

1. Aux échecs, le fou se dit *bishop* (« évêque ») et le cavalier chevalier ou *knight* (« chevalier »). *(N.d.T.)*

n'est pas très efficace pour maintenir un bon esprit d'entreprise.

Ces défauts sont régulièrement évoqués, et certains essaient parfois de modifier le système, mais les réformateurs se font généralement rembarrer. Les raisons d'un tel désaveu sont :

Quand tu es à la Cour, tu as un titre ronflant, et tu ne veux pas le changer pour un terme générique.

La tradition.

C'est censé nous rappeler l'importance de la stratégie et du grade.

C'est cool.

Enfin, voici la liste des membres de la Cour, réduite à son strict minimum : nom et bureau. J'ai également laissé des antisèches dans le premier tiroir de ton bureau au Beffroi.

Les Tours (en charge des opérations intérieures ; basées au Beffroi)

1. Les Gestalt (Alex, Teddy, Robert et Eliza)

2. Myfanwy Thomas (c'est-à-dire toi)

Merci, j'avais compris, maugréa-t-elle.

Les Cavaliers (en charge des missions à l'étranger ; basés à l'Annexe)

1. Le Commandant Joshua Eckhart

2. Heretic Gubbins

Les Fous (superviseurs de la Checquy, bras droits des chefs ; basés à Apex House)

1. Alrich

2. Conrad Grantchester

Le Lord et la Lady (chefs de la Checquy ; basés à Apex House)

1. La Très Honorable Vicomtesse Linda Farrier

2. Sir Henry Wattleman

Malheureusement, il n'y avait ni photo, ni portrait. *J'imagine que je vais devoir improviser,* se dit Myfanwy. *Je commence à avoir l'habitude.* Elle leva les yeux quand la voiture s'arrêta. De près, le bâtiment exhalait la vieille fortune et l'autorité discrète. L'homme le plus gros qu'elle ait jamais vu, dont la tenue violette le faisait ressembler à une énorme prune, ouvrit la portière.

« Bonsoir, Tour Thomas. Souhaitez-vous que je porte tout ceci jusqu'à la salle de réunion ? demanda-t-il en indiquant le classeur et sa mallette.

— Non merci », répondit-elle distraitement en contemplant les grands piliers qui marquaient l'entrée d'Apex House. « En fait si ! » *Puisque je ne sais absolument pas où je suis censée aller*… « Si ça ne vous dérange pas, ce serait formidable. »

Il dandina jusqu'à l'ascenseur puis Myfanwy le suivit dans les grands couloirs. Elle en profita pour lire son système. Comparé à l'anatomie radicalement modifiée de Van Syoc, celle d'un être humain normal était harmonieuse et élégante. Elle se concentra et parcourut les stimuli et les connexions qui guidaient chaque geste. C'était fascinant, ce jeu de muscles et de neurones, la complexité que requerrait un pas ou un simple mouvement de tête. Elle hasarda une pensée : il ouvrit la main et lâcha sa mallette.

« Toutes mes excuses, Tour Thomas, dit le Serviteur, surpris, en la ramassant. Elle m'a glissé des mains.

— Pas de problème », le rassura-t-elle avec un sourire. Ils se remirent en marche. Elle était absorbée par l'énergie incessante de sa colonne vertébrale et les messages circulant entre son cerveau et le reste de son corps. Elle n'avait jamais rien vu d'aussi beau. Elle entendit une voix lointaine :

« Tour Thomas ?

— Hm ?

— Euh, nous sommes arrivés », expliqua le gros Serviteur en lui rendant prudemment ses affaires. Elle chassa ses pensées et reprit ses effets personnels.

« Ah oui, excusez-moi. » *Il faut que je fasse plus attention, mais au moins je progresse.* Chaque fois qu'elle utilisait son pouvoir, elle comprenait mieux le fonctionnement du corps et sentait intuitivement les différentes connexions.

Le Serviteur ouvrit la porte, et elle fut un peu désarçonnée en pénétrant dans la salle de conférence. Entre tout ce qu'elle avait lu sur la Cour et l'élégance de son propre bureau, elle s'était attendue à un décor assez grandiose, hésitant entre un parti pris traditionnel, avec des lambris polis, ou high-tech, tout en verre et acier. Elle ne pensait pas trouver une pièce aussi austère et vétuste. Une table qui avait vécu trônait au centre de la salle de réunion. Quatre hommes étaient assis de part et d'autre, Gestalt était deux d'entre eux. Les jumeaux.

« Tour Thomas », dit l'un des deux autres hommes en se levant pour la saluer. Grand et mince, la cinquantaine, il était extrêmement séduisant. Ses cheveux noirs ondulés se faisaient un peu rares sur les tempes, mais il avait des yeux bleu gris envoûtants. Était-ce son imagination ou de légères volutes de fumée noire s'échappaient-elles de son dos ? Son visage lui était familier, mais elle n'arrivait pas à le remettre.

« Bonsoir », dit-elle en lui faisant un léger sourire. Malgré leur différence d'âge, son regard ardent lui donna chaud, et elle rougit légèrement quand il prit sa main.

« J'imagine que vous ne souhaitez pas nous dire pourquoi la réunion a été avancée ?

— Eh bien, je crois qu'il vaut mieux attendre que tout le monde soit là, répondit Myfanwy.

— Certes, admit-il en souriant. Tout va bien à la résidence ? Le décor est-il toujours à votre goût ? » *Ah ! Ha ha ha ! C'est Conrad Grantchester, celui du tableau, l'homme au lit circulaire,* comprit Myfanwy, qui rougit de nouveau à cause de l'image mentale qui lui était venue. *Je parie que ce matelas rond est bien usé,* se dit-elle en se jurant de ne pas dormir dessus dans la mesure du possible.

« Fou Grantchester, le décor est toujours ce qu'il est », répondit-elle poliment en étouffant un grognement peu distingué. Elle porta son attention sur l'autre étranger de la pièce, qui s'était également levé et attendait de la saluer. Il avait d'épais cheveux bruns bouclés, pas de sourcils et une épaisse moustache qui retombait. Il n'était pas vraiment attirant mais avait un regard doux.

« Tour Thomas, quel plaisir de vous voir. » Son sourire semblait sincère et il lui plut immédiatement. « Mais que vous est-il arrivé au visage ?

— Croyez-le ou non, je me suis fait agresser, répondit-elle en essayant vainement de retrouver qui il était. Deux hommes m'ont sauté dessus pour me voler mon sac.

— Mon Dieu ! s'exclama-t-il inquiet. Tout va bien ?

— Oh oui. Vous savez bien, ceux qui s'attaquent à nous finissent par le regretter.

— Oui, bien sûr. J'en connais plus d'un qui prie pour avoir l'occasion de rosser des malandrins. L'un de mes comptables va même jusqu'à fréquenter les quartiers mal famés dans l'espoir de se faire attaquer. Il est toujours déçu, le pauvre bougre. J'imagine que personne n'a envie d'agresser un homme bâti comme le colosse de Rhodes », ajouta-t-il, songeur avant de soulever une de ses jambes et de l'enrouler dans son dos.

« Oui, en tout cas, vous avez l'air… en forme », remarqua-t-elle tout en essayant d'empêcher ses yeux de sortir de leurs orbites. Il se balançait sur son autre jambe et finit sur son talon. « Quoi de neuf dans votre bureau sinon ? » Heureusement, la conversation tourna court du fait de l'arrivée de Farrier. Elle était au bras d'un vieil homme, grand à l'air bourru, et chacun inclina la tête avec déférence sur leur passage. *Sir Henry Wattleman*, conclut Myfanwy. Le Lord et la Lady saluèrent chacun nommément, ce qui lui permit d'apprendre que le contorsionniste bouclé était Heretic Gubbins, l'un des deux Cavaliers.

Quand ses chefs la saluèrent, Myfanwy leur adressa son plus charmant sourire et fit une légère révérence, ce qui lui valut un geste approbateur de Wattleman et un regard froid de Farrier qui voyait bien que cela l'amusait beaucoup.

Alors qu'ils venaient tout juste de s'asseoir, un autre homme entra précipitamment, une cigarette à la bouche et un portable collé à l'oreille. Il fit un signe de tête à chacun et continua de donner ses consignes téléphoniques d'un ton vif.

« Non, non, non. Vous la laissez descendre de l'avion et passer à la douane. Puis vous lui dites qu'il y a un problème avec son visa et vous la menez à la salle d'interrogatoire que nous avons installée. » Une pause. « Elle ne peut pas manger, elle peut aller aux toilettes en étant accompagnée, et veillez à ce que toutes ses sécrétions soient relevées et analysées. Ne la laissez pas s'approcher d'un tuyau relié à un système extérieur. Elle peut boire de l'eau. Ne répondez pas à ses questions. » Il raccrocha. « Bonsoir à tous. Toutes mes excuses pour mon retard. Je suis le dernier ? Non, bien sûr que non, on attend toujours Alrich, n'est-ce pas ? » *C'est donc Eckhart,* pensa-t-elle.

Il s'assit en face de Myfanwy et alluma une autre cigarette avec celle qu'il avait pratiquement finie. Elle le regarda avec intérêt. Joshua Eckhart avait de fins cheveux blonds et l'air endurci. Son bronzage donnait l'impression qu'il avait passé beaucoup de temps à travailler dehors. Il adoptait une posture stricte de militaire et avait un regard alerte. Quand il porta sa cigarette à ses lèvres, Myfanwy remarqua les nombreuses cicatrices sur ses mains.

Puis le Fou Alrich entra et Myfanwy eut le souffle coupé.

Il était grand, avait un teint d'albâtre et des taches de rousseur. Ses traits étaient anguleux, androgynes, parfaits. Ses cheveux rouge sang lui descendaient dans le bas du dos et il portait un costume bleu marine d'un goût exquis.

« Je suis navré de vous avoir fait attendre. Comme je travaille de nuit, je suis toujours débordé à cette heure-ci. » Il avait une voix rauque et grave, ce qui était un peu déconcertant venant d'une personne aussi glabre et soignée. « Tour Thomas, vous avez quelque chose de changé.

— Eh bien, je me suis fait péter la gueule il y a peu.

— Ah, ça doit être ça, répondit Alrich en s'asseyant

sur une chaise à côté d'elle avec une grâce sinueuse. Alors, quelle est la raison de cette réunion anticipée ?

— Les Greffeurs », répondit calmement Myfanwy. *C'est Gestalt qui va devoir mener la danse, mieux vaut saisir les occasions d'en placer une.* Elle scruta les réactions des membres de la Cour. Elles furent variables : Eckhart et Grantchester plissèrent simplement les yeux, alors qu'Heretic Gubbins semblait être sur le point de vomir. Elle nota du reste qu'absolument aucun changement n'était perceptible dans la position ou l'attitude d'Alrich. « Ce matin, un agent des Greffeurs nommé Peter Van Syoc a été arrêté dans un joli petit bed and breakfast d'Harrow. Nous avons appris au cours de l'interrogatoire qu'il avait été envoyé par les Belges. Gestalt ? » Le Propret leva la tête, surpris, et chercha dans ses notes.

« Euh, merci, Tour Thomas. Tout d'abord, nous venons de recevoir les images de son arrestation. Bien que la Tour Thomas et moi-même ne les ayons pas encore visionnées, il me semble qu'il s'agit d'une preuve irréfutable. »

La lumière baissa et un écran descendit dans le dos de Myfanwy et Alrich. Tout le monde se retourna pour regarder.

C'était effectivement un très joli bed and breakfast. Les Greffeurs avaient visiblement un agent de voyages compétent car le lit semblait très confortable et la chambre était décorée avec goût. Van Syoc semblait d'ailleurs y être tout à fait à son aise. C'était un peu étrange de le voir se déplacer tranquillement, grignotant les cacahuètes du minibar, alors qu'elle l'avait vu, plus tôt dans la journée, attaché à un fauteuil et subir une séance de torture qui l'avait réduit à un corps fumant.

Myfanwy trouva la situation un peu ridicule : les chefs des services secrets devant une vidéo d'un homme assis sur son lit en train d'enfiler ses chaussettes et ses chaussures. Le temps que Van Syoc noue sa cravate et se recoiffe sembla interminable. Joshua Eckhart fumait toujours cigarette sur cigarette et Heretic Gubbins continuait ses contorsions aussi complexes que perturbantes. Tous se tortillaient sur leurs fauteuils, à l'exception d'Alrich qui restait aussi immobile qu'un Donatello. Myfanwy était en train de se dire qu'elle aurait dû apporter du pop-corn ou un bouquin quand une femme sortit de la salle de bains en reboutonnant sa robe.

« Elle était là depuis le début ? demanda Sir Henry. Est-ce qu'elle fait aussi partie des Greffeurs ? » À l'évidence, il n'avait pas lu le rapport.

« Non, ça, c'est la putain », répondit froidement Lady Farrier, à la grande surprise de la Cour.

« Bon, fit la prostituée, si tu as besoin d'autre chose, tu as mon numéro.

— Oui, une dernière chose… », répondit Van Syoc, ce qui sembla l'étonner. Il lui tendit la main.

Ooh non, ne fais pas ça, pensa Myfanwy, en se recroquevillant. Mais elle lui prit la main et lui adressa un sourire entendu. Van Syoc avait le même petit sourire. Il se crispa et l'attira doucement vers lui. Myfanwy le regarda, paralysée, faire tourner la jeune femme comme une danseuse. Pendant un instant, ils ressemblèrent à un couple de l'âge d'or hollywoodien : il lui caressait la joue pendant qu'elle levait les yeux vers lui. Puis il lui arracha la tête.

Myfanwy, qui se tordait discrètement les mains depuis un moment, les porta à sa bouche pour étouffer un cri d'horreur. Elle avait le souffle court et eut l'impression que son cœur allait s'arracher de sa poitrine. *Putain de merde, mais qu'est-ce que c'est que ce boulot ?* Tandis que Van Syoc brisait tranquillement le cou de la prostituée, Myfanwy jeta un œil autour d'elle et fut soulagée de voir que tous les autres étaient eux aussi pétrifiés. Même Alrich, qui lui avait paru peu impressionnable, avait les yeux écarquillés.

À l'écran, Van Syoc avançait ses lèvres comme pour un baiser quand on frappa violemment à la porte, ce qui fit sursauter tout le monde dans la salle. Van Syoc sursauta lui aussi, puis lâcha le corps et la tête, qui s'écrasa par terre comme un fruit trop mûr.

« Un instant, dit-il en direction de la porte tout en attrapant furtivement un revolver dans sa valise.

— Monsieur Van Syoc ? fit une voix de femme hésitante et polie.

— Oui ? répondit-il en continuant à préparer son arme.

— C'est Louisa, de la réception. Veuillez m'excuser de vous importuner, mais il y a un problème avec vos papiers. » Il ne reposa pas son arme et recula vers le fond de la pièce. « Donc si vous pouviez sortir, nous pourrons sans doute résoudre tout ça.

— Désolé, mais j'allais justement prendre une douche », mentit Van Syoc en pointant son arme sur la porte. « Est-ce que je pourrais venir à la réception quand j'aurai terminé ?

— Oh, oui, tout à fait. Excusez-moi de vous avoir dérangé. »

La porte vola en éclats.

Myfanwy fit un bond sur sa chaise et poussa un petit couinement. Heureusement, Gubbins en fit autant, ce qui lui permit de se sentir un peu moins ridicule. Ils échangèrent un regard gêné. Tous les autres gardaient les yeux rivés sur l'écran.

La fumée envahit la pièce et le cadre de la porte pendait bizarrement, comme s'il avait été arraché du plafond. Van Syoc n'avait ni sursauté, ni couiné, il était parfaitement immobile et gardait son arme pointée dans la même direction. Des nuages de fumée masquaient toute la scène. La tension montait, y compris parmi les membres de la Cour. Puis trois hommes firent irruption dans la chambre, armés de gros fusils. Ils portaient des carapaces noires, des casques métalliques et des lunettes dotées de lumières vertes menaçantes. Myfanwy trouva qu'ils ressemblaient à des scarabées ninjas.

« Pas un geste, enfoiré ! hurla l'un des soldats. Lâche ce f… » Il fut interrompu par la balle que Van Syoc lui tira dans la tête. S'ensuivit un vacarme assourdissant, rapidement mis en sourdine sur la vidéo, que provoquèrent des cataractes de plombs déchargés par les deux autres fusils sur le torse de Van Syoc. Son corps tressaillit et s'effondra.

Ouah, pensa Myfanwy. *C'était incroyablement court. Je me demande si…* mais elle perdit le fil de sa réflexion quand Van Syoc se redressa et abattit tranquillement les deux soldats suréquipés de la Checquy.

Ce coup-ci, Myfanwy fut fière d'elle de ne pas avoir sursauté, et elle entendit vaguement Gestalt faire une remarque au sujet de balles capables de transpercer les armures. Elle resta cependant bouche bée quand Van Syoc se remit sur pied et que les balles commencèrent à s'extraire de sa chair. Une femme sortit alors de la fumée, et Myfanwy remarqua avec effarement qu'elle n'avait ni arme ni armure, simplement un survêtement et une cartouchière en travers de la poitrine. Elle portait de gros gants noirs rembourrés.

Van Syoc sembla légèrement étonné lui aussi, mais Myfanwy ne put qu'admirer sa réactivité puisqu'il fit feu sans hésitation. Les mains du Pion devinrent floues tandis qu'elle interceptait les balles qui émettaient un bruit sourd en s'enfonçant dans les gants. Van Syoc parut choqué, mais c'était un professionnel. Il se redressa, son corps s'agita pendant un moment, puis les muscles de ses bras se mirent à grossir. Des nodules de force semblables à des grappes de raisin surgirent le long de ses bras. Était-ce son imagination ou entendait-elle vraiment la chair de Van Syoc s'auto-manipuler ?

Puis sa tête se transforma. Son front enfla, ses arcades grossirent et la peau autour de ses yeux poussa pour les protéger. Son cou s'élargit jusqu'à dépasser la circonférence de sa tête ; on aurait dit que son corps se ratatinait par le haut. Son nez se redressa et s'enfonça dans sa tête, ne laissant que deux petites fentes en forme de goutte d'eau.

Myfanwy fut épouvantée par cette métamorphose. Elle observa les cheveux de Van Syoc se rétracter dans son crâne. Se mordant la lèvre, elle se tourna vers Alrich, qui ne quittait pas l'écran des yeux.

« Vous n'auriez pas un sac en papier ? » demanda-t-elle doucement. Il la dévisagea et secoua lentement la tête d'un air désolé. Heureusement la transformation semblait terminée. Un autre Pion entra dans la pièce : c'était un homme d'âge mûr habillé comme un prof d'histoire avec sa veste renforcée aux coudes, et équipé d'un sac à dos. Van Syoc se jeta sur la femme qui retira ses gants et répliqua avec la même vitesse étourdissante. Elle le frappa au cou et aux épaules, visant à l'évidence des points de pression spécifiques. Ses mains rebondirent sur le cou de Van Syoc qui semblait fait d'une matière élastique et spongieuse. Il l'attrapa par les épaules et la plaqua contre le mur. Elle agitait les mains à toute vitesse devant son visage, mais cela ne l'empêcha pas de l'enfoncer dans la paroi jusqu'à ce qu'elle se retrouve dans le couloir.

Le professeur Pion les regardait horrifié, ne sachant que faire. Il paraissait évident qu'il n'était pas assez fort pour immobiliser Van Syoc à lui tout seul. Il fouilla dans son sac à dos et, d'un mouvement leste, sortit un long fouet très fin. Il l'enroula autour du torse de Van Syoc et tira de toutes ses forces pour le déséquilibrer. Le monstre, qui se tenait dans l'embrasure, se retourna gauchement, et au fond des profonds bourrelets qui encadraient son crâne, ses yeux se plissèrent. Il balança négligemment la femme au bout du couloir, et revint dans la pièce, attrapant le fouet d'une main ferme. Le Pion, conscient qu'il avait peu de chances de remporter cette bataille, en sortit deux autres de son sac.

« Il se sent vraiment obligé de trimballer tous ces trucs ? » demanda Eckhart, sa cigarette au coin des lèvres. Le Pion attrapa les jambes de Van Syoc et le fit tomber. D'un autre mouvement vif des poignets, il passa un fouet autour de son cou. La femme Pion, visiblement marquée par son passage à travers le mur, réapparut derrière lui et de ses mains agiles ligota le Greffeur de façon à ce que sa tête se retrouve attachée entre ses chevilles. Cependant, il agitait toujours ses énormes bras et fracassait tous les objets à sa portée. Deux autres fouets apparurent, puis les Pions l'immobilisèrent à l'aide de gros câbles. La femme sortit ensuite une énorme seringue de sa cartouchière et lui fit une injection derrière l'oreille. Van Syoc continua de se débattre pendant un moment, mais ses gesticulations se transformèrent en convulsion et il finit par s'immobiliser complètement. Ses muscles dégonflèrent, et ils durent resserrer les nœuds. Van Syoc se relâcha, inconscient.

« Il me faut un verre, dit la femme d'un ton las tout en prenant le pouls des soldats morts.

— Et moi un pansement », répondit l'autre en examinant ses mains. Van Syoc recommença soudain à se tordre. « Non de Dieu ! Je croyais que ce truc était censé assommer un éléphant.

— C'est normalement à ça que ça sert ! C'est un tranquillisant pour éléphants, rétorqua-t-elle en portant sa main à son oreille : "On l'a immobilisé, mais envoyez quand même le Pion Depuy." » Elle baissa les yeux sur Van Syoc qui se débattait toujours et soupira. « Il va finir par les casser si ça continue, non ? » Le prof (ainsi que Myfanwy l'avait baptisé) jeta un œil au tueur qui se tortillait sur le plancher et hocha la tête. Il sortit d'autres cordes de son sac et commença à les ajouter à la toile qui retenait Van Syoc. « Merde, il va casser celles-là aussi. Faites venir Depuy *maintenant* ! »

Un vieil homme aidé d'une canne entra dans la pièce accompagné d'une femme en tenue d'infirmière. Il s'approcha péniblement du tas de cordes tremblant, se pencha au-dessus du visage de Van Syoc et souffla dessus. Celui-ci s'avachit immédiatement, et Depuy ressortit en claudiquant.

« Très bien, soupira la Pion. Il va falloir maintenant le déplacer. Couvre-le avec les draps, récupère les chariots, et lance le rangement. »

« Van Syoc a été transporté au Beffroi, expliqua Gestalt, et immobilisé afin de l'empêcher d'activer ses implants. Le Dr Crisp l'a ensuite réveillé pour l'interroger, en présence des Tours et de certains chefs de section. Nous avons alors appris qu'il s'agissait d'un agent des Greffeurs et que ceux-ci ont un plan bien précis. » Il marqua un temps et Myfanwy en profita pour poursuivre le récit.

« Van Syoc est mort durant l'interrogatoire, les circonstances de son décès sont encore à l'étude. Il semblerait qu'un mécanisme d'autodestruction ait été activé. Mais nous avons néanmoins réussi à obtenir certaines informations. Van Syoc était apparemment un éclaireur et préparait l'invasion des Greffeurs. » Gestalt hocha gravement la tête, mais tous les autres semblaient incrédules. *Ça ne doit pas être évident pour eux. C'est comme si on leur annonçait que les Normands font leur come-back.* Wattleman sortit finalement de sa torpeur et s'adressa aux Cavaliers Eckhart et Gubbins :

« Messieurs, vous êtes en charge des opérations extérieures. Aviez-vous la moindre idée que tout ceci se profilait à l'horizon ? » Myfanwy se sentit mal pour eux : l'un enchaînait les cigarettes, l'autre faisait des tresses avec ses bras.

« Sir Henry, vous n'êtes pas sans savoir que nous ne surveillons pas le monde entier, remarqua Eckhart, penaud. Si tel était le cas, il nous faudrait un budget bien plus important.

— Si le pays est sur le point d'être envahi, il ne semble pas déraisonnable de s'attendre à ce que vous soyez au courant, intervint Lady Farrier.

— Certes, mais nous ne sommes pas à proprement parler un service d'espionnage. Nous sommes une force d'intervention : on repère une cible et on nous envoie. D'autres branches du gouvernement s'occupent du renseignement à l'étranger. Ils nous informent des menaces et nous nous en occupons.

— Eh bien, vos collègues ont visiblement identifié un problème, il vous appartient désormais de *vous en occuper*, rétorqua Wattleman.

— Excusez-moi, interrompit Conrad Grantchester, quelqu'un pourrait-il me rafraîchir la mémoire au sujet de ces Greffeurs ? » Tout le monde se tourna vers Myfanwy. *Ah, on dirait que c'est moi la madame Je-sais-tout. Dieu merci, j'ai révisé.*

« Les Greffeurs sont les membres de la Wetenschappelijk Broederschap van Natuurkundigen, ce qu'on pourrait grossièrement traduire par la Confrérie Scientifique de la Science, commença-t-elle.

— Accrocheur », remarqua Eckhart.

Elle leur fit un résumé rapide. Farrier lui adressa un signe de tête approbateur (quoique légèrement surpris).

« Bon, dit Grantchester, qui doit-on informer ?

— Buckingham, dit Farrier.

— Le Premier ministre, ajouta Wattleman.

— Le ministre de la Défense, proposa Eckhart.

— Les chefs des services de renseignement ? suggéra Gubbins.

— Oh Seigneur, est-ce bien nécessaire ? demanda Grantchester d'un air las. Ils sont tellement odieux quand on leur apprend quelque chose qu'ils ignoraient, et le moindre événement un peu inhabituel les rend terriblement nerveux. Vous imaginez si on leur montre cette vidéo ? C'est terriblement gênant de voir un espion fondre en larmes…

— Est-on obligés de tout leur dire ? demanda Gubbins en faisant craquer son cou après avoir fait tourner sa tête sur la droite bien plus loin que la normale.

— Vous vous souvenez tous que durant le plan d'alerte mis en place après les attentats de Londres, des capacités spéciales avaient été prévues pour la Checquy, rappela Eckhart. On peut renforcer la sécurité dans les aéroports et les ferries, en se concentrant sur les personnes en provenance du continent. Ils n'ont même pas besoin de vérifier les bagages.

— Pourquoi donc ? demanda Grantchester.

— Ils peuvent visiblement ranger tout leur nécessaire à l'intérieur de leur corps, souligna Grantchester. Et j'imagine que leurs greffes ne se voient pas au détecteur de métaux.

— C'est vrai, admit Myfanwy, mais les chiens renifleurs semblent les remarquer. Ils avaient été perturbés par Van Syoc, c'est en partie ce qui a attiré notre attention. On a retourné ses bagages et il a subi une fouille corporelle à l'aéroport. Les douanes n'ayant rien trouvé, ils ont prévenu la Checquy.

— Van Syoc a-t-il donné une explication ? demanda Alrich.

— Il a dit qu'il arrivait d'Amsterdam et qu'il y avait consommé des substances qui sont légales là-bas mais interdites ici, répondit Myfanwy.

— Malin, reconnut Sir Henry. Et plausible.

— Sauf que le maître-chien était un agent à nous », dit Myfanwy, qui commençait à avoir une idée. « Elle possède des facultés olfactives surdéveloppées mais elle n'a pourtant pas senti la moindre drogue. Elle n'a rien senti d'anormal d'ailleurs. Donc, je pense qu'on devrait garder un œil sur toutes les personnes que les chiens remarquent. S'ils n'ont pas de drogue sur eux, on les met sur la liste des suspects. Comme ça, la

Checquy peut viser les Greffeurs sans avoir à alerter le reste du gouvernement.

— Très bien vu, Tour Thomas, la complimenta Wattleman.

— Je sais, acquiesça-t-elle, ce qui lui valut quelques regards étonnés.

— Mais comment mettre tout ça en place sans attirer l'attention ? demanda Farrier. Nous ne pouvons pas faire d'annonce officielle, cela soulèverait trop de questions.

— Vous vous rendez bien compte que tous les individus en provenance d'Europe ne sont pas nécessairement fouillés ? remarqua Alrich.

— Ah, cette saleté d'UE ! s'exclama Wattleman. C'est bien joli d'avoir des fromages moins chers, mais personne n'a pensé à dire que l'Europe est reliée à des continents qui ne sont pas forcément aussi… aussi…

— Coopératifs ? proposa Myfanwy.

— Sûrs ? suggéra Eckhart.

— Producteurs de fromages bon marché ? » dit Gubbins, à qui Farrier lança un regard noir.

« Peut-être que nous pourrions subtilement proposer la nouvelle procédure aux personnes compétentes ? suggéra Grantchester.

— Oui, riche idée ! Je pourrais en parler au ministre de l'Intérieur quand je le verrai au club, répondit Sir Wattleman avec enthousiasme. Il saura comment mettre tout ça en place. C'est réglé. Quelle est la prochaine étape ?

— Mais comment être sûr que l'invasion n'aura pas lieu cette nuit ? demanda Gubbins. C'est vrai, des monstres montés de toutes pièces vont peut-être se faire parachuter quelque part. Si ça se trouve, de pauvres bougres d'un village perdu sont en train de se faire dévorer vivants à l'heure où on parle.

— J'en doute, répondit Eckhart. On n'envoie pas un éclaireur la veille d'une invasion.

— Bien vu, acquiesça Grantchester. C'est une question de bon sens.

— Est-on certain qu'il s'agissait simplement d'un éclaireur ? demanda Farrier.

— Tout à fait. Si trois Pions peuvent le maîtriser, c'est qu'il ne fait pas partie de l'élite des Greffeurs.

— Et il l'a dit lui-même pendant l'interrogatoire, ajouta le Propret.

— Nous n'avons pas suffisamment d'informations pour préparer la prochaine étape », résuma Myfanwy. *Certains d'entre nous ne savent même pas qui sont nos ennemis.* « Il faut en savoir plus.

— Excellent ! Bien pensé, Tour Thomas, s'exclama Wattleman. Les Tours et les Cavs travailleront ensemble et présenteront leurs conclusions aux Fous demain soir. Sauf, bien sûr, si nous sommes envahis cette nuit. Auquel cas il faudra nous réveiller. Ha ha ha ! » Personne d'autre ne rit. Wattleman et Farrier se levèrent et se dirigèrent vers la porte. Grantchester hocha la tête et leur adressa un petit sourire avant de quitter la pièce, suivi par des volutes de fumée.

Les Tours et les Cavaliers se retrouvèrent avec Alrich, qui restait immobile. *Mon Dieu, qu'il est beau,* pensa Myfanwy. *Si seulement il pouvait cligner des yeux de temps en temps. Ou même bouger. C'est un peu flippant là.* D'ailleurs, le Fou Alrich semblait également inquiéter les autres. Gubbins se disloquait les doigts nerveusement et Eckhart portait beaucoup plus d'attention que nécessaire à sa cigarette.

« Je n'aimerais pas être à votre place, dit Alrich, en

se levant soudain avec une grâce étrange. Mais je suis certain que vous trouverez une solution. » Et il sortit.

Les quatre derniers membres de la Cour (enfin cinq en comptant Gestalt comme deux personnes, ce que Myfanwy ne fit pas) se regardèrent.

« En parler au club ? dit Gubbins. Mais qu'est-ce qu'il va bien pouvoir dire ? Ah, ce fut une bien belle partie de backgammon, mon vieux. Un autre brandy ? Oh d'ailleurs, tant que j'y pense, une broutille : un obscur groupe de Belges mutants qui avaient essayé de nous envahir il y a quelques siècles revient finir le boulot. C'est bien les étrangers ça, non ? Bon, où est le cahier sport du *Times* ? Incroyable. » Il s'était levé, les pieds en l'air, et se balançait maintenant sur ses coudes.

« Vous pourriez arrêter s'il vous plaît ? intervint Myfanwy. Ce n'est pas très agréable à regarder.

— Pardon, s'excusa Gubbins en se remettant à l'endroit.

— Que fait-on maintenant ? demanda Eckhart.

— On boucle le pays, répondit le Cool, comme une évidence.

— Bien sûr ! Ça ne fait que quinze mille neuf cent dix kilomètres de côtes, ironisa Eckhart. On devrait peut-être mobiliser les gardiens de phares et les marins-pêcheurs ?

— On pourrait mettre la nation en état d'alerte maximum, proposa Gubbins.

— Il faudrait donner une raison, fit remarquer Myfanwy.

— Et informer les Américains », ajouta Eckhart. Personne ne semblait enchanté par cette idée.

« Réfléchissons, dit Myfanwy. Nous sommes aussi bien informés que n'importe qui. Est-ce que vous avez remarqué quoi que ce soit qui puisse vous faire penser qu'une invasion se prépare ? » Ils secouèrent la tête. « Donc nous avons sans doute un peu de temps devant nous. Envahir la Grande-Bretagne n'est pas une mince affaire, reprit-elle, pensive. Il nous faut plus d'informations sur les Greffeurs, sur leurs activités à l'étranger et sur notre sol.

« Il faut monter des équipes. Pour l'instant, Van Syoc est notre seule piste. Des chercheurs sont en train de le disséquer au Beffroi, ce qui devrait nous donner une idée des pouvoirs actuels des Greffeurs. Ça vous paraît sensé ? » Personne ne répondit, mais Gubbins parvint à hocher la tête avant que Myfanwy reprenne.

« Il faut qu'une autre équipe retrace son parcours et trouve d'où il arrivait exactement. Le Beffroi va réunir tout ce qu'on a sur lui et nous le transmettre à tous les quatre. Vous deux, ajouta-t-elle à l'intention de Gubbins et Eckhart, vous devez avoir des agents sur le continent. Envoyez-les à la chasse aux Greffeurs. Rendez-vous demain matin pour se coordonner. »

Myfanwy se leva. « Quant à moi, j'ai eu une longue journée et j'ai une migraine atroce, donc je rentre chez moi. » Tout le monde la suivit vers la sortie, et sa voiture fut la première à arriver.

Elle l'emporta jusque chez Myfanwy Thomas.

Chapitre 12

Chère Toi,

Je me rends compte que je ne t'ai jamais vraiment expliqué comment j'ai appris que j'allais perdre la mémoire. J'ai fait allusion à des médiums, mais je ne t'en ai pas dit beaucoup plus. Toutes mes excuses.

Les médiums ne sont généralement pas très bien considérés au sein de la Checquy. Je sais, on pourrait croire qu'il s'agit du pouvoir le plus répandu et le plus utile. Après tout, toutes les mamies sont censées lire dans les feuilles de thé. Et quoi de plus précieux pour la Checquy que de connaître les pensées de quelqu'un ou de prédire l'avenir ? Sans oublier que ça pourrait être une source de revenus incomparable. Mais en réalité, les véritables voyants sont extrêmement rares et très difficiles à repérer.

« Je sens que... vous pensez à... ça *! Est-ce correct ? Non ? Bon, est-ce que* ceci *vous dit quelque chose ? Oui ? Voilà, je suis télépathe ! » Le pire étant encore les vagues prédictions et prophéties qui semblent s'être réalisées, à condition de les regarder sous le bon angle.*

En réalité, les médiums les plus efficaces sont ceux qui ne s'en rendent pas compte et mènent des vies paisibles justement parce qu'ils prennent toujours la bonne décision. Sans même s'en apercevoir, leur pouvoir leur permet d'éviter tous les écueils, le principal écueil étant bien souvent la Checquy elle-même. Les meilleurs voyants apparaissent souvent sur nos radars après leur mort, quand leurs pouvoirs ne leur permettent plus de se dissimuler.

Il existe tant d'escrocs et c'est un pouvoir tellement vague, que la Checquy conserve une position extrêmement sceptique à ce sujet. (En partie également à cause d'une consigne qui avait été donnée durant le mandat d'un ancien Lord, au cours de laquelle, pendant deux semaines, les membres de l'organisation devaient emprisonner tous les grands et sombres inconnus qu'ils croisaient.) Nous sommes bien plus susceptibles de croire qu'un sujet peut changer les gens en repose-pied que d'accepter qu'il soit capable de lire dans les pensées ou de prédire l'avenir. Le plus loin où nous soyons allés sur ce sujet, ce sont les lectures des lignes de la main du Dr Crisp, et elles ne portent que sur le passé d'une personne. Je fus donc d'abord incrédule quand j'ai commencé à recevoir des avertissements de la part d'inconnus.

La première prédiction eut lieu pendant une de mes pauses déjeuner ; l'une des rares fois où je n'avais pas une réunion et n'étais pas forcée de déjeuner à mon bureau. C'est un peu étrange de repenser à tout ça. Ce fut le dernier jour où la seule chose dont j'avais à m'inquiéter concernait la gestion d'une grande agence gouvernementale et la coordination d'opérations secrètes en rapport avec des forces surnaturelles. Ce fut le dernier jour où je me suis réveillée après une nuit paisible.

Comme c'était une belle journée, j'avais décidé d'aller déjeuner en ville dans un petit pub que je connaissais. C'est agréable de se promener de temps en temps parmi des personnes normales. Bien sûr, on ne peut pas s'empêcher de scruter les passants à la recherche du moindre signe qui les trahisse. L'entraînement que nous suivons est si rigoureux que même les gratte-papier de la Checquy sont toujours sur leurs gardes : une manucure trop parfaite peut cacher des griffes rétractables et un costume bien taillé une peau en râpe à fromage. Les statistiques de la Checquy indiquent que 15 % des hommes portant un chapeau cachent en réalité une paire de cornes. Mais malgré tout, c'est quand même sympa de sortir déjeuner.

Je me baladais donc, profitant du soleil sur mon visage et sans autre souci que le choix de mon sandwich. Le trottoir était bondé, et même si je devais faire attention à ne pas rentrer dans les gens, j'appréciais de me perdre dans la foule. J'arrivais tout juste au « Ivy and Crown » quand j'entendis quelque chose qui retint mon attention :

« Trou. »

Je regardai autour de moi et vis un sans-abri appuyé contre un mur. Il avait un chapeau rempli de quelques pièces posé devant lui et me regardait fixement.

« C'est à moi que vous parlez ? » demandai-je. Il tendit le bras et pointa un ongle sale dans ma direction.

« Toi, dit-il. On va te prendre tes souvenirs. On va te les aspirer, tout ce qui fait que tu es toi. Disparus, pour toujours. Tu t'enfuiras dans un parc, et là, sous la pluie, une nouvelle personne ouvrira ces yeux qui étaient autrefois les tiens. » Sa voix se cassait et je le dévisageais, horrifiée. « Elle ouvrira tes yeux, tes yeux

au beurre noir, et verra des cadavres autour d'elle. Des cadavres portant des gants.

— Je... je vous demande pardon ?

— Tu m'as bien entendu, dit-il en baissant le bras.

— Je ne vous donnerai pas d'argent, répondis-je faiblement.

— Très bien. »

Je m'aperçus à ce moment-là que contrairement aux nombreux entretiens terriblement troublants auxquels je participe d'habitude, je pouvais tout à fait quitter celui-ci. Je me détournai donc du sans-abri fêlé, et sans me retourner complètement, entrai dans le pub.

Bien sûr, Londres est une grande ville qui compte un nombre réglementaire de SDF fous. Et j'admets que je suis loin d'être une experte en ce qui concerne leur comportement. Mais certaines choses me parurent... étranges. Par exemple, il ne m'avait pas demandé d'argent (non pas que je lui en aurais donné) et m'avait prise à partie dans la foule. Mais puisque son corps ne s'était pas transformé en nuée de corbeaux et qu'il n'avait pas provoqué une tempête de grêle, je me dis que ce n'était jamais qu'une rencontre bizarre avec une personne extérieure à la Checquy et décidai de ne plus aller déjeuner en ville avant un moment.

Je mangeai ensuite un sandwich au rôti d'agneau qui m'apaisa considérablement.

Mais l'incident continuait de me travailler.

Le lendemain, il était prévu que je me rende au Domaine avec Gestalt en qualité d'administrateurs de l'établissement. Nous n'avons pas à prononcer de discours pour la remise des diplômes – cette tâche est réservée au Lord et à la Lady –, mais nous sommes obligés d'y aller quatre fois par an pour nous assurer que les élèves apprennent leurs leçons et que le campus n'a pas été réduit à un cratère fumant. C'est à chaque fois une journée gâchée, et c'est toujours particulièrement pénible de devoir passer plusieurs heures dans une voiture avec l'un des corps de Gestalt. En général, Gestalt endort le corps et vaque à ses occupations avec les trois autres.

Cette fois-ci, j'avais le corps féminin, Eliza, pour compagnon de route. Elle est tout le contraire de moi : grande, blonde, séduisante, pourvue d'une grosse poitrine. Je me rendis compte que je n'avais pas vu Eliza depuis des mois et fus ravie de constater qu'elle avait pris un peu de poids. Je fus encore plus ravie de la voir étendre ses longues jambes sur le siège en soupirant, fermer les yeux et me laisser lire mes rapports tranquillement.

Je consultais les admissions récentes au Domaine, mais j'avais du mal à me concentrer. Je n'arrêtais pas de repenser au sans-abri. Il avait visiblement des problèmes, parmi lesquels le fait d'être SDF, et je n'étais pas sûre qu'il ait effectivement prononcé le mot Tour. *Ça pouvait très bien être* Tout *ou même* Trou. *Ou peut-être qu'il avait simplement voulu donner le prénom d'une éventuelle personne liée à cette histoire de perte de mémoire. De toute façon, il devint rapidement évident que je n'allais pas avancer sur mes dossiers, et je me contentai donc de regarder le paysage défiler.*

Le Domaine est un endroit charmant. Il se trouve sur une île, au nord-est de l'Angleterre. Jusque dans les années 1950, les jeunes pousses de la Checquy suivaient un enseignement basé sur une relation maître-apprenti. Wattleman avait été éduqué dans ce système, et chaque année, il avait été confié à un nouveau mentor chargé de lui enseigner diverses disciplines.

Le professeur l'accueillait chez lui et lui apprenait un certain nombre de sujets, depuis la diplomatie jusqu'à la capacité à en manquer totalement. Bien sûr, la Checquy essayait également de classer et d'étudier les différents pouvoirs, mais si ceux-ci continuent aujourd'hui à impressionner les scientifiques, je te laisse imaginer comme les études furent infructueuses au cours des décennies précédentes.

Cependant, après la Seconde Guerre mondiale, l'un des Fous repensa le système. Hiroshima et Nagasaki avaient permis d'illustrer les progrès de la science avec une clarté exceptionnelle. Pour la première fois, une invention humaine avait surpassé les pouvoirs les plus redoutables de toute l'histoire de la Checquy. L'événement en perturba plus d'un, mais tous furent également curieux de savoir jusqu'où pouvait aller la science. Celle-ci pouvait-elle fournir des réponses au sujet des agents et de leurs capacités ? Un protocole expérimental plus rigoureux était sans doute nécessaire.

De plus, il était devenu évident que tous les mentors de la Checquy n'avaient pas forcément la fibre enseignante et les agents avaient de grosses lacunes dans certains domaines. Ainsi, le Fou Bastin s'appliqua à créer un programme dans la plus pure tradition du service public (surnaturel ou non) : il mit en place un comité.

Mais contrairement à la plupart des comités, celuici avait pour vocation d'accomplir quelque chose. Il était composé de doyens et professeurs d'université, de généraux et sergents des forces armées, et d'une pléiade de scientifiques (dont quelques types qui parlaient avec un accent allemand, avaient des idées très originales et venaient tout juste de perdre leur maison). Ainsi naquit le Domaine.

Revenons à mon voyage. Eliza et moi arrivâmes bientôt à un petit village où nous prîmes le bateau de la Checquy pour nous rendre sur l'île de Kirrin où se trouve l'école. Steffi Blümen nous accueillit à l'embarcadère, nous serra la main, me fit une bise et remarqua qu'Eliza avait pris du poids (yes !) et semblait fatiguée (re-yes ! et tant pis si ça fait de moi une garce).

L'école est composée de plusieurs jolis bâtiments en brique surmontés de toits rouges, et entourés de jardins, stands de tir, gymnases et autres terrains conçus pour y organiser des entraînements spécialisés. On y trouve également des falaises, un marécage sur mesure, de grandes serres abritant des mini-jungles et des forêts tropicales. J'aperçus le dortoir où j'avais vécu et le centre médical lourdement équipé où j'avais subi chaque mois une avalanche d'examens.

Nous fîmes un tour des classes, nous installant silencieusement au fond de chaque salle tandis que les élèves nous observaient du coin de l'œil. Je remerciai le Ciel de ne pas être obligées d'aller rencontrer les étudiants, et vu le pas lourd d'Eliza, je pense qu'elle en fit autant.

« Vous semblez un peu tendue, Tour Thomas, dit Steffi. Passons à un bâtiment un peu plus calme. » Elle ouvrit une porte et nous fit pénétrer dans une salle faiblement éclairée.

J'inspectais les lieux avec curiosité, car ils renfermaient la ressource la plus précieuse de la Checquy : neuf bébés, issus des quatre coins du Royaume-Uni. J'avais consulté leur dossier la veille au soir, et connaissais le prénom de chacun. Deux garçons d'origine indienne, une petite Africaine, trois minuscules Anglo-Saxons, deux Arabes et une petite Japonaise parfaite, qui arborait de délicats bois argentés.

« Shuri Tsukahara, murmurai-je. L'accouchement a dû être un cauchemar.

— Une césarienne, bien sûr, expliqua Steffi. Par les médecins de la Checquy, dans les locaux de la Checquy, afin qu'il n'y ait aucun risque pour la mère et la fille. Nous nous sommes préparés et avons suivi son évolution depuis la toute première échographie.

— Elle est magnifique, dis-je. Quelle est la version officielle ?

— "Complications". Ça veut tout dire, et grâce à notre intervention, la mère a survécu et pourra avoir d'autres enfants. » Debout, dans la nursery, nous contemplions l'avenir et respirions l'odeur délicate des nouveau-nés. L'année avait été particulièrement féconde, et ces neufs enfants représentaient une force vitale pour la Checquy. Plus tard, ils seraient rejoints par ceux dont les pouvoirs n'avaient pas été détectés in utero.

Au début du XIXe*, quand la théorie de l'évolution commença à circuler, certains s'inquiétèrent du fait que les êtres dotés puissent être une espèce en voie de disparition. Il est rare qu'un individu doté de pouvoirs ait un enfant surnaturel, et même si les membres de la Checquy connaissaient mal les travaux de Mendel et considéraient Darwin avec un certain scepticisme, les principes de l'élevage ne leur étaient pas étrangers. Néanmoins, des fouilles dans les archives et les recensements ont montré que la population de la Checquy est toujours restée proportionnellement stable par rapport à l'ensemble de la population britannique, et, plus intéressant encore, qu'elle est restée stable quand* *le niveau de menace augmentait. En général. Je te laisse tirer tes propres conclusions.*

C'était en tout cas très agréable de regarder les bébés, jusqu'au moment où l'un d'entre eux se réveilla et commença à hurler. Une nurse arriva, prit délicatement la petite Arabe dans ses bras et alla s'asseoir dans un rocking-chair. Elle ouvrit son chemisier et porta l'enfant à son sein. Je détournai le regard, les joues rouges, et fus surprise de voir Eliza en faire autant. Avec tous ses corps, je n'aurais jamais cru qu'elle pouvait être prude. Son téléphone sonna à ce moment-là. Elle décrocha et écouta attentivement.

« Très bien, dit-elle. Je comprends. Ne quittez pas. » Elle colla le téléphone contre sa poitrine et se tourna vers nous. « Steffi, c'est une urgence. Est-ce qu'il y a un endroit où je peux prendre cet appel ?

— Bien sûr, répondit-elle en l'emmenant dans une salle de classe vide.

— Je peux vous être utile ? lui demandai-je tandis qu'elle sortait.

— Non, il n'y a guère que moi qui puisse m'en occuper, répondit Eliza. Continuez la visite, je vous rattraperai.

— Nous allons au sanatorium, dit Steffi. Si nous finissons avant vous, vous n'aurez qu'à appeler Miffy. » Laissant Eliza, nous empruntâmes le couloir. « Ça tombe très bien, remarqua-t-elle, nous allons pouvoir nous promener tranquillement sans elle. » Puis elle me fit pénétrer dans le sanatorium.

On dit que l'odorat est le sens qui est relié le plus directement à la mémoire. Je ne peux pas le confirmer, mais si jamais tu te retrouves au Domaine, va faire un tour au sanatorium, ouvre la porte, prends une grande inspiration et vois ce qui se passe. Je te dis ça car autant si je n'étais jamais entrée dans la nursery, je connaissais par contre parfaitement le sanatorium. Durant ma scolarité, j'y avais été emmenée pour de nombreux cas de grippe, terreurs nocturnes, crises de larmes hystériques, éraflures aux genoux, diarrhées et vomissements nerveux, saignements de nez dus au stress, entorses à la cheville et hypothermie après m'être perdue pendant une sortie camping. Un des moments les plus mémorables fut quand on m'y avait transvasée après m'avoir repêchée à moitié noyée au fond de la piscine. Je n'y étais donc pas complètement à mon aise.

L'un des médecins prit Steffi à part pour lui parler de la guérison d'un enfant qui s'était blessé à la filière durant une course d'obstacles, et ils me laissèrent plantée là. Les enfants malades et moi nous regardions avec une certaine méfiance. Ils avaient tous été admis pour diverses raisons, allant de la simple blessure en cours de sport à l'ablation de plusieurs appendices, en passant par une angine ou une mauvaise fourbure.

Ils savaient bien évidemment qui j'étais, et malgré l'autorité supérieure des Tours et le potentiel légendaire de mes pouvoirs surnaturels, j'étais sûre que les histoires humiliantes de ma jeunesse avaient été transmises dans les dortoirs par les générations successives. Je fus cependant assez satisfaite de les voir trembler légèrement quand je posais les yeux sur eux. Finalement, après être restée plusieurs minutes sans rien dire, je me sentis obligée d'aller parler à celui qui me regardait le plus intensément.

Il s'appelait Martin Heyer, et c'était un garçon de 9 ans dont le toucher pouvait littéralement glacer le sang. Il était adorable avec ses cheveux blonds sales et les gants en latex taille enfant que la Checquy donne aux jeunes ne maîtrisant pas encore complètement ce type de pouvoir. J'avais dû en porter pendant plusieurs semaines après mon arrivée au Domaine. Je me remémorai le dossier de Martin et me souvins qu'il aimait le foot et la science, et qu'on le destinait à la recherche. Et il avait visiblement une pneumonie.

« Bonjour, dis-je. Je m'appelle…

— Je sais, vous êtes la Tour Myfanwy, répondit-il d'une voix rauque. J'ai rêvé de vous cette nuit.

— Ah oui ? Qu'est-ce qui se passait dans ton rêve ?

— Un membre de la Cour donnait un ordre, et un homme vous prenait vos souvenirs. » Il me jeta un regard terrifié, et je le dévisageai moi aussi, sous le choc.

« Quoi ? murmurai-je.

— Vous ne saurez plus qui vous êtes », dit-il en commençant à prendre de grandes inspirations tremblantes. Il avait les pupilles dilatées et les yeux effroyablement vitreux. Je remarquai, paniquée, qu'il commençait à bleuir légèrement. Mon portable sonna, je regardai autour de moi. Les autres enfants, loin de s'inquiéter de la défaillance respiratoire imminente de leur camarade étaient concentrés sur leurs livres, appareils électroniques musicaux et autres consoles. « J'ai essayé de vous le dire, souffla-t-il. Mais vous ne saviez plus qui vous étiez. Vous êtes restée immobile avec vos coquards. »

Une infirmière s'approcha. « Oh mon pauvre chéri, on fait une petite crise ? » demanda-t-elle à l'enfant suffoquant. Elle attrapa un masque en plastique transparent sur une étagère près du lit et le posa sur sa bouche. « Allez mon poussin, de grandes inspirations. » Au-dessus du masque, ses yeux semblaient gigantesques.

Mon téléphone continuait de sonner.

« Tour Thomas, j'écoute. » Tout tourbillonnait dans ma tête et je fouillai ma mémoire pour essayer de me rappeler si le dossier du petit Martin faisait état de capacités divinatoires.

C'était le juriste en chef du Beffroi qui m'appelait pour me parler d'un problème de procédure mineur. Je répondis à chacune de ses remarques par un hochement de tête silencieux, ce qui dut le troubler légèrement puisque nous étions au téléphone.

Je faisais de mon côté une crise de panique muette. Tu comprends, je commençai à envisager la possibilité que le petit Martin et le sans-abri tiennent quelque chose. En réalité, j'en étais convaincue. Les deux avaient l'air tellement sûrs de leurs assertions, et leurs prédictions concordaient. Sans compter qu'il y avait peu de chances qu'ils aient pu se consulter.

Je finis la visite sans retenir quoi que ce soit. Tandis que le tonnerre grondait au-dessus de nos têtes, je visitai le nouveau stand de tir couvert et inspectai les barrières de sécurité. On me présenta ensuite les nouveaux chirurgiens, puis je récupérai Eliza Gestalt. Tout était flou. Le retour en bateau fut orageux et houleux. Les éclairs zébraient le ciel dans le jour déclinant. Il plut pendant une grande partie du trajet jusqu'à Londres, durant lequel personne ne dit un mot.

« Tout ce qui fait que tu es toi. » Les paroles du sans-abri me revenaient sans cesse. « Disparu pour toujours. »

Tout ce qui fait que je suis moi. Mes souvenirs. Ma personnalité. Mon âme. Disparus pour toujours. Anéantis. Pire que la mort.

Je demandai au chauffeur de s'arrêter dans l'East End, un peu avant d'arriver au Beffroi. Je sortis, la voiture s'éloigna. C'est à ce moment-là que j'ai craqué, là, dans cette rue sombre, j'ai fondu en larmes. Je suis restée là une demi-heure à pleurer, pleurer, pleurer.

Une fois à court de larmes, je me mis en marche. L'obscurité des rues avait quelque chose d'étrangement attirant. Mon déni et mon chagrin faisaient place à une sorte de torpeur. Je pénétrai dans le pub le plus louche que je trouvai et me rendis compte que je ne connaissais aucun cocktail. Je finis par demander au barman de me servir quelque chose qui puisse m'anesthésier et qui n'ait pas trop un goût de chiottes. Le serveur me regarda d'un air circonspect puis me servit un verre qui contenait un nombre inquiétant de couches différentes. Je l'acceptai sans rien dire, bus une grande gorgée à la paille et me retournai pour faire face à la salle, mes jambes pendant dans le vide.

C'était intéressant de voir des personnes normales interagir. Ils discutaient et parlaient beaucoup plus fort que le personnel de la Checquy, ne scrutaient pas automatiquement la salle pour repérer les dangers potentiels, et aucun d'entre eux ou presque n'avait choisi un siège qui lui permettait d'avoir une vision dégagée de l'entrée. Ils ne s'étaient pas non plus mis en position de pouvoir éventuellement contrôler des lignes de tir. Et j'étais prête à parier qu'aucun d'entre eux n'avait commandé une boisson alcoolisée dans l'espoir d'encaisser la nouvelle de leur anéantissement prochain.

Je bus encore quelques gorgées et me rendis compte qu'il y avait au bout du bar deux filles blondes, cockney, qui n'arrêtaient pas de faire des remarques sur la société en général et sur la clientèle du pub en particulier. L'une était grande et mince, l'autre nor-

male. Elles étaient toutes deux accoudées au comptoir et observaient la salle.

Au Domaine, on nous enseigne des techniques d'observation et d'évaluation de haut niveau, mais la précision de l'analyse de ces deux clientes de l'Eight Bells était proprement ahurissante.

« Le type en bleu est gay.

— Et il le sait pas encore.

— La fille avec le chapeau vient d'Europe de l'Est.

— Et n'est pas rentrée dans un bon magasin de fringues depuis un bail.

— Ouais, et la petite en tailleur au bout du bar...

— Va perdre la mémoire, je sais ! leur criai-je. Je suis au courant. Merde ! » Je retirai la paille de mon verre, avalai la fin de mon cocktail cul sec et sortis.

C'est comme ça que j'ai appris que j'allais perdre la mémoire et que j'ai fini par l'accepter. Quand j'arrivai chez moi, au moment d'ouvrir la porte, une autre phrase du sans-abri me revint.

« Une nouvelle personne ouvrira ces yeux qui étaient autrefois les tiens. »

Il y aurait donc bientôt quelqu'un d'autre dans mon corps. Et le petit Martin avait dit que cette personne ne saurait pas qui elle était. Je ne m'étais pas encore faite à l'idée (ça prit beaucoup plus longtemps) mais ce fut la pensée de cette personne, de toi, cette femme encore plus seule que moi, qui me permit de passer la nuit et me poussa à t'écrire ces lettres.

Le lendemain matin, j'appris que le petit Martin était mort pendant la nuit, des suites de complications.

Chapitre 13

Myfanwy se réveilla dans le lit extrêmement confortable de Thomas. Elle jeta un œil au réveil et vit qu'il était encore tôt. Apparemment elle était du matin. Cela lui laissait au moins quelques minutes pour se pelotonner sous la couette et mettre en place sa stratégie pour affronter la journée.

Le gros problème, c'est que je n'ai aucune idée de comment je dois incarner Thomas. Personne n'a l'air d'être d'accord sur sa personnalité. D'une timidité maladive, mais menant des réformes audacieuses. Discrète et effacée, mais promue à la Cour. Et mon initiative d'hier soir a visiblement perturbé tout le monde. Est-ce que je risque d'être démasquée ? Ils ne peuvent pas dire que je ne suis pas Myfanwy Thomas, puisque je suis *Myfanwy Thomas. Ils peuvent me faire passer tous les tests physiques qu'ils veulent, je les réussirai. Et si la Tour Thomas commence à se comporter différemment, eh bien, elle peut faire comme bon lui semble tant qu'elle fait son boulot.*

Donc tout ce que j'ai à faire, c'est faire mon boulot.

Myfanwy se leva et explora la maison. La veille, après la réunion, la voiture l'avait amenée chez Thomas. Elle était entrée, avait désactivé l'alarme (ce bon vieux 230500) et avait grimpé les escaliers les yeux dans le vague jusqu'à ce qu'elle trouve une pièce avec un lit. Ça pouvait tout aussi bien être une chambre d'ami, mais à en juger par le petit bol rempli de pièces et de tickets de caisse sur la table de nuit, c'était sans doute la chambre de Thomas. Ce qui signifiait que ces placards étaient ceux de Thomas. Elle les ouvrit successivement, déçue de constater qu'ils contenaient des tenues tout aussi fades que celles qui se trouvaient dans son appartement au bureau.

Contrairement à sa garde-robe, la maison de Thomas était très jolie, décorée avec goût et remplie d'objets intéressants. Les murs étaient bordés d'étagères débordant de livres.

Elle trouva un mot sur le comptoir de la cuisine.

Madame Thomas,

Votre secrétaire a appelé, donc je ne reste pas. Je sais que vous dînez en ville, mais je vous ai laissé un repas froid dans le Frigidaire, au cas où, et j'ai changé la litière de Wolfgang. À demain soir (sauf contre-ordre).

Val

D'accord, donc j'ai aussi une femme de ménage. Elle ouvrit le frigo et trouva un assortiment de viande froide, fromages et légumes très appétissants. *Elle fait la cuisine ! Et j'ai un chat ! Il s'appelle Wolfgang.* Après avoir attrapé une poignée de mini-carottes, Myfanwy reprit sa visite de la maison.

« Wolfgang ? » Elle n'entendit ni miaulement, ni bruit de pattes et ne trouva pas de chatière sur les portes. *Oh mon Dieu, pourvu que ce soit un chat. J'espère qu'elle n'a pas une bestiole bizarrement poilue qui se balade chez elle...* « Wolfgang ? » Elle perçut un mouvement par la porte ouverte puis se retrouva nez à nez avec un lapin aux longues oreilles tombantes.

« Oh ! Un lapin ! » Myfanwy s'agenouilla et tendit la main. Wolfgang ne la quittait pas des yeux, mais il accepta sa caresse et une carotte. « Comment ça va, Wolfgang ? » N'obtenant aucune réponse, elle en conclut que ce n'était pas un lapin magique et se concentra sur ce qu'elle devait faire.

Il fallait évidemment s'occuper des Greffeurs, surtout s'ils s'apprêtaient à envoyer d'autres agents. Wattleman avait paru furieux à l'idée qu'un seul Greffeur puisse se trouver sur le territoire britannique. Il cracherait des flammes si d'autres devaient arriver. Mais les tâches quotidiennes du Beffroi ne pouvaient être suspendues pour autant, et Myfanwy devait encore apprendre le plus de choses possible sur son métier. Elle n'avait toujours aucune idée de qui à la Cour avait décidé de l'attaque contre Thomas.

Myfanwy retourna dans la chambre pour s'habiller. Les Tours et les Cavaliers devaient se réunir, et elle voulait savoir à qui elle avait affaire. La veille, ils lui avaient tous semblé assez sympathiques, même s'il n'est pas évident de rester digne quand on apprend qu'une invasion se prépare. Elle avait bien aimé Heretic Gubbins, malgré l'envie quasi irrépressible de lui dessiner des sourcils au crayon, et avait été impressionnée par le nombre de cigarettes qu'Eckhart avait fumées. Grantchester, elle était prête à la reconnaître, était sacrément séduisant, malgré ses quelques décennies de plus et l'image de sa garçonnière qui semblait planer au-dessus de lui. Gestalt était déconcertant. Quant à Alrich, qui était-ce ? Il était magnifique, mais sa présence lui donnait une drôle de sensation dans le ventre, plutôt désagréable. Il était temps de consulter le classeur violet.

Commandant Joshua Eckhart, Cavalier

Issu d'une famille misérable de York. Souviens-toi que je ne suis pas vraiment en position de juger, puisque dans mes souvenirs, ma famille n'avait absolument rien de spécial. Mais mes parents étaient des gens décents, on dînait tous ensemble et je les aimais. Je suis assez sûre de moi quand j'affirme qu'il est impossible que le petit Joshie Eckhart ait pu aimer ses parents. Ils semblent avoir été les personnes les plus vicieuses que la Grande-Bretagne ait jamais portées, et c'est un miracle qu'après s'être rencontrés ils aient décidé de se marier et d'avoir un enfant plutôt que de s'entre-tuer. Bien sûr, s'ils s'étaient entre-tués, cela aurait rendu service à la société, donc j'imagine que s'être ainsi débrouillés pour faire chier l'humanité est plutôt conforme au caractère de M. et Mme Eckhart.

Tu sais, j'entends beaucoup de choses déprimantes dans mon travail, mais il y en a peu qui me minent plus que de savoir que les parents du Cavalier Eckhart ne sont pas morts mais vivent au contraire des jours paisibles à York et qu'ils reçoivent une discrète pension de la Checquy. La seule consolation, c'est qu'ils n'ont eu qu'un seul enfant et qu'on le leur a pris.

Eckhart Senior, le père de Joshua, s'adonnait à toutes sortes d'activités criminelles. Prenons garde cependant à ne pas lui accorder la moindre classe ou un quelconque don. Il ne s'agit pas d'un voleur aux pattes de velours ou même d'un habile pickpocket. Sa carrière se limitait aux crimes les moins sophistiqués. Tant que ça ne demandait ni talent, ni sens moral, il était partant. D'ailleurs, c'était à peu près la seule chose pour laquelle il était partant. C'était un homme idiot et violent qui aimait briser des fenêtres, des bouteilles et la mâchoire de son fils de 6 ans.

Mme Eckhart valait à peine mieux que lui. Elle avait renoncé aux tabassages comme source de revenu, uniquement parce qu'elle n'avait pas les capacités physiques nécessaires, et probablement aussi parce qu'elle restait rarement sobre suffisamment longtemps pour faire quoi que ce soit d'autre qu'obtenir une nouvelle bouteille.

Les rapports de l'assistante sociale qui a visité le domicile de la famille Eckhart évoque un article que Stephen King aurait pu rédiger pour Côté Ouest. *La femme ayant rédigé celui-ci a utilisé un nombre très important de points d'exclamation et explique avoir subi des morsures d'un bulldog et de Joshua. Du fait de la négligence de ses parents, le garçon était sale, sauvage et souffrait de malnutrition. Il dormait sous son lit, volait la nourriture de son entourage et sa connaissance de l'anglais reposait en grande partie sur les conversations de ses parents. À ce jour, il connaît encore un nombre impressionnant de mots obscènes, bien qu'il ne les utilise que rarement.*

Joshua fut pris en charge par l'État, et progressivement il parvint à s'épanouir. Le pauvre enfant ne quitta jamais vraiment l'orphelinat, mais il eut la chance de croiser la route de gens bien. Pour la première fois de sa vie, Joshua fut aimé et valorisé et il se révéla à la fois intelligent et agréable – du moins une fois qu'il apprit à ne plus mordre les gens autour de lui.

Grâce aux recommandations enthousiastes de ses professeurs et tuteurs, il obtint une bourse pour l'université où il passa un diplôme en histoire militaire. Il s'engagea ensuite dans l'armée et devint un excellent soldat. On lui confia de nombreuses responsabilités, et à 35 ans, on l'envoyait partout dans le monde sur des missions extrêmement délicates. Ainsi, bien avant d'intégrer la Checquy, Joshua Eckhart connaissait déjà très bien les aspects les plus subtils de la défense nationale.

Contrairement aux autres membres de l'organisation, les pouvoirs de Joshua ne se manifestèrent qu'à l'âge adulte. Durant une mission à Jakarta, il s'attira les foudres des pickpockets locaux. Les attrapant la main dans le sac, il se mettait à expliquer la situation à voix haute aux passants, causant un grand embarras au malheureux voleur. Apparemment, Joshua trouvait ça très amusant mais ils finirent par l'attaquer. Dans un monde normal, il serait mort de sept coups de couteaux.

Enfin, il serait mort s'il avait été effectivement poignardé. Mais ce ne fut pas le cas. Au lieu de ça, les sept couteaux éclaboussèrent le torse de Joshua et glissèrent sur sa chemise.

On ne sait pas qui fut le plus surpris des voleurs ou d'Eckhart.

Les rumeurs se propagent vite, et il se murmura dans les rues de Jakarta qu'Eckhart était une sorcière. Trois jours plus tard, il subit une tentative de décapitation à la cisaille. Les assaillants échouèrent lamentablement et quand ils tentèrent de s'échapper, leur voiture se replia sur eux. La Checquy contacta immédiatement Eckhart et lui proposa de l'aider à explorer ses nouveaux pouvoirs, en insistant notamment sur les émoluments et la satisfaction de travailler pour des branches moins orthodoxes de l'État.

Il fut ramené en Angleterre et conduit au Domaine. Parmi les enfants bizarres du Royaume-Uni, il y testa l'étendue de ses pouvoirs. Joshua est parti deux ans avant mon arrivée, mais j'ai entendu dire que les élèves l'adoraient. Le Domaine comptait peu d'étudiants adultes, et Eckhart était très gentil avec les enfants. Les instructeurs prennent soin de créer un environnement éducatif, mais ils font attention à ne pas prendre la place des parents. Eckhart n'avait pas besoin d'en faire autant, et il est ainsi devenu (et resté) très apprécié parmi les Pions.

Quand il est entré au Domaine, Eckhart était déjà marié et père de famille. En cela, il sortait de l'ordinaire. Depuis que la Checquy a mis en place le système d'acquisition systématique des enfants dotés, peu d'entre eux ont fondé de familles. Nous suivons une formation si rigoureuse, et nous sommes tellement dévoués à notre mission, qu'à notre sortie du Domaine nous ne sommes pas vraiment aptes à avoir une vie privée.

Je le reconnais, et il n'y a qu'à toi que je peux le dire, mais ceci a eu sur moi de lourdes conséquences. Je ne suis tout simplement pas à l'aise avec l'idée... d'intimité. Mais même les Pions les plus sociables et ouverts ont du mal avec ça. Ce n'est pas évident de séduire, même au sein de l'organisation, d'autant que nous avons grandi tous ensemble. Mais c'est peut-être aussi bien ainsi.

Myfanwy perçut une pointe de regrets dans le récit de Thomas.

C'est pour cette raison que la Checquy est une force si efficace et dévouée, sans attaches inutiles.

Mais Eckhart a une famille et ils sont très proches les uns des autres. Je fus curieuse de savoir comment il avait fait durant son entraînement, mais il s'avère qu'il rentrait chez lui tous les week-ends. Sa femme et ses enfants pensaient qu'il travaillait sur une mission secrète. Ce qui était vrai en grande partie. J'imagine la scène : tous les matins, Eckhart était assis entre une petite fille faite de vapeur et une fratrie nommée Gestalt pour apprendre les secrets de son nouveau monde. Et l'après-midi, il testait avec minutie les limites de ses pouvoirs avec une équipe de scientifiques, professeurs et militaires.

Eckhart peut manipuler le métal. Sous son toucher, il devient fluide, malléable et prend la forme qu'il désire. Ce n'est pas du magnétisme. Il ne peut pas l'attirer ou le repousser, mais il le sculpte, le rassemble en de grandes poignées brillantes et lui donne une nouvelle forme. Avec ses instructeurs, Eckhart a développé de nouvelles techniques de combat. Les armes qu'il transporte changent de forme selon la situation, et il n'a pas à craindre les balles. S'il s'avère que c'est lui le traître, il vaudrait mieux que tu lui fracasses le crâne avec une batte de cricket, à supposer qu'il ne t'ait pas tuée avant. Il y a un presse-papier en marbre sur mon bureau, au cas où.

À sa sortie du Domaine, Eckhart fut placé à la tête d'une équipe d'intervention de sept Pions opérant partout dans le monde. En cas de situation trop compliquée pour une équipe normale, on appelait Eckhart et ses hommes.

En Grèce, ils ont sauvé trois ressortissants britanniques possédés par des fantômes spartiates.

Dans le nord de l'Australie, ils ont arrêté un filon d'opale sensible qui avait enseveli un district entier.

En Allemagne, ils ont mené un bataillon de Pions

durant une campagne de cinq mois contre les Fantassins de la Nacht.

En Toscane, ils ont servi de gardes du corps à un sorcier repenti. En dehors du piétinement malencontreux de son animal de compagnie, un iguane rare et cher, l'opération fut un succès.

Cette carrière exemplaire continua ainsi jusqu'à ce qu'il soit admis à la Cour l'année où j'ai été diplômée du Domaine. Il fut nommé Cavalier, en charge des opérations internationales.

Il est membre de la Cour depuis sept ans et reste notre référence pour toutes les questions d'ordre militaire. Eckhart n'est pas seulement un brillant combattant, c'est aussi notre tacticien le plus doué. Par sa formation et ses nombreuses expériences sur le terrain, il a acquis une connaissance encyclopédique des stratégies militaires et a conçu des opérations à tous les niveaux.

Il inspire la loyauté et l'affection et semble être un homme authentiquement bon. Je ne peux m'empêcher de regretter qu'il n'ait pas été au Domaine en même temps que moi. Ça aurait peut-être tout changé.

On frappa à la porte. Myfanwy sursauta, leva les yeux, jeta un coup d'œil à sa montre et reposa le classeur.

« Tour Thomas ? C'est votre chauffeur, lança un homme d'un ton mal assuré.

— Oui, une seconde. » Elle prit ses affaires et dit au revoir à Wolfgang.

« Bonjour Ingrid. Est-ce qu'il s'est passé quelque chose d'extrêmement bizarre ?

— Rien de plus que d'habitude Tour Thomas,

répondit sa secrétaire. Le Dr Crisp vous attend dans votre bureau, puis la réunion entre les Tours et les Cavs va probablement durer toute la matinée. J'ai donc décalé vos autres rendez-vous et l'après-midi sera principalement consacrée à rattraper vos réunions de ce matin. » Elle lui tendit une tasse de café et un gros dossier. « Et voici les derniers rapports sur l'état des Îles.

— Merci. Dans combien de temps a lieu la réunion ? Oh et est-ce qu'elle a lieu ici ? demanda Myfanwy en feuilletant distraitement le dossier.

— Oui, ce sera ici. Vous avez une demi-heure. »

Myfanwy acquiesça et pénétra dans son bureau. Le Dr Crisp, visiblement mal à l'aise, l'attendait assis dans l'un des fauteuils délibérément inconfortables.

« Bonjour Dr Crisp, lança-t-elle gaiment.

— Tour Thomas, je vais devoir revenir sur mes excuses, dit-il d'une voix décidée.

— Pardon ? » répondit-elle. Elle avait l'air complètement débile, mais Crisp était tellement concentré sur ce qu'il avait à dire qu'il n'aurait probablement pas remarqué si elle avait eu une attaque.

« Oui, je suis désolé.

— Vous êtes désolé de revenir sur vos excuses ? demanda-t-elle éberluée.

— Je n'ai pas tué Van Syoc.

— D'accord. » Elle s'en était un peu voulu de s'être mêlée de l'interrogatoire, mais il était hors de question de laisser quelqu'un se faire torturer sous ses yeux. Elle se demanda soudain, avec un pincement au cœur, si elle avait provoqué la mort de Van Syoc en ayant fait intervenir ses pouvoirs.

« Tour Thomas, j'apprécie la confiance que vous m'accordez. Votre intervention auprès de la Tour Gestalt après l'interrogatoire m'a beaucoup touché, mais j'étais moi-même circonspect. Je pensais que j'avais peut-être commis une erreur, que j'avais fait quelque chose par inadvertance, mais... » Il marqua alors un temps avant de prononcer les plus belles paroles que Myfanwy ait entendues dans sa courte vie. « Cet homme est mort de lui-même. Aucune force extérieure n'aurait pu le tuer ainsi.

— Quoi ? demanda-t-elle d'une voix tremblante.

— Tour Thomas, je ne sais pas si vous connaissez les détails de ma méthode, commença-t-il.

— Dr Crisp, je suis navrée mais je n'ai pratiquement aucune idée de ce que vous faites. Mais je peux vous dire en toute honnêteté que j'aimerais beaucoup que vous me l'expliquiez.

— Ah ! s'exclama-t-il flatté. Eh bien, tout d'abord, je n'inflige aucune douleur.

— Si, vous le faites.

— Non, pas du tout.

— Si, si. Je l'ai vu.

— Ah, vous parlez de ses réactions ? Le cliquetis des dents, les éruptions sur son torse ? Non, non, ça n'était pas moi. Je ne ferais jamais une chose pareille. » Il eut un frisson. « Non, il s'agissait de ses implants de Greffeurs.

— Mais Dr Crisp, j'ai *vu* la douleur. Je l'ai vue le traverser. Avec mes pouvoirs.

— Grands dieux, vraiment ? demanda-t-il, fasciné. C'est étonnant. Mais, sauf votre respect, Tour Thomas, ce que vous avez vu n'était pas de la douleur. C'était la contrainte.

— Quoi ?

— Je les contrains. Sous mon toucher, ils *veulent*

parler. Ils ont envie de répondre. C'est ce que je fais. Leur corps et leur cerveau ne sont pas endommagés.

— Alors que s'est-il passé ?

— Pour commencer, les Greffeurs ont choisi un homme remarquable. Je n'ai jamais vu personne résister aussi efficacement aux compulsions.

— Et ça ne lui fait pas mal ? » demanda-t-elle. Elle voulait en être certaine.

« Non, il n'y a aucune douleur physique. Ils éprouvent simplement le désir impétueux de répondre, de dire la vérité, c'est tout. Van Syoc devait être un modèle d'autodiscipline pour tenir aussi longtemps. Il voulait parler. Il avait hâte de le faire.

— Mais alors que s'est-il passé ? Comment est-il mort ?

— Les Greffeurs sont allés très loin, Tour Thomas. Leurs talents sont incroyables. Le corps de Van Syoc était parcouru de fibres et de mécanismes. Ce que mon équipe et moi-même avons découvert, cependant, c'est qu'il ne possédait pas un contrôle total de ses augmentations. » Myfanwy se taisait et pensait à elle. Avait-elle un contrôle total de ses pouvoirs ? Mais le Dr Crisp continuait de parler et elle reporta son attention sur lui.

« Je crains que Van Syoc n'ait pas été le seul à voir derrière ces yeux ce qui se passait dans cette salle d'interrogatoire.

— Les Greffeurs, souffla-t-elle, horrifiée.

— Oui. Quand Van Syoc a semblé être sur le point de parler, ses implants se sont activés pour l'en empêcher. Et quand il a effectivement craqué, ses maîtres ont ordonné à son corps de le détruire. Son cerveau a été désactivé. Plusieurs de ses organes se sont contractés et ont éclaté, et un courant électrique a parcouru tout son organisme.

— C'est pour ça que vous vous êtes brûlé les doigts, comprit Myfanwy.

— Oui.

— Dr Crisp, je vous dois des excuses. Et j'ai quelque chose à vous avouer : je suis intervenue dans votre interrogatoire. »

Il fronça les sourcils puis l'écouta, fasciné, lui expliquer ce qui s'était passé.

« Messieurs, les greffes de Van Syoc allient la haute technologie au charme d'autrefois », annonça Myfanwy aux trois hommes qui lui faisaient face. Ce matin, Gestalt était représenté par le Propret. Myfanwy savait maintenant qu'il s'agissait de Teddy. Gubbins tirait ses doigts vers l'arrière pour qu'ils touchent son poignet et Eckhart fumait avec attention. Pendant un instant, elle le regarda pensivement. Par curiosité, elle avait consulté son dossier sur son ordinateur et avait vu les premières photos de lui. Du gamin faiblard et squelettique qu'il était quand il avait été placé sous tutelle, Eckhart était peu à peu devenu un jeune homme plein de santé. À l'approche de la cinquantaine, il semblait s'être arrêté sur un physique alliant la robustesse du soldat à l'allure du cadre. Elle ne put s'empêcher de lui sourire, et il lui rendit son sourire, sa cigarette au coin des lèvres.

Elle revint à ses notes. « Les implants se sont avérés bien plus nombreux que nous l'avions cru. Tout d'abord, sa colonne vertébrale avait été soigneusement recouverte d'une sorte de silice.

— Dans quel but ? demanda Gubbins.

— Par protection ? suggéra Eckhart.

— Le Dr Crisp et son équipe poursuivent leurs recherches », répondit prudemment Myfanwy en guettant la réaction de Gestalt. Il avait plissé les yeux d'un air inquisiteur au début de sa présentation, visiblement conscient qu'elle avait obtenu des informations qui ne lui avaient pas été transmises. Myfanwy était à peu près sûre qu'il lui faudrait régler ce petit problème au sein du département. « Cependant, la silice est probablement trop délicate pour constituer une réelle protection. L'IRM a d'ailleurs détecté les marques de pinceau avec lequel les Greffeurs ont appliqué le matériau sur l'os. L'équipe du Dr Crisp pense qu'il pourrait plutôt s'agir d'une sorte d'antenne. La silice possède en effet des propriétés piézoélectriques intéressantes et elle est reliée au cerveau de Van Syoc.

— Cet homme était donc un téléphone géant, conclut Gubbins en se tortillant la moustache. Fascinant.

— Et un appareil photo numérique, compléta Myfanwy. Van Syoc était capable de transmettre plus ou moins tout ce qu'il voulait.

— Dans ce cas, comment expliquer l'ordinateur ? demanda Eckhart.

— Hein ? rétorqua intelligemment Myfanwy.

— Il y avait un ordinateur portable dans sa chambre, connecté à Internet. Quel intérêt si on a un portable qui se déplace avec vous ?

— Il y a plusieurs explications possibles. C'est peut-être une ligne d'urgence, suggéra Gubbins. Ou un système à usage unique.

— Nous n'avons rien trouvé de particulièrement parlant, expliqua Myfanwy. Les types du département informatique fouillent son ordinateur, mais d'après ce qu'ils ont trouvé jusqu'à présent, il envoyait simplement des e-mails à sa famille. » Elle reprit son souffle et poursuivit son résumé. « Il semblerait que ça soit la seule modification apportée à son squelette. Pour ce qui est de sa musculature, c'est une autre histoire. Vous avez probablement remarqué qu'il y a eu un certain travail de ce côté-là.

— Pour tout dire, le gonflement massif de sa tête et de ses épaules nous ont mis sur la piste, dit Gubbins.

— À mon avis, cela lui permettait de se protéger les yeux et le nez. Et à démultiplier sa force pour pouvoir faire des trous dans les murs. C'est toujours utile.

— Tout ceci est passionnant, mais nous sommes tous au courant des capacités des Greffeurs », coupa Gestalt d'une voix glaciale. Il pianotait frénétiquement sur la table.

« Certes, Tour Gestalt, mais ces détails sont pertinents car ils représentent un changement de méthode radical de la part des Greffeurs, répondit Myfanwy tout aussi froidement. Traditionnellement, ils optaient plutôt pour des modifications compliquées. Il manque malheureusement à Van Syoc un nombre important d'augmentations : aucune arme cachée dans son ossature, ni aucune modification réellement impressionnante. La dernière fois qu'un Greffeur a posé le pied sur le sol britannique, il avait la taille d'un cheval de trait croisé avec un oursin géant. Ils n'ont jamais été connus pour leur finesse, et la retenue dont ils ont fait preuve dans la modification de cet homme est assez perturbante.

— Je suis d'accord, intervint Eckhart. Mais Tour Thomas, n'est-il pas possible qu'ils explorent une autre piste ? Ça semble plus logique d'envoyer des espions discrets en éclaireurs.

— Vous pensez qu'il y en a d'autres ? demanda Gubbins. D'autres Belges avec des têtes gonflables qui vont prendre des photos avec leurs yeux et les envoyer à Bruxelles *via* leur colonne vertébrale ?

— Je ne sais pas, répondit Myfanwy. Van Syoc a été immédiatement repéré à la douane. Il semble peu probable que d'autres espions aient réussi à se faufiler.

— J'ai du mal à croire qu'ils vont réellement essayer de nous envahir, reprit Eckhart. La dernière fois, ils avaient les ressources de tout un pays et la seule chose qu'ils ont essayé d'obtenir fut une petite île. Aujourd'hui ils n'ont rien et nous nous inquiétons qu'ils envahissent le pays ? Ça n'a aucun sens ! » Eckhart s'interrompit quand Gubbins fit craquer ses doigts. Puis ses poignets. Puis ses coudes. Puis ses épaules.

« Pardon, dit-il quand il se rendit compte que tout le monde l'observait.

— Nous faisons trop de suppositions, remarqua Myfanwy. Nous n'avons aucune certitude. » Elle jeta un œil en direction de Gestalt. Teddy était affalé sur son fauteuil et semblait s'être un peu calmé. « Heretic et Joshua, avez-vous entendu quoi que ce soit qui puisse être lié à tout ça ? » Ils secouèrent la tête. « Rien ? Aucune mort ou disparition inhabituelle ?

— Rien qui soit plus inhabituel que d'habitude, répondit Gubbins avec un sourire. Si nous avions eu la moindre piste sur les Greffeurs, nous aurions averti l'ensemble de la Cour.

— On fait quoi alors ? demanda Myfanwy excédée. Je suis prête à admettre l'existence d'un groupe surnaturel exerçant secrètement ses pouvoirs dans les affaires humaines – j'y suis bien obligée, puisque c'est ce que nous faisons – mais il y a des limites quant à la possibilité de cacher un si gros secret. Imaginez la taille et la puissance dont ils auraient besoin pour conquérir la Grande-Bretagne. Joshua, vous pensez qu'il est possible qu'une armée se prépare à nous envahir ? Une force qui pourrait soumettre un pays entier ? » Eckhart jouait avec une pièce. Sous les yeux de Myfanwy, il la fit tourner entre ses doigts, le métal fondit et coula dans sa paume. Puis il ouvrit la main, révélant une pièce intacte.

« Non, dit-il finalement. Nous le saurions. Il n'y a aucune armée, c'est impossible.

— Alors c'est autre chose, dit Gubbins. Quelque chose que nous ne voyons pas. »

Le reste de la réunion ne donna pas grand-chose d'autre, si ce n'est la résolution de la part de chacun de tâter le terrain autant que possible et de se consulter régulièrement. Eckhart et Gubbins dirigeraient des équipes spéciales composées de leurs agents à l'étranger. Gestalt proposa sans enthousiasme de se charger de l'enquête domestique. « Si vous êtes d'accord pour superviser les opérations habituelles. »

Myfanwy avait peut-être le choix, mais si tel était le cas, elle n'en savait rien. Pour autant qu'elle sache, il s'agissait de la procédure standard.

« Oui, sans problème, Gestalt.

— Je sais bien que vous ne vous impliquez normalement pas aussi directement sur le terrain et que vous n'aimez pas être appelée sur les zones d'urgence, dit Teddy, mais je suis sûr que vous trouverez en vous une dose d'enthousiasme. »

Ou alors je peux aussi supprimer le contrôle de ta vessie, eut-elle envie de répondre. *Je pourrais sans doute trouver comment faire.* Mais elle se retint et fit un sourire qui montrait bien plus de dents que la moyenne.

« Il faut que quelqu'un présente ceci aux Fous, fit remarquer Gubbins. Et je ne peux pas le faire car il y a une urgence en Chine.

— Oui, une situation d'urgence qui requiert l'attention des deux Cavaliers », s'empressa d'ajouter Eckhart. *Subtil, les gars. Très subtil,* pensa Myfanwy. Elle devança Gestalt avant qu'il ne sorte lui aussi une excuse minable.

« Je vais le faire, mais j'espère bien que vous me revaudrez ça. » *Je n'arrive pas à croire qu'on confie la sécurité de la nation à ces gens-là.* Elle les regarda sortir en pensant avec amertume à cette nouvelle soirée qu'elle allait passer sous le regard déconcertant des Fous.

« … ce sont donc nos résultats, Messieurs », conclut-elle. Elle ne put s'empêcher de se laisser déconcentrer par les deux Fous assis de l'autre côté de la table. Ils étaient tous les deux séduisants, chacun dans un genre très différent. Ce n'était pas seulement dû à leur différence d'âge – Alrich semblait avoir cinq ans de moins qu'elle, tandis que Grantchester était quinquagénaire – mais ils représentaient l'un et l'autre deux extrêmes.

La beauté du Fou Alrich avait quelque chose d'étrange et hypnotique. Ses traits étaient délicats et l'éclairage du bureau faisait luire ses lèvres carmin. Il croisa son regard et ne la quitta pas des yeux. Dans ce regard magnifique et profond Myfanwy saisit quelque chose d'aussi magnétique qu'effrayant.

Elle parvint à le quitter des yeux et à regarder Conrad Grantchester, qui prenait des notes sur son agenda électronique. Si Alrich était asexué, cet homme était des plus virils. Il dégageait une certaine sophistication, mêlée de lubricité, et son attitude moqueuse avait quelque chose d'intriguant.

C'était comme de parler à une sculpture et à son sculpteur.

Le silence dura au moins une minute, au cours de laquelle Alrich ne cligna pas une fois des yeux. Elle essaya de regarder son carnet puis de jeter un regard vers lui, mais s'aperçut qu'il la dévisageait toujours. Troublée par la beauté des deux Fous, elle ne cessait de se perdre dans ses notes et de s'imaginer des scénarios inconvenants.

« Je propose que l'on confie à des membres du service d'évaluation de l'Apex le soin de conduire en urgence une analyse stratégique des risques, dit Grantchester en levant les yeux de son agenda électronique. Cela nous aiderait à identifier les cibles potentielles et à mettre en place les mesures de sécurité qui s'imposent.

« Tour Thomas, toute nouvelle information au sujet des Greffeurs, qu'elle vienne de l'examen de ce Van Syoc, des enquêtes des Cavs ou de la Tour Gestalt, doit être transmise aux Fous pour que cette analyse soit aussi documentée que possible. » Myfanwy hocha la tête et le nota.

« Donc pour le moment, poursuivit-il calmement, nous allons laisser les événements se dérouler. Tous les visiteurs entrant sur notre territoire passeront par un examen draconien. Les Cavs et les corps de la Tour Gestalt cherchent d'autres informations. Je suis certain que nous n'avons rien à craindre. En tout cas, pas pour le moment. » On aurait dit qu'il répétait pour sa présentation devant le Lord et la Lady. « Merci Tour Thomas. »

Grantchester se leva et sortit. Myfanwy se retourna vers Alrich et découvrit avec stupeur qu'il avait disparu. Effrayant. Visiblement on n'avait plus besoin d'elle. Elle regarda sa montre : il était un peu plus de 20 heures. Bon, ça avait pris moins de temps que prévu. Elle réussirait peut-être à regarder un peu de téléréalité ce soir.

Chapitre 14

Fou Conrad Grantchester

Si Gestalt a pu compter sur ses qualités de soldat et Eckhart sur son génie stratégique pour parvenir à la Cour, alors Grantchester a obtenu le pouvoir grâce à ses talents de financier et de diplomate. Après tout, la Checquy n'est pas simplement une armée, une école, une prison ou une équipe de recherche ; elle est toutes ces choses et plus encore. Il faut quelqu'un pour suivre tous les dossiers, s'assurer du bon fonctionnement de l'organisation et du paiement des factures.

C'est là que des personnes comme Grantchester ou moi entrent en jeu.

Conrad Grantchester approchait la quarantaine quand il a rejoint la Checquy. Il vient d'une famille de la bourgeoisie londonienne, il est passé par Eton puis l'Université de Genève. Il y était apprécié, bien que ses activités extrascolaires se soient limitées à faire des ravages parmi un nombre non négligeable de ses camarades de la gent féminine. Il s'est également distingué par de brillantes études de droit et de finance.

Diverses agences de renseignement (dont la Checquy) essayèrent de le recruter après son diplôme, mais tout cela ne l'intéressait pas. Tous les rapports confirment qu'il était assez ambitieux mais qu'il ne souscrivait à aucune idéologie politique susceptible de le convaincre. Grantchester préféra donc se lancer dans le monde de la finance et du profit.

Son travail au sein d'une multinationale prouva que pendant qu'il n'était pas en train de se taper des filles aux cheveux longs et aux jupes courtes, Grantchester avait suivi une excellente formation. Ses employeurs l'envoyèrent aux quatre coins du monde, et il revint avec d'importantes sommes d'argent et un précieux carnet d'adresses. Il était passionné et déterminé, et valait déjà plusieurs millions avant son trentième anniversaire. Bien qu'il eût encore beaucoup de succès auprès des femmes, il épousa, à 32 ans, Caroline Marsh, une fille de bonne famille qui évoluait dans tous les cercles importants.

À 33 ans, Grantchester commença à ressentir des picotements à des points précis sur sa peau. Il consulta évidemment les meilleurs médecins du pays, qui nous passèrent les résultats fort intéressants de ses analyses.

Conrad est capable de produire un grand nombre de composés chimiques à l'intérieur de son corps et de les exsuder par les pores de sa peau sous la forme d'une brume légère. Les propriétés de ces composés vont de la toxine mortelle au gaz lacrymogène en passant par un spray dépourvu d'effets. Cependant, tous ces gaz forment un nuage noir qui colore les surfaces avec lesquelles il entre en contact.

Malgré son profil idéal pour la Checquy, Grantchester s'avéra extrêmement difficile à embaucher. Comme je le disais, il avait été sollicité à la fin de ses études, et il avait pour ainsi dire pris en aversion les recruteurs gouvernementaux. Il gagnait déjà des sommes astronomiques et il était donc compliqué de l'acheter.

Finalement, les perspectives d'aventure, de stimulation intellectuelle et de pouvoir authentique le persuadèrent de nous rejoindre.

Ça et un salaire astronomique.

Grantchester suivit quelques cours au Domaine pour s'acclimater au monde tel qu'il était vraiment, puis fut affecté au département des Affaires étrangères. Il parcourut le monde et prouva que les problèmes surnaturels pouvaient se résoudre autrement qu'à l'aide d'une croix, un pieu ou un fusil à pompe. Dans de nombreux cas, des manœuvres diplomatiques discrètes et quelques petites concessions suffisaient. Ajoutez à cela des dîners opportunément arrosés – car Grantchester savait se rendre indispensable autrement que grâce à sa repartie et son sens des affaires. Il s'avéra que la grâce de son visage et ses bonnes manières pouvaient également servir.

Il négocia un traité avec les Sirènes de la Méditerranée (certaines rencontres se firent même à la verticale), supervisa la reddition délicate d'un dictateur en Antarctique et facilita l'installation d'un tyran dans une petite nation africaine. Il était évident qu'il finirait par rejoindre la Cour, mais tout le monde fut assez étonné quand il fut nommé Tour plutôt que Cavalier.

À ce poste, il œuvra pour consolider et rationaliser les finances internes de la Checquy. J'ai eu l'occasion de voir ce qu'était la situation avant qu'il prenne les choses en main : un véritable nœud gordien d'avoirs, comptes, héritages, fonds discrétionnaires et propriétés diverses. On ne creusait pas un gouffre financier, mais il y avait des pertes. Grantchester mit de l'ordre dans tout ça.

Il s'est également révélé être un manager particulièrement doué, ayant toujours une idée très précise des forces et des faiblesses de chacun. Ça doit venir de son expérience en entreprise. Il a en tout cas validé plusieurs promotions peu orthodoxes qui firent beaucoup de bruit mais qui s'avérèrent en réalité de brillantes réussites. Son expérience de businessman lui a aussi appris à devenir un chasseur de tête redoutablement efficace. Il a recruté des personnes extrêmement douées à la Checquy.

Il a également supervisé la conception et la reconstruction du Beffroi, ce qui donne une bonne idée de la manière dont son esprit fonctionne : retors sous des apparences respectables. Grantchester aime être préparé, avoir envisagé tous les cas de figure et tout organiser selon des systèmes méthodiques et précis. Ce n'est pas tellement un belliqueux, bien qu'il n'ait aucun problème à commander un assassinat, mais il ne le fait que lorsque toutes les négociations ont échoué.

Après huit ans comme Tour, Grantchester est passé au rang de Fou ; il supervise donc désormais toute l'organisation. Il a examiné la structure financière globale, qui s'est avérée encore plus complexe et coûteuse que les opérations internes, a remonté ses manches et nous faisons aujourd'hui des bénéfices.

Personnellement, j'ai énormément de respect pour lui. Ses innovations administratives ont révolutionné l'organisation, et il est très professionnel. J'ai hérité de son poste et de sa garçonnière (il n'était d'ailleurs plus célibataire quand il l'a construite et décorée). Il est le successeur désigné à la tête de la Checquy quand Wattleman et Farrier rendront l'âme (si ça leur arrive un jour), donc j'imagine que je vais travailler sous ses ordres pendant encore un bon moment.

Ai-je signalé qu'il était très beau ?

Enfin, il est intéressant de noter que ses conquêtes ne se limitent pas aux intervenantes extérieures et qu'il a couché avec un certain nombre d'employées de la Checquy. Pas moi, je le précise, même si je ne sais pas trop ce que je dois en penser. Ses conquêtes ont toujours été très secrètes ; mais j'ai découvert certaines liaisons au cours de mes recherches, qui me permettront de le faire chanter s'il y a lieu. Il n'a eu aucun enfant illégitime, mais une fille, très appréciée au sein de l'organisation, s'est suicidée quand il l'a quittée. Cela a secoué tout le monde, mais seuls Grantchester et moi savons qu'il en était la cause.

Chapitre 15

« Tour Thomas ? »

Ingrid entra prudemment dans le bureau. Lorsqu'elle leva les yeux des rapports qu'elle était en train de lire, Myfanwy n'en revint pas. *Incroyable,* pensa-t-elle, *je crois que je ne l'avais encore jamais vu paniquer.* De la sueur perlait sur le front de sa secrétaire.

« Ingrid, vous allez bien ? Vous êtes toute rouge. Ce n'est pas… » Elle marqua une pause, gênée. Après tout, Ingrid avait quand même un certain âge.

« Mais non, pas du tout ! coupa Ingrid. Je viens d'être informée que les Américains arrivaient.

— Tous ensemble ?

— Vous savez, ce n'est pas très judicieux de vous montrer sarcastique avec votre assistante exécutive, fit remarquer Ingrid d'un air pincé. Et non, il ne s'agit pas du peuple américain, mais des Fous américains. »

Il y a des Fous américains ? Il y a une Checquy américaine ? Ça devait être écrit quelque part dans le classeur violet, mais elle avait été tellement absorbée par son travail au cours des deux derniers jours qu'elle n'avait pas eu le temps de le consulter. C'était prenant de vérifier le moindre détail et de s'assurer que tout fonctionne. Et le talent de gestionnaire qui se trouvait dans le cerveau de Thomas, quel qu'il fût, était apparemment resté. Elle avait même oublié une ou deux fois qu'elle n'était pas la Myfanwy Thomas que tout le monde croyait. Elle ne s'inquiétait plus de savoir si ce qu'elle allait dire ou faire risquait de jurer avec l'image mentale de sa prédécesseur. Et elle avait découvert qu'admettre son ignorance ne revenait pas automatiquement à révéler son secret. Elle commençait enfin à apprécier le pouvoir que possédaient les membres de la Cour.

« D'accord, les Fous américains arrivent, dit Myfanwy. J'imagine que Conrad et Alrich vont devoir s'occuper d'eux. Tous les diplomates se retrouvent près de la cheminée pour manigancer et décider de la destinée du monde autour d'amuse-gueules et d'un petit verre de brandy. C'est comme ça que ça se passe, non ? » Elle jeta un œil en direction d'Ingrid.

« Non, Tour Thomas. Ils viennent vous voir vous.

— Moi ? demanda-t-elle incrédule.

— Oui, vous », assena Ingrid. Elles se dévisagèrent en silence.

« C'est parce que j'ai fait une remarque sarcastique tout à l'heure ?

— Non. Même s'il est vrai que c'est un juste retour des choses.

— Et quand est-ce qu'ils arrivent ?

— Dans quarante-cinq minutes.

— Quarante-cinq minutes ? Putain, trois quarts d'heure ! » Myfanwy se leva et commença à ranger son bureau frénétiquement. L'assiette de biscuits disparut dans le tiroir, les papiers furent empilés, puis la pile renversée. « Vous savez, si je commandais une pizza, j'aurais un peu plus de temps pour préparer leur arrivée. » Elle examina sa tenue. Elle n'était pas non plus habillée en *casual Friday* mais on voyait qu'elle avait prévu une journée sans rendez-vous. « Pourquoi ils veulent me parler à *moi* ? demanda-t-elle désespérée.

— C'est vous qui avez écrit le rapport, Tour Thomas.

— Quel rapport ?

— Le rapport sur les Greffeurs que vous avez rédigé à l'issue de la réunion entre les Tours et les Cavs.

— Mais c'est un document top secret ! Ça n'était destiné qu'aux membres de la Checquy ! » Elle refit une pile de papiers.

« Les Greffeurs sont un des sujets de la Liste. Leur simple formulation enclenche des alertes automatiques, expliqua Ingrid. Certaines informations sont diffusées automatiquement au sein de la communauté.

— Bon d'accord, mais si j'avais su que d'autres personnes allaient le lire, j'aurais…

— Oui ?

— Je sais pas ! J'aurais soigné mon orthographe ! » Était-ce son imagination ou est-ce qu'Ingrid semblait amusée par tout ça ? « Donc, ils arrivent dans trois quarts d'heure. Il n'y a pas une cérémonie de bienvenue ou quelque chose dans le genre ?

— Les chefs de la Checquy organiseront une réception pour accueillir nos invités demain soir. Cela doit leur laisser le temps de se remettre du décalage horaire. Mais aujourd'hui, en vertu des traditions ancestrales, je vais accomplir l'annulation sacrée de vos rendez-vous et réserver une table au temple béni de la gastronomie italienne. » Myfanwy jeta un regard suspicieux à sa secrétaire. Elle faisait de plus en plus la maligne ces derniers temps. Puis elle reprit avec sa voix maternelle. « Tour Thomas, ne paniquez pas. Allez vous changer à la résidence, et je vous préviendrai quand ils seront là. » Myfanwy opina docilement, ouvrit la porte derrière le tableau et monta à la garçonnière.

Les Américains

La Checquy a atteint le Nouveau Monde avec les premiers colons anglais. La deuxième personne qui débarqua à Jamestown était un agent, rebuté par les exactions des colons et secrètement ravi de les voir succomber face aux subtiles stratégies militaires des indigènes. Il revint en Angleterre avec une passion pour le maïs et la ferme intention de ne plus jamais retourner dans les colonies. Il parvint à convaincre la Cour qu'une stratégie plus efficace (et mieux financée) serait nécessaire pour évaluer le potentiel surnaturel du continent. Elle en prit note et envoya plusieurs agents vers le Nouveau Monde.

Le plus important d'entre eux fut Richard Swansea, qui eut la lourde tâche d'enquêter sur le paranormal au sein de la colonie de Plymouth. Sa correspondance avec l'Angleterre constitue une lecture fascinante, d'autant que le pauvre homme n'adhérait pas à la religion de ses voisins.

Entourés d'austères fanatiques, Swansea dut faire appel à un immense talent d'acteur ; si ses voisins avaient découvert l'un des rapports qu'il cachait chez lui, il aurait sans nul doute été pendu. Cependant, grâce à ses actes de charité et son apparente ferveur religieuse, il devint rapidement un héros de la colonie et fut considéré avec davantage de déférence que les chefs de la communauté. Personne ne s'habillait plus sobrement, ni n'était plus prompt à condamner le laxisme d'autrui. Le pauvre, ça a dû être l'enfer...

À Londres, Richard Swansea avait goûté aux plaisirs d'une vie incroyablement décadente. Fils d'une tenancière de maison close, Swansea avait grandi entre deux mondes. Il passait la moitié de son temps dans les rues, et le reste à faire la connaissance des nombreux clients de la haute société qui fréquentaient... l'établissement de sa mère. L'un d'entre eux était d'ailleurs haut placé à la Checquy. Ainsi, quand sa peau caméléonesque, la régénération de ses membres et son hypercontorsionisme se manifestèrent à l'âge de 12 ans, il fut saisi.

Durant ses études, Swansea gagna l'admiration de ses professeurs et l'affection de ses camarades. Une fois diplômé, il devint l'agent le plus important de l'organisation. Ses nombreux contacts dans la bonne société et sa connaissance inégalée des bas-fonds lui permirent de mener à bien certaines des plus grandes opérations de tous les temps. De ce fait, quand l'occasion se présenta de créer la première antenne de la Checquy américaine, on envoya le meilleur Pion.

J'imagine sa frustration lorsqu'il se baladait avec son chapeau à boucle et son tromblon. Un ancien dandy, un favori des catins londoniennes, un gentleman qui avait frayé dans les salles de réception de la société et dans leurs égouts avec la même aisance, exilé dans un trou perdu peuplé de fanatiques dont la conception de l'amusement consistait justement à l'éviter à tout prix.

Sans son immense loyauté vis-à-vis de la Checquy, Swansea aurait laissé n'importe quel monstre errant pénétrer dans la ville de Plymouth. Il lui aurait même fourni un plan détaillé et aurait applaudi pendant qu'il aurait dévoré les Pèlerins.

Je pense que ses seuls moments de liberté étaient ces longues expéditions qu'il menait dans la nature et pendant lesquelles il sympathisait avec les autochtones.

Il essaya de les mettre en garde contre le danger que représentaient ses concitoyens, et leur conseilla de partir. Les indigènes acquiescèrent poliment, lui montrèrent les secrets de leur terre et ignorèrent complètement ses avertissements. Il contempla le résultat avec tristesse mais sans grande surprise.

Durant les cent sept années qui suivirent, Swansea entreprit de mettre en place une opération durable, en lien étroit avec la maison-mère. Cette Checquy américaine, baptisée Croatoan par la suite, s'étendit ensuite aux autres colonies. À bien des égards, ses membres avaient un défi inimaginable à relever. Techniquement, leur mission consistait à enregistrer toutes les créatures et activités surnaturelles du Nouveau Monde. Ils devaient faire face aux éventuelles menaces, et, quand cela était possible, renvoyer les créatures vivantes à Londres pour qu'elles puissent être examinées. Ils essayèrent d'appliquer cette consigne, mais leurs ressources et les circonstances les obligeaient souvent à exterminer lesdites menaces. Chaque colonie était un minuscule avant-poste ; l'entreprise tout entière était un mince archipel perdu au milieu d'un océan de sauvagerie.

Chaque colonie accueillait une antenne de la Croatoan, mais ne t'imagine pas non plus quelque chose de gigantesque. La structure n'avait pas à sa disposition les énormes moyens humains de la Checquy et devait se contenter d'un semblant de troupes, c'est-à-dire tous les individus dotés de pouvoirs qui leur tombaient sous la main. Swansea, remarquant que les tribus possédaient un taux plus élevé de naissances surnaturelles, leur expliqua la situation et tenta de les recruter. Ils refusèrent poliment. Apparemment, ils avaient le sentiment que leurs milliers d'années d'expérience leur permettaient d'être suffisamment équipés pour faire face à n'importe quel danger que leur terre pouvait porter. Ils lui souhaitèrent néanmoins bonne chance.

Swansea avait d'autres problèmes à gérer. Le caractère religieux et indépendant des colonies ne permettait pas à la Croatoan de compter sur une autorité gouvernementale pour acquérir des enfants. Si les colons rechignaient déjà à payer une taxe sur le thé, ils n'allaient probablement pas être emballés à l'idée de céder leur progéniture. Et nul mieux que Swansea ne connaissait le danger de mentionner le surnaturel aux Puritains : ceux-ci pensaient alors un peu trop rapidement à un nœud coulant… Swansea dû donc adopter des mesures extraordinaires pour bâtir une force susceptible de protéger la populace.

Des enfants furent acquis. Ceux dont les familles étaient prêtes à les mettre en apprentissage chez d'éminents « marchands » devinrent des agents sans que cela fasse trop d'histoires. Ceux dont les parents étaient moins coopératifs furent, pour ainsi dire, saisis. Swansea et ses hommes les kidnappaient dans la rue ou dans leur lit et les envoyaient dans une autre colonie. On leur donnait une nouvelle identité et on leur inculquait l'importance de la mission de la Checquy représentée par la Croatoan. Ils recevaient une éducation, apprenaient un métier, et protégeaient leur communauté.

Les adultes étaient quant à eux attirés par la ruse. Régulièrement, la Checquy envoyait des renforts qui étaient accueillis avec un débordement d'enthousiasme. De son côté, Swansea tentait de faire de son mieux. Les marins étaient racolés de force à la descente de leur bateau. Tout adulte manifestant des pouvoirs avait de fortes chances d'être exécuté par la communauté (bien qu'il soit intéressant de remarquer que Swansea ne trouva jamais aucune manifestation, chez un adulte ou un enfant, dans le village de Salem). La Croatoan sauva ainsi un certain nombre de « sorcières » et les rééduqua. Le charisme et la détermination de Swansea n'étaient pas pour rien dans ces éclosions tardives. Les esclaves étaient observés attentivement avant d'être achetés ; une fois intégrés à la Croatoan, ils étaient libérés. Certains s'en émurent mais les protestations cessèrent rapidement lorsque le niveau des aptitudes des Africains surpassa celui de la plupart des agents.

De nombreuses menaces planaient sur les colonies – elles augmentaient d'ailleurs avec une régularité terrifiante –, et la Croatoan essayait d'y faire face. Dans la mesure du possible, les colonies envoyaient des renforts à leurs voisines en cas d'attaque. Ce fut cette solidarité qui permit au groupe de survivre à la révolution. Pour information, tous les membres de la Croatoan bénéficiaient d'une exonération d'impôt (un privilège qui n'a d'ailleurs jamais été appliqué à la Checquy britannique. Tu n'as pas idée de ce que je paye) et ceux-ci étaient tout à fait conscients que leur mission consistait autant à protéger le peuple qu'à être loyaux envers la couronne.

Durant la guerre d'Indépendance, les membres de la Croatoan ne choisirent donc aucun camp. Le carnage et le chaos des diverses batailles titilla une partie de la faune la plus exotique, et les équipes furent donc très occupées à repousser les mollusques géants qui aimaient fondre sur les fermes isolées et se repaître de leurs occupants. Du fait de ces opérations désespérées et de la violence des conflits périphériques, la guerre décima près de la moitié des effectifs de la Croatoan.

En tant qu'agents d'un gouvernement fermement

invité à quitter le pays, les survivants se trouvèrent dans une situation délicate. S'ils se faisaient connaître auprès de George, Ben, Thomas et du reste de la bande, on leur dirait probablement de se casser. Et puis, il restait toujours la bonne vieille pendaison. Certains avaient la réputation d'être assez ouverts d'esprit, mais les membres les plus anciens de la Croatoan se méfiaient. Pourtant, ce pays leur appartenait autant qu'à n'importe qui d'autre. Et il était évident que personne au sein du nouveau – et encore légèrement désorganisé – gouvernement n'était susceptible de saisir les horreurs surnaturelles qui se promenaient la nuit, et encore moins de les combattre. Déroutés et épuisés, les survivants de la Croatoan continuèrent de protéger leurs voisins et envoyèrent des lettres polies mais désespérées à la Checquy pour demander des instructions.

Pendant ce temps, les membres de la Checquy avaient eu leurs propres problèmes à régler. Une naissance déplaisante avait eu lieu en Cornouaille, et toute la Cour avait été monopolisée pour l'éliminer. Le 3 septembre 1783, quand le Traité de Paris fut signé, la Checquy était en train de se remettre, d'enterrer ses morts et commençait tout juste à s'inquiéter du reste du monde. Lorsque, en pleine messe, le Lord Écarlate reçut la lettre de la Croatoan, il fit cette déclaration : « Putain de merde ! »

Même si la Croatoan rendait service à l'ensemble de l'humanité, la Checquy décida qu'elle pouvait difficilement demander au Roi George les fonds nécessaires pour financer leurs homologues américains. Cela nécessiterait d'approcher discrètement le gouvernement du jeune pays ; la Croatoan devrait ensuite envoyer un émissaire pour expliquer la mission de l'organisation et proposer leurs services. Il faudrait quelqu'un avec des pouvoirs suffisamment spectaculaires pour impressionner les autorités. Quelqu'un qui pourrait s'échapper rapidement si le président récemment élu attrapait son mousquet. Tant qu'ils n'étaient pas certains d'avoir été acceptés par le nouveau gouvernement, il fut recommandé aux membres de la Croatoan de continuer à faire profil bas et de se tenir à carreau.

Le représentant désigné fut un Fou, un ancien esclave du nom de Shadrach. Son inexplicable apparition au domicile de George Washington aurait probablement grandement impressionné le président s'il avait été présent. Malheureusement, Washington avait décidé de passer la journée à inspecter ses troupes. Fort heureusement, l'entrée de Shadrach sous la forme d'un essaim de mouches et ses bonnes manières firent forte impression à Martha Washington, tant et si bien qu'elle accepta de le laisser attendre que son mari rentre à la maison. Pendant plusieurs heures, la Première Dame et l'esclave affranchi discutèrent dans le salon et Shadrach put lui expliquer le fonctionnement et les missions de la Croatoan. Martha était une personne remarquablement tolérante, et suffisamment sensée pour se rendre compte que c'était là un atout pour la nation.

Autour d'une tasse de thé non taxé, Martha et Shadrach élaborèrent les détails de l'absorption de la Croatoan par le gouvernement. Les négociations furent d'une complexité terrifiante, et encore aujourd'hui, des débats subsistent au sein de notre communauté pour savoir qui fut le plus avisé des deux. Quoi qu'il en soit, quand George Washington rentra chez lui, il se retrouva en possession d'une agence secrète en charge du surnaturel.

Les historiens ont établi que George Washington était un chef des services secrets efficace et qu'il consacrait une bonne partie de son budget au renseignement. Je peux te dire que c'était en grande partie pour financer la Croatoan. À de nombreux points de vue, l'organisation calquait celle de la Checquy : elle recevait également un budget ridiculement grand et conservait une structure hiérarchique, malgré les protestations de Martha qui avait fait remarquer qu'une Cour ne correspondait pas aux idéaux de la jeune nation. Mais Shadrach s'était montré inflexible. Cependant, contrairement à la Checquy, la Croatoan n'obtint pas le droit d'acquérir de force des enfants dotés. Martha était de son côté tout à fait pour, mais le président refusa catégoriquement. La Croatoan fut donc forcée d'attirer ses agents par des discours passionnés sur le devoir et les responsabilités – ce qui marchait presque aussi bien que la force – et présentait l'avantage de ne pas faire d'entorse à la Constitution.

Finalement, il fut arrêté que la Croatoan, comme la Checquy, n'interviendrait pas en dehors du strict cadre du surnaturel.

La Croatoan continua de se développer mais pour une raison inexpliquée, beaucoup moins d'enfants dotés naissent sur le territoire des États-Unis qu'en Grande-Bretagne. Cela aurait pu être un sujet d'inquiétude si le nombre de menaces surnaturelles n'avait pas été, lui aussi, beaucoup plus faible. Cela ne signifie pourtant pas qu'il n'y avait aucun problème. Ce fut en Amérique qu'apparurent les Irrégularités, ces créations mathématiques qui pervertirent l'espace et le temps tout en manipulant secrètement l'industrie du film muet. La Secte de l'Éloignement, le Cavalier de la Famine, le Dieu du Cliquetis furent de véritables désastres, mais le nombre restreint de ces menaces ne représentait pas un gros problème pour les États-Unis.

Richard Swansea, avant sa mort par décapitation des mains d'une maîtresse éconduite, avait remarqué cette tendance et consigné ses hypothèses dans son journal. Ses liens amicaux avec les Amérindiens lui avaient permis d'observer leurs rites et leurs pratiques et il postula qu'un ensemble de protections avait été mis en place au cœur même de la terre. Même si le nombre de tribus diminuait, leur œuvre survivait, et le continent restait relativement épargné par les manifestations paranormales.

Malgré la séparation des deux organisations, la Croatoan et la Checquy conservèrent d'excellentes relations. Aucun arrangement formel ne fut conclu dans un premier temps, mais elles restèrent en contact régulier. Il ne se passait jamais plus d'une dizaine d'années sans qu'un membre de l'une des Cours ne traverse l'océan pour rendre visite à son homologue. En 1850, un accord (le Sororitas Pact) entra en vigueur, codifiant les nombreux liens d'amitié entre les deux groupes. Cet accord comprend l'établissement de la Liste, l'extradition des transgresseurs, et la promesse solennelle qu'aucune organisation n'accepterait de s'engager dans une guerre contre le pays de l'autre. La Liste est un catalogue des menaces jugées par chacun des groupes comme les plus dangereuses. Tout événement impliquant l'une de ces menaces doit être immédiatement signalé.

Il y eut même quelques collaborations. Durant la guerre de Sécession, la Croatoan demanda du renfort quand les mollusques géants, émoustillés par cette nou-

velle vague de violence, réapparurent sur le territoire. En 1903, la Checquy fit appel à ses homologues américains quand un portail céda à Hong Kong et que des démons commencèrent à infiltrer la communauté. En 1989, les deux groupes orchestrèrent l'éradication des morts-vivants à Hawaii, cet état ne jouissant pas de l'immunité mystique du continent américain. Les succès de ces campagnes permirent de renforcer des liens d'amitié.

Aujourd'hui, les membres de la Croatoan sont nos alliés les plus fidèles. Ils connaissent des secrets que nos concitoyens ignorent. Ils sont moins nombreux que nous mais font régner l'ordre sur un territoire bien plus grand que le nôtre. J'ai personnellement le plus grand respect pour eux.

Bon, tout ça c'est très bien, pensa Myfanwy. *Mais est-ce que tu les as déjà rencontrés ? Est-ce que je vais devoir leur faire des* private jokes *? Est-ce que je dois demander des nouvelles de leurs enfants ?* Myfanwy parcourut le classeur mais ne trouva rien de pertinent. Elle regarda sa montre et s'aperçut qu'il lui restait très peu de temps pour se changer. Heureusement, s'il y avait bien une chose dont elle disposait en quantité, c'était des tailleurs. Avant qu'Ingrid n'entre pour annoncer les Américains, elle eut le temps de retourner l'armoire, de se précipiter dans son bureau et de prendre un air professionnel suffisamment convenable.

Chapitre 16

« Tour Myfanwy Thomas de la Checquy, je vous présente le Fou Shantay Petoskey de la Croatoan », lança Ingrid d'une voix retentissante. *Elle a pris des cours d'élocution ou quoi ?* se demanda Myfanwy, en rougissant et baissant la tête. L'annonce résonnait toujours dans son bureau quand elle leva les yeux. Elle regarda Petoskey et sentit ses yeux s'écarquiller. Quoi qu'elle ait pu imaginer, Shantay Petoskey n'y correspondait pas.

Elle devait avoir cinq ans de plus qu'elle et était très belle. Elle était noire, mince et grande ; très, très, très grande. Elle portait une tenue qui devait coûter horriblement cher, ou être ridiculement bon marché, mais qui de toute manière lui allait merveilleusement bien. *S'il vous plaît, faites qu'elle ait couché pour gravir les échelons,* pensa Myfanwy. *Personne n'a le droit d'être intelligent en plus d'être aussi beau.*

Petoskey essayait visiblement de se retenir de rire.

« Oui, merci pour ces délicates présentations Ingrid, dit Myfanwy.

— C'est la tradition, répondit-elle calmement.

— Oui, bien sûr. Fou Petoskey », continua-t-elle en hochant bizarrement la tête d'un geste qu'elle avait espéré officiel et gracieux mais qui devait paraître ridicule.

« Tour Thomas, je suis ravie de vous rencontrer, dit Petoskey. Appelez-moi Shantay.

— Myfanwy. » *Dieu merci on ne s'est jamais vues !* Elle jeta un œil par-dessus l'épaule de Shantay. « Excusez-moi, mais il me semblait qu'Ingrid m'avait dit que les deux Fous devaient venir.

— Le Fou Morales ne se sentait pas très bien, elle est restée à l'hôtel.

— Ah. Rien de grave j'espère ?

— Le voyage l'a épuisée, expliqua Shantay. Nous savions qu'elle ne viendrait pas à cette réunion.

— Il y a trois quarts d'heure, je ne savais même pas qu'il y avait une réunion, donc ce n'est pas très grave... »

Je n'arrive pas à croire que j'aie dit ça.

« Je n'arrive pas à croire que vous ayez dit ça », lança Shantay. Il y eut un bref moment de tension durant lequel Myfanwy se prépara à une déclaration de guerre. Puis Shantay lui fit un grand sourire. « Vous êtes bien plus drôle que ce qu'on m'avait laissé entendre. » Elle lui fit un clin d'œil et Myfanwy lui rendit son sourire. Décidément, elle lui plaisait bien.

Elle s'aperçut qu'elles étaient toujours debout. « Excusez-moi, dit-elle, asseyons-nous. Non, pas ici ! » Elle arrêta Shantay avant qu'elle ne s'assoie dans l'un des fauteuils délibérément inconfortables. « Nous serons mieux dans les canapés. Vous voulez boire quelque chose ? » Elles furent bientôt installées dans la profondeur des canapés, une tasse de café fournie par Ingrid à la main.

« Alors Shantay ! dit Myfanwy en s'enfonçant confortablement dans les coussins.

— Oui Myfanwy ? demanda Shantay, tout aussi décontractée et amusée.

— Qu'est-ce qui vous amène si soudainement en Angleterre ? Non pas que nous ne soyons pas ravis de vous voir…

— Ah oui, bien sûr. Tout d'abord, notre Cour a été très impressionnée par le rapport que vous avez rédigé, répondit le Fou en ajustant soigneusement sa robe. Et il s'est avéré être tout à fait à propos.

— Ah oui ?

— Oui. Il y a quatre heures, nos Pions ont appréhendé une femme qui pénétrait sur notre territoire à l'aéroport de Los Angeles. Nous l'avons examinée : elle possédait des implants très particuliers. » Shantay fit une pause lourde de sens. « Ce n'était pas de la silicone.

— Laissez-moi deviner, rétorqua Myfanwy. C'était l'œuvre des Greffeurs ? » Shantay hocha la tête d'un air grave. « Merde. » Elle soupira. « Ce sont les chiens qui l'ont repérée ?

— Non, nous n'avions pas encore mis ça en place.

— Ah non ?

— Non, elle était suivie parce qu'elle était belge.

— Intéressant…, souffla Myfanwy. Je ne sais pas si on va pouvoir faire la même chose ici. Et elle a pété un câble à l'aéroport ?

— Les trois albinos qui la suivaient auraient effectivement pu la faire flipper mais ils ont été assez discrets. À vrai dire, elle a explosé sans avoir été provoquée.

— C'est alarmant.

— Extrêmement. Dès que nous en avons été informés, le Fou Morales et moi avons pris nos dispositions pour venir. » *Et tout ça s'est passé il y a quatre heures,* s'étonna Myfanwy. *Il vaut sans doute mieux ne pas poser de question.* « Les Greffeurs constituent une menace crédible pour nos deux pays, poursuivit Shantay. Une apparition était déjà un motif d'inquiétude, mais deux en si peu de temps… cela devient un peu plus troublant.

— Le sujet est toujours en vie ?

— Oui, mais ça n'a pas été facile de la maîtriser, répondit Shantay d'une voix sombre. Elle a tué treize personnes dans l'aéroport.

— Des civils ?

— Quatre civils et neuf Pions.

— Oh mon Dieu… Je suis désolée. Il y a eu des témoins ?

— C'est malheureusement impossible de cacher quelque chose comme ça lorsque la scène se déroule dans un aéroport. Nous avons seulement réussi à dissimuler certains aspects les plus bizarres. Heureusement, aucun de nos Pions n'a utilisé ses pouvoirs devant des civils.

— Alors comment… »

La réponse fut lapidaire.

« Des tireurs d'élite.

— Vraiment ? L'homme que nous avons appréhendé était blindé contre les balles.

— Nous n'avons pas utilisé de balles.

— Ah. Je vous présente mes plus sincères condoléances, ainsi que celles de la Checquy, pour cette tragédie. » Shantay hocha la tête et reprit :

« Vos Cavaliers seront informés officiellement dans l'heure, mais nous voulions êtres présentes pour la conférence qui allait forcément suivre.

— D'accord. Pardon, mais vous disiez que le sujet était encore en vie. Vous avez commencé à l'interroger ?

— Impossible. Nous l'avons emmenée dans nos installations du Nevada, mais elle s'est plongée dans une sorte d'état comateux dont jusqu'à présent personne n'a réussi à la réveiller.

— L'un de nos Pions a réussi à réveiller Van Syoc », dit Myfanwy en repensant aux manipulations du Dr Crisp. « Je suis sûre que nous pourrons mettre en place une collaboration. Le Dr Crisp est notre informateur en chef, il déchiffre les lignes de la main et les entrailles et peut donc lire en n'importe qui comme dans un livre ouvert. Il est en ce moment dans les Greffeurs jusqu'au cou, mais je suis sûre qu'il doit pouvoir obtenir plus d'informations d'une personne vivante que d'un mort.

— S'il n'y arrive pas, nous avons quelqu'un d'assez doué pour les cadavres. Et je ne voudrais pas être désagréable, mais le Dr Crisp n'a-t-il pas tué la dernière personne qu'il a interrogée ? » Myfanwy se tut un instant.

« Non, il n'a pas tué Van Syoc. Les Greffeurs s'en sont chargés. » Puis elle raconta tout ce que le Dr Crisp lui avait expliqué.

« Mon Dieu ! s'exclama Shantay. Donc cette femme que l'on a arrêtée… ils peuvent lui ordonner de s'autodétruire ?

— Personne n'a besoin d'ordonner quoi que ce soit. Ils peuvent le faire eux-mêmes.

— C'est encore pire, dit Shantay. Je vais leur dire de la déplacer dans une cellule où les ondes ne passent pas.

— Bonne idée, mais ne soyez pas déçue si ça ne marche pas : nous avions enfermé Van Syoc au cinquième sous-sol. Je vais demander au Dr Crisp de les appeler, il aura peut-être des idées. »

Pendant quelques instants, les deux femmes s'ignorèrent : Shantay donnait des instructions urgentes au téléphone et Myfanwy expliquait la situation à Ingrid. Quand elles eurent fini, elles se retournèrent l'une vers l'autre.

« On va déjeuner ? proposa Myfanwy.

— Avec plaisir », répondit Shantay.

Chère Toi,

Je trouve ça plutôt apaisant de faire des recherches, même quand il s'agit de découvrir qui veut me tuer. Et puis manipuler de grandes quantités d'informations fait de toute façon partie de mon boulot. La plupart sont disponibles sur notre réseau interne. C'est un réseau fermé et aucun ordinateur contenant un document de la Checquy n'est connecté à Internet. Les e-mails que nous nous envoyons d'un bureau à l'autre passent par l'un de nos satellites, il n'y a donc aucune chance qu'un odieux ado américain désœuvré puisse pirater notre système. Il n'y a aucun crossover. Tu n'as pas idée du coût d'une telle installation.

Bref, je peux naviguer dans la plupart des dossiers depuis mon ordinateur, et mon statut de Tour me donne un accès privilégié à pratiquement toutes les archives. Je peux donc consulter des tonnes de documents. De temps à autre, j'ai parfois besoin de quelque chose qui n'a pas été numérisé et si le dossier est disponible au Beffroi, je descends aux archives qui se situent dans une très belle partie du bâtiment. Moquette vert bouteille, grandes bibliothèques en chêne, chercheurs silencieux : je m'y plais. J'aime suivre une piste, sauter d'un rayonnage à l'autre, passer devant des vitrines contenant de nobles bestioles empaillées avant de franchir les portes métalliques des chambres fortes.

Elles contiennent des allées entières de secrets : de grands classeurs aux tiroirs en bois lustré, des dossiers arborant des sceaux de cire, des cartons de paperasse bien classée. Puis je traverse ces pièces, enfile un manteau et pénètre dans la chambre froide, où de grands meubles métalliques renferment les détails.

On finit toujours par trouver quelque chose dans les détails.

Certaines informations, cependant, ne sont ni en ligne ni au Beffroi, et si elles se trouvent à l'Annexe ou à Apex House, je vais y poursuivre mes fouilles pendant le week-end. S'ils sont ailleurs, je me fais envoyer les vieux dossiers et Ingrid les dépose sur mon bureau quand ils arrivent, en piteux état, enveloppés dans du plastique et scellés à la cire. Je regarde toujours d'où ils viennent. Bath, Stirling, les Orcades, l'île de Man, Manchester, Portsmouth, Édimbourg, Whitby, Exeter. Nous sommes partout.

En ce moment j'épluche nos livres de compte, qui ne font pas des centaines mais des milliers de pages. Les anciennes méthodes de la Checquy en la matière étaient d'une complexité cauchemardesque, mais les nouveaux montages sont aussi alambiqués qu'on peut l'imaginer pour une agence gouvernementale quasi-indépendante, opérant en secret aux quatre coins du globe. Les chiffres défilent sous mes yeux : les numéros de compte, de transaction, de carte d'identité, d'autorisation, du destinataire. J'ai mis le nez dans des caisses noires, douté de certains fonds de placement, et me suis posé des questions délicates sur les fonds discrétionnaires.

Pourquoi fouiller les archives de la comptabilité ? Parce que j'ai découvert au cours de ma carrière que même dans ce monde secret de pouvoirs, de mysticisme et de merveilles dissimulées, tout se résume généralement à des questions d'argent. Et je me demande si mes talents en matière de chiffres et de comptabilité combinés à mon accès aux archives de la Checquy ne sont pas la raison pour laquelle un membre de la Cour va m'éliminer. Peut-être a-t-il peur que je découvre une opération illégale.

Ce qui est peut-être déjà le cas à vrai dire. Rien d'effarant, mais il semblerait que les comptes de Sir Henry et de Gestalt soient assez peu... orthodoxes. Ça vient peut-être du fait qu'ils ont l'un et l'autre des vies assez étranges. Sir Henry a une durée de vie étendue et a travaillé sous différents noms et identités, ce qui pose divers problèmes. Certaines sommes ont disparu. Pendant ce temps, Gestalt reçoit quatre salaires, mais on n'est pas certain du nombre de revenus qu'il déclare aux impôts.

Le problème, c'est que tout ceci n'est pas très concret. Je ne suis pas certaine qu'ils aient fraudé. Pour prouver qu'il y a bien eu une faute, il me faudrait donc éplucher leurs comptes et cela me demanderait plus de temps que je n'en ai. Néanmoins, ce que j'ai suffirait déjà pour lancer une enquête approfondie. C'est pour ça que ça fait partie de mon plan de chantage en cas d'urgence.

Mais je ne pense pas que leurs irrégularités soient une raison suffisante pour ordonner ma destruction. Je vais forcément être trahie pour autre chose. Donc, chaque matin, chaque soir, pendant chaque trajet et chaque pause-déjeuner (les rares fois où je peux en prendre une), quand je n'étudie pas les dossiers des membres de la Cour, j'épluche les comptes. Bien sûr, les biens de la Checquy sont divers et variés, et je ne peux pas tout expliquer. Mais en qualité de Tour, j'ai commandé un double audit des principales chambres fortes, que j'ai confié à des départements rivaux pour éviter toute collaboration. Pendant ce temps, je revérifie moi-même les plus gros projets du portefeuille de la Checquy. Ils sont suffisamment complexes pour cacher des magouilles.

Ça en fait un sacré merdier à examiner.

En ce moment, je suis embourbée jusqu'aux genoux dans les fonds annuels du Domaine, et ne t'y trompe pas : ça représente beaucoup *d'argent. Ce n'est pas étonnant. Chaque étudiant sortant à l'âge de 19 ans a reçu l'équivalent d'une éducation universitaire de qualité, a suivi un entraînement militaire rigoureux et possède une maîtrise aussi complète que possible de ses pouvoirs. Le budget comprend les infrastructures des meilleures écoles privées du pays, l'équipement pour diagnostiquer et tester une grande variété de superpouvoirs, le logement d'une population étudiante génétiquement instable, les salaires des professeurs les plus qualifiés et tolérants du monde, et la sécurité pour que tout ceci reste secret. Sans compter les thérapies pour tout le monde.*

Je te raconte tout ça car après des semaines et des semaines à étudier, auditer, et retracer l'argent avec un soin qui confine à la fixation anale, j'ai trouvé une autre irrégularité, peut-être assez importante pour justifier que l'on m'élimine.

Et dès que j'aurai pris une aspirine, je vais l'explorer.

Bien à toi, accompagnée de ma migraine,
Moi

« Eh bien, ça va être beaucoup plus sympa que le sandwich que je m'étais préparé », dit Myfanwy après qu'elles eurent été conduites au restaurant le plus prisé de la ville et installées à une table sous un rayon de soleil. « Shantay, c'est un prénom original. C'est un diminutif ?

— Pas que je sache. Pourquoi, le tien est un diminutif ?

— Myfanwy ? De quel prénom ?

— Dieu seul le sait, mais les prénoms sont souvent bizarres. Surtout ceux qui ont été inventés.

— Le tien est inventé ? demanda Myfanwy, curieuse.

— Non.

— Ça vient d'où alors ?

— Euh, c'est d'origine française, dit Shantay en acceptant le verre de vin que lui proposait un serveur obséquieux.

— Et Petoskey ? Tu n'as pas tellement l'air polonaise.

— C'est chippewa, ça veut dire "Soleil Levant". Mais ne t'inquiète pas, tout le monde se trompe.

— Au moins toi, tu peux être à peu près sûre que tu le prononces correctement.

— Oui, ça vient d'où d'ailleurs Myfanwy ? C'est écossais ?

— Gallois.

— Ah oui ? Je ne connais pas du tout, dit Shantay sur le ton de la conversation.

— Moi non plus.

— Tes parents ne t'ont pas parlé de tes origines ? demanda distraitement le Fou américain en faisant signe au serveur de revenir. Les miens n'arrêtent pas de me parler de mes ascendances ethniques et culturelles. En fait, on va prendre la bouteille. » La dernière phrase était adressée au serveur qui allait vraiment devoir mériter son pourboire.

« Je ne connais pas vraiment mes parents », dit Myfanwy en ajustant ses lunettes de soleil. La terrasse du restaurant était une adresse incontournable pour déjeuner à Londres un jour ensoleillé. L'air était frais, mais on avait installé d'élégantes chaufferettes. Normalement, il fallait être extrêmement célèbre pour avoir une table en terrasse, mais Ingrid avait trouvé le moyen d'entretenir de bonnes relations avec tous les restaurateurs de la ville. Quand Myfanwy et Shantay s'étaient présentées, l'une munie d'une carte de crédit qui semblait bel et bien être en or, l'autre rayonnant de grâce comme une déesse nubienne, on leur avait rapidement proposé la meilleure table, devant un groupe d'actrices à la voix stridente qui attendaient apparemment depuis dix minutes.

« Tu ne connais pas tes parents ? reprit Shantay.

— Non, on m'a prise quand j'avais 9 ans, répondit Myfanwy en goûtant une gorgée de vin.

— Mon Dieu, j'avais oublié. C'est vrai que vous faites ça ici », répondit Shantay horrifiée.

Myfanwy opina.

« Tu sais, je ne voudrais pas être désagréable, mais je n'arrive pas à croire que vous puissiez enlever des enfants à leurs parents.

— C'est la tradition », expliqua Myfanwy en cherchant un plat parmi ceux qui avaient la description la plus longue et détaillée sur le menu. Quitte à dépenser une fortune aux frais de la Checquy, elle voulait que le chef se donne du mal. « Les gens comme nous sont en quelque sorte considérés comme la propriété de l'État.

— Nous avions une tradition assez semblable aux États-Unis, de considérer les personnes comme des biens. Et puis on a eu une petite guerre qui a établi que cette tradition était terminée.

— C'est vrai. »

Le serveur arriva pour prendre leur commande, une procédure qui prit plus longtemps que d'habitude car les deux femmes tinrent à lire intégralement les descriptions des plats.

« Et tu as des souvenirs de tes parents ? demanda Shantay quand le serveur fut reparti en titubant sous le poids des épithètes culinaires.

— Pas du tout, répondit Myfanwy en toute honnêteté.

— Et ça ne te dérange pas ?

— Pas vraiment. » Elle haussa les épaules et se demanda ce que Thomas avait pu ressentir. « Et toi, comment tu t'es retrouvée à la Croatoan ?

— J'ai été repérée assez tôt. Nous avons un programme très complet. Nous avons si peu de manifestations que l'on ne peut pas se permettre d'en laisser passer une seule. Bref, mes parents vivaient à Flint, dans le Michigan. Tu connais ?

— J'en ai déjà entendu parler je crois. Il n'y a pas eu une licorne là-bas l'année dernière ?

— Non, ça, c'était à East Lansing. En tout cas, quand j'étais petite, mes parents étaient dans une situation difficile, surtout avec trois enfants.

— Je crois qu'on était trois nous aussi.

— Ah oui ? Tu étais la plus grande ?

— Je suis à peu près sûre que j'étais celle du milieu, répondit-elle en s'efforçant de se souvenir.

— J'étais l'aînée, dit Shantay. Et même si nous n'étions pas affamés, nous en étions parfois pas très loin. Puis ils ont reçu une lettre visiblement très officielle.

— Du gouvernement ?

— Non, d'un internat hors de prix dans le New Hampshire, qui proposait de payer les frais d'hébergement et de scolarité.

— Ah oui ? Dieu merci, le département du surnaturel américain est d'une honnêteté scrupuleuse. » Elle arrêta là son recours au sarcasme comme instrument contondant. « En quoi est-ce que votre système est plus éthique que le nôtre ?

— Mes parents ont eu le choix. D'après ce que j'ai pu comprendre, cela n'a pas été le cas pour les tiens.

— C'est vrai, même si notre méthode comporte d'autres avantages. Est-ce qu'il y a d'autres points positifs dans votre approche ?

— Je rentrais pour les vacances.

— Là, tu me bats. »

Le repas fut délicieux. Après le dessert, elles discutèrent des subtilités des programmes de défense de leurs nations respectives, puis furent reconduites au Beffroi.

« Tour Thomas, dit le chauffeur, il semblerait que les manifestants aient décidé de monter une barricade devant l'entrée du parking. La sécurité s'emploie à les disperser, mais ça risque de prendre un peu de temps.

— Vous n'avez qu'à nous déposer là, dit Myfanwy en enfilant ses gants. Merci Martin. » Elles jetèrent un regard plein de dégoût aux manifestants lorsqu'elles descendirent de la voiture.

« Vous avez envisagé de leur envoyer la police ? demanda Shantay.

— Je pense que ça risquerait d'attirer la presse, dit Myfanwy qui avait remarqué une femme qui lui paraissait familière de l'autre côté de la rue.

— Peut-être en mettant ça sur le compte d'une guerre des gangs ?

— C'est Londres ici, pas Los Angeles. Et puis, c'est un quartier d'affaires. » Elles s'interrompirent quand la jeune femme traversa la rue et s'approcha d'elles.

« Pardon de vous déranger, s'excusa-t-elle.

— Oui ? demanda Myfanwy. *Elle me dit vraiment quelque chose. Est-ce qu'elle travaille à la Checquy ?*

— Est-ce que… vous êtes Muvvahwee Thomas ?

— J'imagine que oui. Pardon, est-ce qu'on se connaît ?

— Je m'appelle Bronwyn. » Elle la considéra comme si elle attendait une réaction. « Bronwyn Thomas. Je suis ta sœur. »

Chapitre 17

Elles se dévisagèrent. Myfanwy était complètement hébétée. La femme qui disait s'appeler Bronwyn et affirmait être sa sœur avait un regard plein d'espoir. Même la vision de Gestalt étranglant le Dr Crisp ne l'avait pas autant choquée que cette révélation. Elle considéra la jeune femme et reconnut ses propres traits, quoique plus jolis (et même, il faut bien le dire, magnifiques). Elle était également plus grande et ses longs cheveux arboraient un balayage blond très réussi.

C'est pour ça qu'elle me disait quelque chose, se dit Myfanwy, incrédule. Elle voyait que Shantay était bouche bée, mais n'entendait plus aucun bruit autour d'elle. Il n'y avait plus que Bronwyn, et elle ressentait une sorte de connexion, presque un sentiment de familiarité. Comme si cette fille avait trouvé une place dans sa vie, comme si elle remplissait un trou en forme de sœur.

Qu'est-ce qui se passe ? Est-ce seulement possible ? se demanda-t-elle, le regard plongé dans des yeux parfaitement identiques aux siens. *C'est vraiment ma sœur ?*

Il faut que je dise quelque chose, ça va bientôt faire une minute.

« Mon Dieu », commença-t-elle, sans trouver autre chose à ajouter. « Bonjour. » Elle hésita, puis lui tendit la main. La femme qui disait être Bronwyn sembla un peu surprise, puis elle sourit et elles se serrèrent la main timidement.

« Ça doit te faire un sacré choc de me voir sortir de nulle part, dit Bronwyn.

— C'est la chose la plus incroyable qui me soit jamais arrivée, répondit Myfanwy. La chose la plus incroyable… » Elle ne finit pas sa phrase et continua de secouer la main de Bronwyn.

« Je m'appelle Shantay. Je suis une collègue de Myfanwy, intervint Shantay avec froideur. Je crois qu'elle est un peu sous le choc.

— Bonjour, dit Bronwyn.

— Écoutez, je suis vraiment désolée de devoir vous interrompre, reprit Shantay, mais nous avons un rendez-vous vraiment important. Et ça ne peut pas attendre. »

On doit aller à un rendez-vous ? se demanda Myfanwy.

« Bronwyn, il faut absolument que tu me donnes toutes tes coordonnées. Ton adresse et le reste. Je vais te donner les miennes et on va se fixer un rendez-vous. » Elle lâcha la main de Bronwyn à contrecœur et baissa les yeux. *Elle a les mêmes mains que moi. Mince, je n'avais même pas retiré mes gants !* Elle s'en voulut. « Tu pourras venir chez moi et on fera connaissance », ajouta-t-elle précipitamment. Pourtant, à l'instant où elle prononça ces paroles, elle fut consciente des centaines de complications qu'impliquait cette invitation.

Elles échangèrent leurs numéros et se mirent d'accord pour se voir le soir même. Myfanwy lui dit qu'elle la rappellerait. Elles se dirent au revoir, gênées, et Shantay la conduisit à l'intérieur du Beffroi.

« Eh bien, dit-elle quand elles furent dans l'ascenseur, ça sortait vraiment de nulle part.

— Oui. » Myfanwy reniflait, Shantay lui tendit un mouchoir. « Je n'ai pas enlevé mes gants pour lui serrer la main, geignit-elle. J'étais tellement sur le cul que j'y ai même pas pensé.

— Encore heureux ! s'exclama Shantay. Crois-moi, si cette femme s'était penchée pour t'embrasser ou si elle avait tenté le moindre contact avec ta peau, je lui aurais fracassé le crâne sur le trottoir.

— Quoi ?

— Mais tu plaisantes ? Une fille t'aborde dans la rue, tu sais même pas qui elle est ! Merde, ça aurait pu être une agente des Greffeurs !

— Je sais que j'ai une sœur, et cette femme me ressemble comme deux gouttes d'eau. Enfin certaines parties, corrigea Myfanwy en repensant à ses longues jambes.

— Oh arrête, tu sais très bien de quoi les Greffeurs sont capables. Oui, elle te ressemble beaucoup, mais on a affaire à des gens qui sont grosso modo les dieux de la chirurgie plastique et des armes biologiques bizarres. Sérieusement, si elle avait seulement eu l'air d'être sur le point de respirer vers toi, je serais intervenue.

— Shantay, si elle avait voulu me tuer, elle n'aurait pas eu besoin d'utiliser une arme des Greffeurs. Le type du bed and breakfast avait un flingue. » Cette pensée l'angoissa soudain.

« C'est vrai ! admit Shantay. Elle peut s'estimer heureuse de ne pas avoir fini décapitée dans le caniveau.

— Ça aurait pu poser quelques problèmes… Mais tu as raison pour cette nana. Je ne sais rien d'elle. Il faut que je me renseigne avant de la laisser venir chez moi. Il va me falloir réunir les dossiers sur Bronwyn Thomas : photos, histoire personnelle, voyages, adresse. Si ça se trouve, la véritable Bronwyn Thomas habite en Australie…

— Ça va aller ? demanda Shantay. Je vais t'aider pour les vérifications. On peut le faire toutes les deux si tu veux.

— Oui, c'est juste… J'espère que c'est vraiment elle et qu'il n'y aura pas de problèmes. Ça serait bien d'avoir une sœur.

— C'est peut-être vraiment ta sœur. On va faire des recherches, et si tout va bien, tu boiras un verre avec elle ce soir. Mais si c'est le cas, tu vas te retrouver avec tout un tas de nouveaux problèmes.

— Comme quoi ?

— Comme lui expliquer où tu étais pendant toutes ces années. »

Myfanwy était assise au bout de son canapé, les pieds sur un tabouret et la tête basculée en arrière. Malgré son verre rempli de brandy et la présence placide de Wolfgang sur ses genoux, elle avait toujours l'estomac noué à l'idée que Bronwyn allait arriver.

Avec Shantay, elles avaient passé l'après-midi à effectuer des contrôles de sécurité. Myfanwy n'aimait pas l'idée que quiconque, y compris Ingrid, sache qu'elle faisait des recherches sur sa sœur biologique. Cela aurait soulevé des interrogations, et la Checquy lui aurait peut-être formellement interdit de la voir. Or, si cette Bronwyn était effectivement sa sœur, Myfanwy était bien décidée à la connaître.

Et si ce n'était pas le cas, eh bien, il faudrait de toute façon agir.

Myfanwy avait donc demandé à Ingrid d'annuler tous ses rendez-vous de l'après-midi, puis elle s'était enfermée dans son bureau avec Shantay pour apprendre le plus de choses possibles au sujet de Bronwyn Laura Thomas. Grâce à son statut de Tour, elle avait un accès pratiquement illimité à toutes les informations que l'État possédait sur ses citoyens. Et grâce à l'importance que sa prédécesseur accordait aux recherches et à l'organisation, elle pouvait consulter quasiment toutes ces informations depuis son bureau.

Bronwyn Laura Thomas ne vivait pas en Australie. Elle habitait à Londres, dans un appartement près de Marble Arch, elle était inscrite à l'université des Arts, elle n'avait jamais quitté le pays, et ne s'était donc jamais rendue en Belgique. Son historique Internet était on ne peut plus sage, c'en était presque décevant. Aucun e-mail n'avait été envoyé à un résident belge, ni à quiconque d'un peu suspect. Elles n'avaient pas eu le temps de lister tous les destinataires des messages envoyés au cours des six derniers mois, mais les e-mails pris au hasard n'avaient rien révélé de douteux. Son numéro de portable correspondait à celui qu'elle avait donné à Myfanwy.

La personne qui apparaissait sur les photos qu'elles purent trouver était identique à celle à qui elles avaient parlé.

« Bon, tout a l'air normal, avait conclu Shantay. Il se pourrait bien que ce soit elle.

— Je pense que c'est elle. J'y crois vraiment.

— Qu'est-ce que tu vas faire alors ? »

Myfanwy se mordilla la lèvre. Depuis qu'elle était entrée dans cette vie, très peu de choses lui avaient procuré un véritable plaisir : le solde de son compte en banque, le menu de son dîner avec Lady Farrier, son amitié immédiate avec Shantay. L'idée de rencontrer (d'*avoir rencontré*) une sœur était délicieuse. Elle en avait assez d'être orpheline. Elle voulait une famille. Ou en tout cas avoir plus qu'une seule amie.

« Je vais l'appeler, décida Myfanwy en attrapant son téléphone.

— Attends. N'appelle pas sur son portable, appelle-la chez elle.

— Elle ne m'a pas donné son numéro de fixe », fit remarquer Myfanwy. L'idée monta jusqu'à son cerveau. « Bon, d'accord. »

Elle avait composé le numéro et Bronwyn qui attendait son appel décrocha immédiatement. Elles discutèrent brièvement et décidèrent que Myfanwy lui enverrait une voiture. Ce qu'elle fit cinq minutes plus tard. Val, la gouvernante qu'elle avait fini par rencontrer, s'était montrée très enthousiaste quand elle avait appris que la sœur de Myfanwy arrivait.

« Vous savez que je me suis toujours inquiétée pour vous, madame Thomas, avait-elle dit avec son fort accent du nord. Vous ne voyez pas assez de monde. Ce n'est pas sain pour une jeune femme comme vous de travailler toute la journée et de s'endormir sur le canapé quand vous rentrez. Je suis si contente que votre sœur vienne vous rendre visite. Peut-être qu'elle arrivera à vous faire entendre raison. » Elle avait insisté pour préparer quelque chose à manger. « Ça fait combien de temps que vous ne vous êtes pas vues ?

— Des années, répondit Myfanwy avec une grande précision.

— Des années ! Mais c'est horrible ! C'est toujours comme ça avec vous, les cadres. Vous trouvez un boulot et vous oubliez tout le reste. Vous savez, c'est la première fois que je vous entends parler de votre famille. »

Lorsqu'elle avait rencontré Val, Myfanwy avait compris que Thomas l'avait engagée pour deux raisons. D'abord parce qu'il est très réconfortant d'avoir quelqu'un qui vous dit quoi faire, et ensuite parce que c'était une cuisinière et une aide hors pair. De peur de la vexer, elle avait accepté tout ce que Val suggérait, y compris le brandy.

« Normalement je ne pousse personne à boire, avait-elle expliqué. Mais je ne vous ai jamais vue si nerveuse. » Val lui avait servi un verre et lui avait dit de s'installer et de se détendre. « J'ouvre à votre sœur et je m'en vais. »

Myfanwy attendait donc en caressant Wolfgang, mais elle n'avait pas touché au brandy. Elle essayait de rester éveillée tout en relâchant ses muscles douloureux. Ces foutues chaussures, qu'elle se sentait obligée de porter pour jouer son rôle de Tour, lui faisaient un mal de chien. Elle était si concentrée sur son plafond qu'elle n'entendit ni la sonnette ni Val qui ouvrit la porte, et ne remarqua pas que Bronwyn était entrée dans la pièce.

« Myfanwy ? » dit-elle timidement. Elle sursauta et jeta des regards inquiets autour d'elle.

« Salut ! Entre. Je suis désolée, je ne peux pas me lever, Wolfgang n'aime pas être secoué », expliqua-t-elle en montrant le lapin qui semblait être très à l'aise. Le visage de Bronwyn s'éclaira et elle s'approcha pour le caresser.

« Il est trop mignon ! Ça fait longtemps que tu l'as ?

— Oh, je ne sais plus trop, dit Myfanwy en toute honnêteté. Tu veux le prendre ? » Bronwyn s'assit à côté d'elle, et Myfanwy lui passa Wolfgang délicatement. « Bon, hasarda-t-elle nerveusement.

— Bon…

— Je ne sais pas pour toi, reprit Myfanwy, mais quand je me suis levée ce matin, je ne m'attendais absolument pas à ça. Comment tu as fait pour me retrouver ?

— Ça n'a pas été facile. J'étais en train de regarder des trucs sur Internet dans un cybercafé, et je me suis amusée à taper mon nom dans le moteur de recherche. Et puis j'ai essayé avec ton nom pour voir ce que ça donnerait. »

Ah le Googleur mystère, pensa Myfanwy. *Bon, je pense qu'on peut refermer ce dossier.*

« Je n'ai rien trouvé, à part une Néo-Zélandaise qui fait des poires en laine et en feutre et les vend en ligne. Mais j'étais curieuse, et j'ai continué mes recherches sur toi. J'ai essayé de trouver un certificat de décès – ils sont publics tu sais – mais il n'y en avait pas à ton nom.

— Je l'ignorais. » *J'aurais cru que c'était le genre de chose dont la Checquy se serait occupée.*

« J'avais donc la certitude que tu étais vivante. J'ai un ami qui travaille aux impôts. Au début, il a été un peu réticent, mais finalement il a retrouvé une Myfanwy Alice Thomas qui vit ici. Tu es la seule à porter ce nom dans le pays. »

Évidemment, pensa Myfanwy. *La mort et le fisc te rattrapent toujours.*

« C'est très impressionnant.

— J'ai toujours été assez forte pour les recherches », répondit modestement Bronwyn.

Ah, alors ça, *on le partage,* pensa Myfanwy. *Par contre, tu n'as pas hérité du pouvoir de faire en sorte que les gens se chient dessus. Les hasards de la génétique, quel sujet fascinant.*

« Je n'étais toujours pas sûre que c'était bien toi. Je suis venue ici, et j'ai essayé de trouver le courage de sonner à l'interphone. Puis je t'ai vue, et tu ressemblais tellement à ma mère… Alors je t'ai suivie jusqu'à cet immeuble en ville, mais ton nom n'était pas dans le répertoire.

« Je sais que ça peut paraître un peu bizarre, continua Bronwyn, mais j'ai attendu près de l'immeuble. Je me disais que si je ne te voyais pas sortir, je pourrais toujours revenir ici et essayer de sonner. Et puis je t'ai aperçue de l'autre côté de la rue. » Elle secoua la tête, incrédule, et il était clair qu'elle essayait de trouver la bonne manière de poser toutes sortes de questions. Myfanwy préféra la devancer.

« Bronwyn, tu as 25 ans, c'est bien ça ?

— Oui, je n'avais que 3 ans quand tu es… partie. Alors je ne me souvenais pas du tout de toi », avoua-t-elle.

Dans ce cas, on est deux ! Myfanwy cherchait ce qu'elle pouvait ajouter. Il y eut un silence gêné, que Bronwyn rompit simplement :

« J'aime beaucoup ta maison. Ça fait longtemps que tu vis ici ?

— Oh, quelques années. » Comme elle avait passé la majeure partie de l'après-midi à se renseigner sur Bronwyn, elle n'avait pas eu le temps d'échafauder des histoires convaincantes. « J'ai eu une grosse promotion et j'ai acheté cette maison. C'est vrai que j'ai passé une éternité à faire la déco.

— C'est très joli. Qu'est-ce que tu fais dans la vie ?

— Je suis fonctionnaire, expliqua Myfanwy. Je suis spécialiste des affaires intérieures. » Elle regarda la lueur d'intérêt s'éteindre dans l'œil de Bronwyn, ainsi qu'elle l'avait prévu. « C'est surtout un rôle de surveillance. Beaucoup de boulot, pas tellement de vie sociale, mais ça me plaît. » Elle s'aperçut que c'était vrai. Ce n'était pas seulement l'aspect administratif qu'elle aimait, même si elle était douée pour ça, mais tout le boulot lui plaisait.

« Bon, il faut que je te pose la question, dit Bronwyn : qu'est-ce qui s'est passé ? Jonathan m'a dit qu'on avait une sœur et il existait quelques photos de toi, mais maman et papa n'ont jamais parlé de toi. Pendant des années j'ai cru que tu étais morte.

— Jonathan, c'est le nom de notre frère, c'est ça ? » demanda Myfanwy d'un ton hésitant. C'était un terrain glissant, mais elle était trop curieuse.

« Tu ne te souviens pas ? s'étonna Bronwyn.

— Pas vraiment. Je suis partie très jeune et beaucoup de choses se sont passées depuis.

— Quel genre de choses ?

— Euh, c'est compliqué. Qu'est-ce que ton… *notre* père t'a dit ? Ou notre mère ? » demanda Myfanwy, craignant de contredire la version de ses parents.

« Ils n'ont jamais rien dit. Jonathan et moi avons essayé plusieurs fois de leur parler de toi, mais ils refusaient. Surtout papa, il nous interdisait de lui poser la moindre question là-dessus. Il disait que tu étais partie, qu'il fallait t'oublier et reprendre le cours de notre vie. » Bronwyn garda les yeux rivés sur Wolfgang, et Myfanwy sentit combien il devait y avoir eu de violentes disputes sur ce sujet. Les cris, les silences, la honte. Certains avaient été envoyés au lit sans dîner. Elle se sentit confusément coupable.

« J'ai eu des problèmes de santé. De gros problèmes, mes chances de survie étaient très faibles. » Bronwyn lui jeta un regard inquiet. « Aujourd'hui, ça va à peu près, la rassura-t-elle, mais pendant longtemps j'ai été entre la vie et la mort. J'étais le plus souvent sous l'emprise de médicaments, complètement paumée, dans des pavillons fermés », improvisa-t-elle.

« C'est pour cette raison que vous ne pouviez pas venir me voir. Nos parents savaient que j'allais mourir et qu'ils ne pouvaient pas me rendre visite. Je pense qu'il a dû être plus simple pour eux de ne pas y penser du tout.

— Qu'est-ce que tu avais ?

— C'est compliqué, une maladie très rare, éluda-t-elle. Mais tu n'as pas à t'inquiéter, ce n'est pas génétique. Par contre, je n'aime vraiment pas en parler.

— Et tu t'es remise ?

— Il y a quatre ans, ils ont découvert un traitement qui me permet de vivre normalement. Mais cela a été très compliqué de me désintoxiquer. Ça faisait des années que j'étais sous traitement, et j'avais quelques addictions assez importantes, expliqua Myfanwy, étonnée de la facilité avec laquelle tous ces mensonges lui venaient.

— Mais c'est affreux ! s'exclama Bronwyn. Et tu n'as jamais essayé de nous retrouver ? » Il était évident qu'elle était blessée mais qu'elle ne voulait pas vexer Myfanwy. C'était incompréhensible que sa sœur n'ait pas essayé de contacter sa famille.

« Ça faisait tellement de choses d'un coup… J'avais vécu pendant des années dans ce brouillard médicamenteux. Puis on m'a aidée à trouver un appart, un boulot. J'avais tellement l'habitude de me concentrer sur une seule chose à la fois qu'il n'y avait pas de place pour autre chose que le boulot et ma cure. Aujourd'hui encore, je sors très peu. Ça me rend nerveuse. » Elle regarda Bronwyn intensément, espérant qu'elle ne soit pas bouleversée. « Et mes souvenirs de vous étaient tellement vagues. Les quelques fois où j'y pensais, cela ressemblait davantage à un rêve. »

Bronwyn hocha la tête, hébétée. Sa sœur était donc une ancienne toxicomane agoraphobe.

« Je ne sais pas quoi dire. Ça fait beaucoup d'un coup. Ça a dû être tellement dur pour toi. »

Myfanwy haussa les épaules.

« Oh tu sais, c'est la vie et je suis vraiment contente de la manière dont les choses ont évolué.

— Oui », souffla Bronwyn. Elle regarda ses mains, caressa Wolfgang.

« Ça va ? hasarda Myfanwy.

— Oui, c'est juste que ce serait déjà violent si un ami me racontait ça, alors imagine venant de ma sœur », répondit Bronwyn sans lever les yeux. Elle prit une profonde inspiration. « J'ai l'impression que je suis déjà censée savoir tout ça, comme si tout ceci faisait partie de *notre* passé. Mais notre famille t'a tout bonnement laissé partir. Toi aussi tu dois penser qu'on n'en a rien eu à faire. » Elle leva la tête, elle avait les larmes aux yeux. « Tu n'as aucune raison d'avoir des sentiments à mon égard, mais je veux que tu saches que, même si je ne me souviens pas de toi et même si tu ne te souviens pas de moi, je suis heureuse de t'avoir retrouvée. J'ai vraiment envie que tu sois ma sœur. »

Ces mots résonnèrent dans le cœur de Myfanwy.

« Moi aussi. »

Puis elle s'approcha de Bronwyn et l'enlaça, toutes les deux riant et pleurant. Durant cette étreinte, Myfanwy sentit ses pouvoirs s'embraser, comme si on avait versé de l'essence sur une flamme. Elle ressentit les connexions qui la reliaient à cette fille, ses propres gènes qui se reflétaient à l'intérieur de sa sœur. Myfanwy se recula doucement, examina Bronwyn et la serra de nouveau dans ses bras en riant.

Tout le reste faisait partie de la vie de Thomas, pensa-t-elle, *et sont des choses dont j'ai juste hérité. Mais ça, ça m'appartient autant que ça aurait pu lui appartenir. Cette fille est la sœur de ce corps, et ce corps est autant le mien que celui de Thomas.* Et à ce moment-là, elle se relâcha et sentit qu'elle prenait enfin possession de son être.

« Alors, reprit Myfanwy quand elles eurent séché leurs larmes. Parle-moi de toi. Et de notre famille.

— Mon Dieu. Je suis désolée d'avoir à te dire ça, mais nos parents sont morts », répondit tristement Bronwyn. Ce n'était pas une surprise, Myfanwy l'avait lu dans les dossiers. Mais quand elle l'entendit de la bouche de sa sœur, un choc parcourut son corps. D'une certaine manière, cela rendait la chose plus réelle, plus présente. Ce n'était pas simplement les parents d'un corps qu'elle avait reçu, c'étaient *ses* parents. Elle ressentit un regret aigu et sut que cela se voyait sur son visage.

« Ils ont eu un accident de voiture, il y a huit ans. Un chauffard saoul. J'ai emménagé avec Jonathan à Londres. Il est banquier, il a 33 ans. C'est lui qui est devenu mon tuteur quand papa et maman sont morts. Cela n'a pas été facile de changer de lycée et tout ça. J'ai eu mes examens, mais de peu. Ensuite, j'ai glandé pendant quelques années, j'ai fait pas mal de petits boulots pourris. Puis Jonathan m'a dit que j'avais eu le temps de faire mon deuil, donc maintenant je suis à la fac. Nous autres, les Thomas, on s'en sort mieux quand on a une mission. Tu t'en es sûrement rendu compte. » Elles se sourirent, et Myfanwy eut une sensation très étrange. C'était assez réconfortant de voir ses propres traits accrochés au visage de quelqu'un d'autre.

« On était sûrs que tu étais toujours en vie, dit doucement Bronwyn. Jonathan et moi avons fouillé les papiers des parents et nous avons trouvé des documents. »

Mon Dieu, est-ce que mon mensonge d'une précision diabolique va être immédiatement grillé ? pensa Myfanwy, horrifiée. *Ils disaient quoi, ces documents ?*

« C'étaient des relevés de comptes. Maman et papa recevaient des paiements réguliers. Jonathan est remonté jusqu'à leur source grâce à son boulot et a découvert que ça venait de l'État. Une obscure agence gouvernementale. Nous avons essayé de te localiser, mais il y avait des tonnes de paperasse. Nous n'avions aucune d'idée d'où tu étais, ni de ce qui se passait. C'était finalement plus simple de ne pas y penser. Mais les paiements continuaient d'arriver – ils servent d'ailleurs à payer mes études », ajouta Bronwyn, penaude.

Le dédommagement de la Checquy, pensa Myfanwy. *Je me demande combien je vaux.*

« Qu'est-ce que tu étudies ?

— Le stylisme.

— Oh, c'est super ! Tu peux peut-être m'apprendre, je suis complètement ignorante en la matière.

— Quoi ? Regarde ton tailleur !

— Ah oui ? » Ce n'était pas exactement un costume qui criait *Regardez-moi !* D'ailleurs, il semblait avoir plutôt envie qu'on l'ignore complètement.

« C'est de la très bonne qualité, dit Bronwyn en touchant le tissu. Il coûte plus que ce que je gagne en trois mois comme serveuse.

— Oui, ma stratégie c'est de me dire que si je paie des sommes ahurissantes pour une tenue, les gens ne relèveront pas le fait que cela ne me va pas du tout. »

Elles restèrent éveillées tard, et Myfanwy apprit beaucoup d'autres détails sur la vie de sa sœur. Elle habitait toujours avec Jonathan. Il n'était pas venu avec elle parce qu'il était au Japon pendant quelques semaines pour le travail. Bronwyn voulait devenir styliste mais doutait à la fois de son talent et de la probabilité de trouver un emploi. Elle ne s'était fait que quelques amis depuis son arrivée à Londres et elle était célibataire.

« Je sais ce que c'est, dit Myfanwy, je n'ai même jamais eu de copain. » *Et je n'ai pas même le temps de penser à en avoir un,* se dit-elle avec accablement. Les explications que Thomas lui avait laissées sur son absence de vie sociale avaient été brèves, assez tristes et légèrement embarrassées. Assez proches de l'image que Myfanwy se faisait de Thomas finalement. Il faudrait d'ailleurs qu'elle réfléchisse à cet aspect de sa vie. Elle avait trouvé un appareil à pile dans le tiroir de la table de nuit mais elle hésitait à s'en servir. *C'est vrai que c'est à moi et qu'il n'a été utilisé que pour mon corps. Mais pas par moi. C'est un aspect de l'amnésie dont on ne parle généralement pas.*

Après avoir montré la chambre d'ami à Bronwyn, Myfanwy revint dans le salon finir son brandy. Elle déposa Wolfgang dans son clapier. Puis elle souleva un des coussins du canapé, sortit un pistolet de sa cachette, et le rangea dans le tiroir de son bureau qu'elle ferma à clé.

Chapitre 18

Chère Toi,

Je suis tombée sur un filon extraordinaire. Tu sais, ce n'est pas pour rien que le FBI emploie des comptables et des geeks férus d'informatique. Au bout du compte, il est toujours question d'argent. Et la révolution électronique a considérablement compliqué la tâche des personnes mal intentionnées. Avant, tu prenais une poignée de doublons et tu les dépensais. Les autorités ne pouvaient pas vraiment retrouver la trace de tes pièces. Mais aujourd'hui, il y a toujours une piste. Surtout si on a affaire à de grosses sommes. Tu te souviens de cette irrégularité dont j'avais parlé ? Eh bien il s'avère que ça représente beaucoup d'argent. Et j'ai découvert où il était redirigé.

Retrouver l'argent détourné a été plutôt marrant, surtout par rapport à tous ces relevés de cartes bleues professionnelles que j'ai dû déblayer. Ça, c'était vraiment chiant. Ce n'est pas pour rien qu'il n'y a aucune série qui s'appelle Les Experts à la Compta. *Par contre, maintenant je peux dire que je connais vraiment, vraiment la Checquy comme ma poche. Et que je sais à quoi a servi l'argent.*

Par rapport au budget total de la Checquy, les

sommes qui ont été détournées au fil du temps ne sont pas énormes, mais elles furent suffisantes pour acheter beaucoup de terrain au sud du Pays de Galles, y coller quelques bâtiments, et bâtir une petite armée de supergamins.

Tu m'as bien comprise : il y a un autre Domaine.

Ça ne te semble peut-être pas complètement incroyable, mais pour ma part, je n'aurais pas été plus surprise d'apprendre qu'une deuxième famille royale était planquée au fond de la vallée où se trouve ce deuxième Domaine. C'est pour te dire. Le premier Domaine est au cœur de la puissance de la Checquy. Ce ne sont pas leurs capacités paranormales qui font que nos agents sont les meilleurs du monde – même si leurs pouvoirs surnaturels leur donnent un certain avantage. Ce sont les meilleurs parce qu'on les enrôle très tôt et qu'ils reçoivent un entraînement rigoureux. C'est comme ça que la Checquy reste aussi puissante et que les cauchemars restent planqués sous le lit plutôt que de nous submerger. Mais maintenant qu'il y a un autre Domaine, cela signifie que quiconque contrôle celui-ci est en possession d'une arme terriblement puissante et illégale.

Je n'arrivais pas à y croire, alors j'ai décidé de m'y rendre. J'avais un week-end de libre, et j'avais le choix entre une escapade au Pays de Galles ou rester à la maison pour éplucher des archives. Donc après le boulot vendredi soir, j'ai chargé la voiture, mis Wolfgang dans sa cage, et je me suis mise en route.

J'aime bien conduire. L'un des nombreux avantages de mon métier, c'est que je n'ai pas à m'inquiéter des amendes, et que j'ai les moyens de m'offrir une belle voiture assez clinquante, équipée d'un bon autoradio.

J'ai donc pris la route à toute vitesse en chantant à tue-tête.

Ah, le Pays de Galles ! La terre de mes ancêtres ! De nos ancêtres ! Tu as des origines galloises, tu le savais ? Enfin, notre famille a quitté le Pays de Galles il y a plusieurs générations, et même si on a sans doute quelques parents éloignés par-ci, par-là, je n'ai pas le souvenir de les avoir déjà rencontrés.

Depuis que j'ai appris que l'un de mes collègues allait bientôt tenter de me faire abattre, je suis devenue un peu parano. Franchement, je pense que c'est justifié. J'ai donc choisi de ne pas réserver de chambre dans un bed and breakfast mais de dormir à la belle étoile dans mon sac de couchage.

Cela fait des années que je n'ai pas fait de camping, depuis les entraînements de survie au Domaine. Dieu que je détestais ça... Je détestais tous les enfants de mon groupe, et le fait de devoir partager une tente avec Emmie, la fille qui crachait des insectes, n'arrangeait rien. Mais cette fois-ci, je trouvai ça vraiment apaisant de dormir à la belle étoile, de regarder le ciel en entendant Wolfgang se tourner dans sa cage, pelotonnée dans mon duvet tout neuf. Il n'y avait pas de lune, et comme j'étais au beau milieu de la campagne galloise, aucune pollution lumineuse ne m'empêchait de voir les cinq cents millions d'étoiles scintillant au-dessus de ma tête.

Le lendemain, je repris la route jusqu'à atteindre un petit village isolé dans les terres où je me renseignai discrètement. Les premières fois, j'étais mal à l'aise à l'idée d'aborder des inconnus. J'avais peur qu'ils me reprennent sur la prononciation de mon prénom. C'est vrai, je regarde ce w au milieu, et j'ai toujours peur de ne pas le prononcer correctement. Qui a bien pu inventer un w muet ? Je craignais en plus qu'on me reproche de me mêler des affaires des autres, mais ce fut en fait assez facile. Il se trouve que les gens normaux adorent raconter leur vie, et les vieilles dames du salon de coiffure se sont révélées être des mines d'informations.

D'après les habitants du village, le domaine est une installation militaire confidentielle consacrée à des activités top secrètes. Enfin, c'est ce que j'ai cru comprendre car ils avaient tous un fort accent. D'un autre côté, j'y ai gagné une jolie coupe de cheveux.

Aucun résident du domaine ne se rend au village. Des camions remplis de provisions descendent la grand-rue aux aurores, mais les conducteurs ne s'arrêtent jamais, même pas pour acheter des cigarettes. Le domaine est au fond d'une vallée encaissée. Il n'y a qu'une route qui y mène et qui traverse une forêt qui devait être là avant les Romains. Près du pub, j'abordai un groupe d'adolescents mineurs essayant de trouver le moyen d'y entrer et leur soutirai des infos. C'est drôle, durant mon enfance les sales gosses se rebellaient en essayant de s'échapper d'une caserne secrète, alors que ces gamins font tout pour en infiltrer une autre.

D'après Darren, Lucy, Ricky et Maysie : « Il y a un endroit où le grillage passe au-dessus d'une ravine, on peut se glisser en dessous. Tu peux t'asseoir sous un arbre avec un pack de six, des jumelles et regarder le spectacle. C'est hallucinant. »

Ce sont sans doute les choses bizarres qui s'élèvent dans le ciel au-dessus du domaine qui expliquent sa réputation top secrète. Des formes courant dans l'obscurité, des lumières vives rebondissant sur les nuages, des silhouettes hantant les pelouses en accomplissant de curieux mouvements de gymnastique. Pour les ados désœuvrés du village, c'est un peu comme avoir le Cirque du Soleil et une équipe de voltige aérienne comme voisins. Pour moi, ça ressemble à la maison.

Que les choses soient bien claires. Il n'y a qu'un seul Domaine. Ça ne revient pas à mettre tous tes œufs dans le même panier, mais à mettre tous tes biens dans un coffre-fort. Tout le potentiel génétique des îles Britanniques s'y trouve réuni ; c'est un véritable réservoir de richesse et de puissance. Et en installant tous ces enfants dans un même lieu, on s'assure qu'ils s'entendent bien. Les Pions de la Checquy collaborent efficacement parce qu'ils reçoivent tous la même éducation au même endroit.

Un jour, j'ai vu un documentaire sur les armes à feu. Ce qui m'a vraiment frappée, c'est le bouleversement qu'a provoqué la possibilité d'avoir des pièces interchangeables : on pouvait prendre le chien d'un fusil, le fixer sur un autre et ça marchait. Ça signifiait qu'aucune arme n'était unique, et qu'elles pouvaient toutes être réparées facilement. C'est la même chose avec les Pions. La plupart d'entre eux, malgré l'immense variété de leurs superpouvoirs, peuvent être facilement insérés dans une nouvelle équipe.

Ce qui est ironique, c'est que ce sont généralement les plus inadaptés qui entrent à la Cour. Aucun d'entre nous n'est vraiment un produit typique de la Checquy. Même parmi les étranges, nous sommes bizarres.

Dans tous les cas, il fallait enquêter sur ce domaine secret, et je ne pouvais faire confiance à personne ; il fallait donc que j'aille voir ça de plus près. Les ados m'assurèrent que des gardes passaient régulièrement sur des « espèces de 4 × 4 super cool avec des projecteurs », mais qu'on les voyait arriver de loin, ce qui laissait le temps de se cacher. Le système de sécurité de cette école ne m'impressionnait pas plus que ça. Sur le vrai Domaine, se cacher dans la forêt ne permet pas d'échapper aux gardes. D'ailleurs, il n'y aurait pas non plus de petit village paisible dans les environs. Mais il est vrai que cette installation-ci avait un budget limité (j'en savais quelque chose), et son caractère secret était sa principale protection.

Ainsi le soir même, j'enfilai la tenue d'infiltration que j'avais prise avec moi : des vêtements noirs et un masque de ski, sous lequel je transpirais comme un poisson rouge dans un wok. Le plus important, c'était les gants. J'y avais découpé des trous tout juste assez grands pour laisser dépasser le bout des doigts.

En pénétrant dans les bois, j'étais pétrifiée. J'avais été si tranquille la veille à camper à la belle étoile ; mais là, le moindre bruit me faisait sursauter. Il n'y avait pratiquement aucune lumière, et j'imaginais qu'une énorme bête venue de la nuit des temps allait surgir en grognant et m'emporter dans sa tanière cachée. Ce n'est pas que j'aie une imagination débordante, je sais simplement ce qui se cache dans la nature. Dieu merci, je pouvais suivre la ravine, sans quoi je me serais immédiatement perdue. D'ailleurs, j'étais tellement concentrée dessus que je suis littéralement rentrée dans le grillage. Heureusement que cette petite entreprise manquait de fonds pour investir dans des barbelés acérés, autrement j'y serais encore.

Je me glissai sous la clôture le cœur battant, mais ce n'était pour l'instant pas aussi terrible que je l'aurais cru. Enfant, je détestais quand les professeurs nous tiraient du lit au milieu de la nuit pour une chasse à l'homme. Ce n'était pas un problème de forme physique, je ne supportais tout simplement pas de savoir que des personnes avec qui je vivais et étudiais allaient surgir de l'obscurité pour m'attraper. Je haïssais le choc soudain que je ressentais quand ils sautaient d'un arbre ou sortaient d'un tas de feuilles pour me plaquer joyeusement au sol. Je savais qu'ils ne le faisaient pas par méchanceté. Ça faisait partie du jeu. Mais j'étais inévitablement la première à me faire attraper. J'étais incapable de prendre l'offensive.

La forêt était moins dense de l'autre côté de la clôture. Je ne vis aucune trace de garde, j'avançai donc jusqu'à l'orée du bois. Je voulais voir à quel type d'installation j'avais affaire.

La première chose à dire c'est que c'était vraiment moche. Celui qui avait agencé cet endroit avait choisi un emplacement de premier ordre. Le site était si beau que je trouvai ça honteux d'avoir laissé un architecte médiocre chier les espèces de blockhaus qui couvraient la pelouse. Je fus aussi frappée par l'absence totale de fenêtres.

En plus, c'était petit. Il n'y avait que trois ou quatre bâtiments, et les infrastructures faisaient pitié. Il n'y avait même pas de terrain de cricket. Par contre, il y avait plusieurs stands de tir de ce côté du parc.

J'attendis longtemps à l'entrée du bois et me ratatinai derrière un bosquet quand l'un des gardes passa à vive allure. Je repensai à mon entraînement au Domaine et au professeur qui nous avait enseigné les déplacements furtifs en extérieur. C'était un ancien des SAS qui avait rampé sur tous les types de terrain possibles et inimaginables. J'avais toujours été une grande déception à ses yeux, mais il avait bien dissimulé son mépris. S'il avait vu la manière dont ces gardes patrouillaient le long de leur clôture, il les aurait fait immédiatement flageller. Peut-être qu'ils se sentaient en sécurité dans leur installation secrète et que cela les avait rendus suffisants. Ou peut-être qu'ils n'avaient pas les moyens de s'offrir les meilleurs.

Une fois le garde passé, je me précipitai vers l'un des bâtiments de l'autre côté de la pelouse. Ils n'avaient même pas de projecteurs ! J'avais beau me fondre dans le décor avec ma tenue noire, je ne me faisais pas d'illusions : je n'étais pas invisible non plus. Il y avait quelques caméras de surveillance fixes que j'avais facilement repérées.

Je me faufilai entre les caméras et me plaquai contre le mur, près duquel se trouvait un buisson que l'on n'avait pas pris le soin de couper. Il me suffisait de m'accroupir pour être assez bien cachée. Je pris de profondes inspirations pour essayer de me calmer. Mon cœur était sur le point de sortir de ma poitrine, mais je me sentais assez excitée. Mon plan fonctionnait. J'allais me diriger vers la porte du bâtiment le plus proche quand j'entendis un bruit. Je restai figée.

Il y eut un « fnikt » métallique et une lueur apparut. Un homme venait d'allumer une cigarette à moins de deux mètres de moi.

Oh. Putain. De. Merde.

Rien que d'y repenser, ça me donne envie de vomir. Cet homme, armé, venait de sortir pour une pause clope. Et j'avais été sur le point de tourner à l'angle et de lui rentrer dedans. Je ne tremblais pas. J'étais clouée sur place, ce qui rend la suite des événements encore plus surprenante.

Je tendis la main, de l'autre côté du mur, et posai mes doigts sur son poignet. Un courant électrique passa entre nous et... Eh bien, tu sais ce que ça fait. En fait, tu es la seule à savoir.

Je l'effleurai seulement, mais je pris le contrôle de

ses sensations internes et l'empêchai de me voir et de me sentir. Tu savais que tu étais capable de faire ça ? Tout le monde a un point aveugle et j'en créai un nouveau qui m'incluait. En réalité, ce n'était pas seulement un point aveugle ; je me coupai complètement de sa perception. J'aurais pu me planter devant lui et lui crier dans les oreilles, tant que je gardais la main sur lui, il n'aurait pas su que j'étais là. Ça demandait une certaine concentration, mais je réussis.

J'aurais pu également l'obliger à rentrer dans le bâtiment, mais c'est très, très dur de forcer une personne consciente à faire quelque chose sans qu'elle s'en aperçoive. Et je ne voulais pas qu'il se rende compte que des choses étranges se produisaient cette nuit-là. Ainsi, plusieurs minutes s'écoulèrent pendant lesquelles il fuma et je transpirai.

J'en profitai pour l'examiner. Il portait un uniforme vert sans insigne, mais il avait un badge sur lequel était écrit GUSTAVSON. *Il jeta finalement son mégot d'une pichenette, se retourna et rentra. Ayant délicatement déplacé ma main de son poignet à sa nuque, je le suivis.*

Il emprunta un long couloir austère. Les décorateurs, qui avaient visiblement été dans la même école que l'architecte du domaine, avaient opté pour des parpaings verdâtres. Les murs reflétaient la lumière nauséeuse des néons grésillant et donnaient l'impression de marcher dans un gros intestin éclairé. Si un jour tu n'as rien à faire et que tu as envie de te lancer un défi, essaye ça : trouve une personne plus grande que toi (ça ne devrait pas être trop dur), pose tes doigts sur sa nuque, et essaie de la suivre tandis qu'elle marche d'un pas rapide. Tu ne dois pas la lâcher et ce n'est pas recommandé de lui marcher sur les talons. Je trottinais donc péniblement sur la pointe des pieds pour suivre Gustavson.

Nous passâmes devant plusieurs portes, et fort heureusement, personne ne croisa notre route. Auquel cas, j'aurais fait en sorte que Gus l'abatte et j'aurais dû radicalement changer mes plans. Mais Gus finit par entrer dans son bureau, une sorte de poste de sécurité situé au bout du couloir. Il y avait plusieurs moniteurs, et pendant un instant angoissant, je craignis d'avoir oublié une caméra et qu'une alarme s'enclenche. Mais tous les écrans correspondaient aux caméras que j'avais évitées et aucune alarme ne retentit. La sécurité de cet endroit m'impressionnait de moins en moins. Mon garde s'installa dans son fauteuil, lança un « rien à signaler » autoritaire dans son talkie-walkie et considéra les moniteurs sans grande attention. Je touchai donc son esprit et le plongeai dans un sommeil très profond.

Puis je regardai plus attentivement autour de moi. Je vis des stands de tir, une allée et une hélistation. Il y avait aussi des caméras à l'intérieur des bâtiments qui m'intéressaient davantage. Toutes les salles étaient éclairées – ce qui, à mon sens, représentait un énorme gâchis d'électricité –, mais c'était probablement à cause de l'absence de fenêtres. Je découvris un garage rempli de voitures et de camions peints d'une banale couleur marron ainsi qu'une grande salle minable qui semblait à la fois jouer le rôle de gymnase et de salle des fêtes.

Il y avait deux vestiaires équipés de douches clairement conçues pour n'offrir aucune intimité aux utilisateurs : pas de cloisons ni de cabines, seulement une rangée de pommeaux. Le fait qu'ils y aient installé des caméras me dégoûta. Était-ce destiné aux élèves ?

Au Domaine, nous ne partagions notre salle de bains qu'avec une seule personne. On ne gagne rien à priver des adolescents d'intimité, surtout s'ils possèdent un patrimoine génétique inhabituel. Les vestiaires étaient de plus tout ce qu'il y a de plus spartiates : pas de carrelage ni de peinture, seulement du ciment. La seule chose pouvant être considérée comme un élément de décoration était la rangée de porte-manteaux fixés au mur. Au moins, les filles et les garçons étaient séparés, à moins que la division ne se fît entre les gamins dotés d'attributs physiques bizarres d'un côté et les enfants non dotés de l'autre.

Je trouvai ensuite les dortoirs composés de deux pièces : six lits dans l'une, huit dans l'autre. Les occupants semblaient dormir assez paisiblement malgré la forte lumière qui tombait du plafond. Ces pièces n'étaient pas vraiment équipées non plus. Pas de commode pour leurs vêtements ni de rideaux autour des lits. Cela ressemblait à une prison et je remerciai le ciel de ne pas avoir été envoyée là quand j'étais petite.

Tout ceci était très instructif, mais je devais en voir davantage. Il y avait forcément des bureaux et des salles de classe. Visiblement, seuls les enfants et le parc étaient filmés, mais j'avais aperçu d'autres bâtiments. Les archives devaient également être conservées quelque part. Sur l'un des murs était accrochée une carte sur laquelle de petites ampoules clignotantes représentaient l'emplacement des différentes caméras et des capteurs d'alarmes. Après être parvenue à me repérer sur le plan, je conclus que je me trouvais à l'intérieur de ce que la carte désignait évasivement comme l'Administration. Les autres bâtiments étaient nommés respectivement Quartiers, Instruction, Gymnase. Mais le plus gros était de loin le bloc Médical.

Puisque je n'avais pas le temps de tout visiter, je décidai d'aller faire un tour du côté de l'Administration. Et puis je suis une bureaucrate, donc c'est vrai que j'ai toujours un petit penchant pour les classeurs à tiroirs.

Mon exploration me mena d'abord vers une série de cagibis et une petite kitchenette avant de trouver les bureaux. Je fus étonnée de constater que, malgré leur surveillance assez élémentaire, ils fermaient les portes à clé. Peut-être s'inquiétaient-ils que les étudiants s'y égarent. Non pas qu'une porte fermée change grand-chose pour moi, puisque j'ai suivi un entraînement intensif dans « l'art délicat du crochetage », selon le terme que mon professeur tenait absolument à utiliser. Je retirai mes gants en laine découpés et enfilai des gants en plastique – afin de ne pas laisser d'empreintes, tu comprends. Après avoir trafiqué le système avec des épingles, j'entrai dans un bureau tout à fait banal : ordinateurs, machine à café, plantes fanées. Je verrouillai soigneusement la porte derrière moi, ne souhaitant pas qu'un copain de Gus puisse entrer.

Des notes de service trouvées sur l'un des bureaux m'indiquèrent que cette installation s'appelait Camp Caius, un nom qui me semblait convenir à la fois pour une caserne et un camp de vacances. Le genre d'endroit où on pourrait envoyer un gros légionnaire romain passer les congés d'été. Les classeurs semblaient contenir un maximum d'informations utiles. Les ordinateurs sont souvent intéressants, mais je ne peux pas les déverrouiller aussi facilement que les portes. Je laissai donc mes doigts gantés parcourir les dossiers, ce qui me permit de trouver quelques pistes intéressantes, même si elles se limitaient à la comptabilité et aux étudiants. Le reste devait être conservé dans les archives ou dans d'autres bureaux.

Les rapports les plus anciens que je trouvai datent d'il y a vingt ans. Je parcourus les états financiers. Je cherchais simplement la confirmation que les fonds détournés étaient bien destinés à cet endroit. C'était le cas. Il me suffit de lire ces foutus numéros de compte (que j'avais mémorisés pour les avoir vus si souvent). J'étais également curieuse de voir comment ils dépensaient leur argent, puisque ce n'était visiblement pas destiné à l'aménagement. Je m'aperçus qu'une grande partie des fonds était consacrée à l'entraînement et l'équipement chirurgical. Je ne sais pas qui étaient les professeurs du Camp Caius, mais ils étaient mieux payés que le personnel du vrai Domaine, alors que nous engageons les meilleurs. Les chirurgiens gagnaient encore plus. Je notai quelques noms puis regardai ma montre.

J'estimais que j'avais encore une demi-heure devant moi.

Quoi d'autre ? Je me tournai vers les dossiers des étudiants. Cette école semblait garder ses élèves un peu plus longtemps que le Domaine, puisque ceux-ci obtenaient leur diplôme à 23 ans avant d'être envoyés dans un endroit appelé Albion. Le seul problème, c'est que je n'arrivais pas à trouver la moindre information m'indiquant ce qu'était et où se trouvait Albion. En tout cas, où que ce fût, ce lieu ne devait pas être très peuplé. Le Camp Caius n'avait eu qu'une quinzaine de diplômés en cinq ans, ce qui était difficilement compréhensible. Je veux dire, s'ils n'avaient que quatorze étudiants en ce moment... Puis je découvris le nombre d'étudiants morts. Un certain nombre. Et dans la majorité des cas, soit au cours d'un exercice, soit sur la table d'opération.

J'étais par ailleurs très frustrée de ne trouver aucune mention d'un membre de la Cour. Je ne pouvais pas croire qu'une opération de ce genre puisse exister sans que quelqu'un de haut placé la supervise. Nous ne sommes que huit à avoir l'autorité nécessaire pour monter ça : l'accès aux finances, l'obtention d'enfants ; personne d'autre à la Checquy n'a les pouvoirs suffisants dans tant de domaines différents. Je parcourus des pages et des pages, mais ne vis aucune mention de l'un d'entre nous. Tous les rapports étaient adressés au Fondateur, mais aucun n'expliquait qui il était.

Les élèves actuels m'intéressaient particulièrement. Qui étaient-ils ? Comment les obtenaient-ils ? Les réponses à ces questions pourraient me mettre sur la piste du cerveau de l'opération. Je vis la photocopieuse dans un coin et décidai de prendre le risque. Gus n'allait pas se réveiller de sitôt, et en photocopiant la première page de chaque dossier, j'aurais les informations essentielles. La machine était bruyante, mais elle avala les pages que je lui donnai et recracha les copies. Je venais de ranger les derniers dossiers quand quelqu'un essaya d'ouvrir la porte. Je restai pétrifiée.

Pas de panique. C'est probablement l'un des potes de Gus qui fait sa ronde. Mais est-ce que ça signifie qu'il a trouvé Gus et a essayé de le réveiller ? Ou qu'il retournait au poste de contrôle et ne faisait que vérifier les portes sur le chemin ? Je n'avais entendu aucune alarme. Toutes ces pensées se bousculaient dans mon esprit quand j'entendis le bruit d'une clé dans la serrure.

Une terreur absolue fit redémarrer mon cerveau,

qui me mena derrière la porte en trois pas rapides. Elle s'ouvrit, un garde entra. Il jeta un œil à l'intérieur. Ce n'était pas Gus ; je savais bien que ça ne pouvait pas être lui, mais j'étais soulagée. Ce garde était plus grand et plus jeune. Il n'avait pas son arme à la main, ce qui me rassura un peu. Il commençait juste à s'en aller quand la photocopieuse fit un bip. Il se retourna, voulut attraper son arme, mais je retirai l'un de mes gants, l'attrapai et établis la connexion.

Je le fis taire.

Je l'immobilisai.

Je fis couler une sensation dans sa colonne.

Il ne me vit pas en train de surcharger son organisme. Il tomba à genoux en se convulsant, muet. Je n'avais fait subir ça à personne depuis mes débuts au Domaine, quand je ne maîtrisais pas encore mes pouvoirs. Ses sens étaient totalement anéantis. L'Orchestre Symphonique de Londres aurait pu jouer dans le bureau et toute la troupe du Playboy Mansion aurait pu venir danser le french-cancan sous son nez, il n'en aurait rien su.

Puis je le déconnectai complètement. Il vacilla et s'affala au sol, et je m'agenouillai pour lui fermer les yeux. Il se réveillerait une heure plus tard avec une migraine épouvantable et un pantalon souillé. Il n'y aurait aucune preuve de mon passage à part ce pauvre mec étendu par terre. Peut-être qu'il attribuerait ça à une sorte de malaise. J'éteignis rapidement la photocopieuse, prenant soin d'utiliser ma main gantée, et sortis. Je jetai en passant un œil dans le bureau de contrôle et vis Gus affalé sur son fauteuil, là où je l'avais laissé. Je m'arrêtai un instant et entrai. Je me dis que ça éveillerait les soupçons s'ils retrouvaient deux gardes évanouis sans explication.

Je posai les doigts sur les tempes de Gus et, le pénétrant de mes pouvoirs, l'éveillai. Il soupira et ouvrit légèrement les yeux, mais son cerveau ne recevait encore aucune information. Il n'était plus submergé par la transe où je l'avais plongé, il somnolait simplement. C'était si léger qu'il se réveillerait ensuite sans même se rendre compte qu'il avait dormi. Je sortis du bureau en silence.

*Ce fut aussi facile de quitter le camp que d'y entrer. Wolfgang me regarda bizarrement quand je montai dans la voiture, mais j'étais trop pressée de me barrer le plus vite possible pour prendre le temps de le rassurer. Ce ne fut qu'au bout d'une centaine de kilomètres, quand je dus m'arrêter pour aller aux toilettes, que je me rendis compte que je souriais comme une idiote en fredonnant l'*Ouverture 1812.

Que de choses à penser !

Tendrement,

Moi

Chapitre 19

Myfanwy frappa doucement à la porte de la chambre d'ami, en prenant soin de ne pas renverser les deux tasses de thé qu'elle portait posées sur un plateau. La veille, elle s'était mise d'accord avec sa sœur pour que celle-ci reste dormir, puisqu'elles avaient un peu trop bu et que leur soirée s'était terminée tard.

« Bronwyn ? » Elle entendit le bruit d'une personne ayant toutes les peines du monde à se réveiller avant d'être frappée par la gueule de bois. « Je t'ai apporté une tasse de thé. » Elle interpréta le grognement qui lui parvint comme une invitation à entrer, ce qu'elle fit. Sa sœur était noyée dans les épaisses couvertures du grand lit, mais une masse de cheveux blonds aida Myfanwy à la localiser.

Elle s'assit sur le bord du lit. Un bras émergea et attrapa le thé avec précaution. Bronwyn parvint finalement à se redresser, et prit la tasse à deux mains.

« Ça fait du bien, dit Bronwyn.

— C'est Val qui l'a fait, reconnut Myfanwy.

— Qui ça ?

— Ma gouvernante.

— Tu as une gouvernante ?

— Elle fait aussi la cuisine. C'était ça ou mourir de faim au milieu d'un monceau d'immondices.

— Il est beaucoup trop tôt, fit remarquer Bronwyn d'un ton accusateur.

— Je sais, mais je dois partir travailler et je voulais te dire au revoir. » Myfanwy se tut et but une longue gorgée de thé. « Alors, quel est ton programme pour la journée ?

— J'ai cours à 10 heures, répondit Bronwyn d'un air abattu. Il faut d'abord que je repasse chez moi pour me changer et récupérer mes affaires avant d'aller à la fac. Et toi ?

— Tu te souviens de mon amie Shantay ? J'ai une réunion avec elle ce matin, puis tout un tas de paperasse à faire pendant le reste de la journée. Et ce soir il y a normalement un dîner habillé avec les chefs de mon département pour évoquer nos perspectives avec les Américains. Pénible mais nécessaire. » Elle soupira. « Val est en train de préparer des gaufres, donc je me suis dit qu'on pourrait prendre le petit déjeuner ensemble. Ensuite, je pourrais demander au chauffeur de te déposer chez toi.

— Je n'arrive pas à croire que tu as un chauffeur. Tu dois vraiment assurer dans ton boulot.

— Tout à fait, je suis un prodige de l'administration, éluda Myfanwy. Mais j'ai vraiment envie qu'on passe du temps ensemble. Enfin, maintenant que l'on s'est retrouvées… » Elle marqua une pause, gênée. « C'est sans doute un peu précipité de dire que j'aimerais qu'on soit une famille. Mais amies, au moins ? » Elle lança un regard timide à sa sœur.

« Bien sûr. J'ai tellement hâte que tu rencontres Jonathan ! Je vais lui envoyer un mail, il rentre dans deux semaines. À moins que tu préfères lui écrire directement ?

— Mon Dieu, je ne saurais pas comment écrire un tel message, s'exclama Myfanwy. C'est sans doute mieux que tu le fasses. » Bronwyn acquiesça. « Allez, Val va me tuer si on ne descend pas. »

« Bonjour, Tour Thomas.

— Bonjour Fou Petoskey, répondit Myfanwy en arrivant à l'accueil de son bureau. Vous êtes matinale. J'imagine qu'Ingrid vous a proposé un café et des viennoiseries ?

— Oui, Tour Thomas », intervint Ingrid, qui semblait être dans tous ses états. Elle avait la réputation d'être toujours la première à arriver au bureau le matin, mais Myfanwy avait appris par son chauffeur que Shantay l'avait précédée.

« Nos services ont envoyé les derniers rapports sur la fille des Greffeurs, expliqua Shantay. Et mon minibar a été mystérieusement vidé.

— Par des forces ésotériques dépassant l'entendement humain ? » demanda Myfanwy en parcourant son courrier. C'était le genre de question que l'on apprenait à poser sans réfléchir quand on travaillait à la Checquy.

« Non, c'était moi, reconnut Shantay sans une once de gêne.

— Ah d'accord. Ingrid, que se passe-t-il aujourd'hui ?

— De nouvelles manifestations à Bath et Exeter, lut Ingrid. Les équipes locales ont été envoyées immédiatement et opèrent en ce moment même. L'équipe en charge de la peste à Elephant and Castle souhaiterait présenter son rapport final cet après-midi. Et la Cour doit rencontrer les représentants de la Croatoan ce soir.

— Il y a un dîner ?

— Tout à fait. Les chefs d'Apex House sont déjà à l'œuvre.

— Excellent. Dans ce cas, Fou Petoskey, voulez-vous bien me suivre ? demanda Myfanwy en réprimant un sourire.

— Merci mille fois, Tour Thomas, j'en serais enchantée », répondit Shantay avec un clin d'œil. Une fois la porte refermée, Myfanwy éclata de rire.

« Mais qu'est-ce que tu fais là si tôt Shantay ? À part essayer de traumatiser ma secrétaire ?

— Je m'ennuyais. Le Fou Morales dort encore et il n'y avait rien à la télé. Tu m'as dit que tu arrivais toujours de bonne heure et je voulais savoir comment ça s'était passé avec ta sœur.

— D'accord, alors montons à la résidence, suggéra Myfanwy.

— Tu as un appartement pour toi toute seule ? s'étonna Shantay.

— Eh bien, on peut dire que je le partage avec le Fantôme des Conquêtes Passées », prévint Myfanwy.

« Alors elle n'avait rien d'une Greffeuse ? » Myfanwy venait de terminer son récit de la soirée, avec une précision que les hommes pensent normalement réservée aux comptes rendus de rendez-vous galants. « Donc tu es sûre que c'est son vrai visage ?

— La seule opération qu'elle ait subie, c'était pour ses dents de sagesse. Quand on s'est prises dans les bras, j'ai pu l'examiner à fond. C'est ma sœur, j'ai quasiment lu son ADN. On s'est connectées comme des aimants.

— Elle a les mêmes pouvoirs que toi ? demanda Shantay en haussant les sourcils.

— Non, elle est complètement normale. Ni greffe bizarre, ni superpouvoir.

— Eh bien tant mieux. Tu dois être folle de joie.

— Oui, mais ça me rend aussi très nerveuse. Imagine si mon frère et ma sœur ne m'aiment pas.

— Mais ils sont obligés de t'aimer ! C'est ça l'avantage avec la famille. » Affalées dans des meubles en cuir et acier chromé, elles consultaient les rapports venus des États-Unis. Puisque le Dr Crisp n'était pas encore arrivé sur place, ils se limitaient à une description de l'agente des Greffeurs et aux détails de son arrivée à Los Angeles. « Et tu dois encore rencontrer ton frère ? » reprit Shantay en balançant un dossier tout en se laissant glisser sur une peau d'ours à l'usure assez suspecte. Myfanwy n'aurait jamais osé s'allonger dessus, surtout maintenant qu'elle connaissait l'ancien propriétaire de l'appartement.

« Oui, et ça va forcément être plus compliqué. Bronwyn n'avait que 3 ans quand je suis partie, elle ne se souvenait pas vraiment de moi. Mais Jonathan avait 11 ans, et je suppose qu'on était assez proches. Je ne sais pas du tout ce que je vais pouvoir lui dire, je n'ai pratiquement aucun souvenir de ma vie avant la Checquy. Qu'est-ce que t'en penses ?

— Tu pourrais expliquer que toutes les années où tu étais accro aux médicaments ont endommagé ta mémoire, proposa Shantay. Ou que tu as subi des lavages de cerveau quand tu es entrée dans l'administration. Ou bien que tu as reçu un coup de batte de cricket sur la tête et que tu souffres d'amnésie.

— Ah mais oui, l'amnésie ! C'est tout à fait crédible. C'est sûr qu'il va marcher, bravo ! » Elle applaudit et les deux femmes furent surprises de voir un pan de mur pivoter et révéler un bar en miroir largement fourni en alcool. « Ah. Ça doit être comme ça qu'on l'actionne…

— Enfin, tu sais ce qui est le pire dans cette histoire ? continua Shantay.

— Non, quoi ?

— Ça fait des années que tu prononces mal ton propre prénom…

— Oui, merci, répondit sèchement Myfanwy. Peu importe, je ne vais pas changer… » Les ampoules clignotèrent, et elle leva la tête, surprise. Le téléphone sonna, elle décrocha. « Quoi de neuf, Ingrid ?

— Tour Thomas, je suis navrée de vous déranger, mais nous avons une situation d'urgence à Bath. L'apparition dont je vous ai parlé tout à l'heure présente des caractéristiques inédites. L'équipe locale rencontre des difficultés, un commando de Barghests a déjà été envoyé, et il faut qu'une Tour se rende sur site.

— D'accord », répondit lentement Myfanwy. La perspective d'assister à une manifestation ne la remplissait pas vraiment de joie. Elle avait consulté un certain nombre de dossiers et constaté que la première cause de mortalité des agents de la Checquy était de se faire découper en morceaux. L'organisation proposait un plan retraite exceptionnel, mais presque personne n'avait l'occasion d'en profiter. « Ce n'est pas Gestalt qui s'occupe de ce genre de choses normalement ? hasarda-t-elle.

— La Tour Gestalt se consacre actuellement à l'enquête sur les Greffeurs, rappela Ingrid.

— Il a quatre corps, il ne peut pas en envoyer un à Bath ?

— Les jumeaux sont au nord de l'Écosse, Robert en Irlande et Eliza à York.

— Bon, d'accord. Comment je m'y rends ?

— Un hélicoptère se posera sur le toit dans cinq minutes. Vous pouvez prendre votre ascenseur privé.

— Est-ce que je dois mettre des bottes en caoutchouc ou un équipement particulier ? Je n'ai pas le souvenir d'avoir déjà participé à ce type d'opération.

— Non, votre tenue conviendra parfaitement. Après tout, vous serez simplement en observation.

— Super, conclut-elle amèrement en se levant du canapé. Appelez-moi sur mon portable s'il y a du nouveau.

— Qu'est-ce qui se passe ? demanda Shantay.

— Il y a une manifestation à Bath et je dois aller superviser les équipes sur place.

— Ah, ça a l'air intéressant. Je peux venir ?

— Ça ne posera pas de problème, je pense. En route. »

Elles passèrent ensuite sept minutes à chercher son ascenseur personnel, ce que Myfanwy justifia en expliquant qu'elle n'avait jamais eu l'occasion de l'utiliser. Il s'avéra qu'il se trouvait derrière ce qu'elle croyait être une porte de placard.

Sur le toit, l'hélicoptère battait l'air impatiemment. Un homme vêtu de violet leur tint la porte ; elles s'installèrent confortablement sur les sièges en cuir et regardèrent la ville s'éloigner, comme un immense albatros qui aurait repéré une sardine. Le téléphone de Myfanwy sonna.

« Thomas, j'écoute.

— Tour Thomas, Ingrid à l'appareil. Des informations sur la manifestation sont parvenues au Beffroi. Je vous les envoie sur votre téléphone.

— Merci. » Elle ouvrit la pièce jointe du message et commença à lire attentivement.

TRANSCRIPTION DE L'APPEL REÇU
PAR LES SERVICES D'URGENCE
DE LA VILLE DE BATH,
01 h 35-01 h 37

OPÉRATEUR : Urgences, j'écoute.

CORRESPONDANT : Oui, bonsoir. Je suis désolée d'appeler si tard, mais c'est à propos de mes voisins d'en face. Il doit être quoi… environ une heure et demie du matin ? Et ils ont des espèces de lumières violettes ultra-flashy derrière leurs fenêtres, alors qu'ils n'ont même pas tiré les rideaux, et il y a des gens qui gémissent ou qui scandent quelque chose, ou qui yodlent, je sais pas trop. Et je n'ose pas aller me plaindre. Enfin, j'ai un examen demain et je n'arrive pas à dormir, et je trouve que tout ça est un peu bizarre, vous comprenez ?

O : Oui, nous allons envoyer une voiture. Donnez-moi votre nom et l'adresse de la maison en question.

C : Ah oui, d'accord. Euh, je m'appelle Rowena Lillywhite, j'habite au 37 Bennett Street et c'est pour le 34 Bennett Street.

O : D'accord, mademoiselle Lillywhite, j'envoie une voiture tout de suite.

C : Merci beaucoup.

(Fin de la transcription)

Myfanwy essaya de se souvenir si elle avait lu quelque chose au sujet de lumières violettes ou d'un étrange yodle/gémissement/psalmodie. Elle avait passé beaucoup de temps à potasser le classeur violet et les archives de la Checquy, mais ça ne lui disait rien. Elle écarta le premier sentiment lancinant qui commençait à émerger dans son cerveau : une panique confuse.

Elle jeta un œil en direction de Shantay pour voir si elle avait remarqué son trouble mais celle-ci consultait calmement ses messages. Myfanwy secoua la tête et respira profondément. Elle allait y arriver. Elle revint à son téléphone et consulta le message suivant, qui commençait par une note d'Ingrid.

Tour Thomas, voici le résumé provisoire rédigé par Mahesh Poppat, le chef de la Section d'Intervention de Bath. Il a mélangé diverses sources, mais ça devrait vous donner une idée de la situation.

1 h 55 : Les agents O'Hara et Parker arrivent au 34 Bennett St. Ils frappent, constatent que la porte est ouverte et entrent.

1 h 59 : Rowena Lillywhite appelle de nouveau pour se plaindre des cris parvenant de chez ses voisins. Les cris cessent au milieu de l'appel, et elle informe l'opérateur que les chants reprennent.

2 h 02 : Richard Drake, le superviseur des services d'urgence, informe Alexander Jefferson, le chef de la police de Bath, qu'il se passe quelque chose de « bizarre ». En accord avec les instructions, Jefferson contacte nos bureaux de Bath et l'équipe locale est mobilisée.

Alors c'est comme ça que ça marche, songea Myfanwy. *Je me demande si toutes les manifestations commencent forcément par une personne qui se fait brutaliser.* La partie suivante avait été tapée précipitamment par Mahesh Poppat. C'était difficile d'en être sûre, mais quelque chose dans le ton du rapport semblait vouloir ne pas fâcher la Tour. *Il s'attendait sûrement à ce que ce soit Gestalt,* pensa-t-elle. *Mais vu que la dernière fois où je l'ai vu s'énerver il a essayé d'étrangler le personnel, ça semble être une crainte raisonnable.*

Poppat décrivait les précautions qu'il avait prises : boucler la rue, sécuriser le périmètre. Il faisait de nombreuses références aux « procédures standards », probablement dans l'espoir de prévenir un étranglement administratif. Tout s'était passé normalement, jusqu'à ce que les Pions envoyés dans la maison ne reviennent pas. Ou du moins, qu'ils ne reviennent pas sous une forme identifiable. Après un clignotement des lumières violettes suivi de nombreux cris, un torrent de fluide visqueux et épais s'était échappé de l'une des fenêtres. Le fluide était en cours d'analyse pour voir s'il contenait des traces d'employés.

Au grand étonnement de Myfanwy, cet incident n'avait pas automatiquement fait passer l'affaire au rang d'urgence. La bonne vieille procédure standard refit son apparition, et une deuxième équipe de Pions, plus importante, fut envoyée, cette fois-ci équipée de caméras et d'une liaison radio permanente. L'image se brouilla, le contact radio fut coupé, des cris retentirent, du liquide coula, et les psalmodies reprirent de plus belle. À ce moment-là, Poppat (dans le respect rigoureux et scrupuleux du règlement, ainsi qu'il l'assurait au lecteur) contacta le Beffroi. Un commando spécial de Barghests fut donc envoyé sur place et la Tour Thomas fut informée.

Et me voilà en route pour Bath et sa maison anthropophage qui chante. Un terme du mémo avait attiré son attention, et elle feuilleta le classeur violet jusqu'à trouver le chapitre qu'elle cherchait.

Les Barghests

En théorie, n'importe quel membre de la Checquy est formé à l'art de botter des culs et peut donc être mobilisé en tant que soldat. Une grande partie de la formation du Domaine comprend les arts martiaux et le maniement des armes, matières aussi cruciales dans notre programme que l'algèbre (j'étais très forte) ou la musique (j'étais nulle, on me faisait jouer du cor d'harmonie). Bien évidemment, tout le monde n'est pas destiné à devenir soldat et même les étudiants qui ne craignent pas l'affrontement sont parfois plus adaptés à remplir d'autres fonctions au sein de l'organisation.

Néanmoins une grande partie des membres de la Checquy sont militaires, et ils sont très bons. Je tiens à préciser que n'importe quel combattant de la Checquy serait haut placé dans les forces spéciales de tous les pays du monde. Les membres étant repérés quand ils sont encore très jeunes, les instructeurs ont donc la possibilité exceptionnelle d'en faire des guerriers. Dès leur plus jeune âge, ils reçoivent le même genre d'entraînement que les militaires de carrière. Ils maîtrisent de nombreux styles de combat, sont experts dans le maniement de centaines d'armes, apprennent des techniques de survie, de contre-terrorisme et de stratégie militaire. Sans compter leurs pouvoirs surnaturels.

Ils sont prêts à se battre contre des monstres inconnus.

Et les meilleurs d'entre eux intègrent les Barghests.

J'ai découvert au cours de mes recherches que ce sont les Barghests qui ont donné naissance à la Checquy : un commando d'élite composé de soldats surhumains envoyés se battre contre les pires cauchemars. En cas d'appel, pas une seule recrue de la Checquy n'hésiterait à poser son stylo, prendre une arme et marcher dans les ténèbres. Quand nous avons proposé nos services à Cromwell, nous n'étions que des guerriers. Au cours des siècles suivants, la Checquy est ensuite devenue l'organisation qu'elle est aujourd'hui. Cependant, les Barghests restent la quintessence de ce que nous sommes. Ils ne participent pas à la recherche, à l'administration ou à la comptabilité. Ce ne sont pas des gardes du corps, ni des policiers. Ce sont des guerriers.

Il y a aujourd'hui dix équipes de Barghests : six sont postées aux quatre coins du globe et quatre au Royaume-Uni. Les six équipes internationales sont sous les ordres des Cavaliers : deux au Canada, une en Nouvelle-Zélande, deux en Inde et une en Australie. Les quatre équipes britanniques sont dirigées par les Tours et sont généralement utilisées comme renfort d'urgence. Quand c'est vraiment la merde dans les Îles et que les forces locales sont dépassées, elles font appel aux Barghests.

Si j'ai théoriquement de l'autorité sur eux, c'est Gestalt qui commande les opérations sur le terrain et je ne les connais donc que très peu. Tous les trois mois, je dois procéder à l'inspection des troupes. Ils sont tous alignés dans leurs uniformes de combat et Gestalt et moi passons devant eux avec un air autoritaire. C'est une situation extrêmement inconfortable. Je suis tenue au courant de tout ce qu'ils font, et leur extrême puissance saute aux yeux, surtout avec leurs regards fixes et leurs muscles tendus. Pour être honnête, c'est assez intimidant.

Sans compter que ma nullité pour tout ce qui est martial ou physique est connue de tous à la Checquy. C'est un petit milieu, et certains Barghests étaient au Domaine en même temps que moi. Je ne peux pas m'empêcher de me sentir ridicule devant eux. Je n'ai jamais osé m'arrêter pour observer l'uniforme d'un Barghest et lui dire qu'il était froissé, négligé ou qu'il avait échoué, pour une quelconque raison, à être un soldat parfait.

Mais c'est tout de même moi qui valide leur affectation, évalue leur dossier et assure leur maintien. Compte tenu de leur entraînement intensif et des énormes sommes que nous dépensons pour eux, je pense qu'on peut raisonnablement espérer qu'ils soient capables de faire face à n'importe quelle situation.

Un chauffeur, habillé en violet et visiblement intimidé, attendait Shantay et Myfanwy à l'aéroport.

« Il faudra qu'on aille prendre les eaux, dit Shantay, qui feuilletait un dépliant trouvé dans la voiture.

— Quoi ? » répondit distraitement Myfanwy qui avait ouvert son classeur violet sur le chapitre consacré à Bath. D'après Thomas, la ville avait autrefois été un foyer de manifestations, comme si chaque sorcier, bunyip, golem, gobelin, gnome, picte, fée, démon, thylacine, gorgone, goret, rebut, poivrot, momie, groke, sphinx, catin, muse, flagellant, diva, brigand, tisserand, faucheur, souffleur, exauceur, nain, lutin, farfadet, touille-marais, totem, devin, voyante, chapelier, roudoudouk, diablotin, métamorphe, homme-papillon, homme-ténia, chaman, enchanteur, warlock, morlock, poltergeist, zeitgeist, maître élémentaire, goule, boule, lycanthrope, esprit, créature, aufwader, harpie, poule-soie, kelpie, klepto, spectre, mutant, cyborg, balrog, troll, ogre, chat botté, chien chapeauté, médium, maboul avait décidé que c'était *la* destination à ne pas manquer.

Thomas avait d'ailleurs trouvé des éléments indiquant que c'était à Bath que la Checquy avait été fondée, en réaction au flot incessant de phénomènes paranormaux qui s'y déroulaient. D'après la chronique, il était compliqué d'emprunter une ruelle sombre sans trébucher sur quelque chose doté de plus de membres que prévu. Pendant des siècles, la ville fut la plus grande pourvoyeuse d'agent de la Checquy. Puis, il y a de cela vingt-deux ans, le nombre de ces manifestations avait commencé à baisser. Le bureau, qui avait été autrefois le plus grand du Royaume-Uni après celui de Londres, avait été réduit et ne conservait qu'un effectif minimal. C'était aujourd'hui l'endroit où on envoyait les nouveaux Pions pour qu'ils s'aguerrissent, et où les moins doués demeuraient.

Ainsi, cette nouvelle manifestation était doublement particulière.

« Il faudra qu'on prenne les eaux, répéta Shantay.

— Est-ce que c'est une expression américaine qui aurait échappé à ma culture des sitcoms ? demanda distraitement Myfanwy. Ou c'est un euphémisme bizarre ?

— Non, apparemment c'est une spécialité anglaise. Une fois que cette affaire sera réglée, nous devrions aller bruncher et prendre les eaux. Il y a des sources naturelles qui sont à la mode depuis des siècles.

— Ça a l'air tout à fait charmant. Tu fais vraiment ta touriste.

— Tu sais, j'ai envie de profiter de l'Angleterre à fond : prendre le thé de 17 heures, superviser une manifestation, prendre les eaux, aller chez Harrods, débattre de possibles conspirations internationales. »

Quand la voiture arriva à destination, un homme d'origine indienne en treillis camouflage, visiblement nerveux, leur ouvrit la porte.

« Tour Thomas, c'est un plaisir de vous revoir après toutes ces années. » Il avait approximativement l'âge de Myfanwy. Elle hésita un instant, ne sachant comment s'adresser à lui. S'attendant à être prise de haut, elle avait prévu de lui opposer la froideur régalienne qui avait si bien marché avec les crétins de l'interrogatoire. Mais le bougre avait l'air tellement nerveux que ça paraissait inutile, voire cruel, de le tourmenter.

« Mahesh, je suis si contente de vous voir ! » s'exclama-t-elle avec un large sourire, lui prenant la main pour descendre de la voiture. « Ça fait combien de temps qu'on ne s'est pas vus ?

— Depuis que nous avons quitté le Domaine je pense.

— Ah oui, le Domaine, le bon vieux temps », dit-elle d'un ton qui laissait entendre que ce temps, si bon fût-il, n'était pas un sujet de discussion. Myfanwy se retourna quand Shantay sortit de la voiture. « Mahesh, je vous présente le Fou Petoskey de la Croatoan. Elle est ici en observation. » Cela ne fit que terrifier encore plus le malheureux Pion. « Fou Petoskey, voici le Pion Poppat.

— Pion Poppat, c'est un plaisir. » Myfanwy lui jeta un regard réprobateur.

« Très honoré, madame », répondit Poppat en s'inclinant rapidement. Myfanwy regarda autour d'elle. Rien dans la rue ne semblait inhabituel, mais l'atmosphère était anormalement calme, comme si les maisons proprettes avaient du mal à croire à ce qui se passait. D'énormes camions bloquaient la circulation aux deux extrémités. Un bruit extrêmement irritant résonnait dans l'air et dans les lobes frontaux de Myfanwy.

Les chants montaient en un bourdonnement bruyant et irrégulier, oscillant entre une invocation quasi grégorienne et un yodle dissonant, comme si on passait une chorale suisse au rouleau compresseur. *Si ça a été comme ça toute la nuit, c'est étonnant qu'il n'y ait pas eu plus de plaintes des voisins,* pensa Myfanwy.

« Alors, quelle est la situation ? » demanda-t-elle tandis que Poppat les conduisait à un gros camion blindé, constitué de deux semi-remorques reliées entre elles par un accordéon. Ils y entrèrent à l'une des extrémités et empruntèrent une allée étroite le long de laquelle les Barghests étaient assis sur des bancs. Myfanwy ne put s'empêcher de jeter un coup d'œil curieux dans leur direction. Ils portaient des armures grises qui semblaient faites de plastique dur et mat et dégageaient le calme mortel et fragile de ceux qui se retrouvent dans un piège à ours enclenché. Certains portaient de grosses armes, d'autres ne portaient rien. Les troupes adressèrent un signe de tête respectueux à Myfanwy et ses compagnons quand ils passèrent devant eux.

Ils traversèrent une petite section dans laquelle étaient alignées des cages fermées. Derrière certaines portes se trouvaient des présentoirs à fusils ; les autres cages étaient vides et étaient sûrement destinées à servir de cellules temporaires. Ils passèrent par l'infirmerie où un Pion en blouse était occupé à stériliser ses ongles taillés comme des scalpels. Après le passage en accordéon, Poppat ouvrit une porte surmontée d'un panneau : « Poste de commande ». Myfanwy découvrit une pièce remplie d'ordinateurs allumés, de fauteuils ergonomiques et de cyberPions qui fixaient leurs écrans, tapaient sur des claviers et, dans un cas, léchait consciencieusement un moniteur.

Poppat s'affairait autour de Myfanwy et Shantay comme une mère poule, s'assurant qu'elles étaient confortablement installées sans être dérangées par le passage des Pions. Elles le remercièrent et acceptèrent un café, qui arriva de la cantine (par une énième porte). Myfanwy ne put s'empêcher de remarquer que les cyberPions leur jetaient des coups d'œil inquiets, surtout à elle. On aurait dit qu'ils craignaient qu'elle les supprime s'ils utilisaient la touche espace de leur clavier.

« Très bien Pion Poppat, reprit Myfanwy, provoquant un éclat de rire étouffé de Shantay, mettez-nous au courant des avancées de la situation s'il vous plaît. » Il hocha la tête, l'air un peu perturbé et indiqua les nombreux écrans.

« Tout d'abord, nous ne sommes pas tout à fait sûrs que tous les membres des deux premières équipes soient morts », expliqua-t-il la voix légèrement tremblante. Myfanwy se souvint que ce devait être ses hommes, des collègues qu'il voyait tous les jours. « Conformément à la procédure standard », *là revoilà celle-là,* pensa-t-elle, « nous avons évacué la rue et nous nous sommes mis d'accord avec la police pour rester discrets.

— Qu'avez-vous donné comme explication ? demanda Shantay.

— Nous avons dit à la police qu'une secte s'en était prise aux conduites de gaz et qu'il ne fallait pas que ça se sache, répondit Poppat calmement. Et nous avons dit aux voisins qu'il y avait une fuite de gaz dans une maison amiantée.

— La procédure standard, intervint Myfanwy.

— Absolument. » Le mot magique aida Poppat à se détendre. « Tous les membres du premier commando étaient équipés de moniteurs indiquant leurs signes vitaux et portaient un équipement adapté aux conditions intérieures. Ils sont entrés par la porte principale et Cassie, la chef du commando, a signalé que l'intérieur de la maison était entièrement recouvert d'une couche de moisissure violette et grumeleuse. Ils nous ont confirmé que l'air était respirable et dépourvu de toxines. Puis nous avons perdu le contact.

— La transmission a cessé d'un coup ? demanda Myfanwy.

— Comme si quelqu'un avait fermé la porte sur les ondes », intervint l'une des informaticiennes, une fille potelée qui avait des petites touffes de feuilles à la place des cheveux et des sourcils. « Ça n'arrivera pas cette fois-ci, ajouta-t-elle l'air satisfait.

— Ah oui ? » fit Myfanwy un peu froidement. Elle essayait toujours de construire un personnage de Tour crédible, et se dit qu'une Tour n'aurait probablement pas toléré d'être interrompue.

« Ouais, répondit la fille. Le prochain commando sera équipé de caméras et ils dérouleront des câbles pour la communication en plus de la liaison sans fil. Et nous laisserons quelqu'un à la porte pour l'empêcher de claquer.

— Ingénieux », remarqua sèchement Myfanwy. *Heureusement qu'on utilise une technologie de pointe. Je devrais regarder si le budget nous autorise à investir dans une ou deux briques pour bloquer la porte.*

« Nous devrions être prêts à envoyer l'équipe très bientôt », intervint Poppat précipitamment avant de s'adresser à la fille ronde : « Lydia, vérifiez auprès du Barghest FitzPatrick si l'équipe est prête. » La cyberPion hocha la tête et la lumière se refléta sur la verdure qui couvrait sa tête. « Lydia est notre spécialiste en communication, souffla Poppat à Myfanwy et Shantay. Elle est très compétente.

— Elle a intérêt avec une attitude pareille, murmura Shantay.

— Pion Poppat, FitzPatrick dit que le commando des Barghests est prêt.

— Parfait. Branchez les haut-parleurs s'il vous plaît. » Les bruits étouffés des militaires emplirent soudain la pièce. Des souffles contrôlés, le léger grincement des protections, le bruit de quelqu'un avalant sa salive… Puis une profonde voix d'homme s'éleva.

« Barghest FitzPatrick, en attente des ordres. » Il y eut un blanc, Myfanwy et Shantay ne quittaient pas des yeux les écrans sur lesquels s'affichaient maintenant les images prises par les caméras fixées sur les Barghests. Puis Myfanwy s'aperçut qu'il ne se passait rien :

« Tour Thomas, vous êtes le plus haut gradé, expliqua Poppat d'un air contrit. C'est à vous de donner le signal.

— Ah d'accord ! s'exclama-t-elle rouge de honte en essayant d'ignorer le soupir de Lydia. Commencez l'opération. » Les lumières du camion baissèrent et virèrent au rouge, comme dans un sous-marin avant une attaque. Les Pions se penchèrent sur leur écran.

« Bien reçu, dit FitzPatrick. Barghests, en avant. »

Dans la salle de contrôle, les lumières changeaient en même temps que les images à l'écran. Le commando avançait en courant vers la maison. C'était étourdissant de regarder les différentes images bouger dans tous les sens. Myfanwy cligna des yeux, se sentant légèrement nauséeuse. Elle but une gorgée de café qu'elle trouva immonde. Ce foutu yodle, de plus en plus fort, commençait à saturer les haut-parleurs. Elle revint à l'écran et vit l'équipe pénétrer dans la maison. Le volume augmenta encore quand ils ouvrirent la porte, et tout le monde dans le camion eut un mouvement de recul.

« Je baisse », dit Lydia. Le bruit se fit moins perçant,

mais il restait encore un fond sonore particulièrement irritant.

« Est-ce que vous pouvez analyser ça ? demanda Shantay.

— C'est transmis aux labos de la Checquy, répondit Lydia sans se retourner. Ils nous préviendront s'ils trouvent quelque chose. » Ils entendirent la voix de FitzPatrick :

« Loza, tenez la porte.

— Oui, chef. »

Les lumières baissèrent encore dans le poste de commande quand ils entrèrent dans la maison. Il y faisait très noir, une couche de matière violette tapissait les fenêtres et bloquait la lumière. Myfanwy plissa les yeux, essayant de comprendre à quoi correspondaient les différentes formes.

« Je passe les caméras en infrarouge », dit l'un des Pions avec un fort accent cockney. Les écrans prirent une teinte verte, et ce qui avait été des silhouettes nébuleuses se transforma en une vision étrange. D'après ce que Myfanwy arrivait à discerner, c'était comme si quelqu'un avait décidé de recouvrir tout un salon meublé de lampes, fauteuils confortables, etc., d'une moquette de poils répugnants. Il y en avait sur les murs, sur le plafond et cela se propageait sur le palier de la pièce d'à côté.

« Que voyez-vous FitzPatrick ? demanda Poppat.

— Ce truc est violet et on dirait qu'on marche sur du caoutchouc. Ça sent comme… d'après vous Turner ?

— C'est fongique, fit un Pion à la voix grave. Un peu comme de l'*Aspegillus fumigatus*, mais avec quelques éléments que je ne parviens pas à identifier. Mais rien de synthétique.

— C'est qui ce Turner ? » chuchota Myfanwy à l'intention de Poppat. L'un des informaticiens tapa sur son clavier rapidement et le dossier de Turner apparut à l'écran. Elle regarda machinalement la rubrique « Qualités » et vit qu'il possédait un sens olfactif surdéveloppé ainsi qu'une mémoire eidétique.

« FitzPatrick, y a-t-il une trace de la précédente équipe ?

— Non, chef, rien dans l'entrée.

— D'accord, avancez dans la maison en répartissant vos troupes. » Poppat se tourna vers Myfanwy et Shantay. « Nous distribuons les hommes sur les lieux : chaque binôme reste en vue du précédent. »

Myfanwy acquiesça. Ça semblait logique.

Les Pions se répartirent au rez-de-chaussée, plaçant des sentinelles aux angles stratégiques et aux portes. Les câbles que les soldats déroulaient brillaient sur la moisissure. Les autres pièces donnaient cette même impression d'une vie normale soudainement recouverte d'une épaisse couche de moisi. Il y avait même un bouquet de fleurs dans un vase sur la table de la cuisine, chaque pétale était couvert d'une épaisse peau violette.

« Aucun signe de l'autre équipe ni d'un quelconque individu », dit FitzPatrick. Myfanwy sentit que les chants tapaient sur les nerfs de tous les Pions. Bien que Lydia ait baissé le son, la version étouffée qu'ils entendaient dans le camion suffisait à la mettre mal à l'aise.

« FitzPatrick, ici la Tour Thomas. Y a-t-il un signe indiquant la provenance du son ?

— À l'étage, Tour. Devons-nous monter ?

— Le rez-de-chaussée est sécurisé ? demanda Poppat.

— Affirmatif.

— Alors regroupez vos troupes à l'exception des soldats nécessaires au maintien de la ligne de vue jusqu'à la porte d'entrée. Et avancez.

— Bien chef. » Les Barghests montèrent à l'étage, laissant deux sentinelles au pied de l'escalier et deux autres en haut.

Lydia se racla la gorge. « Le Beffroi a relevé un changement dans les chants, les analyses sont en cours », dit-elle sans quitter son écran des yeux.

« Je n'ai rien remarqué, souffla Myfanwy à l'oreille de Shantay. Et toi ? » Le Fou américain secoua la tête. Le commando de Pions atteint la première porte qui était entrouverte. Plusieurs choses se passèrent à l'instant précis où FitzPatrick se pencha pour la pousser avec son fusil.

L'écran qui montrait le Pion resté à l'entrée de la maison clignota tandis que celui-ci était happé à l'intérieur.

Toutes les autres images bougèrent rapidement quand les Pions, entendant les cris de Loza, se retournèrent. Puis une vague de matière violette s'éleva du sol et recouvrit les caméras.

Il y eut un bref tumulte de cris et de coups de feu.

La porte d'entrée claqua, sectionnant les câbles que les Pions avaient déroulés.

Putain de merde. Myfanwy était horrifiée. *Putain de bordel de merde.*

Tous, dans le poste de commande, étaient frappés de stupeur. Myfanwy prit une profonde inspiration. *C'est toi la Tour, alors reste calme.*

« Une suggestion, quelqu'un ? » lança-t-elle d'un ton détaché, bien qu'elle fût encore sous le choc. Des cris déchirants avaient empli la pièce avant que la liaison radio ne soit coupée. Les cyberPions tapaient frénétiquement sur leurs claviers, collés à leurs écrans, et parlaient à toute vitesse dans leurs casques téléphoniques. Il était clair que personne n'avait encore la moindre idée de ce qui se passait ni de ce qu'il fallait faire ; Myfanwy attendit donc patiemment qu'ils trouvent des réponses. Certains se retournaient discrètement pour lui jeter des regards inquiets, mais elle fit semblant de ne pas s'en rendre compte.

« Qu'en penses-tu, Fou Petoskey ? demanda-t-elle doucement en croisant les mains pour les empêcher de trembler.

— Euh, eh bien je n'ai jamais rien vu de tel, répondit Shantay, hébétée. Nous rencontrons rarement ce genre de manifestations.

— Oui, je pense que c'est assez inhabituel pour nous aussi, dit Myfanwy en essayant désespérément d'avoir l'air détendue.

— Qu'est-ce que tu comptes faire ?

— Oh, je suis sûre que le Pion Poppat va suivre sa chère procédure standard, répondit-elle en jetant un œil au Pion qui courait dans tous les sens et qui semblait effectivement très occupé. Je n'ai pas envie de le déranger. Ça doit déjà être assez compliqué pour lui de gérer une urgence devant sa supérieure sans que celle-ci demande en plus à ce qu'on la divertisse. » Mais Poppat se précipitait justement vers elle.

« Tour Thomas, dans cette situation, la procédure standard prévoit que l'on détruise la maison avec des explosifs ou un cercle de… » Il fut interrompu par un éclat de voix excité de l'autre côté du poste de commande.

« Ils sont vivants ! » s'écria l'un des techno-Pions. Tout le monde s'arrêta pour se tourner vers les écrans où étaient maintenant affichés les signes vitaux des membres du commando. Myfanwy se souvint qu'elle avait vu ces mêmes images en entrant, quand Poppat lui avait expliqué que chaque Barghest était doté d'un équipement de monitoring complet sous son armure.

« Ils sont tous vivants ? » interrogea Myfanwy. *C'est une bonne ou une mauvaise nouvelle ?*

« Oui, madame, répondit le technicien. Tous les Barghests. D'après ces indicateurs, rien n'a été introduit dans leurs organismes et même s'ils semblent tous assez nerveux – rythme cardiaque élevé, etc. –, ils ne sont pas blessés.

— C'est vraiment regrettable, dit le Pion Poppat.

— Regrettable ?

— Ben oui, nous devons quand même détruire le site… » Il s'interrompit. Myfanwy se tourna vers le techno-Pion.

« Est-ce que… est-ce qu'ils bougent encore ?

— Non, madame. »

Merde.

« Sont-ils conscients ?

— Oui, madame. »

Re-merde.

« Ah. » Myfanwy fit la moue et se tourna vers Poppat. « Vous savez, Mahesh, j'hésite un peu à effacer cette maison de la surface de la Terre tant que nous avons des hommes vivants à l'intérieur.

— Je comprends, Tour Thomas, mais la procédure stan…

— Oui ? l'interrompit-elle, les sourcils levés.

— Eh bien, c'est tout à fait clair, et la Tour Gestalt n'a jamais hésité à…

— Oui, tout à fait. » Il y eut un silence tendu, interrompu par bonheur et avec hésitation par Lydia.

« Tour Thomas ? Le Beffroi a envoyé de nouveaux résultats d'analyse des chants.

— Quelque chose qui puisse nous servir ? » *Est-ce que je vais devoir signer l'arrêt de mort de quatorze de mes hommes ?*

« Je crois qu'il vaut mieux que vous l'écoutiez.

— D'accord », soupira Myfanwy. Lydia tourna un bouton et le volume des chants augmenta. Une partie avait été isolée et amplifiée : une voix tendue se détachait par-dessus le bourdonnement et répétait :

« Envoyez la Tour… Envoyez la Tour… Envoyez la Tour… Envoyez la Tour…

— Probablement pour de la compta, hein ? » grommela Myfanwy.

Chapitre 20

Chère Toi,

Six filles. Huit garçons. C'est le nombre d'enfants actuellement enrôlés au Camp Caius, et cette bande de morveux, âgés de 11 à 22 ans, sont très intrigants. Les pages que j'ai photocopiées m'ont fourni quelques informations sommaires, mais la description de leur pouvoir est on ne peut plus succincte. Cependant, d'après ce que j'ai compris, ces enfants ne sont pas dotés d'un quelconque pouvoir mais subissent une quantité monstrueuse d'opérations chirurgicales afin de leur instiller ces facultés surnaturelles, ce qui est la chose la plus répugnante que j'aie jamais entendue.

Toute cette démarche est complètement étrangère à la manière de procéder de la Checquy, et, à ma connaissance, est pratiquement vouée à l'échec. Je ne sais même pas vraiment pourquoi ces enfants ont été choisis. Ces élèves ne semblent avoir a priori *aucun point commun. Ils viennent de régions et de milieux sociaux très différents. J'ai fait des recherches sur leurs familles et j'ai consulté leurs dossiers de sécurité sociale ainsi que tout ce que j'ai pu trouver à leur sujet, mais je ne vois toujours pas pourquoi ils ont été arrachés à leurs familles.*

Regardons les choses en face, en essayant d'être le plus impartial possible. Il y a plein d'enfants que l'on peut obtenir assez facilement : des orphelins, des enfants des rues. Merde, tu peux même les importer ! Et vu l'ancienneté du Camp Caius, ils auraient même pu faire en sorte qu'ils se reproduisent. Mais ces enfants ont été pris à des familles britanniques, ce qui veut dire que les responsables de ce camp se donnent énormément de mal, sans raison apparente. C'est une tâche considérable, même pour la Checquy. Vraiment, je ne comprends pas.

De temps en temps, quand j'y pense, je suis effarée par ce que fait la Checquy. D'après les quelques souvenirs qu'il me reste de ma famille, je me remémore combien nous étions unis. Mes parents étaient des gens instruits, plutôt aisés et indépendants. Et pourtant ils se sont écrasés quand Wattleman et Farrier leur ont annoncé que la Checquy m'emportait. On aurait pu penser qu'ils se seraient battus, qu'ils auraient protesté, ouvert un procès ou au moins lancé une campagne médiatique. Si le gouvernement vient te prendre tes enfants, tu penses que tu vas en parler ou essayer de trouver un groupe de soutien. Mais les familles se taisent et gardent le secret. Pourquoi ?

C'est vrai qu'une grande partie des étudiants du Domaine sont anormaux. Pense par exemple à Gestalt. Est-ce que tu aimerais avoir ça chez toi ? Nombre de parents sont soulagés de voir leur enfant partir. Certains sont même prêts à payer. Pour ceux dont les familles s'accrochent, c'est par contre assez vilain, car la Checquy fait ce genre de choses depuis très longtemps et sait parfaitement comment s'y prendre. Ils mentent, menacent, promettent. Et ils ont la loi pour eux. Je ne sais pas trop quelle histoire Wattleman et Farrier ont servie à mon père ce dernier jour. Je n'étais pas très attentive.

Avec tous ces moyens, ils peuvent faire plier n'importe qui et tromper les parents. On leur fait croire que leur enfant souffre d'une maladie mortelle, de handicaps mentaux terribles, qu'il est contagieux, peu importe. Au bout du compte, ils savent qu'il ne dépend plus d'eux et que c'est l'État qui prend le relais. Un nombre désespérant de familles a le sentiment qu'on leur a rendu service.

En tout cas, je cherche encore à quoi rime ce Camp Caius.

Bien à toi,

Moi

Chapitre 21

« Tour Thomas, vous devriez au moins attendre que le deuxième commando de Barghests arrive du Beffroi, insistait Poppat.

— Non. »

Myfanwy gardait les yeux rivés sur l'uniforme qu'on lui avait fourni. Le tailleur qu'elle avait mis pour aller au bureau n'était pas du tout approprié : elle n'allait tout de même pas s'aventurer dans une maison hantée en jupe et talons hauts.

« Mais je ne peux en aucun cas laisser un membre de la Cour pénétrer sur le site d'une manifestation sans escorte, et toutes nos troupes… » Il s'interrompit.

« Toutes nos troupes ont été liquéfiées, termina Myfanwy. Et je ne pense pas qu'une escorte puisse changer grand-chose. Mais s'il y a la moindre chance pour que je puisse aider nos hommes, alors… » Elle soupira. « Alors, je dois y aller. »

Poppat lui prit le bras. « Myfanwy, nous savons tous les deux que ce n'est pas votre domaine. Je ne peux pas vous laisser y aller toute seule.

— Non », intervint une voix derrière eux. Ils se retournèrent et virent Shantay remonter la fermeture d'une tenue de combat. Elle s'était attaché les cheveux et semblait soudain beaucoup plus menaçante. « Elle ne sera pas toute seule. Je viens avec elle.

— Hors de question, s'exclama Myfanwy. Il existe peut-être une jurisprudence qui dit que tu peux venir en observation, mais tu imagines les répercussions si un Fou de la Croatoan était blessé durant une opération de la Checquy ?

— Ouais, mais à ce moment-là tu seras probablement morte toi aussi, donc ça ne sera vraiment plus ton problème.

— Dans ce cas, tant que ça ne me cause pas d'ennuis…

— Je ne te laisse pas y aller toute seule, continua Shantay.

— Tu n'as pas ton mot à dire, assena Myfanwy. Et même si c'était le cas, la voix n'a pas demandé un Fou américain, elle a réclamé une Tour.

— *La voix* peut aller se faire foutre ! Je suis sûre que les garçons et les filles que tu as envoyés là-dedans étaient bons, mais je peux me défendre, et il te faut quelqu'un pour te couvrir. » Myfanwy hésita et Shantay, la sentant vaciller, insista : « Ma chérie, ne le prends pas mal, mais on bosse dans un petit milieu. Les nouvelles vont vite et nos dossiers sur vous sont au moins aussi détaillés que ceux que vous avez sur nous. Je sais donc que ces missions ne sont pas exactement ton point fort. Il te faut un gros bras pour te couvrir, et ça sera moi. »

Ce n'était peut-être pas le point fort de Thomas, mais moi je connais un ou deux trucs, pensa Myfanwy. Elle ne tenait quand même pas particulièrement à entrer seule dans cette maison.

« D'accord, tu peux venir.

— Comme si tu avais eu le choix. »

Shantay sortit un pistolet extrêmement imposant et l'inspecta.

« Pardon, mais c'est quoi ce truc ?

— Quoi ?

— Le foutu bazooka que tu tiens dans ta main !

— C'est mon flingue, répondit Shantay innocemment.

— Mais d'où sort-il ? intervint Poppat. Nous n'avons rien de tel dans l'armurerie.

— De mon sac à main.

— Ton sac à main ? reprit Myfanwy. Comment tu l'as fait passer à l'aéroport ?

— L'aéroport ? Mais enfin, on est arrivés par l'ambassade. Pourquoi penses-tu que le Fou Morales est aussi fatiguée à ton avis ? Elle nous a fait passer d'une ville à l'autre.

— Oh, souffla Myfanwy, légèrement stupéfaite par l'étrangeté du monde où elle était née.

— Et toi, quel genre de pistolet tu comptes prendre ?

— Je ne prends pas de flingue.

— Si, tu vas prendre un flingue.

— Oh vraiment, Inspecteur Harry ?

— Écoute, je peux percer le blindage d'un tank d'un coup de poing si je l'ai décidé, mais je prends quand même un flingue.

— Bon d'accord, j'en prends un. Mais pas un qui pèse plus lourd que moi. »

Poppat essaya de les convaincre de les accompagner, mais Shantay fit remarquer que c'était inutilement cruel de laisser toutes les responsabilités à un pauvre second couteau.

« À vrai dire, *je* suis le pauvre second couteau, avoua Poppat. Le chef de section, le Pion Goblet, est en arrêt maladie depuis hier à cause d'une grippe.

— Il a bien choisi son moment », commenta Shantay. Elle faisait craquer son cou et les articulations de ses doigts de façon très militaire. Myfanwy, de son côté, avait du mal à plier les bras : le gilet qu'on lui avait fourni était à sa taille mais il était composé de Kevlar, cuir et plastique et semblait taillé dans du bois. « Tu sais, ça fait des années que je n'ai pas fait ce genre de chose », ajouta Shantay. Debout sur le pas de la porte, les techniciens procédaient aux dernières vérifications de leur équipement.

« Ah ouais ? » Myfanwy était encore en train d'essayer de comprendre comment elle s'était retrouvée avec deux couteaux et un pistolet. « Combien d'années ?

— Une et demie.

— Vraiment ? Qu'est-ce que c'est que ça ?

— Une bombe au poivre. Tu ne mets pas de gants ?

— Non. Et ça, c'est quoi ?

— Un Taser, répondit Shantay.

— Formidable. Bon, je pense qu'on a plus qu'à y aller alors », dit Myfanwy sans grand enthousiasme. Elle tourna la poignée, poussa la porte et elles pénétrèrent dans la maison.

« Charmant », souffla-t-elle avant de remarquer que Shantay la regardait bizarrement. « Enfin, à part cette énorme couche de moisissure, cet intérieur est d'un goût assez sûr. » Shantay la dévisageait toujours. « Oh, ça va. Tu vois un signe des Barghests ?

— Non », chuchota Shantay. Elle tenait son gros pistolet à la main et semblait très tendue.

« Qu'est-ce que tu as ? murmura Myfanwy à son tour. On dirait que tu as peur que quelqu'un te touche le cul.

— Ça ne me dérangerait pas, tant que c'est un

humain. C'est quand le décor essaie de me peloter que je deviens nerveuse. » Elle se retournait sans cesse pour examiner la pièce.

L'air était chaud et humide, comme si elles étaient entrées dans les poumons d'une immense bête sauvage. Le moisi s'élevait du sol et tombait du plafond en courbes baroques, et Myfanwy n'aurait su dire s'il sortait de la cave ou se déversait des étages. À certains endroits, la moisissure formait une couverture parfaitement lisse qui s'accrochait aux murs. Ailleurs, elle était irrégulière et bosselée, comme si on l'avait étalée à la truelle. Elle formait aussi d'épaisses lianes qui s'enroulaient jusqu'au sol et se balançaient étrangement.

Myfanwy eut soudain une question.

« Pourquoi est-ce qu'on chuchote ?

— Parce que j'ai peur que des forces maléfiques m'arrachent la tête, répondit Shantay. Je ne veux pas les réveiller.

— Ah d'accord. » Myfanwy regarda autour d'elle. « Est-ce que je dois chuchoter aussi du coup ?

— Comme tu le sens, grommela Shantay.

— D'accord. Bon, je crois qu'on devrait monter, non ? proposa Myfanwy. C'est de là que viennent les chants. Mais attends une seconde. » Elle venait d'avoir une idée : elle posa un genou par terre, et enlevant l'un de ses gants, elle s'apprêta à toucher le sol.

« Merde, mais qu'est-ce que tu fais ? souffla Shantay. Touche pas à ça !

— Fais-moi confiance, murmura Myfanwy. Je pense que ça va marcher. » Dès l'instant où elle était entrée dans la maison, elle avait perçu que cet endroit fourmillait. Elle pouvait sentir un bourdonnement de vitalité dans la pièce, mais c'était flou, comme une corde de guitare qui vient d'être pincée. Elle n'arrivait pas à se concentrer dessus et ça l'agaçait. Alors elle posa sa paume sur le sol et se connecta.

Il y eut un déclic immédiat et ses sens se mirent en place. Les sensations qu'elle avait captées se firent plus nettes, plus précises.

« Je vois où est le problème », dit-elle. Elle avait cherché une forme simple, alors que l'impression était formée de plusieurs motifs fusionnés. Comme si des douzaines de diapositives avaient été empilées les unes sur l'autre. Elles se complétaient mais ne s'accordaient pas tout à fait.

C'était presque… *choral.*

« Mais qu'est-ce que tu fais putain ? » s'écria Shantay, qui en oublia de chuchoter. Myfanwy cligna des yeux et se concentra pour retrouver une vue normale. Sous sa main, de petites ondes se propageaient à travers les couches de moisi.

« Désolée. » Elle se releva et s'essuya les mains sur son pantalon. « Je sentais de drôles de vibrations dans cette pièce.

— Comme quoi ?

— Comme plein de voix mêlées.

— Des voix ? répéta Shantay, incrédule.

— Il y a une tonalité humaine distincte, mais elle est mélangée à autre chose.

— Génial, maugréa Shantay.

— Tu es du genre à voir le verre à moitié vide toi, non ?

— C'est l'expérience. Dans ces cas-là, le verre est toujours à moitié vide.

— Toujours ?

— Toujours. Jusqu'à ce qu'il se remplisse du sang spectral d'une créature démoniaque.

— J'ai vraiment bien fait d'entrer dans l'administration, remarqua Myfanwy. Alors, on monte ?

— Allons-y. »

Malgré leur ton décontracté, les deux femmes jetaient des regards nerveux autour d'elles. Shantay brandissait son arme, les doigts crispés. Myfanwy se rendit compte qu'elle grinçait des dents. Quand elles atteignirent le bas des escaliers, elles s'arrêtèrent toutes les deux, attendant que l'autre ouvre la voie. Myfanwy passa devant, et monta une marche après l'autre, ses pieds bottés s'enfonçant légèrement dans la moisissure. La faible lumière violette donnait une teinte étrange à leur visage et Myfanwy fut frappée par la vision de ses mains. On aurait dit celles d'un cadavre. Elles avançaient doucement, les chants continuaient, et Myfanwy se trouva comme hypnotisée.

« Myfanwy », fit la voix de Shantay derrière elle, la tirant brusquement de sa rêverie. Myfanwy poussa un petit cri et se rattrapa à la rambarde, ses mains décollant le moisi qui la recouvrait.

« Quoi ? Qu'est-ce qu'il y a ? s'exclama le Fou en cherchant frénétiquement sur quel monstre il fallait tirer.

— Rien ! Mais… ne fais pas ça !

— Ne fais pas quoi ?

— Ne m'appelle pas comme ça alors que je me concentre pour ne pas mourir.

— Désolée, dit Shantay qui, à l'évidence, ne l'était pas du tout.

— Qu'est-ce que tu voulais me dire ?

— J'ai un mauvais pressentiment. Cette maison me fait flipper, et pourtant j'en ai vu des endroits bizarres.

— *Toi* tu le sens pas ? C'est pourtant *moi* qui monte

en premier ! Et tu as participé à des dizaines d'opérations ? Elle est où la fille qui voulait botter des culs ?

— Ça, c'était avant qu'on entre dans une maison qui a l'odeur d'un cèpe géant. Comment est-ce qu'on sait qu'on ne va pas se faire aspirer par le décor comme tous les Pions l'ont été ?

— Ils ont demandé une Tour. Tu veux que je les prévienne ? » Myfanwy cria en direction du premier étage : « Hé ! Vous avez appelé la Tour ! Eh bien, je suis là, alors n'essayez pas de jouer au con ! » Elle se retourna vers Shantay. « Ça te va ? Qu'est-ce que tu regardes ? » Elle suivit le regard de Shantay : la moisissure sur le mur se remodelait spontanément. Là où une surface irrégulière et bosselée avait absorbé les photos encadrées, se trouvaient désormais des centaines d'excroissances. Chacune mesurait deux fois la taille de son index et était dotée d'une orbite noire et brillante qui ne pouvait être autre chose qu'un œil perçant rivé sur elles.

« Est-ce que je tire ? murmura Shantay entre ses dents.

— C'est ta manière de régler tous les problèmes ? rétorqua Myfanwy entre les siennes.

— Plus ou moins, oui. Ça explique peut-être pourquoi on a aussi peu de manifestations chez nous.

— Peut-être. Contentons-nous de monter. »

Tourner le dos à ces centaines d'yeux d'escargots géants fut l'une des choses les plus difficiles qu'elle eût à faire de toute sa courte vie. Mais Shantay la suivit et elles reprirent leur marche, plus rapidement cette fois. En haut de l'escalier se trouvait un long couloir. De part et d'autre, des portes ouvertes laissaient passer des flots de lumière violette peu flatteuse. De la poussière et des spores pendaient des poutres.

Les chants se faisaient oppressants ; elles les sentaient presque battre l'air.

Elles s'approchèrent de la première porte à pas feutrés, vérifièrent leurs armes et passèrent la tête à l'intérieur de la pièce. La même moisissure y poussait, mais elle semblait être d'une couleur plus vive, comme si elle se trouvait plus près de la racine. Le violet d'une teinte aubergine était parcouru par des veines écarlates. Quasiment luisante, la matière exsudait un pus épais qui sentait la viande pourrie.

Comme au rez-de-chaussée, les meubles de la pièce avaient été absorbés mais il semblait que quelqu'un ait tout empilé dans un coin avant l'éruption, dégageant un grand espace au milieu de la chambre. Deux rangées de personnes couvertes de moisissure psalmodiaient, recroquevillées en position fœtale.

Les deux femmes ressortirent et échangèrent un regard sombre.

« Ça, ça craint, admit Shantay. Tu as vu leur visage ?

— Seulement une partie de ceux qui n'étaient pas enveloppés dans cette substance. On dirait qu'ils portent des toges. » Myfanwy frissonna. « Qu'est-ce qu'on fait d'après toi ?

— Je ne pense pas que ce soit eux qui t'aient appelée, fit remarquer Shantay. Ils n'ont pas l'air d'être conscients de ce qu'ils chantent. Ils n'ont pas l'air d'être conscients du tout d'ailleurs.

— Donc tu penses que ça venait de quelqu'un d'autre ?

— Allons voir les autres pièces. »

Elles avancèrent dans le couloir. Dans chaque pièce se trouvaient des groupes chantant à l'unisson, les yeux perdus dans le vide, des hommes et des femmes de tous âges, soigneusement alignés. Il y avait même quatre personnes dans la même position dans la salle de bains, le visage recouvert d'une fine pellicule de mousse. Myfanwy mit un pied prudent à l'intérieur et s'approcha lentement des silhouettes. Elle ignora les avertissements murmurés par Shantay et s'accroupit près du premier chanteur.

C'était un garçon, un adolescent un peu joufflu qui portait une petite moustache duveteuse ; il essayait sûrement de faire croire qu'il avait 18 ans et échouait lamentablement. Il avait les yeux rivés sur une chose absente, et ses pupilles étaient grosses comme une tête d'épingle.

« Shantay, ce gamin a à peine 14 ans. Merde, on peut même entendre qu'il est en train de muer ! » Elle se redressa, dégoûtée, et regarda les autres. « Personne dans cette pièce n'est assez vieux pour ouvrir un compte en banque.

— En tout cas, ils sont assez vieux pour être possédés », souligna Shantay. Myfanwy tendit la main vers le visage du garçon, prit une profonde inspiration, et posa délicatement le doigt entre ses yeux.

Elle flottait dans un océan de sensations : la somme de l'être du garçon. Mais là où elle s'attendait à un torrent complexe de visions, de goûts et de sons, tout était silencieux. Des courants délicats s'écoulaient, emportant la conscience indistincte de la température de la salle de bains, de l'écho lointain de Shantay tapant du pied, et de l'odeur du déodorant de Myfanwy. Mais tout ça, tout ce qui faisait le monde, l'atteignait à peine.

Il n'y avait que la présence envahissante du chant, qui résonnait et grondait au-dessus, en dessous, partout, comme le tonnerre. Il aspirait tout. À travers lui, elle sentait les pouls des différentes personnes autour d'eux. Chaque individu chantant dans la maison était relié aux autres. La pression de l'invocation l'entourait, l'assaillait, essayait de l'attirer. Myfanwy se tendit et s'arracha.

« Merde ! » lâcha-t-elle, allongée sur le dos. Shantay était agenouillée à côté d'elle et lui essuyait le visage avec sa manche. « Qu'est-ce qui s'est passé ? demanda Myfanwy.

— Tu t'es déconnectée pendant près de vingt minutes, j'ai développé une nouvelle phobie des champignons, pris ton pouls sept fois et répondu à un appel de Poppat. Puis le chant est devenu un peu irrégulier et tu t'es jetée par terre, répondit Shantay en comptant les péripéties sur ses doigts.

— Que voulait Poppat ? demanda Myfanwy faiblement.

— Il voulait savoir comment ça se passait. Dans un accès d'honnêteté plutôt malvenu, je lui ai dit que tu étais en transe, et j'ai passé cinq minutes à le convaincre de ne pas nous faire sauter avec la maison. Puis je lui ai parlé des chanteurs et j'ai dit que tu le rappellerais plus tard.

— Ah super, fit Myfanwy sans enthousiasme.

— Ça va ?

— Ouais, mais il se passe des trucs bizarres dans le système nerveux de ce gamin. C'est probablement la même chose pour les autres. Aide-moi à me relever, on va essayer de trouver qui tire les ficelles. Et si on survit, promis, je rappellerai Poppat. »

Shantay la remit debout, et elles s'époussetèrent. Il ne restait que quelques portes, mais elles s'approchaient de chacune avec la plus grande prudence, sachant qu'elles finiraient forcément par tomber sur une mauvaise surprise.

Ce qui arriva plus tôt que prévu. Les us et coutumes des apparitions cauchemardesques prévoyaient qu'elles se trouvent derrière la dernière porte et provoquent un moment de terreur absolu. Myfanwy se crispaient donc de plus en plus à mesure qu'elles avançaient dans le couloir, les yeux fixés sur cette ultime porte.

Elles faillirent ainsi passer devant l'avant-dernière pièce sans remarquer les mouvements frénétiques de l'homme qui s'y trouvait. Elles revinrent sur leurs pas et restèrent sur le seuil. L'homme portait un costume qui avait visiblement connu des jours meilleurs, et l'activité fongique de la maison avait causé des dégâts sur ses vêtements et son visage. La saleté et la sueur mélangées aux spores formaient une couverture mouchetée, et il puait autant qu'une bûche pourrie trempée de sueur. Il passait rapidement d'un chanteur à l'autre, s'immobilisant près de chacun pour leur murmurer quelque chose à l'oreille. Quel effet cela était censé produire, Myfanwy l'ignorait, mais il ne s'arrêta pas, même après avoir remarqué leur présence.

Bien qu'il ne quittât pas des yeux les corps couverts de moisissure, il profitait des pauses entre chaque murmure pour lancer quelques mots en direction de la porte. Myfanwy et Shantay reçurent donc son message par bribes.

« Dieu merci vous voilà ! – Ils ont commencé il y a deux nuits, sans prévenir ! – Enfin moi, je n'ai jamais donné l'ordre – Et puis la propagation s'est lancée ! »

Il resta accroupi devant une très grosse femme, et inspecta ses yeux.

« Je suis passé hier pour voir où en était la congrégation ; quels progrès ils avaient faits ! – Ah ça, on peut dire qu'ils en ont fait des progrès ! – Le volume de l'invocation augmentait – Forcément, les voisins allaient bien finir par l'entendre, et la lumière allait se voir une fois la nuit tombée. Je me suis fait porter pâle, et depuis j'essaie de les ralentir. Je vous aurais appelée directement si j'avais pu, mais j'ai posé mon téléphone sur une table après avoir contacté le bureau et il a été complètement recouvert. Ensuite je ne pouvais plus partir et la situation est devenue critique. Une fois que la Checquy s'est pointée, je me suis dit que ma seule option était de laisser la congrégation enclencher son système d'auto-défense. Je savais qu'ils vous appelleraient une fois que le deuxième commando aurait été consommé. Bon Dieu ! Vous vous rendez compte que c'est mes hommes que j'ai dû liquider ? Mes propres hommes ! »

Myfanwy jeta un regard horrifié à Shantay qui lui répondit par une moue incrédule.

Est-ce que cet homme est vraiment le chef du département de la Checquy de Bath ? se demanda-t-elle. Elle l'atteignit doucement avec son esprit pour essayer d'examiner son organisme. *Et si oui, pourquoi fait-il ça ? Ça ne peut pas être au nom de la Checquy, il n'aurait pas liquéfié les commandos. Mais si ce n'est pas ça, pourquoi s'adresse-t-il à nous comme si on savait exactement ce qui se passe ?*

« Au moins, j'ai réussi à les empêcher de tuer la troisième équipe. C'étaient des Barghests, non ? » Il continua sans attendre une réponse. « Je ne comprends pas. Ils n'étaient absolument pas supposés commencer maintenant, mais si on ne fait rien, ça va continuer à s'étendre. Ils réagissent à peine aux formules de contrôle qu'on nous a données et pour intégrer mon message aux chants, il a fallu que je tire sur l'un des fidèles et que je me greffe brièvement dans le système. Il faudra d'ailleurs que quelqu'un me nettoie car j'ai encore un peu de cette saloperie dans mon organisme.

« Bref, je savais que vous auriez le message. Heureusement que vous avez crié, ma vision est si mauvaise à travers les organes de cette chose que j'étais sur le point de vous transformer en cocon. » Myfanwy frissonna d'horreur, et se demanda où était enfermé le commando de Barghests. L'homme parlait toujours.

« … aucune idée de comment les arrêter. J'ai essayé tous les codes d'urgence et aucun ne fonctionne. Est-ce que vous connaissez un moyen détourné pour tout arrêter ? » Il se retourna, attendant une réponse, et s'arrêta net en les voyant enfin distinctement. « Vous n'êtes pas Gestalt ! » s'écria-t-il, horrifié.

Ah, pensa Myfanwy. *Je comprends mieux.*

Ils se dévisagèrent pendant un instant, puis Myfanwy l'immobilisa brusquement par l'esprit. *Après tout, je ne sais pas de quoi ce type est capable. Pour autant que je sache, il peut forcer ma rate à se manger elle-même donc mieux vaut ne pas prendre le risque.*

« Ne t'inquiète pas Shantay, je le tiens.

— Tu es sûre ? » demanda-t-elle inquiète. Elle avança et se détendit un peu quand elle vit que l'homme au costume était pétrifié en position accroupie, le souffle court, le regard vitreux, une expression de grande surprise figée sur son visage. Maintenant qu'elle le voyait de plus près, sa tête lui disait quelque chose. *C'est probablement un des centaines d'employés dont j'ai consulté le dossier.*

Shantay passa la main devant ses yeux et remarqua que son regard ne bougeait pas. Elle se pencha et lui mit une pichenette sur l'oreille. « C'est très impressionnant, dit-elle. Comment tu as fait ?

— Ça m'est venu comme ça. » Les chanteurs psalmodiaient toujours.

« Je rêve ou c'est bien quelqu'un de chez vous ?

— Je crois qu'il s'appelle Goblet. »

Il sortit soudain de sa transe et assena un uppercut à Shantay. Le Fou chancela et trébucha sur l'un des croyants. La forme couverte de moisissure continua de chanter, imperturbable. « Merde, comment c'est possible ? » demanda Myfanwy.

Goblet se leva et montra ses dents, puis une carapace d'épines apparut sur son corps. Myfanwy poussa un petit cri quand elle vit ses cheveux s'allonger et durcir jusqu'à former un amas de pics. Des piquants osseux transpercèrent ses vêtements transformant son élégant costume en un amas de laine perforée.

Shantay s'agenouilla en se frottant la mâchoire. Puis elle se releva et jeta un regard dégoûté à l'homme porc-épic. « Pas un geste, connard », dit-elle en pointant son énorme pistolet sur lui. « Ça fait *vraiment* mal. Tu m'avais dit que tu le tenais, continua-t-elle en s'adressant à Myfanwy.

— Oui, je le croyais.

— Tu crois que tu peux le refaire ?

— Peut-être. » Myfanwy lança ses sens et commença à examiner Goblet qui bavait au centre de la pièce. *Comment s'est-il libéré ? J'ai coupé sa colonne vertébrale là et là, donc il ne pouvait pas... oh ! Eh bien, voilà qui est fascinant.* Myfanwy rengaina ses pouvoirs et se tourna vers Shantay. « Mauvaise nouvelle : il a sept autres colonnes vertébrales tissées ensemble. Je ne peux pas les contrôler toutes d'un coup car les impulsions passent de l'une à l'autre. »

Le type bougeait la tête d'avant en arrière pour essayer de suivre la conversation, mais il se concentrait désormais sur elle.

« Tour Thomas, je n'aurais jamais pensé que vous seriez capable de venir vous salir les mains hors de votre petit bureau », lança-t-il avec un profond mépris. Ses ongles se transformèrent en griffes acérées tandis qu'il s'avançait vers elle.

« Oh, *sérieusement* », dit Shantay en lui tirant dans le dos. Il tituba un instant puis se retourna, et lui mit un revers qui l'envoya valser contre un mur. Les pics lui entaillèrent le visage et elle s'écroula assommée contre la moisissure.

« Je ne savais pas qu'on était tombés aussi bas… Enrôler des Américains dans les Barghests ? D'un autre côté, c'est bien cette Cour qui vous a nommée Tour, cracha-t-il. Vous, une pauvre petite fille qui pleure dans son coin et bricole les livres de comptes.

— C'est vrai qu'ils auraient mieux fait de prendre un connard de traître avec des pics qui lui sortent du cul, rétorqua-t-elle en manquant de faire tomber le pistolet qu'elle portait à la ceinture.

— Un traître ? Cette entreprise a pour but le bien de la Checquy, et par là même, le bien de la nation !

— C'est pour ça que vous n'avez pas jugé bon d'aviser la Cour de vos activités, Goblet ?

— Peuh ! La Cour n'est pas prête ! Du moins pas encore. » Il fit un pas de plus vers Myfanwy. Elle recula contre la porte qui s'était refermée silencieusement. Autour d'elle, les chanteurs continuaient de psalmodier sans réagir.

« Donc vous avez jugé que c'était à vous de monter tout ça ? » demanda-t-elle en contournant un corps afin de mettre des obstacles entre eux. Elle tripotait discrètement son pistolet, essayant de trouver comment retirer le cran de sûreté. Thomas avait sans doute appris ça dès son premier cours au Domaine, mais malheureusement cette connaissance-là ne lui était pas restée. C'était d'autant moins pratique qu'elle n'osait pas quitter Goblet des yeux, de peur qu'il lui arrache les siens.

« Ah, Tour Thomas. Vous ne connaissez vraiment rien au terrain ! Vous croyez pouvoir obtenir des informations, pouffa-t-il, révélant sa dentition en dents de scie. Vous pensez que je vais vous donner tous les détails, comme un méchant de James Bond, avant que votre montre ne se change en scie électrique ?

— Je ne porte pas de montre, fit remarquer Myfanwy.

— Tant mieux, je n'aurais pas besoin de vous arracher les bras dès le début de notre petite séance. Je préfère les garder pour la fin. » Myfanwy ne put cacher l'horreur que lui inspirait cette perspective. « Oh, oui, Tour Thomas, nous allons bien nous amuser. Mais vous mourrez sans rien savoir de ce qui se passe ici.

— Goblet, je vais tout découvrir. C'est même vous qui allez me le dire.

— Vraiment ? dit Goblet en haussant les sourcils qui levèrent plusieurs pics. Et comment comptez-vous… » Il s'interrompit, ferma les yeux et s'écroula aux pieds de Shantay. Elle portait des gantelets métalliques. Non, il ne s'agissait pas vraiment de gantelets mais ses poings semblaient recouverts d'un métal argenté poli, sans défaut. Sans défaut, à l'exception des taches de sang et des fragments de pics qui étaient restés accrochés quand elle avait enfoncé l'arrière du crâne de Goblet.

« Quel connard. » Elle retira les débris de ses mains

d'une pichenette métallique, et le métal se résorba sur sa peau, à l'exception de certaines parties qui redevinrent des bijoux.

« C'est très pratique, complimenta Myfanwy. J'aimerais bien être capable de faire mes bijoux moi-même.

— Ah oui ? Moi j'aimerais bien faire taire les hommes quand ça me chante. Tu veux échanger ?

— C'est tentant… Mais je viens seulement de trouver comment provoquer de fortes transpirations, et j'ai encore envie d'en profiter un peu.

— Je te comprends.

— Enfin, il faudrait peut-être déjà qu'on trouve un moyen d'arrêter ce machin. » Myfanwy désigna la scène d'un geste vague : la moisissure, l'homme porc-épic étendu par terre, les fidèles qui chantaient frénétiquement. « Goblet avait l'air de penser que la plupart d'entre eux avaient perdu le contrôle.

— Est-ce qu'on appelle nos gars dans le camion ?

— Ils ne risquent pas de se faire avaler par la matière visqueuse ?

— Peut-être pas, maintenant que Goblet est sorti du tableau.

— J'en suis pas si sûre… Si ça se trouve, c'est lui qui l'a empêchée de nous manger et de digérer le précédent commando. » Elle jeta un regard inquiet autour d'elle, mais fut soulagée de constater que la moisissure n'avait pas commencé à attaquer ses bottes. « Je pense qu'on est tranquilles pour le moment. Raison de plus pour essayer de régler ça rapidement.

— Tout à fait d'accord. Je peux leur fracasser le crâne à tous, si tu veux », proposa Shantay dont les bijoux brillants semblaient annoncer la promesse d'une violence inouïe.

« Je n’ai pas spécialement envie de décapiter plusieurs douzaines de citoyens britanniques.

— Dans ce cas, qu’est-ce que tu suggères ? »

Pour toute réponse, Myfanwy s’agenouilla près de la chanteuse la plus proche : une femme terriblement maigre qui donnait l’impression d’avoir essayé de vivre uniquement par photosynthèse. La moisissure qui couvrait son visage et entourait sa frêle carcasse était d’une vilaine couleur puce. Myfanwy posa les doigts sur le crâne de la femme, ses yeux se voilèrent et elle prit un air d’intense concentration.

Il y eut un silence respectueux durant lequel Shantay attendit la suite attentivement.

Puis elle attendit moins attentivement.

Elle consulta sa montre.

Elle inspecta ses ongles, sortit une lime et arrangea un peu sa manucure.

Elle s’approcha de Goblet et lui donna un grand coup de pied dans l’estomac, pour faire bonne mesure.

Elle consulta son répondeur, en collant son téléphone contre son oreille afin de pouvoir entendre ses messages malgré la puissance des chants.

Elle consulta de nouveau sa montre.

Elle fredonna une chanson qu’elle avait dans la tête et examina chaque chanteur de plus près.

Puis son téléphone sonna.

« À aucun moment tu t’es dit que ça pouvait nécessiter un minimum de concentration ? lança Myfanwy en sortant de sa transe. La pose dramatique et l’air d’intense recueillement ne t’ont pas mise sur la voie ?

— Désolée, mais je ne peux pas couper mon portable. Je suis Fou du Croatoan. Imagine si c’est une urgence.

— Est-ce que c'était une urgence ? » demanda Myfanwy d'un ton glacial. Shantay regarda l'écran puis rangea son téléphone, penaude. « Alors ?

— D'accord, dans ce cas précis, ce n'était pas une urgence, reconnut-elle.

— C'était qui ?

— Ma mère.

— C'est pas vrai… », maugréa Myfanwy en revenant à sa transe. Shantay soupira et regarda dans le vide. Il lui fallut un petit moment avant de se rendre compte que Myfanwy saignait du nez et tremblait de tous ses membres.

« Oh merde ! »

Elle se jeta à genoux et appuya sa manche contre le nez de la Tour tout en essayant de la ramener à la conscience. Mais Myfanwy ne répondit pas. Au contraire, les chants augmentèrent légèrement et elle continuait de saigner. Shantay remarqua qu'une petite rougeur était apparue près de sa mâchoire. Elle s'approcha et vit qu'il s'agissait en réalité d'une éruption de spores. Celle-ci s'épaississait à vue d'œil, et se transforma rapidement en une sorte de duvet qui gagnait le cou de Myfanwy et s'étendait vers ses cheveux.

« Oh merde, oh merde, oh *merde* », murmura Shantay en essayant frénétiquement de retirer les excroissances qui se développaient dans les cheveux de la Tour. Ses doigts redevinrent argentés et métalliques jusqu'au bout de ses ongles manucurés et elle se mit à racler la manche camouflage de Myfanwy, grattant les petits champignons qui venaient d'apparaître. Puis elle se souvint qu'il lui fallait aussi tenter de stopper l'hémorragie de Myfanwy. « Myfanwy, ma chérie, réveille-toi bordel ! » cria-t-elle dans l'oreille couverte de moisissure.

Shantay entendit un mouvement derrière elle et vit

Goblet se contracter faiblement. Il devait avoir une sorte de pouvoir régénérant, ou alors ses piquants l'avaient mieux protégé qu'elle ne l'avait pensé. Elle considéra ses ongles en argent et envisagea un instant de lui arracher la jugulaire. Mais parce qu'elle tenait Myfanwy dans ses bras, elle ne put lui envoyer qu'un coup de pied qui l'atteignit à la mâchoire. Cela suffit à l'assommer.

Puis Myfanwy fut secouée de convulsions et de puissants tremblements, sa tête frappant malencontreusement le visage de Shantay.

« Aïe. Butain de berde ! » hurla-t-elle en laissant tomber Myfanwy par terre pour porter les mains à son nez.

Les chants se firent plus sonores et plus frénétiques et Shantay ne remarqua pas la légère poussière violette qui couvrait son avant-bras.

Chapitre 22

Chère Toi,

On peut dire que c'était une sacrée journée. Je suis actuellement dans la limousine qui me ramène de Whitby en compagnie du Cavalier Gubbins. Le Fou Alrich et Sir Henry rentrent en hélicoptère, le règlement stipulant qu'il ne peut pas y avoir plus de deux membres de la Cour dans le même appareil. Et après ce que nous a coûté le fiasco d'aujourd'hui en temps et en main-d'œuvre, je me suis dit que ce serait déraisonnable de payer un deuxième hélico.

La journée a commencé de bonne heure, ce qui n'est pas exactement ce que je préfère pour un samedi matin. J'aime me réveiller un peu tard, qu'on me prépare mon petit déjeuner, m'asseoir près d'un feu, parfois faire un peu de shopping, puis aller au bureau. Mais aujourd'hui, j'ai dû me lever à 4 heures afin d'être prête à monter dans la voiture qui venait me chercher à 5 heures moins le quart. Anthony, mon garde du corps pour la journée, m'attendait devant la porte et je me suis demandé, avec une pointe de culpabilité, depuis combien de temps il poireautait là, dans le vent glacial. Il porta mon attaché-case, ma valise et mon cartable jusqu'à la voiture et s'assura que j'étais confortablement installée avant de tasser son imposante masse sur le siège passager. Je me rendormis et ne me réveillai que lorsque Gubbins, qui était d'une bonne humeur abominable, nous rejoignit.

« Bonjour Myfanwy », lança-t-il en s'installant. Je me réveillai en sursaut et vis que j'avais copieusement bavé sur l'accoudoir. « Bon sang, ça gèle aujourd'hui. Mais c'est plutôt amusant, non ? » Son garde du corps, un noir squelettique, s'assit à côté de lui sans mot dire.

« Oh ouais. » Très amusant, surtout quand ce n'est pas toi qui dois tout planifier.

« Je dois reconnaître que je ne suis pas tout à fait au point sur les détails, j'étais à Brasilia quand l'annonce est tombée.

— C'est une éclosion.

— Bien sûr que c'est une éclosion, dit-il en levant les yeux au ciel. S'il y a un événement surnaturel, il y a forcément un œuf.

— Les œufs sont importants dans notre secteur, bâillai-je. Bref, il y a un élève de 17 ans au Domaine, Noel quelque chose, j'ai noté son nom quelque part… Il n'est pas particulièrement bien doté en matière de pouvoirs (je crois qu'il s'entend bien avec les animaux ou quelque chose dans ce genre), mais il est féru d'histoire et de recherche.

— C'est un bon élève ?

— On ne leur laisse pas le choix. Vous croyez que Frau Blümen accepterait de baisser son niveau d'exigence ?

— Ça m'étonnerait, pouffa-t-il.

— Bref, ce gamin a droit à un accès spécial aux archives, et en déterrant des manuscrits il est tombé sur quelque chose de particulièrement intéressant. »

Je fouillai dans mon sac et sortis une thermos de café ; j'en offris à Gubbins qui déclina poliment.

« Qu'est-ce que c'était ?

— Vous n'allez pas me croire.

— Je fais partie de la Checquy. Autant vous dire que je suis payé pour croire des choses auxquelles personne ne croit.

— Un dragon, dis-je d'un ton las.

— Vous vous foutez de moi.

— Je vous avais prévenu. Je n'y croyais pas non plus. Cela fait des siècles qu'il n'y a eu aucune apparition de dragon confirmée, et même à l'époque, ils avaient été aperçus dans des endroits aux températures déraisonnablement basses. La dernière fois qu'on les a vus, c'était au début du petit âge glaciaire. » J'essayais de ne pas regarder Gubbins pendant qu'il faisait ses étranges exercices isométriques. On aurait dit un yogi sous acide. Je me servis une tasse de café et regardai mes mains fixement.

« En tout cas, il semblerait qu'une dragonne particulièrement féconde ait décidé de pondre un œuf dans le Yorkshire du Nord. Apparemment, c'était un coin très prisé par les dragons.

— Ah bon ?

— Oui, par les dragons et les ptérodactyles. Pendant des millions d'années, l'endroit a attiré de nombreux reptiles volants. On y a retrouvé des squelettes de dinosaures et des ossements de dragons que l'on a alors pris pour une sous-espèce de ptérodactyles. L'un de nos agents, Yves Tyerman, a été témoin de la ponte. Son rapport a été enregistré par la Cour à Londres puis classé et oublié pendant des centaines d'années.

— J'imagine que l'administration ne changera jamais, soupira Gubbins.

— Mais grâce aux recherches de ce Noel machin, nous avons été mis au courant de l'existence de cet œuf. Ces trucs-là mettent plusieurs siècles à éclore, mais ce gamin portant une attention diabolique aux détails, a calculé la date exacte de l'éclosion.

— La date exacte ? » Gubbins était sceptique.

« Ne me demandez pas, je ne suis pas experte en dragon, mais il semblerait qu'ils soient assez ponctuels pour ce genre de chose. Notre petit prodige a fait des calculs, il a obtenu d'un tuteur du Domaine particulièrement patient d'être amené ici, et ses pouvoirs lui ont indiqué que le dragon était bien vivant dans son œuf et qu'il allait naître ce soir. Nous allons nous assurer, vous et moi, que tout est prêt. C'est pourquoi nous partons d'aussi bon matin.

— Et tout ça a eu lieu au cours des derniers jours ?

— Non, ça s'est passé il y a six mois, mais il a fallu que j'autorise les fouilles et les excavations.

— Les excavations ?

— Les dragons enterrent leurs œufs très profondément. Nous avons donc mené des fouilles archéologiques en toute discrétion.

— Et là nous allons assister à l'éclosion d'un œuf de dragon ?

— Oui. Mais pas seulement à l'éclosion. Ce gamin... » Je fouillai mes papiers. « Noel Bittner. Il affirme qu'il sera capable d'établir une sorte de lien télépathique avec le dragon dès que celui-ci sortira. Il dit qu'ils ont déjà eu une connexion et qu'ils seront liés dès sa naissance.

— Fascinant.

— Ouais, soupirai-je. Alors évidemment, il faut que

la moitié de la Cour soit présente pour l'occasion. Une Tour, un Cav, un Fou et le Lord. Ainsi que les assistants et Bittner.

— Alors où sont le Fou et le Lord ?

— Le Fou Alrich arrivera après le coucher du soleil en compagnie de Sir Henry. Ils viennent en hélicoptère. »

Il fit une moue dubitative puis chacun se concentra sur son ordinateur portable et sur les très, très nombreux documents nécessaires au bon fonctionnement d'une administration.

En arrivant sur le site, j'étais totalement affamée et Gubbins souffrait de claustrophobie. On pourrait croire qu'un homme aussi souple que lui serait à l'aise dans l'espace confiné d'une voiture. Après tout, je sais qu'il peut rentrer dans une valise et y rester pendant sept heures puisque je l'ai vu faire. Pourtant, enfermé dans la cabine relativement spacieuse d'une Rolls Royce, il a réussi à nous conduire tous les deux quasiment au bord de la folie.

Nos manières impeccables (que nous avions l'un et l'autre apprises au Domaine sous la menace d'un fusil) et le fait qu'il soit le membre de la Cour que je préfère nous ont retenus de nous injurier. Et lorsque la voiture s'arrêta, nous avons bondi dans la neige avec un enthousiasme qui stupéfia le Pion qui nous attendait. Le garde du corps de Gubbins sortit plus lentement mais avec des yeux encore plus fous. Anthony, qui avait voyagé à l'avant, parut extrêmement placide à côté de nous.

« Tour Thomas, Cavalier Gubbins, bienvenue au Couvoir.

— Merci Pion Cahill », répondis-je en levant les yeux vers elle. Elle était grande et portait le genre de

tenue décontractée qui permettrait de tuer quelqu'un facilement sans se faire remarquer. Le kaki marche assez bien pour ça. « Gubbins, je vous présente le Pion Breeshey Cahill. Elle supervise ce projet depuis que Brittner l'a porté à notre attention. » Elle leva les yeux au ciel en entendant ce nom. D'après ce que j'avais entendu, Brittner était parti du principe que ses découvertes faisaient de lui le chef des opérations. Pour le Pion Cahill, qui avait dû à la fois flatter l'ego de Brittner et diriger les trente personnes qui travaillaient sur le projet, leur rapport avait été un peu éprouvant.

« Ravi de vous rencontrer Pion Cahill, dit Gubbins en parfait gentleman. Je sais que vous avez travaillé dans des conditions difficiles, mais je n'ai eu que des retours positifs sur la façon dont vous avez géré cela. » Elle rosit de plaisir. « Merci de nous accueillir de si bonne heure.

— Surtout après six mois extrêmement longs », ajouta-t-elle en lui adressant un sourire. Pendant un instant, je fus émerveillée par la manière dont elle s'était épanouie quand il s'était adressé à elle. Elle ne m'ignorait pas vraiment, mais son regard glissait sur moi pour se reporter aussitôt sur lui. J'étais exclue et cela m'agaçait. Ce genre de situation ne m'aurait auparavant pas dérangée, mais depuis que je sais ce qui va m'arriver (depuis que je suis au courant de toi), je m'observe davantage. Les gens m'ignorent. Ils ne me calculent pas, parce que je ne suis pas... pas ce qu'ils s'imaginent être un leader.

Je revins à la conversation. Cahill décrivait en détail les équipements qui avaient été installés. J'écoutai et recomptai dans ma tête toutes les dépenses que j'avais autorisées : les archivistes de la Checquy équipés de caméras, les scientifiques et leur équipement d'analyse sensorielle, l'énorme chambre de réfrigération mobile pour recueillir le dragon, le placement d'un de nos satellites en orbite géosynchrone au-dessus de nous, le logement pour l'équipe d'excavateurs, un centre de commande assez cosy et la nourriture. Nous avons dépensé des sommes extravagantes, mais Bittner le petit prodige n'était toujours pas satisfait. Il avait demandé à ce que l'œuf soit relocalisé à Stonehenge avec tout le bazar. Quand on le lui avait refusé, il avait demandé à ce qu'on reconstruise le site de Stonehenge autre part. Mes observateurs sur place m'ont dit qu'il s'était étranglé en apprenant que j'avais refusé certaines des choses qu'il avait demandées. Mais s'il savait ce que j'avais effectivement autorisé, son indignation aurait été sans limite.

« ... et si vous voulez bien nous suivre jusqu'à la ferme, le petit déjeuner y est servi, conclut Cahill.

— La ferme ? s'étonna Gubbins.

— Oui, ce terrain faisait partie d'une exploitation agricole privée, expliqua-t-elle. Nous l'avons acquise pour une somme rondelette. » J'écoutai en silence mais ajoutai mentalement que c'était moi qui avais mis mon veto à la proposition de Brittner qui voulait que l'on donne un dédommagement misérable à l'agriculteur et qu'on utilise l'autorité du gouvernement pour « lui filer la frousse de sa vie ». Me souvenant du traitement épouvantable qu'avait reçu mon père, j'avais préféré opter pour la solution plus délicate de l'expropriation. Nous avons payé l'agriculteur convenablement et avons fourni une histoire montée de toutes pièces pour calmer ses inquiétudes et décourager sa curiosité.

Le Pion Cahill nous guida à travers un labyrinthe de structures temporaires jusqu'au corps de ferme où un buffet somptueux était dressé. J'ai peut-être fait des économies sur certaines parties, mais l'une des leçons que mes professeurs du Domaine m'ont enfoncées dans la tête, c'est qu'une armée ne se bat pas le ventre creux. J'ai donc toujours fait attention à ce qu'il y ait un bon traiteur pour toutes les longues opérations.

Gubbins, les gardes du corps et moi nous servîmes en pâtisseries, nourriture chaude, et en café, afin de faire le plein avant une longue journée d'ajustements. Nous venions juste de nous installer quand la porte s'ouvrit avec fracas. Anthony sortit, apparemment de sous ses aisselles, une paire de semi-automatiques, tandis que le garde du corps squelettique de Gubbins (qui s'appelait Jonas) avait visiblement caché un canon scié sous sa robe. (Est-ce que je t'avais dit qu'il portait une robe ? Eh bien, c'est fait. Violet clair.)

« Arrêtez », soufflai-je. Le garçon qui entra dans la pièce les ignora ostensiblement.

« Alors, c'est vous la Tour Thomas », lança-t-il. Je l'avais immédiatement identifié comme étant Noel Bittner. Sans doute son arrogance prodigieusement irritante, ou le fait qu'il n'était pas encore légalement autorisé à boire de l'alcool. Et ses lunettes. « Je me suis accommodé de votre étroitesse d'esprit et de vos coupes dans les dépenses. Je comprends que tout le monde ne soit pas capable d'apprécier les perspectives incroyables qui existent ici. Les forces exceptionnelles à l'œuvre aujourd'hui permettront le retour de la majesté, de la grandeur et de la magie sur ces îles ! » Il s'arrêta pour reprendre son souffle, et Gubbins me demanda entre ses dents : « On leur dit de l'abattre ? »

Je secouai la tête. « Apparemment c'est de lui dont nous avons besoin pour communiquer avec le dragon », murmurai-je. Gubbins semblait être sur le point de répondre, mais Bittner, toujours plus emporté, se lançait déjà dans une autre diatribe.

« J'aurais espéré qu'une Tour de la Checquy comprenne l'exaltation provoquée par un tel événement et ne refuse pas au dragon des conditions appropriées pour voir le jour. J'avais entendu des rumeurs sur vous, mais je ne vous aurais jamais cru si imperméable à cette merveilleuse occasion. Et maintenant ! Maintenant j'apprends que vous avez autorisé la présence de soldats armés sur le site, non pas pour protéger le petit, mais pour le tuer. » Bittner était penché pardessus la table et parlait tout près de mon visage. Je me recroquevillai instinctivement et remarquai, dégoûtée, qu'il postillonnait dans mon assiette.

« J'exige que vous retiriez ces troupes ! Le dragon et moi sommes déjà connectés télépathiquement et il risquerait de ressentir la même horreur que moi. Je ne promets pas que je serai capable de le calmer, même avec mon empathie innée. » Il me jeta un regard mauvais. Je sentais Anthony derrière moi, tendu, prêt à fracasser ce garçon. J'essayais de me focaliser sur lui pour me donner du courage.

« Noel, commençai-je doucement.

— Je préfère que l'on m'appelle Expert Bittner. »

Gubbins haussa son absence de sourcils mais se retint de faire remarquer que ce titre n'existait pas.

« Expert Bittner, je comprends votre inquiétude. » Il se rengorgea et je poursuivis rapidement. « Mais vous devez comprendre que tout le monde ne peut pas saisir facilement ce qui se passe ici. C'est une situation exceptionnelle, même pour la Checquy. » Je pouvais parlementer avec n'importe qui, et ce gamin avait à l'évidence passé trop de temps le nez dans un

certain type de bouquins. De moralisateur, il devint bouffi d'orgueil. « Ces hommes ne sont pas là pour le dragon, mais pour rassurer les visiteurs, qui sont extrêmement importants, comme cela sied à cette occasion. » Bittner acquiesça à contrecœur.

« Je comprends. Et ce n'est pas comme si les balles pouvaient blesser le dragon, mais c'était le manque de respect que je n'acceptais pas.

— Soyez tranquille, nous sommes conscients de l'honneur qui nous est fait. » Ça lui plut, et il fit un signe de tête qu'il imaginait sûrement sage et grave. Je pris une profonde inspiration. « Expert Bittner, souhaitez-vous vous joindre à nous pour le petit déjeuner ? » Je sentis que cette idée n'enchantait pas Gubbins.

« Non, répondit Bittner en jetant un regard indifférent au buffet. Je jeûne en prévision de ce soir. Je dois retourner à l'œuf et communier avec le dragon. » Noel Bittner sortit et je repoussai mon assiette d'une main hésitante. Il n'était pas franchement effrayant, mais je déteste quand on me crie dessus.

« Myfanwy, dit Gubbins, je n'arrive pas à croire que vous ayez laissé ce petit con vous parler comme ça. Je me fous de son talent ! Vous êtes un membre de la Cour et ce n'est qu'un étudiant du Domaine. » Il était furieux ; pas seulement contre Bittner, mais contre moi. Je soupirai.

« Cavalier Gubbins, c'est la seule personne qui puisse communiquer avec le dragon. Si nous arrivons à empêcher cet animal de faire ce que fait traditionnellement son espèce, c'est-à-dire notamment virevolter, brûler des maisons et dévorer des centaines de personnes avant de partir vers le nord, ça sera une bonne chose. Si on arrive à le placer sous le contrôle

de la Checquy, ça sera encore mieux. Et pour ça, je serais prête à accepter n'importe quel emmerdement. »

Gubbins se calma mais je voyais bien qu'il était fâché. Je me levai sans rien ajouter et allai me refaire une nouvelle assiette.

Le reste de la journée fut consacré aux préparatifs pour l'éclosion. C'était l'hiver, et bien que l'œuf eût été déterré, il ne pouvait pas être transporté à l'intérieur. Les dragons aiment le froid ; le froid glacial. Alors malgré la température négative, nous avions mis en place un énorme système de refroidissement. Il fallait également une salle spéciale pour que l'équipe puisse observer la scène de près sans mourir de froid ni se faire tuer par un bébé dragon piquant une colère. Des galeries d'observation avaient été installées autour de l'œuf et équipées de fauteuils confortables, chauffage, vitres blindées, brandy et jumelles de théâtre. Des snipers lourdement armés étaient en position sur le toit, comme à la maison.

La nuit était tombée depuis un moment quand l'hélicoptère arriva. J'avais eu le temps de prendre une douche et d'enfiler une tenue un peu plus habillée. Après tout, ce n'est pas tous les jours qu'on assiste à la naissance d'un dragon. Gubbins et moi nous tenions à l'entrée du pavillon, prêts à accueillir les derniers témoins de la Cour.

« Bonsoir, Sir Henry, dis-je d'un ton modeste, et bienvenue. »

La neige crissa sous ses pas, il me fit un signe de tête bienveillant, et se dépêcha d'entrer dans la pièce chauffée où il enleva son lourd manteau. Gubbins le suivit pour le mettre à l'aise et me laissa accueillir Alrich. Quand il sortit de l'ombre, les gardes en faction se tendirent discrètement. Alrich flottait au-dessus du sol sans un bruit. Il ne laissait aucune empreinte dans la neige et son haleine ne formait pas de buée. Ses cheveux luisaient comme du sang enflammé, contrastant avec son costume de soie noire. Malgré la chaleur de la pièce que je sentais dans mon dos, je frissonnai.

« Fou Alrich », murmurai-je. Il sourit et hocha la tête subrepticement. Je m'attendais à ce qu'il passe devant moi sans s'arrêter, mais il m'offrit son bras. Je le pris, la gorge serrée. La porte se referma derrière nous, et je recommençai progressivement à sentir mes pieds. Gubbins était en train de présenter Sir Henry à plusieurs membres éminents de l'équipe.

« ... et voici Noel Bittner », conclut-il. Bittner, habillé d'une sorte de robe avec une capuche rabattue en arrière, s'avança en me marchant sur le pied. Sir Henry le considéra avec un sourire aimable qui s'élargit quand Bittner fit une profonde révérence. J'étais sur le point de lever les yeux au ciel, mais il fallait bien reconnaître que nous présentions également nos hommages aux chefs de la Checquy. Même si en général on évitait de s'agenouiller, la main sur le cœur.

« Voilà donc le jeune homme qui a déterré l'histoire de l'œuf et l'œuf lui-même », complimenta Sir Henry. Je vis le Pion Cahill se raidir, mais elle se tut.

« En réalité, Sir Henry, le Pion Cahill a supervisé l'excavation, soufflai-je, ce qui me valut un regard noir de la part de Noel.

— Ah oui, bien sûr, se reprit Sir Henry en lui serrant la main chaleureusement. Bigrement impressionnant toute cette installation. La Tour Thomas m'a fait parvenir les rapports, et j'en conclus que c'était une opération de premier ordre. » Elle s'éclaira, tandis que Noel faisait la moue.

« Noel, dis-je, voici le Fou Alrich. »

Ce petit morveux eut un bref mouvement de recul. Il avait été attiré par le pouvoir de Sir Henry, mais Alrich l'intimidait. Suffisamment pour qu'il ne me reproche pas de ne pas avoir utilisé le titre qu'il s'était attribué. Il refit une révérence lourdement chorégraphiée, mais en se prosternant un peu moins. Alrich, à mon grand plaisir, ne dit rien et se contenta d'un petit signe de tête. Bittner se redressa, penaud, et consulta sa montre.

« Sir Henry, c'est bientôt l'heure de l'éclosion. Si vous voulez bien m'excuser. » Il acquiesça et Noel sortit. Il ouvrit une porte qui donnait sur la cour où se trouvait l'œuf, et le vent qui s'engouffra me fit frissonner.

J'avais observé l'œuf plus tôt dans la journée : d'une couleur bleu foncé, des siècles de saletés s'étaient incrustés sur sa surface minérale. Il faisait deux fois ma taille et il aurait fallu que quatre ou cinq personnes comme moi se donnent la main pour en faire le tour. Il était immobile et un peu de neige s'était déposée au sommet. Il me mettait assez mal à l'aise. Bittner me proposa de le toucher, mais craignant une possible activation de mes pouvoirs, je gardai les mains dans le dos et déclinai. Il me répondit par un petit sourire méprisant.

L'œuf était maintenant éclairé par des spots et la neige qui le recouvrait avait fondu. Une passerelle en bois avait été installée pour en atteindre le sommet. Noel remonta sa robe battue par le vent. Dans les galeries d'observation, les techniciens, biologistes, historiens et caméramans le regardaient attentivement. Sur le toit, un cercle de soldats de la Checquy était équipé d'armes diverses. Les textes historiques étaient flous quant à la méthode pour tuer un dragon, étant donné que personne n'y était jamais parvenu. Un majordome vint nous servir à boire dans les larges fauteuils où nous étions installés. Les lumières au-dessus de nous baissèrent tandis que celles de la cour augmentaient. Nous avions une vue imprenable.

Bittner était équipé d'une radio afin que toutes ses réactions et observations passent à la postérité. Il respirait profondément – je le soupçonnais de le faire exprès. Sa posture était, à mon sens, exagérée : il avait les bras écartés, sa robe claquait. J'imagine qu'il s'était dit que cela impressionnerait avec ce froid glacial, mais depuis l'apparition d'Alrich, seule la nudité aurait eu un peu de panache. En plus, je n'ai jamais supporté les poseurs.

« Il est chaud, dit Bittner, le souffle court. Je pense que nous avons encore deux minutes. »

La voix d'un des scientifiques se fit entendre. « À tous les observateurs, enfilez vos lunettes de protection et vos escarcelles. » Le majordome apporta un plateau rempli de ce qui semblait être de vieilles lunettes de moto. Il y avait aussi des espèces de tabliers lestés de plomb pour les jambes.

« Une minute », dit Bittner. Je replaçai ma jupe nerveusement et réajustai le tablier en plomb. Les autres observateurs autour de moi étaient tendus, sauf Alrich qui, comme à son habitude, était parfaitement immobile. Il ne semblait même pas respirer. Nous fixions tous les mains blanches de Bittner posées sur l'œuf et écoutions sa voix dans l'interphone.

« Il bouge, je sens ses mouvements. Il étire ses muscles sous la coquille. » Il tirait tout ce qu'il pouvait de cette occasion. Et pourquoi pas après tout ? C'était le genre d'événement qui pouvait lancer une carrière dans la Checquy.

En plus, je commençais moi aussi à le sentir.

C'était là, ça me titillait légèrement, aux limites

de ma perception. Je regardai autour de moi pour voir si les autres le sentaient aussi, mais ils étaient tous captivés par le jeune prodige communiant avec le monstre qui s'éveillait. J'eus un affreux doute de dernière minute. Les dragons avaient ravagé l'Europe par le passé, faisant d'innombrables victimes. Devant nous naissait le dernier héritier d'une dynastie disparue depuis le XIV*e siècle. Une apparition sanguinaire de dernière minute, et nous, nous la regardions émerger.*

Je détectai le mouvement dans l'œuf. Les muscles se tendirent contre leurs entraves, et les miens en firent de même, dans une empathie inconsciente. Je sentis la panique dans mon estomac. Normalement, pour activer mes pouvoirs, il fallait que je touche quelqu'un. Parfois, quand une personne subit une pression physique ou mentale importante, je perçois des signaux. Mais là, c'était différent. Mes doigts se recroquevillèrent comme des griffes, et je dus me battre contre mes muscles pour les déplier. J'avais envie d'étendre mes ailes et de hurler.

Bittner s'était tu, mais l'œuf se balançait légèrement. Puis une griffe coupante comme un stylet perça la coquille. C'était net, maîtrisé ; il découpait et écaillait la coquille de dix centimètres d'épaisseur. En un laps de temps étonnamment bref, l'œuf avait laissé place à un amas d'écailles brunes. Bittner écarta les bras, et le dragon se déroula, étira ses membres et ses tendons. Un cou serpentin se déplia. Des ailes immenses, grandes comme des pales, se déployèrent. Nous regardions le spectacle, fascinés.

« Mon Dieu », murmura Alrich.

La respiration irrégulière de Bittner nous parvint dans l'interphone. Il eut le souffle coupé juste avant que le dragon ne rejette sa tête en arrière et lance un hurlement dans la nuit. Des poumons vieux de plusieurs siècles s'emplirent d'air pour la première fois. Les yeux s'ouvrirent et découvrirent la lumière. Je ressentis tout ça. Il cria de nouveau, plus fort, et tout le monde se boucha les oreilles.

« Tour Thomas ? » Cahill était désemparée et je vis qu'elle était sur le point de donner l'ordre aux snipers.

« Non ! cria Bittner en se retournant vers nous. Vous ne pouvez pas ! Le dragon et moi sommes connectés ! Nous partageons un lien uni... » Il fut brusquement interrompu quand le dragon le décapita d'un coup de griffe nonchalant.

Je portai mes mains à la bouche, mais je ne pouvais pas détacher mes yeux de la scène. Les réactions ne se firent pas attendre. Certains se levèrent en renversant leur fauteuil, il y eut des cris, d'autres vomirent, Alrich éclata de rire, Anthony me mit la main sur l'épaule, comme pour me conduire ailleurs, et Cahill donna l'ordre d'attaquer en s'égosillant dans sa radio. Les soldats ouvrirent le feu et la cour s'emplit d'étincelles. Les balles fusèrent et percutèrent la vitre après avoir ricoché sur le dragon. J'avais demandé qu'on installe les vitres les plus solides possible – c'est derrière ce genre de fenêtres que se promène le pape. De la fumée s'éleva et entoura le dragon. Sa queue frappa la fenêtre avant de disparaître de nouveau. Puis un torrent de flammes se déversa, éclairant la fumée et la neige.

« Répondez ! Répondez ! » criait Cahill. Elle ne reçut aucune réponse, puis la fumée se dissipa lentement. Le dragon, dressé sur ses pattes arrière, battait doucement des ailes, indemne. La cour était jonchée de cadavres. D'autres brûlaient sur le toit. Les corps étaient déchiquetés. Un homme éviscéré pendait contre la fenêtre maculée par ses entrailles.

« Oooooh... putain », dit Anthony. Le dragon attrapa un demi-garde et commença à le mâchonner. J'ouvris mon portable d'une main tremblante et composai le numéro.

« Tour Thomas à l'appareil, vous me recevez Monica ?

— Oui, madame. » J'entendis le vent siffler derrière elle, et je l'imaginai, pelotonnée dans le froid, les cheveux tirés en arrière, regardant les étoiles défiler au-dessus d'elle pendant qu'elle attendait patiemment, flottant dans le vide. Le dragon tourna la tête dans tous les sens, jusqu'à ce qu'il nous voie à travers la vitre. Je le sentis bander ses muscles et sortir ses griffes.

« Ça a mal tourné. Lancez la procédure, s'il vous plaît. » Ma voix ne tremblait pas, ce dont je fus assez fière.

« Oui, madame. » Monica raccrocha et je me tournai vers le Pion Cahill qui contemplait, sous le choc, les différentes parties de sa troupe.

« Pion Cahill, baissez le rideau s'il vous plaît. » Elle me dévisagea, sans comprendre. Je lui pris la main. « Fermez le rideau ! » Une onde traversa son corps, elle me regarda les yeux écarquillés et enfonça le bouton à côté d'elle. Le dragon disparut, masqué par un épais rideau de fer qui s'éleva du sol.

« Thomas, que se passe-t-il bon sang ? me demanda Sir Henry en m'attrapant violemment par l'épaule pour me faire pivoter. J'exige que vous me disiez... »

Mais il se tut et tout le monde l'imita. Au-dessus de nous, un cri suraigu montait en volume et en intensité. Il continua d'augmenter, tout le monde se regroupa à mesure qu'il entrait dans notre tête et faisait trembler nos os. Puis, dans un crac sonore, ça arriva : une onde de choc parcourut le bâtiment, fit vibrer les rideaux et fendit le verre sans le briser complètement. Il y eut un silence.

Je réappuyai sur le bouton, et le rideau redescendit. Les spots s'étaient éteints, mais on voyait le corps du dragon gisant sur le sol. Il avait la tête tranchée. Entre son corps et celle-ci, au garde-à-vous et couverte d'entrailles de dragon tièdes, se trouvait le Pion Monica Jarvis-Reed, qui venait d'arriver de six kilomètres au-dessus de nous, armée seulement de son corps indestructible et de vêtements facilement nettoyables.

Après tout ça, comme tu peux l'imaginer, la soirée a été écourtée. De mon côté, tu m'excuseras, mais je vais m'écrouler d'épuisement.

Tendrement,

Moi

Chapitre 23

Les deux femmes étaient allongées sur le sol, le regard éteint. La poussière se déposait doucement sur leurs yeux. Leurs vêtements étaient durcis par la moisissure. Autour d'elles, les fidèles chantaient toujours. Un peu plus loin, Goblet, l'homme porc-épic, était étendu dans une position qui laissait supposer qu'il n'irait nulle part et ne ferait pas grand-chose pendant un petit moment. La sonnerie du portable de Shantay, la musique du générique de *La Famille Addams*, retentit.

Myfanwy se redressa brusquement. Elle prit de grandes inspirations poussiéreuses et tâtonna pendant que son organisme s'activait pour faire parvenir de l'oxygène à son cerveau. Elle attrapa la gourde d'eau accrochée à sa ceinture et passa un long moment à faire des gargarismes, tousser et recracher tout ce qui l'encombrait. Elle réussit finalement à regarder autour d'elle et à répondre au téléphone.

« Allô ? croassa-t-elle.

— Myfanwy ? » Poppat avait l'air retourné au point d'en oublier le protocole. « Dieu soit loué ! Nous étions sur le point de raser le site ! Ça fait trois quarts d'heure que nous essayons de vous appeler !

— Ah oui ? répondit-elle distraitement. Ne touchez pas à la maison, j'ai compris d'où venait le problème.

— Formidable. Est-ce que le Fou Petoskey va bien ?

— Oh oui, dit-elle en s'adossant contre le corps inerte de son amie. Elle ira très bien dans une minute ou deux, et cette histoire devrait être résolue dans environ une demi-heure. » Elle considéra le manteau de moisissure qui recouvrait la pièce. Pendant qu'elle était inanimée, de nouvelles branches avaient poussé des murs, recouvrant la porte et obstruant les fenêtres. « Ouais, une demi-heure environ.

— Est-ce que je peux au moins vous envoyer des renforts ?

– Il vaudrait mieux éviter je pense, dit-elle en regardant la moisissure avancer sur le plafond. Je vous rappelle quand tout est réglé.

— Mais vous êtes sûre que tout va bien ?

— Ouais, ouais. À tout à l'heure.

— Mais, et si… » commença-t-il, mais elle raccrocha.

« Il est sympa, mais il faudrait vraiment qu'on lui retire ce manuel du rectum, fit-elle à l'intention des chanteurs. Bien sûr, vous avez vos problèmes vous aussi, mais au moins vous n'êtes pas accros aux procédures standards. »

Elle soupira et jeta un regard dégoûté à ses vêtements et sa peau couverts de moisi. La matière, à moitié composée de moisissure noire et de spores rouge orangé, la démangeait.

Myfanwy essaya de se souvenir de l'image du système qu'elle avait étudié pendant qu'elle était branchée aux fidèles. Une fois qu'elle avait vu comment ça fonctionnait, tout ceci lui avait semblé… bon en fait, ça s'était avéré horriblement complexe, mais au moins maintenant, elle comprenait. Par un déclic mental, elle coupa toutes les minuscules connexions qui reliaient les spores au réseau global. Elle souffla sur son bras, et de petits flocons morts s'envolèrent.

Myfanwy effleura ensuite la main de Shantay. Sous ses doigts, des spirales d'argent recouvrirent peu à peu la peau de l'Américaine, puis s'épaissirent et se soudèrent jusqu'à ce qu'elle soit entièrement faite de métal. Ses cheveux pétillèrent et craquèrent tandis que le métal s'enroulait autour de ses douzaines de nattes, comme une sculpture réalisée par l'artisan le plus adroit et le plus scrupuleux du monde. La moisissure fut progressivement pulvérisée par la carapace argentée qui se formait, si bien qu'à la fin, Shantay brillait dans la pénombre.

Myfanwy resta ébahie devant son amie : un mannequin trempé dans le mercure. Son doigt posé sur la main de Shantay paraissait sale comparé à la brillante perfection de celle-ci. Elle ne bougea pas sa main et envoya un autre message dans l'organisme du Fou, à travers sa peau métallique. Shantay trembla comme si elle avait reçu un coup de jus ; une fois, deux fois, puis elle ouvrit les yeux et se redressa. Sa peau était peut-être argentée, mais ses yeux étaient durs et brillants, comme des pierres noires.

« Debout, debout ! dit Myfanwy. Je suis navrée, nous n'avons pas de thé ni de café, mais c'est ce qui arrive quand on décide de faire une sieste sur le site d'une manifestation.

— Alors *ça*, c'était pas marrant du tout. J'ai l'impression de m'être brossé les dents avec une miche de pain rassis.

— Oui, bon, ce n'est pas pour me vanter, mais j'ai trouvé la solution.

— Donc tu sais comment arrêter tout ça ?

— Tout à fait, c'est aussi simple que *ça.* »

Myfanwy cligna des yeux.

Et les chants cessèrent.

« Alors, qu'est-ce que tu as fait exactement ? » demanda Shantay. Assises dans le hall d'une auberge de jeunesse remplie de *backpackers* australiens et américains, elles attendaient qu'une voiture vienne les chercher. Les deux femmes avaient insisté pour prendre une douche en sortant de la maison, mais le siège de la Checquy était rempli de Pions, de soldats et de docteurs qui essayaient tous de faire cinquante choses en même temps. Ils se seraient évidemment écartés devant le grade de Myfanwy, mais leurs besoins étaient plus urgents. Il n'y avait aucune chambre de libre dans les hôtels alentour (« Il y a une sorte de congrès dans la région, Tour Thomas, je suis vraiment désolé »), c'était donc l'auberge de jeunesse ou rien. Apparemment, les thermes romains étaient maintenant interdits au public, y compris aux Tours.

« C'est difficile à expliquer, mais ça consistait en gros à interrompre le flux d'instructions entre la moisissure et ses hôtes. J'ai ensuite pu les réduire au silence et j'ai pu ouvrir toutes les petites cosses dans la cave où étaient enfermées nos troupes.

— On sait ce qu'ils essayaient de faire ? Enfin, en dehors de faire pousser quelque chose qui ressemble au fond de mon frigo ?

— Notre ami l'homme porc-épic nous a bien dit que la propagation l'inquiétait, non ? Peut-être que la moisissure allait recouvrir Bath ou quelque chose comme ça. Ça poussait en tout cas, et ça n'était pas près de s'arrêter.

— Une bombe de moisi ? demanda Shantay en jetant un regard irrité à l'étudiante au sac deux fois plus gros qu'elle qui venait de la bousculer.

— J'imagine. Mais ce n'est pas ça qui m'inquiète. » Elle fronça les sourcils. « Il y avait un truc qui clochait chez Goblet.

— Peut-être le fait qu'il s'agisse d'un membre haut placé de votre organisation et qu'il soit visiblement impliqué dans une trahison ?

— Oui, mais pas seulement, rétorqua Myfanwy.

— Peut-être le fait qu'on doive retourner à Londres pour le dîner et que tu aies l'air d'une épave ?

— Tu ne m'aides pas du tout là, tu sais. Ah, voilà la voiture, Dieu merci.

— Alors ça veut dire qu'on ne s'arrête pas pour prendre les eaux ? »

Norman Goblet

Goblet fut accueilli au Domaine durant une période de transition. Les programmes et la philosophie initiaux du Domaine étaient un mélange entre la mentalité d'après-guerre et les traditions de la Checquy – une sorte de camp hybride à moitié militaire, à moitié civil. C'était mieux que l'ancien système d'apprentissage, mais à mesure que les années passaient, la Checquy décida qu'il fallait réformer le système. Il y eut des changements drastiques. Avec la refonte du Domaine et de ses méthodes, il fallut démêler un certain nombre de nœuds, et, à mon avis, Norman Goblet fut l'un des plus gros nœuds de cette période.

Le cas le plus épineux, si tu préfères.

Enrôlé à l'âge de 12 ans, il était le chouchou de ses professeurs. La nouvelle organisation du Domaine était fondée sur le modèle classique des écoles privées.

Une sorte d'Eton College à tentacules fut donc mis en place. Bref, dans tous les établissements de ce genre, il y a toujours un élève qui joue parfaitement le jeu : il est désigné chef de maison (oui, ils avaient des maisons à l'époque. Ils ont heureusement arrêté ça il y a quelques années), obtient les notes suffisantes pour ne pas finir dernier, mais pas assez bonnes pour passer pour un intello, et il fait de la lèche au directeur avec tellement d'application que le pauvre homme est durablement marqué. Goblet était de ceux-là. Sa capacité à lécher des culs n'avait d'égale que sa capacité à lécher d'autres culs. D'un naturel dominateur et pompeux, c'était un candidat idéal pour siéger à la Cour. Ce ne fut donc une surprise pour personne quand il fut nommé délégué des élèves et promis à une grande carrière au sein de la Checquy.

Ses camarades ne furent pas peu satisfaits quand il échoua à se montrer à la hauteur des promesses qu'il avait faites. Après quelques performances quelconques à l'Annexe, il fut nommé à Bath, qui était à l'époque le site le plus chaud des Îles. Je suppose que ce fut suite à une recommandation de l'ancien directeur, qui souhaitait voir ce garçon réussir. Mais de réussite il n'y eut point, et il resta coincé à Bath alors même que le nombre d'événements surnaturels diminuait. Il fut finalement désigné chef de la région, en partie parce que la Checquy était embarrassée par son cas, mais aussi parce qu'il était évident qu'il y avait peu de risque qu'il foire grand-chose là-bas.

Je vois Goblet deux fois par an : pour la revue annuelle qui regroupe tous les chefs régionaux au Beffroi, et à la soirée de Noël. Pour être honnête, il n'a rien de particulièrement marquant. Peut-être un peu amer, mais je le comprends. On lui avait pratiquement promis un siège à la Cour, et ce n'est jamais arrivé. Tant pis pour lui, mais tant mieux pour la nation.

« Ingrid, est-ce que tous les corps de Gestalt seront à la réception ce soir ? »

Myfanwy avait calé son téléphone contre son épaule, et feuilletait le classeur violet. Installée dans l'hélicoptère avec Shantay, elle essayait de retrouver le chapitre décrivant les peines encourues pour trahison. Elle l'avait déjà lu en diagonale et se souvenait vaguement d'une longue liste de punitions, dont un rituel qui prévoyait que le coupable soit piétiné à mort par les habitants du village d'Avebury, ce qui semblait peu vraisemblable, ou tout du moins difficile à organiser.

Dans la maison moisie, elle avait passé un certain temps à essayer de trouver un moyen pour que les pics de Goblet se rétractent. Elle lui avait finalement mis son manteau sur la tête et l'avait guidé par la main du bâtiment au camion, en faisant très attention à ce que personne ne voie qui il était. Elle ne souhaitait pas que tout le monde sache qu'un membre éminent de la Checquy était responsable de tout ça. Emmené jusqu'au Beffroi, il avait été mis à l'ombre. Du reste, l'épisode allait sûrement entrer dans la légende des Pions. Il n'y avait apparemment eu aucune menace que les Barghests aient échoué à surmonter au cours des quatre dernières décennies. Et maintenant, cette minuscule Tour – vous savez, Thomas, la fille maigrichonne qui avait un jour vomi dans la piscine du Domaine ? Eh bien, elle est entrée après que l'équipe d'intervention a été dévorée puis elle est ressortie tranquillement en réclamant une douche et une boîte de chocolats.

Quand elle était revenue au poste de commande, elle avait trouvé toute l'équipe alerte, enthousiaste, prête à obéir aux ordres. Le contingent de scientifiques qui avait attendu dans un compartiment stérilisé du camion, scalpels à la main, était prudemment entré dans la maison après qu'elle leur eut assuré qu'ils ne risquaient plus de se faire avaler. Puis un Pion armé d'une tronçonneuse était descendu à la cave et avait passé une demi-heure particulièrement difficile à découper les cosses dont elle avait parlé. Elles renfermaient les Barghests, dont la mauvaise humeur était somme toute assez compréhensible. Les fidèles avaient été délicatement sortis de leurs cocons morts et grisâtres, puis on les avait interrogés afin d'essayer de comprendre qui ils pouvaient bien être. La maison, sur laquelle des avertissements alarmistes sur la présence d'amiante étaient affichés, avait été intégralement bâchée et des échantillons de tout ce qui se trouvait à l'intérieur avaient été relevés pour être étudiés au microscope.

« Oui, Tour Thomas, répondit calmement Ingrid au bout du fil. Le Lord et la Lady aiment l'effet que produisent les quatre corps réunis, et ils tiennent à impressionner les Américains. Il vous faudra une tenue de soirée. Puis-je vous suggérer la robe rouge cramoisie que cette femme grecque vous avait fait acheter ? » Il y eut un long silence gêné, Myfanwy n'ayant aucune idée de ce dont son assistante voulait parler. Une robe rouge ? Ça ne collait pas du tout avec le personnage. D'après ce qu'elle avait pu voir, la garde-robe de Thomas était exclusivement noire, grise ou blanche.

Ingrid soupira. « Val m'a dit qu'elle était dans la penderie de votre chambre d'ami, avec les autres tenues choisies par la Grecque et que vous ne portez jamais. Je vous envoie les instructions pour l'enfiler.

— C'est pas vrai… », souffla Myfanwy, qui ne prêtait jusque-là pas vraiment attention à la conversation mais qui fut soudain tirée de ses révisions en culture générale administrative. « Je croyais que ça devait être une réunion en petit comité !

— Il n'y aura que les membres de la Cour et leur entourage. Ainsi que les émissaires de la Croatoan et leur entourage.

— Attendez une seconde, fit Myfanwy en se tournant vers Shantay, occupée à consulter ses e-mails. Shan, tu as un entourage ?

— Euh, oui, répondit-elle d'un ton qui laissait entendre qu'elle était également en possession d'une colonne vertébrale, d'un nez et de bien d'autres choses qui étaient généralement tenues pour acquises.

— Et ils sont où ? Pourquoi est-ce qu'ils ne sont pas avec toi ? Et ne le prends pas mal, mais pourquoi est-ce qu'ils n'essayent pas de t'occuper, histoire que tu n'aies pas besoin de me suivre sur une intervention ?

— Ils ont pris l'avion, ils arrivent juste à l'hôtel.

— Ah. Ingrid, est-ce que… *mon* entourage sera prêt ? » Elle était perplexe. Depuis le jour où elle avait choisi cette vie, elle n'avait pas eu connaissance du moindre entourage. Peut-être que Thomas avait choisi de ne pas en avoir du tout.

« J'ai rendez-vous chez le coiffeur dans une heure. Et je leur ai envoyé les consignes pour votre coupe par e-mail afin qu'ils soient prêts quand vous arriverez. Est-ce qu'Anthony vous convient comme garde du corps ?

— Oui, super. » *Ingrid et Anthony sont donc mon entourage.*

« Très bien, nous viendrons vous chercher chez vous une demi-heure avant le coucher du soleil.

— D’accord. » *On dirait que je vais au bal de fin d’année.*

« Je ne peux pas porter ça ! » s’exclama Myfanwy, horrifiée.

Val entra dans la chambre d’ami en courant et s’arrêta net quand elle vit la robe que Myfanwy lui montrait.

« Ah non, vous ne pouvez pas porter ça !

— Oui, je sais. » Elle grelottait dans ses sous-vêtements, mais préférait cela à l’autre alternative.

« C’est comme si tout le tissu qui était censé être sur le haut de la robe avait migré vers le bas, remarqua Val.

— Oui, je sais. »

Myfanwy jeta un coup d’œil à sa poitrine et se demanda comment ce truc était supposé tenir. Comment Thomas pouvait-elle se dire timide et effacée tout en possédant une robe qui aurait fait rougir une courtisane vénitienne ? Elle n’était pas à proprement parler indécente, mais il fallait une sacrée dose de confiance en soi pour la porter. Elle était incroyable et indéniablement originale, et elle aurait fait son petit effet sur n’importe qui d’autre, mais sur Thomas elle était carrément choquante.

En réalité, toutes les tenues qui se trouvaient dans la garde-robe de la chambre d’ami étaient à l’exact opposé de ce qui semblait être le goût de Thomas en matière de mode. Myfanwy était restée sous le choc quand elle avait ouvert la porte de la penderie, à l’intérieur de laquelle un jardin de couleurs s’épanouissait. Une kyrielle de robes, fourreaux et froufrous l’attendait ; elles étaient toutes magnifiques, et toutes tapageuses.

« C'est quel genre de fête où vous allez ? demanda Val.

— C'est pour le travail, expliqua-t-elle.

— Chic ?

— Assez.

— Oui, apparemment. C'est vrai qu'on ne voit plus tellement de traînes de nos jours, sauf dans les mariages. »

Pour que la mariée porte cette robe, il faudrait que ça soit un mariage sacrément libéré. Et que tout le monde soit prêt à ce que la lune de miel commence directement sur l'autel.

« On rencontre les Américains, ajouta Myfanwy.

— Ah ! fit Val, qui à l'évidence reconsidérait certaines de ses opinions.

— Vous croyez que je peux me permettre de la porter ?

— Je pense surtout que n'importe qui peut vous l'enlever en tirant sur ce bout-là, répliqua-t-elle gravement. Mais votre coupe est très jolie et avec des bijoux, vous serez ravissante. »

Quand elle avait appris qu'il s'agissait d'un événement international, Val avait très clairement rangé la soirée dans la catégorie des Oscars, voire de la Seconde Guerre mondiale. Elle commença à s'agiter comme si elle aidait sa fille à se préparer pour le bal. Visiblement mieux renseignée que Myfanwy sur certains aspects de la maison, elle sortit une boîte à bijoux dans laquelle elle attrapa un grand collier en métal qui remplacerait le tissu manquant en haut de la robe. En un claquement de doigt, celui-ci pourrait également servir à fracasser le crâne d'un importun à côté des petits fours.

En s'y mettant à deux, elles parvinrent à comprendre

comment Myfanwy était censée rentrer dans la robe et où les diverses lanières et attaches devaient se placer. Quand elle se plaça enfin devant le miroir, elles furent toutes les deux soufflées.

« Eh bien, dit Val. Eh bien. »

C'était splendide, dans un genre totalement bizarre. On aurait dit qu'elle s'était baignée dans le sang de dix stylistes sacrifiés. Les artistes du salon avaient su exactement comment la coiffer et la maquiller pour compléter la robe, qui à l'évidence avait été faite sur mesure. Tout ce qui devait être couvert l'était. La robe s'enroulait autour d'elle en volutes serrées, et même si Myfanwy avait du mal à l'admettre, elle était resplendissante. Cette robe était conçue pour attirer l'attention.

« On dirait Cendrillon, souffla Val.

— Ouais, si elle avait été branchée bondage et que sa marraine s'était appelée Christian Dior.

— Si seulement vous aviez un homme pour vous accompagner, soupira Val, revenant à ses inquiétudes de mère poule.

— Je suis surtout contente qu'il n'y ait pas de cuir ou de métal sur ce machin. » *Ou de pics.* Elles contemplèrent encore un peu la robe et furent tirées de leur rêverie par la sonnette.

« Ah, voilà votre voiture ! Vous avez tout ce qu'il vous faut ?

— À part un gilet pare-balles et un flingue, répondit Myfanwy, qui, dans l'agitation des préparatifs, avait oublié les révélations concernant la trahison de Gestalt.

— Pardon ?

— Rien, je plaisante. »

Chapitre 24

Avec ses couleurs vives projetées sur les colonnes de la façade dans la nuit tombante, Apex House ressemblait à un château de conte de fées. Le crépuscule s'installait quand la voiture de Myfanwy arriva. Anthony, son garde du corps pour la soirée, s'était révélé être un énorme Japonais qui parlait avec un fort accent écossais et portait une tenue traditionnelle également écossaise. Son kilt aurait pu servir de housse de canapé, et son escarcelle en peau semblait nécessiter plusieurs personnes pour la soutenir. Myfanwy avait néanmoins eu la présence d'esprit de le complimenter sur son allure.

Un flot de syllabes incompréhensible avait tenu lieu de réponse. Elle fut incapable de savoir si c'était du japonais, du gaélique ou un mélange des deux et se contenta de lui sourire poliment.

Ils restèrent garés devant la porte quelques instants, le temps qu'Ingrid vérifie que la robe de Myfanwy n'était pas froissée. Elle était quant à elle plutôt bien mise, dans sa robe violette, bien qu'elle fût à des années-lumière d'être aussi exotique que sa supérieure.

« Je suis vraiment contente que vous ayez choisi

cette robe, Tour Thomas. Ça n'est pas forcément votre genre, mais elle vous va à ravir.

— Vraiment ?

— Tout à fait. Vous allez faire tourner les têtes.

— Ah… chouette. »

Ils avancèrent dans les couloirs, les Pions et les Serviteurs s'écartaient sur leur passage en s'inclinant légèrement. Était-ce son imagination ou les hommes en profitaient pour regarder la moitié supérieure de sa robe ? À en juger par la réaction des femmes, la description de sa toilette ne tarderait pas à faire le tour de la Checquy par les canaux normalement réservés aux rumeurs. Entre ça et son escapade à Bath, son image au sein de la boîte allait bientôt connaître de profonds changements. À droite de Myfanwy, légèrement en retrait, Ingrid marchait avec un air compétent et calme tandis que sur sa gauche, Anthony avançait d'un pas lourd. Ils entrèrent dans la salle de réception où se trouvaient déjà les Fous et les Cavaliers, accompagnés de leurs Serviteurs. Tous semblaient aussi élégants que puissants, ainsi que l'exigeait l'occasion.

Le Fou Grantchester portait un smoking sur mesure ; des volutes de fumée encre élégamment enroulées autour de ses bras et de ses épaules le suivaient lorsqu'il se déplaçait. Le Cavalier Eckhart était vêtu de son uniforme de militaire et le Cavalier Gubbins portait également un smoking, bien que le sien fût un peu froissé. Il faisait visiblement de son mieux pour ne pas se contorsionner et conserver une posture digne.

Ce fut cependant le Fou Alrich qui laissa Myfanwy sans voix. Il était vêtu d'un kimono en soie noire orné de broderies sophistiquées d'un profond rouge écarlate. Le vêtement était tellement long qu'il traînait sur le sol derrière lui, quoique légèrement moins que la robe de

Myfanwy. D'immenses ailes, larges comme des pales, partaient de ses épaules. C'était une tenue d'une élégance bizarre et décadente. Ses cheveux auburn étaient coiffés en une longue tresse qui lui retombait dans le dos. Son regard croisa celui de Myfanwy, et il lui fit un petit sourire tout en détaillant sa robe. Visiblement elle dut lui plaire, car il sourit plus franchement.

Gestalt arriva, ses quatre corps marchant au pas avec une grâce féline. Même si Myfanwy avait du mal à l'admettre, ils faisaient forte impression. L'esprit qui les contrôlait avait décidé de profiter de la ressemblance frappante entre les frères et sœurs et les avait vêtus à l'identique, dans un camaïeu de bleu sombre. Myfanwy observa Eliza, le seul membre de la fratrie qu'elle n'avait pas encore rencontré : elle était belle avec sa coiffure élaborée. Myfanwy se tendit quand les quatre frères et sœur tournèrent la tête vers elle, mais rien ne se passa.

Le Lord et la Lady arrivèrent, lui resplendissant dans son uniforme militaire décoré de tant de médailles qu'elles formaient pratiquement une armure, elle vêtue d'une robe du soir classique. On les salua, puis tout le monde se mit à papoter poliment sans que personne fixât la robe de Myfanwy plus longtemps que la politesse ne l'autorisait. Les Serviteurs marchaient sur des œufs, craignant de heurter quelqu'un qui risquait de les anéantir accidentellement. Les tenues d'Alrich et Myfanwy leur posaient particulièrement problème, puisqu'elles se dispersaient dans des directions imprévisibles. Enfin, les émissaires de la Croatoan furent annoncés.

Le Fou Morales entra la première, flanquée de deux hommes au physique de bodybuilder. C'était une petite femme d'origine mexicaine qui marchait avec une canne et portait un vêtement noir et visiblement coûteux. Myfanwy fut appelée pour présenter le Fou aux chefs de l'organisation. Farrier et Wattleman la saluèrent formellement, puis le reste de la Cour se présenta. Puis Shantay entra, aussi divine que prévu, compte tenu du fait qu'elle avait accès à toutes les boutiques de Rodeo Drive et le genre de corps pour lequel, d'après les archives de la Checquy, certaines personnes avaient effectivement vendu leur âme.

Des civilités furent échangées tandis que les serveurs se frayaient un chemin dans la foule. Myfanwy avait craint que la salle de bal ne présente une décoration aussi austère que l'hideuse salle de réunion mais elle était en réalité immense et ornée de chandeliers scintillants, de colonnes merveilleusement sculptées et de magnifiques arrangements floraux : l'endroit idéal pour accueillir une réception.

« Nous passerons à table dans environ quinze minutes, Tour Thomas », murmura Ingrid. Myfanwy lui fit un petit signe de tête et reporta son attention sur ce que disait l'un des Serviteurs d'Eckhart. Elle se retrouva ensuite dans une conversation entre Shantay, Gubbins, Wattleman et Robert Gestalt. Les banalités qu'ils échangeaient étaient d'une politesse douloureuse, tous les participants évitant soigneusement de mentionner les Greffeurs et faisant des mondanités, ce qui lui permit de s'intégrer sans difficulté. Les discussions sérieuses auraient lieu le lendemain, avec ordre du jour et *verbatim*. Myfanwy passa donc le plus clair de son temps à observer Gestalt en se demandant quel était le meilleur moyen de révéler la trahison. Elle venait de se résoudre à demander à Ingrid qu'elle lui arrange un rendez-vous avec Farrier et Wattleman le lendemain matin, quand Gubbins commença soudain à deviser des activités de la journée.

« Alors, Fou Petoskey, j'ai entendu dire que vous aviez vécu une drôle d'aventure en accompagnant la Tour Thomas sur l'une de nos manifestations. » Shantay jeta un coup d'œil en direction de Myfanwy et semblait légèrement inquiète, n'étant pas complètement sûre de ce qu'elle devait dire. « Bien sûr, tout ceci était parfaitement légal Sir Henry, assura Gubbins. En vertu du Sororitas Pact, nos cousins américains ont le droit d'assister à des manifestations.

— Certes, dit Wattleman, que cette information n'avait pas l'air de réjouir. Et où cela vous a-t-il conduit, Fou Pestokey ?

— Oh », bafouilla Shantay, la seule personne en dehors de Myfanwy à être au courant de la trahison de Gestalt. « Eh bien, c'était, euh…

— À Bath, non ? compléta Gubbins avec obligeance.

— Quoi ? s'exclama Gestalt, en jetant un regard suspicieux à Myfanwy et Shantay.

— Ah oui, poursuivit gaiement Gubbins sans se rendre compte de la tension qui régnait. Une histoire de maison remplie de personnes qui généraient de la moisissure, c'est ça ? J'aime bien écouter les transmissions quand les Barghests partent en intervention. »

Gestalt se raidit, puis il glissa doucement la main sous son manteau. Myfanwy se connecta mentalement à lui pour décrypter ses sensations, et s'aperçut que la main de la Tour se refermait sur un pistolet. Elle prit une profonde inspiration avant de se lancer.

« Tour Gestalt, je vous accuse de haute trahison envers la Checquy et la couronne du Royaume-Uni ! »

Le silence se fit et les conversations s'évanouirent tandis que chacun se retourna. Avec des réflexes foudroyants, le Gestalt qui lui faisait face dégaina et pointa son arme sur le visage de Myfanwy. Elle aperçut une lueur assassine dans ses yeux et eut un moment de satisfaction intense quand il se rendit compte, à sa grande surprise, qu'il était incapable d'appuyer sur la détente.

Ah oui, ça, c'est à cause de moi.

Elle haussa les sourcils et se concentra pour lui faire jeter son pistolet dans un coin de la salle. Puis, après réflexion, elle le fit se jeter dans l'autre direction, sur l'un des arrangements floraux.

Pendant un instant, tout le monde resta pétrifié, y compris les autres corps de Gestalt qui la regardaient avec des yeux ronds. Puis il y eut une sorte d'explosion. Un cri retentit de l'autre côté de la salle quand le deuxième jumeau Gestalt gifla Lady Farrier et balança l'un de ses Serviteurs contre un serveur dont le plateau de petits fours s'envola. Les deux autres Gestalt sortirent des pistolets et des couteaux de combat tout à fait effrayants, et la sœur ouvrit le feu sur une femme qui servait les verres. Les trois frères et sœur aboyèrent des instructions. Myfanwy était trop absorbée par la vision de la serveuse s'écroulant sur le sol pour tout entendre, mais elle discerna les mots *insurrection* et *attrapez-les*.

Plusieurs Serviteurs éparpillés dans la salle sortirent alors des armes et se dirigèrent vers les membres de la Cour avec un air menaçant. Trois d'entre eux fondirent sur Conrad Grantchester qui exsuda des nuages de fumée, plongeant cette partie de la pièce dans le noir. Ingrid et Anthony disparurent dans le brouillard, mais Myfanwy vit qu'ils se faisaient attaquer par deux autres personnes en violet. Elle entendit des gens tousser, d'autres se rentrer dedans et les jurons inimitables de Joshua Eckhart, qui prouva au passage qu'il avait retenu tout le vocabulaire que lui avaient appris ses déplorables parents. Il y eut une rafale de coups de feu, et tout le monde se baissa.

Le Fou Morales attrapa ses deux Serviteurs par la main et disparut si brusquement que Myfanwy en eut mal aux yeux.

Le frère Gestalt que Myfanwy avait envoyé dans le décor se remettait à genoux, trempé, des fougères décoratives pendant sur son épaule. *Ah non*, pensa-t-elle, *toi tu bouges pas*. Elle abattit son esprit sur lui et le fit tomber. Puis elle le cloua au sol en gelant toutes ses articulations.

Les Serviteurs de Shantay étaient morts, abattus coup sur coup par les Gestalt, et Myfanwy s'aperçut, à sa grande horreur, que certains Serviteurs s'en prenaient à leur supérieur. L'un des secrétaires de Gubbins avait sorti une cordelette et essayait de l'étrangler. Le garde du corps de Farrier lui avait mis un coup de genou dans les côtes et se penchait maintenant sur la vieille femme avec un couteau. Tout le monde dans la salle essayait de s'entre-tuer. Par chance, personne ne s'en était encore pris à Myfanwy, qui s'écarta un peu.

Eliza Gestalt pointait son arme sur Wattleman ; Myfanwy relâcha immédiatement son emprise sur Robert, saisit mentalement la sœur Gestalt, et l'immobilisa alors qu'elle visait. Derrière Myfanwy, le frère se releva et commença à se battre avec l'un des gardes du corps du Lord. Myfanwy sentait le corps féminin de Gestalt se débattre contre son esprit, et elle resserra ses pensées autour de la Tour félonne. Sa vision bascula brusquement quand elle regarda Eliza dans les yeux.

Pendant quelques secondes, elle put lire son corps. Elle sentit des muscles tendus, des mains étrangement calleuses, et l'inconfort de ses règles. Puis elle intégra davantage d'informations : elle s'était récemment épilé les jambes et avait des restes de hors-d'œuvre coincés entre les molaires. Elle sentit les séquelles des blessures qu'elle avait subies au fil des années : des lignes blanches sur ses mains, ses articulations et sur le ventre et la légère douleur des cicatrices causées par des griffes qui lui avaient lacéré le dos.

Elle tint bon jusqu'à ce que l'un des Serviteurs de Grantchester lui mette un coup de pied dans le genou, la faisant tomber par terre et relâcher légèrement Eliza. Puis il lui piétina les chevilles, elle hurla et laissa complètement échapper Gestalt.

Eliza cligna des yeux puis se tourna vers Wattleman, qui était resté bouche bée, et lui tira une balle dans la tête. Le vieil homme chancela et s'écroula dans les bras de Shantay. Quelques mètres plus loin, Gubbins luttait contre la cordelette que tenait son Serviteur. Myfanwy se retourna et vit l'homme qui l'avait fait tomber sortir un grand couteau de son manteau. Malgré la douleur, elle parvient à activer son pouvoir, prit le contrôle de son esprit, et le força à se poignarder la cuisse avant de tourner la lame.

Derrière elle, Alrich était occupé à arracher les membres de ses secrétaires.

C'était le chaos, les membres de la Cour et les Serviteurs s'attaquaient à droite et à gauche. Gubbins fit faire un demi-tour à sa tête, s'échappant du garrot, et écrasa le nez de son assaillant.

Eliza s'en prenait désormais à Shantay et mitraillait frénétiquement le Fou américain et le vieil homme qu'elle tenait dans ses bras. Malheureusement pour elle, Shantay avait changé sa peau en une armure brillante et s'était recroquevillée sur Wattleman pour le protéger. Les balles faisaient des étincelles en ricochant sur elle. Quand elle fut à court de munitions, Eliza considéra la femme métallique et décida de trouver une autre cible qu'elle pourrait facilement blesser avec un couteau de combat – et qui ne risquerait pas de la fendre en deux. Elle se retourna et attaqua un Serviteur loyal qui défendait Lady Farrier.

Ça m'étonnerait, pensa faiblement Myfanwy. Elle était sur le point de bloquer ses jambes et de l'envoyer valser quand elle sentit des mains se fermer autour de son cou. Le Serviteur qui s'était poignardé avait apparemment surmonté la douleur, et même s'il n'avait pas réussi à retirer le couteau planté dans sa cuisse, il s'était traîné jusqu'à elle et se montrait tout à fait capable de l'étrangler.

Merde ! pensa Myfanwy, qui, prise de panique, le pétrifia.

Les mains restèrent serrées sur sa gorge.

Super, bien vu.

Bon, pas de panique. Tu peux encore respirer un peu. Comment tu avais fait pour que le gros lâche la mallette déjà ? Elle parcourut son système nerveux et s'aperçut qu'il n'était pas du tout standard. *C'est quoi ce bordel ? Ça n'a pas de sens. Si je me trompe, je risque de m'étrangler.* Elle continua d'explorer ses nerfs en respirant très, très doucement et en prenant soin d'éviter qu'il resserre son étreinte.

Alors qu'elle s'occupait de ça, Gubbins se jeta sur un des jumeaux Gestalt pour un combat effroyablement complexe. Le deuxième jumeau intervint, et Myfanwy comprit alors comment Gestalt était devenu Tour. Elle regarda, effarée, cet esprit unique coordonner deux corps maîtrisant parfaitement les arts martiaux. Puis le troisième frère les rejoignit et assena des coups supersoniques, tous les Gestalt frappant en même temps. Myfanwy vit que Gubbins était en difficulté malgré ses contorsions. Il mit un revers à un frère et reçut un coup de poing dans le ventre en rctour. En se tordant, d'abord sur un pied, puis sur les mains, Gubbins restait insaisissable et essayait désespérément d'atteindre les corps de son collègue.

Teddy Gestalt attrapa finalement le Cav par le revers de son smoking. Gubbins saisit les avant-bras de son assaillant, se jeta en arrière et roula sur le dos, faisant faire un vol plané à Gestalt. Sans même regarder, Alex Gestalt tendit le bras et les deux frères s'attrapèrent par la main, comme des trapézistes. Ayant intercepté Teddy, Alex tourna sur lui-même et rebalança son frère vers Gubbins.

Le Cavalier donna un coup de pied mais Teddy fit un saut périlleux qui le fit passer par-dessus sa tête, le déconcentrant assez longtemps pour que les autres frères l'attrapent et lui mettent chacun un coup de poing dans le ventre. Gubbins chancela, et les frères prirent leur élan pour le coup de grâce.

Trois poings s'abattirent en même temps, comme un marteau tapant sur un steak, et réduisirent le crâne de Gubbins en bouillie.

Il y eut un rugissement derrière eux : Alrich surgit d'une foule de combattants en traversant une mare de sang. Le Fou, son kimono en lambeaux, les bras ensanglantés, ressemblait à un ange exterminateur en plein massacre. Il lança un grondement et s'avança vers la mêlée, ses longs doigts fins se changeant en griffes.

Gestalt, dans une étonnante démonstration de bon sens, choisit de s'échapper.

Dans quatre directions différentes.

« Ils s'enfuient ! cria Shantay, qui tenait toujours Wattleman dans ses bras.

— Pas question », souffla Myfanwy.

Elle parvint enfin à se libérer des doigts autour de sa gorge, et prit une grande inspiration. Puis elle lança ses pouvoirs, essayant de les attraper tous les quatre. L'effort lui donna une migraine instantanée, mais elle les retint. Les quatre corps trébuchèrent, mais elle sentait que seul un intellect se débattait. Elle resserra sa toile, et eut un petit sourire de satisfaction. Elle *tenait* Gestalt. Elle le tenait et la Tour n'avait plus aucun moyen de s'échapper : pas d'autre corps à habiter, pas de frère et sœur à convoquer.

Mais soudain, l'esprit disparut comme s'il s'était évaporé entre ses doigts et l'activité cérébrale cessa.

« Quoi ? » cria Myfanwy, relâchant son étreinte sous le coup de la surprise. Elle explora la salle frénétiquement mais ne trouva pas la moindre trace du traître. Les genoux des Gestalt étaient faibles mais ils parvinrent à se redresser. Où qu'ait pu être leur esprit, il était bel et bien revenu, et les corps s'échappaient. Myfanwy lança ses tentacules cérébraux et parvint, péniblement, à attraper l'un des jumeaux. Elle l'entoura de son esprit, puis lui arracha ses sens, voilant sa perception jusqu'à ce qu'il rentre dans un mur et s'assomme.

Prends ça, connard.

Les Serviteurs s'enfuyaient eux aussi, et les autres corps de Gestalt se fondirent dans la foule. Ils disparurent jusqu'à ce qu'Alrich se projette à travers la salle et éparpille les fuyards comme des quilles. Le Fou attrapa l'un des frères par l'épaule, le souleva, le fit tourner et le balança par terre avec une force inimaginable. L'autre jumeau se prit les pieds dans le cadavre d'une secrétaire mais parvint à atteindre la porte. Eliza et lui parvinrent à s'échapper et les autres traîtres, du moins les quelques-uns qu'Alrich n'avait pas encore découpés, bloquèrent le passage, permettant la fuite de la Tour.

Myfanwy coupa les jambes des Serviteurs et Alrich, regardant par la porte, annonça :

« Ils sont partis.

— Merde ! » jura Myfanwy en s'affaissant. Elle soupira. « Est-ce que quelqu'un peut venir déplacer l'homme qui m'écrase s'il vous plaît ? »

« Bon, le Fou Morales est en sécurité à Miami, annonça Shantay en refermant son téléphone. Mes supérieurs m'ont demandé de prendre l'avion demain et de leur communiquer vos décisions. » Elle s'affala sur un canapé à côté de Myfanwy et retira ses chaussures. Un serveur s'approcha doucement. « Je vais prendre un gin-gin mule s'il vous plaît. » Il s'inclina et se tourna vers Myfanwy.

« Oui, moi aussi », dit-elle en essayant d'ignorer le docteur qui auscultait sa cheville. Juste après la bataille, elle s'était demandé si les chefs de la Checquy ne devraient pas se réfugier en lieu sûr. Peut-être fallait-il informer le Premier ministre ? Ses suggestions avaient été écartées par Farrier « tant que nous n'avons pas décidé de ce que nous voulons dire », et tout le monde s'était dirigé vers la salle de réception voisine, quasiment en tout point semblable à la salle de bal, à l'exception notable de l'absence de cadavres et de sang. Il restait dix participants de la soirée, et les quatre médecins qui s'occupaient d'eux.

Seuls trois Serviteurs loyaux avaient survécu. Ingrid et l'une des secrétaires de Gubbins restaient collées dos au mur, gênées, malgré les invitations de plusieurs membres de la Cour à venir s'asseoir avec eux. Lady Farrier était installée à côté du garde du corps de Wattleman, un grand roux qui arborait lui aussi un coquard. Ils avaient le même cocktail à la main et semblaient aussi en colère l'un que l'autre.

« Je n'arrive pas à croire qu'il y ait eu vingt-cinq morts à une réception officielle de la Checquy ! » fulminait Wattleman. Le vieil homme avait survécu à une balle dans la tête et semblait agacé que les autres convives n'en aient pas fait autant. « Il n'y a pas eu de tel massacre sur les terres de la Checquy depuis… depuis… » Il se tourna vers Myfanwy.

Quoi, je suis aussi l'historienne de service ? Elle creusa sa mémoire à la recherche d'une information pertinente, mais rien ne vint.

« Ça fait une éternité, monsieur, assura-t-elle.

— Absolument ! Une éternité ! Et faire ça alors que nous recevons des invités de marque ! »

Myfanwy n'en revenait pas que ce soit moins la tentative d'assassinat des membres de la Cour qui le rende furieux que le fait que Gestalt et les siens aient contrevenu aux règles de savoir-vivre en agissant pendant un cocktail. Et devant les Américains en plus.

« Oui, c'est étonnant de voir à quel point ils n'ont pas semblé se soucier des règles de l'hospitalité ni des lois de ce royaume », ironisa Eckhart. Au cœur de la bataille, Myfanwy l'avait vu attraper des plateaux et les faire fondre entre ses mains pour en faire des poignards. Il manipulait désormais nerveusement le métal et l'enroulait autour de ses poignets. « Après tout, c'est pour ça que Thomas a accusé Gestalt de trahison.

— C'est vrai », intervint le Fou Grantchester. Il

était assis dans un profond canapé. Son smoking était impeccable et il sirotait un martini d'un air dangereusement calme. « C'est une remarque intéressante. Nous devons suivre le protocole. Tour Thomas, sur quoi fondez-vous votre accusation ?

— Sur quoi ? répéta-t-elle incrédule. Quoi, vous pensez que je l'ai accusé à tort ? Et que ce pauvre innocent a lancé une mutinerie spontanée au milieu de l'apéritif ? Et que tout le monde était comme par hasard armé ? Oui, j'ai une preuve de la trahison de Gestalt, mais si vous tenez à suivre le protocole, je ne pense pas que la tradition autorise un chef de l'organisation à manger des petits fours à la saucisse pendant mon témoignage ! » Lorsqu'elle finit sa diatribe, elle se rendit compte qu'elle était en train de crier et que tout le monde la regardait.

« On dirait que la Tour Thomas a affûté sa langue pour aller avec sa robe, persifla le Fou Alrich.

— Ou du moins ce qu'il en reste, ajouta Farrier d'un air pincé. Mais ils ont tous les deux raisons. Tour Thomas, personne ne vous accuse. Néanmoins, nous aimerions tous savoir ce que Gestalt a fait exactement, en plus de corrompre mes secrétaires et de nous humilier devant nos invités.

— Et d'assassiner un membre de la Cour, ajouta Eckhart. Ou peut-être avez-vous déjà oublié que mon frère Cavalier gît dans la salle d'à côté ? »

Tout le monde se tut et pensa au corps massacré de Gubbins, recouvert d'une nappe ensanglantée.

Il fallait que Myfanwy réfléchisse, et vite. Elle devait les mettre au courant, mais il y avait certaines informations qu'elle ne pouvait pas se permettre de partager. Elle raconta donc tout ce qui s'était passé à Bath, et évoqua une agression qu'elle avait subie la semaine précédente et qui avait été la cause de ses coquards. Elle ne pouvait pas affirmer que les deux événements étaient liés, mais c'était tout de même troublant.

Elle prit également soin de ne pas parler de sa perte de mémoire.

« Et vous pensez que c'était Gestalt ? s'exclama Wattleman. Des membres de ma propre Cour essaient de s'entre-tuer ?

— Et ils y arrivent, souligna Alrich d'une voix sombre. Gubbins est mort, et pratiquement tous les Serviteurs nous ont trahis ou ont été tués. Ou les deux. » Le Fou contempla tristement ses vêtements déchirés recouverts de sang qu'il n'avait pas pris la peine d'essuyer. Il n'avait pas non plus accepté de verre.

« Oui, que fait-on à ce sujet ? demanda Farrier. Je suis très inquiète du nombre de Serviteurs qui se sont révélés enclins à me poignarder. Grands dieux, qu'un seul soit prêt à le faire, c'est déjà affolant. Mais ils étaient si nombreux ! Peut-être devrions-nous faire sortir les Serviteurs qui restent ?

— Lady Farrier, le fait qu'ils se soient battus pour nous protéger devrait suffire à prouver leur loyauté », dit Myfanwy avec force. Elle n'avait pas l'intention de laisser quiconque emmener Ingrid. Elles avaient retrouvé Anthony allongé sur le ventre, tué par plus de vingt coups de couteau. Son ridicule tartan violet était presque noir de tout le sang qu'il avait perdu. Elles avaient un peu pleuré et s'étaient tenu la main quand tout le monde était passé dans la pièce d'à côté.

« J'imagine, concéda Farrier d'un ton dubitatif. Ils ont été fouillés bien sûr ?

— Ça n'a plus grande importance maintenant, dit Alrich. Et en plus, certains portaient leurs armes en eux : j'ai vu au moins trois Serviteurs sortir des couteaux glissés dans des poches sous leur peau. J'ai reçu quelques coups et je peux vous confirmer qu'aucune personne normale ne serait capable de cogner aussi fort. » Myfanwy envisagea un instant de signaler la musculature curieusement modifiée de son étrangleur mais se ravisa ; elle ne tenait pas particulièrement à attirer l'attention sur sa propension récente à utiliser ses pouvoirs.

« Pourtant j'imagine que vos Serviteurs sont passés au crible ? intervint Shantay. Les règles de la Croatoan sont inspirées des vôtres et les Serviteurs n'ont aucun pouvoir.

— Bien sûr qu'on les passe au crible, cingla Eckhart. De fond en comble. Les examens sont aussi poussés que possible.

— C'est rien de le dire, grommela le garde du corps avec l'œil au beurre noir.

— Donc, cela signifie qu'ils ont été modifiés ultérieurement, rétorqua Shantay. Ces changements dans leur organisme étaient volontaires. Mais personne n'est capable d'opérer ce genre de modifications. Personne à part… » Elle s'interrompit, horrifiée.

« Les Greffeurs, compléta Myfanwy. Nous avons été infiltrés par les Greffeurs. »

Il y eut un silence de mort, durant lequel tout le monde jeta des regards inquisiteurs autour de lui. *Est-ce que chaque membre de la Cour s'attend à ce que les autres sortent un bazooka d'un de ses orifices ?* se demanda Myfanwy.

« Si la Checquy a été infiltrée, alors n'importe quel Serviteur peut potentiellement être un traître », fit remarquer Farrier, ce qui était à la fois paranoïaque et juste. Elle jeta un regard inquiet en direction d'Ingrid et des deux autres Serviteurs.

« Peut-être qu'il faudrait les abattre », ironisa Myfanwy. Il y eut un deuxième silence pensif, et, à sa grande horreur, Eckhart sembla l'envisager. « Oh, mais c'est pas vrai ! Je plaisantais !

— Cela pourrait s'avérer nécessaire, dit doucement Grantchester. Nous ne pouvons pas nous permettre d'avoir des traîtres parmi nous.

— On ne peut pas tuer tous les Serviteurs ! s'écria Wattleman. L'organisation risquerait de s'effondrer !

— Sans compter que certains pourraient avoir quelques scrupules à l'idée de massacrer le personnel », murmura Myfanwy à l'oreille de Shantay. Elle se sentait comme si ses parents lui faisaient honte devant sa meilleure amie. « De plus, reprit-elle à haute voix, on ne peut pas être sûr que l'infiltration se limite aux Serviteurs. Après tout, Gestalt était un traître. N'importe quel employé pourvu pourrait être à la solde des Greffeurs. N'importe lequel d'entre nous.

— Quand même pas un autre membre de la Cour…, protesta Wattleman faiblement.

— Il est impossible de dire ce qui est arrivé à cette organisation », dit Grantchester. L'air autour de lui s'assombrit. Il avait apparemment du mal à contrôler ses pouvoirs quand il était stressé. Par curiosité, Myfanwy l'atteignit et lut ses sensations. Elle eut l'impression que de l'eau glacée coulait sous la peau du Fou et suintait par ses pores. « Comment savoir quelle est la profondeur du mal ? » La question resta suspendue quelques instants.

« Une seule personne peut le savoir », conclut Myfanwy pensivement.

Chapitre 25

« Ingrid, vous savez qu'on est dimanche ?

— Oui, Tour Thomas.

— Et nous roulons, vous et moi, vers les landes désolées du sud-ouest de l'Écosse pour visiter une prison un dimanche matin », dit Myfanwy en regardant par la vitre de la limousine. La voiture roulait au milieu d'un long convoi de gardes du corps censés protéger la Tour pendant son déplacement. Il comprenait deux limousines blindées, l'une la transportant en compagnie d'Ingrid et de deux gardes d'honneur, l'autre étant destinée à une Pion septuagénaire capable de souffler du cyanure et de transpirer du gaz lacrymogène. Il y avait aussi quatre motards lourdement armés, un van rempli de soldats et un satellite qui les suivait à des milliers de kilomètres au-dessus de leur tête.

Myfanwy avait été un tantinet réticente à l'idée de se déplacer avec une petite armée, mais Joshua Eckhart et le chef de la sécurité Clovis avaient insisté et invoqué les mesures de sécurité renforcées. Ils lui avaient tous les deux assuré que ces hommes étaient parfaitement fiables, d'abord parce qu'ils étaient dotés et étaient passés par le processus d'endoctrinement du Domaine, mais surtout du fait des menaces terribles qu'Eckhart et Clovis avaient proférées si jamais quelque chose devait arriver à Myfanwy.

Ce n'était d'ailleurs là que quelques-unes des mesures qui avaient été mises en place au cours des derniers jours pour assurer la protection de la Cour. Dès qu'il était arrivé à Apex House le soir de l'attaque, Clovis avait décrété que personne n'était autorisé à retourner chez soi et que tous devraient résider dans les appartements sécurisés des trois sièges londoniens jusqu'à nouvel ordre. Des systèmes d'alarme avaient été distribués, les différents locaux de la Checquy à travers le pays avaient été verrouillés, et les membres de la Cour étaient désormais suivis par deux gardes d'honneur dès qu'ils quittaient leur logement. Même lorsqu'ils étaient au bureau, les deux gardes les attendaient devant leur porte.

« Oui, Tour Thomas.

— Hmm ? fit distraitement Myfanwy.

— Oui, vous et moi sommes en train de rouler vers les landes désolées du sud-ouest de l'Écosse pour visiter une prison un dimanche matin. Nous vivons une époque tragique.

— C'est vrai, acquiesça Myfanwy. Clovis m'a dit que nous n'avions pas été à ce niveau d'alerte depuis l'époque où ces petits blondinets bizarres se promenaient dans le Winshire. Il tient à ce que chaque Pion et chaque Serviteur soit examiné. Et ce n'est rien comparé aux Américains. La dernière fois que j'ai eu Shantay au téléphone, elle a parlé d'abattre tous ceux qui connaissaient la capitale de la Belgique. »

Elles s'étaient appelées plusieurs fois depuis que le Fou américain était retourné à Washington. Shantay supervisait le programme de protection des personnalités haut placées des États-Unis, et si l'histoire de la capitale de la Belgique était une blague, de nombreuses mesures avaient effectivement été mises en place pour décupler la sécurité de chaque côté de l'Atlantique. Myfanwy ne le savait que trop bien, puisqu'elle avait dû valider un certain nombre d'entre elles.

Plusieurs personnalités publiques avaient reçu une protection discrète de la Checquy, la sécurité des frontières avait été renforcée, de même que les plans d'alerte antiterroriste, ce qui avait dû surprendre bon nombre de terroristes. Pendant que Myfanwy était en route pour l'Écosse, Farrier et Grantchester réunissaient un conseil secret qui comprenait le Premier ministre, le ministre de l'Intérieur, le ministre de la Défense, les chefs du MI5 et du MI6, le souverain et le premier héritier au trône. Elle ne les enviait pas de devoir exposer le problème à cette assemblée.

Elle ouvrit le classeur violet et chercha le chapitre consacré au Donjon de la Potence.

Le Donjon de la Potence

Il fut la demeure ancestrale d'une obscure lignée écossaise qui avait trouvé le moyen de mettre le roi en boule – une histoire de trahison ou quelque chose dans le genre. Leurs terres et leur bétail furent confisqués, ils furent vendus en esclavage et le château transmis à la Checquy, qui l'ignora pendant quelques décennies avant de se dire qu'il fallait sans doute faire quelque chose de ce cadeau royal.

C'est un château lugubre au milieu de nulle part, ce qui en fait l'endroit idéal pour entreposer les indésirables de la Checquy. En fait, l'endroit idéal serait une île sur une autre planète, mais c'était déjà un très bon second choix.

Ça s'appelle le Donjon de la Potence car, avant la nouvelle installation, les ennemis humanoïdes étaient généralement entreposés au bout d'une corde. Du reste, on organise encore un certain nombre de pendaisons, de décapitations, de mises au bûcher et d'immersions dans des cuves de distillat d'anguilles. Soit tous les modes d'exécutions qui s'avèrent nécessaires. Le Donjon est plutôt un centre de rétention temporaire jusqu'à ce que la Checquy décrète que le sujet est une cause perdue.

De l'extérieur, le bâtiment donne l'impression que ses occupants s'attendent à ce que les Anglais débarquent et leur demandent de leur livrer toutes les vierges, le bétail et les pièces d'or qui traînent. Mais l'intérieur est hypersophistiqué, avec des caméras de surveillance et des menottes en plomb dernier cri.

C'est là qu'on garde les ennemis qu'on ne peut pas tuer.

« Anthony me manque », soupira Ingrid avec mélancolie. Myfanwy releva la tête, surprise. Ça ne ressemblait pas du tout à sa secrétaire de se laisser aller de la sorte.

« C'était quelqu'un de bien », dit Myfanwy. *Je ne l'ai rencontré qu'une fois, mais il avait l'air gentil. Et Thomas semblait lui faire confiance. En plus, maintenant qu'on est en Écosse, j'aurais pu trouver quelqu'un pour me traduire ce qu'il pouvait bien raconter.*

« Le chef de la sécurité Clovis cherche un remplaçant, reprit Ingrid. Je lui ai demandé s'il pourrait nous trouver un autre garde du corps incompréhensible. Cela rend les trajets en voiture si reposants… » *Elle a bu ou quoi ?* se demanda Myfanwy, avant de conclure que c'était sûrement le paysage sinistre et le manque de sommeil qui la rendaient sentimentale. Ingrid secoua la tête. « Enfin, nous allons bientôt arriver au Donjon de la Potence.

— Oui, soupira Myfanwy. Ça devrait être une agréable petite entrevue. Il me reste plus qu'à mettre mon masque de méchante.

— Vous en avez un ? » Ingrid avait l'air sceptique.

« Bien sûr, s'indigna Myfanwy. Je peux être extrêmement méchante. »

Ingrid la considéra pendant un moment.

« Dans ce cas, Tour Thomas vous devriez peut-être enlever votre cardigan, conseilla-t-elle avec tact. Les fleurs sur la poche risquent de desservir votre propos. »

« Tour Thomas », dit Gestalt.

Les trente-six dernières heures avaient visiblement été douloureuses pour les deux corps de Gestalt que la Checquy avait réussi à capturer. Myfanwy se trouvait dans la pièce où était emprisonné celui qui avait autrefois été le Propret, mais qui était désormais assez négligé. Il la fixait de ses yeux bleu glacial remplis de haine. Elle avait ordonné à ses deux gardes de l'attendre dehors. Ceux-ci avaient accepté uniquement parce qu'ils pouvaient voir tout ce qui se passait à l'intérieur par la porte vitrée. L'un d'entre eux lui tenait son cardigan, qu'elle avait remplacé à la dernière minute par un blazer bien plus officiel mais beaucoup moins confortable. Étant coincée dans sa résidence du Beffroi, elle avait dû envoyer un coursier le chercher dans le placard de la chambre d'ami avant leur départ pour l'Écosse. En l'enfilant, elle s'aperçut qu'une sorte de corset avait été cousu à l'intérieur, ce qui l'obligeait à se tenir très droite. D'un autre côté, ça lui permettrait peut-être de paraître un peu plus intimidante.

« Gestalt, vous avez l'air en forme, répondit Myfanwy. Enfin, autant qu'on peut l'être avec ce charmant dispositif. En d'autres termes, vous faites peine à voir. » Gestalt avait été cloué au pilori, ses mains et sa tête dépassant des trous. Le pilori était lui-même fixé au mur à l'aide de grosses barres de fer. Il avait la tête enserrée dans un dôme en grillage, comme pour le protéger contre de très grosses abeilles. « Bon sang, reprit-elle gaiement, ils ne prennent vraiment aucun risque avec vous, pas vrai ? Tout ce qu'il vous manque pour compléter le tableau, c'est un gros boulet attaché à la cheville et un masque de hockey.

— Franchement, répondit Gestalt, tout ceci est inutile.

— Parce que vous avez plein d'autres corps dans la nature ?

— Exactement.

— Sauf que vous ne pouvez plus vous servir que de la moitié d'entre eux, n'est-ce pas ? C'est vrai, il y a encore trois jours vous étiez une fratrie de quatre, libres d'aller où vous vouliez, mais là il n'en reste que deux. Nous avons le corps de Teddy ici, et celui de Robert est à côté. C'est un peu humiliant, vous ne trouvez pas ?

— J'ai toujours deux fois plus de corps que vous, rétorqua-t-il, narquois.

— Et vous pensez que ça me manque ? Je vous assure que personne ne souhaite avoir un ou deux corps en plus. Personne ne souffre d'un manque de corps. Mais ce n'est pas pour ça que je suis venue vous parler.

— Je m'en doutais. Est-ce que vous allez me demander où sont les autres ?

— Non, bien sûr que non. Du moins, pas pour le moment. Le Dr Crisp voulait venir vous interroger immédiatement ; il vous en veut encore un peu d'avoir essayé de l'étrangler et il a le sentiment que votre physiologie si particulière sera un défi formidable pour lui. Mais on a encore besoin de lui aux États-Unis, et de toute façon, nous avons ici l'embarras du choix en ce qui concerne les tortionnaires.

— La torture ! pouffa Gestalt. Vous vous rendez compte que je peux quitter ce corps quand je veux et me glisser dans un autre ?

— Oh oui, je sais bien. Après tout, vous avez même vidé tous vos corps l'autre soir : quatre frères et sœur, et aucun cerveau. Non pas qu'il y ait eu grand-chose avant…, ajouta-t-elle d'une voix douce.

— Alors qu'est-ce que vous faites là ?

— Je voulais savoir si vous aviez quelque chose à me dire de votre plein gré.

— Vous plaisantez ! S'il n'est pas question que je vous révèle quoi que ce soit sous la torture, pourquoi est-ce que je vous révélerai quelque chose de mon plein gré ?

— Il y a des choses pires que la torture », répondit Myfanwy avec un petit sourire. Elle avait réfléchi à tout ça pendant le trajet, et sa créativité l'avait surprise. « Après tout, vous avez beau avoir quatre corps, je suis sûre que vous êtes émotionnellement attaché à chacun d'entre eux. Vous pouvez donc choisir de me répondre de votre plein gré, ou bien décider, toujours de votre plein gré, de vous faire couper certains membres à la tronçonneuse. »

Gestalt ne la quittait pas des yeux.

« Vous n'avez jamais eu moins de quatre corps à votre disposition, je me trompe ? Donc je parie que ça vous rend barge de n'en avoir que deux. Mais au moins les deux nôtres sont intacts, pour le moment. » Elle fit une pause théâtrale. « Ça vous dirait de vous glisser dans un corps sans yeux, sans oreilles ou sans bras ?

« Évidemment vous ne seriez pas là pendant l'opération – vous ne sentiriez pas la douleur, donc techniquement ça ne peut pas être considéré comme de la torture –, mais je suis certaine que le simple fait de savoir qu'on maltraite votre corps vous ferait mal. Ce ne serait peut-être qu'un corps parmi d'autres, mais ça serait toujours le vôtre. On n'aurait pas besoin de mutiler les deux. D'ailleurs, on pourrait s'arranger pour que vous nous regardiez faire. Pour vous faire assister à votre propre supplice.

— Vous n'oserez jamais ! hurla Gestalt. Si vous me touchez, je vous tue !

— Je vous tuerai d'abord, répondit Myfanwy d'une voix calme. Je vous tuerai même deux fois si ça me chante.

— Je vous hais ! Je vous hais ! » cria-t-il, jusqu'à ce que Myfanwy entre en contact avec lui pour le faire taire.

« Calmez-vous deux minutes. » L'espace d'un instant, elle craignit que Gestalt ne supporte pas ses manipulations et s'en aille, mais les yeux bleus étaient toujours rivés sur elle. « Bon, réfléchissons. » Elle prit un air songeur.

« Je me demande combien de personnes sont impliquées dans votre petite mutinerie. Je sais que ça ne s'arrête pas aux Serviteurs qui étaient à la réception. Après tout, j'ai eu le plaisir de rencontrer M. Goblet l'autre jour. Et si vous m'en disiez un peu plus sur vos opérations de Bath ? » Myfanwy rouvrit la bouche de Gestalt et reçut un torrent d'injures. Elle le fit taire de nouveau.

« Charmant. Et puis il y a les preuves accablantes montrant que vous avez pactisé avec les Greffeurs. Étant donné les châtiments réservés aux officiers de la Checquy coupables de trahison, peut-être avez-vous envie de parler de ça ? »

Apparemment ce n'était pas le cas, mais au moins cette fois-ci, il ne jura pas. Gestalt avait l'air un peu nauséeux. Myfanwy ne pouvait pas lui en vouloir ; elle avait consulté les sanctions pour trahison et intelligence avec les Greffeurs, et rien que d'y penser, ça l'avait rendue un peu malade. À côté, ses menaces semblaient un tantinet clémentes. *Pas étonnant que Gestalt ait voulu étrangler Crisp quand on a attrapé le premier agent. Il a dû être terrifié à l'idée que les Greffeurs soient découverts.*

« Peut-être que vous pourrez bénéficier d'une certaine indulgence. Enfin, si vous parlez. La Cour ne tient pas à voir l'un des siens torturé, et encore moins subir les châtiments encourus pour avoir pactisé avec la Broederschap. Mais cela signifie que vous ne pouvez pas nous faire de cachotteries Gestalt. Par exemple, où étiez-vous pendant ce bref instant l'autre soir ? Dans une sorte de terrier de l'esprit ? Une maison de vacances psychique ? C'était idiot de faire ça, car maintenant nous savons que vous nous avez caché d'autres choses.

— Je ne suis pas le seul à avoir un secret, rétorqua Gestalt. Vous croyez que personne n'a remarqué que vous affectiez des gens d'un bout à l'autre de la salle ? Si je me souviens bien, nous pensions tous que vous deviez toucher quelqu'un pour le contrôler. Même si vous n'avez jamais eu le cran de le faire. C'est aussi pour ça qu'on s'est donné tant de mal pour vous faire entrer à la Cour ! »

Ah, on avance.

« Oui ! assena Gestalt, désormais ils connaissent votre pouvoir, et ils découvriront tous vos secrets quand ils vous découperont en deux.

— Vous vouliez que je sois à la Cour ? demanda Myfanwy.

— Une pauvre petite pleurnicharde incapable de sortir de ses livres de compte ? Bien sûr qu'on voulait, et ça n'a pas été facile.

— Eh bien, heureusement que vous vous êtes donné tout ce mal. Car maintenant je suis là et vous… vous portez un truc à mi-chemin entre une cage à hamster et un piège à ours.

— Pas pour longtemps. La roue va tourner, et ça sera à vous d'avoir peur des tronçonneuses. Et vous n'avez qu'un seul corps !

— Ah que j'ai peur, railla Myfanwy. Regardez, je me roule en boule. Ah en fait, non.

— Souvenez-vous, je suis ici, mais je suis aussi dehors, dit Gestalt. Libre. Je pourrais venir chez vous et m'amuser un peu. »

Myfanwy resta impassible, malgré la peur qui lui vrilla le ventre. En dépit des avertissements de sa prédécesseur, elle voyait toujours les corps de Gestalt comme des personnes différentes.

« Vous nourrissez peut-être le rêve de renverser la Checquy, répondit-elle froidement. De récupérer vos corps. Peu importe. » Les yeux de Gestalt se remplirent de colère. « Laissez-moi vous dire qu'au moindre signe suspect, ces deux corps seront abattus. Et que je m'en occuperai personnellement. Le seul moyen pour Teddy et Robert de revoir la lumière du jour, c'est de coopérer avec moi. On en reparlera, quand vous aurez eu le temps d'y réfléchir.

« Mais ne traînez pas Gestalt, le prévint-elle. Les bourreaux sont en train d'organiser leur planning, et ils comptent commencer dès demain. Le temps presse. » Elle imita le bruit d'une scie électrique et fit semblant de se couper la main au niveau du poignet, en jetant un regard entendu à Gestalt. La fureur s'empara de lui et il secoua frénétiquement ses entraves. Il planta son regard dans celui de Myfanwy, qui en profita pour l'atteindre avec son pouvoir.

À travers une paire d'yeux, elle regarda attentivement un ordinateur dans une pièce sombre. Ses joues lui faisaient un peu mal, et ses phalanges piquaient. Elle avait un verre de gin à la main, et une assiette de fromage était posée sur le bureau.

« Casse… »

Par une autre paire d'yeux, elle dormait. Une couverture électrique soulageait ses muscles et la douceur de ses draps caressait sa peau.

« … toi… »

Par la troisième paire, elle se dévisageait, et sentait le métal froid contre son cou et ses poignets.

« … espèce… »

Par la quatrième paire, elle vit une porte. Assise sur un lit dur, les genoux ramenés contre sa poitrine, l'éclairage au-dessus de sa tête était faible, et la raie de lumière sous la porte lui brûlait les yeux.

« … de grosse… »

Par la dernière paire, elle regardait la télévision. La pièce était lumineuse et confortable, les fenêtres donnaient sur un fleuve. Elle mangeait une carotte et leva les yeux quand une grande femme aux yeux bleus perçants entra dans la pièce.

« … pute ! »

Le contact fut rompu, Myfanwy chancela. Elle avait l'impression d'avoir couru plusieurs kilomètres : les jambes en coton, en nage, son cœur était sur le point d'exploser. Se penchant vers l'avant pour récupérer son souffle, les baleines de son blazer corseté s'enfoncèrent dans ses côtes. Elle haleta et se força à se redresser. Gestalt et elle se toisèrent silencieusement, puis Myfanwy sortit de la cellule en reculant prudemment. Gestalt, écumant de rage, la regardait toujours.

Chapitre 26

« Vous avez obtenu quelque chose de lui ? » demanda Ingrid, assise devant un bol de soupe. Le directeur avait tenu à leur fournir une salle pour déjeuner et était sorti en s'excusant platement quand Myfanwy lui avait demandé de leur laisser un peu d'intimité. Un Pion et les deux gardes d'honneur gardaient la porte, tandis que trois autres gardes du corps étaient suspendus en rappel de l'autre côté de la fenêtre. Devant l'insistance de Myfanwy, ils avaient finalement accepté de se tourner vers l'extérieur.

« Peut-être.

— A-t-il obtenu quelque chose de vous ?

— J'aime à penser que non.

— A-t-il découvert que vous aviez perdu la mémoire ? » demanda Ingrid d'un ton neutre. Myfanwy la dévisagea, choquée. Elle abattit son esprit sur le corps de sa secrétaire et déconnecta tout, hormis sa voix, sa vue et son ouïe.

« J'imagine que j'aurais dû m'y attendre, dit Ingrid. Le bruit court au bureau que vous êtes maintenant capable de prendre le contrôle de quelqu'un sans avoir besoin de le toucher.

— Vous ne l'avez pas vu ? J'ai forcé un homme à

se poignarder devant toute la Cour. » Elle durcit un peu sa voix dans l'espoir de lui faire comprendre que si elle le souhaitait, elle pouvait en faire autant avec elle. Certes, c'était une cuiller à soupe que celle-ci tenait actuellement à la main, mais Myfanwy était certaine qu'elle pourrait improviser.

« Souvenez-vous que j'étais en train de suffoquer et de battre l'air au milieu du nuage que le Fou Grantchester avait lancé, fit remarquer la secrétaire.

— C'est vrai. »

Il y eut un blanc, durant lequel Myfanwy se sentit mal à l'aise tandis qu'Ingrid semblait assez contente d'elle, malgré le fait que ses muscles soient figés.

« Bon, au sujet de la petite question que vous avez soulevée…

— Votre amnésie.

— Oui, voilà. Même si je ne préfère pas l'envisager comme ça.

— Vous préférez ne pas envisager votre perte totale de mémoire comme de l'amnésie ?

— Ça vous semble déraisonnable ?

— J'essaie seulement d'être aussi précise que possible, Tour Thomas.

— Et pourtant vous m'appelez Tour Thomas.

— Parce que vous vous appelez vous-même Tour Thomas, objecta Ingrid.

— Ne nous arrêtons pas sur des détails, coupa Myfanwy. Depuis quand êtes-vous au courant ?

— Depuis le soir où, en entrant dans mon bureau, j'ai trouvé la Tour Myfanwy Thomas pelotonnée par terre, en larmes, murmurant qu'elle sentait que ses souvenirs s'évaporaient. » Myfanwy resta bouche bée. « Il s'agissait de l'autre Myfanwy Thomas, bien sûr, précisa Ingrid. Celle qui était avant vous.

— Oui, oui. »

Ingrid la regarda posément et poussa un soupir aussi profond que son corps le lui permettait.

« Très bien, dit-elle. Voilà ce qu'il s'est passé. »

Il était tard, et Ingrid n'était pas ravie de se trouver dans l'ascenseur du Beffroi. Sa fille aînée, Amy, arrivait en train de York, où elle étudiait, pour le week-end et Ingrid était pressée de rentrer pour l'accueillir. Ce ne fut que lorsqu'elle fut sortie du parking sous-terrain devant lequel elle avait dû contourner un manifestant nocturne qu'elle se rendit compte qu'elle avait oublié le cadeau de sa fille dans le tiroir de son bureau. Une énième source d'agacement dans ce qui avait été une journée particulièrement longue et pénible.

Il avait d'abord fallu couvrir en urgence la fuite d'une harpie dans le centre-ville de Stoke-on-Trent. Puis, on avait découvert à la dernière minute qu'un rapport devant être remis le jour même au Premier ministre était truffé d'erreurs ; il avait donc fallu le reprendre dans les moindres détails. Ingrid s'en était voulu de laisser Thomas toute seule au bureau, la petite Tour étant encore en train de relire la version finale du rapport, mais sa chef était au courant de la visite d'Amy et avait insisté pour qu'elle parte.

« Vraiment, Ingrid, allez-y, avait-elle dit, j'ai pratiquement fini. Quand j'aurai terminé, je donnerai ma validation et le Messager de la Tour ira porter la version papier à Downing Street. Puis j'irai dormir à la résidence. Vous avez bien annulé ma voiture ? » Ingrid sourit et hocha la tête.

« Alors bonne nuit, Tour Thomas. Et essayez de vous reposer un peu ce week-end.

— Hmm ? fit Thomas, qui s'était déjà replongée

dans le rapport. Ah oui, vous aussi Ingrid. Profitez bien de votre famille. »

Ingrid vit la Tour reporter toute son attention sur le document et écarter machinalement les cheveux de son visage. La secrétaire secoua la tête, consciente que sa supérieure allait passer l'intégralité de son week-end au bureau. Elle sentit une pointe de pitié, mais sortit d'un pas guilleret. La plupart du personnel était parti, et elle apprécia le calme des couloirs plongés dans la pénombre.

En descendant, elle était passée devant le département de publication toujours allumé et avait vu plusieurs personnes penchées sur des documents. Alors qu'elle retournait à son bureau pour récupérer le cadeau d'Amy, elle remarqua que tout le monde se préparait à partir. À l'évidence la Tour Thomas avait dû accepter le rapport et il avait été envoyé, bien protégé dans l'œsophage de Toby, le Messager de la Tour ce soir-là.

« Si elle n'est pas encore remontée à la résidence et que je la trouve en train de lire autre chose, je lui confisque ses surligneurs et je l'envoie au lit », pensa Ingrid. Elle ne vit pas de lumière sous la porte, ce qui voulait sans doute dire que la Tour Thomas était montée dans son appartement où, selon toute vraisemblance, elle travaillait toujours. « Bon, au moins, elle n'est plus au bureau », souffla Ingrid. Mais elle fut arrêtée nette par un bruit inattendu. Un mouvement suspect.

Ingrid était une assistante de direction qui était entrée à la Checquy non pas après des années d'entraînement rigoureux au Domaine, mais après seize ans dans l'administration. Elle ne possédait aucun autre superpouvoir qu'une abondance de bon sens et une grande capacité d'organisation. Mais une décennie passée à la Checquy lui avait montré à quel point la vie pouvait être imprévisible. Ce bruit pouvait être n'importe quoi. Ingrid se rapprocha doucement de son bureau, à l'affût du moindre son, puis ouvrit la porte prudemment.

« Tour Thomas ? » murmura-t-elle. Les lumières étaient éteintes, et quand elle trouva enfin l'interrupteur, elle fut en partie soulagée de voir qu'il n'y avait personne. Elle jeta un coup d'œil dans le bureau de sa chef, mais il était également vide, et la porte dissimulée derrière le tableau qui menait à la résidence était fermée. Ingrid soupira et se demanda ce qu'elle devait faire. Avait-elle vraiment entendu quelque chose ? Cela valait-il la peine de déranger la Tour Thomas ?

Un bruit venu de la salle de bains privée de la Tour la tira de son dilemme. Elle avança doucement vers la porte-tableau représentant une ancienne Tour avec une grande perruque poudrée et des yeux de mouche. Elle envisagea de faire quelque chose de sensé. Elle pouvait sortir du bureau et fermer la porte à clé. Elle pouvait appeler la sécurité ou trouver un employé doté pour l'aider. Sauf que lorsque l'on travaille à la Checquy, on apprend que les idées obéissant à la logique ordinaire sont souvent exceptionnellement stupides. Comme l'histoire de cette femme de ménage qui avait ouvert un placard parce qu'elle avait entendu des cris plaintifs à l'intérieur. Ou Declan, le comptable, qui avait jugé bon de reculer calmement tout en appelant à l'aide quand un calamar de terre portugais s'était avancé en rampant dans le couloir. Sur le moment, cela avait sans doute paru être la bonne réaction, mais la femme de ménage était devenue aveugle et stérile, tandis que le calamar avait pris le coup de fil discret de Declan pour une agression : le comptable avait fini couvert d'une encre violette indélébile, et avait dû apprendre à se servir d'une calculette avec sa langue, puisqu'il n'avait désormais plus de bras.

Ingrid entendit de faibles gémissements à l'intérieur de la salle de bains et en reconnut immédiatement la voix. Elle ouvrit la porte. La Tour Thomas était pelotonnée au pied du lavabo et tremblait comme une feuille. Ingrid fit un pas en arrière, sous le choc.

Thomas avait les yeux écarquillés et ses lèvres étaient rouge sang. Non, se reprit Ingrid, horrifiée, ces lèvres qui murmuraient frénétiquement n'étaient pas simplement rouges, elles étaient à vif et elles saignaient. On aurait dit que quelqu'un avait frotté la bouche de la jeune Tour avec du papier de verre.

« Tout s'effondre, gémit Thomas. Je sombre.

— Oh Myfanwy, s'exclama Ingrid, que vous est-il arrivé ?

— Mes pensées », balbutia-t-elle. Elle leva la tête et regarda Ingrid. La secrétaire découvrit avec horreur que des filets de sang coulaient de ses lèvres. « Elles s'en vont. Il les a aspirées, et maintenant elles s'effacent.

— Quoi ? Qui vous a fait ça ? » demanda Ingrid en s'agenouillant et en lui tendant une main tremblante. Thomas eut un mouvement de recul. « Myfanwy, je vais chercher de l'aide. Je vais appeler la sécurité et les médecins... » Elle s'interrompit quand sa chef lui saisit le bras avec une force étonnante et protesta violemment :

« Vous ne pouvez pas faire ça, ça n'est pas censé se passer comme ça. C'est aujourd'hui que je dois partir. Et je ne peux faire confiance à personne, n'importe qui peut avoir été envoyé pour me tuer. Il y a un traître. Il y a... » Elle fronça les sourcils. « C'est déjà

trop tard. » Elle enfonça son visage dans ses mains. « C'est parti... Enfin, je savais. Enfin, je savais qui c'était et... Nom de Dieu ! » hurla-t-elle. Ingrid sursauta et vit que Thomas la regardait maintenant avec des yeux brûlants. Puis elle jeta des regards affolés autour d'elle. « Vous avez entendu ?

— Il faut vous faire sortir de là, coupa Ingrid. Le traître viendra forcément vous chercher ici.

— Il y a une porte. Une porte dans le bureau. » Elle se mit à genoux péniblement, luttant contre les frissons qui la secouaient toujours.

« Celle de la résidence ? demanda Ingrid.

— Non, c'est par là qu'ils sont arrivés, répondit Myfanwy, les yeux exorbités. Certains sont morts, d'autres évanouis, mais je sais qu'il peut y en avoir d'autres. » Elle se tendit. « Il y en a d'autres dans la résidence, je les sens. La porte est fermée à clé, mais ça ne les arrêtera pas.

— Il y a des morts dans votre résidence ?

— S'il vous plaît, aidez-moi à aller jusqu'à mon bureau », insista-t-elle, ignorant la question d'Ingrid. Elle s'aida du mur pour se relever, ce qui lui demanda beaucoup d'efforts. Elle chancela, et Ingrid se précipita pour la soutenir. Elle sentit ses muscles se tendre et se relâcher brusquement lorsque les pouvoirs de Thomas parcoururent son corps. Pendant un instant, Ingrid eut accès à la vision de la jeune femme et se vit elle-même. Ses lèvres brûlèrent et une vive douleur lui fendit le crâne. Puis tout redevint normal.

« Pardon, murmura Myfanwy.

— Ce n'est rien, ne vous inquiétez pas. Doit-on aller dans votre bureau ?

— Vite. Ils arrivent.

— Vous êtes sûre ?

— Je les sens. »

Ingrid dévisagea sa chef. Bien que composée de personnes discrètes, la Checquy était tout de même une communauté assez réduite et la nature et les limites du pouvoir de Thomas étaient connues de tous.

« Vous les sentez ? » Elle vit des ecchymoses bleues se former progressivement autour des yeux de Thomas. « Oh mon Dieu.

— Vite. » Elles parvinrent à retourner dans le bureau, puis Ingrid se dirigea vers les tableaux.

« Non, dit Thomas, pas par là. » Elle tituba jusqu'à un coin de la pièce et souleva la moquette. Une trappe en métal munie d'un clavier était encastrée dans le sol. La Tour s'agenouilla difficilement, tapa un code et la porte s'ouvrit doucement sur un escalier en colimaçon extrêmement raide et étroit qui disparaissait dans les ténèbres.

« Où mène-t-il ? » demanda Ingrid, étonnée par la découverte d'une trappe secrète dans un bureau où elle était entrée des milliers de fois. Mais cela ne faisait pas partie des événements les plus extraordinaires de la nuit.

« Au parking, répondit Thomas. La partie privée du parking de l'autre côté de la rue.

— Un parking avec des voitures ? fit Ingrid, incrédule. Vous ne pouvez pas conduire dans cet état ! Vous tenez à peine debout ! »

Thomas ouvrit la bouche pour parler, puis acquiesça d'un petit signe de tête brusque. Elle retira la main d'Ingrid de son épaule, chancela un peu, puis porta ses mains sur les côtés de sa tête en prenant de grandes inspirations tremblantes. Sous le regard horrifié d'Ingrid, les yeux de la Tour se révulsèrent. La secrétaire se mordit la lèvre mais supposa que ceci était volontaire.

Quelques minutes passèrent, durant lesquelles Ingrid ne cessa de jeter des regards anxieux par-dessus son épaule, s'attendant à ce que celui qui avait fait subir ça à la Tour Thomas sorte de derrière un portrait en brandissant des armes redoutables. Puis, sans crier gare, la Tour commença à se convulser. Elle se tenait encore fermement la tête entre les mains et restait debout, mais on aurait dit que tous les autres muscles de son corps étaient pris de spasmes violents. Ingrid était désemparée, n'osant pas la toucher de peur que les pouvoirs de la Tour Thomas la suppriment. La crise s'arrêta finalement, et Thomas fit retomber ses bras.

« Très bien », dit-elle, le souffle court. Son regard semblait stable, et elle avait l'air bien plus assurée qu'auparavant.

« Très bien ? Très bien quoi *? Qu'est-ce que c'était que ça ?*

— J'ai bidouillé mon cerveau, répondit Thomas. Je ne l'avais jamais fait, et c'était probablement une très mauvaise idée. Mais je crois que j'ai encore un peu de temps avant de tout perdre.

— Perdre quoi ?

— Tous mes souvenirs. Je dois y aller. Maintenant, tant qu'il en est encore temps.

— Attendez ! Prenez votre manteau, il pleut des cordes dehors. » Leurs regards se croisèrent, et les deux femmes se sourirent en repensant à toutes les fois où Ingrid lui avait fait penser à prendre son manteau.

Thomas laissa Ingrid l'aider à enfiler son imperméable puis commença à descendre par la trappe quand son assistante lui saisit le poignet.

« Vous disiez savoir qui a fait ça. Qui est responsable de tout ça ? la pressa-t-elle.

— Je suis désolée, mais je ne vois pas du tout de quoi vous parlez », répondit Thomas en plissant le front. Elle dévisagea Ingrid pendant un instant. « Merci, bredouilla-t-elle. Pour tout. » Puis elle reporta son attention sur la descente délicate de l'escalier. Elle disparut et la trappe se referma.

Dehors, la pluie redoublait.

« Et c'est la dernière fois que je l'ai vue, dit Ingrid. Je suis partie du bureau tout de suite après. Je suis retournée au parking par les escaliers de secours, j'ai pris ma voiture et je suis allée chercher ma fille à la gare. Puis j'ai passé le week-end cloîtrée à attendre un coup de fil, mais rien n'est venu. Donc je suis allée au Beffroi le lundi et quand vous êtes arrivée, je ne savais pas quoi penser.

— Et vous n'avez rien dit ? demanda Myfanwy avec méfiance.

— Non, répondit Ingrid.

— Pourquoi ?

— À qui aurais-je pu parler ? se défendit-elle. À vous ? Je ne savais pas ce qui s'était passé. Même si vos lèvres et vos yeux ressemblaient à ceux de la Tour Thomas, elle avait dit que sa mémoire s'effaçait et j'ai pensé que vous étiez peut-être elle mais que les derniers jours vous échappaient. Je n'allais certainement pas en parler à la Tour Gestalt. Et tout ce que j'aurais pu dire aux Fous ou aux chefs de la Checquy n'aurait fait que causer plus de problèmes à la Tour Thomas.

— Et vous teniez tant que ça à Myfanwy Thomas ?

— Il faut croire que c'était le cas, oui », répondit la

secrétaire. Il y eut un drôle de petit silence. « Que c'est le cas. » Les deux femmes se sourirent doucement.

« Donc elle a disparu par une trappe sombre, conclut Thomas.

— Oui.

— Il va falloir que j'inspecte cette issue de secours, dit Thomas pensivement. Il y aura peut-être des indices sur ce qu'il s'est passé.

— Oui, mais dites-moi, que s'est-il passé ? demanda Ingrid. Je n'ai pas arrêté d'y penser.

— Alors… », commença Myfanwy, qui avait pris une décision. Elle relâcha ses pouvoirs, et Ingrid s'affaissa légèrement quand ses muscles se détendirent. « Il pleuvait quand j'ai ouvert les yeux… »

Ce fut un résumé succinct, au cours duquel toutes les références à Bronwyn furent soigneusement effacées. Myfanwy prit également soin de ne pas révéler la quantité d'informations que sa prédécesseur lui avait laissées.

« Donc vous n'êtes pas une taupe. Au début, j'ai craint une invasion des voleurs de corps, avoua Ingrid.

— Et qu'est-ce qui vous a fait changer d'avis ?

— Aucune taupe n'aurait aussi brillamment réussi à ne pas être la Tour Thomas. D'autant qu'il faut bien reconnaître qu'elle n'était pas si difficile à incarner : il suffisait de garder la tête baissée et d'avoir l'air docile. Au bout de quelques heures, j'étais à peu près convaincue. À la réception, il n'y avait plus de doute possible. La Tour Thomas que je connaissais n'aurait jamais osé porter la robe rouge. C'est pour ça que je l'avais suggérée.

— Du coup vous pensez que quelqu'un d'autre peut avoir des soupçons ? » Elle avait également caché le fait que Farrier savait qui elle était et n'était pas. Ingrid soupira et se frotta les yeux.

« Je n'en ai aucune idée, soupira-t-elle. Nous vivons une période si difficile. J'ai fait des recherches, et les Greffeurs sont la seule force à avoir été vraiment proche de nous vaincre. Ils en ont été très, très proches. Et les revoilà soudain, et en plus il semblerait qu'ils soient parmi nous depuis longtemps. Richard Whitlam, vous le connaissez ? » Myfanwy secoua lentement la tête. « L'autre Tour Thomas aurait su. Tout le monde le connaissait. Un homme charmant, qui a été l'un des assistants du Fou Alrich pendant trente ans. Il avait été recruté à la sortie de l'université, et a toujours été très gentil avec les nouveaux Serviteurs. Il se donnait du mal pour qu'on se sente accueillis. »

Elle sourit. « Le premier jour, il est venu me voir pour m'offrir un cactus, celui qui est toujours sur mon bureau. Un type adorable, vraiment délicat, entièrement dévoué à la Checquy. » Elle soupira. « Le bruit court qu'il aurait essayé de poignarder le Fou avec un stylet en os lors de la réception. » Elle jeta un regard désespéré à Myfanwy.

« Si un homme comme ça, un homme qui veillait sur le sommeil d'un membre de la Cour, un homme dont la loyauté n'a jamais été remise en cause, un homme qui était *aimé*, peut être un Greffeur, alors je ne sais pas ce que nous pouvons faire. Car, Tour Thomas, je ne sais pas si les membres de la Cour s'en rendent compte, mais *les Greffeurs connaissent nos secrets.* »

Myfanwy eut soudain l'impression qu'une catastrophe était inévitable. Ingrid avait raison. Choquée par l'attaque qu'elle avait subie à la réception, la Cour n'avait pas pris assez de recul. Aujourd'hui, tout le monde avait peur de se faire poignarder par les femmes de ménage et les secrétaires, mais tout ce que celles-ci avaient besoin de faire, c'était d'ouvrir les portes en grand pour laisser entrer les Greffeurs.

Correction : le *reste* des Greffeurs, puisqu'ils étaient déjà là.

« Ces gens ne sont pas infaillibles, Ingrid, dit Myfanwy en s'efforçant de rester calme. Ce qui s'est passé à la réception n'était pas prévu. Ils n'étaient pas prêts pour une vraie insurrection.

— Vous ne pensez pas que faire entrer des armes dans Apex House témoigne d'un certain degré de préparation ? Ils auraient pu tous nous tuer !

— Peut-être, s'ils étaient intervenus à la Chambre des Communes, mais il s'agissait de la Cour de la Checquy. S'attaquer à Eckhart muni d'une dague et d'un pistolet revient à s'attaquer à un tank armé d'une plaquette de beurre. Je ne peux pas croire qu'une organisation vieille de plusieurs siècles sur le point de nous infiltrer ait décidé de fomenter un putsch équipée de plumeaux. Peut-être qu'ils s'y préparent et que c'est la raison pour laquelle ils étaient effectivement armés. Mais si c'est le cas, alors la réception n'était pas le scénario qu'ils avaient prévu. Non, ça s'est passé comme ça parce que j'ai démasqué Gestalt.

— Alors vous pensez que la Tour Gestalt était derrière tout ça ? » Elle se ragaillardit un peu. « Si Gestalt était en charge de l'infiltration des Greffeurs, alors…

— Alors cela signifierait que leurs siècles d'existence n'auraient pas permis aux Greffeurs de perfectionner leurs talents en matière de recrutement. Car si Gestalt est beaucoup de choses, il n'est en aucun cas assez fin stratège pour mener un coup d'État. J'ai lu les dossiers, et je sais qu'il a accédé à la Cour grâce à ses exceptionnels talents de combattant.

— Bien sûr, et c'est précisément pour cette raison qu'ils vous ont également nommée, pour contrebalancer », dit Ingrid, qui sembla oublier un instant que c'était une tout autre personne qui avait été promue. « Tout le monde savait qu'il fallait que quelqu'un s'occupe de la gestion du Beffroi et des opérations domestiques.

— Oui, bon, il leur fallait aussi surtout quelqu'un qui ne risquait pas de déranger en s'affirmant trop, rétorqua Myfanwy. Gestalt a laissé échapper ça pendant que je portais mon masque de méchante. Ce sont les Greffeurs qui m'ont fait accéder à la Cour.

— Une seule personne ne peut pas décider d'une telle promotion, fit remarquer Ingrid. Même si elle a quatre corps.

— Où voulez-vous en venir ? demanda Myfanwy, qui avait un mauvais pressentiment.

— Il y a d'autres Greffeurs à la Cour. »

Chapitre 27

« Tour Thomas ? »

La voix hésitante d'Ingrid s'éleva dans l'interphone.

« Oui ? cria Myfanwy depuis son bureau où elle peaufinait une analyse de l'enquête sur les Greffeurs et des implications de la trahison de Gestalt.

— Votre téléphone portable sonne sur mon bureau, là où vous l'avez mis à charger, expliqua-t-elle d'un ton lourd de reproches.

— Vous pouvez répondre s'il vous plaît ? » Myfanwy était consciente que son rapport serait examiné minutieusement par les Cours des deux nations, et elle n'avait pas particulièrement envie de donner l'impression qu'il avait été rédigé par une imbécile. Elle ne fit pas attention au profond soupir dans l'interphone.

« C'est une certaine Mlle Bronwyn ? »

Cela sous-entendait que, puisque Myfanwy avait fait confiance à sa secrétaire au sujet de son amnésie, elle aurait dû également lui parler de quiconque demanderait « Madame Myfanwy Thomas » au téléphone.

« Ah oui, j'arrive. »

Myfanwy sauvegarda son document et se leva pour aller chercher son téléphone en contournant avec soin les piles de papier branlantes qui occupaient la plus grande partie de son bureau. Depuis son retour d'Écosse, elle avait épluché tous les dossiers des Serviteurs mutins à la recherche d'indices. S'il n'y avait eu aucune révélation fracassante jusqu'à présent, on avait par contre déploré plusieurs avalanches de documents. Ingrid avait catégoriquement refusé d'apporter la moindre feuille supplémentaire dans le bureau et un membre du service d'entretien avait frôlé la crise d'hystérie quand on lui avait demandé de faire la poussière.

« Allô Bronwyn ?

— Salut, ça va ? J'ai eu ton mail à propos de ton urgence au boulot.

— Oui, les choses se sont un peu calmées, mais tout le monde est encore assez tendu.

— Ça doit être un gros truc alors. Ça fait cinq jours que tu es rentrée d'Écosse.

— Cinq jours ? Vraiment ?

— Eh bien, ouais. On est vendredi. C'est d'ailleurs pour ça que je t'appelle : je me demandais si tu étais libre ce soir. On sort en boîte avec des copines, si ça te dit de venir.

— En boîte ? En boîte de quoi ?

— Quoi ?

— On va déboîter quelqu'un ?

— Mais de quoi tu parles ? demanda la fille dont l'univers ne tournait pas autour de la sécurité surnaturelle.

— Mais de quoi tu parles, toi ? rétorqua la fille dont la vie sociale se limitait à quelques déjeuners en ville et à la visite de sites saturés de malveillance paranormale.

— Sortir en boîte, danser…

— Ah, oui, oui, fit prudemment Myfanwy.

— Tu n'as pas l'air très emballée. » Bronwyn semblait vexée.

« Oh non pas du tout, se rattrapa Myfanwy. Simplement, je ne crois pas que je sois déjà allée en boîte.

— Vraiment ? Ah oui, bien sûr, dit Bronwyn en se souvenant de ce que Myfanwy lui avait raconté. Dans ce cas, tu devrais venir. C'est sympa, et maman disait toujours que chez les Thomas, les filles ont le rythme dans la peau. À moins que… » Elle s'interrompit, gênée.

« Quoi ?

— Eh bien, je viens de me rappeler que tu m'avais dit que tu étais… un peu nerveuse à l'idée de sortir. »

De quoi ? Myfanwy ne comprenait pas. *Ah, c'est vrai. Ma soi-disant agoraphobie.*

« Non, c'est vrai, je devrais essayer de sortir, trancha-t-elle. J'ai juste deux ou trois choses à régler. » *Comme trouver un moyen de sortir sans escorte.* « Je te tiens au courant. » Les deux sœurs se mirent d'accord : Myfanwy rappellerait plus tard dans la journée et si jamais elle venait, Bronwyn ne se ferait pas d'idées quant à ses talents de danseuse.

« Ingrid, est-ce que j'ai des rendez-vous prévus ce soir ? demanda Myfanwy par l'interphone.

— Vous savez, Tour Thomas, vous êtes censée passer par moi pour tous vos rendez-vous, répondit-elle froidement.

— C'est ce que je suis en train de faire.

— Vous devez normalement appeler le Fou Petoskey de la Croatoan.

— Je vais envoyer un mail à Shantay pour lui dire que je la rappellerai demain », décida-t-elle. *Elle me tuerait si elle savait que j'ai décliné un événement social pour parler boulot un vendredi soir.* « Et dites au chef de la sécurité Clovis que je dormirai à la résidence cette nuit, donc ce n'est pas la peine de prévoir des gardes du corps. Oh, et voyez si vous pouvez me trouver une lampe de poche et un pistolet.

— Le chef de la sécurité Clovis est justement en chemin, il vient vous parler des questions de sécurité interne. »

Ingrid passa en mode hyper efficace. Quand Clovis arriva, les fauteuils et le bureau étaient couverts d'étranges piles d'armes à feu. Myfanwy, un monceau de dossiers posé sur les genoux, était concentrée sur son ordinateur.

« Bonsoir, Tour Thomas, dit Clovis, dont le calme exquis contrastait avec les tours de papiers chancelantes.

— Bonsoir. Pourriez-vous fermer la porte afin d'éviter à Ingrid de se percer un tympan en essayant de nous écouter ? » Un grognement irrité leur parvint de l'antichambre. « Comment allez-vous Clovis ?

— Je suis un peu débordé, Myfanwy, je viens tout juste de finir le nouveau protocole de sécurité. Nous allons examiner tous les membres de la Checquy afin de vérifier s'ils ont des implants des Greffeurs.

— Ah, d'accord, très bien.

— Oui, sauf que ça implique de faire subir à chaque membre de l'organisation des examens physiques déplaisants, fastidieux et hautement intrusifs. Il va falloir les réaliser sur site, et notre personnel médical risque donc d'être surchargé durant les prochains mois. Voyez-vous, tant que nous n'aurons pas examiné tous les docteurs, nous devrons prévoir des groupes de trois observateurs dans chacune des salles d'examen afin de s'assurer qu'ils ne faussent pas les données. Et tous les docteurs de l'organisation, ainsi qu'un praticien civil qui sera désigné au hasard, devront s'accorder sur le résultat de chaque test. Puis, nous enverrons ces résultats à trente-cinq médecins aux quatre coins de la planète. Il nous semble hautement improbable que tout le personnel médical de la Checquy soit à la solde des Greffeurs. Et si ça devait être le cas, alors il resterait les docteurs civils.

— Merde, s'exclama Myfanwy, ça a l'air d'être un boulot énorme. »

Clovis opina poliment. « Nous essayons d'être aussi précis que possible. Bien sûr, rien ne dit que tous les agents des Greffeurs auront un implant, mais tous les traîtres de la réception en possédaient un, donc nous partons de ce principe. Et avant d'examiner tous les docteurs, nous commençons par les membres de la Cour, dès demain. Donc tenez-vous prête.

— Génial, dit Myfanwy avec un profond manque d'enthousiasme. Quelle meilleure activité pour un samedi que des examens physiques déplaisants, fastidieux et hautement intrusifs ? Prévoyez le mien pour l'après-midi, j'ai du sommeil à rattraper.

— Très bien. Bien sûr, d'ici là il y aura toujours des gardes devant la porte de votre bureau.

— Je me sens déjà beaucoup plus en sécurité, ironisa-t-elle. Vous voulez un café ?

— Merci, mais je dois me remettre au travail. Tout le monde est à cran depuis plusieurs semaines, et je dois superviser les examens des médecins. Et, sans indiscrétion, qu'est-ce que vous faites avec toutes ces armes ? Vous craignez une insurrection de la paperasse ?

— Oh non, je vais les utiliser comme presse-papiers. »

Après que Clovis l'eut laissée seule dans son armurerie, vint le moment de se jeter à l'eau. Elle posa délicatement une pile de dossiers sur son bureau et s'attacha un holster, fourni par Ingrid, autour de la taille. Avec une moue dubitative, elle saisit le pistolet qu'elle avait choisi et, après avoir feuilleté le livret d'instructions pour les armes à feu (également fourni par Ingrid), elle s'approcha du coin du bureau que sa secrétaire lui avait indiqué plus tôt dans la semaine.

Un coup d'œil rapide au répertoire des passages secrets recensés dans le classeur violet avait confirmé qu'il y avait bel et bien une issue, et un tâtonnement minutieux lui avait permis de découvrir l'angle de la moquette qu'il fallait relever. Mais Myfanwy avait été tellement occupée par ses recherches sur les traîtres de la Checquy qu'elle n'avait pas encore eu le temps d'explorer le chemin par lequel Thomas avait fui. Elle observait maintenant la trappe. Elle remarqua, avec un léger désarroi, des gouttes de sang sur le digicode.

Elle tapa le code, 230500, et la porte s'ouvrit sur un escalier en colimaçon très étroit, comme dans un clocher. Myfanwy chercha un interrupteur. Rien. Bon, c'était logique et ça expliquait pourquoi elle avait pris une lampe de poche. Mais la perspective de descendre dans un profond trou noir n'était pas particulièrement attirante. Myfanwy ne pouvait s'empêcher de penser que la dernière fois que quiconque avait vu Thomas, elle avait disparu dans ce même trou obscur.

Entre le moment où Thomas avait refermé la trappe derrière elle, et celui où Myfanwy avait ouvert les yeux dans le parc, la première avait quitté le bâtiment pour fuir à l'autre bout de Londres et avait été attaquée par des agents surentraînés. Myfanwy repensa aux bleus qu'elle avait découverts sur son corps ce jour-là. Thomas avait été battue sauvagement. Cela s'était-il produit dans les ténèbres de ce passage ?

Il faut que je descende, pensa-t-elle. *Il faut que je voie. S'il reste quelque chose, le moindre indice, cela me permettra peut-être de savoir qui a attaqué Thomas.*

Et puis, ça me permettra aussi d'aller m'amuser avec Bronwyn ce soir.

Elle vérifia une nouvelle fois son holster et la lampe de poche qui pendait à son poignet. Myfanwy s'arma de courage puis descendit l'escalier exigu. Il était évident qu'il avait été ajouté bien après la construction du bâtiment, car elle avait à peine la place de se tenir droite. N'importe quelle personne un peu moins fine aurait été obligée de se mettre de profil pour descendre. Elle prit une grande inspiration, espérant qu'elle n'allait pas être saisie d'une claustrophobie soudaine, et s'enfonça dans l'obscurité.

« Quel est le connard qui a construit ça ? » se demanda-t-elle à voix haute tout en descendant lentement les escaliers. Elle ne savait pas combien d'étages elle avait parcourus, mais elle devait maintenant se trouver bien en dessous du Hammerstrom Building. Ses jambes la faisaient souffrir, et elle s'était râpé plusieurs fois le dos quand le conduit s'était rétréci. Il était évident que l'escalier avait été conçu pour s'adapter aux formes du bâtiment plutôt que pour le confort des utilisateurs. Quand elle arriva en bas, Myfanwy était poussiéreuse, éraflée, et profondément irritée. La découverte d'un interrupteur à côté des escaliers la calma un peu.

« Sympa la déco », souffla-t-elle quand les lumières tremblotantes des néons s'allumèrent. Le couloir était parfaitement carré et semblait se prolonger au loin à gauche et à droite. Les murs étaient en parpaing et le sol en béton recouvert d'une couche de poussière. Myfanwy s'aperçut, non sans une légère inquiétude, que des empreintes de pas traînants partaient du bas de l'escalier. Elle sortit son arme puis s'engagea dans le couloir, marchant sur ses propres traces.

À l'évidence, et malgré l'opération effectuée sur son cerveau, les forces de Thomas avaient décliné à mesure qu'elle avançait dans le couloir. Ici elle était tombée à genoux et avait dû mettre les deux mains par terre pour se relever. Myfanwy contempla ces traces et posa les mains dessus. Plus loin, il y avait de petites taches de sang sur le sol, elle effleura ses genoux, se souvenant comme ils étaient écorchés quand elle s'était vue dans le miroir pour la première fois. Elle chercha dans son cerveau une impression de déjà-vu. Rien.

Elle continuait d'avancer prudemment mais le silence la troublait. Jusqu'à quelle profondeur était-elle descendue ? Elle avait eu l'impression d'avoir passé une éternité dans les escaliers, mais faute de point de repère, c'était impossible à dire. D'après Ingrid, cet étrange passage menait à un parking, elle reprit donc sa marche.

Outre le moisi, il flottait une odeur désagréable. *Qu'est-ce que ça sent ?* Elle ressentit une sorte de picotement à l'arrière de la tête : pas vraiment un souvenir, plutôt quelque chose d'instinctif. Le tunnel tournait à angle droit sur la droite. Elle ralentit. L'odeur se fit plus forte, sa gorge se serra, indiquant qu'il n'était pas exclu qu'elle vomisse.

C'est ridicule, pensa-t-elle. *Je suis dotée de pouvoirs terrifiants. Pourquoi est-ce que je compte sur un pauvre petit flingue que j'ai choisi parce que je trouvais que c'était le plus mignon ? Je n'ai pas besoin de ce truc.* Elle le jeta négligemment par-dessus son épaule. *Hé ouais ! J'ai maté la maison des croyants moisis, alors qu'elle avait avalé trois commandos d'intervention surnaturels. Je suis une dure.* Elle s'arrêta et vérifia avec son pouvoir s'il y avait la moindre trace de vie. *Bon, rien. Du moins rien que je puisse détecter,* se reprit-elle avec inquiétude. *Mais pourquoi est-ce que ça pue autant ici ? Un truc ignoble erre dans les tunnels qui passent sous mon bureau, un truc que mes pouvoirs tant vantés ne peuvent détecter.*

Merde.

Où est mon flingue ?

Myfanwy revint sur ses pas, ramassa le pistolet dans la poussière et tendit l'oreille. Un silence de mort. Se sentant un peu ridicule mais toujours aussi peu rassurée, elle attrapa le pistolet à deux mains et bondit de l'autre côté du mur, prête à ouvrir le feu sur ce qu'elle trouverait en face d'elle.

« Oh, Dieu soit loué. » *Pas de quoi s'inquiéter, ce n'est pas un monstre, seulement trois cadavres en décomposition,* pensa-t-elle en vomissant sur son joli petit pistolet. Après s'être essuyé la bouche et avoir secoué son arme pour faire tomber un peu de vomi, elle s'approcha des corps. Ils étaient tous vêtus de violet, mais étaient désormais couverts de fluides corporels. *Dégueu.*

L'un des corps était un peu à l'écart des deux autres, et Myfanwy devina aux deux trous béants sur sa poitrine qu'il avait été abattu. *Il a dû se faire tirer dessus par l'autre type. Celui qui a l'air de... oui, celui qui s'est sûrement tiré une balle. À en juger par l'énorme flingue qu'il tient contre sa tête. Enfin, sur ce qui lui reste de tête.*

OK, d'accord, réfléchissons. Thomas essaie de s'échapper par ce couloir. Puis ces types arrivent par l'autre côté. Ils pensent qu'elle va être complètement à côté de ses pompes, complètement droguée ou autre. De plus, tout le monde sait qu'elle ne peut pas utiliser son pouvoir. Donc ils lui tombent dessus, et elle parvient à forcer l'un d'entre eux à tirer sur les deux autres et à se suicider. Thomas continue d'avancer vers le garage, laissant des empreintes qui se dirigent vers le bout du couloir.

Bah dis donc. Très bien joué, Thomas. Après avoir mentalement tiré son chapeau à sa prédécesseur, Myfanwy enjamba les corps avec précaution et reprit sa marche.

Malgré les cadavres putréfiés, Myfanwy était de bien meilleure humeur qu'à son arrivée. L'air se rafraîchissait, les traces de pas irrégulières et l'épingle à cheveux qui traînait par terre importaient peu, car elle savait déjà comment l'histoire se terminait. Ce qui l'intéressait maintenant, c'étaient les détails. *Il faudrait vraiment que je vérifie si ces Serviteurs ont des papiers sur eux. Mais il est hors de question que je les touche sans gants.*

Elle arriva finalement devant une porte métallique munie d'un clavier sur lequel elle tapa de nouveau le code. Elle s'ouvrit et Myfanwy pénétra dans le garage qu'elle inspecta avec intérêt. Il était aussi bien éclairé que le tunnel, mais aucune poussière ne recouvrait le sol. L'un des murs était occupé par une large porte automatique derrière laquelle se trouvait, d'après le classeur violet, un parking public d'où elle pourrait sortir facilement sans attirer l'attention.

Elle revint à ce que le garage renfermait. Il y avait cinq voitures, recouvertes de housses. *Ça, c'est du Thomas tout craché,* se dit-elle en repensant à celles qui avaient recouvert les meubles de la planque où elle était allée. *Le souci du détail.* Myfanwy eut un sourire triste en songeant à son propre travail de Tour. Ingrid avait confirmé qu'elle partageait les dons de Thomas : la même minutie, la même capacité à absorber les informations.

Elle souleva l'une des housses et eut le souffle coupé. *Peu importe comment je m'habille ce soir, avec cette voiture, je suis sûre de ne pas rentrer toute seule.* Elle était rouge et arborait toutes les courbes qui lui manquaient. *Qui aurait cru que derrière le cardigan à fleurs de Thomas battait le cœur d'une passionnée de bagnoles ? Est-ce qu'elles sont toutes dans le même genre ?* Pas exactement, mais elles étaient plutôt toutes sympas et bien entretenues : une berline, une Mini, un Land Rover, une camionnette et une moto. *Je vois, un véhicule pour toute situation. Donc ça veut dire que je n'ai pas besoin de prendre un taxi,* pensa Myfanwy en ouvrant la portière de la voiture rouge. Les clés étaient sur le contact. *Voyons si je sais encore conduire une manuelle.* Elle appuya sur le bouton de la télécommande et la porte du garage s'ouvrit.

Juste avant de s'engager dans le parking public, elle remarqua une place vide sur laquelle une housse était posée au sol : l'endroit où était garée une sixième voiture jusqu'à ce qu'elle soit emmenée loin d'ici par une autre femme habitant son corps.

Chapitre 28

« Salut toi ! » s'exclama Bronwyn en ouvrant la porte de son appartement. « Tu es magnifique ! À part ta tenue bien sûr. » Les deux sœurs, quoiqu'un peu gênées, se tombèrent dans les bras.

« Qu'est-ce que je peux dire ? J'arrive directement du bureau, et aujourd'hui, c'est *casual Friday*. » En réalité, Myfanwy avait travaillé en tailleur, mais elle avait déterré un jean impeccablement repassé et un t-shirt noir dans la garde-robe de la résidence.

« Ton bureau doit être vraiment poussiéreux. Je pense que ça passera pour le jean, mais il faut absolument qu'on te trouve un autre haut. Entre. » L'appartement de Bronwyn était assez mal rangé et il était évident que deux personnes très différentes le partageaient. « Désolée pour le bazar mais quand Jonathan n'est pas là, j'en profite pour éparpiller mes affaires. » Myfanwy remarqua des rouleaux de tissu sur le canapé et une machine à coudre sur le comptoir de la cuisine.

« Je finis de me préparer, lança Bronwyn depuis le couloir et je te trouve quelque chose. » Myfanwy considéra le salon avec curiosité. Sa vie aurait pu ressembler à ça si elle n'avait pas été enrôlée dans la Checquy. Elle arpenta la pièce, sans se rendre compte qu'elle marchait sur les créations de sa sœur qui traînaient par terre, et observa les photos sur la cheminée. Sur plusieurs d'entre elles posait un couple qui était à l'évidence leurs parents ; d'autres montraient Bronwyn en compagnie d'un homme qui devait être leur frère, Jonathan.

« OK, dit Bronwyn, j'ai des trucs pour toi. » Myfanwy se retourna et haussa les sourcils. Bronwyn avait enfilé le genre de tenue que les héritières mettent pour sortir quand elles veulent avoir leur photo dans les tabloïds. Le vêtement n'attirait pas l'attention sur lui, mais sur toute la peau qu'il ne couvrait pas. Myfanwy ouvrit la bouche pour exprimer des remontrances de grande sœur enfouies dans son programme génétique. *C'est vrai que j'ai bien porté la robe rouge, donc qui suis-je pour juger ? En plus, si qui que ce soit essaie de s'en prendre à ma petite sœur, je ferai en sorte qu'il se mette lui-même une raclée.*

« D'accord, répondit Myfanwy, qu'est-ce que tu me proposes ? Parce que… ah non, hors de question ! Impossible que je mette ça. » *Je ne peux porter une pièce aussi osée que la robe rouge qu'une seule fois par saison.*

« Pourquoi ? Quel est le problème ? » demanda Bronwyn, amusée. C'était une suggestion assez sage, comparée à sa tenue. D'un autre côté, même la nudité la plus totale aurait été assez sage par rapport à sa tenue.

« Parce que cette robe laisse entendre que je serais prête à coucher pour un cocktail. En fait, elle suggère même que je serais prête à coucher pour un regard. En plus, je vais mourir de froid si on sort dans la rue.

— Je pense que tu exagères, dit Bronwyn. Bon, et celle-là ? » Myfanwy déclina plusieurs propositions avant que Bronwyn déclare finalement que c'était elle qui étudiait le stylisme, elle qui savait où elles allaient, et que c'était donc à elle de décider ce que Myfanwy allait porter. Ainsi, quelques minutes plus tard, elles marchaient en direction de la voiture de Myfanwy, cette dernière portant quelque chose qu'une amie de Bronwyn avait fait en cours.

« Merde, s'exclama Bronwyn, c'est ça ta caisse quand ce n'est pas ton chauffeur officiel qui te promène ? » Elles regardèrent la voiture de sport rouge qui avait attiré plusieurs admirateurs transis. « Peut-être que je devrais entrer dans l'administration moi aussi. »

Myfanwy, qui commençait à se demander si elle n'avait pas fait une erreur en choisissant le bolide, bredouilla une histoire de crédit et entreprit de monter dans la voiture, une manœuvre délicate car celle-ci était tellement basse que le conducteur était pratiquement assis sur la chaussée.

« On ne pourra pas la garer près de la boîte, la prévint Bronwyn. Elle va se faire rayer ou voler. »

Elles se faufilèrent dans les embouteillages, tandis que Bronwyn s'arrangeait au téléphone avec ses amies tout en indiquant le chemin pour rejoindre un parking surveillé. Finalement, une fois que le véhicule fut mis à l'abri dans un hôtel cinq étoiles, les deux sœurs rejoignirent la file d'attente d'une boîte qui, d'après Bronwyn, était l'endroit idéal pour être vue en train de se soûler et de danser.

Quand elles purent enfin entrer, Myfanwy regarda autour d'elle avec intérêt. À l'intérieur, le club était beaucoup moins impressionnant et bruyant qu'elle s'y attendait. Bronwyn la prit par la main, la conduisit au bar et lui demanda en criant par-dessus la musique ce qu'elle voulait boire. *N'importe !* répondit Myfanwy en remuant les lèvres silencieusement avant de glisser un billet dans la main de sa sœur. Bronwyn lui fit un clin d'œil et se faufila jusqu'au bar. Myfanwy se demanda un instant comment elle allait réussir à se faire servir avec tout ce monde, puis se souvint du haut qu'elle portait. *Si c'est un barman, il va probablement lui donner tout le fût.* Elle se mit sur la pointe des pieds pour tenter de l'apercevoir, mais les autres personnes au bar avaient malheureusement une taille normale.

Bronwyn ressortit enfin de la foule, deux verres bien trop remplis à la main. Elles se dirigèrent avec précaution jusqu'aux fauteuils où étaient déjà assises les amies de Bronwyn qui étaient toutes grandes, belles et normales. Myfanwy sourit poliment, les écouta bavarder, et s'amusa à scruter la foule. *Tous ces gens qui ignorent les secrets que je connais.* Elle goûta son cocktail, puis but une longue gorgée et se mit à l'aise dans le profond fauteuil en regardant la piste par le filtre de ses pouvoirs. Les schémas sensoriels de la foule ondulaient devant ses yeux, les cœurs battaient au rythme de la musique, les poumons se remplissaient d'air, la sueur luisait sur les peaux.

Il faut que je m'aère la tête, pensa-t-elle. « Je vais chercher un verre d'eau », dit-elle à Bronwyn. En traversant le club, elle contracta son cerveau et dirigea discrètement les mouvements des danseurs. La foule s'ouvrit sur son passage et se referma derrière elle. Les gens s'écartèrent sans même s'en rendre compte jusqu'à ce qu'elle atteigne le bar. *Qu'est-ce que j'assure*, pensa-t-elle. Elle commanda un verre d'eau, et relâcha son pouvoir quand elle commença à boire. Un type avec un gros cul la bouscula et elle rentra dans quelqu'un. « Excusez-moi », s'exclama-t-elle. Elle se retourna et tomba nez à nez avec le Fou Alrich.

Myfanwy eut deux réactions. La première fut la peur qu'Alrich soit le traître et qu'il l'ait suivie jusqu'ici pour la tuer. La seconde fut l'indignation que l'univers lui fasse ça le seul soir où elle avait décidé de sortir.

Contre toute attente, et sans doute à cause de l'alcool, la seconde l'emporta.

« Oh, c'est pas vrai ! cria-t-elle en reposant violemment son verre sur le comptoir, répandant au passage de l'eau et des glaçons.

— Tour Thomas ? demanda Alrich, impassible.

— Qu'est-ce que vous foutez là ? fulmina-t-elle. Et où sont-ils ?

— Qui donc ?

— Vos gardes du corps ! » Elle chercha frénétiquement des personnes vêtues de violet probablement prêtes à sortir des armes de Greffeurs pour la tuer.

« Myfanwy, je n'ai pas de gardes du corps. »

Elle le dévisagea. « De quoi ? » bredouilla-t-elle.

« Je n'ai pas de gardes du corps avec moi. »

S'il n'a pas de gardes du corps, ça veut dire qu'il est ici, dehors, la nuit, sans renforts. Myfanwy tenta d'atteindre Alrich avec ses pouvoirs et ne fut pas tellement surprise de constater que ça ne marchait pas. *Évidemment,* pensa-t-elle. *Pas sur lui. Il n'a pas besoin de renforts pour me régler mon compte. Même cette boîte remplie de civils ne le gênerait sans doute pas. Il pourrait tous les massacrer en quelques instants, sans même réfléchir. En même temps, il ne m'a toujours pas coupée en deux, donc est-ce que ça signifie que ce n'est pas lui le traître ?* Elle envisagea ses différentes options.

Option n° 1 : Se battre.

Si mes pouvoirs ne marchent pas sur lui, c'est

inutile. Il pourrait me perforer la cage thoracique d'un coup de poing, sans même renverser son verre.

Option n° 2 : Fuir.

Même si j'atteins ma voiture, il arrivera sans doute à me rattraper. Et si je pars en courant alors que ce n'est pas lui le traître, ça risque de rendre les prochaines réunions particulièrement embarrassantes.

Option n° 3 : Appeler à l'aide.

Si Alrich est un traître, voir l'Option n° 1. Dans le cas contraire, se reporter au malaise de l'Option n° 2.

Option n° 4 : Faire poliment la conversation.

Ça me permettra peut-être de découvrir si c'est Alrich qui m'a trahie. Ça peut également me faire gagner du temps et me permettre de rester en vie.

Myfanwy choisit l'Option n° 4.

« Alors Alrich, qu'est-ce qui vous amène ?

— J'étais en ville, et j'ai senti votre odeur, répondit-il d'un ton détaché.

— Vous m'avez *sentie* ? » Elle se retint de renifler ses aisselles.

« Oui, votre odeur flottait dans l'air et j'étais curieux de voir ce que Myfanwy Thomas faisait dehors à cette heure-ci. Ma curiosité a été d'autant plus piquée quand je me suis aperçu que la piste menait à un night-club de réputation douteuse.

— Je ne comprends pas. Vous êtes dehors, sans gardes du corps. Et il y a en vous quelque chose de changé… » Elle s'arrêta, choquée, sur la masse de cheveux qui tombait sur ses épaules. « Vous vous êtes teint en *blond* ? » Myfanwy recula d'un pas, remarquant soudain l'accoutrement d'Alrich. « Et c'est quoi cette tenue ? demanda-t-elle en désignant son pantalon de cuir moulant et son t-shirt en résille. On dirait le Sexe Botté.

— Dixit la personne qui portait cette robe écarlate à la réception…, rétorqua Alrich amusé en haussant un sourcil.

— Oui, mais euh…, bafouilla Myfanwy. Au moins moi, je ne la porte pas ce soir ! » Il éclata de rire.

« Laissez-moi vous offrir un verre, dit-il.

— D'accord, mais quelque chose de pas trop fort. Je tiens très mal l'alcool apparemment. »

Fou Alrich

Est un vampire.

Néanmoins, je te déconseille de brandir devant lui des symboles religieux pendant les réunions de la Cour. Outre le fait que ça ne marchera pas, c'est extrêmement impoli et ça risquerait de perturber l'ordre du jour.

Cette question d'étiquette étant réglée, je peux passer au dossier.

Alrich est venu au monde en 1888, dans un manoir londonien.

Imagine une pièce tendue de tapisseries, au sol couvert d'épais tapis. Un grand feu brûle dans la cheminée, laissant échapper une douce odeur exotique. Au centre de la pièce, posé sur un socle d'or et de cuivre, se trouve un œuf. Suffisamment grand pour contenir un adulte en position fœtale, cet œuf est composé d'une matière semi-translucide rouge-brun. Sa surface n'est pas lisse, mais irrégulière et bosselée. D'ailleurs, quand tu le regardes, la seule image qui te vienne à l'esprit est celle de croûtes. Si tu t'approches, tu remarques des traces de doigts, ce qui laisse à penser qu'il n'a pas été pondu mais sculpté. Si tu regardes de très près, grâce à la lumière du feu, tu devines une silhouette à l'intérieur de l'œuf.

D'autres bûches sont jetées dans le feu, et la température de la pièce augmente à tel point que tu sens la sueur perler sur tes omoplates et te couler dans le bas du dos. L'air te brûle la gorge et tu remarques que, comme toi, l'œuf a commencé à transpirer. Des fluides rougeâtres, comme du sang sale, suintent à la surface, et la coquille est devenue un peu plus transparente encore.

Sous tes yeux, l'œuf se ramollit et change de forme. Il est malléable. Puis, près du sommet, une griffe déchire la coquille, laissant échapper des rigoles de sang et d'albumen qui coulent sur la surface et souillent les tapis.

Pendant tout ce temps, tu sais que tu ne peux pas faire le moindre bruit.

Les mains déchirent la coquille parcheminée vers l'intérieur. Tout l'œuf y passe, et un torrent se déverse. La chose qu'elle contenait émerge péniblement, ses longs cheveux emmêlés, sa peau rendue brillante par les fluides d'accouchement. Elle glisse, ne maîtrise pas ses membres, et tombe à genoux sur le tapis. Devant tes yeux horrifiés, elle balance la tête en arrière et pousse un cri.

Un hurlement inhumain.

Après de longues minutes, elle s'arrête enfin de crier. Puis, étrangement, elle s'attaque à l'œuf dont elle mange les morceaux. Tu as tenu le coup pendant toute l'opération, mais c'en est trop. Tu sens poindre un haut-le-cœur et tu dois t'échapper. Tu sors de ta cachette, la créature tourne la tête vers toi, puis s'approche d'un pas hésitant. Tu déchires l'une des tapisseries, qui dissimule une fenêtre, et tu te jettes à travers la vitre, dans la nuit enneigée.

Pendant que tu cours, tu risques un regard par-dessus ton épaule et tu vois, à travers les flocons, une silhouette qui t'observe à la fenêtre.

Ainsi se déroula l'éclosion d'un vampire, telle qu'elle fut décrite par Eleanor Thurow, une agente de la Checquy dotée de pouvoirs caméléonesques et d'une grande curiosité. Ce n'était d'ailleurs pas l'éclosion d'Alrich mais celle de son frère Pitt. Alrich est né une semaine plus tard.

À cette époque, la Checquy ne croyait pas à l'existence des vampires. La position officielle de l'organisation était qu'ils n'étaient que les méchants dans les romans gothiques maladroitement adaptés de légendes d'Europe Orientale. Mais le Pion Thurow avait passé du temps parmi les braves gens de ces régions, et bien qu'elle n'y ait pas vu de vampire, elle avait entendu de nombreuses anecdotes. Des anecdotes très convaincantes. À son retour au Royaume-Uni, elle avait posé quelques questions innocentes et avait reçu des réponses cinglantes.

Une Tour s'était même ouvertement moquée d'elle, déclarant devant plusieurs témoins que « seuls les esprits les plus crédules et naïfs pouvaient croire à ces fariboles ridicules et invraisemblables », ce qui ne devait pas manquer de sel venant d'un homme dont la moitié inférieure était composée d'une sorte de brouillard brillant. En tout cas, le Pion Thurow ne se laissa pas décourager par le mépris de ses (soi-disant) supérieurs, et se lança dans une recherche personnelle pour débusquer un spécimen de vampire.

Sa démarche correspondait à la plus pure tradition de l'Empire Britannique : elle avait simultanément découvert une espèce et était entrée en guerre avec elle. Ainsi, la doctrine de la Checquy sur les vampires passa instantanément de « Ne soyez pas ridicule, mon petit, ça n'existe pas ! » à « D'accord, en fait ils existent et il semblerait qu'ils tuent ».

Thurow était parvenue à trouver la trace du créateur d'Alrich et Pitt après des mois d'enquête. J'ai lu ses carnets (dans lesquels j'ai trouvé la description ci-dessus), et il semble que c'était une femme dévouée et très intelligente. Elle était habituée aux situations dangereuses, puisque ses pouvoirs et son tempérament avaient fait d'elle la candidate idéale pour les infiltrations et les opérations de surveillance rapprochée. Cette femme avait par exemple un jour observé, dissimulée à l'abri des regards, le chef d'une secte vénérant les émotions essayer d'engendrer l'incarnation de la haine avec une disciple pleine d'adoration. Après avoir abattu les futurs parents (en flagrant délit), elle s'était faufilée parmi l'assistance horrifiée pour ouvrir les portes de l'enceinte aux soldats de la Checquy.

Plus tôt cette même année, dans le cadre d'un programme de coopération avec la police de Londres, elle s'était fait passer pour une prostituée. Elle avait arpenté les trottoirs pendant plusieurs mois à la recherche d'un célèbre assassin qui avait fait plusieurs victimes parmi les professionnelles. Au passage, il est intéressant de noter que la Checquy n'a jamais découvert qui était ce M. L'Éventreur ou si l'affaire avait une quelconque dimension surnaturelle.

Quoi qu'il en soit, le passage de Thurow au sein de la police avait aiguisé ses talents de détective. Sa découverte du vampire nécessita une grande dose de patience et de camouflage ; elle passa des heures cachée dans des chambres et des bureaux à écouter les conversations de personnes susceptibles de remarquer les effets d'un vampire. Ses recherches la menèrent dans des commissariats et des palais épiscopaux, ainsi que dans un internat dont les élèves souffraient d'anémie chronique.

Son enquête aboutit finalement à un manoir près de Regent's Park. Elle entra et découvrit qu'il était vide, à l'exception des deux pièces somptueuses où étaient conservés les œufs susmentionnés.

*Il était évident qu'il se passait quelque chose d'étrange dans cette maison, mais elle n'était pas certaine de ce dont il s'agissait. Souviens-toi, la plupart de ses théories sur les vampires étaient fondées sur les légendes et le folklore (*Dracula *ne serait publié que neuf ans plus tard), et rien ne collait. Elle fouilla toutes les pièces et ne trouva ni cercueils, ni créatures endormies la tête en bas dans des placards, ni terre fraîchement retournée dans la cave. À sa grande surprise, une croix trônait dans la chapelle. Malgré ses recherches, elle ne trouva aucun signe d'une quelconque créature qui aurait produit ces œufs. Elle décida donc de rester cachée dans la maison et d'attendre la nuit.*

Je n'aurais sans doute pas pris la même décision qu'elle, mais en même temps je suis rarement armée de deux revolvers et de la sourde détermination de prouver à mes supérieurs qu'ils ont tort.

Et j'en sais aujourd'hui également un peu plus qu'elle sur les vampires.

Bref, Thurow choisit l'une des deux chambres, activa son pouvoir de camouflage et attendit patiemment. Sept heures plus tard, une fois le soleil couché, un homme de grande taille entra dans la pièce et prépara un feu avec soin. Thurow en fait la description suivante dans son journal : « D'une grande beauté, avec de longs cheveux blancs et un visage qui semble s'étirer depuis son nez. »

L'homme alluma le feu, empila de nombreuses bûches de bois aromatiques, et répandit des huiles aux douces senteurs sur les flammes. Puis l'éclosion décrite plus haut commença. Je ne sais absolument pas pourquoi le père vampire est resté à la fenêtre et n'a pas poursuivi Thurow ; peut-être qu'il devait s'occuper de Pitt, peut-être que l'aurore était trop proche. Quelle que fût la raison, cela laissa au Pion Thurow le temps de rentrer à Francis House (le siège des Tours à l'époque) et de faire un rapport paniqué : elle avait trouvé un vampire, avait assisté à la naissance d'un deuxième, et pensait qu'un troisième viendrait au monde sous peu.

Ce ne fut que lorsqu'elle mentionna l'endroit où tout cela se déroulait que ses supérieurs réagirent, s'inquiétant des risques que cela pouvait représenter pour les familles aisées et influentes du quartier. Malgré leur scepticisme, ils envoyèrent des forces de la Checquy au manoir mais trouvèrent celui-ci en flammes. Le Pion Thurow reçut des regards méfiants et une tape sur l'épaule, puis fut renvoyée chez elle.

Elle rentra en fulminant et rédigea son journal avec fureur.

Elle ne vint pas travailler le lendemain.

On envoya un Serviteur chez elle. Il la retrouva clouée sur le mur de sa chambre, la tête en bas.

On procéda à des fouilles immédiates dans toute sa maison et ses journaux furent saisis pour inspection. On décrocha son corps pour l'examiner attentivement, et il fut découvert qu'il lui manquait plus de sang que ce que l'on aurait pu penser, même en tenant compte de... l'égouttement. Suite à cette découverte, les agents de la Checquy lui enfoncèrent un pieu dans le cœur, la décapitèrent, remplirent sa tête d'ail, puis lui donnèrent une sépulture chrétienne.

J'aurais adoré savoir comment ce connard de Tour allait expliquer à ses troupes que la femme dont il s'était moqué avait eu raison, mais son corps fut retrouvé le lendemain, coupé en deux dans le sens de la longueur. L'intrusion de Thurow avait apparemment provoqué une sorte de vendetta, et en se précipitant au siège, elle avait montré le chemin de la Checquy. Ainsi commença une épouvantable guerre d'usure.

Au début, il y eut un mort chaque nuit sans logique apparente : un soir c'était une Tour, le lendemain un Serviteur, le surlendemain un Pion qui travaillait à un bureau. Comme moyen de semer la panique, ce fut très efficace. Les agents londoniens étaient pétrifiés et devinrent réticents à quitter les bastions de l'organisation. Les locaux n'étaient cependant pas aussi sûrs que tout le monde le pensait. Des corps étaient retrouvés, certains vidés de leur sang, dans les bâtiments de la Checquy. Un chaque nuit.

Onze jours plus tard, le nombre doubla. Malgré les mesures de sécurité renforcées, deux corps furent trouvés chaque nuit. Les gens commencèrent à dormir en groupe, de nouvelles règles furent établies, obligeant les membres de la Checquy à ne jamais rester seuls. Un décompte frénétique avait lieu chaque matin, et chaque matin deux personnes manquaient à l'appel. Parfois leurs corps étaient retrouvés ensemble, parfois dans des pièces différentes, parfois dans des bâtiments différents. On retrouvait des corps dans les couloirs, dans les bureaux, dans les chambres fortes. L'imprévisibilité ne faisait qu'attiser la peur.

Dix-sept jours après qu'Eleanor Thurow eut assisté à la naissance de Pitt, le taux de mortalité augmenta encore : trois morts chaque nuit, mais elles étaient désormais différentes, plus calculées. Certains, en se réveillant, découvraient que la personne à côté de qui ils avaient dormi les fixait avec des yeux éteints. Des gardes se retournaient pour poser une question à leur partenaire et le retrouvaient étalé par terre, la gorge arrachée. Une femme mourut noyée dans le sang de sa secrétaire.

Puis un matin, le décompte révéla que personne dans les locaux londoniens n'était mort. On compta et recompta. Le soulagement dut être immense et des célébrations spontanées éclatèrent dans les couloirs. Mais au cours de la journée, des messages paniqués arrivèrent des bureaux de Cardiff et Cheltenham, et d'une auberge de St. Bees où un chercheur de la Checquy passait ses vacances.

Durant la semaine suivante, des agents furent tués aux quatre coins du pays.

Finalement, après trente-trois jours et soixante-douze morts, le Lord et la Lady se réveillèrent un matin dans leur bunker lourdement sécurisé et trouvèrent leurs gardes plongés dans le coma et un vampire qui les regardait. Heller, le père vampire, se présenta et déclara qu'au cours des dernières semaines, son cadet avait été plutôt impressionné par l'étendue de la Checquy. À mesure qu'il avait découvert les moyens et les objectifs de l'organisation (et, bien qu'Heller le passât sous silence, tandis qu'il en tuait les membres), Alrich s'en était pour ainsi dire entiché. Le Lord et la Lady accepteraient-ils qu'il se mette à leur service pendant quelque temps ?

Tu es surprise par ce brusque retournement de situation ?

Eux aussi.

Mais on n'arrive pas au sommet de la Checquy si on n'est pas capable de s'adapter rapidement.

Alrich entra dans l'organisation comme Pion, suivi d'une masse labyrinthique d'accords et d'arrangements. Bien entendu, les meurtres d'agents cessèrent, et les deux autres vampires disparurent sans laisser de trace. Le lieu de résidence d'Alrich ne fut pas divulgué à la Checquy et chaque nuit, il se présentait à Francis House pour connaître sa tâche. Ce fut d'abord un peu délicat, en partie parce que personne ne savait vraiment de quoi il était capable et qu'il n'était pas tenu de subir le moindre test, en partie parce que personne ne savait combien de collègues il avait tué. Il y avait aussi la crainte, loin d'être infondée, qu'il décide soudain de recommencer à mâchonner les gens et à les vider de leur sang. Tout le monde dans l'organisation avait eu au moins une personne de son entourage qui avait succombé à une attaque de vampires. Il en résulta une certaine hostilité à l'égard de la nouvelle recrue, bien que personne ne fût assez idiot pour essayer de se venger.

Pendant les premiers mois, Alrich opéra seul, principalement dans des situations de combat. Quelques assassinats, commandités par une Tour récemment promue et extrêmement nerveuse, quelques échauffourées où il fut envoyé pour réprimer des monstres. C'était une arme, une arme que tout le monde avait peur d'utiliser. Puis on lui désigna un partenaire, un certain Rupert Campbell. Il avait du feu dans les veines et avait perdu sa femme récemment (en couches, pas à cause des vampires – même la Checquy ne manque pas de tact à ce point). Campbell avait autrefois été un très bon agent, mais il était désormais perdu, quasi-suicidaire, et alcoolique. Deux agents embarrassants, ensemble. Ça ne fait aucun doute pour moi : la Checquy devait espérer qu'ils s'entre-tuent. À la place, Alrich trouva un ami et un mentor, et Campbell trouva une raison d'oublier un peu son désespoir. Ensemble ils réalisèrent de grandes choses.

Si tu veux connaître les détails, tu peux lire le dossier officiel d'Alrich, mais je pense qu'il suffit de savoir qu'à la suite de leurs exploits ils ont tous les deux accédé au statut de Fou. Alrich y est resté, tandis que Campbell est mort en 1929.

Alrich possède une connaissance détaillée et approfondie de la Checquy et de la nation. Après tout, il travaille pour nous depuis plus d'un siècle. C'est un combattant aussi terrifiant qu'efficace, mais c'est son intelligence hors du commun qui fait de lui notre atout le plus précieux. Il représente un pan entier de l'histoire de la boîte (j'essaie depuis des mois de le convaincre d'en laisser une trace écrite), et il remplit son rôle à merveille.

Pratiquement tout ce qu'on sait au sujet des vampires nous vient d'Alrich, mais il est d'une discrétion légendaire, et il n'a toujours pas été testé. Nous ne savons même pas comment ils sont faits – cela fait partie des conditions posées lors de son entrée à la Checquy : qu'on ne l'interroge jamais sur la procédure et qu'on ne lui demande jamais de créer un nouveau vampire. C'est vrai, on sait qu'ils sortent d'un œuf, mais c'est tout. On ne sait pas d'où viennent les œufs, ni comment ils sont faits. Est-ce qu'on y met quelque chose à l'intérieur afin de le transformer ? Un corps ? Un être humain ? Un bébé ? Peut-être qu'il n'y avait rien à l'intérieur et qu'Alrich a tout simplement poussé. Peut-être qu'il a autrefois été une personne normale. Il n'en dira rien.

Quant aux deux autres vampires, Pitt et Heller, on n'en a plus jamais entendu parler. On ne sait pas s'ils sont encore en vie, s'ils sont au Royaume-Uni. On a retrouvé deux vampires depuis qu'Alrich nous a rejoints, et les deux ont été tués (l'un notamment par Gestalt). Leurs corps ne nous ont rien permis d'apprendre, puisqu'une fois morts, ils se sont changés en eau et en sang. Leurs biens n'ont rien révélé sur leurs origines ou sur d'éventuels congénères. Je me demande si les deux que nous avons tués avaient un lien quelconque avec Alrich. Est-ce qu'il utilise la Checquy comme une armée privée et qu'il nous manipule pour défendre ses intérêts dans un grand jeu politique de vampires ? C'est une théorie inquiétante, qui n'a d'autre base que ma paranoïa.

Au sein de la Checquy, Alrich est considéré avec un curieux mélange de peur, de fierté et de détachement blasé. C'est un vampire, et certaines personnes sont vaguement au courant du fait qu'il a autrefois été un de nos ennemis. Mais c'est notre vampire, et il est là depuis toujours, depuis plus longtemps que n'importe qui. Les nouveaux sont tout d'abord un peu surpris, mais c'est presque une source de fierté d'ignorer son inhumanité ou de faire comme si de rien n'était.

Et puis, quand on y pense, aucun d'entre nous n'est normal.

Alrich est le charme incarné, et il est très facile d'oublier que c'est un prédateur et que les humains sont ses proies. Il n'a d'ailleurs pas besoin de les tuer, et son pouvoir hypnotique fait que ses victimes ne se rendent compte de rien. J'ai cependant remarqué que ceux qui travaillent directement pour Alrich meurent souvent prématurément. Ses employés prennent également plus de congés maladie que dans les autres services de la Checquy. Si cela était porté à l'attention de la direction, il y aurait une réaction conséquente. Est-ce qu'Alrich se nourrit de son staff ? Est-ce qu'il modifie leurs souvenirs ? Je n'en suis pas certaine, mais une enquête officielle serait une très mauvaise chose pour nous.

Une certaine méfiance règne pourtant au sein de la Cour. Alrich ne s'élèvera jamais au-dessus du rang de Fou, c'est admis. Est-ce que ça l'irrite ? Quelles sont ses priorités ? Va-t-il rester éternellement à la Checquy ou est-ce simplement un apprentissage, une phase adolescente ? Peut-être qu'un soir il se contentera d'ouvrir les yeux et de partir. Ses motivations nous sont inconnues.

Si Alrich est notre ennemi, alors tu es face à un adversaire qui a du pouvoir à tous les niveaux. Avec sa puissance, il pourrait te déchirer comme une feuille morte. Ses capacités mentales t'empêchent d'agir. Sa vitesse surpasse tes réflexes les plus rapides. Son ingéniosité et son autorité t'empêcheront d'obtenir le moindre soutien au sein de l'organisation. Et son absence d'humanité signifie qu'il n'hésitera pas à te détruire si cela lui semble nécessaire.

Cependant, sa nature prédatrice fait qu'il pourrait d'abord jouer un peu avec toi.

« Alors, qu'est-ce que vous faites ici sans garde du corps ? demanda Myfanwy. Parce que de mon côté, le chef de la sécurité Clovis me fait suivre par deux personnes, et ils sont tellement incapables de passer inaperçus où que ce soit que j'ai dû m'en débarrasser. » *Même si à ce moment précis ça ne semble pas être la meilleure décision que j'aie prise.* « Heureusement que Clovis ne nous voit pas, il serait furieux », ajouta-t-elle en sirotant le martini-pomme qu'Alrich lui avait commandé. *Si Alrich voulait me tuer, il n'aurait sûrement pas pris la peine de me payer un verre. Quoique, ça ne veut pas forcément dire que ce n'est pas lui le traître.*

« Mes habitudes personnelles requièrent une certaine intimité, répondit-il en regardant dans toutes les directions sauf celle de Myfanwy.

— Vos habitudes personnelles ? Je ne comprends… Oh ! » *J'imagine que c'est compliqué de trouver de la viande fraîche quand on travaille de nuit pour la Checquy.* « Mais dans une boîte de nuit ? Avec une teinture blond platine ?

— Ce n'est pas une teinture, c'est juste que je suis affamé. De toute façon, je n'ai pas vraiment besoin de gardes du corps. Et puis, je trouve ça difficile de trouver des petits jeunes quand je me sais observé. Tout le monde n'approuve pas mon mode de vie. »

Tu m'étonnes. « Et pourquoi pas lui ? » Elle fit un signe du menton discret en direction d'un beau jeune homme qui ressemblait beaucoup à Alrich, sans les magnifiques cheveux longs et avec un budget shopping beaucoup plus restreint.

« Ah, oui, il a l'air de convenir, répondit-il doucement.

— Lancez-vous. Il faut que je rejoigne mes amies de toute façon, elles vont commencer à s'inquiéter. » Alrich reposa son verre, qu'il n'avait pas touché, se tourna vers elle et s'inclina avec élégance.

« Tout à fait charmant, mais je serais plus touchée si cette révérence n'était pas subtilement calculée pour montrer votre cul à toute la boîte. »

Alrich lui fit un clin d'œil et s'approcha du blond avec grâce. Il chuchota quelque chose à l'oreille du garçon, dont le visage se fendit d'un grand sourire. Il prit la main d'Alrich et le conduisit vers la sortie.

Merde, c'est impressionnant. Ce gamin n'a aucune idée de ce dans quoi il s'est fourré. Il va passer une nuit qu'il n'oubliera jamais, l'hypnose mise à part évidemment. Elle retourna à la table de Bronwyn où quelques jeunes hommes optimistes discutaient avec les apprenties stylistes.

« C'était qui, ce type ? demanda Bronwyn. Il est vraiment canon.

— Un ami du bureau », expliqua Myfanwy. *Et un meurtrier potentiel.*

« Charisma pensait qu'il était mannequin.

— Je te l'aurais bien présenté, mais il est venu ici dans un but précis.

— Ouais, j'ai vu. Dommage. Jusqu'à ce qu'il parte avec ce gars, j'espérais qu'il te draguait. Pourquoi est-ce que les beaux mecs sont toujours homos ?

— Ouais c'est vrai. » *Ou vampires.*

« Tu veux aller danser ? proposa Bronwyn.

— Absolument pas.

— Super, allons-y », dit Bronwyn en avalant d'un trait la deuxième moitié de sa boisson avant de se lever brusquement.

Il s'avéra que Myfanwy n'avait pas le rythme dans la peau. La manière dont Bronwyn et ses amies se trémoussaient lui évoqua vaguement les quelques clips qu'elle avait pu voir à la télé. Mais à sa grande surprise, elle s'amusait bien. Elle ne se souvenait pas avoir été aussi détendue depuis qu'elle avait ouvert les yeux dans le parc et s'était demandée qui elle était. Plusieurs cocktails flottaient dans son organisme et elle dansait (mal, certes, mais un peu mieux qu'au début) avec sa sœur et ses amies. La musique était entêtante et elle regarda le pouls des gens autour d'elle. Elle ferma les yeux et se laissa porter par le rythme. Puis une main lui tapota l'épaule. Elle se retourna, surprise, ouvrit les yeux et vit un menton.

C'était un beau menton puissant, attaché à un bel homme puissant. Il dansait timidement et semblait un peu gêné de l'avoir dérangée. Il parla, mais ses paroles furent couvertes par la musique.

« Pardon, quoi ? » cria-t-elle, plutôt satisfaite qu'un mec pas mal l'ait abordée dans une boîte. Myfanwy regarda attentivement ses lèvres, s'attendant à ce qu'il parle de lui offrir un verre, et réussit à rater tout ce qu'il dit. « Quoi ? »

Il entrouvrit les lèvres et révéla un sourire fait de lames de rasoirs.

Évidemment.

Chapitre 29

Chère Toi,

J'ai eu une journée éprouvante.

C'était de toute façon parti pour être une journée assez pénible. J'avais une montagne de paperasse à classer, des bilans à transmettre, et, comme par miracle, tous les autres membres de la Cour étaient en déplacement pour s'occuper d'affaires qui, si elles étaient importantes, ne constituaient pas pour autant des urgences désespérées. Je m'étais installée confortablement pour lire le dossier sur les souris parlantes qui avaient infesté Lewisham avant que notre antenne régionale ne s'en occupe. L'extermination avait pris plusieurs mois et généré des monceaux de factures et de rapports qu'il fallait que j'examine.

Je m'attaquais tout juste aux comptes du troisième mois et essayais de comprendre pourquoi le génocide d'une bestiole bavarde nécessitait quinze millions de livres et la réquisition d'un char de la deuxième division blindée, quand je reçus un appel paniqué d'Heretic Gubbins qui était à New Delhi pour renverser un soi-disant potentat. Il parlait très vite, mais pour autant que je puisse m'en souvenir, la conversation a donné à peu près ça :

Moi (distraite) *: Oui, allô ? Allô ?*

Lui : Allô ?

Moi (toujours distraite) *: Allô ?*

Lui : Allô ?

Moi : Allô, je vous écoute.

Lui : Tour Thomas ?

Moi : Oui.

Lui : Oui, c'est Heretic Gubbins, je vous appelle de Delhi.

Moi : Bonj…

Lui : Je suis vraiment désolé, mais la Grecque arrive une semaine plus tôt que prévu, et il n'y a personne d'autre que vous pour l'accueillir.

Moi (toujours en train d'essayer de comprendre pourquoi il avait même été nécessaire d'éliminer les souris) *: Oui, oui, d'accord. Quoi ?*

Lui : La Grecque.

Moi (écoutant toujours d'une oreille) *: Oui.*

Lui : Elle arrive aujourd'hui, et il faut que vous alliez la chercher et que vous vous occupiez d'elle.

Moi : Ah d'accord. Attendez, quelle Grecque ?

Lui : Mais si vous savez, cette femme – je n'arrive jamais à retenir son nom –, celle qui fait ce truc et qui a des milliers d'années.

Moi (commençant à paniquer) *: Quel truc ?*

Lui : Elle change les gens en bétail.

Moi : Elle fait quoi *?*

Lui : Elle change les gens en…

Moi : Oui j'ai compris. Et qu'est-ce que je suis censée faire avec cette femme ?

Lui : Oh vous savez, comme d'habitude.

Moi : Mais je ne sais pas ce qu'on fait d'habitude ! Ce n'est pas mon boulot, c'est le vôtre ! Si vous voulez échanger, vous n'avez qu'à venir ici tout de suite pour faire les comptes du budget extermination de Londres et (fouillant dans les papiers) *essayer de comprendre pourquoi une saloperie d'armoire à glace dans la chambre d'ami d'une maison de campagne constitue une affaire d'État !*

Lui : Tour Thomas, tout ce que vous avez à faire c'est aller la chercher à l'aéroport d'Heathrow, l'accompagner dans Londres et dîner avec elle.

Moi : Je ne peux pas !

Lui : Pourquoi ?

Moi : Parce que... je ne dîne pas. (Silence extrêmement gêné). *Parce que je ne suis pas à l'aise avec les inconnus.* (Pétant un câble) *Surtout ceux qui changent les gens en animaux !*

Lui : Désolé, je n'entends pas, je crois que ça coupe et...

Moi (hurlant) *: Pas du tout ! Vous dites ça pour...*

(Le téléphone coupe.)

Je me suis fait une réputation de madame Je-sais-tout uniquement grâce à mon absence de vie sociale. Mais nous vivons dans un monde suffisamment étrange pour que la description d'« une Grecque qui a des milliers d'années » ne me permette pas d'identifier une personne en particulier. Ça ne me disait absolument rien. Je demandai à Ingrid d'appeler la secrétaire de Gubbins pour obtenir le nom de cette femme et son heure d'arrivée à Heathrow. En l'occurrence une demi-heure plus tard. Heureusement, nous engageons des assistantes extrêmement performantes, ainsi en moins de dix minutes les deux femmes réussirent à dégoter deux limousines, des chauffeurs anonymes, un itinéraire pour la journée et le sumo écossais qui me tient lieu de garde d'honneur.

« Ingrid, qui est cette femme ? » demandai-je dans la voiture qui avançait doucement dans les embouteillages. Nous étions serrées sur une banquette afin qu'Ingrid puisse me montrer les éléments du dossier, Anthony nous faisait face et servait de chevalet pour la longue frise résumant la vie de la Grecque. J'étais donc dos à la marche (ce qui me donne mal au cœur), et Ingrid avait étalé une partie des documents sur mes genoux.

« Elle s'appelle actuellement Lisa Constanopoulous.

— Actuellement ? » demandai-je tout en essayant d'examiner ma jupe à travers plusieurs couches de documents. Je rêvais ou est-ce que je l'avais mise à l'envers ?

« C'est une acquisition récente. Ces anciens changent de nom comme de chemise.

— Est-ce que ma jupe est à l'envers ?

— Oui. Rappelez-vous que Mme Constanopoulos a, d'après nos informations, au moins trois mille cinq cents ans », poursuivit-elle. Une avalanche de dossiers tomba par terre lorsque j'essayai de remettre ma jupe à l'endroit. Anthony se pencha en même temps que moi et nos têtes se cognèrent.

« Aïe ! criai-je en même temps que lui, en m'affalant sur la banquette.

— ... siècle dernier, elle a notamment mis un coup de genou dans les parties de Joseph Staline lors d'une réception, et elle a joué un rôle prépondérant dans l'industrie diamantaire en Afrique du Sud. Elle a guéri un membre de la famille royale du cancer dans les années 1950 et en a infecté un autre avec le virus de la syphilis dans les années 1960.

— Nom de Dieu, ma tête !

— Hmmmrgmmmrg, Tour Thomas, grommela Anthony.

— Qu'est-ce qu'il a dit ?

— Je ne sais pas, répondit Ingrid.

— Combien de temps avant que son avion atterrisse ? demanda-je en portant la main à mon front tuméfié.

— Cinq minutes.

— Combien de temps avant qu'on arrive ?

— Vingt minutes.

— Et merde. »

Ingrid me donna d'autres informations sur mon rencard pendant que nous courions dans les couloirs d'Heathrow.

« C'était une amie intime d'Eva Perón et elle a été brièvement impliquée dans le Grand Incendie de Chicago. On la suspecte de posséder une caille qui pond des œufs d'or, et elle a été responsable de quatre tremblements de terre au cours des deux derniers siècles. »

On nous conduisit dans la salle de réception réservée aux gens importants. C'est luxueux, privé, ça permet d'éviter de passer par la douane et de ne pas se mêler à la foule. C'est dans ces salons que tu attends si tu es très, très puissant et que tu as déjà fait la bringue avec Joseph d'Arimathie. Ou si tu es Mick Jagger.

Naturellement, la Grecque était en retard. Nous étions arrivés une demi-heure après l'atterrissage de son avion, mais j'imagine que quand tu as l'éternité devant toi, tu peux te permettre d'attendre que les gens aient fini de s'installer. Et tu apprends également l'art de réussir ton entrée. Ingrid était en train de me décrire les trois sectes actuellement dédiées à l'adoration de cette femme quand elle entra dans la pièce.

Tout juste arrivée de Milan, elle avait déniché des tenues de créateur et des amants, et arborait l'un et l'autre. Elle marchait au bras d'un Adonis qui semblait avoir le quotient intellectuel d'une table à repasser, suivie de deux personnes, une vieille femme et un Aborigène.

Je m'attendais à une beauté majestueuse, une déesse dont le port altier aurait révélé la dignité et la sérénité des Anciens. Après tout, elle avait négocié avec des lamas et s'était battue en duel avec un pape. Je fus donc surprise de voir arriver une femme de ma taille (qui n'est pas très grande, comme tu le sais) aux cheveux gonflants et peroxydés, rouge à lèvres carmin, lunettes de soleil gigantesques, une cigarette à la main et arborant de longs ongles écarlates.

On lui aurait pourtant donné la quarantaine. Un exploit quand on a vécu plus longtemps que Mathusalem.

« Tour Thomas, ma chérie ! » Elle fondit sur moi et m'embrassa sur les deux joues, laissant de grosses traces de rouge. Elle avait un accent chantant, qui glissait de l'Europe à l'Amérique du Sud, et portait assez de bagues à chaque doigt pour assommer Anthony.

« Comme tu es jolie ! mentit-elle. Je suis si heureuse de te rencontrer. Tu sais que tu as mis ta jupe à l'envers ? » Je bredouillai que c'était un honneur de l'accueillir au Royaume-Uni au nom du souverain (qui l'ignorait) et qu'Heretic Gubbins la priait de l'excuser pour son absence. J'avais la gorge sèche et ne réussis à faire tourner ma jupe que d'un quart de tour.

« Ah oui ! Harry ! Je l'ai vu à Kuala-Lumpur il y a quelques années.

— Dix ans... » soupira la vieille femme qui l'accompagnait. Le mannequin, que Lisa avait délaissé sitôt

qu'elle m'avait vue, lui jeta un regard noir. D'après les dossiers, la vieille femme était la secrétaire de Lisa et l'Aborigène n'était pas son garde du corps mais son informaticien.

« Dix ans ? s'étonna-t-elle. Vraiment ? En tout cas, j'espère qu'il va bien mais je suis certaine que vous et moi allons bien nous amuser. » Puis, à ma grande honte, elle ajouta : « Et je suis sûre qu'on peut faire quelque chose pour votre garde-robe. Dites-moi, est-ce que tous vos vêtements sont aussi... gris ? » J'entendis Ingrid étouffer une sorte de grognement. Je suppose qu'elle avait avalé sa pastille de menthe de travers. Je jetai un coup d'œil dans sa direction et vis qu'elle était impassible, ce qui voulait forcément dire qu'elle avait tout entendu.

Merde.

Lisa parcourut au pas de course les couloirs d'Heathrow, flanquée d'une Tour de la Checquy et d'une gravure de mode. C'était comme de traîner avec une femme qui aurait été à la fois ma grand-mère et mon personal shopper. Elle énuméra une liste de magasins et de créateurs à ne pas manquer. Sa vieille secrétaire les prit en note, tandis qu'Ingrid et Anthony suivaient derrière, écoutant avec un désarroi grandissant leur programme méticuleusement établi pour assurer une diplomatie et une sécurité impeccables se transformer en une sorte de relooking surnaturel.

Je protestai, citant pêle-mêle mon salaire limité (un mensonge), les règles de la Checquy (un autre mensonge) et le fait que je ne connaissais pas mes mensurations (ce qui était vrai, même si ça me dérangeait de l'admettre). Lisa balaya tous ces arguments en promettant qu'elle m'offrirait tout, m'assurant que personne à la Checquy ne souhaitait la contrarier, et en m'expliquant que lorsque l'on paie la somme qu'elle comptait débourser, toutes les tailles finissent par vous aller.

Trois heures plus tard, ma garde-robe avait été multipliée par cinq, j'étais en possession de plusieurs boîtes de maquillage, et Anthony et Ingrid avaient les bras chargés de sacs. D'assistante personnelle et garde d'honneur, ils étaient rapidement devenus de simples porteurs. Leur abattement s'accordait au mien, et Ingrid m'avoua plus tard qu'elle avait ressenti un plaisir coupable lorsque Lisa avait approuvé son choix de restaurant. Étant donné le sujet de la conversation du déjeuner, je fus soulagée qu'elle ait demandé à ce que notre entourage soit installé à une table à part.

« Tu comprends Myfanwy Thomas, dit-elle en faisant de grands gestes avec son verre de vin, je pense que tu ne profites pas assez de la vie. Bien sûr, ce drôle de Domaine où ils t'ont envoyée a l'air d'avoir cet effet sur beaucoup de monde. » Elle tira une grande bouffée sur sa cigarette.

« Eh bien, madame...

— Lisa ! Je te l'ai dit, il faut que je m'habitue à ce nom ! » Elle vida son verre et héla le serveur, qui la contemplait avec fascination.

« D'accord, oui, Lisa. Vous savez, on nous apprend...

— Je sais, cette histoire d'école est un truc à la mode, mais pour ma part, j'ai été éduquée par ma grand-mère et ça m'a manifestement plutôt bien réussi.

— Oui, manifestement...

— Elle m'a appris à me servir de mes forces, mais la chose la plus importante qu'elle m'ait enseignée, c'est de profiter de la vie.

— Et combien de temps est-ce que ça a pris ? » Elle ignora ma question et poursuivit sa leçon.

« Tu ne sais pas profiter de la vie, ça se voit. Il faut que tu te trouves un homme et que tu t'en serves.

— Pardon ? couinai-je en sentant le rouge me monter aux joues.

— Une jeune fille comme toi, il faut que tu sortes danser avec des garçons, voilà ce que te dirait ma grand-mère.

— Mais...

— Trouve-toi un gentil garçon, emmène-le dans les buissons... » poursuivit Lisa en reluquant le gigolo qu'elle avait apporté dans ses bagages. « Bien sûr, toute cette histoire de trahison à venir doit te peser. Merci garçon, je vais prendre un Perrier et mon amie aussi. » Elle inspecta ses ongles, puis me prit les mains pour examiner les miens.

« Bien sûr », acquiesçai-je en me demandant distraitement si elle les trouverait présentables, avant d'intégrer ce qu'elle venait de me dire. « Qu'est-ce que vous dites ?

— Ma chérie, bois un verre d'eau. Ma grand-mère m'a toujours dit qu'un verre d'eau pour deux verres de vin donnait une longue vie et purifiait les intestins. Même si je remarque que tu n'as pris qu'un seul verre de vin.

— Lisa...

— Comment vont tes intestins ?

— Lisa ! » m'exclamai-je. Nos assistants à la table d'à côté me regardèrent consternés. Je repris plus doucement. « Que voulez-vous dire par trahison à venir ?

— Myfanwy Thomas, tu vas être trahie par un membre de ta Cour. Tu le sais. Je le sais. Tu seras sous la pluie, entourée de cadavres.

— Comment le savez-vous ? murmurai-je.

— Je le vois tout autour de toi ma petite chérie »,

répondit-elle, sans me lâcher les mains. Sa voix était calme et douce, mais sa poigne était ferme. « Je le vois parfaitement.

— Quoi d'autre ?

— Hmm ? fit-elle en observant mes doigts attentivement.

— Qu'est-ce que vous voyez d'autre ?

— Qu'il te faudrait une manucure.

— Non ! Qu'est-ce que vous voyez dans mon avenir ?

— Je vois que tu auras besoin d'une robe de soirée. Heureusement, je connais l'homme qu'il te faut. »

Il s'avéra que cet homme était mort trente-deux ans auparavant, mais sa petite-fille, qui était également couturière, proposa des croquis d'une création écarlate que je fus trop gênée pour commenter. Elle nota également quelques mensurations nettement différentes de celles prises par les autres tailleurs. Quand j'objectai, Lisa demanda à sa vieille secrétaire et à son garçon de compagnie ce qu'ils en pensaient. Elle les encouragea à m'imaginer avec la tenue et ces deux inconnus passèrent donc plusieurs minutes à observer ma poitrine.

« Tu devrais être fière de montrer tes seins, Myfanwy Thomas, affirma-t-elle devant tout le monde.

— Pardon ? »

Tuez-moi.

« Ils sont très bien ! Un peu petits mais joliment dessinés. Tu devrais nourrir des bébés ! Leur donner la tétée. » Elle accompagna son propos de gestes équivoques.

Tuez-moi tout de suite.

« Tu sais combien de bébés ont tété ces seins ? Sans oublier quelques hommes, bien sûr ! » ajouta-t-elle en

claquant vigoureusement les fesses de son toy boy. Il lui adressa un sourire mielleux puis porta de nouveau son regard sur ma poitrine.

Je ramenai finalement Lisa à son hôtel et l'accompagnai jusqu'à sa suite. Comme je lui disais au revoir sur le pas de sa porte, elle m'attrapa par le poignet, me tira vers elle, et chuchota à mon oreille d'une voix rauque. L'odeur de tabac et de parfum français me monta au nez, mais ce n'est pas ça qui me donna la chair de poule.

« Myfanwy Thomas, des événements terribles t'attendent. De ma vie, je n'ai jamais rien vu de si terrible. Tu vas tout perdre. Tu finiras sous la pluie, et je ne vois rien au-delà. Alors profites-en tant qu'il en est encore temps. » Son regard brûlant me pénétra, et je vis son âge au fond de ses yeux : des siècles et des siècles, remontant à des origines lointaines et inimaginables. Puis elle referma la porte, me laissant toute seule dans le couloir.

Ingrid et Anthony m'ont ensuite déposée à la maison. Et je suis maintenant assise dans le noir, seule avec mes très, très nombreux sacs.

Chapitre 30

Dents d'acier avait une haleine épouvantable et dégageait une odeur de produits chimiques. Myfanwy eut un mouvement de recul. Cette puanteur lui évoquait quelque chose, un souvenir enfoui au fond de son cerveau. Elle s'était arrêtée de danser et se tenait prête à dégainer ses pouvoirs, mais elle hésitait à s'en servir dans un lieu aussi bondé. *Qu'est-ce que je dirais à Bronwyn ?* pensa-t-elle paniquée. Dents d'acier ne l'avait pas menacée, et elle jeta un coup d'œil en direction de sa sœur qui dansait avec ses amies sans se douter de rien.

Le type avait l'air normal tant qu'il gardait la bouche fermée. Bon, peut-être pas complètement normal, mais certainement plus normal que beaucoup de gens avec qui Myfanwy travaillait au quotidien : crâne rasé, nez pointu, lèvres pâles et sourire pincé. Elle était prête à parer n'importe quel geste, mais il restait planté là et se dandinait légèrement. Elle fit une moue interrogative et il désigna une table miraculeusement libre et un peu éloignée des enceintes. Levant doucement la main, il lui révéla un téléphone portable qu'il lui tendit discrètement pour que Bronwyn et ses amies ne puissent pas voir la scène. Myfanwy soupira, prit le téléphone avec précaution et le suivit jusqu'à la table.

« Allô ? » hasarda-t-elle. Une voix indistincte lui parvint, noyée par la musique. « Parlez plus fort s'il vous plaît, je suis dans une boîte de nuit et ils passent une sorte de… je ne sais pas, de musique coïtale. » La voix se fit plus forte, mais elle était toujours incompréhensible. Myfanwy se tourna vers l'homme au sourire brillant et lui fit comprendre qu'elle n'entendait pas la personne au bout du fil. Il leva les yeux au ciel et fit une grimace qui laissait entendre que ce n'était pas son idée et que ses remarques n'avaient pas été prises en compte. Il indiqua la sortie derrière lui d'un geste brusque.

« Vous plaisantez ! » s'écria-t-elle. Il répéta son geste. Elle s'approcha de son oreille et lui dit le plus distinctement possible. « Mes amies vont trouver ça très étrange si je pars avec un homme une minute après l'avoir rencontré. » Il la regarda d'un air ébahi. « Visiblement, vous ne connaissez pas bien le phénomène de "la sortie entre filles"… Donc à moins que vous soyez prêt à faire un esclandre, je ne bouge pas.

— Je suis disposé à faire un esclandre *particulièrement* spectaculaire », lui murmura-t-il. Elle n'arrivait pas à identifier son accent : européen, scandinave ?

« Je suis prête à parier que je peux en faire un encore plus impressionnant, rétorqua Myfanwy. À moins que vous puissiez faire quelque chose de plus affreux que vous en train de vous arracher les yeux avec vos propres ongles. » Il recula prudemment. Myfanwy haussa un sourcil et gela ses articulations. Mais au lieu de s'en inquiéter, il sourit de toutes ses lames et jeta un regard qui en disait long en direction de Bronwyn et ses amies.

« Vous ne feriez pas ça ! » s'exclama-t-elle en resserrant son étau mental et en empoignant ses poumons. Il se tendit, écarquilla les yeux mais ne cessa pas de sourire. À la place, il fit un mouvement de menton en direction des filles. Elle se retourna et vit qu'elles allaient très bien et continuaient de danser sans s'inquiéter. Bronwyn croisa son regard et lui fit un signe, levant les sourcils pour lui demander si tout allait bien. Myfanwy répondit par un sourire forcé et un hochement de tête. Bronwyn regarda discrètement l'homme aux dents longues (pour le moment cachées par ses lèvres) et fit une moue indiquant qu'elle le trouvait plutôt mignon.

Puis Myfanwy remarqua avec une inquiétude grandissante que les filles étaient entourées de danseurs particulièrement maladroits. La plupart d'entre eux portaient des tenues plus appropriées pour porter des coups et blessures que pour la drague. Elle lança son pouvoir avec hésitation pour essayer d'atteindre les danseurs. *Ça ne sert à rien,* reconnut-elle. *Les filles sont sur ma trajectoire et tout le monde bouge, en plus je viens de boire un verre qui contenait six vodkas différentes.* Défaite, Myfanwy reporta son attention sur l'homme aux dents acérées.

« Vous savez, je déteste qu'on m'oblige à quoi que ce soit à l'aide d'un gros cliché. » Il la regarda sans comprendre. « "Suivez-nous ou on tue vos copines ?" Franchement, vous auriez aussi pu me coller un pistolet dans les côtes sous la lumière stroboscopique tant que vous y étiez.

— Ça aurait marché ?

— J'en doute. Maintenant, si aucun de nous ne va faire de scène, comment je vais expliquer à mes amies que je m'en vais ? » Il cligna des yeux nerveusement.

Visiblement il a de l'expérience dans le domaine du combat surnaturel, mais il n'a pratiquement jamais eu affaire à des personnes normales. En particulier des filles.

« En disant que vous voulez voir ma voiture ? » proposa-t-il. Elle se retint de lui rire au nez.

« Ça veut dire que je vais revenir ? demanda-t-elle.

— Je ne sais pas trop », bredouilla-t-il. Malgré le sérieux de la situation, elle commençait à avoir un peu pitié de lui.

« Je ne vais pas leur dire que je veux voir votre voiture. J'ai pas 16 ans, et on n'est pas dans *Grease.* Voilà ce qu'on va faire. Vous sortez. Je retourne danser cinq minutes, vos gorilles peuvent me surveiller. Puis je vais faire semblant de recevoir un message urgent du boulot et je sortirai parler à votre copain. » Dents d'acier réfléchit un peu puis hocha la tête et sortit. Ses amis continuaient de danser, toujours aussi mal.

Cinq minutes plus tard, Myfanwy sortit de la boîte. Suite à sa conversation avec le rasé aux rasoirs, saisie d'une sorte de fatalisme intrépide, elle avait un peu dansé avec l'un des hommes de main. Une fois dehors, elle regarda autour d'elle et vit le néon se refléter sur un crâne chauve.

« Tour Thomas, dit-il en lui adressant son plus joli sourire.

— Insupportable Inconnu au Sourire Agressif, répondit-elle en offrant le sien. Alors, il est où votre copain ?

— De l'autre côté de la rue, si vous voulez bien me suivre. » Il lui tendit la main et s'inclina légèrement, attitude qui aurait été jugée normale au Beffroi mais qui lui attira des cris et des sifflets de la part des personnes faisant la queue pour entrer dans la boîte.

« Vas-y ma grande ! » cria une fille. D'autres paroles d'encouragement de même ordre (quoique plus précises) suivirent et firent rougir Myfanwy. Ils traversèrent la rue rapidement et il lui ouvrit la portière de sa voiture.

« Vous avez vraiment un boulot pourri, vous savez », lui fit-elle remarquer. Il rougit et hocha la tête, penaud. « Mais vous avez été très poli. Vous n'êtes pas belge par hasard ? » Il acquiesça. « C'est bien ce que je pensais. »

Elle monta dans la voiture.

Myfanwy s'installa sur son siège et prit soin de se calmer avant de lever les yeux vers son hôte. *Ça l'impressionnera,* se félicita-t-elle. *Je suis calme, détendue, sereine, et puis j'ai déjà passablement adouci leur larbin.* Puis elle vit ce qui occupait le reste de la limousine.

Je ne vais pas crier, s'ordonna-t-elle. *Je ne vais pas vomir. Je ne vais pas m'évanouir. Pourtant ces réactions seraient on ne peut plus raisonnables face à ce qui barbote dans cette cuve.*

La chose qui lui faisait face avait l'air de s'être fait écorcher juste avant de monter dans la voiture. Elle était recouverte de fluides luisants qui étaient normalement censés circuler exclusivement sous plusieurs couches de peau. Ses yeux étaient dépareillés : l'un était d'un bleu teutonique brillant qui aurait empli Hitler de fierté, l'autre était si injecté de sang qu'il était d'un orange répugnant.

Des plaques chitineuses étaient délicatement posées sur sa chair à vif, apparemment placées avec un soin de calligraphe. Des cordons de muscles secs s'enroulaient autour de ses membres, qui présentaient des arêtes et des saillies d'une irrégularité inquiétante.

Dans sa bouche se trouvaient de petits morceaux de dents blanches qui, bien que techniquement parfaites, n'allaient pas du tout. Elles dépassaient, tournaient dans leur cavité, et semblaient parfois entreprendre de migrer à travers sa bouche. Des canines brillantes poussaient là où auraient dû se trouver des incisives, et une molaire avait été remplacée par une prémolaire. Les dents de devant étaient quant à elles absentes, mais sous le regard aussi fasciné qu'horrifié de Myfanwy, de petites racines blanches percèrent les gencives. Quand la chose retroussait les lèvres en un sourire abominable, l'effet était détonnant.

Mais plus que tout le reste, c'était la simple *présence* biologique de cette chose qui retournait l'estomac de Myfanwy. Elle n'avait pas cherché à l'inspecter avec ses pouvoirs, mais ses sens s'élancèrent malgré elle puis se rétractèrent violemment quand ils eurent touché la chose dans la cuve. À l'intérieur de cette créature, toutes les connexions qui se trouvent au sein de chaque être humain étaient abîmées, horriblement faussées. Les nerfs avaient été détournés, les artères et les muscles arrachés et soudés à des endroits inadaptés : c'était une perversion biologique délibérée. Myfanwy était autant disposée à toucher cette chose avec son esprit qu'à boire l'eau des égouts.

La créature se redressa, immergée jusqu'à la taille dans une cuve installée à la place d'une des banquettes de la limousine. Elle était remplie d'un liquide visqueux couvert d'arcs-en-ciel brillants comme une nappe de pétrole. L'écorché avait les bras appuyés sur le rebord, le menton posé sur le dos de sa main. Elle vit une de ses canines tourner et se remettre en place avec un cliquetis sonore. Elle grimaça discrètement.

« Bonsoir Tour Thomas. » Elle fit un signe de tête et sourit poliment, se pinçant les lèvres si fort qu'elles en devinrent blanches. Ses pouvoirs étaient tapis au fond d'elle, se blottissant pour échapper à tout ce qui l'entourait.

« Je suis Graaf Gerd de Leeuwen de la Wetenschappelijk Broederschap van Natuurkundigen, dit-il. Je vous prie de m'excuser pour mon apparence, on me fait actuellement pousser une nouvelle peau, mais je ne voulais pas attendre. Quand nous avons appris que vous n'étiez pas accompagnée, j'ai su que c'était l'occasion idéale pour vous rencontrer. »

Se sentant incapable de parler, Myfanwy hocha la tête avec conviction.

« Permettez-moi tout d'abord de vous assurer que, quelle que soit l'issue de la discussion, nous ne vous ferons aucun mal cette nuit, ni moi, ni aucun de mes hommes. Nous ne ferons pas de mal à vos amies non plus. Je vous en informe sans y ajouter la moindre condition. Je vous fais cette courtoisie parce que vous possédez quelque chose que je veux. Et parce que l'on m'a dit que vous aviez du pouvoir. »

En voilà une introduction bien construite, pensa Myfanwy. Elle nota que les Greffeurs ignoraient qui était Bronwyn.

« Ce sont des civiles, dit-elle. Les toucher, les suivre ou enquêter sur elles serait fort peu diplomatique. Je trouverais difficile d'avoir un échange fructueux si je devais penser qu'on leur fera du mal, ce soir ou tout autre soir. » Elle vit le sang monter aux joues de la chose qui lui faisait face. Ou tout du moins, dans les capillaires qui se trouvaient à l'emplacement des joues.

« N'exigez rien de moi, cingla-t-il.

— Je ne pensais formuler aucune exigence, répondit-elle. Mais changeons de sujet. J'ai cru comprendre que j'avais quelque chose que vous vouliez. » *Dieu seul sait ce que c'est.* Les muscles de son cou tressautèrent sous l'effet de la contrariété et les tendons de ses doigts se crispèrent. Elle serra les dents tandis que de minuscules plaquettes de chitine cognèrent contre le rebord métallique de l'aquarium. Elle le regarda, fascinée et nerveuse, tenter de contenir sa rage.

« Très bien, maugréa-t-il les mâchoires serrées. Parlons.

— D'accord.

— Je n'aime pas venir dans ce pays », dit-il d'un ton maussade.

Myfanwy attendit la suite. Elle se doutait qu'il n'allait pas lui demander un billet d'Eurostar pour rentrer chez lui.

« Je préférerais rester en België, mais malheureusement les circonstances m'ont traîné jusqu'ici.

— Ça doit être éprouvant », répondit-elle avec autant de fausse compassion que possible. *Que c'est épuisant d'avoir à se déplacer pour envahir un pays.* Elle commençait à perdre patience. L'écorché la regarda en penchant la tête sur le côté.

« Oui, dit-il d'un ton dubitatif. Et ça me déplaît d'avoir à parler à un membre de la Checquy. Je n'ai pas oublié l'île de Wight. » Myfanwy resta bouche bée quand elle comprit ce qu'il voulait dire. Il était là quand les Greffeurs avaient attaqué. Cette chose avait donc plus de 300 ans. Ses défenses vacillèrent sous le choc, et elle commença à avoir un haut-le-cœur. *Je ne vais pas pouvoir rester ici beaucoup plus longtemps, ou alors je risque de lui vomir dessus. Il va falloir conclure rapidement.* Avec peine, elle étouffa sa nausée et tenta un sourire. C'était plus un rictus qu'autre chose, mais ça fit l'affaire.

« Je comprends que cela soit pénible pour vous, mais je ne crois pas que la première communication officielle entre votre peuple et la Checquy depuis la guerre de Wight ait pour objet votre mécontentement actuel. Alors parlons franchement. Que voulez-vous ?

— Vous ne me parlez pas sur ce ton ! hurla-t-il en se convulsant dans son aquarium, éclaboussant la limousine de ses fluides. Et ne jouez pas votre petit jeu avec moi ! » Il avait les yeux remplis de rage quand il se pencha vers elle par-dessus le rebord de la cuve.

« Je ne joue à rien ! » lui cria-t-elle, oubliant toute considération diplomatique. Il sursauta, mais resta ensuite immobile. « Que voulez-vous ?

— Vous savez ce que je veux ! » glapit-il, une écume jaunâtre s'échappant de ses lèvres pour atterrir sur la joue de Myfanwy, qui tressaillit. Elle se frotta le visage, horrifiée.

« Bordel de merde… Écoutez, je ne sais pas ce que vous voulez, alors vous feriez mieux de parler ou je me barre de cette putain de caisse.

— Je veux mon *deelhebber* ! Je veux Ernst von Suchtlen ! »

Myfanwy cligna des yeux avec une perplexité non feinte. « Quoi ?

— *Quoi* quoi ?

— De quoi parlez-vous ?

— *Quoi ?* cria-t-il.

— Je ne comprends pas, expliqua-t-elle pour essayer de le calmer. Qu'est-ce que vous voulez ?

— Je veux que vous nous rendiez Graaf Ernst von Suchtlen !

— Qui ça ?

— L'autre chef de la Wetenschappelijk Broederschap van Natuurkundigen, lâcha-t-il entre ses dents qui auraient été serrées si elles avaient été alignées.

— Je suis désolée, dit-elle doucement. Mais nous ne détenons pas cette personne.

— Ne prenez pas ce ton condescendant, siffla-t-il. Il a disparu de notre *fabriek* il y a plusieurs mois en laissant des instructions pour la poursuite de notre stratégie et pour dissimuler son absence. Pour me la cacher à *moi.* » Il s'agrippa au rebord de la cuve. « Les deux procédures ont si bien marché que j'ai été mis au courant de sa disparition il y a quelques semaines seulement.

— Il est parti depuis des mois et vous ne vous en étiez pas rendu compte ?

— Le temps s'écoule différemment pour nous, répondit-il avec mépris. Quand j'ai découvert qu'il avait disparu, j'ai suivi sa piste. Nous avons trouvé la trace d'un courrier envoyé à Myfanwy Thomas, Tour de la Checquy. Nos ennemis jurés. C'est la seule chose qui indique où il est allé. J'ai envoyé mon agent personnel pour le retrouver, et vous vous êtes empressés de l'arrêter et de le torturer ! Donc, dit-il en prenant une profonde inspiration, où est Ernst ?

— Je suis désolée, mais je n'en sais rien. » *Merde,* pensa-t-elle, *Myfanwy Thomas ne savait même pas que les Greffeurs étaient actifs. Si un type de chez eux s'était pointé sur le pas de sa porte, elle l'aurait écrit au tout début de sa première lettre.*

« Si vous essayez de me baiser, je vais commencer à tuer tout de suite ! hurla-t-il. Vous voulez du sang dans vos rues ? » Il s'agitait dans son aquarium, répandant des vagues visqueuses un peu partout. Myfanwy vit que le bas de son jean était trempé. *Est-ce qu'il a une attaque ?* se demanda-t-elle. Les fenêtres étaient maculées et quand il tendit les bras dans sa direction, elle reçut des gouttelettes sur son visage et ses vêtements.

« *Écoute-moi bien, enculé d'écorché de merde*, lui cria-t-elle à la figure. Je n'ai aucune idée de ce dont tu parles, alors tu vas te calmer.

— Si vous ne le rendez pas dans les trois jours, une vague d'horreur s'abattra sur votre peuple et anéantira votre pays ! » Il tordit le bord de la cuve à mains nues et le reste du fluide commença à s'écouler sur le sol. « Je noierai cette ville dans la bile et dans le sang ! » Il se faisait du mal à force de s'agiter. Elle vit de minuscules accrocs et des filets rouges se former sur plusieurs parties de son corps. « Maintenant sortez, Tour ! Vous n'avez que le délai que je vous accorde ! » Il était encore en train de vociférer quand Myfanwy ouvrit la portière, laissant échapper une vague de fluides sur le trottoir. Elle trébucha et fit tomber son sac dont le contenu se répandit dans le caniveau visqueux. *Super, il manquait plus que ça,* se dit-elle quand son téléphone émit un couinement plaintif avant de périr noyé. Le rasé se tenait à côté de la porte, l'air anxieux. Il pâlit quand il entendit les cris s'échapper de la voiture.

« Emmenez-le loin d'ici, lâcha Myfanwy.

— Vous avez fait ce qu'il voulait ? s'inquiéta-t-il, en montant à l'avant de la limousine.

— À votre avis ? »

Il fit la moue, referma la portière puis la limousine s'éloigna silencieusement, la laissant plantée, poisseuse et puante, en face de la boîte et d'une foule de badauds.

Je n'arrive pas à croire que je rentre pour la deuxième fois dans cet hôtel en ayant l'air d'une femme battue, songea Myfanwy en s'approchant des portiers. À sa grande surprise, et à son grand mécontentement, ils ne se précipitèrent pas pour lui ouvrir la porte.

« Excusez-moi ? dit-elle, rouge de colère.

— Désolé chérie, on n'accepte pas les sans-abri ici. » Il semblait navré mais également assez ferme.

« Une sans-abri ? s'exclama-t-elle. Je ne suis pas une SDF ! Je... » Elle chercha à toute vitesse une explication pour son apparence. « Je suis une rockeuse. »

Ils la regardèrent d'un air dubitatif.

« J'ai des cartes de crédit. »

Ils ne bougèrent pas.

« Je donne de gros pourboires, hasarda-t-elle.

— Il va falloir partir ma petite dame.

— J'y crois pas ! cria-t-elle. La dernière fois que je suis venue, j'étais trempée, j'avais deux coquards et les lèvres en sang ! Et j'ai eu une chambre sans problème. Quel genre d'hôtel vous avez là ? Ma voiture est garée dans votre parking, et je ne veux pas la salir !

— Mademoiselle, il est 3 heures du matin et si vous ne partez pas, nous serons obligés de vous faire partir.

— Si vous posez la main sur moi, vous allez le regretter ! menaça-t-elle.

— Sans doute. Les uniformes sortent du pressing. »

Myfanwy était stupéfaite. Depuis qu'elle était devenue Tour, elle s'était habituée à ce que les autres lui obéissent. Elle envisagea brièvement d'utiliser ses pouvoirs pour les dégager du passage, mais elle se rendit compte qu'aucun pouvoir sur terre ne pouvait forcer un réceptionniste à lui donner une chambre. *Que faire ? Je ne peux pas ramener Bronwyn dans cet état.*

« Très bien, dans ce cas j'aimerais juste récupérer ma voiture, grommela-t-elle. J'ai le ticket quelque part. » Elle essaya de gratter un peu la saleté sur ses doigts et ouvrit son sac à main.

« Dégage, assena l'un des deux portiers. Maintenant. »

Elle leur jeta un regard noir et descendit l'allée en prenant un plaisir pervers à regarder un couple de passants se jeter hors de son chemin.

OK, mon portable est couvert de crasse et ne marche plus et même si j'arrivais à retourner dans la boîte – ce dont je doute fortement –, Bronwyn ne peut pas me voir dans cet état. Le fluide visqueux commençait à la démanger, et il était trop collant pour pouvoir simplement le gratter. *Putain, mais c'est quoi ce truc ?* Puis elle eut une idée, et tourna brusquement à l'angle du bâtiment.

Merci, mon Dieu. À l'autre entrée de l'hôtel, il n'y avait qu'une personne derrière un bureau, et cette personne dormait ; une faille dans la sécurité pour laquelle Clovis se serait arraché les cheveux. Apparemment, c'était l'entrée réservée aux conventions et séminaires, et il était assez rare que ceux-ci commencent à 3 heures du matin. Les portes s'ouvrirent et Myfanwy se glissa à l'intérieur. Toujours endormi, le réceptionniste plissa le nez à cause de son odeur épouvantable. Elle agita la main et le plongea dans un sommeil plus profond, puis elle prit une grande inspiration et passa silencieusement devant le bureau.

Elle ne fut arrêtée par aucun cri indigné, aucun « Excusez-moi ! » irrité. Le fait qu'elle laisse une traînée répugnante sur le sol du couloir qui menait à la piscine ne provoqua aucune menace et personne ne parla d'appeler la police. Myfanwy traversa la cour et regarda autour d'elle. La piscine fumait dans la nuit froide, éclairée par une série de spots. Heureusement, personne ne se trouvait dehors, et toutes les fenêtres étaient noires ou avaient les rideaux tirés. Elle posa son sac poisseux sur une chaise longue et considéra ses vêtements souillés avec tristesse. Elle envisage un instant de se déshabiller tout de suite, mais elle regarda les nombreux balcons qui donnaient sur la piscine. *Ce n'est sans doute pas une bonne idée. En plus, je ne veux pas me retrouver à poil si un employé de l'hôtel débarque et que je dois m'échapper.* Elle soupira et descendit les marches menant au bassin, puis elle mit la tête sous l'eau et sentit une douce chaleur caresser sa peau.

Myfanwy garda les yeux fermés et se frotta frénétiquement. Elle se dépouilla des particules de crasse et un voile huileux se déposa à la surface de l'eau. Elle passa les doigts dans ses cheveux et sentit le dépôt se décoller. Elle s'écarta de toute cette saleté et nagea vers les marches.

Bon, maintenant je suis trempée, mais c'est déjà beaucoup mieux. Le destin lui avait souri en laissant une serviette sur une chaise longue, et elle retira son haut pour l'essorer. Il y avait toujours d'horribles taches brunes sur ses vêtements, mais au moins sa peau et ses cheveux n'étaient plus couverts de crasse solidifiée. Elle se sécha les cheveux et les bras vigoureusement et était sur le point d'enlever son jean quand elle remarqua un homme qui l'observait depuis l'un des balcons.

« Oh… salut, lança-t-elle, un peu gênée de n'être qu'en soutien-gorge.

— Bonsoir, dit-il. Ça a dû être une sacrée soirée. »

Elle regarda la piscine : on aurait dit que quelqu'un y avait déversé des déchets toxiques.

« Oui, tout à fait ! », répondit-elle, avec un enthousiasme soudain. Elle s'était tirée indemne de cette manifestation à Bath et était sortie relativement épargnée de la bataille qui avait suivi son accusation contre Gestalt. Merde, elle avait même supporté l'interview avec le machin des Greffeurs. Et maintenant, elle était contente d'elle d'avoir pénétré dans un hôtel prétentieux et d'avoir pourri leur piscine. « C'était quelque chose.

— J'imagine que vous n'avez pas spécialement envie d'un verre ? demanda-t-il en souriant. Je pourrais vous descendre quelque chose.

— C'est une offre délicieuse, répondit-elle en souriant elle aussi. Mais je dois rejoindre mes amis. Ceci dit, est-ce qu'il vous serait possible de me prêter une chemise ? » Elle montra les grosses taches sur son haut.

« Une chemise ? Certainement. » Il disparut dans sa chambre et revint sur le balcon avec une chemise bleue à la main. « Elle va peut-être être un peu grande pour vous, la prévint-elle en la lui lançant.

— C'est infiniment mieux que mon autre option. » Elle l'enfila et remarqua avec amusement qu'elle lui arrivait juste au-dessus des genoux. « Bon, je dois y aller. Merci pour la chemise.

— Je vous dirais bien de boire avec modération, mais je crois que c'est un peu tard.

— Ne vous inquiétez pas, tout va bien. Bonne nuit.

— À vous aussi », dit-il en la regardant partir par où elle était venue.

Myfanwy ne saurait jamais si on l'aurait laissé rentrer dans le club couverte de merde, mais il s'avéra qu'une fille au pantalon trempé ne leur posait pas de problème. La boîte semblait beaucoup plus banale après les événements de l'heure passée, et Myfanwy la considéra pensivement. *Comment est-ce que les Greffeurs ont fait pour me retrouver ici ? C'est le dernier endroit où j'aurais pensé me trouver moi, alors comment ont-ils su ?*

Peut-être qu'ils m'ont suivie depuis le parking. Ce qui voudrait dire qu'ils le surveillaient avant que j'apprenne son existence. Ça fait une sacrée attente.

Mais Alrich savait où j'étais, se souvient-elle avec effroi. *Est-ce que c'est lui qui les a rencardés ?* Ses spéculations furent interrompues par un bâillement colossal, et elle haussa les épaules. *Je réfléchirai à tout ça demain matin.* À l'autre bout de la piste, Bronwyn et ses amies avaient l'air fatiguées.

« Mais qu'est-ce qui t'est arrivé ? s'exclama Bronwyn. Ça n'est pas le haut que je t'ai passé et… tu es trempée !

— Je me suis fait éclabousser par une voiture, expliqua-t-elle, et un homme très gentil m'a donné sa chemise.

— Il l'a enlevée ?

— Oui, dit Myfanwy, continuant à broder son histoire. Ça n'avait pas l'air de le déranger.

— Mais où tu as mis ton haut ?

— Dans mon sac. Je le poserai au pressing et je te le rendrai plus tard. » *Si jamais il est récupérable. Qui sait si ces étranges taches biologiques partiront ?*

« Et ton truc de boulot ?

— C'était une urgence mais je l'ai réglée par téléphone. À 3 heures du matin. On y va ?

— Tu peux conduire ?

— Oui, bien sûr. Mais je pense qu'il vaut mieux que ce soit toi qui sortes la voiture du parking. Les types de l'hôtel ne m'aiment pas trop. »

Chapitre 31

La sonnerie du téléphone retentissait dans l'appartement, mais Myfanwy n'avait pas particulièrement envie de décrocher. Elle tendit la main avec la ferme intention de raccrocher tout de suite, mais un sadique (elle, probablement, ou peut-être Grantchester) avait placé le téléphone à l'autre bout de la pièce. Elle tâtonna sur la table de nuit à la recherche d'une lampe, mais ne parvint qu'à enclencher le système de rotation de son lit. Le temps de s'extraire, traverser la pièce, se prendre les pieds dans le jean souillé qu'elle avait balancé deux heures plus tôt, le maudire, s'en défaire, se relever et répondre au téléphone, elle n'était toujours pas complètement réveillée.

« Ouais ?

— Tour Thomas, c'est Ingrid.

— Ouais ?

— Il est 6 heures et demie.

— Ouais ?

— Votre examen médical est dans une demi-heure.

— Ouais.

— Dois-je faire porter votre petit déjeuner dans votre salle à manger ?

— Ouais. »

« Tour Thomas ?

— Hmm ?

— Tour Thomas ?

— Ouais ?

— Ça fait quinze minutes et vous n'êtes toujours pas sortie.

— Ouais.

— Vous êtes habillée ?

— Nan.

— Vous êtes nue ?

— Nan.

— Je peux donc envoyer les grands gardes du corps dans votre chambre ?

— Hors de question ! Je descends dans cinq minutes, et il vaudrait mieux qu'il y ait un café qui m'attende. Et quand je serais prête, envoyez quelqu'un pour trouver comment éteindre mon lit. »

« C'est qui ceux-là ? demanda Myfanwy avec lassitude en désignant par-dessus son épaule les deux colosses qui encadraient la porte de son bureau.

— Ce sont les grands gardes du corps d'aujourd'hui, répondit Ingrid gaiement.

— Où est mon café ?

— Oh, il n'y a pas de café. Les docteurs ont dit qu'il valait mieux que vous soyez à jeun pour les tests.

— Mais… vous n'aviez pas dit que j'aurais un petit déjeuner quand je descendrais ?

— C'était pour vous tirer du lit. » Myfanwy envisagea un instant d'éclater en sanglots, mais se contenta de hocher la tête mollement.

« Il va me falloir un autre téléphone », dit-elle d'un ton neutre en posant son portable visqueux sur le bureau. Ingrid le considéra sans rien dire pendant quelques instants, tandis que le liquide répugnant commençait à couler sur son sous-main. Une foule de questions gênantes flottaient dans l'air, ne demandant qu'à être posées, et Myfanwy était curieuse de voir comment sa secrétaire allait réagir.

« C'est comme si c'était fait, Tour Thomas. Vous êtes-vous douchée ?

— Oui, mais quelqu'un m'a pris mon savon et mon shampooing.

— Oui, c'est parce qu'ils vont comparer votre odeur à des échantillons de votre sueur, expliqua Ingrid.

— Chouette. » Elle vit arriver dans le bureau deux hommes à lunettes qui semblaient attendre quelque chose d'elle.

« Tour Thomas, je vous présente le Dr Burke et le Dr Leichhardt. » Ils portaient tous les deux la moustache, et ressemblaient à des négatifs l'un de l'autre. Ils s'inclinèrent légèrement, gênés, et elle leur répondit par un signe de tête et un bâillement.

« Bonjour messieurs. Dites-moi, j'espère vraiment que je n'aurais rien de difficile à faire ce matin ? demanda-t-elle en essayant d'ouvrir les yeux.

— Plaît-il, Tour Thomas ? demanda le Dr Burke.

— Je ne sais pas, je ne vais pas devoir courir ou quelque chose dans ce genre, si ?

— Oh non, Tour Thomas, répondit le Dr Leichhardt. Nos tests ne requièrent pas de participation active de votre part. Mais je dois vous prévenir, certains sont assez…

— Déplaisants, fastidieux et hautement intrusifs. Je sais. » Elle se tourna vers Ingrid. « Je n'avais pas demandé à passer l'après-midi ? geignit-elle.

— Le chef de la sécurité Clovis a redistribué les

rendez-vous de manière aléatoire, répondit Ingrid tandis qu'ils marchaient vers l'ascenseur. Il lui a semblé qu'il était essentiel d'être imprévisibles pour éviter que les Greffeurs passent entre les mailles du filet. »

D'après ce que j'ai vu, les Greffeurs n'ont pas trop de problème avec l'imprévisibilité, pensa Myfanwy, qui se retint de le dire tout haut. « Le chef de la sécurité Clovis est-il au bureau à cette heure-ci ? demanda-t-elle d'un ton acerbe.

— Oh non », répondit Ingrid en appuyant sur le bouton.

Les portes s'ouvrirent et les docteurs firent entrer Myfanwy, Ingrid et les deux grands gardes du corps dans le centre médical. « Et ne devait-il pas y avoir trois docteurs ? Pour s'assurer de quelque chose ?

— Si, voici d'ailleurs le Dr Wills », dit Ingrid en présentant une grande blonde glaciale occupée à enfiler des gants en latex qui montaient jusqu'aux coudes.

« Bonjour Tour Thomas, dit-elle sans l'ombre d'un sourire. Retirez votre pyjama et vos chaussons, s'il vous plaît, puis enfilez cette blouse, montez sur le lit et mettez les pieds dans les étriers. » Myfanwy acquiesça avec un profond manque d'enthousiasme et chercha autour d'elle un endroit pour se changer. Les trois docteurs la regardaient et elle comprit avec désespoir ce qu'ils attendaient. Ingrid eut au moins la décence de détourner le regard et les grands gardes du corps la délicatesse de sortir prendre position devant la porte. *C'est peut-être mieux que je n'aie pas eu de café*, pensa-t-elle. *Je ne tiens pas forcément à être bien réveillée pour ce genre de chose.* Quelqu'un allait payer pour ça.

« Bien, messieurs, nous pouvons commencer ? dit

le Dr Wills. Ingrid, vous voulez un café ? » Myfanwy plissa les yeux.

Quelqu'un allait payer *très cher*.

« Ingrid, il faut que je sache si… aïe aïe *aïe aïe* ! Qu'est-ce que vous foutez là-dessous ?

— Désolée, Tour Thomas », fit une voix dénuée de regrets entre ses jambes. Les deux docteurs qui flanquaient le docteur Wills lui firent un sourire contrit.

« Tu le seras bientôt… », grommela-t-elle. « Ingrid, dit-elle à mi-voix après lui avoir fait signe de s'approcher, pouvez-vous consulter mon emploi du temps des six derniers mois ? J'ai besoin de savoir si j'ai eu un rendez-vous avec un certain Graaf Ernst von Suchtlen.

— Maintenant, Tour Thomas ?

— S'il vous plaît. » Ingrid acquiesça et se retourna pour consulter les archives sur sa tablette électronique. Myfanwy bâilla puis émit un léger couinement.

« Pardon, Tour Thomas. Votre corps se tend quand vous bâillez », dit le Dr Wills. Myfanwy la regarda avec suspicion et fut aveuglée par un flash.

« Dites-moi que ça n'est pas sorti de moi !

— Oh non, nous prenons quelques photos.

— *Quoi ?*

— Ne vous inquiétez pas, Tour Thomas, dit le Dr Burke. Ce n'est pas comme si on allait les mettre sur Internet. Elles sont uniquement destinées aux docteurs extérieurs. »

Elle eut un autre pic d'inconfort intense.

« C'est *vraiment* déplaisant, grinça Myfanwy.

— Je suis désolée, répondit le Dr Wills, mais il n'y a normalement pas autant de monde.

— *Quoi ?*

— Je veux dire dans la salle d'examen.

— Messieurs, s'agaça Myfanwy, essayez de ne pas la bousculer pendant mon interrogatoire gynécologique !

— Nous allons faire attention, répondit le Dr Leichhardt d'une voix rassurante. Ça va être inconfortable et un peu inhabituel, mais quoi qu'il arrive, ne contractez pas. » Horrifiée, Myfanwy ferma les yeux et pensa à l'Angleterre. Elle arrivait tout juste à la conclusion que l'Angleterre ne valait absolument pas cette peine, quand le Dr Wills retira ses gants en un claquement sec. « Tour Thomas, nous avons presque terminé par ici. Ça ne vous avait pas intéressée lors des examens précédents, mais peut-être pourrions-nous profiter de cette occasion pour voir si vous souhaitez que je vous prescrive une pilule contraceptive ? » Ingrid la dévisagea.

Je devrais peut-être mentir et dire que je suis une Greffeuse. Ou Satan. Ils arrêteraient sans doute tout ça si j'étais Satan.

« Et maintenant que ceci est réglé, nous allons vous confier aux dentistes, annonça le Dr Leichhardt. Voici les docteurs Weiss, Engel et Olivier.

— Ravie de vous rencontrer, dit Myfanwy. Est-ce que je peux remettre mon pyjama ?

— Je crains que non, s'excusa le Dr Olivier. Mais nous vous avons prévu une nouvelle blouse.

— Ô joie, soupira Myfanwy.

— Asseyez-vous dans ce fauteuil s'il vous plaît, dit le Dr Engel. Nous allons vous glisser ceci dans la bouche afin de vous empêcher de fermer les mâchoires.

— 'Ous sa'ez com'ien 'e 'emps ça a 'rendre ?

— Malheureusement non. Bien évidemment, nous voulons être aussi rigoureux que possible. Nous allons serrer ces étaux autour de votre tête, de vos épaules et sur le haut de votre torse. Désirez-vous un ours pour vous réconforter ? » demanda le Dr Weiss en lui tendant un petit ours en tartan.

« Oui, 'er'i.

— Tour Thomas ? fit une nouvelle voix.

— Oui ?

— C'est Ingrid.

— 'oi 'e 'euf ?

— J'ai consulté votre agenda de l'année écoulée et il n'y a aucune mention de ce nom.

— 'erde. Et 'our 'el'un au're ?

— Je vous demande pardon ? » Ingrid fronça les sourcils, Myfanwy jeta un regard désespéré au Dr Olivier. Apparemment celui-ci parlait couramment le « mâchoires bloquées ».

« Elle a dit "Et pour quelqu'un d'autre ?" » Myfanwy essaya de hocher la tête mais dut se contenter de cligner des yeux avec conviction.

« Pardon, vous voulez que je cherche le nom de quelqu'un d'autre dans votre agenda ? demanda Ingrid, qui semblait perdue.

— 'On ! » Myfanwy secoua son nounours de frustration. « Hngh !

— Tour Thomas, la réprimanda le Dr Engel, nous vous avons mis des lames tranchantes dans la bouche. Il vaudrait donc mieux éviter de vous agiter. » Myfanwy leva les yeux au ciel.

« Vous voulez que je vérifie l'emploi du temps d'autres personnes ?

— Oui.

— Très bien, Tour Thomas.

— Tour Thomas, intervint le Dr Weiss, vous savez comment vous vous êtes fait ces cicatrices à la gorge ?

— Amy'ales ?

— Non, vous avez toujours vos amygdales, dit le Dr Olivier. Oh et une carie !

— Eh bien, dit le Dr Engel, tant qu'on y est, on n'a qu'à s'en occuper. »

« Vous avez pu dormir pendant l'IRM ? » demanda Ingrid tandis qu'elles parcouraient lentement les couloirs du Beffroi. Les deux grands gardes du corps qui les suivaient occupaient la largeur du couloir et se cognaient dans les tableaux. Au milieu de ses examens, Myfanwy comprit qu'ils n'étaient pas seulement là pour la protéger. Ils étaient là pour la tuer, ou du moins l'immobiliser, si elle s'avérait être une taupe des Greffeurs.

« Un peu, dit Myfanwy irritée. Alors, est-ce que le nom est apparu quelque part ?

— Non. Et ça n'a pas été facile, mais j'ai réussi à faire analyser tous les agendas officiels des membres de la Cour.

— Rien ?

— Non, aucun Belge.

— Allez comprendre, soupira Myfanwy. Il me reste encore combien de tests ?

— Tests sanguins, tests urinaires, tests salivaires, tests des selles, tests capillaires, empreintes digitales, examen oculaire, examen auditif, échantillon d'ADN, et quelques minutes à l'intérieur de ce que les techniciens appellent "l'essaim d'abeilles".

— Pourquoi ça s'appelle comme ça ? demanda Myfanwy d'un ton suspicieux. Parce que ça bourdonne ?

— Sans doute, éluda Ingrid. Puis nous vous ferons

renifler par les chiens… » Elle s'interrompit pour consulter sa liste.

« Vous savez, les chiens n'ont pas réagi à la Greffeuse que les hommes de Shantay ont arrêtée. Ils n'ont même pas grogné quand elle est passée devant eux.

— C'est vrai, admit Ingrid, mais le chef de la sécurité Clovis pense que puisque les chiens ont repéré Van Syoc, ça vaut la peine d'essayer. Et ensuite, trois hommes vont vous lécher.

— Me lécher ? s'exclama Myfanwy, horrifiée.

— Oui. D'ailleurs nous avons beaucoup de chance : nous n'avions que deux hommes qui étaient aptes à lécher, mais nous avons pu faire venir l'un des étudiants du Domaine. Les pauvres, ce sont les trois seuls lécheurs que nous ayons, et ils vont devoir lécher tous les membres de la Checquy.

— Mais il a quel âge, cet étudiant ? demanda Myfanwy.

— 17 ans. »

Elle sentit son estomac se retourner. « Et où est-ce qu'il va me lécher ?

— Dans la salle d'examen.

— Quoi ? Non, quelle partie de mon corps vont-ils lécher ?

— Le bout de l'index de votre main droite, répondit Ingrid comme si c'était évident.

— Dieu soit loué, soupira Myfanwy, soulagée.

— Franchement, Tour Thomas, qu'aviez-vous imaginé ? plaisanta Ingrid. Qu'ils allaient vous lécher tout le corps ?

— C'est bête je sais, pouffa Myfanwy.

— Très bête », renchérit Ingrid. Elle revint à sa liste. « Ça nous prendrait beaucoup trop de temps. »

Chapitre 32

Chère Toi,

Je pense que j'ai vraiment du mérite de n'avoir pas sombré dans la boisson à la lumière des multiples prophéties annonçant ma perte. En même temps, je me suis toujours méfiée de l'alcool. Il était formellement interdit de boire au Domaine. « Un esprit sain et un corps sain forment une arme redoutable », nous répétaient nos professeurs. Bien sûr, on pouvait toujours se débrouiller si on le voulait vraiment. De temps à autre, un groupe faisait le mur pour aller au village le plus proche, ou du moins ils essayaient. On était sur une île mine de rien, ce n'était pas facile. Et, comme tu peux t'en douter, nos professeurs étaient aguerris dans l'art de la surveillance.

Mais pour ceux qui avaient envie de s'éclater un peu, il y avait une fille dont les cheveux te défonçaient si tu les mâchais.

Ou ce type qui te faisait triper si tu lui touchais les yeux, ce que je n'ai jamais voulu essayer.

Mais je digresse.

Plusieurs semaines après ma virée shopping avec l'immortelle fashionista grecque, je buvais mon café et regardais le soleil se lever par la fenêtre du bureau.

Ingrid est généralement la première à arriver, mais j'avais réussi à la devancer de quelques minutes et j'en profitais pour accomplir ma tâche favorite : lire mon courrier. C'est sans doute à cause de toutes ces années passées au Domaine, où personne ne recevait de lettre, mais j'adore avoir du courrier. Normalement Ingrid le réceptionne, mais cette fois-là je m'en chargeai et je fus donc la première à voir cet intrigant petit paquet.

La plupart des plis ne semblaient pas particulièrement intéressants. Quelques journaux scientifiques sur le système nerveux et la neuro-anatomie (je fais beaucoup de recherches), des mémos du Domaine, de l'Annexe, du Donjon de la Potence et d'Apex House : une couturière du Gloucestershire avait été emprisonnée pour avoir passé des contrats de servitude temporaire avec des rongeurs ; on avait bien dit à cette foutue forêt mobile d'arrêter de cambrioler des fermes isolées ; la compta allait étudier la requête du département de recherche et développement concernant l'acquisition de percherons. Et il y avait une invitation à la fête de Noël de la Cour, organisée dans la résidence de Conrad Grantchester. Tous les membres de la Cour, ainsi que leur famille, étaient conviés.

Évidemment, puisque je n'ai pas de famille à amener, il y a systématiquement la femme d'un de mes collègues qui me saute dessus pour me présenter quelqu'un. Je ne sais pas si leur mari parle de la « vieille fille du bureau » quand il rentre à la maison ou si c'est si évident que je suis célibataire. Ma seule consolation c'est qu'ils font pareil avec Gestalt.

Enfin, bon. Au moins ça me fera une occasion de porter l'une des robes que Lisa m'a choisies. Pas la rouge, bien entendu. Ni le machin violet avec les lanières et la petite tournure. Et certainement pas celle avec les plumes. Tout en égrenant la liste de mes tenues et en rayant mentalement chacune d'entre elles, je saisis le paquet. La robe noire pourrait convenir, à condition de trouver quelqu'un qui sache comment attacher tous ces rubans. Je découpai le scotch de la boîte. Pour être honnête, j'avais assez envie de porter le collier d'opale. Mais la robe qui allait le mieux avec, selon Lisa, était assez plongeante. Devant et derrière. Et sur les côtés. En fait ce n'était ni plus ni moins qu'une jupe avec des bretelles. J'ouvris le paquet en soupirant.

À l'intérieur, frais et sanguinolent, se trouvait un cœur humain.

« Tour Thomas, je vous assure que l'on arrivera à retirer les taches de sang de la moquette.

— Et nous allons le tester pour voir s'il contient quoi que ce soit de fâcheux », ajouta le Dr Crisp en recueillant une minuscule quantité de sang sur le bureau à l'aide d'un coton-tige. Une foule d'assistants s'affairaient sur le meuble et sur la moquette où le sang avait giclé. Au moment où j'avais posé les yeux sur le contenu de la boîte, je l'avais balancée en poussant, pour reprendre les mots d'Ingrid décrivant la scène à l'une de ses amies, « un couinement de porcelet apeuré ».

« Et nous allons passer la boîte et le cœur au scanner pour voir s'ils renferment des mécanismes dangereux », expliqua le chef de la sécurité Clovis, cessant quelques instants de parler au téléphone. « Voyez si nous pouvons retrouver sa provenance par la compagnie de livraison, ordonna-t-il à l'assistant

qui se trouvait derrière lui. Ça ne marchera sans doute pas, mais je veux explorer toutes les pistes.

— Tour Thomas, vous êtes sûre que vous ne voulez pas sortir de ce coin ? Je pense que vous serez mieux sur le sofa. » Ingrid se retourna et s'adressa à voix basse au Dr Crisp, puis je vis qu'elle me jeta un regard inquiet.

« Traumatisée ? s'exclama Crisp. Je ne pense pas. Elle a simplement besoin d'un remontant.

— Ou d'une bonne claque ! » lança Teddy Gestalt en entrant dans la pièce. Les Pions et Serviteurs s'écartèrent sur son passage. Il enjamba la giclée de sang et me considéra avec un dégoût non dissimulé. « Écoutez Thomas, ce n'est pas un comportement acceptable de la part d'une élève du Domaine, et encore moins d'une Tour de la Checquy ! Alors arrêtez de trembler, relevez-vous et cessez de vous ridiculiser devant le personnel. » Il me jeta un dernier regard, leva les yeux au ciel et tourna les talons. « Dr Crisp, chef Clovis, vous me transmettrez les rapports sur cet incident. Et essayez de trouver pourquoi quelqu'un prendrait la peine d'envoyer un cœur à la Tour Thomas. » Il prononça cette dernière phrase avec un mépris cinglant puis quitta la pièce, laissant derrière lui un horrible silence gêné.

Chapitre 33

Éreintée, endolorie, et en manque de caféine, Myfanwy s'assit à son bureau avec précaution. Elle portait un pyjama tout doux et une robe de chambre. Des heures d'examens déplaisants, fastidieux et hautement intrusifs combinées à son manque de sommeil l'avaient mise de très mauvaise humeur. Le fait qu'elle ne pouvait pas aller se coucher, car il fallait qu'elle retrouve Graaf Ernst von Suchtlen, et que la machine à café du bureau fût cassée, alors qu'elle ne savait pas faire marcher celle de la résidence, ne faisait qu'empirer la situation.

Tandis qu'Ingrid faisait le tour des autres services pour quémander du café, Myfanwy avait recherché dans le classeur violet de Thomas une mention d'un rendez-vous avec un Greffeur mais n'avait rien trouvé. Elle commençait à regretter d'avoir laissé les lettres dans son bureau à la maison. En désespoir de cause, face aux affres du sevrage de caféine, elle inclina son fauteuil et ferma les yeux. Le téléphone sonna, lui envoyant une véritable décharge dans le crâne.

« Oui ? répondit-elle, les mâchoires serrées.

— Tour Thomas, un appel pour vous, dit Ingrid.

— Vous m'avez trouvé du café ? demanda-t-elle, pleine d'espoir.

— Oui, il arrive de la cuisine.

— Génial, prévenez-moi dès que vous l'avez. » Elle raccrocha et referma les yeux. L'instant d'après, le téléphone sonna de nouveau.

« Excellent, le café est arrivé ?

— Non, je suis navrée Tour Thomas, mais vous aviez un appel en attente.

— Un samedi ? gémit-elle. Mon Dieu. *D'accord.* Qui c'est ?

— Il s'appelle… Attendez, j'ai dû l'écrire phonétiquement. C'était… Gerd de Leeuwen.

— Sérieusement ?

— Vous ne me mettez pas en attente ! » hurla une voix dans son oreille. Myfanwy sursauta et jeta malgré elle le téléphone qui atterrit sur le bouquet de roses à l'autre bout de la pièce. Se frottant l'oreille d'une main, elle mit le téléphone sur haut-parleur.

« Allô ? dit-elle.

— Je suis Graaf Gerd de Leeuwen ! glapit la voix inimitable du Belge écorché qu'elle avait rencontré la veille.

— Comment avez-vous eu ce numéro ? Même moi je ne le connais pas », répondit Myfanwy, trop fatiguée et grognonne pour faire des politesses. L'organisation à laquelle appartenait cet homme était responsable de la batterie d'examens qu'elle venait de subir. De plus, elle avait beaucoup moins peur de lui maintenant qu'elle n'avait pas à le regarder.

« Ne me questionnez pas ! Je possède le savoir des siècles ! se gargarisa-t-il.

— Et alors ? pouffa Myfanwy. Vous savez, un quart d'heure avant de vous rencontrer je prenais un verre avec un vampire. Il est mort depuis le XVIIIe siècle mais ça ne l'empêche pas d'être plutôt bien élevé. »

Elle s'interrompit, attendant de voir si le fait de mentionner Alrich provoquerait une réaction révélatrice de la part du Greffeur, peut-être une preuve que le Fou était le traître.

« Où est Ernst von Suchtlen ? demanda la voix, qui voulait apparemment ignorer ses remarques.

— Vous êtes sous crack ou quoi ? Vous aviez dit trois jours ! Et c'était il y a dix heures.

— Où est-il pour qu'il vous faille trois jours pour le retrouver ? rétorqua triomphalement la voix au bout du fil.

— C'est pas vrai... » Myfanwy soupira tandis que le Belge se lançait dans une diatribe interminable. « Attendez, une seconde, j'ai un double appel. » Elle appuya sur le bouton et interrompit son hurlement de rage impuissant. « Allô ?

— Tour Thomas, j'ai votre café.

— Formidable, Ingrid. Apportez-le. » Myfanwy reprit l'appel du Greffeur et fut légèrement désarçonnée par le flot d'insultes proférées en flamand du XVIIe siècle. Les gardes du corps ouvrirent la porte, Ingrid entra avec une grande tasse de café et un nouveau portable puis s'arrêta net quand elle entendit les cris. Même dans une langue étrangère, il était clair que cet appel n'était ni courtois, ni professionnel. Ingrid s'approcha doucement du bureau.

« Est-ce que ça a un rapport avec ce Graaf Ernst von Suchtlen dont vous me parliez ? murmura-t-elle, éberluée par le langage qui se déversait du haut-parleur.

— C'est son partenaire, celui qui n'a pas de peau », dit Myfanwy en appuyant sur la touche « muet » du téléphone et en considérant le café avec envie. « Ce sont les chefs des Greffeurs. Ce type m'a arrêtée hier soir pour me demander où était son associé.

— Vous êtes en contact avec les Greffeurs ! s'exclama Ingrid. Pourquoi ne tracez-vous pas l'appel ?
— On peut faire ça ? s'étonna Myfanwy.
— Tant qu'ils restent en ligne.
— … et la terreur va s'abattre immédiatement ! » cria de Leeuwen, qui était repassé à l'anglais, avant de raccrocher.

« Qu'est-ce que vous voulez que je vous dise ? s'agaça Myfanwy. Je suis un génie de l'administration, pas des télécoms.
— Qu'allons-nous faire ? demanda Ingrid.
— J'en sais rien, attendre que la moisissure recouvre les Cotswolds ? » Puis le téléphone sonna, Ingrid voulut décrocher mais ne trouva pas le combiné sur le support.
« Où est le téléphone ?
— Je l'ai jeté dans les roses, répondit Myfanwy en appuyant sur la touche haut-parleur. Allô ? dit-elle d'une voix lasse.
— Ici Graaf Gerd de Leeuwen.
— Ah, bonjour. » Myfanwy fit de grands gestes à l'attention d'Ingrid et renversa son café. Dans la précipitation, la secrétaire se cogna le tibia dans un repose-pied et regagna son bureau en boitant. Le précieux nectar caféiné se répandit sur le bureau de Myfanwy, imbibant plusieurs documents d'importance nationale et noyant son téléphone. Elle laissa échapper un petit gémissement de dépit et essaya de remettre un peu de café dans son mug à l'aide de son badge plastifié.
« Il a été porté à mon attention que j'avais peut-être été un peu brusque, dit de Leeuwen. Ainsi, je reviens au délai original de trois jours.
— Trois jours à partir de maintenant ? » demanda

Myfanwy en interrompant son opération de sauvetage de café. *Saloperie de Belge bipolaire.* « Ou trois jours à compter de la première offre ? » Elle jeta un œil vers Ingrid par la porte ouverte, et vit qu'elle parlait à toute vitesse au téléphone et faisait de grands gestes indiquant qu'il fallait à tout prix qu'il reste en ligne. Myfanwy fit une grimace indiquant qu'elle n'avait aucun contrôle sur le déroulement de la conversation, puis tenta vainement de reprendre le fil de la diatribe du Belge, mais celui-ci venait malheureusement de la conclure en demandant : « Vous comprenez ?

— Eh bien, à vrai dire, monsieur, bafouilla-t-elle, nous sommes samedi aujourd'hui, et même si nous avons beaucoup d'employés qui travaillent le week-end, nous ne risquons de ne pas être assez nombreux. » *Oui, ça se tient,* pensa-t-elle. Puis elle essaya d'interpréter l'expression d'Ingrid.

« Comment se fait-il que vous ayez besoin de vous mettre à plusieurs ? Que lui avez-vous fait ? » demanda-t-il d'un ton suspicieux. Myfanwy avait de nouveau des maux de tête, et les docteurs Wills et Engel n'ayant pas été aussi délicats qu'ils l'avaient promis, ses parties sensibles la faisaient également souffrir. Elle but une gorgée du café qu'elle avait pu sauver et grimaça. *La diplomatie ne marche pas, et les bonnes manières ne marchent pas non plus. Merde, même la raison ne marche pas. Il va falloir que je parle à cette chose plus franchement.* Elle inspira profondément.

« Rappelez-vous d'hier soir. Je sais que c'est peut-être enfoui quelque part sous les siècles d'informations accumulées dans les tiroirs de votre cerveau, mais c'était *seulement* hier soir. Vous flottiez dans un aquarium d'eaux usées, et j'étais sur le point de vomir. Vous poussiez des cris incompréhensibles mais vous vous souvenez peut-être que je vous ai dit que nous… *Ne. L'avions. Pas.* Nous ferons de notre mieux pour vous aider, mais si vous avez égaré l'un de vos hommes, vous ne pouvez vous en prendre qu'à une personne, et ce n'est pas moi. » Myfanwy releva la tête et vit qu'Ingrid et les gardes du corps la dévisageaient d'un air incrédule. *J'ai peut-être été un peu trop franche,* regretta-t-elle. « De plus, vous savez sans doute que je suis la membre la moins ancienne de la Cour. Il y a d'autres personnes à qui vous pourriez vous adresser pour parler de votre projet.

— Quel projet ?

— Je ne sais pas, tout le plan "On existe, on infiltre des agents en Angleterre et en Amérique".

— Non seulement je ne parlerai pas de cela à d'autres membres de votre Cour, mais vous ne direz rien non plus, rétorqua-t-il froidement.

— Je vous demande pardon ?

— Nous vous avons contactée parce que Ernst vous a envoyé quelque chose à vous, le général de notre pire ennemi. Si je ne pensais pas que vous savez où il se trouve, vous seriez écartelée, votre sœur serait tuée, et moi je regarderais mes troupes sortir des cuves de Malines pour aller violer votre Premier ministre au sommet d'une pyramide de crânes de Cockneys sur Trafalgar Square. » Myfanwy sentit son sang se glacer.

« Quoi ? murmura-t-elle.

— Vous m'avez entendu, continua le Belge avec une satisfaction non dissimulée. Je vous suggère donc de cesser de faire semblant que vous ne l'avez pas, car vous mesurez désormais le sérieux de la situation.

— Vous aviez dit qu'elles ne seraient pas inquiétées ni suivies, souffla-t-elle, horrifiée.

— Ne soyez pas naïve.

— Espèce d'enculé. Tu oses menacer ma famille ? » Myfanwy hurlait maintenant dans le téléphone. « Si tu touches à un seul cheveu de Bronwyn, je rase ton pays. Puis je te retrouverai, je prendrai le contrôle de ton corps, et je te ferai t'arracher les boyaux par le cul ! Saloperie de cadavre !

— Vous ne me parlez pas comme ça ! » glapit le Belge. Elle entendit un bruit d'éclaboussures derrière lui, indiquant qu'il était toujours dans sa cuve.

« Je demanderai à un de mes gardes du corps de venir chier dans ton petit aquarium et de t'en faire un masque façon Body Shop, continua Myfanwy. Et toutes tes petites modifications génétiques ? Tu te les arracheras avec les ongles, espèce de résidu de boucherie. » Par le haut-parleur lui parvint le bruit de quelqu'un en train de faire une crise d'apoplexie dans une piscine.

« Alors, M. Graaf Gerd de Leeuwen, rappelez-moi dans trois jours et nous ferons le point sur la situation. Et si d'ici là ma sœur ressent ne serait-ce que le moindre inconfort, vous recevrez votre partenaire dans des bagages assortis. Au revoir. » Myfanwy raccrocha d'une main tremblante. Elle se tourna vers Ingrid qui était revenue dans la pièce. « Salut.

— Donc outre les télécommunications, vous n'êtes pas non plus une experte en diplomatie, n'est-ce pas ? demanda-t-elle doucement.

— Il me faut un verre.

— Je pense que nous en avons toutes les deux besoin. » Elle fit pivoter un portrait qui dissimulait un bar bien fourni et leur versa à chacune un petit verre ambré tandis que Myfanwy secouait son téléphone pour le sécher.

« Ce mec n'est pas net, dit Myfanwy. C'était déjà suffisamment compliqué d'apprendre que les Greffeurs prévoyaient une invasion, mais je pensais au moins qu'ils étaient sains d'esprit.

— Oui. Tour Thomas, vous avez une sœur ?

— Ouais, répondit-elle sur la défensive.

— Comment pouvez-vous avoir une sœur ? » Elle baissa la voix. « Ça fait seulement deux semaines que vous êtes *vous*.

— Ce corps a une sœur, expliqua Myfanwy. Ceci est autant mon corps que celui de la femme pour qui vous travailliez avant, donc oui, j'ai une sœur. Elle m'a retrouvée.

— Comment ?

— Les impôts.

— Je vois. Et comment les Greffeurs sont-ils au courant de son existence ?

— On est sorties hier soir, avoua Myfanwy.

— Vous êtes sortie hier soir ?

— On est allées en boîte.

— En boîte de nuit ? s'exclama Ingrid.

— Ouais. » Myfanwy sentit le rouge lui monter aux joues. « C'est comme ça que j'ai pourri mon téléphone. Vous pensiez qu'il s'était passé quoi ? » Ingrid faisait à l'évidence de grands efforts pour garder son calme.

« Tour Thomas, je ne suis ni votre mère, ni un membre de la Cour, et je sais que vous êtes une femme intelligente, donc vous n'avez évidemment pas besoin que je vous fasse remarquer que c'était une idée affreusement stupide. Vous n'avez pas non plus besoin que je vous fasse remarquer que vous avez mis en péril votre vie, celle de votre sœur, et la sécurité de la nation. Et maintenant nous avons ces Greffeurs fous sur les bras.

— Je sais, répondit Myfanwy, penaude.

— Comment s'appelle votre sœur ?

— Bronwyn.

— Quelle est sa date d'anniversaire ?

— Quelle importance ?

— Je vais la noter dans l'agenda pour que vous pensiez à lui offrir quelque chose, répondit calmement Ingrid.

— C'est une délicate attention, mais est-ce qu'on ne devrait pas plutôt s'inquiéter des menaces délirantes des Greffeurs que de mon agenda ? » objecta Myfanwy, qui se demandait si sa secrétaire ne s'était pas servi un peu trop d'alcool.

« Le service des communications a dit qu'ils nous contacteraient quand ils auront trouvé sa trace, dit Ingrid. Vous avez un plan ?

— Eh bien, puisque je ne sais absolument rien de ce Ernst von Suchtlen qui est censé être mon prisonnier, je suppose que nous allons retracer l'appel, retrouver l'écorché, déchaîner les foudres de la Checquy contre lui, puis nous pourrons, vous et moi, lui mettre des coups de pied une fois qu'il sera à terre. Ça devrait régler la situation. Il restera la question des traîtres au sein de la Cour, mais je suis certaine que ça s'arrangera une fois qu'on aura attrapé le grand chef des Greffeurs. » Elle but une gorgée méditative du liquide ambré.

« Vous savez combien de temps ça prend pour localiser un appel ? » reprit-elle.

Ingrid haussa les épaules.

« OK, donc je pense qu'il vaudrait mieux que je reprenne le cours des opérations domestiques. Y a-t-il des nouvelles de la Cour ?

— Vous devez rendre vos nominations avant

vendredi en fin de journée, répondit Ingrid après avoir consulté son organiseur aux allures de dictionnaire.

— Les nominations ?

— Pour succéder à la Tour Gestalt et au Cavalier Gubbins.

— Ah oui, bien sûr. Et quel est le processus pour tout ça ?

— À vrai dire, je ne connais pas vraiment la procédure, dit Ingrid. Je pense que ça fait partie de ces choses que seuls les membres de la Cour doivent savoir, quoique je sois à peu près sûre que le Premier ministre, le ministre de la Défense et le souverain sont impliqués. » Myfanwy était bouche bée, et Ingrid semblait un peu embarrassée. « Les secrétaires parlent beaucoup…, expliqua-t-elle. Mais ce que je sais, c'est que vous devez fournir une liste de cinq candidats au sein de la Checquy, pour la position de Tour et pour celle de Cavalier.

— Mince, souffla Myfanwy. Dix personnes ! Bon, il va falloir que je réfléchisse à tout ça. Pourquoi pas le Colonel Hall ? Je l'aime bien, et il a l'air compétent. J'ai d'ailleurs vu son dossier, et il est extrêmement qualifié. Vous savez qu'il a supervisé des troupes en Irlande du Nord ? Et des missions de maintien de la paix à l'étranger ?

— Il est très gentil, admit Ingrid. Ses secrétaires l'aiment beaucoup et son équipe l'adore, mais je crains qu'il ne puisse devenir membre de la Cour.

— Pourquoi pas ? demanda Myfanwy à sa secrétaire rougissante.

— Parce que ce n'est pas un Pion.

— Pas de pouvoirs, hein ?

— Pas de pouvoirs en effet. C'est une règle de la Checquy, seules les personnes dotées peuvent diriger.

— Je ne suis pas à l'aise avec le fait qu'il faille avoir des pouvoirs bizarres pour devenir membre de la Cour. C'est vrai, je n'utilise jamais le mien. Ou très rarement en tout cas, et presque jamais pour des tâches liées à la Cour.

— Oui, mais en théorie vous pouvez être appelée pour superviser des opérations. Franchement, vous avez de la chance de ne pas avoir été sollicitée plus souvent depuis que la trahison de Gestalt a été révélée la semaine dernière. En parlant de lui, est-ce que vous avez le droit de me dire quelle est la situation ?

— Apparemment, il n'y aura même pas de procès. Gestalt n'a jamais clamé son innocence et le fait d'avoir essayé de tuer tout le monde au cocktail est une preuve suffisante de sa culpabilité. Mais j'ai parlé avec Sir Henry et Lady Farrier et ils étaient d'accord pour dire qu'il n'était pas souhaitable que je supervise l'interrogatoire, puisque nous avons le même grade. Nous avons confié cette responsabilité aux Fous. Je leur ai transmis mes idées pour s'assurer de la coopération de Gestalt, et il ne reste plus qu'à attendre de voir s'ils vont obtenir quelque chose. » Alrich s'était distraitement léché les lèvres quand il avait accepté cette charge. Elle frissonna un peu en y repensant puis reprit un verre.

« Attendre l'identification du téléphone, attendre les tortionnaires », soupira-t-elle en grattant l'endroit où son sang avait été prélevé à l'aide d'une intimidante triple seringue maniée par un nain perché sur un escabeau. « Je déteste attendre. Est-ce qu'il y a quelque chose que je puisse faire pendant ce temps ? Quelqu'un à qui parler ? demanda-t-elle plaintivement. Des chefs de section ou de projet ?

— C'est le week-end Tour Thomas, lui fit doucement remarquer Ingrid.

— Bien sûr. Et personne ne devrait venir au bureau le week-end, ça serait insensé.

— Eh bien, la permanence fonctionne et avec cette histoire de Greffeurs le service de surveillance est ouvert. Et bien sûr, le personnel médical est en train de réaliser les tests. Une équipe d'intervention et deux pilotes sont également de garde. Les personnels de sécurité sont là, le personnel d'entretien aussi, et…

— D'accord, coupa Myfanwy. Je vais me contenter de jeter un œil à ces documents avec mes yeux-lasers et tout signer avec mes doigts bien léchés.

— Tour Thomas, ils se sont excusés, vous le savez bien, protesta Ingrid. Apparemment votre peau leur engourdissait la langue et ils ont pour cela dû essayer tous vos doigts. »

Elles levèrent la tête quand un jeune homme entra en courant dans le bureau d'Ingrid, une feuille à la main. Il les aperçut par la porte ouverte, rougit, et s'élança vers elles. L'un des gardes du corps stationné devant la porte tendit le bras, et elles purent admirer les semelles du garçon lorsque celui-ci s'enroula autour de l'avant-bras du colosse.

« Ooh ! » Myfanwy et Ingrid tressaillirent. L'autre garde entra dans la pièce, leur fit un signe de tête, et posa délicatement le pied sur la gorge du jeune homme. Ce dernier suffoquait et agitait désespérément la feuille de papier.

« Ne le tuez pas ! s'écria Ingrid. Tour Thomas, voici le Pion Summerhill, du service des communications. » Myfanwy fit un signe au garde, qui enleva sa chaussure à contrecœur, permettant à Summerhill de se redresser.

« Tour Thomas, Mrs. Woodhouse…

— Qu'y a-t-il Alan ? demanda Ingrid. Vous avez localisé l'appel ?

— Pas encore. Nous travaillons encore dessus, mais ce fax est arrivé tout à l'heure. Il est adressé à la Tour Thomas. » Myfanwy prit la feuille que lui tendait Summerhill la tête baissée. Le fax était orné de gravures, et elle dut se concentrer pour lire le message sous toutes les enluminures et autres fioritures.

Tour Thomas de la Checquy,

J'ai déclenché une petite horreur à Reading, simplement pour vous démontrer nos capacités. Si vous ne vous pressez pas, il risque de ne plus rester grand-chose chez John Perry. J'ai hâte de voir Graaf Ernst von Suchtlen ce mardi.

Bien à vous,

Graaf Gerd de Leeuwen

Myfanwy lut ces lignes sans en croire ses yeux. Tout le monde sursauta quand les lumières clignotèrent et les sonneries d'alerte retentirent. Le téléphone sur le bureau d'Ingrid commença à sonner furieusement, accompagné d'une lumière rouge.

« Qu'est-ce que c'est que ça ? demanda Myfanwy, qui avait un mauvais pressentiment.

— Un incident », répondit Ingrid d'une voix sombre en se dirigeant vers le téléphone. Myfanwy, les deux colosses et le gamin asthmatique la regardèrent répondre au téléphone. « Oui. Oui, d'accord. Oui, elle y sera. Combien de temps ? Très bien. Merci, Jennifer. » Elle raccrocha. « Tour Thomas, je crains qu'il y ait eu un débordement à…

— Reading, interrompit Myfanwy d'une voix lasse.

— Oui, répondit Ingrid, surprise.

— Les Greffeurs, souffla Myfanwy avant de remarquer l'air horrifié des gardes et du gamin. Que ce soit clair : vous n'avez rien entendu », assena-t-elle d'un ton aussi menaçant que son pyjama le permettait. *Cette carcasse de merde a dit que si qui que ce soit apprenait qu'on s'était parlés, il tuerait Bronwyn. Évidemment, je ne peux pas être sûre qu'il ne la tuera pas de toute façon, mais je ne veux pas prendre plus de risques que nécessaire.* « D'ailleurs vous serez mes deux gardes du corps jusqu'à nouvel ordre. Pas de remplacement. Et vous, lança-t-elle à l'attention du gamin tremblant.

— Pion Alan Summerhill, souffla Ingrid.

— Pion Alan Summerhill, est-ce que votre présence est indispensable pour localiser l'appel ?

— En fait, c'est mon quatrième jour.

— Êtes-vous une sorte de prodige susceptible de faire une grande différence dans cette opération de localisation ?

— Non…

— Parfait. Dans ce cas vous venez à Reading avec moi. Vous ne direz pas un mot de ce que vous avez entendu dans ce bureau à qui que ce soit, et vous ne vous écarterez pas sans ma permission. C'est compris ?

— Oui, Tour Thomas, bredouilla-t-il.

— Bien. Ingrid, l'incident est-il maîtrisé ? Est-ce resté discret ?

— C'est un commissariat.

— Puuuuutain », fit l'un des gardes. Tout le monde le dévisagea. « Je suis un ancien flic… », se justifia-t-il.

Ingrid reprit. « Le commissariat est en plein centre-ville, et ils ont eu le bon sens de boucler le bâtiment. Les cellules d'opération mobiles devraient être installées d'ici notre arrivée.

— Quoi d'autre ? demanda Myfanwy.

— Les Barghests sont mobilisés et nous les rejoindrons sur site. Messieurs, dit Ingrid en se tournant vers les gardes du corps, vous serez chargés de la sécurité de la Tour lors de l'opération. » Elle retourna à son bureau et revint avec un manteau et un ordinateur portable rangé dans une mallette.

« Qu'est-ce que vous faites ? demanda Myfanwy.

— Je viens avec vous. L'hélicoptère sera là dans sept minutes.

— D'accord, mais…

— Tour Thomas, vous êtes encore en pyjama. Vous devriez monter vous changer. Et n'oubliez pas de prendre une veste.

— D'accord », soupira Myfanwy. Elle fit pivoter un autre portrait et monta à l'appartement. Derrière elle, l'un des gardes dut pousser son collègue, coincé dans l'escalier, pour pouvoir la suivre.

Se trouver dans un hélicoptère avec Ingrid, un Pion néophyte absolument terrifié, et deux gros gardes du corps n'avait absolument rien à voir avec les déplacements qu'elle avait faits avec Shantay. Tout le monde se cognait les genoux, et P'tit Pion Alan (ainsi qu'elle l'avait secrètement baptisé) était écrasé entre les deux gardes qui semblaient être sur le point de vomir. Ingrid lisait à toute vitesse les rapports sur son ordinateur. Myfanwy portait une grosse paire de lunettes de soleil et écoutait les mauvaises nouvelles.

« La police de Reading a installé les cordons de sécurité à une distance raisonnable, dit Ingrid.

— Et de l'autre côté des cordons ?

— Voyons voir, dit-elle en parcourant des pages et des pages. Oui, d'accord. Il reste quelques personnes qui traînent aux alentours, mais elles sont peu nombreuses. Celles-ci pourront facilement être dispersées, soit par des annonces officielles, soit, si nécessaire, à l'aide de gaz lacrymogènes.

— Bon, c'est déjà ça. Quelle est la couverture donnée à l'événement ?

— Prise d'otages, mais personne n'a utilisé le mot en T.

— Que personne n'utilise le mot en T ! s'exclama Myfanwy. Nom de Dieu, vous savez à quel point ça compliquerait les choses ? En plus, je me ferais étriper par les chefs de la Checquy et les Fous. Je ne veux pas entendre quiconque prononcer le mot en T !

— Le Fou Grantchester a fait savoir à tout le monde au sein de l'organisation que le mot en T ne devait en aucun cas être utilisé, rappela Ingrid.

— Oui, et ceci après avoir eu une très longue conférence avec le Premier ministre et le ministre de la Défense, suite à quoi les Tours ont dû écouter sa leçon pendant quatre heures. » *Ce que je n'ai heureusement pas eu à subir. Thomas était si énervée qu'elle s'était ensuite défoulée sur treize pages avec interligne simple.* « Dans tous les cas, assurez-vous que les Bluffeurs trouvent une excuse rationnelle pour ce qui se passe.

— Une excuse rationnelle comme par exemple un groupe de fous ?

— Une excuse rationnelle, assena Myfanwy. Bon, est-ce que quelqu'un sait qui est ce John Perry ? » Elle aurait normalement cherché dans son classeur violet, mais elle l'avait oublié dans la précipitation. Elle regarda toutes les personnes entassées dans l'hélicoptère mais personne ne semblait savoir. Ingrid leva les yeux de son ordinateur et confirma que personne à la Checquy ne portait ce nom. La recherche Google avait mené à une variété d'individus, mais aucun ne venait de Reading, ni n'avait de lien quelconque avec la situation.

« OK, ça fait un mystère à élucider, dit Myfanwy. Est-ce qu'on sait s'il y a des blessés ? » *Mon Dieu, faites que ce ne soit qu'une prise d'otages. Ça va être affreux si ce connard dépecé a commencé à s'en prendre à des civils. Je dois garder la tête froide, rester calme et sereine.*

« Il y a sept agents, trois employés de bureau et deux douzaines de civils coincés à l'intérieur, répondit Ingrid.

— Merde ! » Elle frappa l'accoudoir. « C'était complètement inutile. J'ai promis à de Leeuwen que je retrouverais son foutu partenaire !

— Mais vous ne le pensiez pas, dit doucement Ingrid. Vous étiez en train de localiser son appel et vous pensiez le retrouver avant qu'il ne raccroche.

— Oui mais ça, il n'en savait rien ! Alors pourquoi est-ce qu'il s'est senti obligé de faire ça ?

— Vous l'avez traité de résidu de boucherie et l'avez menacé de le faire se torturer lui-même dans une baignoire d'excréments.

— Vous pensez que c'est à cause de ce que j'ai pu dire ?

— Eh bien, il ne m'avait pas l'air d'être un individu particulièrement stable. C'est peut-être à cause de la manière dont vous lui avez dit bonjour, parce qu'on est samedi, ou parce que ses sbires ne se sont pas inclinés assez bas, ou Dieu sait quoi d'autre.

— On est toujours samedi ? geignit Myfanwy. Vous savez, je n'ai pas l'habitude de ça. C'était la Tour Gestalt qui s'occupait des opérations sur le terrain.

— Excusez-moi, Tour Thomas, intervint Alan, le petit Pion, d'une voix aiguë, mais au Domaine nous avons tous entendu parler de votre intervention à Bath. » Les deux gardes hochèrent la tête et Ingrid lui adressa même un sourire confiant.

Oh, *super*, se dit Myfanwy tandis que l'hélicoptère descendait. « Aïe ! » s'exclama-t-elle quand l'atterrissage brutal secoua tout ce que les docteurs du Beffroi avaient examiné. Les deux gardes, profondément soulagés d'avoir retrouvé la terre ferme, se levèrent et inspectèrent la piste d'atterrissage. Une limousine les attendait, encadrée de deux immenses véhicules tout terrain. Autour des voitures se trouvaient plusieurs personnes de grande taille, nerveuses et lourdement armées – ce qui n'est jamais une bonne combinaison.

« Tour Thomas, nous allons vérifier que ces personnes sont fiables », dit l'un des gardes. Alan se déplia lentement quand ils se levèrent. Myfanwy regarda par la fenêtre les deux gardes se diriger vers les membres de la Checquy en titubant légèrement à cause du mal de l'air. Le téléphone d'Ingrid sonna, elle répondit puis écouta en hochant la tête.

« On peut y aller Tour Thomas, dit-elle en se levant. Alan, prenez ces valises s'il vous plaît.

— Où sommes-nous ? » demanda Myfanwy. L'hélicoptère avait visiblement atterri dans un pré de vaches récemment libéré. « On aurait pas pu trouver un aéroport ? Ou une hélistation ? Ou un endroit qui n'aurait pas été couvert de… putain ! J'ai de la bouse de vache sur mes chaussures !

— Au moins vous n'êtes pas en talons », rétorqua Ingrid en s'enfonçant dans le sol. Derrière elles, Alan peinait avec les valises.

« Tour Thomas, voici le Pion Cyrus West. C'est

le responsable du site pour cet incident, dit l'un des grands gardes du corps.

— Ravie de vous voir Cyrus », dit Myfanwy en essayant de ne pas relever son hésitation à lui serrer la main. Ingrid lui avait précisé que le bruit avait circulé au sujet du type qu'elle avait fait se poignarder au cocktail.

« Mesdames. Messieurs. » Elle adressa un signe de tête aux employés de la Checquy. « Ravie de vous voir tous. Cyrus, je suis sûre que vous êtes pressé de retourner sur le site. » Elle monta à ses côtés dans la voiture en compagnie de son équipe. Le gros garde du corps inspectait un très gros pistolet qu'il avait pris dans l'une des valises d'Ingrid.

« Le cran de sûreté de ce truc est bien enclenché j'espère ? s'inquiéta Myfanwy.

— Euh... tout à fait, Tour Thomas, bafouilla-t-il en observant le côté de son arme.

— Il n'est pas vraiment porté sur les armes à feu, chuchota Ingrid. Mais par contre, il est capable de faire éclater la peau de votre torse.

— Ah... très bien. Bref, Cyrus, pouvez-vous me mettre au courant de la situation au commissariat ? » Il acquiesça et commença à parler d'une voix incroyablement monotone et soporifique. Myfanwy, qui, outre sa gueule de bois et son manque de sommeil, avait subi des sondes, des drains, des injections, des scanners et des prélèvements, sentit ses paupières se fermer. Elle parvint néanmoins à tirer quelques informations essentielles de son monologue. D'après plusieurs témoins :

a) Un homme quelconque a pénétré dans le commissariat et, à mains nues, a brisé la nuque de la personne la plus proche de lui avant de verrouiller la porte par laquelle il était entré. Un agent de grande taille s'est jeté sur lui avec une matraque télescopique et s'est fait arracher la tête d'un coup de poing pour le récompenser de son initiative. À partir de là, le commissariat entier s'est mobilisé et armé, et en quelques instants, l'homme s'est retrouvé face à de nombreux pistolets et quelques Tasers. Il a contemplé la salle en haussant les sourcils et a pouffé. Puis

b) après avoir ignoré les demandes répétées de jeter son arme, il s'est débarrassé des nombreuses balles qui s'étaient enfoncées dans sa peau. Considérant les regards ahuris des policiers avec une moue amusée, l'homme a ensuite levé les bras puis, avec un grognement d'effort (d'après l'appel d'urgence désespéré du commissaire),

c) « des espèces de gros tentacules ont jailli de ses bras, et il a empalé toutes les personnes autour de lui. Il y avait du sang qui giclait partout, puis, les soulevant du sol, sa peau a commencé à les absorber en les faisant rentrer dans son corps. Et maintenant, il est tout bosselé parce qu'ils sont à l'intérieur de lui, et il devient énorme… oh mon Dieu, non ! Au secours ! À l'aide ! »

d) La Checquy a réagi immédiatement et a trouvé à son arrivée toutes les rues autour du commissariat désertées – les bonnes gens de Reading n'ayant pas l'habitude d'y entendre un tir de barrage un samedi après-midi. Les coups de feu, en plus des cris inhumains et des taches de sang sur les fenêtres, avaient éloigné une bonne partie de la populace. L'équipe d'intervention de la Checquy à Reading est arrivée tout de suite, a bouclé les lieux et a gentiment écarté les derniers badauds et les médias.

« Avec votre autorisation, Tour Thomas, j'aimerais conserver le contrôle des opérations. Les Barghests ont été automatiquement convoqués et vous avez été prévenue car nous avions atteint une certaine couleur sur l'échelle d'alerte, conclut Cyrus.

— Chartreuse », avança Pion Allan. Tout le monde se tourna vers lui et il se ratatina un peu.

« Excusez-moi, qui est-ce ? demanda le Pion Cyrus.

— C'est P'tit Pion… Pardon, c'est le Pion Alan… quelque chose.

— Summerhill, compléta le Pion Alan.

— Le Pion Alan a eu vent d'une information que je vais devoir vous révéler, expliqua Myfanwy, et que personne dans cette voiture ne répétera. Bien, vous savez qu'aujourd'hui tout le monde au sein de l'organisation est censé passer des examens médicaux.

— Oui, j'ai entendu dire qu'ils étaient assez désagréables, répondit le Pion Cyrus. Je devrais m'inquiéter ?

— Oh non, pas du tout, ils sont super. Mais la raison pour laquelle nous les passons est la même qui fait que des personnes se font abattre et, euh, empaler à Reading.

— J'ai peur de ne pas comprendre.

— Les Greffeurs », dit Myfanwy, qui regarda Cyrus se décomposer sous ses yeux. Son attention fut cependant détournée quand le gros garde du corps fit tomber son pistolet, faisant tressaillir tout le monde dans la voiture.

« Écoutez Cyrus, reprit-elle quand le colosse, penaud, eut ramassé son arme, vous ne pouvez partager l'information que je viens de vous communiquer avec personne. Je ne peux qu'espérer qu'elle vous aidera dans l'approche de cette opération dont vous garderez naturellement le commandement. Il vous appartient d'envoyer les Barghests. De mon côté, je suis simplement là pour observer. » Elle essaya de ne pas repenser à la dernière fois qu'elle s'était déplacée simplement pour observer. On voyait sur le visage de Cyrus qu'il essayait de ne pas y penser non plus.

« C'est le début d'une nouvelle invasion ? demanda-t-il d'une voix anxieuse.

— Non. Du moins, je ne crois pas. Je pense qu'il s'agit plutôt d'un avertissement. Mais bien sûr, il est toujours possible que les Greffeurs essaient de profiter d'un moment de faiblesse, il faut donc contenir ceci rapidement. » Cyrus avait l'air malade et P'tit Pion Alan semblait être sur le point d'éclater en sanglots. Myfanwy sentit une migraine pointer tout à l'avant de son crâne.

« Alors Cyrus, reprit-elle, est-ce que par hasard vous avez des informations sur un certain John Perry ?

— Bien sûr.

— Un John Perry de Reading ?

— Bien sûr. John Perry de Reading. La Tour John Perry.

— La *Tour* John Perry ?

— La Tour John Perry, le plus célèbre agent de la Checquy de Reading. L'un des agents les plus renommés de l'histoire de la Checquy. La Tour John Perry.

— Ah », fit Myfanwy en faisant les gros yeux à tous les occupants de la voiture qui ne souffraient pas d'amnésie et n'avaient donc aucune excuse pour ne pas être capables d'identifier Perry. « Rafraîchissez-moi la mémoire.

— Il a joué un rôle clé dans la résistance à l'invasion de l'île de Wight par les Greffeurs. »

Mon Dieu, ce Belge écorché est vraiment rancu-

nier, pensa Myfanwy tandis qu'elle, et tous ceux qui n'étaient pas de Reading, s'enfonçaient dans un silence coupable. De son côté, Cyrus semblait avoir l'air tout autant offensé par leur ignorance qu'inquiet de la présence des Greffeurs dans sa ville. Il passa un appel et commença à parler d'une voix à la fois basse et paniquée.

« Tour Thomas, est-ce que ça va ? » demanda soudain Ingrid. Myfanwy releva la tête, surprise, et se rendit compte qu'elle était en train d'enserrer ses tempes.

« J'ai une migraine juste en face de nous.

— En face de nous ? répéta Cyrus.

— C'est très précis, rétorqua Myfanwy. Est-ce qu'on a de l'aspirine dans cette voiture ? » Tout le monde commença à chercher.

« Il y a du Johnnie Walker Blue Label, dit Ingrid en fouillant le minibar.

— C'est vrai ? demanda le gros garde du corps avec un enthousiasme non dissimulé.

— Je ne vais pas boire du whisky à jeun alors que je suis en route pour une manifestation, répondit Myfanwy. Et ceci est le cas pour tout le monde, ajouta-t-elle à l'attention du gros garde du corps qui regardait le bar avec envie. Ingrid, vous n'avez rien dans votre sac ?

— Je suis désolée Tour Thomas. Peut-être qu'il y a un kit de premiers secours à l'avant de la voiture. Vous voulez que je demande au chauffeur ?

— Non… oui… je sais pas, répondit Myfanwy en grimaçant de douleur. Ce n'est pas normal. On dirait que, que…

— Que quoi ? demanda P'tit Pion Alan avec animation.

— Que ça vient de l'extérieur de ma tête.

— Quoi ? D'où ?

— Là ! » s'exclama Myfanwy. Elle indiquait un grand bâtiment encerclé de troupes et de véhicules de la Checquy. « Juste là ! »

Chapitre 34

Chère Toi,

L'analyse du cœur n'a pas donné grand-chose. Ils l'ont fait passer par tous les scanners possibles et imaginables et ont demandé à cette anorexique qui prétend être psychométrique d'essayer de le lire, mais même elle n'a rien trouvé. Le cœur se trouve donc maintenant dans un frigo verrouillé, et je n'ai aucune idée de la raison pour laquelle on me l'a envoyé. Si j'étais de meilleure humeur ou que j'avais un sens de l'humour merdique, je prétendrais que ça vient d'un soupirant ; mais je vais m'abstenir et je vais plutôt te parler de notre dernière acquisition – et de comment je me suis retrouvée à devoir improviser une opération de couverture.

Depuis des années, une rumeur court au sein de la communauté : une sorte d'animal, appartenant à un particulier, serait capable de prédire l'avenir. Bon, la Checquy voit passer son lot de devins, médiums et liseurs de boules (de cristal et autres), et ils sont tous, sans exception, complètement bidon. En général, on nous sert une prophétie agaçante qui contient, invariablement, des rimes et des vers irréguliers et qui est tellement chargée de métaphores qu'elle en devient complètement incompréhensible. Ou alors c'est un pauvre type qui tient à donner à son épilepsie un sens profond. Ainsi, même si on se sent un peu obligés de continuer à chercher des médiums, on ne prête pas tellement attention à ce qu'ils disent.

Tu peux imaginer pourquoi nous serions ravis de mettre la main sur une créature capable de prédire l'avenir : un animal risque beaucoup moins de faire semblant pour attirer l'attention. Une équipe d'agents avait été détachée pour le trouver et l'acquérir par des moyens légaux ou illégaux. Ils ont suivi des centaines de pistes, ont sillonné le royaume et se sont débrouillés pour dépenser des sommes ahurissantes. (J'en sais quelque chose, devine qui s'est occupé des comptes et de la paperasse de ce petit fiasco...) Les agents ont finalement pris leur retraite et ont été remplacés. Plusieurs fois, ils ont cru qu'ils avaient trouvé la bête, bien que la rumeur n'ait jamais précisé à quelle espèce elle appartenait.

Ainsi, au fil de cette enquête, j'ai reçu plusieurs porcs, une chèvre, un lapin, un Jack Russel, et, mon préféré, une boîte en carton renfermant ce qui me fut fièrement décrit comme étant « les escargots prophètes de Beccles ». Toutes ces bêtes avaient été présentées, en grande pompe, à la Cour. Inutile de préciser qu'aucune ne fut capable de prédire l'avenir. Ou si elles en étaient capables, elles n'étaient pas disposées à nous communiquer leurs trouvailles. Tout ce projet ne fut qu'une succession de hontes professionnelles. Ah, et j'ai quand même eu le droit de garder le lapin.

Cette tâche aussi ridicule que futile fait partie des dossiers dont j'ai hérité quand je suis devenue Tour. Je l'aurais volontiers laissé tomber, mais c'est l'une des marottes de Wattleman, et je suis donc obligée de continuer.

Mais ce matin, nous avons reçu la confirmation : l'équipe avait enfin acquis l'animal, et des tests exhaustifs avaient été conduits par nos meilleurs scientifiques. Je me retrouvais donc à rédiger laborieusement des invitations formelles priant les membres de la Cour de venir dîner au Beffroi ce soir afin d'observer les merveilles magiques et fantastiques de l'unique canard devin du Royaume-Uni.

Bien sûr, j'ai trouvé des termes qui en jetaient un peu plus.

J'ai envoyé les invitations par le Messager de la Tour et j'ai essayé de me remettre au travail. Généralement, je ne vois pas le temps passer, mais aujourd'hui je n'arrivais pas à me concentrer. Les heures passaient, et je restais là à contempler mon ordinateur, incapable de faire quoi que ce soit. Je finis par me rendre compte que j'avais des doutes sur le canard.

Si tu y réfléchis, outre le fait qu'un canard prédisant l'avenir soit peu vraisemblable, les chances que notre fine équipe ait enfin trouvé le seul et unique animal devin du royaume n'étaient pas épaisses. Et franchement, je n'étais pas emballée par l'idée d'ouvrir le rideau pour présenter à la Cour un canard non-médium. Après tant d'erreurs embarrassantes, l'équipe de recherche m'avait assuré que cette fois-ci, ils avaient réellement trouvé le bon animal, mais ça ne suffisait pas vraiment à me rassurer. Il n'y avait donc pas grand-chose d'autre à faire : il allait falloir que je descende inspecter ce canard moi-même.

Je voulais le voir pour vérifier qu'il pouvait communiquer ses prédictions clairement, mais aussi pour tester leur exactitude. Un canard suffisamment intelligent pour communiquer avec des humains pouvait être assez malin (d'après moi) pour mentir sur ses dons de voyance. Mais j'avais là une occasion unique de les mettre à l'épreuve, puisque je savais ce que mon avenir me réservait. Je descendis donc aux labos, parcourant les couloirs en gardant les yeux fixés au sol. Comme d'habitude, j'essayais de ne pas croiser le regard des employés : toutes ces révérences me gênent horriblement, et finalement, qui sait ce qu'ils se disent ? Tout le monde ici me connaît, et je sais bien qu'ils n'ont pas énormément de respect pour moi.

Mais ils respectent ma position, donc quand j'ai demandé à passer du temps en tête à tête avec le sujet, ce fut promptement arrangé. Ils interrompirent leurs tests et la toilette du diseur de bonne aventure palmé et me conduisirent dans une pièce blanche insonorisée, où je m'assis en compagnie du canard et d'un ordinateur portable. Enfin, l'ordinateur était pour le canard et était équipé d'un grand clavier que les experts lui avaient dégoté (apparemment, il y avait eu des soucis de proportion entre la taille de son bec et celle des touches). Le Dr Crisp venait de m'expliquer avec enthousiasme comment fonctionnait le canard.

« C'est comme dans un conte de fées traditionnel, Tour Thomas. Seulement trois questions par personne. Il faut les poser en une fois puis c'est terminé. Il répond par oui ou par non. »

C'est en réalité assez inquiétant de se retrouver face à un canard. Ils sont plus grands qu'on pourrait le croire et assez... imposants. Nous nous sommes dévisagés, le canard et moi, et j'ai de la peine à le dire, mais c'est moi qui ai baissé les yeux la première.

« Bon, alors, je suis la Tour Thomas, dis-je au

canard. Mais peut-être que tu le savais déjà ? » Il ne répondit pas et se contenta de se lustrer les plumes avec son bec.

« Et toi, tu as un nom ? » demandai-je, pour établir une sorte de lien. Le canard me considéra et entreprit de chier sur la table. À l'évidence, on n'allait pas papoter pendant cet entretien. J'arrêtai donc de faire la conversation et posai des questions sur le futur.

« Canard, est-ce que je vais être attaquée par des agents de la Checquy ? » Il tendit son cou brusquement, et donna un coup de bec sur le bouton O. Sa réponse s'afficha sur l'écran.

Puisque ma destinée avait déjà été prédite, entre autres, par un écolier, un sans-abri et une pythie de 3 700 ans, ce n'était pas une grande révélation, mais je fus impressionnée par sa réponse immédiate. Je réfléchis à ce que je pouvais demander ensuite. C'était une occasion unique de prendre un avantage.

« Canard, euh, est-ce que je vais me faire attaquer chez moi ? »

N.

Je poussai un profond soupir de soulagement. J'avais imaginé qu'on allait me tirer de mon sommeil ou qu'on allait m'obliger à regarder mon lapin se faire tuer sous mes yeux, mais je pouvais maintenant oublier ces craintes. Il me restait une question. Qu'avais-je besoin de savoir ? Je ressentais une immense lassitude, consciente, comme toujours, de tout ce qu'il me restait à faire avant la fin. Avais-je le temps ?

« Canard, est-ce que… est-ce que je vais perdre la mémoire au cours du mois qui vient ? »

O.

Je me pris la tête dans les mains pendant une bonne minute, tandis que le canard restait planté là, lui aussi plongé dans ses pensées. J'étais contente qu'il m'ignore. Ça me permettait de recalculer mon programme à toute vitesse. Je n'avais jamais su quand ça allait arriver, quand j'allais « tout perdre » comme disait Lisa, mais j'étais toujours partie du principe que j'aurais le temps de me préparer. Et là, là je savais qu'il me restait quelques semaines au mieux.

Absorbée par mes réflexions, je remerciai distraitement le canard et sortis. Les autres membres de la Cour n'allaient pas tarder à arriver. Et puis, l'odeur de fiente n'était pas particulièrement agréable.

« Qu'est-ce que vous foutiez là-dedans Myfanwy ? » demanda Teddy Gestalt. L'équipe de scientifiques du Dr Crisp le regardèrent éberlués. « Le reste de la Cour sera là dans quelques heures, je rentre de Stirling et je vous trouve affairée avec cette nouvelle acquisition au lieu de vous occuper des préparatifs nécessaires pour la réception et la présentation.

— Tout est réglé, Tour Gestalt, soufflai-je. Je voulais simplement m'assurer que le canard fonctionnait correctement. Vous ne vous en souvenez peut-être pas, mais nous avons déjà eu de mauvaises surprises durant la recherche de ce sujet, et...

— Est-ce que vous sous-entendez que je ne sais pas ce qui se passe ici ? s'exclama Gestalt d'un ton mauvais. Que je n'ai pas été suffisamment présent au Beffroi ? Parce que si vous avez envie d'aller superviser des opérations sur le terrain, Myfanwy, vous êtes tout à fait la bienvenue. » Il me regarda d'un air triomphant, certain que je ne voudrais jamais faire une chose pareille. Pendant un court instant, j'aurais aimé accepter, l'air détendue, juste pour le faire taire.

Puis j'ai pensé à toi, à tout ce qu'il me restait

encore à faire. Je n'aurais jamais le temps de finir si je commençais à me déplacer aux quatre coins du pays.

« Non, Tour Gestalt, ça ne sera pas nécessaire, dis-je doucement.

— Très bien. J'imagine que vous allez souhaiter vous rafraîchir et vous changer. C'est une soirée très importante.

— Je sais que c'est important, Gestalt, je le sais parfaitement. C'est pour cette raison que j'ai posé trois questions au sujet pour confirmer qu'il peut bel et bien fournir des prédictions exactes. Je suis sûre que vous souhaitez vous aussi être certain que l'on ne présentera pas un faux devin au Lord et à la Lady. » Gestalt se passa nerveusement la langue sur les lèvres. La fascination de Wattleman pour le projet était tristement célèbre, et l'humiliation potentielle bien réelle.

« Et les tests de Crisp et son équipe ?

— Je préférais m'en assurer par moi-même. La perspective de Sir Henry Wattleman, codirigeant de la Checquy, arborant sa Croix de Victoria pour poser une question vitale à une volaille ordinaire et ne recevant pour toute réponse qu'une merde sur la table ne me plaît pas du tout. Et je ne pense pas que ce serait bon pour nos carrières respectives. »

Gestalt fit la moue et je continuai d'un ton égal et détaché.

« Je lui ai posé trois questions sur la soirée. Les réponses du canard devraient être confirmées d'ici à ce qu'on le présente à la Cour. Dans le cas contraire, nous n'aurons qu'à le dire, et substituer la gêne à la honte.

— Hmm, fit pensivement Gestalt, ce n'est peut-être pas une mauvaise idée. D'ailleurs je devrais peut-être aussi... » Quoi que Gestalt ait pu vouloir dire, il

fut interrompu par l'arrivée d'un assistant docile qui murmura que les membres de la Cour allaient être là plus tôt que prévu. « Peu importe », dit-il. Je fus soulagée qu'il ne me demande pas quelles questions j'avais posées. « Combien de temps avons-nous ?

— La première voiture est en route », répondit l'assistant à contrecœur, craignant le caractère volcanique de Gestalt.

Nous reprîmes à l'unisson :

« Maintenant ? »

L'assistant sembla surpris et décida de m'inclure dans la conversation.

« Oui, Sir Henry vient d'appeler pour nous prévenir qu'il amenait un visiteur spécial. »

De nouveau d'une seule voix :

« Un visiteur spécial ?

— Oui, un visiteur important qui devra être assis à la droite de Sir Henry pendant le dîner », répondit l'assistant en flanchant sous nos regards. Gestalt se tourna vers moi.

« Un visiteur important ? Le canard ne l'a pas mentionné ?

— Quoi ? Non ! Je n'ai pas gâché une question au canard prophétique pour savoir s'il y aurait un invité de dernière minute au dîner. Est-ce que vous savez seulement comment fonctionne le canard ?

— Non. Et je m'en fiche. Mais un visiteur spécial... qui ne fait sans doute pas partie de la Checquy...

— Qui doit être assis à côté de Wattleman. Et...

— Qui a été invité à une présentation secrète.

— La présentation secrète d'une trouvaille surnaturelle majeure susceptible d'influencer le sort de la nation.

— Le Premier ministre ? demanda Gestalt.

— Ou un membre de la famille royale, proposai-je.

— Merde ! »

Nous partîmes en courant, laissant derrière nous une équipe de scientifiques qui, témoins de notre dialogue, se précipitaient maintenant dans la salle insonorisée pour faire la toilette du canard et le préparer pour sa grande représentation. Quand des personnalités importantes entrent dans l'équation, tout devient plus compliqué. Il faut que tout soit parfait.

Tout du moins, Gestalt et moi voulions être là pour accueillir cet invité mystère avec les marques de respect nécessaires.

Unis dans le désespoir, nous sprintions dans les couloirs du Beffroi, Gestalt me tenant par la main. Nous avons renversé quelques Serviteurs sur notre passage et envoyé voler des piles de documents, puis nous avons ricoché sur une personne faite de béton avant que je perde une chaussure.

« Pas le temps ! cria Gestalt en me tirant par la main. Laissez-la ! » Je balançai mon autre chaussure.

« Vous, criai-je à une femme en face de nous. Appelez Ingrid et dites-lui qu'une personne importante vient dîner et qu'elle sera assise à côté de Sir Henry. » Elle acquiesça d'un air affolé avant que nous la dépassions.

« Dégagez ! » hurla Gestalt quand nous tombâmes sur un groupe de secrétaires à l'angle d'un couloir. Elles eurent tout juste le temps de s'écarter.

« Pas de frères et sœur ? » soufflai-je. L'un d'entre eux aurait pu accueillir les invités.

« Ils sont tous sur le terrain », répondit Gestalt, haletant. Je dois dire que c'était assez rassurant de voir qu'il était lui aussi essoufflé. « Retenez l'ascenseur ! » Nous fîmes une pause devant la porte. « Tout le monde dehors », dit-il d'une voix rauque. Les employés

obtempérèrent devant son autorité, ou peut-être parce que je semblais sur le point de faire une crise cardiaque. Nous nous jetâmes dans l'ascenseur et Gestalt appuya sur le bouton qui nous permettait d'atteindre directement notre étage. Je m'appuyai contre le mur, me regardai dans le miroir, et pâlis.

« Ma coupe de cheveux est merdique, dis-je. J'ai mon costume le moins élégant, je n'ai pas de chaussures et on a peut-être le monarque qui vient dîner... oh mon Dieu ! Est-ce que le dîner sera prêt ? » Je cherchai mon téléphone et me rendis compte que je l'avais laissé dans mon bureau. « Vous avez un téléphone ? » Gestalt était penché, les mains sur les genoux. Il secoua la tête. « Est-ce que vos autres corps peuvent appeler la cuisine ? Ou Ingrid ?

— C'est ce que je fais.

— Et demandez-lui de m'apporter une paire de chaussures.

— Des chaussures, d'accord, fit-il entre ses genoux. Approchez-vous.

— Pourquoi ? » demandai-je. J'avais oublié pendant notre course effrénée qu'il ne me restait au mieux qu'un mois. Tout au plus. Je me demandai soudain si je n'allais pas me faire attaquer dans l'ascenseur.

« Je vais vous recoiffer, répondit-il en sortant un peigne de sa poche intérieure.

— Ah. » Il se releva, se plaça derrière moi et arrangea ma coupe délicatement.

« Vous êtes doué », dis-je, les yeux baissés. Il sentait divinement bon. Je me rappelai un instant mes sentiments pour son frère, et sentis le rouge me monter aux joues.

« J'ai un corps de femme, dit-il brusquement. C'est

bon, vous êtes très bien. » Ça me faisait mal de le dire, mais j'étais effectivement pas mal du tout.

« Merci. Votre cravate est de travers. » Je la réarrangeai timidement, et lissai son col. Ce fut pendant que nous étions dans cette position, moi sur la pointe des pieds, lui me regardant, rouges tous les deux de notre course effrénée, que la porte s'ouvrit. Ingrid était là. Anthony était là. La secrétaire de Gestalt et sa garde du corps, une Chinoise élancée avec beaucoup de piercings, étaient là aussi. Tout le monde nous dévisageait. « Arrêtez, dis-je. Ingrid, combien de temps avons-nous ? Ingrid ! » En un clignement d'yeux elle revint à elle et me tendit une paire de chaussures.

« La première voiture arrive à l'instant, Tour Thomas.

— Qui est dedans ?

— Sir Henry et son invité, répondit-elle d'un ton contrit.

— Merde ! » s'exclama Gestalt. Il gagna la porte d'entrée à grands pas, mais cette fois-ci sans courir. « Est-ce qu'on sait qui est son invité ? demanda-t-il à son escorte par-dessus son épaule.

— Non, monsieur, répondit sa secrétaire.

— Ça fait combien de temps qu'un Premier ministre n'est pas venu au Beffroi ? Ou dans n'importe quelle autre installation de la Checquy ? demanda Gestalt.

— Thatcher est venue une fois, au début de sa carrière, rappelai-je.

— Et la famille royale ?

— Seuls le souverain et le premier héritier sont au courant de notre existence. Mais les deux derniers ne sont venus que pour la visite obligatoire qui suivait leur couronnement. J'en suis certaine.

— Et ils nous laissent cinq minutes pour nous

préparer », fulmina-t-il. Il se calma quand nous arrivâmes à l'espace de réception, qui était d'ailleurs très joli, bien qu'il fût placé dans le parking. Il y avait une partie moquettée pour les invités descendant de leur voiture, des portes vitrées qui menaient aux ascenseurs, et Ingrid avait rassemblé des gardes d'honneur d'une taille impressionnante qui se tenaient alignés le long du tapis. Je me faufilai entre les gardes avec Gestalt, et nous atteignîmes notre poste pile au moment où la porte du parking s'ouvrit pour laisser entrer la voiture de Wattleman. Dehors, je remarquai plusieurs personnes qui vociféraient.

« Qu'est-ce que c'est que ce bordel ? » demanda Gestalt.

Anthony grommela quelques syllabes dans une langue indéterminée. J'opinai d'un air solennel.

« Quoi ?

— Il y a des manifestants à l'entrée du bâtiment, dit la garde du corps de Gestalt en faisant tinter ses piercings à la lèvre.

— Depuis combien de temps ? demandai-je tandis que la voiture s'approchait lentement de nous.

— Une demi-heure, répondit Ingrid.

— Et contre quelle bêtise manifestent-ils ? demanda Gestalt, visiblement contrarié par le dérangement. Ils en ont contre la banque ?

— Non, contre les opérations secrètes du gouvernement menées dans ces bureaux, répondit la garde du corps.

— Quoi ? m'exclamai-je en chœur avec Gestalt, qui était aussi choqué que moi.

— Je vais fixer un rendez-vous avec le chef de la Sécurité Clovis, dit calmement Ingrid. Il a dit de ne pas s'inquiéter.

— Ça ne va pas faire bonne impression, murmurai-je tandis que la voiture s'arrêtait devant nous. Heureusement que les vitres sont teintées. Ah, et imperméables aux œufs. » La portière s'ouvrit et Sir Henry descendit. Tout le monde lui adressa les gestes d'accueil adéquats tout en se contorsionnant pour voir qui était l'autre personne à l'arrière de la voiture.

« Ah, je vois que vous êtes tous impatients de rencontrer notre visiteur, s'exclama-t-il. C'est un grand honneur qu'il nous fait de nous rendre visite pour ce jour historique. Mlle Myfanwy Thomas, monsieur... » Il marqua un temps, visiblement pour retrouver quel prénom correspondait à quel frère Gestalt. Je pris pitié de lui et le lui soufflai. « Ah, oui, M. Theodore Gestalt, reprit-il avec un clin d'œil, je vous présente Rupert Henderson.

— Hein ? » fit Gestalt, ce qui m'aurait fait ricaner si je n'avais pas été, moi aussi, occupée à me demander qui était cette personne. Il portait une sorte de boubou en toile de jute et il aurait bien eu besoin de passer entre les mains de Gestalt afin qu'il lui arrange ses cheveux. J'étais à peu près sûre que ce n'était pas lui qui était assis sur le trône britannique et qu'il n'était pas non plus Premier ministre.

« Vous ne le connaissez peut-être pas de vue, mais je suis certain que sa réputation l'a précédé, dit fièrement Henry.

— Tout à fait, répondit Ingrid tandis que nous tentions, avec Gestalt, de retrouver notre calme.

— Sir Henry, M. Boubou, enfin M. Henderson ! commençai-je.

— Quoi ? aboya M. Henderson. Parlez plus fort jeune fille ! » Je bredouillai et sentis les larmes monter. Je baissai la tête et clignai des yeux à toute vitesse.

« Il ne faut pas crier sur notre petite Myfanwy, Maître Henderson, le prévint Wattleman. Elle a une petite voix, poursuivit-il en me tapotant l'épaule, mais elle fait des merveilles derrière son bureau. » Tandis que Gestalt nous menait vers l'ascenseur, j'entendis Wattleman dire à voix basse, du moins le croyait-il, à M. Henderson : « D'une timidité maladive. Nous essayons de ne pas la contrarier, elle perd tous ses moyens.

— Elle a toujours été comme ça », ajouta Gestalt. Marchant derrière eux, je sentis que mes joues me brûlaient, et je reniflai discrètement. Ingrid me tendit un mouchoir.

Une fois installés dans la salle de réception, nous attendîmes l'arrivée du reste de la Cour, ce qui fut remarquablement rapide. Apparemment, les autres membres avaient reçu un message aussi vague que nous, car ils avaient tous l'air de s'être rapidement apprêtés et semblaient attendre quelque chose. Ils découvrirent tous, à leur grand étonnement, qu'ils rencontraient en fait un homme étrange habillé comme le prophète du dieu du compost.

Les autres échangèrent des banalités tandis que je restai silencieuse dans mon coin. Quand on nous fit entrer dans la salle à manger pour un dîner préparé à la hâte, je demandai discrètement à Ingrid de voir ce qu'elle pouvait trouver sur ce Rupert Henderson. Elle s'éclipsa pendant que les serveurs apportaient les boissons. Faisant semblant de pousser ma chaise, Gestalt me demanda doucement si j'avais reçu une confirmation.

« De quoi ?

— Le canard ! Est-ce que ses prédictions se sont réalisées ? me pressa-t-il.

— Ah oui, bien sûr. » Je me sentis soudain d'humeur mesquine. « Je n'ai obtenu qu'une seule réponse pour le moment. Je n'aurai toutes les confirmations qu'à la fin du dessert.

— Du dessert ? reprit-il atterré.

— Oui, et une des questions vous concerne », ajoutai-je d'une voix douce. Il pâlit. « Après tout, si c'est vrai, vous n'avez d'autre choix que d'accomplir la prophétie. » Il retourna à sa chaise d'un pas mal assuré.

Le dîner était délicieux, et je notais qu'il ne faudrait pas que j'oublie de remercier les chefs pour avoir si bien réussi à s'adapter aux changements de programme. Gestalt sua à grosses gouttes pendant tout le dîner.

Finalement, alors que nous terminions notre pudding à la framboise et sa glace aux fruits à l'eau-de-vie, Sir Henry se leva.

« Mesdames et Messieurs, collègues et amis. Aujourd'hui est un grand jour, l'aboutissement de nombreuses années d'efforts, de recherches, et de travail acharné. J'espère que nous pourrons tous nous réjouir de cette réussite. C'est tout à l'honneur de notre organisation que d'avoir été capable de réunir la force et l'énergie nécessaires pour poursuivre un projet pendant aussi longtemps et d'avoir surmonté tant d'obstacles. » Je levai les mains pour applaudir et les reposai maladroitement sur la table quand je vis que j'étais la seule.

« Bien sûr, vous connaissez tous Rupert Henderson, poursuivit-il face à nos sourires figés. Sa réputation suffit, je pense, à justifier sa présence parmi nous ce soir. Il ne fait aucun doute que ses prédictions et sa connaissance des pouvoirs prophétiques légitiment sa participation à ce grand événement. »

Tout le monde hocha la tête pensivement, bien que personne n'ait jamais entendu parler de lui. Ingrid s'approcha de ma place sur la pointe des pieds et glissa une feuille de papier devant moi.

Tour Thomas,

Peu d'informations dans les dossiers. Il est né à Brighton, il a 45 ans. Quelques rumeurs sur des dons de voyance, mais rien de suffisamment concret pour l'enrôler au Domaine. Néanmoins, il est apprécié parmi certains cercles au gouvernement et a réussi à impressionner des personnes haut placées dans le renseignement. Rien ne laissait indiquer que Sir Henry le connaissait, bien qu'il ait été consulté plusieurs fois par des membres de son club.

Je la remerciai discrètement et vit, de l'autre côté de la table, Gestalt décliner le café que lui proposait le serveur. Ça suffit, pensai-je. Je croisai son regard et lui fis un signe de tête significatif. Il se figea, jeta un regard inquiet au serveur, et me regarda. Je lui fis un nouveau signe. Il pâlit.

Ouais, c'est assez pourri de penser que ton destin est déjà écrit, pas vrai ? Ça m'amusait de le voir faire des efforts évidents pour reporter son attention sur les discours, Henderson remerciant Sir Henry avec volubilité tout en se vendant comme le meilleur médium de tous les temps.

À l'évidence, il ne savait pas exactement quel genre d'organisation était la Checquy. Il avait l'air de supposer (pas complètement à tort) que nous étions impliqués dans le renseignement militaire et que nous étions tombés sur une relique mystique d'une valeur inégalée. Il nous expliqua avec condescendance que quoi que nous puissions penser, il y avait dans le monde des choses cachées qui ne sautaient pas aux yeux. Des forces mystérieuses nous entouraient, et nous ne pouvions communément pas percevoir les pouvoirs surnaturels qui existaient parmi nous.

Je regardai autour de moi, incrédule. Le Fou Alrich considérait « l'expert psychique » avec un mépris évident, tout en sirotant un verre de rouge. Je vis ses cheveux prendre une couleur châtain foncé. Le Cavalier Eckhart tissait distraitement des nattes avec ses couverts. Lady Farrier avait l'air de vouloir poignarder Henderson avec sa fourchette à dessert. À l'exception de Sir Henry, qui semblait penser que le Sermon sur la montagne n'avait été que l'introduction de ce discours-ci, toute la Cour paraissait sur le point de commettre un meurtre.

« Merci beaucoup, Maître Henderson », dit Sir Henry en tapant dans ses mains et en nous entraînant dans des applaudissements totalement dépourvus d'enthousiasme. « Maître Henderson a confirmé, grâce à sa clairvoyance innée, que notre acquisition est bel et bien la créature que nous avons cherchée pendant si longtemps. »

« Heureusement qu'on paie le Dr Crisp plusieurs centaines de milliers de livres par an, marmonnai-je dans ma barbe. Apparemment, il est juste là pour s'occuper du canard et nous faire passer la visite médicale. » Alrich me fit un sourire compatissant de l'autre côté de la table. De toute évidence, il m'avait entendue.

« Maître Henderson m'a informé que les révélations qui émergeront de la créature seront de la plus haute importance et devront être gardées secrètes, poursuivit Sir Henry. Ainsi, Lady Farrier et moi pensons que nous

seuls, en tant que chefs de l'organisation, devrions être présents quand Maître Henderson révélera la prophétie. Nous assisterons à l'opération et déciderons quelles réponses pourront être partagées. Bien évidemment, votre discrétion n'est pas remise en cause, mais vous comprendrez aussi que certains secrets doivent rester aussi secrets que possible. »

Le Fou Grantchester, visiblement d'humeur orageuse, lança cette fois les applaudissements. De petits nuages de fumée noire s'échappaient de ses mains.

« Bien dit », parvint-il à articuler entre ses mâchoires serrées. Wattleman regarda Henderson avec des yeux brillants tandis que celui-ci continuait d'exposer ses pouvoirs. Apparemment, celui-ci était le seul à pouvoir saisir toutes les nuances de la prophétie, grâce à ses dons naturels et à ses études. Je commençais tout juste à me dire que l'amnésie n'était peut-être pas une si mauvaise alternative, quand le Dr Crisp arriva par une porte dérobée. Il se pencha vers moi et me dit à voix basse :

« Tour Thomas, le canard est prêt dans la pièce d'à côté. On m'a informé que toute la Cour n'allait pas entendre ses prophéties ?

— Eh non, dis-je. Un merveilleux changement de plan parmi tant d'autres. Attendez, je vais vous présenter notre nouvel expert. » Je me raclai la gorge, et, par miracle, Henderson s'interrompit dans son exposé. « Je suis désolée de vous couper, mais je viens d'apprendre que le sujet était prêt. Voici le Dr Crisp, notre expert en, eh bien, en un peu tout. Il vous donnera les détails que nous avons déjà réunis au sujet de la créature. » Dr Crisp s'avança, un sourire poli aux lèvres, et serra la main d'Henderson.

« Merci, Dr Crisp. C'est un plaisir de vous rencontrer, mais j'ai une certaine expérience dans ce domaine, et je pense qu'il est préférable que vous ne gâtiez pas mes premières impressions. Je suis sûr que vous me comprenez.

— En fait, la recherche... » commença Crisp, mais Henderson faisait déjà entrer les chefs dans la pièce où se trouvait le canard. Je remarquai avec plaisir, juste avant que la porte ne se referme, que le canard semblait fort peu impressionné par leur entrée.

« Je suis vraiment désolée Dr Crisp, dis-je. Sir Henry a toujours pris ce projet à cœur, et nous devons respecter ses décisions.

— Je comprends. Vous savez depuis combien de temps il travaille là-dessus ?

— Je ne sais pas exactement.

— Environ quarante ans.

— Quarante ans ?

— Oui.

— Quarante ans ?

— Oui, la rumeur sur le canard court depuis tout ce temps.

— Dr Crisp, je comprends que le monde est parfois un étrange endroit. Et on me l'a expliqué, au cours de la dernière demi-heure, avec une condescendance insultante. Mais est-ce que vous êtes en train de me dire que ce canard est plus vieux que moi ?

— Ce canard est dans la même famille depuis trois générations.

— Le canard est immortel ? » glapis-je. Les gens se retournèrent et je rougis.

« Le canard est... d'une grande longévité, dit-il.

— C'est le moins qu'on puisse dire.

— Mais on ne sait pas combien de temps il va

vivre. Le seul moyen de savoir s'il est mortel, c'est de rester en vie jusqu'à ce qu'il meure.

— C'est très scientifique. Mais vous réalisez que ce canard pourrait changer complètement la manière dont cette organisation est gérée. Nous aurions enfin une vision précise des événements à venir. Et pour autant qu'on le sache, on aura cet atout pour toujours. Pensez à tout ce que l'on pourra accomplir ! »

Il sourit. La porte de la pièce où se trouvait le canard s'ouvrit avec fracas. Tout le monde sursauta. Henderson se tenait devant la porte, des plumes dans les cheveux, les mains couvertes de sang.

« Ce canard ne me dit rien ! » cria-t-il.

Pendant un instant, tout le monde fut frappé de stupeur. Derrière Henderson, Lady Farrier semblait être sur le point de vomir et Sir Henry se prenait la tête à deux mains. Henderson prit une profonde inspiration saccadée, et répéta, cette fois calmement.

« Le canard ne me dit rien.

— Et ça vous a donné envie de le tuer ? » demanda froidement le Fou Alrich.

Henderson le regarda, les mains tremblantes. Il fit un pas vers Alrich puis, montrant son premier acte de clairvoyance de la soirée, décida de ne pas en faire un autre.

« Qu'avez-vous fait au canard ? l'interrogea Gestalt.

— J'ai suivi la procédure traditionnelle. J'ai utilisé une lame purifiée et invoqué la puissance des éléments.

— Vous avez découpé le canard ? criai-je.

— Comment voulez-vous qu'on examine ses entrailles autrement ? rétorqua-t-il.

— Avec une IRM par exemple ? » proposa Eckhart

en allumant une cigarette. Henderson lui jeta un regard mauvais.

« Les augures ne sont révélés qu'à la mort de la créature, dit Henderson.

— Ou pas, en l'occurrence, répondit Alrich.

— Je ne comprends pas. Tout a été fait selon les règles. C'est normalement comme ça qu'on tire une information d'une volaille.

— Pauvre crétin, dit Gestalt, nous avons déjà vérifié que le canard pouvait fournir des réponses exactes aux questions qui lui étaient posées.

— Quoi ? souffla Henderson.

— Quoi ? demanda Wattleman en relevant la tête.

— Je ne peux pas y croire, dit Farrier.

— Ne devrions-nous pas le tuer ? demanda Eckhart.

— C'est peut-être mieux, admit Farrier. Fou Alrich ?

— Je viens juste de dîner, murmura-t-il.

— On veut juste le tuer, pas le vider, répondit Eckhart.

— Peut-être qu'après on pourrait essayer de lire ses entrailles ? proposa Grantchester.

— Attendez une seconde ! cria Wattleman. Il y a clairement eu une effroyable méprise, mais ce qui est fait est fait, et nous devons nous adapter aux circonstances. » Il parlait d'une voix ferme, du haut de ses derniers lambeaux d'autorité. À ce moment précis, il n'était pas l'homme qui venait de voir le rêve de plusieurs décennies vainement massacré sous ses yeux. C'était un général. Notre chef. C'était impressionnant, je dois dire, et chacun se rassit prudemment. Henderson s'essuya discrètement le front avec sa manche en jute.

« Donc... on ne le tue pas ? » demanda Eckhart. Je pouffai, et tout le monde me regarda.

« Pardon, soufflai-je.

— M. Henderson, dit Wattleman (qui avait laissé tomber le « Maître »), a signé les déclarations de confidentialité habituelles. À la lumière de cette débâcle, nous allons lui imposer des restrictions supplémentaires. Tour Thomas, je suis sûr que vous pourrez arranger ça.

— Oui, Sir Henry. »

J'avais tiqué quand il m'avait appelée Tour. Je n'avais aucune idée des informations que détenait Henderson sur notre organisation, mais utiliser les titres de la Checquy devant lui ne pouvait que prouver un peu plus notre bizarrerie. Sans compter nos agissements avec un canard devin, et notre envie de le tuer.

Eeeet, le type avec le condor sur la tête, passa devant la porte qu'un des serveurs avait laissée ouverte.

« Merci, mon petit », dit Wattleman, qui quitta la salle à manger, suivi par le reste de la Cour.

C'était désormais à moi de faire monter Henderson à mon bureau et de lui faire signer les formulaires nécessaires pour s'assurer qu'il ne parlerait jamais de la Checquy, du canard, ou de tout ce qu'il avait pu voir.

Voilà pour ma journée. Je dois avouer que même si je me sens mal pour le canard, je me sens surtout mal pour moi. Je sais maintenant le peu de temps qu'il me reste, et il y a encore tant à faire.

Tendrement,

Moi

Chapitre 35

« Il y a bien *quelqu'un* qui doit avoir une putain d'aspirine, grogna Myfanwy. C'est vrai, j'ai lu que ces vans d'intervention étaient équipés pour reconstituer des gens qui ont été dissous dans l'acide.

— Eh bien, à vrai dire, je ne crois pas… » commença Cyrus. Myfanwy lui fit signe de se taire.

« Je m'en fous, je m'en *fous* ! Je vois des taches, et si ça n'arrête pas, tout le monde en verra bientôt autant. Alors que quelqu'un aille me cherche une aspirine, *s'il vous plaît* ! » Plusieurs larbins furent envoyés en chercher pendant que l'on conduisait Myfanwy au camion. La lumière du soleil était aveuglante, elle se couvrit les yeux et laissa Ingrid et l'un des gardes du corps la guider doucement.

La douleur grandissait à mesure qu'ils s'approchaient du commissariat, et ces sensations lui rappelèrent l'effet que la physiologie trafiquée du Belge écorché dans sa cuve avait eu sur elle. *Du travail de Greffeur, sans aucun doute,* pensa-t-elle. Cependant, alors que la rencontre dans la voiture lui avait retourné l'estomac, ce qui se trouvait dans ce commissariat lui ratissait le cerveau.

« Tour Thomas ? » La voix, profonde mais hésitante,

résonna dans son crâne. La main du garde du corps se serra sur son épaule.

« Quoi ? » fit-elle. Elle jeta un coup d'œil entre ses doigts et aperçut d'énormes mains gantées.

« Je suis le Pion Steele », répondit timidement la voix. Ce nom fit ressurgir un souvenir à travers sa migraine.

« Pion Steele. Vous étiez à Bath, c'est ça ? C'est vous qui étiez entré dans la cave avec la tronçonneuse pour libérer toutes les personnes enfermées dans les cocons. » Elle se souvenait de lui. Un homme gigantesque dont les ancêtres étaient certainement arrivés en Angleterre dans des bateaux arborant des dragons comme figures de proue. Puisque la société condamnait aujourd'hui l'activité de pillage de la famille, il avait rejoint la Checquy où son talent pour le chaos organisé était apprécié.

« Oui, chef.

— Que puis-je faire pour vous ? demanda-t-elle en essayant de ne pas relever le *chef*.

— Je ne sais pas si vous avez remarqué, mais le site a la même odeur que l'incident de Bath.

— La même odeur ? Non je n'avais pas remarqué.

— L'un de mes dons est d'avoir un odorat surdéveloppé.

— Vraiment ? Prenez ma main », dit Myfanwy en détournant les yeux du soleil. Dès qu'elle sentit sa peau contre ses doigts, elle se connecta à ses sens. L'odeur de produits chimiques et de moisissure parvint directement à son cerveau, sans avoir à passer par son nez. « Ah oui, c'est pareil. » Comment Shantay l'avait-elle décrit déjà ? « C'est comme un cèpe géant, mais seulement cette fois-ci on dirait qu'il a été imbibé de formaldéhyde.

— Exactement, dit Steele. Est-ce que… est-ce que c'est votre migraine ? » Myfanwy coupa le contact immédiatement.

« Oui, désolée. Effectivement, il s'agit de la même odeur et les événements sont liés. Mais j'aimerais que vous gardiez cette information pour vous.

— Pas de problème, Tour Thomas. Mais je me disais que si vous vouliez, je pourrais y aller : je n'ai qu'à enfiler une armure et faire sortir ces types à coups de hache. » Il était enthousiaste, et malgré la douleur, elle pouvait sentir son rythme cardiaque s'accélérer à cette idée.

« Je vois ce que vous voulez dire, Pion Steele, mais n'y pensez même pas.

— Yes, super ! Je suis sur le coup ! Attendez… Quoi ?

— Je suis désolée, Steele, mais durant ma dernière opération, la manifestation a mangé trois équipes de la Checquy, dont un commando de Barghests, avant que nous n'entrions, et j'ai failli avoir mon cerveau transformé en fertilisant. Ce commissariat me donne une migraine d'enfer, alors personne ne doit s'en approcher. Je ne veux pas que d'autres membres de la Checquy se fassent aspirer par une entité informe, d'autant qu'on ne peut pas être sûr qu'elle les traitera aussi bien que la dernière fois. » Elle se souvint, un peu tard, de son statut d'observatrice. « Ça vous va Pion Cyrus ?

— Oui, madame.

— OK. Maintenant, est-ce que quelqu'un peut me donner une putain d'aspirine ! » L'agitation bruyante de la salle de contrôle cessa quand Myfanwy entra, et tout le monde prit une mine penaude. Myfanwy eut honte un bref instant, mais elle décida qu'ils étaient probablement capables de la fermer et d'éteindre les lumières pendant quelques minutes.

Un docteur de la Checquy entra et posa ses mains nues sur le crâne et la nuque de Myfanwy. Elle marmonna quelque chose au sujet d'un ganglion sensible puis injecta à Myfanwy un produit qui moussait dans la seringue et qui eut pour effet d'enrouler son cerveau dans une douce couverture.

« Vous allez avoir l'esprit embrumé pendant quelques minutes, prévint le médecin. Puis vous aurez envie d'uriner pendant quelques minutes de plus. »

Elle s'éloigna, les équipes reprirent leur bavardage et Myfanwy attendit que ses pieds touchent le sol. Tout le monde semblait conscient qu'elle n'était pas en état d'apporter la moindre contribution pour le moment ; Myfanwy s'installa donc confortablement, les yeux fermés, pour écouter ce qui se passait autour d'elle et pour essayer d'empêcher le sommet de son crâne de se dévisser pour laisser son cerveau s'envoler avec ses ailes de coton.

« Le Pion Carmine possède une vision à ondes millimétriques, disait quelqu'un. Il affirme qu'il y a un cube de chair dans la pièce de devant et aucune autre forme de vie dans le bâtiment.

— Ils ont tous été absorbés ? demanda Cyrus.

— Probablement. Le cube remplit toute la pièce. On ne peut pas voir par les fenêtres car la chair est comprimée contre les vitres.

— La porte s'ouvre-t-elle vers l'intérieur ou l'extérieur ?

— Je vais demander à Carmine de vérifier.

— Qu'il ne s'approche pas à moins de vingt mètres, prévint une femme avec un accent écossais.

— Il est aussi télescopique.

— Ou alors il pourrait tout simplement utiliser des jumelles », répondit l'Écossaise. L'interphone grésilla.

« Ici le Pion Carmine, dit une voix calme par le haut-parleur. Les portes s'ouvrent vers l'intérieur. Elles sont en bois et sont vitrées.

— Comment sont les meubles ? Il y a un comptoir ou quelque chose ? Des chaises ? demanda le Pion écossais.

— Oui, mais on dirait que tout a été expulsé de la pièce ou écrasé contre les murs suite à l'expansion du cube.

— Est-ce que le cube… fait quelque chose de particulier ?

— Il palpite doucement.

— Quelle est sa taille ? Je sais qu'il remplit la pièce, mais est-ce qu'on pourrait avoir des mesures ? demanda l'Écossaise, visiblement le commandant en second de Cyrus.

— Il fait cinq mètres sur quatre, dit un avorton devant un ordinateur. Et deux mètres et demi de haut. »

Ça fait un sacré cube de chair, pensa Myfanwy.

« Le Pion Motha arrive tout juste de Wells, dit le petit informaticien. Elle est pourvue d'une résonnance magnétique. Nous sommes en train de l'installer à vingt mètres du commissariat, avec des jumelles. Si vous attendez quelques instants, elle pourra vous donner une idée de ce qui se trouve à l'intérieur du cube.

— Pion Carmine, vous pouvez voir à travers les murs, mais pas à travers la peau ?

— Oui, chef.

— Ingrid, j'ai besoin d'aller aux toilettes, dit doucement Myfanwy. Où sont-elles ? » Elles s'excusèrent, puis Myfanwy se retrouva dans une cabine plus petite que les toilettes d'un avion. Celle-ci était néanmoins équipée d'une connexion à l'interphone et elle put donc entendre le rapport du Pion Motha au regard-IRM.

« OK, je vois des structures intéressantes. Il y a des couches de muscles extrêmement dense en surface, mais ce n'est pas uniforme.

— Que voulez-vous dire ? demanda sèchement l'Écossaise.

— Eh bien, Pion Watson, c'est un patchwork. Je vois que les différentes pièces de muscles ont été assemblées. Les coutures ne se sentent pas, mais elles ont forcément été soudées ensemble depuis des sources différentes.

— Vous dites que c'est dense ? intervint Cyrus.

— Oui, environ un mètre et demi d'épaisseur. Je ne sais pas si ça pourrait arrêter une balle, mais ça pourrait supporter une pression importante sans rompre. Je suppose que ça vient de différentes sources et qu'elles ont été fusionnées. La force de chaque partie dépendra de sa provenance. » Myfanwy fronça les sourcils, contracta certains muscles pour arrêter tout bruit compromettant et appuya sur l'interphone.

« Ici la Tour Thomas. Cyrus, je suppose que le corps est équipé d'agent de renforcement musculaire. Nous les avons déjà vus à l'œuvre. » Elle pensait notamment à l'inquiétante transformation de Van Syoc. « Poursuivez, s'il vous plaît. » Elle rappuya sur le bouton et écouta les commentaires.

« Je vois quelques tatouages, dit Carmine. Deux d'entre eux sont un peu altérés, et l'un est vraiment distendu. Je pense que ça devait représenter une ancre.

— Cherchez dans les registres de la police s'ils ont d'anciens marins », fit la voix de Cyrus.

C'était quoi ce médicament ? se demanda Myfanwy, toujours enfermée dans la cabine. *Je ne pense pas avoir bu tant que ça. Il y a le café que j'ai réussi à récupérer sur le bureau, le liquide ambré qu'Ingrid m'a servi, le truc visqueux qu'ils m'ont fait boire avant mon scanner de l'estomac durant ces délicieux examens médicaux, l'eau que j'ai bue en rentrant hier soir, et ce drôle de cocktail...* Elle recompta les différentes boissons puis appela Ingrid à travers la porte.

« Oui Tour Thomas ?

— Il va me falloir une bouteille d'eau quand je sortirai », cria-t-elle avant de reporter son attention sur ce que disait Motha.

« D'accord... Sous la couche de muscles, nous avons une cage osseuse asymétrique. Un motif se dessine, mais il y a des trous. C'est vraiment fascinant, on dirait une mosaïque.

— Ça tient lieu d'armure ? demanda Watson.

— Non, la structure offre sans doute une certaine protection, mais la chair n'est pas compressée à l'intérieur. C'est une composition en nid-d'abeilles : il y a des poches d'air et des poches de fluide qui apportent une sorte de soutien interne. C'est génial », conclut-elle, à bout de souffle.

Des siècles d'alchimie belge à votre service, pensa Myfanwy, qui arrivait à la fin de sa vessie et se demandait si son cerveau n'avait pas été desséché. La migraine avait disparu, et la sensation de flottement semblait elle aussi avoir été évacuée avec son urine.

« Si je ne me trompe pas, les os semblent avoir été dispersés dans la masse, dit Motha. Je pense qu'ils ont été désassemblés à l'intérieur du cube puis redistribués.

— Et les organes ?

— Ils y sont aussi. Ils flottent, attachés ensemble. Ils sont très bien empaquetés et protégés par d'autres fluides. Et les cerveaux sont connectés ! » Myfanwy trouvait Motha beaucoup trop enthousiaste. « En fait ce ne sont que des parties de cerveaux. On dirait qu'ils ont été découpés en tranches et en dés. »

Mais qui est cette femme ?

« Ils entourent un cerveau central, qui a été lui aussi considérablement modifié. Il y a aussi des éléments métalliques et des trucs en céramique ; des composants électriques je pense. » Myfanwy repensa au téléphone satellitaire qu'ils avaient retrouvé dans le cerveau et la colonne de Van Syoc. Il y avait de fortes chances que l'autre écorché soit en train d'écouter ce qui se passait dans le commissariat.

« Et les yeux ? demanda Myfanwy en se lavant les mains.

— Je n'en vois pas, répondit Motha. Carmine ?

— Rien à la surface. Pas d'oreilles, ni de cheveux. Pas de poils non plus à ce que je vois. » Myfanwy sortit des toilettes et prit la bouteille que lui tendait Ingrid. L'un des grands gardes du corps l'attendait devant la porte, tandis que l'autre se tenait au bout du couloir. Ils retournèrent au centre de commande. Myfanwy chercha P'tit Pion Alan des yeux et le trouva caché dans un coin, à distance de chacun. Elle lui fit un signe de tête distrait et retourna s'asseoir.

« La presse a commencé à poser des questions, dit Watson, l'Écossaise. Y a-t-il quelque chose de prévu ? Des instructions de la part du service de communication du Beffroi ?

— Ils continuent de travailler dessus, dit une Indienne devant un ordinateur. À cause des coups de feu, ils ne peuvent pas utiliser la même excuse non violente qu'à Bath. Et puisqu'on n'a pas le droit de parler de ter…

— Ne dites pas ça ! » s'exclamèrent en chœur

Myfanwy, Cyrus, Ingrid, les deux grands gardes et P'tit Pion Alan. L'Indienne sursauta et haussa les épaules.

« De toute façon, les premiers témoignages sont déjà publiés sur Internet. Heureusement qu'il ne s'agit pas de sources fiables, conclut-elle avant de retourner à ses ordinateurs.

— Tour Thomas, je ne pense pas qu'il y ait de moyen de sauver les personnes dans le cube, dit Cyrus d'un air grave.

— Je le crains, répondit-elle sur le même ton. Tout ce qu'on peut espérer, c'est que cette situation se termine le plus vite possible. » La pensée des civils aspirés par la machine de guerre des Greffeurs lui retourna l'estomac. Elle doutait sérieusement que ce bloc humain ait été mis en place simplement pour remplir le commissariat de Reading. « Je veux que ce cube soit détruit le plus rapidement possible. D'ailleurs, je pense que le site entier doit être aseptisé. Quelles sont nos options ?

— D'ordinaire, Tour Thomas, je proposerais une démolition standard ou le recours à un agent inflammable. Cependant, étant donné, euh, l'information que vous avez partagée dans la voiture, je ne suis pas certain du succès d'une telle opération. »

Mince, les histoires des Greffeurs ont vraiment circulé par ici, pas vrai ? se dit Myfanwy en observant Cyrus. C'était un agent de la Checquy gradé du plus haut rang, mais il était actuellement tout rouge et transpirait à grosses gouttes.

« Dans ces circonstances, poursuivit-il, je pense qu'il faudrait associer des explosifs, du napalm, et les pouvoirs de Harper Callahan. Ai-je votre autorisation pour le convoquer ?

— Si je me souviens bien, Harp Callahan a 9 ans

et demeure toujours au Domaine. Il n'a pas encore obtenu le statut de Pion, est-ce que je me trompe ? » demanda Myfanwy, qui connaissait la réponse. Le classeur violet exposait, dès ses premières pages, les armes les plus mortelles de la Checquy.

« Certes, mais ses pouvoirs sont tenus pour efficaces et sont considérés comme une option d'éradication discrète depuis ses 6 ans, objecta Cyrus.

— Mais le petit Harp ne laissera derrière lui qu'un cratère fumant. Ça va être compliqué de couvrir ça. » Qu'est-ce qu'elle croyait ? Ça allait de toute façon être un cauchemar.

Cyrus planta son regard dans celui de Myfanwy. « Tour Thomas, je pense que cette situation requiert des mesures extraordinaires.

— Très bien. Convoquons Harp.

— Je pense que c'est plus sage, dit Cyrus. De plus, il a même une chance de survivre. » Myfanwy sentit son cœur se serrer. Elle n'avait pas pensé que le petit garçon risquait de mourir en utilisant ses pouvoirs. Dans son souvenir, son dossier mettait en avant la quantité de bâtiments dont on pouvait ainsi se débarrasser sans avoir recours à des dispositions gênantes telles que la radiation, la pollution des sites alentour ou la paperasse à remplir. Était-il précisé que ça mettrait en danger la vie du garçon ? Elle ne s'en souvenait plus.

« Il risque de mourir ? » demanda-t-elle faiblement. Cyrus la regarda avec aplomb.

« Tour Thomas, n'oubliez pas l'information que vous m'avez révélée. Pensez à votre responsabilité, en tant que Tour de la Checquy, vis-à-vis du peuple britannique », dit-il à voix basse, sans la moindre émotion. « Vous n'avez pas le temps de tergiverser.

— C'est vrai. » Myfanwy fit un effort pour se

souvenir de la formule officielle. Thomas avait insisté dans ses instructions pour qu'elle la mémorise.

« Moi, Myfanwy Alice Thomas, Tour de la Checquy, Épée Secrète de la Couronne, Premier Corbeau d'Écosse, Hérault de l'Eire, et Générale de l'Armée Secrète de Grande-Bretagne, j'invoque solennellement la présence de Harper Callahan, pupille du Domaine, pour servir la populace ignorante du Royaume-Uni avec toutes ses forces et ses capacités, afin que nos îles prospèrent. »

C'était une déclaration ridicule et archaïque, mais ça rendait tout ceci parfaitement légal et transférait la responsabilité de l'opération sur ses épaules. Seuls les Tours, les Fous, le Lord et la Lady de la Checquy pouvaient autoriser le recours sur le sol britannique à un agent classé Force d'Éradication Physique. Heureusement, ils n'étaient que trois personnes à détenir ce pouvoir dans le pays. L'une d'entre elles était d'ailleurs enfermée dans une cave des îles Shetland. Le Premier ministre, le ministre de la Défense, le souverain régnant et tous les membres de la Cour devaient par ailleurs être avisés si l'on y avait recours. Quand Myfanwy eut fini de parler, elle entendit les membres de l'équipe pianoter sur leurs téléphones pour communiquer l'information et faire venir l'élève du Domaine.

Il faut en passer par là, se dit-elle de nouveau. *Et si ce petit garçon meurt, eh bien, ça ne sera que l'une des nombreuses tragédies que j'aurais déclenchées depuis que j'ai ouvert le coffre 1011-B.*

Et si quelqu'un me demande pourquoi j'ai fait appel à un enfant capable de transformer la ville en une nappe de pierres en fusion, je serais obligée de dire que mes pouvoirs m'avaient indiqué que le cube était une arme des Greffeurs. Ce qui se trouve être le cas.

« Le cube bouge ! s'exclama Carmine.

— Gardes périphériques, tenez-vous prêts ! » aboya Cyrus. De petits écrans s'allumèrent dans toute la pièce et Myfanwy fut éblouie par cette clarté soudaine. Elle observa les images et comprit qu'elles venaient des petites caméras fixées sur les fusils des troupes de la Checquy qui encerclaient le bâtiment. « Que se passe-t-il à l'intérieur, Jasmine ? demanda Cyrus.

— Les rouleaux de muscles se tendent et les os sont déplacés, répondit-elle, surprise.

— Comment ? demanda Watson.

— Je ne sais pas, mais cela ne semble pas être pour renforcer la structure. Je vois des trous qui se forment dans la cage, comme s'il ouvrait des volets.

— Il y a une fissure dans l'épiderme ! s'exclama Carmine. Elle s'est ouverte pendant une seconde. Elle est située sur la face tournée vers l'avant du bâtiment. »

Exactement là où nous sommes, se désola Myfanwy.

« Ça n'augure rien de bon, chef, dit Watson à Cyrus. Si quelque chose sort, nous sommes pile sur la trajectoire.

— Mais nous sommes armés, fit remarquer le petit Pion informaticien.

— Et nous avons des soldats sur le toit, ajouta Cyrus.

— Certains os s'enfoncent dans le sol, dit Motha.

— Mais pour quoi faire ? s'étonna Watson, les sourcils froncés.

— Pour s'arrimer », dit l'un des grands gardes du corps. Tout le monde se tourna vers lui.

« S'arrimer pour qu… » commença Watson avant que le camion ne soit secoué par une attaque soudaine. « Merde ! » Ceux qui avaient la chance d'être assis furent projetés avec leur fauteuil ergonomique, tandis que ceux qui étaient debout se retrouvèrent violemment plaqués au sol.

« Position ? hurla Cyrus tandis que le camion recommençait à trembler.

— Plusieurs tentacules viennent de jaillir du cube ; ils ont traversé le mur du commissariat et se sont saisis du camion d'intervention ! décrivit le Pion Motha d'une voix horrifiée.

— Il vous tire vers le bâtiment ! » s'exclama Carmine, dont la voix paniquée était presque couverte par les parasites de la radio. Une autre secousse violente renvoya ceux qui s'étaient prudemment mis à quatre pattes s'aplatir sur leurs compagnons allongés.

« Oui, merci, on avait remarqué ! lança Myfanwy. Sortons de là ! Tout le monde dehors ! Troupes de la Checquy, ouvrez le feu sur les tentacules ! Où sont Steele et sa tronçonneuse ? Mettez-le sur le coup ! »

Tout le monde la dévisageait. « Maintenant ! » cria-t-elle, avant de les réveiller d'une pichenette mentale sur leur système nerveux. Ce fut bref et désagréable, mais ça les remit en action.

Les grands gardes du corps agirent avec une extraordinaire coordination. L'un souleva Myfanwy comme une poupée et la prit sur son épaule. Plusieurs parties de son corps que les médecins avaient examinées plus tôt dans la journée protestèrent violemment.

Elle envisagea un instant de se débattre, mais elle décida que réagir comme une gamine capricieuse n'allait rien arranger. La remorque tapa un trottoir, et tout le monde fut projeté contre un mur. Le garde qui portait Myfanwy pivota et fit barrage avec son corps. Les autres gardes continuèrent d'avancer à pas lourds, écartant les geeks de leur passage. Ingrid et P'tit Pion Alan s'accrochèrent au harnais du porteur de Myfanwy et se laissèrent traîner dans son sillage. Myfanwy, suspendue comme elle l'était, parvint à croiser le regard d'Ingrid, qu'elle trouva échevelée pour la première fois de sa vie. Elles échangèrent un regard sombre, puis Myfanwy, toujours essoufflée, tourna la tête pour constater que l'équipe du poste de commande les suivait, avec difficulté. Watson criait, mais le vacarme du camion raclant le bitume empêchait Myfanwy d'entendre ce qu'elle disait.

« Quoi ? hurla-t-elle au Pion écossais.

— Vous allez dans le mauvais sens ! »

Myfanwy essaya de se retourner malgré la prise du garde du corps. Ils étaient apparemment au bout d'un couloir, mais celui-ci ne menait pas à la sortie. Elle leva les yeux au ciel et était sur le point de faire une remarque cinglante au garde qui ouvrait la marche quand celui-ci se retourna et appela P'tit Pion Alan.

« À toi de jouer, mon gars », dit-il d'une voix ferme. Se passant nerveusement la langue sur les lèvres, le Pion dégingandé posa ses paumes à plat contre le mur en métal et se tendit. Il y eut un bruit de craquement, et quand il retira ses mains, une trace gris marbré se dessinait sur le métal. Le grand garde fit signe au jeune Pion de se reculer, arma son poing et l'abattit sur la fissure qu'Alan avait créée, perçant ainsi un trou dans le mur. Le porteur de Myfanwy la posa délicatement et aida son copain à agrandir la faille. Le crissement du métal arraché recouvrit le vacarme du camion, et tout le monde assista, stupéfait, à la création d'une sortie rudimentaire mais tout à fait fonctionnelle. Puis le garde la souleva de nouveau et sauta par l'ouverture.

Myfanwy avait oublié comme le camion était haut. Il était monté sur de gros pneus capables de passer par-dessus une Volvo et avait été surélevé sur de lourdes jambes métalliques. Elle eut l'impression de flotter pendant cinq secondes avant de retomber brutalement contre l'épaule du garde, dévoilant ses sous-vêtements aux regards ébahis du personnel de la Checquy. Le garde la fit glisser dans ses bras et la reposa sur ses pieds. Elle en profita pour remonter son pantalon avant qu'un autre agent de sécurité ne la prenne par le bras. Derrière elle, les grands gardes du corps aidaient les gens à sortir du camion, le premier jetant chaque employé à son partenaire, qui déposait ensuite poliment la personne sur le trottoir. Ingrid et Alan avaient été les premiers à passer, et des Pions alertes en tenue de camouflage les conduisaient maintenant à l'écart.

Myfanwy regarda derrière elle. Le camion avait été traîné beaucoup plus loin qu'elle ne l'aurait cru et se trouvait maintenant presque aux marches du commissariat. Il se balançait d'avant en arrière, dans un boucan effroyable, mais ce qui attira vraiment son attention, ce fut les deux tentacules qui l'enserraient. Myfanwy repoussa les Pions en treillis et s'agenouilla pour regarder sous le camion.

« Sur quoi est-il bloqué ? » cria-t-elle au soldat, qui essayait de trouver le meilleur moyen de poser la main sur son officier supérieur sans passer devant la cour martiale ni être victime de ses pouvoirs tristement célèbres.

« Une borne en béton », lui répondit-il. Elle hocha la tête pensivement et remarqua alors un fort bourdonnement mécanique au milieu du fracas. Elle leva la tête et vit le Pion Steele, vêtu d'une sorte d'armure en plastique, en équilibre précaire sur le toit du camion, en train de découper un tentacule avec l'une de ses fidèles tronçonneuses. Elle le regarda, effarée, abattre la chaîne mécanique d'un mouvement souple des bras, faisant gicler des fluides un peu partout. Le tentacule se détacha et le camion cessa immédiatement de cogner. Steele releva la tête et poussa un hurlement victorieux.

« Génial », dit Myfanwy, mais le mot mourut sur ses lèvres. Au lieu de pendre mollement comme n'importe quel tentacule de chair surnaturel digne de ce nom, la chose frémissait. Devant ses yeux horrifiés, la plaie bourgeonna et une masse de vrilles tortueuses et agitées germèrent soudainement. Plusieurs d'entre elles s'enroulèrent autour de Steele, l'écrasèrent contre le toit du camion, et lui arrachèrent sa tronçonneuse. Myfanwy inspira pour crier, mais avant qu'elle puisse émettre le moindre son, des douzaines de doigts l'attrapèrent. Momifiée, elle vit l'un des gardes du corps se faire soulever, puis elle fut projetée en l'air et tirée vers le commissariat.

Sa peau brûlait, et elle sentait sa migraine revenir à mesure que le cube la remontait. Elle eut le souffle coupé quand les vrilles se resserrèrent. Elle essaya de se concentrer, de lancer ses pouvoirs pour en prendre le contrôle, mais elle sentait qu'elle se faisait aspirer. Par un curieux hasard, un espace s'ouvrit entre les tentacules, juste devant ses yeux. Elle vit le ciel s'agiter dans tous les sens, puis le mur du commissariat et le trou percé par le tentacule se rapprocher, et elle fut entraînée dans une crevasse ouverte dans le cube. La chaleur et une pression inimaginable l'enveloppèrent, puis la lumière disparut.

Chapitre 36

Chère Toi,

Voici venue, à mon grand regret, la saison des fêtes. C'est à cette période de l'année que l'on enregistre le plus haut taux de suicide au sein de la Checquy. Nous avons déjà vu arriver les pics annuels d'apparitions de poltergeist et d'enlèvements temporels, mais ce ne sont généralement pas ces choses-là qui poussent nos agents à mettre fin à leurs jours. C'est le fait que nous nous rappelions soudain qui nous sommes. Et qui nous ne sommes pas. Alors oui, bien sûr, il y a les soirées au bureau, les pots entre amis, et quelques-uns d'entre nous arrivent à construire une relation intime – que ce soit à l'intérieur ou en dehors de la Checquy. Mais pour la plupart d'entre nous, se promener dans la rue et voir des gens normaux nous déprime un peu. Les psychologues de la boîte sont alors très occupés.

Malgré mon manque total de vie privée, je vis généralement assez bien la période de Noël. Dans le sens où je parviens à l'ignorer autant que possible. Il faut bien que quelqu'un travaille à ce moment-là, je me porte donc souvent volontaire, et l'un des Cavs en fait autant (généralement Gubbins, car sa femme et lui n'ont pas d'enfant). Ensemble, nous supervisons les équipes de squelettes, nous buvons du sherry en visioconférence et je rentre chez moi. Encore une année de réglée, quasiment sans avoir senti le goût désespérant de la magie de Noël.

Mais il y a deux événements sociaux auxquels on ne peut échapper : la soirée de Noël organisée pour les cadres et celle de la Cour.

J'avais déjà subi la soirée des cadres, à laquelle tous les chefs de section du pays sont invités. C'est toujours extrêmement gênant, toutes ces personnes qui essaient de se vendre auprès de la Cour dans l'espoir de faire avancer leur carrière. Ainsi, j'avais passé la plus grande partie de la soirée à essayer d'éviter des gens qui voulaient m'expliquer combien ils étaient merveilleux et pourquoi il fallait leur offrir une promotion. Une fois cette délicieuse obligation remplie, restait la soirée de la Cour.

Deux jours avant Noël, je me retrouvai donc à frapper à la très jolie porte de la très jolie maison au bord de la Tamise de M. et Mme Conrad Grantchester. Une légère neige avait commencé à tomber, et je sentais, légèrement abattue, les fleurs que j'avais achetées, quand la porte s'ouvrit sur une employée de maison morose.

« Entrez, je vous en prie.

— Emily, est-ce que les invités arrivent déjà ? » demanda une voix avant que Mme Conrad Grantchester fît son apparition, portant dans ses bras Grantchester Junior, un adorable blondinet qui aurait dû se balader nu avec un arc, des flèches et une paire d'ailes duveteuses.

« Myfanwy ! Quelle joie de vous voir. Entrez, ne restez pas sous la neige. » Caroline Grantchester, 39 ans, portait une robe de cocktail champagne. Elle

était belle, avec ses cheveux sombres, ses yeux les plus bleus du monde et une silhouette qui prouvait sans aucun doute possible qu'elle n'avait pas porté ce bébé. Bon, ça et le faire-part que nous avions tous reçu annonçant que les Grantchester allaient adopter.

« Myfanwy, avez-vous fait la connaissance du petit Henry ? demanda-t-elle pendant que l'employée me débarrassait de mon manteau et des fleurs. Henry, c'est ta tata Miffy. » Henry regarda sa tata Miffy récemment acquise avec une concentration déconcertante, puis fit quelques bulles. Je souris poliment et me laissai entraîner dans le salon. Grantchester s'était trouvé une adorable lady dont la lignée remontait à Guillaume le Conquérant et qui avait connu, elle aussi, son lot de Conquête. Les nombreuses connexions qu'elle avait, combinées au rôle (toujours non spécifié, mais à l'évidence d'une importance exceptionnelle) qu'il avait au sein de la haute administration, faisaient qu'ils profitaient d'une vie sociale riche et active.

« J'adore ce que vous portez », mentit-elle avec enthousiasme. Même moi je n'aimais pas particulièrement ma tenue, mais ça faisait une éternité qu'elle était dans mon placard et elle avait eu l'air déprimée sur son cintre, comme si elle avait mérité une sortie. Malheureusement, c'est maintenant sur moi qu'elle avait l'air déprimée.

« Conrad m'a dit que vous travailliez beaucoup en ce moment, poursuivit Caroline, qui semblait attendre une réponse de ma part.

— Oh, vous savez, bafouillai-je, il faut bien que quelqu'un le fasse. » La couverture que l'on donne aux conjoints est que nous travaillons dans le domaine du renseignement, d'où un haut degré de discrétion. Elle savait donc que je ne pouvais pas parler de mon

travail, ce qui ne me laissait pas beaucoup de sujets de conversation. Il ne me restait que trois semaines de conscience tout au plus, et cette soirée me semblait être une perte de temps immense, quoique obligatoire. Je fus heureusement sauvée lorsque quelqu'un frappa à la porte. Hélas, cela impliqua de déposer le petit Henry dans les bras horrifiés de sa tata Miffy.

Je n'avais jamais été en contact avec une personne aussi jeune. Il y avait des bébés au Domaine, mais nous n'interagissions pas avec eux avant leurs 5 ans. Cette chose avait un an. Ça n'avait pas l'air de savoir parler, et ça me regardait avec le même regard fixe que tout à l'heure, puis ça commença à suinter copieusement de la bouche et du nez. Je le penchai loin de mon haut et jetai des regards désespérés autour de moi.

La personne qui avait frappé à la porte était le Cavalier Joshua Eckhart, accompagné de Phillipa, sa femme ronde et aimable, et de leurs quatre enfants. Deux des garçons étaient des jumeaux qui devaient avoir environ 25 ans ; des garçons bien bâtis, si bien bâtis d'ailleurs qu'ils me firent regretter ma tenue. Et ma coupe de cheveux. Il y avait ensuite une adolescente, qui me considéra avec une certaine dose de mépris, et un garçon de 12 ans qui m'ignora totalement. J'espérai ardemment que Phillipa viendrait me relayer pour porter le bébé, mais elle se contenta de glousser poliment quand Mme Grantchester lui montra le petit Henry, puis elle envoya un des jumeaux lui chercher un cocktail au champagne.

« Alors, Myfanwy, elle vous a refourgué le bébé ? observa Mme Eckhart. Ça ne m'étonne pas, vu que sa robe coûte l'équivalent du PIB des îles Fidji. Vous devriez lui essuyer le visage avec le bavoir.

Franchement, je ne comprends pas pourquoi ils n'ont pas pris une nounou.

— Il me semble qu'ils en ont une. Je ne sais pas où elle est.

— J'aurais tué pour avoir une nounou, dit pensivement Phillipa. Ou un Taser. Le nombre de fois où les jumeaux ont failli mettre le feu à la maison...

— Vraiment ? » m'étonnai-je. Je cherchai quelque chose à ajouter. « Ils ont l'air tellement, je ne sais pas, calmes. Et maintenant qu'ils sont adultes, est-ce qu'ils, euh... oh Dieu merci, Conrad, vous voulez bien prendre Henry ?

— Non. » Il me regarda avec un air incrédule et repartit.

« Oh. » Pendant ce temps, d'autres membres de la Cour arrivèrent. Je n'avais pas spécialement envie de me joindre à eux, mais si je le faisais, quelqu'un me reprendrait peut-être l'enfant.

« Myfanwy, dites-moi, Josh ne m'a jamais vraiment expliqué : est-ce que vous travaillez ensemble au bureau ? demanda Phillipa, sincèrement intéressée.

— Eh bien, pas vraiment. Nous sommes tous les deux chefs de section », bafouillai-je. Le bébé commençait à faire du bruit et à s'agiter.

« Vraiment ? Vous êtes si jeune... Quel âge avez-vous ? » Avant que je puisse répondre, elle fut déconcentrée par l'un des jumeaux qui nous apportait une coupe de cocktail au champagne. « Merci Richard. Tu te souviens de Myfanwy ? Elle travaille avec ton père. Myfanwy, voici Richard.

— Bonjour. Vous voulez que je prenne le bébé ? proposa-t-il gentiment.

— Merci », murmurai-je. Il prit Henry avec une aisance qui m'étonna avant que je me souvienne qu'il

avait des frères et sœurs plus jeunes et qu'il devait donc avoir l'habitude de les porter.

« Je suis très impressionnée, dit Phillipa tandis que Richard berçait le bébé. Richard est toujours étudiant, et vous êtes déjà si haut placée à un si jeune âge.

— Oh, euh, vous savez, je suis très forte en gestion. Si j'étais un superhéros, ça serait ça mon superpouvoir. Ça et rien d'autre, ajoutai-je rapidement.

— Quand même, ça doit être difficile. Josh travaille si dur et il doit passer tellement de temps loin de sa famille. Mais je savais que je m'exposais à ce genre de chose quand j'ai accepté d'épouser un militaire. » À ce moment-là, le militaire en question arriva.

« Eh bien, je crois que nos deux petits derniers sont en train de traumatiser Conrad et sa femme comme il se doit. Je pense qu'ils s'attendaient à ce que le petit Henry demeure toujours aussi docile. Encore cinq minutes avec une ado maussade et un garçon hyperactif d'une vingtaine d'années et ils regarderont l'avenir avec une certaine crainte. Bonjour Myfanwy. Joyeux Noël.

— Joyeux Noël, euh, Joshua », bredouillai-je. J'avais l'habitude d'utiliser son titre pour m'adresser à lui, mais cela aurait jeté un froid sur le pseudo-esprit de Noël. « Vous partez pour les vacances ?

— Oh non, dit-il. Après tout, il faut que le bureau tourne à plein régime dès le lendemain du Boxing Day. » Phillipa et Richard levèrent les yeux au ciel.

« C'est bien vrai, dis-je, soucieuse de ne pas contredire ce qu'il avait raconté à sa famille. Et il n'est donc pas possible de partir. Sauf si c'est pour le travail. Auquel cas il faut y aller. Parce que, vous savez, le pays a besoin de vous.

— Du calme, Myfanwy, s'esclaffa-t-il. Ne vous

inquiétez pas, vous n'êtes pas tout le temps obligée de penser à tout. Cette fille, dit-il à sa femme et son fils, est la personne la plus méthodique que je connaisse. » Ils me regardèrent avec ce qui ressemblait à de l'admiration, et je sentis que j'étais écarlate.

« Oh, regardez, voilà Alrich », dis-je afin de détourner leur regard de ma personne. Il portait un costume d'une sobriété inhabituelle, mais son teint magnifique ressortait d'autant plus sur la couleur terne de sa veste.

« Il a une allure incroyable, dit Phillipa. Je ne le vois qu'une fois par an, mais je pourrais jurer qu'il ne change pas. Myfanwy, vous savez s'il fait de la chirurgie ?

— Euh, probablement, oui.

— Oh, sans doute, peut-être même plus encore que Mme Grantchester. Pourtant, ça ne se voit vraiment pas. Pas étonnant qu'elle soit toujours si mécontente de le voir. » C'était vrai, notre hôtesse était aussi tendue qu'une corde de violon, et le sourire qu'elle arborait était le triomphe de la volonté sur les effets du Botox.

« C'est vraiment une esthète, hein ? remarqua Richard. Franchement, ça m'étonne qu'ils aient voulu un bébé. Leur maison est si jolie mais pas du tout faite pour un enfant. » Il déposa délicatement Henry dans les bras d'une employée décontenancée.

« C'était sûrement le seul accessoire qui leur manquait, dit Phillipa. Je ne sais pas comment un bébé va pouvoir évoluer dans un tel intérieur. Et ça m'étonnerait qu'ils le prennent bien quand le petit vomira sur la moquette après avoir mangé son gâteau d'anniversaire.

— Je me suis excusé Maman, rétorqua Richard. Et c'était il y a quinze ans.

— Je sais, mon chéri, et je t'ai pardonné presque immédiatement, mais la tache est toujours là. Myfanwy, on aimerait beaucoup vous avoir à dîner bientôt.

— Ah, oui, ça serait très sympa », bredouillai-je en buvant une gorgée de champagne pour cacher mon embarras. Les membres de la Cour socialisent très peu et les contacts se limitent habituellement aux déjeuners professionnels et à la soirée de Noël. Je n'étais par ailleurs pas sûre de pouvoir coordonner ça avec mon amnésie programmée.

« On devrait inviter Alrich aussi, je le trouve un peu maigre. » Je manquai recracher mon champagne, mais je me contentai de m'étouffer. Phillipa me tapa dans le dos et me tendit une serviette. Après cet incident, je sirotai précautionneusement mon verre en écoutant ces gens normaux disséquer la vie de mes très inhabituels collègues. Richard trouvait les Gestalt étranges et tout le monde s'accordait à dire que Gubbins était charmant. Puis le jumeau de Richard, Luke, nous rejoignit et je me retrouvai en quelque sorte intégrée au cocon familial des Eckhart. Les écouter se chamailler et discuter me rendait de plus en plus mélancolique.

Il était évident que la soirée ne pouvait qu'être compliquée, du moins pour Gestalt, Gubbins et moi – les trois membres de la Cour élevés au Domaine. Wattleman était trop vieux pour y être passé. Farrier, Grantchester et Eckhart avaient découvert leurs pouvoirs sur le tard. Quant à Alrich, bon, ça faisait plus d'un siècle qu'il jouait à ce jeu-là. Chacun d'eux savait ce que c'était que d'être une personne plutôt qu'un outil. Mais ceux d'entre nous à qui on avait appris à être avant tout des agents, puis des guerriers, et enfin, éventuellement, des êtres humains, avaient du mal à tenir une conversation normale.

De quoi pouvions-nous parler en dehors du travail ? De l'un des corps de Gestalt, tout juste rentré des États-Unis où il avait suivi une formation d'administrateur tandis que les trois autres dirigeaient simultanément des opérations sur les îles Britanniques ? De la dépression de Gubbins depuis qu'il avait envoyé cinq hommes et sept femmes à la mort dans un appartement du Vatican ? Quant à moi, il y avait toujours le passionnant sujet de l'imminente mort de ma personnalité, manigancée par une personne présente dans la pièce !

Je regardai ces gens et les enviai tous, même le bébé baveux. Surtout le bébé baveux. Les gens normaux étaient libres de vivre leur vie, avec leurs petits soucis et leurs petites souffrances, certains que le surnaturel ne viendrait pas les embêter. Mince, ils n'étaient même pas obligés de croire au surnaturel. C'était à nous de nous en inquiéter. Quant aux autres membres de la Cour, assis là à boire des coupes de champagne et à manger des petits fours, même eux étaient plus libres que moi. Pour autant qu'ils le sachent, leur avenir était radieux – et même meilleur que leur présent. Quant à moi, je savais que ma vie finirait bientôt sous un orage.

La Checquy n'est pas une famille. Même dans les familles les plus dysfonctionnelles, tu n'envoies pas tes frères et sœurs affronter des horreurs dans les endroits les plus dangereux – sachant qu'ils y rencontreront sans doute une mort douloureuse et terrifiante. Tu ne fais pas non plus disséquer le corps de tes aïeux pour répertorier et détruire chacun de leurs organes et les laisser sans autre épitaphe qu'un nom dans un dossier.

Non, nous ne sommes pas une famille.

Mais nous sommes censés être une équipe. Nous ne nous apprécions pas forcément, mais nous devons nous respecter et être loyaux les uns envers les autres. C'est la seule chose qu'ils te promettent quand tu arrives au Domaine : au sein de la Checquy, tu peux faire confiance à ceux qui t'entourent.

Je regardai mes camarades et me sentis plus trahie que jamais. J'ai toujours su que ces rassemblements n'étaient qu'une plaisanterie, mais les réjouissances de ce soir étaient un mensonge éhonté. Pendant qu'on se faisait des sourires en parlant de la pluie et du beau temps, l'un de mes collègues projetait de m'éliminer.

Qui était-ce ? Je les observais et m'interrogeais. Qui avait le pouvoir de me prendre mes souvenirs ?

Farrier ? Pouvait-elle m'effacer ? Sa capacité à pénétrer les esprits et à les tripatouiller à sa guise faisait d'elle la candidate la plus probable, mais elle m'était redevable. Mes recherches sur sa vie avaient révélé des pistes fascinantes : elle s'était fait des ennemis mortels au cours du dernier conflit armé britannique, et ils avaient récemment réussi à retrouver sa trace. La semaine passée, ils avaient essayé de tuer sa famille, ce que j'avais empêché en leur envoyant un commando de Barghests. Illégalement. Elle avait reconnu sa dette, et puisque je venais de prouver ma loyauté, je ne voyais pas pourquoi la vieille pie aurait voulu m'attaquer.

Alrich ? Personne ne connaissait vraiment ses pouvoirs et leurs limites. On sait que les vampires ont d'étranges capacités mentales, notamment celle d'hypnotiser leurs proies. Mais pourquoi se soucier de moi ? La quantité de dossiers sur lui était considérable, et il avait les doigts dans un grand nombre de vilains pots de confiture, mais il a toujours agi dans l'intérêt de la Checquy. Il n'y a jamais eu le moindre signe qui laisserait entendre qu'il ait été impliqué dans une quelconque trahison.

C'était pareil pour tous les autres. Des crimes avaient pu être commis et bien dissimulés, mais je ne trouvais rien qui indiquait qu'ils étaient motivés par autre chose que la banale mesquinerie de l'humanité. Malgré toutes mes recherches, je ne trouve aucune réponse.

Tendrement,

Moi

Chapitre 37

Myfanwy n'avait pas suffisamment de souffle pour crier, bien qu'elle en eût extrêmement envie.

C'est comme de naître, mais à l'envers, pensa-t-elle avant que la panique ne la gagne. Autour d'elle, la chair et les muscles palpitaient et l'écrasaient. Sa peau brûlait et ses sens – pas ceux que le commun des mortels possède mais ceux qui allaient avec le fait d'être Myfanwy Thomas – étaient submergés.

Les impulsions des douzaines de systèmes nerveux hurlaient et s'entrechoquaient dans son cerveau. Cela lui évoquait la colonie de Bath, mais les esprits et les corps étaient alors anesthésiés et étaient donc relativement consentants. Là, ils étaient enchaînés, asservis, regroupés de force. Et le cube essayait de faire la même chose avec elle.

Du calme. Pas de panique. Elle essaya de se rappeler ce qu'elle avait fait à Bath. Elle avait exploré, non ? Elle s'était immergée dans la masse pour lire ce que c'était. Bien, elle devait donc se concentrer et recommencer. Dans un effort surhumain, elle écarta les cris et la confusion de sa perception et doucement, délicatement, étendit sa conscience pour toucher et jauger l'ennemi.

C'était comme de porter une paille à sa bouche et subir le déferlement d'un fleuve. Juste avant que Myfanwy ne soit balayée, elle s'aperçut qu'elle ne sentait pas simplement ce que les corps faisaient, mais tout ce qu'ils avaient fait dans leur vie. Des souvenirs refoulés, agonisant de désespoir, l'envahirent.

Chaque centimètre de son corps fut soudain parcouru par toutes les sensations que les personnes dans le commissariat avaient un jour éprouvées. Elle sentit le feu lui lécher les doigts tandis que la glace lui engourdissait les mains. On lui arrachait les cheveux, on lui massait amoureusement le crâne. Elle scrutait l'obscurité et était éblouie. Toutes les couleurs imprégnaient les cônes et les bâtonnets de ses yeux. Ses poumons prirent leur première inspiration et elle se noya. Mains, coton, soie, bouche, cuir, eau et ongles touchèrent sa peau, elle reçut un coup de poing à la mâchoire, une claque sur la joue et une caresse sur le flanc. Elle sentit le goût des épices et du sucre, des pêches et du vomi, l'amertume d'un steak brûlé. Elle s'étouffa, sentit du parfum. Elle fit l'amour en se faisant baiser.

N'importe qui d'autre se serait entièrement perdu, mais elle était Myfanwy Thomas et elle s'était retrouvée brusquement projetée dans son nouveau corps. Elle se souvenait précisément de toutes les expériences qu'elle avait vécues lors de sa courte vie et pouvait donc séparer ses propres sensations de celles qu'on lui déversait. Ses pensées flottaient sur le dessus, et elle s'extirpa du marécage.

Bon OK, je ne recommencerai plus ça. Cette expérience étourdissante n'avait duré que quelques secondes, mais Myfanwy avait l'impression d'avoir vécu plusieurs vies. Sans réfléchir, elle ouvrit la bouche pour respirer, sentit quelque chose se tortiller contre ses lèvres et resserra les mâchoires.

Cela lui donna un coup de fouet. *Fait chier !* pensa-t-elle, enragée. Elle ne pouvait pas crier ni se servir de ses poings, mais son esprit lança une vague qui aurait arrêté net une armée entière. Autour d'elle, des muscles tressaillirent sous le choc et restèrent brièvement inertes. Elle reprit son exploration, rapidement, et trouva quelque chose qui faisait sens. Grâce aux descriptions des Pions Motha et Carmine, elle avait une vague idée de la manière dont ce qui l'entourait était disposé. Le peu d'air dans ses poumons rendait toute réflexion difficile. Il fallait agir rapidement, d'autant que l'esprit qui contrôlait le cube avait l'air de se remettre peu à peu.

Ce n'était pas pareil que de toucher une personne normale, voire un grand nombre de personnes normales. Les impulsions contradictoires et le patchwork d'organes constituaient un espace où il était difficile de naviguer. Pourtant, Myfanwy parvint à trouver l'endroit d'où partaient toutes les instructions et entreprit de le déconnecter du reste. Elle se souvint d'un truc que Thomas lui avait donné et essaya de contrer l'organisme en l'inondant de sensations – elle pouvait maintenant puiser dans un catalogue assez vaste. Elle regroupa ses forces et envoya une salve d'impressions afin de submerger son ennemi. Mais le cerveau absorba facilement les informations, les canalisa et les redistribua parmi la multitude de lobes cérébraux qu'il avait récoltés chez ses victimes. *Merde !* Cette attaque, en plus de ses efforts pour isoler le cerveau, l'avait épuisée et elle sentait que ses défenses vacillaient.

Ses poumons brûlaient. *Oh mon Dieu,* pensa-t-elle. *Au secours ! À l'aide, l'aide !* Des tentacules mous lui caressaient les oreilles et les yeux, elle sentit quelque chose s'enfoncer dans son nez. Elle était en train de disparaître. *À l'aide !* Il n'y avait aucune issue. Elle n'avait plus de souffle.

Tandis qu'elle perdait connaissance, elle sentit vaguement son corps se convulser. Son système nerveux était envahi. Puis, au moment où elle perdit le contrôle de ses poumons, ses pouvoirs lui échappèrent. Ils fusèrent en hurlant, chaotiques et sauvages. Un torrent fait de milliers d'ordres et d'impulsions jaillit de son cerveau paniqué et transperça la viande qui l'emprisonnait.

Partout autour d'elle, la chair frissonna et changea de prise, déplaçant son corps en position verticale. Les tentacules cessèrent de s'enfoncer dans son nez, et la pression effroyable se relâcha un peu. Elle entendit un grésillement au loin, et ne fut bientôt plus soutenue par le cube mais par ses propres jambes. Il flottait dans l'air une odeur de sang. Elle cligna des yeux et vit une faible lumière rose s'éclaircissant à mesure que les murs de viande s'affaissaient.

Le cube se dissolvait, s'effondrant en un liquide pétillant comme un Coca trop secoué. L'odeur d'acide lui brûla les narines et lui fit l'effet d'une gifle. La structure osseuse retomba sur le sol avec fracas et elle vit une masse de tissus gris – sans doute du cerveau – se dissoudre à son tour. Elle entendit un bruit derrière elle et regarda par-dessus son épaule, hébétée.

« Tour Thomas », l'appela l'un des grands gardes du corps. Il se tenait à la porte du commissariat, aux côtés d'Ingrid, de P'tit Pion Alan et d'autres membres de la Checquy éberlués.

« Tour Thomas, prenez mon manteau, reprit-il.

— Hmm ? » fit-elle avant de se rendre compte

qu'elle était complètement nue et couverte de fluides corporels. *Heureusement que je ne me suis pas retournée,* pensa-t-elle tandis que le garde du corps s'approchait d'elle en pataugeant pour lui passer son manteau sur les épaules.

« Tour Thomas, je pense qu'il vaudrait mieux que je vous porte jusqu'à la sortie avant que mes chaussures ne fondent. » Myfanwy regarda par terre et vit qu'elle était pieds nus sur un petit îlot de muscles, au milieu d'une grande mare de fluide caustique qui attaquait les bottes en cuir de son garde du corps. Des tas de peau et d'os étaient éparpillés dans la pièce, ainsi que quelques corps rongés par l'acide. Elle hocha la tête et il la souleva délicatement, comme une enfant. Il se dépêcha de sortir, et quand ils eurent descendu les marches du bâtiment, quelqu'un d'autre la prit en charge avant qu'il puisse rapidement retirer ses bottes. Un ruisseau de fluide coula sur l'escalier, mais l'image qui resta gravée dans l'esprit de Myfanwy fut la minuscule île de muscles, placée pile sous ses pieds, qui l'avait sauvée de l'acide.

La suite des événements fut assez floue. Les urgences de l'hôpital le plus proche furent réquisitionnées et Myfanwy fut lavée délicatement mais méthodiquement. Elle refusa qu'on lui rase la tête à blanc et les docteurs de la Checquy durent lui laver les cheveux avec d'étranges produits chimiques, la prévenant qu'ils risquaient de la décolorer et qu'il faudrait peut-être envisager une teinture. Dans d'autres circonstances, Myfanwy aurait peut-être rechigné à l'idée d'être lavée devant plusieurs personnes, mais les tests médicaux du matin l'avaient vaccinée contre la pudeur. On lui donna ensuite une nouvelle blouse dos nu – la quatrième de la journée – tandis qu'une infirmière de la Checquy lui nettoyait la peau très doucement. Elle avait des démangeaisons et pelait.

« Tour Thomas, le secteur est toujours bouclé, et nous sommes en train de contacter les familles des civils », annonça le Pion Watson. Cyrus était toujours sur site pour superviser l'arrivée d'un gros nuage de fumée noire. Une fois que l'équipe de chercheurs aurait fini, Cyrus démarrerait un immense incendie parfaitement maîtrisé qui effacerait une multitude de traces encombrantes. Ça expliquerait aussi pourquoi les corps des civils ne pouvaient être rendus à leurs proches. Pour l'instant, les scientifiques de la Checquy parcouraient les lieux équipés de différents types de machines, changeant régulièrement de combinaisons quand le caoutchouc commençait à fondre.

« C'est super », répondit Myfanwy d'un ton rêveur. Elle baissa les yeux et vit que l'infirmière frottait ses peaux mortes et les déposait dans des tubes à essai.

« Le Beffroi a indiqué que le feu serait sans doute mis sur le compte d'un pyromane, expliqua Watson. Ils préciseront qu'il n'était affilié à aucun groupe et qu'il avait de lourds antécédents psychiatriques. Aucune mention de ce qu'il ne faut pas mentionner. » L'austère Pion écossaise ne sourit pas vraiment, mais elle parvint à regarder Myfanwy d'une manière qui indiquait qu'elle trouvait cette couverture amusante.

« Merveilleux, dit Myfanwy. Ah, et n'oubliez pas de rendre son manteau à mon garde du corps. » Elle le chercha du regard, mais vit qu'il était sorti avec P'tit Pion Alan afin de lui laisser un peu d'intimité. Il ne restait donc autour d'elle qu'Ingrid, les Pions Watson et Motha, une nouvelle garde du corps ronde d'une soixantaine d'années, et l'infirmière de la Checquy.

« Je ne suis pas sûre qu'il souhaite le récupérer, dit Ingrid.

— Pourquoi ?

— Eh bien, il semblerait que les acides dont vous étiez couverte soient particulièrement corrosifs, expliqua Motha. Ils ont attaqué une bonne partie du cuir.

— Ils ont rongé le cuir mais ils ne m'ont pas attaquée ?

— Oui, c'est pour cette raison que nous collectons des échantillons de votre peau, continua Motha. L'eau utilisée pour vous laver a également été conservée. Les docteurs supposent que vos pouvoirs vous ont protégée des enzymes de l'acide : c'est organique, et vous étiez d'ailleurs en train de le dénaturer.

— Comment ? » Myfanwy ne comprenait pas. Elle n'avait même pas pensé à s'en prendre à l'acide. Elle était bien trop occupée à essayer de tuer le cerveau ; et à mourir. Cela avait réclamé une bonne part de son attention.

« Apparemment votre système immunitaire est intervenu pour vous protéger, dit Watson. Il n'y est pas complètement parvenu et c'est pour cette raison que vous semblez avoir pris un coup de soleil.

— Incroyable, s'étonna Myfanwy. Mais, attendez une minute ! Et les autres membres de la Checquy qui ont été aspirés ? Mon garde du corps ? Steele ? » Tout le monde s'assombrit soudainement. « Que s'est-il passé ?

— Ils n'ont pas survécu », dit doucement Ingrid. Myfanwy revit les corps rongés parmi les décombres.

« Oh mon Dieu, souffla-t-elle sans pouvoir chasser ces images de son esprit. Ils ont été mangés.

— Vous avez eu une chance incroyable de survivre, Tour Thomas, dit Motha. À vrai dire, encore un peu et l'acide aurait commencé à faire de sérieux dégâts. Si vous n'aviez pas détruit le cube de l'intérieur… » Le jeune Pion, gêné, ne termina pas sa phrase.

Mais bon, c'est pas comme si ça avait été une partie de plaisir non plus, pensa Myfanwy. *J'étais sur le point de finir en pièces détachées.* Le fait d'avoir survécu ne la réjouissait pas plus que ça ; penser à tous ces morts, ces gens dont elle avait vécu les souvenirs, la rendait mélancolique.

Puis une autre pensée, insidieuse, s'installa. Comment savoir si toutes les femmes dans cette pièce étaient loyales ? Même Ingrid n'avait pas encore été examinée. C'était un élément crucial. Si les Greffeurs apprenaient que Myfanwy était capable de détruire leur arsenal, ils ne tarderaient pas à l'éliminer. Ils n'avaient pas même besoin d'utiliser l'une de leurs armes biologiques : une banale balle tirée par un pistolet tout aussi banal ferait l'affaire. Peu importaient les menaces proférées par le barjot écorché contre Bronwyn ; il fallait qu'elle révèle à la Cour l'implication des Greffeurs dans ces deux attaques. Mais il fallait d'abord qu'elle sache à qui elle pouvait se fier.

« Ingrid, où en sont les examens médicaux de la Cour ?

— Je vais vérifier », répondit-elle en sortant son téléphone. Tandis que sa secrétaire consultait le Beffroi, Myfanwy pensa à autre chose.

« Pion Motha, vous avez vu l'intérieur du cube : pouvez-vous me dire ce qu'il restait du cerveau des civils ? Vous disiez que certaines parties avaient été excisées. » Le Pion ferma les yeux et tenta de se rappeler ce qu'elle avait vu.

« Eh bien, ils ont clairement été tronqués, oui. D'après ce que j'ai vu, ils ont subi une lobotomie sélective, conçue pour retirer les parties du cerveau en charge des initiatives. Je pense que l'idée était d'offrir au cerveau central toute la capacité de stockage sans avoir à s'occuper des impulsions individuelles. L'équipe sur site examine les restes humains, mais l'acide empêche toute étude approfondie.

— Mais d'après vous, il est très probable que la personnalité des civils ait été effacée et détruite avant que je ne sois aspirée, c'est bien ça ?

— Je ne suis pas sûre, admit Motha. Mais ça semblerait logique. »

C'est exactement le genre de chose que feraient les Greffeurs. Surtout cet enfoiré d'écorché. Mais je préfère penser que je n'ai pas tué ces personnes. Et s'il y avait encore une petite partie d'eux dans ce truc, j'espère qu'ils sont désormais en paix.

« Tour Thomas, dit Ingrid en couvrant le combiné. Le chef de la Sécurité Clovis est en ligne. Il dit que le Cavalier Eckhart a été testé et que tous les voyants sont au vert. Il refuse de me dire qui est actuellement examiné.

— Passez-moi le téléphone, s'il vous plaît. Clovis, ici la Tour Thomas.

— Bonsoir, madame.

— Oui, salut. Pourquoi refusez-vous de nous dire qui est le prochain à être examiné ? s'impatienta-t-elle.

— Je suis navré, Tour Thomas. Mais pour que ça fonctionne, il est nécessaire que cela reste complètement aléatoire. Et secret.

— D'accord. Est-ce qu'à part Eckhart et moi, d'autres personnes ont été testées ?

— Pas encore, non.

— Est-ce que ça sera fait d'ici ce soir ?

— Non. Nous aurons terminé à la fin du week-end.

— C'est bien joli, mais à ce rythme-là, je vais devoir laisser des instructions pour nos descendants.

— Il reste quatre membres de la Cour à examiner. Nous faisons de notre mieux.

— Très bien, merci. » Elle raccrocha et tendit le téléphone. « Ingrid, organisez une réunion de la Cour demain soir. » *D'ici là, tout le monde aura été testé.*

Gestalt n'avait pas d'implant de Greffeurs, lui rappela une partie de son cerveau. *Du moins, pas dans les deux corps qu'on a emprisonnés.*

« Quand pourrai-je retourner à Londres ?

— Dans une heure ? répondit l'infirmière d'une voix hésitante.

— D'accord, dit Myfanwy en croisant les bras. En attendant, que quelqu'un me trouve des vêtements qui me couvrent également le dos. »

Le retour au champ où était stationné l'hélicoptère se fit en silence. Tout le monde était douloureusement conscient que l'un des grands gardes du corps – dont on avait appris qu'il s'appelait Ronald – avait été remplacé. La nouvelle, Emily, tricotait placidement. La circulation était dense et la limousine avançait doucement. Myfanwy considéra le minibar et arriva à la conclusion que, même si elle avait amplement mérité un verre, ce ne serait sans doute pas une bonne idée. Il y avait encore trop à faire. Pendant ce temps, P'tit Pion Alan la regardait avec la fascination que les jeunes types réservent aux femmes puissantes dont ils ont vu les fesses.

Je devrais sans doute appeler Bronwyn pour m'assurer qu'elle va bien. Est-ce que je pourrais m'arranger pour qu'elle bénéficie d'une surveillance discrète ? Ce connard d'écorché a prouvé qu'on ne pouvait pas lui faire confiance. Mais tout en réfléchissant, elle se rendit vite compte que n'importe quel garde qu'elle enverrait à Bronwyn pourrait être un agent des Greffeurs. *Je ne sais pas quoi faire maintenant. Tout ce qu'il me reste à faire, c'est essayer de retrouver le Greffeur disparu, et pour ça, il va falloir attendre que j'arrive au Beffroi.*

En fait si, je vais appeler Bronwyn. Elle chercha son nouveau téléphone puis se souvint qu'il avait dû être mangé par le cube, tout comme ses chaussures confortables. Le fait d'être maintenant affublée d'une combinaison camouflage et de bottes de combat trop grandes n'aidait pas à améliorer son humeur. Elle regarda Ingrid, qui *elle* parlait au téléphone. Elle envisagea de le lui emprunter avant de se souvenir qu'elle ne connaissait pas le numéro de Bronwyn, et elle ne tenait pas spécialement à appeler les renseignements devant tout le monde. Myfanwy se détendit et ferma les yeux. Ingrid finit son appel et referma son téléphone d'un coup sec.

« La réunion a été programmée, Tour Thomas.

— Merci Ingrid », répondit-elle en retirant ses bottes. Elle ne prit pas la peine d'ouvrir les yeux quand le téléphone sonna. La voix d'Ingrid était apaisante quand on n'écoutait pas ce qu'elle disait.

« Tour Thomas ? C'est le chef du service des communications. » Myfanwy ouvrit les yeux, se redressa et prit le téléphone.

« Allô ?

— Bonsoir, Tour Thomas, ici Carruthers.

— Vous avez du nouveau ?

— Nous n'avons toujours pas réussi à remonter l'appel, s'excusa-t-il.

— Continuez, je vous fais toute confiance.

— Merci, Tour Thomas. En revanche nous avons retrouvé l'origine du fax, dit-il, la tirant de sa déception.

— Vous êtes sérieux ? » s'exclama-t-elle. Tout le monde dans la voiture sursauta. « D'où venait-il ? Vous avez l'adresse exacte ?

— Euh, oui, Tour Thomas, c'est à Londres.

— Attendez une seconde. » Elle posa le téléphone et baissa la vitre qui les séparait du chauffeur. « Excusez-moi, il nous reste combien de temps avant d'arriver à l'hélicoptère ?

— Je suis navré Tour Thomas, mais il y a des embouteillages, répondit-il avec un geste d'impuissance.

— Est-ce qu'on a une sirène ou un gyrophare ? demanda-t-elle.

— Non, désolé. »

Myfanwy hocha la tête à contrecœur et remonta la vitre.

« Tour Thomas ? dit Ingrid.

— Ils ont trouvé d'où venait le fax. C'est à Londres et il faut s'en occuper dès maintenant, mais comme vous pouvez le voir, nous sommes bloqués ici. Je vais devoir déléguer. Qui d'autre a un téléphone ? » Tout le monde en l'occurrence. « Très bien. Appelez le Cavalier Eckhart. » Elle reprit Carruthers qui attendait au bout du fil. « D'accord, que pouvez-vous me dire sur – *quoi ?*

— Tour Thomas, je suis la seule à avoir le numéro du Cavalier Eckhart et vous utilisez mon téléphone, dit Ingrid.

— *D'accord.* Carruthers, pouvez-vous appeler sur le téléphone d'Alan, votre petit nouveau ? » Elle passa le téléphone à Ingrid. « Appelez Eckhart tout de suite. »

Un téléphone sonna, Alan le lui tendit. « Carruthers, donnez-moi l'adresse. Attendez, ça sonne ? » demanda-t-elle à Ingrid. Sa secrétaire acquiesça. « Passez-le-moi. Carruthers, je vous laisse donner l'adresse à Ingrid. » Elle passa le portable à sa secrétaire et colla l'autre téléphone à son oreille.

« Allô, ici la maison Eckhart », fit une voix féminine.

Merde, comment s'appelle sa femme ? Elle se souvenait de la lettre de Thomas sur la soirée de Noël mais pas du prénom.

« Ah, bonjour madame Eckhart, ici Myfanwy Thomas.

— Myfanwy ! Ma chère, ça me fait très plaisir de vous entendre. Joshua est en train de dormir. Il était totalement épuisé après ces horribles examens médicaux. Est-ce que vous avez dû les passer vous aussi ?

— Oui, tôt ce matin, répondit Myfanwy, agacée. Euh, il y a une urgence, pouvez-vous réveiller Joshua s'il vous plaît ?

— Oh oui, bien sûr, j'y vais tout de suite ! » Il y eut un silence, Myfanwy regarda Ingrid qui avait fini de noter l'adresse donnée par Carruthers.

« Est-ce qu'il est toujours en ligne ?

— Oui, Tour Thomas.

— Super, dites-lui de patienter. Alan, contactez la permanence du Beffroi, je veux connaître la position des Barghests qui ne sont pas à Reading. Maintenant !

— Tour Thomas, c'est Mme Woodhouse qui a mon téléphone, dit P'tit Pion.

— Prenez le mien », intervint Emily en lui mettant son portable dans les mains. Myfanwy lui fit un signe d'approbation. Elle entendit un bruit au bout du fil et reporta le téléphone à son oreille.

« Thomas, quelle est la situation ? » Il fallait bien accorder ça à Eckhart : il venait tout juste de se réveiller mais il était apparemment opérationnel.

« Eckhart, ce sont les Greffeurs, dit-elle en ignorant le couinement d'Emily. L'un des chefs est en Angleterre et il m'a envoyé un fax de menace. Nous avons localisé sa provenance, à Londres. Je suis coincée à Reading, il faut donc que vous supervisiez l'équipe d'intervention.

— Très bien. Vous les avez activés ?

— Un instant. Ingrid, passez-moi Carruthers. » Elle lui tendit le téléphone. « Carruthers, il n'y a pas de raison qui pourrait nous empêcher d'attaquer la source du fax, si ? Il ne s'agit pas de la cave d'une école ou de l'ambassade de Belgique ?

— Non, Tour Thomas, c'est une résidence privée. » Myfanwy se tourna vers P'tit Pion Alan qui avait appelé le Beffroi. Il lui tendit le téléphone.

« Ici, Tour Thomas. Quel est le statut du commando de Barghests de Londres ?

— L'équipe deux nettoie le site de Reading, l'équipe une est en stand-by au Beffroi.

— Activez l'équipe une. Ils seront dirigés par le Cavalier Eckhart. Il faudra être discret, la cible est dans une zone résidentielle. Carruthers du service des communications vous donnera l'adresse dans un instant.

— Oui, madame. »

Elle raccrocha.

« Eckhart, le commando est prêt. J'imagine que si certains des Barghests devaient être des traîtres, ils ne parviendraient pas à vous prendre. Appelez-moi si vous avez besoin de quoi que ce soit.

— Bien joué, Myfanwy, je suis impressionné.

— Merci, Joshua. Encore une chose : pas un mot à

un autre membre de la Cour. Nous sommes les deux seuls à avoir passé les examens médicaux. J'ai des raisons de penser qu'il y a au moins un autre traître à la Cour, et les Greffeurs ne doivent pas être mis au courant de cette attaque.

— Très bien. Mais la moindre mention des Greffeurs ne sera-t-elle pas transmise automatiquement aux Fous, au Lord et à la Lady ?

— Seuls vous et les personnes actuellement autour de moi connaissez la cible de l'attaque.

— Je vous tiendrai au courant du déroulement des opérations. Au revoir.

— Bonne chance. » Myfanwy referma le téléphone et se rassit en soupirant. *Je suis une générale. J'ai envoyé des troupes au combat.* Puis elle pensa à autre chose.

« Ingrid, la convocation de Harp Callahan a bien été annulée ?

— Oui, Tour Thomas, juste après que vous avez fait fondre le cube. Il a pu continuer son match de cricket.

— Ah. Bonne nouvelle. » *Enfin, je crois. Une dernière chose.* « Emily, dit-elle à la garde du corps. Je suppose que je n'ai pas besoin de vous dire que tout ce que vous pouvez entendre ici doit rester absolument confidentiel. Mais c'est vraiment, *vraiment* important… »

Chapitre 38

Myfanwy se réveilla deux fois : la première fois quand ils arrivèrent à l'hélicoptère, puis quand ils atterrirent. Ils s'entassèrent dans l'ascenseur du Beffroi et se dirigèrent vers le vestibule. Tout le monde était épuisé, sauf le Pion Alan qui semblait vivre le plus beau jour de sa vie.

« Ingrid, je vais me changer, lança Myfanwy quand elles arrivèrent dans le bureau des assistants. Vérifiez s'il y a eu du nouveau, s'il vous plaît, et voyez si on peut nous monter à manger. Les autres, attendez devant mon bureau s'il vous plaît. » Elle avait la main sur la poignée de la porte quand Ingrid l'appela.

« Tour Thomas, le Cavalier Eckhart est en ligne. »

Myfanwy se rua sur le bureau.

« Oui, Eckhart. Que se passe-t-il ?

— Thomas, nous allons entrer, souffla Eckhart. Quelles sont vos dernières instructions ?

— N'oubliez pas que nous négocions avec les Greffeurs, donc ne prenez aucun risque. Si quelqu'un commence à enfler démesurément, tuez-le immédiatement. La dernière fois, le type m'a avalée. Et n'essayez pas de conserver quoi que ce soit comme échantillon.

— D'accord, répondit-il, apparemment surpris.

— Je ne plaisante pas Joshua. Détruisez-les tous, à part ce connard sans peau. Voyez si vous pouvez le ramener.

— Un homme sans peau, je transmets.

— J'attends de vos nouvelles. Bonne chance.

— Merci. » Il raccrocha.

Myfanwy reposa le téléphone en espérant qu'Eckhart s'en sortirait. Elle entra dans son bureau, fit pivoter le portrait qui menait aux escaliers et considéra avec une immense lassitude la montée jusqu'à son appartement. Le gros fauteuil moelleux derrière son bureau lui sembla soudain être une bien meilleure option. *Juste quelques minutes,* pensa-t-elle. Elle retira ses chaussures et traversa la pièce à pas de loup. Elle tituba dans sa combinaison trop grande et se cogna contre le bureau, renversant une pile de documents instable : une avalanche de papiers s'abattit sur son sous-main. *Super*, se dit-elle, en s'installant dans son fauteuil.

Elle bascula en arrière et posa les pieds sur son bureau. *Qu'est-ce que je vais faire s'ils ne capturent pas le Greffeur écorché ? Et comment suis-je censée retrouver cet Ernst von Suchtlen ?* Prise d'une colère soudaine, elle donna un coup de pied qui fit tomber toutes les piles de documents de son bureau.

« Tour Thomas, tout va bien ? fit le garde du corps d'une voix hésitante.

— Ouais, je classe des papiers, répondit-elle.

— Le repas est arrivé. Ils l'ont déposé dans l'espace de réception.

— OK, j'arrive », soupira-t-elle. Elle se leva et son regard tomba sur la paperasse étalée par terre.

Myfanwy s'agenouilla et ramassa la pile. Il ne s'agissait pas des documents confidentiels que Thomas lui avait laissés, mais des dossiers du personnel. Alors qu'elle parcourait l'une des feuilles, ses yeux s'écarquillèrent et elle se mit à fouiller frénétiquement.

Dans le bureau d'Ingrid, Emily et le grand garde du corps se regardèrent. De petits cris aigus leur parvenaient de l'autre côté de la porte, ainsi que le bruit de pages tournées à toute vitesse. Emily fit un signe en direction de la porte et haussa les sourcils. Le grand garde du corps secoua la tête et la désigna d'un geste du menton. Ce débat muet aurait pu durer encore longtemps, mais la porte s'ouvrit avec fracas et Myfanwy sortit, le visage fermé et déterminé. Derrière elle, le bureau était jonché de papiers qu'elle avait balancés dans un accès de colère. Ingrid leva la tête, surprise, et P'tit Pion Alan glapit dans son fauteuil.

« Convoquez la Cour immédiatement, dit-elle à Ingrid.

— Tour Thomas ? Je… oui, tout de suite. Et le Cavalier Eckhart ? Il est pris par l'assaut.

— Ne le dérangez pas. Mais contactez tous les autres, oui. Et soyez discrète. N'organisez pas cela comme une réunion habituelle où tout le staff est informé, puis toute la Checquy est mise au courant. Je ne veux pas qu'il y ait la trace d'une liste d'appel.

— Si vous voulez vraiment éviter toutes traces, dit P'tit Pion Alan, alors vous devriez utiliser la salle de commande sécurisée au sous-sol. Les téléphones sont cryptés et ne sont pas reliés au standard. Et il y a constamment un garde armé devant la porte. » Tout le monde le dévisagea.

« Eh ben quoi ? Je suis aux communications et j'ai assisté à la grande conférence de présentation ce matin.

— Ça m'a l'air très bien, dit Myfanwy. Et ça me plaît de vous savoir tous les deux en sécurité. Descendez et passez les appels. Mais d'abord, appelez-moi une voiture. Vous deux, vous venez avec moi, dit-elle aux gardes du corps.

— Oui, Tour Thomas, dit Ingrid. Mais vous devriez peut-être mettre des chaussures.

— Des chaussures ? s'étonna Myfanwy, dont la colère retomba un instant. D'accord.

— Et une veste, il fait frisquet.

— Oui, très bien.

— Tour Thomas, qu'est-ce que… ? » Ingrid s'interrompit.

« Vous vous souvenez de la conversation que nous avons eue en Écosse ? » demanda-t-elle doucement. Ingrid ne semblait pas comprendre. « La taupe à la Cour ? » Le sang monta aux joues de sa secrétaire, qui acquiesça. « J'ai trouvé qui c'était. » Elle jeta un regard incertain à Emily, au grand garde du corps et au Pion Alan puis se pencha pour murmurer un nom à l'oreille de son assistante. Ingrid resta sous le choc tandis que Myfanwy tournait les talons et s'éloignait, suivie de près par Emily et le garde du corps.

Assise à l'arrière de la voiture, Myfanwy était perdue dans ses pensées. La porte du garage se releva. Emily et le grand garde du corps la regardaient, les yeux écarquillés, se frotter les tempes et poursuivre ses accusations.

Cette personne a trahi la Checquy et le pays.

Cette personne a détourné des fonds colossaux et, en accord avec la Fraternité Scientifique de la Science, a monté une armée privée au sein de la Checquy en enrôlant des enfants britanniques non dotés comme soldats.

Cette personne… cette personne peut révéler à la Cour qu'elle a effacé ma mémoire.

Cette personne peut souligner que je suis amnésique et qu'un jour je me suis réveillée et me suis installée à un poste de pouvoir dont j'ignorais tout. Elle peut le prouver.

Cette personne peut détruire ma vie.

« Qu'est-ce que je suis en train de faire ? se demanda-t-elle. Qu'est-ce que je vais… qu'est-ce qui se passe bordel ? » La voiture s'était brusquement arrêtée. Dehors des manifestants agités s'étaient regroupés autour de la limousine, qu'ils considéraient être la preuve tangible d'un complot ou au moins de la présence de quelqu'un à ennuyer. « C'est pas vrai… »

Myfanwy se leva et passa la tête par le toit ouvrant, au risque de recevoir des œufs ou des légumes pourris dans la figure. « Cassez-vous ! Nous avons une femme sur le point d'accoucher, nous devons l'emmener à l'hôpital ! » Les manifestants se turent. « Et elle est avocate ! » ajouta-t-elle triomphalement en brandissant le téléphone d'Ingrid pour prendre des photos d'une prodigieuse mauvaise qualité. Le groupe se dispersa et la voiture put repartir.

« Incroyable », dit-elle en reprenant sa respiration. Les gardes du corps émirent prudemment de discrets bruits d'assentiment, et elle ferma les yeux. Myfanwy fit un effort pour se calmer et reporta ses pensées sur sa destination.

Est-ce que je vais le faire ? Est-ce que je vais vraiment leur révéler tout ça ?

Cette personne peut détruire ma vie.

Elle repensa au Donjon de la Potence et aux horreurs réservées à ceux en qui la Checquy n'avait plus confiance.

Puis elle pensa à toutes les lettres qu'elle avait lues.

Elle se souvint de la détresse, de l'espoir et des efforts que Thomas y avait mis.

De ce qu'elle avait mis en *elle,* aussi.

Cette personne peut détruire ma vie. Mais elle a déjà détruit celle de Thomas, et bon Dieu, elle va payer pour ça.

Elle reporta son attention sur Emily et le grand garde du corps.

« Nous sommes sur le point d'accuser un membre de la Cour de trahison. Il va sans doute y avoir des tensions et des frictions. Êtes-vous prêts à vous battre ? » Ils échangèrent un regard étonné. « Êtes-vous prêts à mourir ? Je vais être franche : une trahison se prépare, et je ne peux pas me permettre d'appeler quelqu'un d'autre, puisque vous possédez déjà des informations incroyablement sensibles. Je ne peux pas être absolument sûre que vous êtes fiables, mais je sais au moins que vous ne pouvez pas passer d'appels pour prévenir quelqu'un car je vous ai à l'œil.

— Tour Thomas, je sers loyalement la Checquy, je le jure devant Dieu, affirma le grand garde du corps.

— Tout comme moi, dit Emily.

— Je vous entends, mais j'ai déjà été déçue par le passé, répondit Myfanwy. C'est pour ça que mes pouvoirs seront braqués sur vous à chaque instant. Et je dis ça avec toute ma gratitude pour le fait que vous soyez prêts à prendre une balle ou un coup de couteau à ma place : ce serait suicidaire d'esquisser le moindre geste contre moi. Et ce n'est pas juste une façon de parler. » Myfanwy les fixa intensément et fut contente de remarquer qu'aucun d'eux ne baissa les yeux.

Elle passa le reste du trajet à vérifier qu'ils étaient correctement armés. Ils avaient tous les deux des armes de poing : en fait, ils en avaient deux chacun, en plus d'une panoplie assez intimidante de couteaux, bombes au poivre et matraques télescopiques cachés sous leur manteau violet.

« Ouais, c'est impressionnant, dit-elle. Pas de crucifix ni de balles en argent ?

— Non, ça ne marche pas, à moins d'être prêtre ou de subir une attaque de la presse, répondit le grand garde du corps. Quel genre d'arme avez-vous, Tour Thomas ? » Elle cligna des yeux, surprise.

« Euh aucune, avoua-t-elle. Les membres de la Cour ne sont pas vraiment censés porter des armes. Je crois que c'est une question de protocole.

— Vous en voulez une ? demanda Emily. Il y a un petit arsenal dans le coffre de la voiture.

— C'est gentil à vous, mais je crois que je serai encore plus mal à l'aise avec un pistolet dans la main. » *Et je ne suis pas sûre que ça serait une bonne chose de toute façon,* se dit-elle en repensant à son inefficacité quand elle avait dû braquer son arme sur Goblet. Même le petit guide d'Ingrid ne serait sans doute d'aucune utilité.

Dehors, la pluie commençait à tomber.

« Tour Thomas, votre adversaire sera-t-il armé ? demanda le grand garde du corps.

— Je… je ne sais pas. Nous allons dans une salle de réunion. Et tous les autres membres de la Cour seront également accompagnés de gardes du corps.

— Pour se lancer dans une bataille, il faut mettre toutes les chances de son côté », dit doucement Emily. Ils échangèrent un regard et remontèrent la jambe droite de sa combinaison. « Nous allons vous donner un joli petit modèle dans un holster de cheville.

— Stylé », répondit Myfanwy, déconcentrée par une terreur soudaine. *Que va-t-il m'arriver ?* Elle regarda, envieuse, toutes les petites voitures qui passaient sous la pluie, en route vers d'autre horizon que le sien.

« Tour Thomas, nous y sommes », dit Emily. Myfanwy releva la tête, surprise. Tirée de sa rêverie, elle se trouvait maintenant devant Apex House. À l'intérieur l'attendait le traître, l'ennemi qui avait conspiré pour lui prendre son identité. Elle pensa à la Myfanwy Thomas originale, la jeune femme timide qui avait écrit toutes ces lettres pleines de ses peurs secrètes et de ses petits plaisirs. Myfanwy ferma les yeux et fit une courte prière, pour Thomas et pour elle-même. Puis elle laissa la rage la gagner.

« Allons-y », dit-elle en descendant de la voiture. La pluie la fit tressaillir, mais elle monta les marches avec détermination, malgré son épuisement. Elle était flanquée de ses gardes du corps. La porte s'ouvrit devant eux. Pendant un instant, Emily se cacha derrière elle, mais une lecture rapide de son organisme rassura Myfanwy : ce n'était qu'une mesure de sécurité.

Ils furent accueillis dans le foyer par un Serviteur d'une maigreur impérieuse, à la posture impeccable et aux manières obséquieuses.

« Tour Thomas, soyez la bienvenue, dit-il avec un rictus.

— Merci, c'est un plaisir d'être ici. » Elle s'arrêta malgré elle car il lui barrait le passage. *Est-ce que c'est un de ces connards qui pensent qu'ils peuvent bousculer la Tour Thomas ?* « Maintenant dégagez. » Elle gagna les ascenseurs et appuya sur le bouton d'appel. Tandis qu'elle attendait, Emily lui souffla :

« Tour Thomas, ce Serviteur parle au téléphone en nous regardant. » Myfanwy hocha la tête. « Vous voulez qu'on le tue ? » Elle dévisagea la garde du corps. « Je prends ça pour un non.

— Je suis simplement de mauvaise humeur après les examens de ce matin et l'incident de cet après-midi. Il est probablement en train d'informer la Cour de mon arrivée. » Ils entrèrent dans l'ascenseur, et avant que les portes ne se referment, Myfanwy lança un regard noir au Serviteur, qui avait raccroché et les fixait. Il fit un sourire hypocrite, accompagné d'un signe de tête. *Souviens-toi, Thomas n'était pas toujours très respectée.*

Peut-être que j'aurais dû demander à Emily de l'abattre.

Myfanwy et ses gardes du corps se dirigèrent vers la salle de réunion. Deux gardes d'Apex House, au moins aussi large que les siens, étaient en faction devant la porte.

« Bonsoir Tour Thomas, dit celui de gauche. La Cour est réunie et vous attend. Vous et vos gardes pouvez entrer.

— Merci, dit-elle avec un bref signe de tête. Longue journée ?

— Comme toujours, sourit-il.

— Eh bien, bonne soirée. » Toutes ces politesses noyaient sa fureur, et c'était dangereux. Elle se retourna vers Emily et son grand garde du corps. « OK, allons-y. » Ils passèrent la porte et tournèrent à angle droit dans la salle de conférence.

Myfanwy s'arrêta net. La salle était vide, à l'exception de la personne qu'elle était venue accuser.

« Bonsoir, Myfanwy. »

Chapitre 39

Chère Toi,

Je touche à ma fin.

Voilà pour l'humour macabre. J'aimerais pouvoir dire que j'ai trouvé la paix intérieure. Que j'ai accepté ma disparition prochaine. Mais le fait est que mon temps est pratiquement écoulé. Le canard a dit que j'avais un mois au plus (mon Dieu, je m'en remets à l'autorité d'un canard), et ce mois est pratiquement terminé. Je ne le supporte pas.

Je ne sais pas si tu liras cette lettre. Je ne sais pas si c'est aujourd'hui que cela va se produire. Peut-être que quelqu'un va enfoncer la porte et que l'on va m'emmener, qu'ils trouveront ce qui reste de cette lettre, et, et... Je suis prise de petites crises de panique. Tous les bruits me font peur : le moindre coup sur la porte, des crissements de pneus ou un coup de klaxon. J'ai les mains qui tremblent.

Je sais que chaque jour est un cadeau, que je devrais être reconnaissante, mais c'est tellement dur. Je déteste celui qui va me trahir. J'arrive à la fin du temps qui me reste et je ne sais toujours pas pourquoi ça va m'arriver à moi. C'est ça qui me ronge le plus. Je sais que je vais perdre tous mes souvenirs, et c'est terrible. Mais la perspective de mourir sans même savoir pourquoi est encore pire.

J'ai déterré beaucoup de choses lors de mes recherches : vendettas, détournement de fonds. Mais quel est le rapport avec moi ? Pourquoi est-ce que quelqu'un voudrait me tuer ?

J'ai beaucoup appris sur mes collègues ces derniers temps. Farrier a été déshéritée par son père. Gubbins communique régulièrement avec une femme en Mongolie. La femme de Grantchester a fait trois fausses couches en trois ans. Je regarde tous ces petits détails et je me demande s'ils sont importants. Qu'est-ce qui m'a échappé ?

Au fond de moi, j'ai toujours pensé que je pouvais empêcher mon futur de se produire. Je pensais que si je trouvais une réponse ou si j'apprenais à temps à ne pas dire ou à ne pas faire quelque chose, je pourrais esquiver la prophétie de Lisa. Les avertissements murmurés frénétiquement par ce petit garçon au Domaine pourraient être contredits. Et le canard serait oublié.

Je n'ai jamais osé arrêter de faire mon boulot, de peur que ça soulève des questions et que ces questions accélèrent ma chute. Alors j'ai travaillé dur, tout en conduisant mes recherches personnelles. J'ai travaillé jusqu'au bord de la rupture. Mais à force d'essayer de passer en revue toutes les possibilités tout en accomplissant mon devoir de Tour de la Checquy, il ne me reste plus de temps. Je ne suis jamais retournée au Camp Caius, et je n'ai jamais trouvé qui était derrière tout ça. Je ne sais pas qui va m'attaquer, qui va me tuer. Je ne peux pas te dire qui sont tes ennemis.

Je suis désolée de ne pas pouvoir t'apporter toutes les réponses.

Ceci est ma dernière lettre.

Moi

Chapitre 40

« Bonsoir, Fou Grantchester. »

Il y a eu un gros, gros hic, pensa Myfanwy en embrassant du regard la salle de réunion et la spectaculaire absence de témoins. *Pas le temps d'hésiter.*

« Tuez-le », lança-t-elle à ses gardes du corps. Ils dégainèrent, elle ferma les yeux et entendit deux coups de feu. Quand elle les rouvrit, Grantchester était toujours assis, indemne, et arborait un air sardonique.

« Beaux réflexes, je vous l'accorde », dit-il. Les gardes du corps de Myfanwy étaient tous deux étendus par terre, touchés par balle derrière la tête. Prudemment placés à quelques mètres derrière elle, les deux gardes qui étaient à la porte pointaient leur pistolet vers Myfanwy. Elle dégaina ses pouvoirs et, comme un seul homme, les tireurs retournèrent leur arme et s'entretuèrent. « *Très* beaux réflexes », ajouta Grantchester, dont le sourire serein se fit un peu plus menaçant.

Myfanwy lança ses pouvoirs vers lui. Un torrent de sensations bouillonnait sous sa peau. Elle vit ses yeux changer de couleur : des traînées d'encre traversèrent les blancs, ses iris noircirent. Elle plissa les yeux et serra son corps avec son esprit. Les réserves de produits chimiques et d'enzymes de Grantchester étaient en effervescence et essayaient de se décharger mais ses pores – de minuscules ouvertures palpitantes – étaient bloqués par Myfanwy. Grantchester ouvrit la bouche, et elle s'aperçut qu'elle l'avait devancé.

Pourtant, le système d'attaque de Grantchester était si complexe et labyrinthique que le maîtriser exigea toute la concentration de Myfanwy. Si elle relâchait son contrôle, ne serait-ce qu'un instant, toute la pièce s'emplirait d'un cocktail de toxines. Elle ne pouvait pas se permettre de faire davantage d'efforts pour immobiliser le Fou, qui se leva péniblement en suffocant.

« Bon Dieu, que c'est troublant, croassa Grantchester. J'imagine que j'aurais dû prendre en compte vos nouvelles compétences. La dernière fois… bon, la dernière fois vous avez aussi dépassé les attentes. Mais c'est tout simplement incroyable. »

Eh bien, nous voilà coincés, aucun de nous deux ne peut utiliser son pouvoir pour descendre l'autre. Elle pensa à son arme dans son holster de cheville et se demanda si elle oserait l'attraper, même si détourner sa concentration semblait être la pire chose à faire.

Il appela soudain d'une voix forte : « Norman, Miriam, venez s'il vous plaît ! »

Encore des colosses pour sortir de l'impasse, pensa-t-elle. Une porte s'ouvrit et deux personnes entrèrent. Elles étaient cependant beaucoup plus petites qu'elle ne l'avait imaginé. L'une d'elles ne faisait même pas la taille de Myfanwy. L'autre était plus grande, mais incroyablement maigre et dégingandée.

Quel genre d'agents secrets emploie Grantchester ? se demanda-t-elle avant de mieux les regarder. *Ah… des jeunes.* La petite était une fille d'environ 11 ans et le plus grand était un de ces ados tout en coudes et pomme d'Adam. *Et en écailles*, remarqua-t-elle. Ils étaient tous les deux armés, mais ce ne fut pas cela qui retint son attention.

L'échalas était couvert d'écailles luisantes couleur chair. De longues cicatrices barraient son visage depuis les coins de sa bouche. La petite fille avait de grandes griffes au bout des doigts. Ils posaient tous deux sur Myfanwy un regard mort.

J'imagine que ce sont des diplômés du Camp Caius, se dit-elle avec une crainte grandissante. *Qu'est-ce que je fais maintenant ? Si je relâche Grantchester pour m'occuper d'eux, il pourra utiliser ses pouvoirs. Cela dit, il ne gazerait pas ses propres troupes, si ?* se demanda-t-elle, avant d'arriver rapidement à la conclusion que c'était en fait plus que probable. *Que faire ?* À cet instant, le Fou prit la décision pour elle.

« Attrapez-la. » Le jeune sourit et avança vers elle en ouvrant les mâchoires. Il feula, dévoilant une gorge rouge sang.

« Non ! » s'écria Myfanwy, relâchant Grantchester sous l'effet de la panique. Avant qu'elle puisse abattre ses pouvoirs sur le garçon, la petite fille se précipita sur elle à une vitesse surhumaine, fit un bond et lui assena un uppercut à la mâchoire.

Myfanwy tituba, puis s'écroula par terre, luttant pour ne pas perdre connaissance. Elle entendit, au loin, la voix de Grantchester, et se força à ouvrir les yeux.

« Elle n'est pas morte, si ? demanda le Fou.

— Non, Monseigneur, répondit la petite fille. Vous voulez qu'elle le soit ? » Les griffes au bout de ses doigts s'allongèrent et commencèrent à sécréter un fluide noir et visqueux. Elle ouvrit les lèvres et révéla deux rangées de crocs.

Myfanwy tendit faiblement les mains et voulut repousser la petite fille à l'aide de ses pouvoirs, mais l'échalas intervint. Ses doigts secs se refermèrent sur ceux de Myfanwy, et elle sentit qu'elle perdait le contrôle. Un engourdissement se propageait en elle, voilant sa perception. Elle essaya de le repousser, mais dans un dernier à-coup, ses pouvoirs s'éteignirent.

Qu'est-ce que c'est que ce bordel ? Ses pouvoirs étaient toujours là mais elle ne pouvait pas les utiliser. Est-ce que c'était son imagination ou est-ce qu'elle *sentait* ses synapses claquer en vain ?

« Vous avez été un peu plus long que d'habitude, Norman, fit doucement remarquer Grantchester.

— C'est qu'elle s'est bien débattue, Seigneur, protesta le garçon.

— Cessez de geindre », cingla-t-il. Ses deux acolytes se redressèrent.

« Oui, Monseigneur, répondirent-ils en chœur.

— Asseyez-la. » Le garçon ne lâchait pas les doigts de Myfanwy, mais de l'autre main il l'aida à se redresser. Elle bougea doucement la mâchoire et grimaça. À sa grande surprise, elle semblait être encore reliée au reste de son crâne. *Cette petite garce a une sacrée droite,* pensa-t-elle confusément.

« Myfanwy. » Elle leva les yeux vers le Fou. « Maintenant que ces petites formalités sont réglées et que vous êtes un peu plus docile, nous pourrions peut-être nous déplacer vers un cadre plus confortable ? »

Sans attendre de réponse, il s'éloigna. Les gamins du Camp Caius la relevèrent. Ses membres étaient presque aussi peu coopératifs que ses pouvoirs, mais elle parvint à suivre péniblement Grantchester, qui les menait à son bureau par une porte dérobée et un long couloir.

La douleur dans sa mâchoire se dissipait peu à peu, et elle regarda autour d'elle avec curiosité. Son bureau était pas mal, en tout cas mieux que le sien. Ça se voyait qu'on avait mis de l'argent dans cet endroit. Des flammes crépitaient dans la cheminée. Les murs étaient couverts de chaudes boiseries et de portraits semblables à ceux qui décoraient son bureau. De lourdes tentures encadraient une immense fenêtre, mais l'œil était automatiquement attiré vers un énorme bureau derrière lequel Grantchester s'était installé. Il fit un geste et Myfanwy fut guidée à une chaise face à lui. L'échalas maintenait le contact, plaçant sa main sur le côté de son cou. La petite fille vint prendre place derrière le Fou.

« Nous y voilà, dit Grantchester. Nous avons beaucoup de choses à nous dire, mais avant de commencer, voulez-vous boire quelque chose ? Il est assez tard, et la journée a été suffisamment longue pour nous autoriser un cocktail. » Il se leva et ouvrit un placard qui révéla un bar bien fourni.

Alors on va faire comme s'il s'agissait d'une conversation normale ? OK, je peux la jouer poli moi aussi.

« C'est très gentil à vous, mais ça va », répondit-elle froidement. Elle voulait rester aussi lucide que possible. Elle regarda Grantchester mélanger, touiller et se servir un verre. Il était vraiment bel homme, pensa-t-elle. Grand, bien bâti, des cheveux sombres élégamment coupés. Il portait un costume sur mesure et il sentait bon. Quel dommage que ce soit lui le traître.

« J'ai entendu parler des événements de Reading, fit-il remarquer par-dessus son épaule. C'était vraiment grave au point de convoquer le jeune Callahan ?

— Sur le moment, ça semblait être la meilleure solution. C'est une chance que l'entité ait été détruite avant qu'il n'arrive.

— Et heureusement que vous vous en êtes sortie à peu près indemne, répondit-il en regagnant son fauteuil. Mais passons aux choses sérieuses. J'imagine que vous avez compris que le reste de la Cour ne viendrait pas ? Ils n'ont pas reçu votre convocation. » Myfanwy sentit son cœur se serrer. Elle n'y avait pas tellement cru, mais elle aurait donné beaucoup pour voir Alrich ouvrir la porte. Ou même le Lord et la Lady. « Wattleman dort dans sa résidence sécurisée, Farrier passe la nuit à inspecter les rêves de tous les élèves du Domaine, et Alrich est en Écosse. Et grâce au niveau d'alerte renforcé et aux examens médicaux imposés à tout le monde, Apex House fonctionne avec un effectif réduit ce week-end.

— Mais comment avez-vous su que j'allais vous dénoncer ? demanda-t-elle éberluée.

— Votre bureau et celui de votre assistante sont sur écoute, répondit-il d'un ton égal. J'y avais placé des micros à l'époque où c'était encore mon bureau. Vous seriez d'ailleurs frappée d'entendre ce que les gens disent quand ils attendent de vous rencontrer. Je ne les avais pas utilisés depuis des années, mais au vu des récents événements, j'ai mis en place une écoute permanente. » Il sourit et but une gorgée de martini.

« Donc, quand j'ai entendu que vous saviez qui était l'agent double à la Cour, j'ai appelé l'un de mes hommes au Beffroi. Il était en poste comme garde de la salle de commande et je lui ai ordonné d'arrêter votre assistante et le jeune Pion. Enfin, de les arrêter et de les abattre », se corrigea-t-il. Myfanwy sentit un effroyable déchirement de douleur en entendant ces mots et cligna des yeux pour empêcher les larmes de monter.

« En fait, toutes les troupes chargées de garder la

salle de commande sont des hommes à moi. C'est important la stratégie, vous savez. D'ailleurs, sans indiscrétion, vous pouvez me dire pourquoi vous trimballiez ce jeune Pion partout ?

— Il s'est retrouvé pris dans tout ça, souffla Myfanwy. Il m'a entendu parler des Greffeurs, et je ne voulais pas prendre de risque.

— Je comprends tout à fait. Après tout, je ne pouvais pas vous laisser révéler à quiconque ma loyauté partagée, n'est-ce pas ? Ce qui m'amène à la même question que vous : comment avez-vous su ? » Myfanwy envisagea de lui proposer quelques instructions originales sur là où il pouvait aller et ce qu'il pourrait y faire, mais elle se retint.

Continue de parler, se dit-elle. *Gagne du temps, tu auras peut-être une ouverture.* Elle prit une profonde inspiration.

« Vous vous souvenez peut-être qu'après la révélation de la trahison de Gestalt, je suis allée le voir au Donjon de la Potence.

— Oui, mais il m'a assuré qu'il ne vous avait donné aucune information utile », répondit Grantchester en sirotant son verre. *Quoi ? Ah, oui, les autres corps. Évidemment ils ont été en contact.*

« En fait, il m'a dit plusieurs choses que j'ai trouvées *très* intéressantes. » Elle ressentit une vive satisfaction en le voyant s'assombrir.

« Ah oui ? Et quoi exactement ?

— Eh bien, il a laissé échapper qu'il y avait un autre traître à la Cour. » *J'arriverai peut-être au moins à attirer des ennuis à Gestalt.* « Et je n'ai eu aucun mal à le croire, ajouta-t-elle en le regardant droit dans les yeux.

— J'ai peur de ne pas comprendre.

— Vous savez, je suis tombée sur plusieurs choses qui n'avaient pas beaucoup de sens », dit Myfanwy. Elle se cala dans son fauteuil et commença à les énumérer en comptant sur ses doigts. « Tout d'abord, il y a un camp d'entraînement militaire secret, établi sous les auspices de la Checquy. Le Camp Caius. » Après avoir prononcé ce nom, elle sentit la main de l'échalas bouger sur son cou et vit la fille se tortiller. « Il se trouve au Pays de Galles. C'est un peu isolé et spartiate, mais il possède d'excellentes installations médicales. Et c'est bien entendu on ne peut plus illégal.

« Deuxièmement, il était tout à fait évident que Gestalt était incapable de mettre en place un tel tour de passe-passe administratif : l'escroquerie financière conçue pour siphonner des fonds importants tout en trompant les experts comptables les plus méticuleux, les justifications légales pour acquérir des enfants totalement dépourvus de pouvoirs surnaturels – des enfants situés explicitement en dehors des prérogatives de la Checquy… Or, nous savons tous les deux que Gestalt est parvenu à la Cour grâce à son incroyable talent pour botter des culs, mais pas grâce à son intelligence.

« Puis j'ai eu un petit tête-à-tête avec une huile de la Broederschap. Il m'a retrouvée et suivie, alors que j'avais quitté le Beffroi en secret, en passant par un sous-terrain. Quelqu'un avait dû le rencarder.

« Et enfin, il y a ce tout petit détail : mon agression. Je ne parle pas de celle de cet après-midi, vous comprenez, bien que ça ait été particulièrement pénible. Le délicieux incident de Bath n'était pas très agréable non plus. Non, je parle de l'attaque à l'issue de laquelle je me suis retrouvée dans un parc entourée de Serviteurs morts et sans aucun souvenir de qui j'étais.

— Et vous alliez raconter tout ça à la Cour ? demanda Grantchester.

— Eh bien, j'espérais garder mes problèmes de mémoire pour moi. Mais j'étais prête à les révéler si ça me permettait de vous faire tomber. » Grantchester la dévisageait, son séduisant visage n'exprimait aucune émotion.

« Bref, alors que Gestalt n'aurait pas pu tirer ces ficelles, vous en étiez tout à fait capable. Vous avez été Tour pendant des années, vous supervisiez les finances. Vous et moi avons monté suffisamment d'opérations secrètes pour savoir comment ça se passe. Vous aviez pu installer une petite école et continuer de la faire tourner une fois parvenu au rang de Fou. Après tout, vous étiez en charge de la réorganisation des finances de toute l'organisation. Toutes sortes de choses ont pu être cachées durant cette restructuration. »

Grantchester l'observait avec un regard neutre, ses mains formaient une petite pyramide sur son bureau. Myfanwy poursuivit, sans se laisser décourager.

« Gestalt m'a aussi dit que j'avais été placée à la Cour par la seule volonté des Greffeurs. Mais je parie plutôt que c'était votre idée. Vous, qui avez la réputation de proposer des promotions peu convaincantes mais qui se révèlent ensuite brillantes. Vous, qui savez mesurer les forces et les faiblesses de chacun. Vous, qui saviez que je ferais une excellente Tour. Que je veillerais au bon fonctionnement de l'organisation et que je compenserais l'incompétence évidente de Gestalt dans ce domaine. Que je serais trop occupée pour enquêter sur les anomalies dérangeantes et que je serais réticente à vous barrer la route si jamais j'en découvrais une.

« Quant à l'entretien avec Graaf Gerd de Leeuwen,

je reconnais que j'ai d'abord cru que le Fou Alrich m'avait piégée. C'est vrai, j'étais en boîte avec quelques copines, et je l'ai croisé, à la recherche de jolis petits corps à vider. On a échangé quelques mots, et l'instant d'après je me suis retrouvée encerclée par une bande d'immenses Belges un peu patauds. Je pensais qu'Alrich avait asséché son copain avant de passer un coup de fil rapide sur un portable belge.

« Vous serez également content d'apprendre, Conrad, qu'après avoir été attaquée il y a deux semaines, j'ai emprunté un passage secret qui relie mon bureau à un parking privé. Et là, au milieu de la décomposition mentale dont j'étais victime, je suis tombée dans une embuscade. Seules les Tours ont accès à ces tunnels. Et les quatre corps de Gestalt étaient en déplacement cette nuit-là.

« Je suis prête à parier que vous avez quelques entrées privées, peut-être même des espions, et que c'est comme ça que vous avez pénétré dans le Beffroi pour effacer ma mémoire. C'est sans doute comme ça que vous avez su que je sortais la semaine dernière et que vous m'avez fait suivre.

— Allons, tout ça n'est guère probant... » Il avait l'air de s'amuser, ce qui fit enrager Myfanwy.

« Non, et c'est pour cette raison que je n'ai rien dit. Mais j'ai eu de bonnes raisons, récemment, de fouiller les dossiers de correspondance personnelle et officielle et je suis tombée sur le faire-part que vous et votre femme avez envoyé quand vous avez adopté votre enfant. » Myfanwy inspira et réfléchit à la manière dont elle devait continuer. « Votre photo de famille m'a particulièrement intéressée. Voyez-vous, votre femme m'était familière, et pas seulement en tant que Mme Grantchester. Durant mon interrogatoire avec Gestalt, j'ai pu voir à travers ses yeux. *Tous* ses yeux », ajouta-t-elle d'une voix sombre.

« Il se trouve que Gestalt a un cinquième corps, plus petit, et que ce corps était alors en compagnie de votre femme et de ses inoubliables yeux bleus. Alors j'ai fait quelques recherches et j'ai découvert qu'Eliza Gestalt avait pris un congé longue durée, et qu'elle était revenue juste avant l'adoption de votre enfant. Et ce n'est pas tout : je sais qu'elle a une cicatrice sur le ventre et qu'on ne l'a pas beaucoup vue ces derniers temps. Bref, je pense que votre fils adoptif est le bébé de Gestalt. Je pense qu'il *est* Gestalt.

« Vous travaillez pour les Greffeurs, n'est-ce pas Conrad ? Pas étonnant que vous ayez demandé à recevoir la moindre information à Apex pour votre analyse stratégique des risques. Vous vouliez être certain d'avoir accès à tout ce que l'on savait.

— Ma foi, c'est très impressionnant. » Son sourire donna envie à Myfanwy de lui casser le nez. « Vous avez tout résumé très méthodiquement. C'est un excellent travail de détective.

— Ça a dû beaucoup vous amuser de me regarder m'agiter pour essayer de cacher mon amnésie, répliqua-t-elle froidement.

— À vrai dire, nous ne savions pas avec certitude quelle quantité de votre mémoire avait été effacée. C'est une bonne nouvelle que ça ait effectivement marché. »

Non, c'est pas vrai, pensa Myfanwy. *Il ne savait même pas ?*

« Qu'est-ce qui a marché ?

— C'est une longue histoire. Vous êtes sûre que vous ne voulez pas un verre ? » Myfanwy ne dit rien. « Pas besoin de me regarder comme ça, je vous le propose par politesse. Même si c'est vrai que je suis coupable d'un effroyable manquement à l'étiquette. Avant d'aller plus loin, permettez-moi de vous présenter mes protégés. Voici Norman, que vous avez déjà rencontré et dont vous ne vous souvenez apparemment pas. » Myfanwy secoua la tête. « Bon, il aura au moins fait ça correctement. Voyez-vous, c'est Norman qui est responsable de votre amnésie. » Myfanwy jeta un coup d'œil par-dessus son épaule.

« Ah oui, poursuivit Grantchester, il m'a accompagné au Beffroi, avec quelques autres Serviteurs, afin de vous capturer, de vous retirer votre personnalité et de vous faire quitter les lieux.

— Pour quoi faire ?

— Il y avait plusieurs possibilités, répondit Grantchester, j'avais l'embarras du choix. Vous seriez étonnée de voir comme une personne dépourvue de souvenirs peut être incroyablement malléable. Si vous la mettez dans la bonne situation, elle peut être ouverte à toutes suggestions.

— Vous vouliez me faire travailler pour les Greffeurs ? demanda-t-elle horrifiée.

— Ou remplir diverses fonctions récréatives », précisa négligemment Grantchester. Myfanwy sentit poindre un haut-le-cœur, ce qui dut se lire sur son visage car Grantchester éclata de rire. « Je plaisante, dit-il en s'essuyant les yeux. Ne soyez pas ridicule. Non, non, nous voulions vous faire subir une batterie de tests puis vous disséquer.

— Je vois, répondit Myfanwy en prenant de grandes inspirations pour se calmer.

— Ou quelque chose dans ce goût-là ; ce fut en réalité une décision assez soudaine.

— Et pourquoi avez-vous soudainement décidé ça ?

Ce n'était pas risqué ? Vous pensiez que personne n'allait remarquer ma disparition ?

— Il y aurait eu une enquête bien sûr. La disparition d'un membre de la Cour aurait été examinée en profondeur. En tant que Fou, je me serais porté volontaire pour conduire les investigations moi-même, aidé par une équipe choisie par mes soins. Et une telle offre aurait été acceptée bien volontiers par la Tour restante. Je vous assure que la moindre preuve laissée après votre enlèvement aurait été mise sous le tapis.

« Mais nous avons dû agir vite car ce soir-là, on m'a rapporté que la Tour Myfanwy Thomas avait pénétré dans le Camp Caius quelques semaines auparavant. L'un des gardes avait été victime d'une sorte d'attaque, et ce genre d'événement est toujours surveillé de très près, de peur que l'un des sujets du camp puisse s'en prendre à son entourage : tests sanguins, scanners, vous voyez l'idée. Ils ont fini par trouver la preuve que vous l'aviez contrôlé, grâce à vos empreintes digitales paranormales. Vous vous souvenez de tous les tests que vous avez passés pendant vos années au Domaine ? Eh bien ces résultats ont été transmis, officieusement, aux équipes de Caius, et quelqu'un y a reconnu la marque de vos pouvoirs.

« Je reconnais que j'ai d'abord eu du mal à le croire. La petite Myfanwy Thomas, qui avait toujours le nez dans ses livres, était bien trop absorbée par les opérations quotidiennes de la Checquy pour avoir le temps de mener des recherches de son côté. Ou du moins, c'était ce que nous pensions.

« Et puis, soudain, il s'avérait que nous avions été découverts. La seule chose qui nous empêchait d'imploser était votre silence inexplicable. Heureusement, continua-t-il avec un rictus d'autosatisfaction, j'ai toujours su prendre des décisions rapides en situation de crise. S'il y a bien une chose que j'ai apprise sur le terrain, c'est que si quelqu'un vous met un couteau sous la gorge, vous n'hésitez pas.

« J'ai immédiatement mobilisé une équipe. Plusieurs diplômés de Camp Caius sont discrètement employés à Apex comme gardes du corps ; je les ai emmenés avec moi au Beffroi. Comme vous l'aviez deviné, il y a plusieurs entrées secrètes dans le bâtiment, connues de moi seul. L'une d'entre elles mène aux quartiers privés des Tours. J'ai attendu que vous arriviez à la résidence, où je vous ai accueillie.

« Je dois vous dire, Myfanwy, que vous étiez beaucoup plus calme que je ne l'aurais cru. Je crois que je n'oublierai jamais votre regard. Une fille qui normalement couinait quand quelqu'un prenait la parole de manière inattendue, qui sursautait si on se levait brusquement. Pas ce soir-là. Vous êtes entrée et m'avez vu sur le canapé avec Norman à mes côtés. Vous avez ouvert de grands yeux, mais vous n'avez manifesté aucune autre émotion.

« Puis mes autres assistants sont entrés derrière vous et ont refermé la porte. Vous avez simplement traversé la pièce et vous vous êtes plantée devant moi. Vous étiez parfaitement immobile, et votre regard était glacial. » Grantchester s'interrompit et secoua la tête, un petit sourire amer sur son visage.

« Je voulais vous interroger, savoir comment vous aviez découvert le Camp Caius et pourquoi vous n'aviez rien dit. Mais vous m'avez juste dévisagé, et je l'avoue, cela m'a légèrement troublé. J'ai pris la parole, et vous avez dit : “Ferme-la et finissons-en, sale traître.” Voilà ce que Myfanwy Thomas, la plus misérable Tour de l'histoire de la Checquy m'a dit à *moi.* » La colère perçait dans sa voix, mais il se calma.

« Puis, poursuivit-il, je me suis levé, je vous ai mis une claque et j'ai lâché mes Serviteurs sur vous alors que vous titubiez encore.

« Priya et Mark vous tenaient par les épaules afin que vous restiez immobile pendant que Norman s'occupait de vous. Ils portaient des gants, bien sûr, et ils ont fini par vous maîtriser, mais je suppose que les années d'entraînement au Domaine ont alors resurgi. Vous vous êtes débattue et avez réussi à les déséquilibrer. Vous avez touché Mark à la joue, et il a été immédiatement aveuglé. Nous avons découvert par la suite que vous aviez complètement fermé ses pupilles.

« Priya a eu encore moins de chance. Utilisant une puissance que vous n'aviez jamais montrée au Domaine, vous avez forcé les muscles de son visage à se retourner contre elle. Apparemment, ils lui ont fracassé le crâne. » Il semblait attendre une réponse de Myfanwy, qui se contenta de hausser les épaules. « Heureusement, à ce moment-là, Norman a réussi à vous mettre la main dessus.

« Norman est un pur produit du Camp Caius, dont vous savez apparemment déjà tout. C'est vraiment remarquable. Un enfant tout à fait banal peut être radicalement amélioré, pour peu que l'on soit disposé à lui ouvrir régulièrement le crâne et la cage thoracique pour bricoler un peu et lui injecter quotidiennement divers cocktails toxiques, installer un nouveau système de canaux et de réservoirs dans son corps, lui greffer des gaines protectrices sur l'épiderme et lui fournir de nouveaux membres-prototypes. » Myfanwy considéra avec horreur l'adolescent qui se tenait derrière elle, imperturbable, tandis que Grantchester énumérait les modifications qu'on lui avait infligées. Elle frissonna et se retourna vers Grantchester.

« Il faut prendre soin d'eux, bien sûr. Ils sont très délicats. Norman, par exemple, ne mange pas de nourriture, n'est-ce pas Norman ? » Grantchester ne lui laissa pas le temps de répondre. « Il dort avec sept perfusions dans le bras qui lui fournissent les nutriments, hormones et produits chimiques nécessaires à l'équilibre de son organisme. Cela demande beaucoup de travail.

« Cependant, nous avons ainsi obtenu un soldat aux pouvoirs hautement spécialisés. Celui-ci ne maîtrise, hélas, pas la télépathie, mais une fois le contact physique établi, Norman parvient à contrôler une bonne partie du cerveau. Il réussit ainsi à faire des choses très basiques, bien sûr, comme assommer les gens, les empêcher d'utiliser leur pouvoir, ce genre de choses. Mais avec un contact plus intime, son travail devient beaucoup plus fin. Il peut affecter la mémoire. »

Myfanwy gigota sur son fauteuil en imaginant les membres-prototypes de Norman établir un contact intime avec elle.

« Oui, les talents de Norman se sont révélés très utiles pour notre petit projet, et nous aurions été démasqués plus d'une fois si nous n'avions pas fait quelques coupes ciblées. Cela dit, rien d'aussi important que la vôtre, bien sûr. Si des amnésiques étaient apparus un peu partout, cela aurait soulevé des questions. Mais parfois une personne voit ou entend quelque chose qu'elle n'aurait pas dû voir ou entendre, et on ne peut pas se contenter de la tuer. C'est là que Norman intervient et efface quelques souvenirs compromettants. C'est dommage que le processus pour créer ce type d'agent soit si difficile, autrement nous en aurions plusieurs. Mais jusqu'à présent, le travail de Norman a suffi à nos besoins, à une exception près. » Il s'interrompit et la fusilla du regard.

« Ce soir-là, Norman accomplissait son œuvre avec une certaine aisance, n'est-ce pas Norman ? » Il hocha la tête. « Il avait déconnecté vos pouvoirs et était en train d'effacer votre personnalité. Nous pensions que vous seriez bien moins susceptible de vous en prendre à quelqu'un si vous n'aviez plus aucun souvenir. Une fois terminé, on vous a allongée sur le sofa, votre regard papillonnait (c'est toujours le cas dans ces circonstances). Nous étions sur le point de vous transporter vers un laboratoire quand une chose extraordinaire s'est produite.

« Vous vous êtes relevée en hurlant.

« Généralement, Myfanwy, les personnes qui ont été sujettes aux manipulations de Norman sont ensuite incapables de faire quoi que ce soit. Surtout lors d'un effacement complet. Le cerveau est bien trop occupé à assimiler sa destruction forcée pour pouvoir réagir. La personnalité se dissout pendant environ une heure avant qu'une nouvelle personne plus malléable n'émerge. Nous avons donc été choqués par vos réactions. Le cri était, ma foi, vraiment inquiétant, mais pas autant que l'attaque psychique que vous avez abattue sur nous : j'ai eu l'impression qu'un marteau me fracassait la tête. Quand Norman et moi nous sommes réveillés, plusieurs minutes s'étaient écoulées, et vous aviez disparu. Vous erriez sans doute dans les couloirs du Beffroi.

« Évidemment, nous ne pouvions laisser faire ça. Les chances pour que vous soyez capable de communiquer ce que vous saviez avant l'amnésie étaient faibles, mais c'était un risque inacceptable. Nous ne voulions pas que vous croisiez un membre de la Checquy et j'ai donc envoyé quelques-uns de mes loyaux Serviteurs dans les passages du Beffroi.

« Aucun n'est revenu. Certains ont été retrouvés morts dans un parc du quartier de Pinner, et j'ai dû dépêcher une équipe de nettoyeurs derrière eux. Ah, au fait, nous avons votre voiture. Plusieurs autres agents n'ont plus donné signe de vie, et j'ai supposé que vous les aviez eux aussi éliminés. » Myfanwy pensa aux corps en décomposition dans le tunnel qui menait au parking, mais ne dit rien. « Puis il y a eu ce désastreux incident à la banque. Les pauvres… ils ont eu besoin d'une thérapie et d'un traitement assez lourd pour se remettre de votre attaque. C'était d'autant plus regrettable qu'il s'agissait de ma meilleure équipe d'infiltration. Ils vous avaient retrouvée à l'hôtel après que vous avez, dans un éclair de génie, utilisé votre carte au distributeur pour consulter vos comptes. Ils ont intercepté la radio de votre chauffeur pour arriver à la banque avant vous, d'autant que vous avez suivi un itinéraire incroyablement alambiqué.

— Il se trouve que j'avais envie de voir quelques monuments, rétorqua dignement Myfanwy. Et comment savez-vous par où je suis passée ?

— Nous sommes à Londres. Big Brother, ça vous dit quelque chose ? Nous avons tellement de caméras de surveillance que j'aurais pu monter une mini-série rien que sur votre trajet vers la banque. Mais après cet incident, nous vous avons perdue, notre attention s'étant portée sur le coma dans lequel vous aviez plongé notre équipe.

« Nous n'étions pas certains du degré de votre amnésie. Norman a juré ses grands dieux qu'il avait fait son boulot correctement, que tous les vestiges de votre identité avaient été dénaturés pour ne laisser qu'une feuille vierge. Vous alliez garder vos compétences et une partie de votre éducation, mais les pensées et les souvenirs qui faisaient de vous Myfanwy Thomas avaient disparu. Il en était certain.

« Cependant, un peu plus tôt, il avait également affirmé qu'une fois qu'il en aurait fini avec vous, vous seriez dans l'incapacité de faire quoi que ce soit. Or les corps éparpillés un peu partout dans Londres contredisaient ostensiblement cette assertion. »

Il soupira, visiblement attristé.

« En tout cas, quand vous êtes arrivée au bureau le lundi matin, vous aviez l'air de revenir du front. Et je dois dire que j'ai un peu paniqué : j'ai immédiatement activé les systèmes d'écoute dans votre bureau et je vous ai placée sous surveillance permanente. Si vous aviez fait quoi que ce soit indiquant que vous vous souveniez, si vous aviez proféré la moindre accusation, alors des plans d'urgence étaient prévus pour prendre le contrôle de la Checquy plus tôt que prévu. Ça aurait été probablement désordonné et risqué, mais je pense que nous aurions pu réussir.

« Mais vous avez continué à faire votre boulot, et vous n'avez jamais rien mentionné de malencontreux. Vous aviez l'air un peu perturbée par certaines choses, un peu hésitante dans les opérations de routine, mais je pensais que vous n'aviez perdu que quelques jours de mémoire, peut-être même quelques heures. Après tout, vous saviez qui vous étiez et vous accomplissiez vos tâches avec compétence. Gestalt, qui n'était pas au courant de vos modifications mémorielles, ne se doutait de rien, quoiqu'il ait remarqué que vous aviez un caractère plus affirmé que d'habitude.

— Vous n'avez rien dit à Gestalt ?

— Moins les gens sont au courant, plus il est facile de garder un secret, répondit-il. Et en plus, je n'étais sûr de rien. Mais grâce à vos petites révélations de ce soir, je sais maintenant que Norman avait raison : vous n'êtes pas elle. Et qui que vous soyez devenue, vous avez d'ores et déjà prouvé que vous en saviez trop. » Myfanwy était de nouveau consciente des longs doigts sur son cou. « C'est vrai que c'est un peu dommage. Nous aimerions beaucoup connaître le fin mot de l'histoire, mais au point où nous en sommes, je suis surtout tenté de limiter la casse.

— Vous allez m'effacer ? demanda Myfanwy d'une voix tremblante. Comme vous vous êtes débarrassé de la personnalité de Thomas ?

— Ou plutôt, son absence de personnalité. Eh oui, c'est ce que nous allons faire. Mais nous allons nous y prendre autrement. La première fois, nous voulions mettre dans votre corps un esprit malléable et coopératif qui pourrait communiquer efficacement et se rendre utile. À l'évidence, c'est un risque que nous ne pouvons prendre une nouvelle fois. Cette fois-ci, Norman va complètement vider votre cerveau. La prochaine personne qui ouvrira ces yeux sera un nouveau-né. Nous vous maintiendrons en vie afin d'effectuer quelques expériences : trouver d'où viennent certains stimuli, observer vos réactions dans un laboratoire. Puis ils vous découperont en morceaux afin de vous étudier au microscope.

— Je vous demande pardon ?

— Nous avons toujours voulu vous ausculter de manière approfondie, révéla le Fou. Vous terrifiez les Greffeurs, car vous êtes une femme capable de contrôler la matière vivante. Or, leur grand avantage – les armes avec lesquelles ils peuvent écraser la Checquy –

sont toutes biologiques. Ils ne pourraient pas faire feu si vous décidez le contraire et tous les greffons implantés sur leurs agents pourraient se déchirer à votre guise. Vous êtes leur pire cauchemar, ma chère. Et leur plus belle piste. Vous êtes notre uranium. Si nous arrivons à vous faire passer par un peu de rétro-ingénierie, rien ne pourra nous résister.

— Les scientifiques du Domaine n'ont pas réussi », fit remarquer Myfanwy. Les doigts de Norman descendirent le long de son cou et se posèrent sur son épaule.

« Les scientifiques du Domaine sont des enfants jouant avec des Legos à côté de ces gens-là, railla Grantchester. Les Greffeurs font ça depuis des siècles. Ils ont cartographié le génome humain alors que la Reine Victoria était encore sur le trône. Ils ont conquis le territoire du corps humain et y ont bâti des gratte-ciel ! » Il porta son regard au loin. « Ah, peut-être souhaitez-vous parler avec mes autres invités avant d'être anéantie ? » Du coin de l'œil, Myfanwy vit deux silhouettes contourner le bureau pour venir se planter aux côtés de Grantchester.

Eliza et Alex Gestalt posèrent sur Myfanwy un regard rempli de haine.

« Bien sûr, Eliza n'apprécierait sans doute pas certains des commentaires que vous avez faits sur sa dépression post-partum, mais vous avez peut-être envie de féliciter les parents de mon enfant, dit-il, l'air amusé. Je m'en vais, mais Gestalt a exprimé le désir de voir Norman à l'œuvre. Bonsoir », dit-il en se levant. Myfanwy l'entendit traverser la pièce, déplacer l'un des tableaux et monter les escaliers.

« Alors espèce de salope, dirent en chœur les Gestalt, je ne peux pas vous dire quel plaisir ça fait de vous voir attachée. Surtout après avoir dû passer une semaine caché dans la résidence de Grantchester.

— Vous vous rendez compte de ce que j'ai vécu ? demanda la sœur Gestalt. Craindre d'aller dans mes autres corps de peur que les bourreaux du Donjon soient en train de les mutiler ? De peur d'ouvrir les yeux pile au moment où ils me les arrachent ? » Elle se pencha par-dessus le bureau et donna un coup de poing maladroit sur la tempe de Myfanwy.

« Tout ceci va être *tellement* satisfaisant », ajouta son frère.

Myfanwy ne dit rien, pas même un mensonge sur ce qui était arrivé aux deux autres corps. En fait, on n'avait encore rien fait à Teddy et Robert. Ils étaient pour le moment attachés, les yeux bandés, dans des chambres sourdes. Alrich, les scientifiques et les autres tortionnaires cherchaient un moyen d'utiliser l'esprit de ruche de Gestalt afin de torturer ses quatre corps simultanément. Face à leur enthousiasme, Myfanwy avait esquissé un sourire et décidé de ne pas se mêler de tout ça. Elle regrettait maintenant de ne pas avoir participé.

Norman fit pivoter la chaise de Myfanwy et la força à se lever, tout en gardant la main sur elle. Il planta son regard dans le sien, elle se détourna. Sa peau était engourdie là où il la touchait, et il l'attira vers lui. Le froid se propagea en haut de ses bras quand il les attrapa sous ses vêtements afin qu'elle ne puisse pas se débattre. Si elle voulait le frapper, il ne lui restait guère que le coup de pied dans les tibias, comme un enfant colérique. Myfanwy se retint de crier quand il ouvrit la bouche et se pencha sur elle. Elle fronça le nez en sentant l'odeur chimique de son haleine, la même que le Greffeur de la boîte de nuit.

La langue de Norman, violet pâle, se hérissa soudain

de longues fibres blanches. Les tentacules fins comme des cheveux pressèrent ses lèvres, comme un cauchemar en partie oublié. Il frotta ses lèvres contre les siennes tandis qu'il lui enfonçait sa langue dans la bouche et lui raclait la gorge. Elle étouffait.

Myfanwy roula des yeux, ajoutant de nouvelles images à sa mémoire qui allait bientôt disparaître. À côté d'elle, la fille les observait, impassible. Derrière son dos, elle entendait les respirations simultanées des Gestalt. Les joues écailleuses de son agresseur caressaient les siennes tandis qu'il sondait goulûment son esprit.

Ça arrive, pensa-t-elle. *Ma fin.* Son esprit entra dans un état d'hyperconcentration, chaque détail devint essentiel. La chaleur de ses chaussures, le frottement de son holster sur sa cheville, la douceur de sa combinaison, et le tiède confort de son manteau. Elle passa ses doigts sur l'étoffe lisse. *Tout va disparaître,* se dit-elle, puis elle sentit quelque chose sous sa main.

Elle plongea la main dans sa poche de manteau, saisit quelque chose et la ressortit. *Fais-le !* pensa-t-elle, désespérée. *Bas-toi ! Tente ta chance !* Elle sentit le garçon se reculer légèrement pour prendre son élan et s'abattre avec toutes les forces de ses infâmes pouvoirs. Elle tripota frénétiquement l'objet pour avoir une meilleure prise. Norman sentit son mouvement et hésita. Elle ferma le poing et, les yeux plongés dans ceux de son adversaire, lui enfonça dans la cuisse l'injecteur d'éphédrine que Thomas avait mis dans les poches de tous ses manteaux au cas où elle se ferait piquer par une abeille.

Il y eut un déclic.

Une aiguille déclenchée par un ressort glissa dans la membrane au bout de l'injecteur et transperça le pantalon de Norman. Elle lui rentra dans la peau et envoya 0,3 milligramme d'éphédrine dans son organisme.

Le médicament se répandit dans le sang de Norman, se fixant à tous les récepteurs de son corps. Myfanwy vit ses pupilles se dilater et entendit son rythme cardiaque s'accélérer. Les composants chimiques réagirent, et toutes les extensions qui avaient été ajoutées par les scientifiques hurlèrent. Son emprise sur les pouvoirs de Myfanwy se desserra puis se relâcha complètement. Elle l'atteint avec son esprit et perça les boucliers de sa conscience. Ils étaient immobiles, enlacés en un baiser monstrueux, et Myfanwy le sentait mourir. Tous les délicats systèmes que les Greffeurs lui avaient implantés lâchaient, l'équilibre fragile était complètement détruit. *Pas encore.* Elle fit en sorte que son cœur continue de battre et que ses jambes puissent encore le porter. Sa langue et toutes ses fibres se rétractèrent, mais leurs lèvres restaient collées. *Ce n'est pas encore le moment de dévoiler mes cartes.*

Commençons par le commencement.

La petite fille leva son arme et, malgré elle, tira sur les Gestalt. Alex fut touché à l'épaule et s'affaissa avec un cri de surprise ; Eliza reçut une balle à la tête et au cou et tomba sur la fenêtre. Le verre se fissura, puis elle passa à travers la vitre, chutant dans la nuit. Son frère poussa un horrible gémissement tout en battant l'air.

La petite fille regardait le pistolet dans sa main d'un air ahuri quand le corps blessé de Gestalt, écumant de rage, se traîna jusqu'au bureau. Il sortit un pistolet et vida le chargeur sur la petite fille. Elle s'écroula. Gestalt fouilla le bureau faiblement, mais il sembla subir le contrecoup du choc et retomba. Myfanwy s'assura qu'il ne pouvait plus se relever, puis porta son attention sur le problème suivant.

OK, maintenant tu peux mourir. Elle laissa le cœur de Norman s'arrêter de battre.

« Oh », soupira-t-elle, avec ce qui semblait être une pointe de tristesse, quand son corps tomba à côté d'elle. Elle se frotta la bouche et vit des traces de sang sur sa main. Elle sentait sa peau enfler et des ecchymoses se former autour de ses yeux. *Ça me dit quelque chose,* pensa-t-elle avec lassitude en s'appuyant sur le bureau de Grantchester pour reprendre son souffle.

« Salope », fit une voix désespérée. Myfanwy regarda par terre derrière le bureau.

« Oh, salut Gestalt, dit-elle.

— Espèce de salope, tu te rends compte de ce que tu as fait ? C'était la seule à pouvoir avoir un nouvel enfant, et maintenant je vais mourir.

— Quoi ? demanda-t-elle, d'un ton morne, en prenant de profondes inspirations.

— Je ne peux pas avoir d'autres corps ! Pour qu'un enfant soit une partie de moi, il faut que les deux parents soient mon corps, et maintenant… » Il se mit à pleurer. « Maintenant le seul corps qui pouvait porter un enfant est mort, et je vais *mourir* ! » Myfanwy le dévisagea, horrifiée par ce que ses paroles impliquaient. Son regard tomba sur une photo de famille posée sur le bureau de Grantchester. C'était déjà dérangeant de savoir que le bébé blond contenait le cerveau de Gestalt, mais que ce soit le produit d'un inceste, et qu'un seul esprit contrôle les deux parents et le nouveau-né… cette pensée lui retourna l'estomac. *Mon Dieu, Gestalt aurait pu être immortel, former une armée.* Elle regarda l'individu sanguinolent qui pleurait à ses pieds et ne sut quoi penser.

Il faudra que je ramène le bébé et que je laisse la Cour décider. Et Gestalt n'est pas au courant pour l'amnésie... Merde ! Grantchester ! Elle attrapa l'arme de Norman et considéra la galerie de portraits avant de décrocher le téléphone pour appeler à l'aide.

« Myfanwy, fit la voix de Grantchester au bout du fil.

— Conrad, souffla-t-elle.

— Je vous ai regardée grâce à la caméra, dit le Fou. Je suis très impressionné, vous êtes nettement plus habile que votre prédécesseur. J'imagine que vous ne souhaitez pas me rejoindre ? » Son effronterie la prit par surprise, et Myfanwy préféra ne pas répondre. « Non ? J'imagine que j'aurais dû m'y attendre. Dans tous les cas, il est évident que j'ai perdu cette bataille. Ainsi, je quitte Apex pour des cieux plus cléments. Il y a longtemps, j'avais élaboré un plan si ce cas de figure devait se présenter. » *On dirait que Thomas n'était pas la seule qui aimait être préparée.*

« Mais ne vous faites pas d'illusions, Tour Myfanwy Thomas, ou qui que vous pensiez être, reprit-il d'une voix dure, j'ai passé des années à la Checquy à préparer l'arrivée des Greffeurs. Ils vont venir, ils vont triompher, et alors vous et moi nous aurons une petite conversation. » Elle entendit un clic au bout du fil, et ce fut tout.

Myfanwy reposa le téléphone d'une main tremblante. Dans une minute, elle alerterait la sécurité pour que Gestalt (ou ce qu'il en restait) soit arrêté. Elle se renseignerait sur l'intervention menée par Eckhart et convoquerait la Cour pour expliquer ce qu'il s'était passé. Elle prendrait des nouvelles de Bronwyn, et appellerait Shantay pour tout lui raconter. Et elle pleurerait Ingrid et P'tit Pion Alan.

Elle ferait toutes ces choses, mais d'abord elle avait besoin d'une minute pour mettre de l'ordre dans ses pensées qu'elle avait failli perdre.

Chapitre 41

« Attendez, P'tit Pion Alan est capable de casser la gueule d'un soldat armé ? s'exclama Myfanwy à l'arrière de la voiture.

— P'tit Pion Alan est capable de décomposer chimiquement les matières inorganiques et de les rendre friables, précisa Ingrid. S'il entre en contact avec la matière, il peut affecter une portion de la taille de votre torse ; par contre, s'il ne la touche *pas*, il ne peut modifier qu'une très petite quantité. C'est néanmoins suffisant pour enrayer une gâchette. Nous avons eu de la chance.

— Oui, vous avez l'air vernie, rétorqua Myfanwy en contemplant le bras en écharpe et le coquard d'Ingrid.

— Je ne me plains pas.

— Mais vous vous êtes quand même fait tirer dessus !

— La balle n'a pas touché l'os. Et même si ce n'est pas très plaisant de se prendre un gnon et une balle dans le bras, c'est toujours mieux que de se faire descendre. »

Quand Myfanwy avait repris ses esprits dans le bureau de Grantchester, elle avait appelé la sécurité et était tombée en pleine agitation. Apparemment, une graphiste de la Checquy qui faisait des heures supplémentaires était passée devant l'entrée de la salle de commande et avait vu un jeune Pion en train de se battre avec un garde tandis que l'assistante exécutive de la Tour gisait, inconsciente, dans une mare de sang. Ne sachant quel camp choisir, elle avait décidé d'assurer le coup et avait tétanisé les deux combattants grâce à ses pouvoirs en leur envoyant des décharges électriques, avant d'appeler la sécurité.

« Je suis contente qu'ils aient réussi à vous remettre sur pied suffisamment vite et que vous ayez pu assister à la réunion de la Cour ! dit Myfanwy.

— L'un des médecins a rebouché la plaie avec une résine extraite de ses glandes, maugréa Ingrid. Extraite *directement* de ses glandes.

— Beurk. Quelles glandes ?

— Je n'ai pas envie d'en parler. Mais la réunion était intéressante.

— C'est une des réunions les plus délicates à laquelle j'ai pu assister, bâilla Myfanwy. Mais j'ai trouvé qu'ils avaient plutôt bien pris la chose, compte tenu des circonstances.

— La Cour a connu de nombreux chocs ces derniers temps, fit remarquer Ingrid. Ils ont tous été assez indulgents, surtout après que le Cavalier Eckhart a montré les photos des cadavres de Greffeurs.

— Oui, mais les révélations sur Grantchester… enfin, c'était quand même un membre de la Cour !

— Tout comme Gestalt.

— C'est vrai. Mais Gestalt était un membre de la Cour que personne n'aimait.

— Le Fou Grantchester m'a toujours fait beaucoup d'effet, avoua Ingrid. Je flirtais effrontément avec lui chaque fois qu'il venait au Beffroi.

— Il était canon, c'est vrai », admit Myfanwy. Elle regarda par la fenêtre. La nuit tombait et hormis quelques voitures, Londres était calme. Le convoi de limousines et de gardes à motos formait comme une minuscule parade dans les rues. Le café qu'elle avait enfin pu boire durant la réunion de la Cour menait une bataille, perdue d'avance, contre les effets cumulés d'une nuit de clubbing, d'une matinée d'examens, d'un après-midi passé dans un cube de chair et d'une soirée de confrontation avec un traître.

Il s'avéra que le compte rendu bureaucratique des événements avait pris quasiment autant de temps que les événements eux-mêmes. Le récit de l'assaut contre la maison des Greffeurs par Eckhart avait inclus une description clinique de la manière dont il avait tué le Belge écorché. Myfanwy l'avait écouté, bouche bée, expliquer que le chef des Greffeurs avait fait pousser des lames osseuses sur ses bras et qu'ils s'étaient tous les deux battus dans une chambre remplie de sacs et de cocons géants accrochés au plafond.

Les cosses s'étaient ouvertes et des guerriers avaient jailli ; les Barghests les avaient affrontés tandis qu'Eckhart et Graaf Gerd de Leeuwen poursuivaient leur combat et que le métal cognait contre les os. Deux des Barghests s'étaient avérés être des traîtres et s'étaient retournés contre leurs camarades, mais leurs implants n'avaient pas suffi à les sauver. Finalement, sans aucune émotion, Joshua leur raconta comment il avait arraché une chaîne du plafond et en avait fait un javelot qu'il avait envoyé avec une grande précision dans la tête de l'écorché belge.

Après le récit d'Eckhart, la conversation passa aux aventures de Myfanwy à Reading, suivies des aventures de Myfanwy avec Grantchester. Après une rapide réflexion, elle s'était dit qu'il était peut-être préférable d'éviter de reconnaître son amnésie. Il lui avait donc fallu marcher sur un fil étroit et confus pour expliquer ce qu'il s'était passé, et elle finit par feindre un vertige afin d'éviter d'avoir à donner un compte rendu précis. Tout le monde regarda bizarrement ses ecchymoses autour des yeux, mais ils furent trop déconcertés par les révélations sur Grantchester et les Greffeurs pour faire un rapprochement compromettant avec les blessures qu'elle avait arborées deux semaines plus tôt. Elle était restée délibérément vague au sujet des pouvoirs de Norman, et aucune mention n'avait été faite d'une quelconque perte de mémoire.

On avait finalement conclu qu'un débriefing complet aurait lieu le lendemain une fois que tout le monde se serait reposé.

« Et vous n'avez jamais envisagé de parler à la Cour de votre amnésie ? demanda Ingrid. Après tout, il ne reste plus que quatre membres : Farrier est déjà au courant, et Eckhart et Alrich semblent beaucoup vous apprécier. Est-ce que ça aurait été si terrible que ça ? » Myfanwy se tut un instant et repensa à la fin de la réunion.

Alors qu'elle partait, Lady Farrier l'avait prise par le bras. La codirectrice de la Checquy était restée silencieuse durant tout son rapport, l'air pensive. « J'étais d'abord inquiète, dit-elle, je pensais qu'en remboursant ma dette auprès de votre prédécesseur j'avais peut-être commis une immense erreur, que j'avais mis le royaume en péril. » Elle hésita. « Si j'avais remarqué quoi que ce soit dans votre comportement qui aurait pu causer du tort à la Checquy, je vous aurais fait éliminer. Mais je vois maintenant que, même si c'était par obligation, j'ai eu raison de vous laisser prendre sa place. » Elle serra la main de Myfanwy. « Je me réjouis de travailler avec vous à l'avenir, Tour Thomas. » Myfanwy sourit timidement. « Et qui sait ? Vous serez peut-être bientôt promue ! » Elle rit, mais son rire était dénué de tout humour. Myfanwy la regarda partir.

« C'est vrai que c'était tentant, admit Myfanwy. Et c'est particulièrement épuisant de devoir tout le temps cacher la vérité, vous savez. J'étais sur le point de tout raconter quand j'ai mis au jour le plan de Grantchester.

— Alors pourquoi n'avoir rien dit ?

— Parce que j'aime ce boulot, et il semblerait que je sois assez compétente. Mais la Checquy est une organisation qui emploie des centaines de personnes, dont certaines ont été formées toute leur vie pour faire ce genre de chose. Beaucoup sont plus vieux que moi et ont plus d'expérience. Je ne pense pas que les membres de la Cour me laisseraient garder mon poste s'ils savaient la vérité. Même s'ils m'aiment bien.

— Je trouve que c'est un atout pour vous de ne pas être trop familiarisée avec le fonctionnement de la Checquy, de ne pas avoir subi cet endoctrinement. Vous avez une perspective différente.

— Merci. Mais si je devais arriver à un point où je risque de mettre en danger la sécurité de la Checquy, alors je révélerai mon amnésie. Ou peut-être que je me contenterai de démissionner. » Elles sourirent.

« C'est étonnant que le chef de la Sécurité Clovis vous fournisse encore une protection si rapprochée, remarqua Ingrid en désignant les motards qui les accompagnaient.

— Joshua Eckhart a peut-être tué mon ami sans peau d'un javelot dans la tête, mais il doit encore rester des Greffeurs en ville, sans même parler de leurs projets pour le reste du pays. Et si Grantchester a pu disparaître sans encombre, nous avons toujours sa femme et le bébé Gestalt en détention. » Myfanwy repensa avec effroi au moment où le corps de Gestalt avait été amené devant la Cour. Elle ne pouvait pas oublier la cruauté qui se lisait dans les yeux du bébé, ni les obscénités proférées d'une voix haut perchée par sa petite bouche.

« Est-ce que Mme Grantchester connaissait la vérité sur son fils ? demanda Ingrid.

— Elle dit que non, et je la crois. Grantchester était d'une discrétion maladive : il ne partageait rien avec personne à moins d'en être obligé. Et en plus, est-ce que vous accepteriez un bébé Gestalt dans votre vie si vous connaissiez la vérité ?

— Il serait bien élevé et propre dès la naissance, réfléchit Ingrid, mais non. Donc j'imagine que tout est bien qui finit bien.

— Absolument pas. Sans compter qu'il faut encore s'occuper du Camp Caius. » Au moment même où elles parlaient, les Barghests préparaient un assaut sur les installations du camp et avaient pour consigne d'épargner autant de vies que possible. *Je ne sais pas comment on va faire pour réadapter ces enfants,* pensa-t-elle, *mais je vais faire tout ce qui est en mon pouvoir.* Elle ne pouvait se résoudre à plaindre Norman, mais le souvenir du corps de la petite fille aux griffes était toujours pesant.

« Et vous, ça va ? » demanda Ingrid. Elle avait paniqué en voyant les coquards de Myfanwy. Mais cette fois-ci au moins, ses lèvres n'avaient pas été trop abîmées par la bouche aux rudes écailles de Norman. Myfanwy frissonna en y repensant et ressentit de la peine pour Thomas qui n'avait pas eu autant de chance qu'elle. *Être collée à cette bouche et sentir ses pensées aspirées.*

« Je crois. J'ai pu éliminer Norman avant qu'il n'altère mes souvenirs. Et j'ai été examinée par l'équipe médicale d'Apex House, ce qui porte mon nombre d'auscultations pour la journée à trois.

— Et vous êtes certaine de ne pas vouloir que je reste au Beffroi avec vous ?

— Non, c'est bon, insista Myfanwy. Une fois là-bas, tout sera complètement bouclé pour la nuit. J'ai l'intention de monter directement à la résidence, de me mettre au lit et d'y rester très, très longtemps. À moins d'une invasion de cubes de chair à travers le pays, je ne veux recevoir aucun appel. »

Ingrid acquiesça en souriant.

La voiture s'arrêta devant l'entrée souterraine. Myfanwy devint grave.

« Je suis vraiment heureuse que vous soyez saine et sauve, Ingrid. Quand on m'a dit que vous étiez vivante, ça a été le plus beau moment de ma vie.

— Merci, Tour Thomas. » Les deux femmes se serrèrent la main puis Myfanwy lui fit un petit signe d'adieu.

Un garde s'approcha timidement. « Tour Thomas, nous sommes prêts pour le verrouillage. Le service de surveillance a installé un poste à Apex House, il ne restera donc plus que vous et la sécurité. Nous attendons votre ordre.

— Fermez tout, s'il vous plaît. » Elle retint un bâillement. Le garde hocha la tête et fit signe à son collègue resté dans la cabine. De lourds rideaux de fer commencèrent à descendre devant la porte du garage. Elle se rappela qu'elle devait également activer les systèmes de sécurité pour les passages secrets des Tours, du moins pour ceux qu'elle connaissait, et se demanda s'il fallait qu'elle s'inquiète des autres entrées secrètes de Grantchester ; elle décida finalement de dormir dans la chambre d'ami de la résidence en envisageant de mettre des boîtes de conserve vides devant la porte.

Myfanwy emprunta les couloirs sombres du Beffroi pour rejoindre son bureau. Elle croisa quelques gardes, qui lui firent de petits signes de tête, et elle apprécia le calme du bâtiment vide. Au fil des semaines qui avaient suivi son arrivée à la Checquy, elle avait commencé à s'y sentir chez elle.

Je pense que ça va marcher. Je sais garder les secrets. Il faut simplement que je trouve un moyen de tout expliquer sans avouer que j'ai perdu la mémoire. Mais je ferai ça devant un petit déjeuner, aussi tard que possible ; peu importe si je me réveille à 3 heures de l'après-midi. Je vais commander le plus gros et le plus majestueux brunch de l'histoire de l'humanité, et je vais le manger dans le salon en profitant de ma merveilleuse vue. Je trouverai une explication simple et rationnelle pour tout ça, puis j'appellerai Bronwyn et on fixera un rendez-vous pour que je rencontre mon frère. Ensuite je demanderai à un décorateur de refaire toute la résidence et on fera des trous dans les murs pour trouver tous les petits passages secrets.

Mais d'abord, je vais aller me coucher.

Elle ouvrit la porte en fredonnant et alluma la lumière. Elle ne s'attendait pas du tout à trouver un homme imposant, nu et ruisselant, assis à son bureau.

« Bonsoir, Tour Myfanwy Thomas. Permettez-moi de me présenter : je suis Graaf Ernst von Suchtlen. »

*

Myfanwy le dévisagea. *Évidemment,* se dit-elle avec lassitude, *après la journée et la nuit les plus longues de l'histoire, il faut que je retrouve un homme nu dans mon bureau. Et un Greffeur qui plus est.*

Bon, au moins celui-là porte une peau, à défaut d'autre chose.

« Alors, d'où sortez-vous ? » demanda Myfanwy d'un ton égal tout en lançant les tentacules de son esprit pour saisir le système nerveux du Belge dénudé. Cela lui demanda un effort important, car son cerveau était épuisé par la séance de bécotage cauchemardesque avec Norman. Elle fut néanmoins surprise de constater que ses pouvoirs glissaient sur sa peau. *C'est le chef. Il a le système le plus performant. Peut-être que de Leeuwen aurait eu la même immunité s'il avait eu le temps de se faire pousser une peau.*

« Vous vous souvenez peut-être avoir reçu un cœur par courrier il y a quelque temps ? » demanda le Belge. Myfanwy hocha la tête évasivement : Thomas l'avait reçu ; de son côté, elle en avait simplement lu le récit.

« Eh bien, c'était le mien. »

Elle eut besoin de quelques instants pour digérer cette information. « Pardon, mais je ne comprends pas. Vous êtes passé le chercher ?

— Non, excusez-moi, je me suis mal exprimé. Je me suis développé à partir du cœur, dans le congélateur de votre laboratoire.

— Je vois. Et combien de temps est-ce que ça vous a pris ? demanda-t-elle faiblement.

— Le processus a commencé vingt-quatre heures après que vos scientifiques l'ont examiné, répondit-il comme si c'était normal.

— Ma foi, c'est impressionnant. » Elle évalua la situation et se rendit compte qu'elle avait malheureusement laissé le pistolet de cheville à Apex, idée qui la désespérait au moins autant que de devoir s'asseoir sur l'un des fauteuils délibérément inconfortables, le canapé étant trop loin. Il était évidemment hors de question de prendre la fuite. « Vous n'avez pas eu peur qu'ils remarquent quelque chose d'étrange pendant l'analyse ?

— Nous sommes discrets, et personne au sein de votre organisation n'est capable de détecter cette technologie : elle est très récente et très expérimentale. » Myfanwy hocha la tête. « Je suis désolé, je vous ai pris votre fauteuil, reprit-il. Pendant que je vous attendais, je me suis aperçu qu'il était bien plus confortable que ceux placés devant votre bureau. Mais si vous préférez, je peux me déplacer. » À sa grande horreur, il commença à se lever.

« Non, c'est bon ! s'écria-t-elle. Ne vous embêtez pas, je vous en prie. » *Laissons toute la nudité derrière le bureau.* D'autant qu'elle n'avait pas envie de voir l'état dans lequel tout le liquide qui dégoulinait de sa peau avait laissé son fauteuil. *Il va m'en falloir un nouveau. Si je survis.* Elle s'assit donc dans le deuxième fauteuil inconfortable qui n'avait pas été recouvert d'une matière visqueuse et luisante.

« Puis-je vous demander comment vous avez pu quitter le frigo du laboratoire et venir jusque dans mon bureau nu comme un ver, sans attirer l'attention des employés ?

— Eh bien, c'est la nuit, fit-il remarquer, les équipes de nettoyage sont parties. Vos gardes font des patrouilles régulières, mais ce n'est pas très difficile de les éviter quand on peut se coller au plafond. Et ce corps n'apparaît pas sur les caméras.

— Cool. Et vous voilà donc dans mon bureau.

— Oui. » Il y eut une pause qui mit Myfanwy mal à l'aise mais qui ne semblait pas le gêner.

« Excusez-moi, mais pourquoi êtes-vous dans mon bureau ? finit-elle par demander.

— Ah oui. Je suis venu en secret pour discuter avec vous. Cela va peut-être vous surprendre, Myfanwy Thomas, mais depuis plusieurs décennies, la Wetenschappelijk Broederschap van Natuurkundigen complote pour occuper des postes de pouvoir au sein de la Checquy. Nous avons également monté une opération d'entraînement et d'expérimentation, au frais de votre pays, et nous enrôlons des citoyens britanniques comme soldats.

« La Broederschap a également conçu une arme de destruction massive fondée sur de nouvelles applications de notre technologie ; elle est alimentée par les citoyens d'une des villes importantes de votre royaume. Nous avons placé des agents à tous les niveaux de votre organisation, y compris », il marqua une pause théâtrale, « à la Cour de la Checquy.

— Ouah, dit-elle, impassible. Et, euh, comment ? Comment nous avez-vous infiltrés ?

— Eh bien, c'est assez facile de soudoyer vos Serviteurs, dit-il, un peu surpris par son manque de réaction. Ils en ont assez d'être traités comme le deuxième choix. Peu importe le nombre de leurs qualités, ils resteront toujours normaux et ne pourront jamais s'élever au-dessus d'un certain échelon. Pendant ce temps-là, les Pions paradent avec leurs pouvoirs spéciaux, planent dans les couloirs et tapent à l'ordinateur avec leurs tentacules. Tous ces pauvres Serviteurs les regardent avec envie, sachant pertinemment qu'ils ne seront jamais respectés.

« Bien sûr, nous ne sommes pas parvenus à soudoyer

tous vos Serviteurs. Mais pour ceux qui le souhaitaient, nous leur avons offert une opportunité de grandir. Non pas pour vous attaquer, mais afin que, pour une fois, lorsqu'ils se regardent dans le miroir, ils y voient une personne remarquable.

— Et les membres de la Cour ? »

Le Belge nu soupira.

« Plus une personne est extraordinaire, plus l'appât est banal et prévisible. » Il bascula dans le fauteuil. « La fortune, le pouvoir, les pots-de-vin traditionnels. L'un d'entre eux a reçu un allongement important de son espérance de vie. »

Ah oui, l'immortalité. Toujours la même histoire, pensa Myfanwy en levant mentalement les yeux au ciel.

« Et voilà comment nous avons pris le pouvoir sur vous, conclut-il.

— Comme c'est triste. Et maintenant, Graaf Ernst von Suchtlen ? Vous allez vous venger des humiliations subies après l'île de Wight ? Vous allez détruire la Checquy ? Sans nous dans les parages, vous serez libres de contrôler l'Angleterre. Et puis l'Amérique ! Je ne sais pas où en sont vos forces, mais vous serez sans doute capables de surpasser la Croatoan, surtout si nous ne sommes pas là pour les épauler. Beaucoup d'opportunités s'offrent à vous dans un monde sans Checquy. » Myfanwy était fière de parvenir à garder son calme, mais tandis qu'elle parlait, elle se rendit brusquement compte de ce qu'impliquait une défaite de la Checquy.

« Une invasion ne nous a jamais intéressés, rétorqua le Belge. Pas après le désastre de la première tentative, qui, j'aimerais le souligner, a été instiguée presque intégralement par le souverain de mon pays.

Non, c'était une feinte : vous montrer quelque chose d'une main pour vous mettre un couteau sous la gorge de l'autre. La Checquy contrôle un monde secret. Une invasion ? Allons ! » Il eut un soupir de dédain.

« Le monde a rétréci depuis la dernière fois que nous avons croisé le fer, Myfanwy Thomas. Il est aujourd'hui impossible de garder secrète la conquête d'un pays, et nous ne pouvons pas non plus rendre publique notre existence. La Checquy non plus. Certains secrets doivent être conservés, et celui-ci a tout juste la bonne taille. » Il leva un sourcil, et elle déglutit, évaluant ce qu'il voulait dire.

« Vous allez prendre la Checquy ? De force ?

— L'idée a fait son chemin parmi les plus hauts échelons de la Broederschap », dit-il d'une voix neutre. Myfanwy pensa au Belge flottant dans sa cuve. Elle avait perçu de la haine et du ressentiment dans sa voix, et un profond désir de violence dans son corps.

« Ça ne m'étonne pas. »

Ils se jaugèrent pendant quelques instants. Une âme vieille de plusieurs siècles contemplait un esprit vivant depuis quelques semaines seulement.

« Graaf von Suchtlen, puis-je vous poser une question ? » Il acquiesça doucement. « Vous êtes l'un des deux fondateurs des Greffeurs ?

— L'un des premiers investisseurs, oui. » Le fluide qui le recouvrait était moins épais, et ses muscles étaient maintenant plus proéminents.

« Vous avez plusieurs siècles et contrôlez tout le savoir et le pouvoir de la Wetenschappelijk Broederschap van Natuurkundigen, sans doute la plus grande force de toute l'Histoire. Au cours de votre vie, le commandement de la Checquy est passé de mains en mains, tandis que vous, vous ne faisiez que gagner en expérience. Je n'imagine pas les forces et les pouvoirs qui ont été introduits dans votre organisme, mais j'imagine que vous bénéficiez de tous les avantages que votre organisation peut offrir. Les forces que vous avez décrites sont suffisantes pour surpasser la Checquy sans que vous ayez besoin de quitter la Belgique. Alors pourquoi venir me voir maintenant ? En secret, seul, et nu ? »

Le Greffeur sourit.

« Telle est la question. Et quelle est la réponse d'après vous ?

— Vous savez que la Checquy ne se rendra jamais. Même avec des traîtres au sein de la Cour, c'est inenvisageable.

— C'est vrai.

— Nous serions alors obligés de nous battre. Nous gagnerions peut-être cette guerre épouvantable, mais l'Angleterre ne serait jamais plus la même. Il serait difficile de cacher un conflit international, et ça, c'est notre mission, dit-elle doucement. Protéger, en secret.

« Et vous êtes venu en secret vous aussi. Cachant votre présence à la Checquy, mais aussi à votre propre partenaire. » L'homme musculeux s'immobilisa soudain dans son fauteuil, et Myfanwy remarqua comme elle était petite à côté de lui. Il avait les doigts crispés sur le bord du bureau, et bien qu'elle ne puisse contrôler ses muscles, elle pouvait sentir sa force.

« Vous êtes venu ici, M. von Suchtlen, parce que vous ne voulez pas nous affronter. Vous ne voulez plus vous cacher. Vous savez qu'on ne voudrait pas, qu'on ne *pourrait pas*, vous autoriser à vivre librement, pas avec votre passé. Je pense que vous êtes venu discuter des termes, non d'une capitulation, mais d'une alliance. Vous voulez fusionner nos organisations, n'est-ce pas ? »

Il lui sourit de nouveau.

Peut-être que j'ai gardé un peu des talents de diplomate de la Tour Thomas après tout.

Graaf von Suchtlen s'installa confortablement et lui raconta une histoire.

Je me souviens, c'était au milieu de l'automne. Il faisait froid et les feuilles tombaient en rafales sur la route qui menait à ma porte. J'étais d'humeur songeuse. Assis sur les escaliers de ma maison de campagne, enveloppé dans un manteau en fourrure, je buvais une boisson chaude et sucrée. J'étais le comte de Suchtlen. J'avais 38 ans, j'étais riche et, à cause d'un cheval craintif et de pierres malencontreusement pointues, j'avais perdu le bas de ma jambe gauche huit mois auparavant.

Outre mon amputation, cette année avait été particulièrement terrible : l'une de mes sœurs était morte en couches, et un incendie avait détruit les maisons de plusieurs de mes métayers. Politiquement, c'était une période délicate, car plusieurs personnes à Bruxelles, surtout des Flamands, n'étaient pas d'accord avec la plupart de mes idées. Mais j'avais connu quelques réussites financières exceptionnelles, et j'envisageais de me retirer de la politique, de trouver une femme et d'avoir des enfants.

Puis, au bout du chemin, dans un tourbillon de feuilles, apparut mon cousin sur son cheval. Le comte de Leeuwen était mon cadet de dix ans et n'était pas aussi nanti que moi. Il avait perdu de l'argent dans quelques entreprises malheureuses – dont une vaste escroquerie – et m'avait emprunté de l'argent une ou deux fois qu'il avait mis du temps à me rembourser. Mais j'avais néanmoins beaucoup d'affection pour lui, et il faisait partie de ma famille. Nous étions allés chasser ensemble plusieurs fois avant que je perde ma jambe, et nous aimions la compagnie l'un de l'autre, bien qu'il fût extraordinairement nerveux.

Je l'accueillis et il m'aida à rentrer tandis qu'un serviteur s'occupait de son cheval. Nous fûmes bientôt assis au coin du feu, un verre de vin à la main, plongés dans les bavardages habituels. Je remarquais qu'il semblait distrait durant la conversation, et je me préparais donc à une inévitable demande d'argent.

« Ernst, dit-il en me regardant soudain, j'ai trouvé une opportunité d'investissement remarquable, et je pense qu'elle va t'intéresser.

— Ah oui ? » répondis-je, essayant d'avoir l'air surpris. Il remarqua ma résignation, et sa passion faiblit un instant. Il hocha la tête, s'avança sur son fauteuil, et sortit tranquillement un poignard.

« Oui. J'admets que j'ai souffert de malchance dans les affaires, mais mon cousin, je pense que cela pourrait changer notre avenir ! » Il était excité, je me reculai légèrement. Je n'aimais pas son utilisation du mot *nous*. Et je n'aimais pas du tout la façon dont il tenait son couteau.

« Comme cette affaire avec le Florentin ? demandai-je sèchement.

— Non, pas comme l'affaire avec le Florentin ! » s'écria-t-il, les joues rouges. Cette entreprise l'avait presque conduit à la ruine et avait poussé sa promise à rompre leurs fiançailles.

« D'accord, Gerd, excuse-moi, dis-je en regardant le poignard d'un œil inquiet.

— C'est différent. » Je commençais à me demander s'il n'était pas ivre. Ou peut-être fou.

« Je te crois », assurai-je en attrapant discrètement ma dague. Mes doigts se refermèrent sur le manche, et je tirai la lame.

Il sourit. « Je vais te montrer. »

Et il se coupa l'index.

« Bon Dieu ! » m'écriai-je. Gerd avait un regard béat et affichait une extase que je trouvais presque aussi troublante que le sang qui jaillissait sur mon tapis. J'inspirais pour appeler à l'aide – pour le maîtriser ou nettoyer le sang, je ne savais pas encore – mais il leva son autre main.

« Attends », dit-il calmement. Je remarquai, avec un frisson d'horreur, qu'il tenait encore son doigt sectionné. Plus effrayant encore, la plaie au bout du doigt prenait une étrange couleur bleu ciel. Je regardai la blessure sur sa main et vit qu'elle se colorait de la même façon.

J'admets qu'à ce moment-là, j'envisageai qu'il puisse s'agir d'une possession satanique, je serrai donc un peu plus ma dague. Je m'apprêtais à le poignarder dans l'œil et à appeler les serviteurs quand il approcha le doigt coupé de sa main. Sous mes yeux, les deux parties bleues se tordirent, et je vis des tentacules s'étirer les uns vers les autres. J'entendis un faible bruit de succion, et vis que sa main était de nouveau entière. Il observa ses doigts avec fascination puis les agita.

« Bon Dieu » répétai-je doucement. Il eut un sourire angélique.

Inutile de dire que j'étais intrigué, quoiqu'un peu inquiet que mon cousin puisse frayer avec le diable. Il me sembla, néanmoins, que s'il ne s'agissait pas d'une abomination aux yeux de Dieu, d'un péché susceptible de nous mener à la damnation éternelle, cela représentait un merveilleux investissement.

Ce fut donc avec un esprit ouvert, et accompagné de deux très grands gaillards de mon domaine, que je me rendis à la résidence de mon cousin. Une poignée d'hommes particulièrement sales se consacraient à des expériences fort compliquées dans une étable. Ils étaient trop bourrus et trop peu intéressés par ma présence pour être des agents du diable : plutôt que de me faire la moindre proposition pour mon âme, ils passèrent plusieurs heures à m'expliquer en quoi consistait exactement leur travail. Leurs descriptions minutieuses me donnèrent la migraine, mais leur optimisme quant à la possibilité de me fournir une nouvelle jambe était terriblement excitant.

Je les regardai couper des souris, des chiens et des chevaux en deux avant de recoller les moitiés ensemble. Gerd était enchanté et les possibilités que cela ouvrait bouillonnaient dans mon esprit. Nous parvînmes à un accord : j'acceptai de financer leurs recherches, et ils signèrent plusieurs contrats d'engagement. Puis ils retournèrent à leur atelier, que nous déplaçâmes plus tard dans l'une de mes propriétés les plus isolées.

Et c'est ainsi que tout a commencé.

*

« Ma foi, c'est fascinant, dit Myfanwy. Et quelques siècles plus tard, je vous retrouve nu dans mon fauteuil. Le lien entre les deux événements est évident.

— Vous connaissez le reste de l'histoire, répondit-il froidement. Je ne doute pas que la Checquy l'ait abondamment documenté. Notre prise du pouvoir, notre connexion avec le gouvernement, la tentative de conquête, le démantèlement forcé.

— Oui, mais après ça, les choses sont devenues un peu floues, hormis quelques signes de votre présence en Europe. Mais vous avez sans doute été prudents.

— Il le fallait, rétorqua-t-il. Nous avions perdu une si grande part de nos ressources primaires : on a saisi nos domaines, et nous avons été pratiquement détruits. Heureusement, j'ai toujours pris soin d'être préparé : nous avions des positions sur lesquelles se replier, des fonds et des ressources cachés. Il nous a fallu plusieurs décennies de travail pour revenir là où nous en étions technologiquement. Plusieurs de nos maîtres *handwerksmannen* sont morts lors de la contre-offensive de la Checquy, des expériences clés ont été détruites. Gerd et moi avons même dû nous regarder mourir. Nous portions bien sûr de nouveaux corps à ce moment-là. Nous étions installés à quelques mètres de notre roi et du vôtre et nous avons fait griller nos propres corps : quand les halètements ont cessé et que le sang a été nettoyé, nous avons regagné le monde en passant devant la Cour de la Checquy et l'élite des deux pays.

« Nous avons tout reconstruit, nous nous sommes recyclés et avons continué à innover. Nos recherches ont repris, à plus petite échelle bien sûr : nos ressources étaient beaucoup plus modestes et nous devions être encore plus discrets. Mais nous avons regagné notre puissance. Et puis… la corruption est apparue.

« Certains de nos *handwerksmannen* sont fascinés par le concept de corruption. Ils ont passé des siècles à la supprimer du corps humain et à essayer d'enrayer son inévitable progression. Ils ne parlent que de ça :

le niveau moléculaire, les enzymes, les organes. Malheureusement, à force de se concentrer sur la petite échelle, les corruptions plus importantes nous ont échappé. L'instabilité s'est propagée et nos priorités ont été quelque peu… dénaturées, dit le Greffeur en se tortillant sur son fauteuil. Certains parmi nous sont devenus fantasques.

— Fantasques ? » *Parce que c'est vrai qu'à la base, vous étiez tous tellement sains d'esprit. Rien de plus normal que d'envahir l'Angleterre sur des chevaux à cornes.*

« L'un de nos premiers savants, Jan, a adopté la fâcheuse manie de se couper les orteils. Bien évidemment, ils repoussent, mais il était difficile d'avoir une conversation avec lui sans le voir enlever ses chaussures.

— Charmant…

— Je pense que certaines personnes ne sont tout simplement pas faites pour vivre aussi longtemps, dit le Belge d'un air songeur.

— Et vous ne pensez pas que ça pourrait avoir un rapport avec toutes ces manipulations génétiques ? » demanda Myfanwy dans un bâillement. La tension et la peur commençaient à céder face à l'épuisement.

« Oui, mais… non. Je n'aime pas tellement cette idée.

— Évidemment. Combien de corps avez-vous eus ?

— On finit par perdre le compte au bout d'un moment. Je me suis parfois dit que nous attirions peut-être les mauvaises personnes. Mon cousin a par exemple un homme de main, un jeune homme du nom de Van Syoc ; c'est un véritable monstre, aux habitudes dérangeantes. »

Comme décapiter des prostituées, pensa Myfanwy.

Elle envisagea de lui annoncer la mort de Van Syoc mais se ravisa.

« Dans tous les cas, reprit l'homme nu, j'ai commencé à m'inquiéter…

— Pour l'histoire des orteils ?

— Ma foi, non, pas tellement pour les orteils.

— Ça ne vous a pas inquiété, les orteils ? demanda Myfanwy, se reprochant intérieurement de prolonger la conversation.

— Non, ça ne lui faisait pas vraiment mal. Et ça ne l'empêchait pas non plus de faire son travail. Ce qui m'inquiétait, c'était qu'il s'agissait d'une nouvelle manie : il n'avait rien fait de tel pendant des siècles et là, ça devenait compulsif.

— Hum hum. » *Tant que ça ne l'empêchait pas de travailler.*

« Mais je digresse. J'ai remarqué des choses un peu alarmantes. On me cachait des communiqués. Gerd était devenu plus secret et il était soudain beaucoup plus impliqué dans nos projets internationaux. Auparavant, il se contentait de superviser les ateliers. Il a toujours aimé profiter de la vie », conclut-il en soupirant.

Absolument, confirma Myfanwy avec aigreur. *Une grande limousine, un aquarium étincelant.*

« Il avait toujours été irascible, mais là il était totalement obsédé par nos projets en Grande-Bretagne. Je commençais à avoir des soupçons, mais je ne voulais pas lui en parler directement. Il me fallait réunir plus de preuves. Alors je me suis arrangé pour capturer son *geheimschrijver* un soir où mon cousin était au théâtre.

— Son *geheimschrijver* ?

— Euh, oui, son « cryptographe », son… secrétaire, expliqua-t-il. Je l'ai fait venir et j'ai demandé à mes subordonnés d'infiltrer sa mémoire. » Myfanwy se tendit en repensant au jeune homme qui avait essayé de pratiquer une infiltration mémorielle sur elle quelques heures auparavant.

« Un type avec des écailles ? demanda-t-elle, les mâchoires serrées.

— Hm ? Ah non, je vois ce que vous avez en tête, mais ces modèles ne servent que pour les personnes aux cerveaux standards, non améliorés. Non, nos assistants sont augmentés pour servir de communicateurs, de téléphones. Ils branchent directement leur cerveau au réseau téléphonique et piratent le système. Nous leur parlons comme à la personne au bout du fil et les mots sont transférés. Quand la personne que nous appelons parle dans le téléphone, notre secrétaire répète ce qu'elle dit, avec la même voix. C'est pratiquement instantané et impossible à tracer. »

Ce qui explique pourquoi les compatriotes de P'tit Pion Alan n'ont pas réussi à localiser l'appel. J'imagine que ce n'est pas possible de faire la même chose pour les fax : où est-ce qu'ils pourraient bien insérer le papier ?

« Je les ai regardés le maîtriser et lui poser divers implants pour télécharger les transcriptions. J'ai découvert, à mon grand dam, que Gerd avait été en contact avec nos agents de la Checquy et qu'il préparait un putsch. Je dois dire que l'un des agents doubles à la Cour est particulièrement enthousiaste à l'idée d'une révolution violente. C'est assez malsain.

« Franchement, reprit-il, c'était un coup terrible. J'avais supervisé leur acquisition et leur endoctrinement ; c'était ma stratégie depuis le début. J'avais personnellement suivi la mise en place du Camp Caius, ainsi que le développement de notre arme de destruction massive fongique. Ah oui, fit-il lorsque Myfanwy haussa les sourcils, c'est un petit organisme assez terrifiant. Il assujettit les humains et, une fois activé, il peut engloutir d'immenses surfaces.

— Tout ça dans la perspective d'unir nos deux organisations ? » demanda-t-elle sèchement. Elle avait été jusque-là plutôt détendue. En partie à cause de la fatigue, et le Belge était si charmant que… bon, même si elle n'avait pas complètement oublié qu'il était nu et que c'était un ennemi ancestral, elle avait remisé ces informations au fond de son cerveau. Mais le fait qu'il mentionne la moisissure de Bath la ramena à la terreur qu'elle avait ressentie ce jour-là. Et le naturel avec lequel il parlait d'effacer la mémoire de quelqu'un lui donna froid dans le dos.

« Tour Thomas, n'oubliez pas qu'aux yeux de la Broederschap, la Checquy n'est pas une force amie. C'est l'adversaire qui a anéanti nos efforts et accéléré notre destruction. J'ai vu mes maisons rasées et mes amis tués. Mon corps a été brûlé et les cendres dispersées dans l'océan. Ce n'est que grâce à un ingénieux tour de passe-passe corporel que j'ai pu survivre. Je reconnais sans honte que lorsque nous sommes sortis de cette épreuve, le processus de paix avec la Checquy ne faisait pas partie de nos priorités. Notre but initial était plutôt de dissimuler notre existence, puis de s'organiser afin de vous infliger une douleur aussi grande que possible.

— Alors que s'est-il passé ?

— C'est étonnant comme le cours de plusieurs vies peut changer un homme. Pour certains, cela peut apparemment déboucher sur une compulsion à se couper les orteils. Quant à moi, j'ai pardonné à la Checquy. Ma rancœur a fini par me sembler mesquine, et à mesure que je voyais votre organisation grandir et se perfectionner, je me rendais compte qu'il s'agissait du corps gouvernemental le plus performant qui puisse exister, compte tenu des circonstances. La structure avait des défauts, bien sûr, et était sujette aux vicissitudes de l'humanité, mais ses objectifs étaient nobles. J'en suis venu à espérer que l'on pourrait se parler sans ressentiment. Au fil des années, j'ai abordé cette idée avec mon cousin, et il s'y est fait. J'ai continué à orchestrer l'infiltration et à placer des collaborateurs à la Checquy. Mais je n'ai pas fait ça pour vous faire du mal, mais parce que la Checquy se méfie encore de nous et que je voulais vous montrer que c'était dans votre intérêt de vous joindre à nous.

— En nous menaçant ?

— En démontrant nos avantages mutuels, corrigea diplomatiquement le Belge. Ou peut-être pour vous montrer la carotte et le bâton. Si nous nous dévoilions trop et que la Checquy décidait finalement qu'elle ne pouvait pas tolérer notre existence… Bon, disons que nous n'avons pas l'intention de mourir.

— Ah.

— Il m'est apparu clairement que mon cousin ne croyait plus à mes idées. Il pensait que nos préparations devaient être utilisées pour vous affaiblir, plutôt que pour… » Il s'interrompit, et secoua la tête.

« Oui ?

— Plutôt que pour opérer une greffe. »

Myfanwy sourit discrètement.

« Il fondait de plus en plus ses choix sur des inimitiés personnelles. Il y a quelques mois, j'ai appris que les sujets de Camp Caius étaient sélectionnés parce que leurs ancêtres avaient combattu sur l'île de Wight. C'était mesquin, et cela fragilisait inutilement l'opération. Je sentais que ces petites vengeances n'étaient que la partie émergée de l'iceberg. Pour cette raison, je me suis arrangé pour que mon cousin soit occupé pendant plusieurs semaines et je me suis fait transporter pour vous voir et négocier une sorte de traité.

— Et vous avez sorti le bon vieux tour de "j'envoie mon cœur à l'autre partie et je me fais pousser un nouveau corps", c'est ça ?

— Euh, oui.

— C'était le seul moyen que vous ayez trouvé pour entrer en contact avec moi ? Vous n'avez pas pensé à "je décroche mon téléphone", par exemple ? Ou, une autre idée en passant : vous n'auriez pas pu m'enlever dans une boîte de nuit ?

— Vous pensez que vous auriez été encline à accepter une quelconque proposition dans ces circonstances ? » demanda doucement von Suchtlen.

Non, reconnut Myfanwy en son for intérieur, se souvenant de sa colère dans la voiture du Belge écorché.

« De plus, le cœur était le seul moyen de quitter les installations sans être repéré. Mon cousin devenait paranoïaque, ce qui était légitime, je le reconnais, puisque j'avais interrogé son secrétaire. Les lignes téléphoniques étaient sur écoute, et je ne voulais pas prendre le risque que mon assistant soit interrogé lui aussi ; je ne pouvais donc pas passer d'appel par lui. En fait, les entrées et les sorties de mes laboratoires étaient surveillées. Je me suis retrouvé, à mon grand désarroi, comme prisonnier. Je ne pouvais aller nulle part sans que mon cousin soit au courant. » Il soupira, et son visage s'assombrit. « J'ai déposé la boîte contenant le cœur au courrier. Elle a été envoyée au service de poste, puis à un coursier qui vous l'a remise.

— Pardon, mais comment avez-vous pu envoyer un

colis contenant votre propre cœur ? » Elle commençait à avoir une migraine, façon escalier de Penrose.

« Vous voulez savoir comment ça fonctionne ? demanda-t-il, visiblement ravi. C'est assez fascinant. C'est une toute nouvelle technologie expérimentale. » Il inspira, mais Myfanwy l'interrompit, soucieuse de couper court à un nouveau monologue.

« Je suis certaine que c'est incroyable, mais je n'ai pas besoin des détails techniques tout de suite.

— Bien sûr, répondit le Belge, l'air embarrassé. Je suis désolé mais les… les nerds, c'est bien ça ? Les nerds peuvent être un peu contagieux. Bref, on prend un échantillon pour faire pousser le cœur, et le corps qui pousse à partir de ce cœur aura tous les souvenirs que vous aviez à l'époque.

— Donc il pourrait y avoir deux versions de vous qui se promènent dans la nature ? demanda Myfanwy, dont la tête commençait à tourner.

— Non, car le corps d'origine commence à se dissoudre une heure après. Il tient assez longtemps pour empaqueter le colis, se déshabiller et aller sous la douche. Puis les restes se liquéfient. L'échantillon sera devenu un cœur au moment de la livraison, puis il s'arrête quelque temps avant de régénérer une personne entière en quelques semaines. Il peut même être disséqué et pousser de nouveau. » Il la regarda avec fierté. Ça avait l'air dégueu, mais elle avait l'impression d'avoir compris et hocha la tête.

« La personne qui apparaît à l'issue du processus peut choisir quelques pouvoirs, poursuivit-il. Rien de comparable à ce que l'on peut offrir avec une opération, bien sûr. Et cela comporte quelques risques.

— Ah oui ?

— Certains des premiers sujets ont brusquement

fondu. Mais nous avions à peu près réglé ce défaut, et c'était un risque que j'étais prêt à prendre. On a fait savoir à mon cousin que j'allais m'enfermer dans mes quartiers. Il a toujours respecté mon besoin épisodique de contemplation et de réflexion stratégique, il m'a donc laissé à ma solitude. Même s'il enfonçait ma porte, il ne trouverait pas de corps ; nous avons donc toute la liberté d'étudier les détails de notre fusion. Je pourrai mettre mon cousin devant le fait accompli. Et si Gerd ne peut pas le supporter, je suis certain que les forces combinées de la Wetenschappelijk Broederschap van Natuurkundigen et des Soldats Secrets de la Checquy au service de Sa Majesté seront capables de le soumettre, lui et les quelques forces qu'il pourra réunir. » Le Belge se cala dans son fauteuil avec un sourire satisfait.

« Oui, tout ceci semble merveilleux, mais je crains d'avoir de mauvaises nouvelles pour vous. Tout d'abord, votre nouvelle technologie expérimentale a encore quelques bugs. Votre cœur n'a pas mis quelques semaines à repousser, mais plusieurs mois. Et le projet que vous avez mis en place pour retenir l'attention de votre cousin, euh, n'a pas fonctionné… » Myfanwy lui fit un résumé rapide de ses récentes activités.

« … et il semblerait que votre cousin soit mort, tué durant l'attaque, conclut-elle, gênée.

— Mort », répéta-t-il, abattu. Il s'était ratatiné dans le fauteuil et semblait être sous le choc. Myfanwy se tortilla sur son fauteuil inconfortable en se demandant si elle devait présenter ses condoléances. *Peut-être les condoléances officielles de la Checquy ?* Mais elle se dit finalement que toutes les marques de sympathie qu'elle pourrait offrir seraient d'une grossière hypocrisie. Elle s'autorisa à observer l'homme assis en face d'elle. Il semblait avoir la trentaine et arborait le physique de quelqu'un qui faisait régulièrement de l'exercice. Il était complètement glabre quand elle était entrée dans le bureau, mais au cours de la conversation, quelques cheveux étaient apparus sur son crâne.

« Mort », répéta-t-il doucement. Myfanwy acquiesça en silence. « C'est peut-être mieux ainsi, soupira-t-il. Gerd aurait eu du mal à s'adapter à la nouvelle situation. Il avait du mal à s'adapter à beaucoup de choses ces derniers temps. »

Notamment à l'idée d'une ligne de fax non identifiable, railla intérieurement Myfanwy, avant d'essayer d'étouffer cette pensée irrévérencieuse.

« Graaf von Suchtlen, je n'ai pas les pouvoirs suffisants pour opérer une fusion entre nos organisations, expliqua-t-elle doucement. Vous comprenez, il faut présenter cela devant toute la Cour. » Il acquiesça. « Et bien entendu, la Croatoan sera impliquée. En parlant de ça, quelles étaient vos intentions vis-à-vis des Américains ? Pourquoi aviez-vous des agents là-bas ? » Von Suchtlen eut l'air surpris et secoua la tête.

« Un agent Greffeur a été capturé à Los Angeles, continua-t-elle.

— Ah, on dirait que Gerd a activé l'un de nos plans d'urgence… Si la Checquy était mise au courant de notre présence en Grande-Bretagne, nous devions autoriser un de nos agents à se faire découvrir aux États-Unis. C'était un chiffon rouge pour détourner l'attention de la Croatoan et s'assurer qu'elle ne fournisse pas de renforts à la Checquy.

— Ah, fit Myfanwy. Et vous disiez que l'activation de la fabrique de moisissure à Bath était un autre de vos plans d'urgence ? Et le cube de chair à Reading ?

— Ce n'était pas mon idée, répondit le Belge, troublé. J'ai l'impression que Gerd a quelque peu improvisé. » Myfanwy le regarda attentivement et haussa les épaules.

J'ai du mal à y croire, mais ce type devait être conscient qu'activer ces plans enterrerait toute possibilité de compromis. Je parie que son cousin a pris un projet qui devait être uniquement utilisé en dernier recours et s'en est servi comme première frappe.

« Comme je vous le disais, les négociations ne pourront pas commencer tant que toutes les parties concernées ne seront pas réunies. Mais je suis néanmoins curieuse de connaître les termes que vous proposez. Vous avez faim ? Je suis pour ma part toujours ronchon quand je me réveille, et comme vous avez grandi dans un réfrigérateur pendant plusieurs mois.

— Je boirais bien un café.

— Les cuisines n'ouvrent que dans quelques heures, et la machine du bureau est cassée. Par contre j'ai dans ma résidence une machine incroyablement compliquée, mais je suis sûre que je trouverai comment la faire fonctionner. Vous le prenez comment ? » Myfanwy se leva et se dirigea vers le portrait de Grantchester. Son regard fut attiré par les yeux sur le tableau. *J'imagine qu'il sera bientôt décidé de le retirer.*

« Noir, avec un sucre, s'il vous plaît, dit le Greffeur en se redressant pour se lever.

— Je vous en prie, restez assis », dit Myfanwy précipitamment. *Au moins jusqu'à ce que je vous donne un peignoir,* pensa-t-elle, non sans une légère pointe de regret.

Il était, après tout, particulièrement attirant.

Chapitre 42

Monica Jarvis-Reed était assise en tailleur, juste au-dessus du vide, et buvait une brique de jus de fruit en contemplant la plage italienne déserte qui s'étirait en bas. Des vagues saphir s'étiraient sur plusieurs kilomètres, blanchissaient à la crête puis déferlaient sur le sable. La baie était petite, encadrée par des falaises ; des bosquets vert olive formaient une ligne parfaite autour du sable. Le soleil l'éblouissait malgré ses lunettes de soleil, et elle se félicitait d'avoir mis un t-shirt à manches longues et un pantalon. Monica attrapa les puissantes jumelles qui pendaient à son cou et regarda la grande silhouette en maillot de bain passer entre les bosquets et se diriger vers l'unique chaise longue de la plage.

Elle attrapa le téléphone satellite accroché à sa ceinture et le porta à son oreille.

« Position ? dit-elle.

— À côté de lui, je retiens mon souffle, fit une voix lasse.

— C'est lui. Il a le même rictus et un maillot de bain beaucoup trop court. Et j'ai vu un petit nuage de fumée quand il s'est assis.

— Eh bien, ma chérie, l'identification biométrique

par satellite confirme tes conclusions, répondit la voix, amusée. C'est notre Fou en fuite. Confirmé.

— D'accord, dit Monica. Passez-moi la Tour Thomas. »

« C'est formidable, dit Myfanwy. Oui, je vous en prie, occupez-vous de ça. Et profitez du reste de votre semaine en Italie. Oui, merci, Monica. » Elle raccrocha et reporta son attention sur son café.

« Mais si ce n'est pas un petit ami violent, qu'est-ce qui t'est arrivé aux yeux ? » l'interrogea Bronwyn. Myfanwy gardait les yeux baissés et servit du café dans trois tasses. Elle ajouta du sucre dans deux d'entre elles et du lait dans la troisième.

« Un airbag », répondit-elle en tendant un mug à sa sœur. Elle prit les deux autres et entra dans le salon où Shantay lisait un magazine, allongée dans le canapé. Le Fou américain était arrivée en Angleterre trois jours plus tôt, accompagnée d'une Tour d'origine Comanche et d'une cohorte d'avocats pour négocier les termes de la fusion.

Shantay attrapa la tasse de café avec plaisir et replia les jambes pour permettre à Myfanwy de s'asseoir à ses côtés. Bronwyn s'installa dans un fauteuil et fit monter Wolfgang sur ses genoux.

« Un airbag ? reprit-elle.

— J'ai eu un accident de voiture, expliqua Myfanwy. J'étais du côté passager, une voiture nous est rentrée dedans par-derrière, l'airbag s'est ouvert et je l'ai pris dans la figure. »

Derrière son magazine, Shantay leva les yeux au ciel.

« Aïe, grimaça Bronwyn. C'était quand ?

— Le lendemain de notre sortie en boîte.

— Et les coquards n'ont pas posé problème pour tes réunions de travail ?

— Il y a eu des regards insistants, dit Shantay, mais ta sœur est si importante que personne n'a osé lui poser de question.

— Ça et le maquillage, ajouta Myfanwy.

— Oui, ça aussi, admit Shantay.

— Et la fusion, alors, ça va marcher ? » demanda Bronwyn en caressant Wolfgang derrière les oreilles. Il était évident que ça ne l'intéressait pas vraiment, mais le fait que ça compte beaucoup pour sa sœur était important à ses yeux. Shantay lança un regard intrigué à Myfanwy.

« Ouais, soupira-t-elle, mais bien sûr ça va prendre des mois pour régler tous les détails. Il va y avoir des querelles d'avocats, des compromis et des disputes. Ils seront trop fiers pour accepter certaines de nos conditions, et nous serons trop méfiants pour accepter une partie des leurs, mais tout finira par s'arranger. » *Ça va s'arranger oui,* pensa-t-elle. *On va les lier par des contrats, des serments et la promesse de révélations détaillées. Sois proche de tes amis, et plus encore de tes ennemis. Or les Greffeurs sont les deux à la fois.*

En attendant, nous allons nommer une nouvelle Tour, un nouveau Cav et *un nouveau Fou, et j'ai bien l'intention de faire entrer quelques personnes non dotées à la Cour, ainsi qu'une ou deux femmes. Farrier a laissé entendre plusieurs fois qu'elle voulait que je devienne Fou, ce qui serait assez dingue. Quoique…*

Bien sûr, il y aura toujours ces étranges événements quotidiens dont nous devrons nous occuper un peu partout dans le monde. Mais avec l'aide des Greffeurs, nous devrions gagner en efficacité.

« C'est bien, dit Bronwyn distraitement.

— Oui, c'est assez satisfaisant, acquiesça Myfanwy.

— Et Jonathan rentre dans deux jours, ajouta sa sœur. Tu vas enfin pouvoir le voir après, quoi ? Vingt-deux ans !

— Ça va être super, sourit Myfanwy. Un frère. Une famille. Un boulot. Un lapin. J'ai plutôt une belle vie finalement.

— Il ne te manque plus qu'un mec, ironisa Shantay.

— Madame Thomas, est-ce que vous souhaitez garder cette carte de visite ? demanda Val, en entrant dans le salon, une corbeille de linge sous le bras. Il y a écrit : "Appelez-moi si vous voulez prendre ce verre" au dos.

— D'où vient-elle ? demanda Myfanwy, étonnée.

— Je l'ai trouvée dans la poche de cette chemise d'homme *couverte* de taches. »

Chapitre 43

Chère Toi,

Je me suis dit que j'allais t'écrire encore un petit mot avant d'aller poser mes dernières lettres à la banque. Il est tard, je suis chez moi, assise dans mon canapé, mon lapin niché contre mes pieds. Il neige dehors, il y a un feu dans la cheminée et c'est très agréable. Je suis en sécurité, il fait chaud, et j'ai du mal à rester éveillée. Mais je veux écrire ces lignes, pour toi et pour moi.

Ça a été une longue journée, sans révélations fracassantes ni manifestations bizarres (ce qui, en soi, constitue une bizarrerie). Je n'ai pas eu le temps d'avancer dans mon enquête, j'ai été trop occupée à être moi-même. Durant la pause déjeuner, je suis allée à l'infirmerie de la Checquy pour faire un rapide bilan. Je veux te laisser un corps en bonne santé.

Je veux te laisser tout ce que je peux.

Il est tentant de céder au désespoir. Je sais que je n'ai pas le choix de ce qui va m'arriver, mais pour moi, il ne s'agit pas d'une question de foi ou de fatalisme. C'est une question de savoir. On pourrait penser que cela implique qu'il n'y a pas de libre arbitre, mais j'aime penser qu'en écrivant ces lettres, je prends mes propres décisions. Et en plus, je n'ai jamais eu tellement de libre arbitre dans cette vie. Je suis reconnaissante pour tout ce que je peux recevoir.

Au fond de moi, je sais que tu choisiras peut-être l'autre option, que tu prendras l'autre clé et que tu iras reconstruire ta vie ailleurs. Je ne pourrais pas t'en vouloir si c'était le cas. Bien sûr, ça signifierait que tout le travail que je fournis en ce moment, tous les préparatifs et les lettres, ne serviront à rien. Mais elles sont là pour toi, si tu les veux.

En fin de compte, quelle que soit ta décision, j'espère que tu seras heureuse. Je ne sais pas quel genre de personne tu es ni ce que tu vas faire, mais je t'ai écrit des dizaines de lettres, et je m'aperçois que ça compte énormément pour moi. Tu n'existes pas encore, mais tu es ma sœur (identique !). Tu es ma fille. Tu es ma famille. Tu seras peut-être Myfanwy Thomas, ou alors tu choisiras un nouveau nom et tu ne penseras plus jamais à moi. Mais peu importe la vie que tu choisis, sache que je pense à toi et que je prie pour que tout aille pour le mieux et pour que tu aies la plus belle vie possible.

Tendrement, toujours,

Moi

Remerciements

Mon Dieu. Il y a tant de gens à remercier. Je vais forcément oublier quelqu'un.

D'abord, mes premiers lecteurs, compatissants et perspicaces, qui ont consenti à finir *The Rook* quand le livre avait encore un autre nom, et qui m'ont fait des remarques judicieuses et clémentes.

L'équipe de la Foundry, qui a été si serviable et accueillante. Cecilia Campbell-Westlind, Kendra Jenkins, et Hannah Gordon, en particulier, qui ont enduré des milliers de questions stupides de ma part, et ont résisté à l'envie de me faire abattre.

Ma relectrice aux yeux de lynx mais à la délicatesse d'ange, Tracy Roe, qui m'a gentiment fait remarquer que j'avais mal utilisé les traits d'union durant toute ma vie.

Stéphanie Abou, mon agente à l'étranger et une femme de mystères d'envergure internationale.

Jerry Kalajian, mon ambassadeur sur la Côte Ouest.

Mon éditrice, la merveilleuse Asya Muchnick, dont le travail et la confiance ont été incomparables et ont grandement amélioré cette histoire. Elle a été prête à s'embarquer dans des débats aussi longs que divertissants sur des points de détail, comme de savoir quelle était la couleur de moisissure la plus drôle. Et ses collègues chez Little, Brown, dont les efforts ont fait toute la différence.

L'inimitable Mollie Glick, la reine des agents, diplomate à l'esprit acéré. J'ai de la chance d'avoir une amie aussi enthousiaste, encourageante et sage qu'elle.

Mon père, Bill O'Malley, la source de toute connaissance, prêt à répondre à des questions spontanées sur une multitude de sujets, allant de l'étiquette des rapports gouvernementaux aux meilleurs moyens de se débarrasser d'un canard extralucide.

Et enfin, ma mère, Jeanne O'Malley, grâce à qui tout a commencé. Elle m'a réconforté depuis l'autre bout du monde quand je l'ai appelée, dévasté, après que mon vieil ordinateur a avalé les deux cents premières pages de ce roman. Elle m'a félicité, vingt-quatre heures après, quand j'ai retrouvé une copie de secours dans les entrailles du disque dur. (S'il vous plaît, faites des sauvegardes ! Le roman que vous sauvez sera peut-être le vôtre.) Ma mère a été la première à lire ce livre, et elle l'a déclaré bon. Elle a cru en lui, en moi, et c'est elle qui m'a poussé à prendre un agent et qui m'a aidé à en trouver un. (L'agent parfait !) Ma mère m'a donné de précieux conseils à chacun de mes pas. Elle a toujours vu les choses en grand, et c'est grâce à elle que vous avez ce livre dans les mains.

Composition et mise en pages
Nord Compo à Villeneuve-d'Ascq

Imprimé en France par CPI
en avril 2015

POCKET – 12, avenue d'Italie – 75627 Paris Cedex 13

N° d'impression : 3010593
Dépôt légal : mai 2015
S25056/01